福建師範大學文學院百年學術論叢　第二輯

漢譯佛典文體及其影響研究

李小榮　著

第二輯
總序

　　百年老校福建師範大學之文學院，承傳前輩碩學薪火，發掘中國語言文學菁華，創獲並積澱諸多學術精品，曾於今年初選編「百年學術論叢」第一輯十種，與臺北萬卷樓圖書股份有限公司協作在臺灣刊行。以學會友，以道契心，允屬兩岸學術文化交流之創舉。今再合力推出第二輯十種，嗣續盛事，殊可喜也！

　　本輯所收專書，涵古今語言文學研究各五種。茲分述如次。

　　古代語言文學研究，如陳祥耀先生，早年問學無錫國學專修學校，後執教我校六十餘年，今以九十有四耄耋之齡，手訂《古詩文評述二種》，首「唐宋八大家文說」，次「中國古典詩歌叢話」，兼宏觀微觀視角以探古詩文名家名作之美意雅韻，鉤深致遠，嘉惠後學。陳良運先生由贛入閩，嘔心瀝血，創立志、情、象、境、神五核心範疇，撰為《中國詩學體系論》，可謂匠思獨運，推陳出新。郭丹先生《左傳戰國策研究》，則文史交融，述論結合，於先秦史傳散文研究頗呈創意。林志強先生《古本《尚書》文字研究》，針對經典文本中古文字問題，率多比勘辨析，有釋疑解惑之功。李小榮先生《漢譯佛典文體及其影響研究》，注重考辨體式，探究源流，開拓了佛典文獻與文體學相結合的研究新路。

　　現當代語言文學研究，如莊浩然先生《中國現代話劇史》，既對戲劇思潮、戲劇運動、舞臺藝術與理論批評作出全面梳理，也對諸多名家名著的藝術成就、風格特徵及歷史地位加以重點討論，凸顯話劇史研究的知識框架和跨文化思維視野。潘新和先生《中國語文學史

論》，較全面梳理了先秦至當代的國文教育歷史，努力探尋語文教學中所蘊含的思想文化之源頭活水。辜也平先生《中國現代傳記文學史論》的歷史考察與學理論述，無疑促進了學界對現代傳記文學的研討與反思。席揚先生英年早逝，令人惋歎，遺著《中國當代文學的問題類型與闡釋空間》，集三十年學術研究之精要，探討當代文學思潮和學科史的前沿問題。葛桂彔先生《中英文學交流史（十四至二十世紀中葉）》，以跨文化對話的視角，廣泛展示中英文學六百年間互識、互證、互補的歷史圖景，宜為中英文學關係研究領域之厚實力作。

　　上述十種論著在臺北重刊，又一次展現我校文學院學者研精覃思、鎔今鑄古的學術創獲，並深刻驗證兩岸學人對中華學術文化同具誠敬之心和傳承之責。為此，我謹向作者、編輯和萬卷樓圖書公司恭致謝忱！尤盼四方君子對這些學術成果予以客觀檢視和批評指正。《易》曰：「觀乎人文，以化成天下。」我堅信，關乎中華文化的兩岸交流互動方興而未艾，促進中華文化復興繁榮的前景將愈來愈輝煌璨爛！

汪文頂

謹撰於福州倉山

二〇一五年季冬

目次

緒論

　　在中國的佛學領域，對教義、教派和教史的研究，始終佔據著主流的位置，無論教內、教外，概莫能外。至於本文所要討論的漢譯佛典之文體學，乃是文學理論或宗教文體學的研究範疇，但不管從佛學研究還是從文學、文體學研究的層面看，成果都相對較少[1]，既欠系統性，也尚未建立起研究範式。

一　相關研究成果簡介

　　與本課題相關的研究成果，筆者擬從四大方面加以介紹。

（一）佛經文學、翻譯文學及譯經史論

　　在古代中外文學交流史上，佛經文學與翻譯文學的關係最為密切。[2]若回顧近現代學術史，便不難發現，從翻譯文學的角度來理解

1　在此，筆者試舉一例：比如上世紀七〇年代後期，臺灣的張曼濤先生主編過一套一百冊的《現代佛教學術叢刊》（臺北市：大乘文化出版社，1976-1978年），其中關於佛教文學研究的只有第十九冊《佛教與中國文學》。又，國外也存在類似的狀況，如日本，拿其著名的佛教研究刊物《印度學佛教學研究》來說，至今已有五十多年的歷史，共計出版了一百多期，但刊載的屬於佛教／佛經文學（含文體學）的論文也屈指可數。雖然最近三十年來，國內的情況有所改觀，但整體而言，佛教／佛經文學的研究，尤其是佛經文體學的研究，依然處於邊緣化的狀態。另外，有關漢譯佛典文體之本位研究的情況，各專章再專門介紹，此不復贅。

2　在中國佛教經典中，還有疑經和偽經之說。其中，翻譯來源不明者，叫做疑經；不是譯自梵本或西域原本而模仿相關經論而成者則叫偽經。兩者雖和佛經傳譯之文化

佛教經典是學術界常用的研究模式之一。這方面代表性的論著，在上個世紀上半葉有：梁啟超一九二〇年撰成的《翻譯文學與佛典》[3]，胡適一九二八年出版的《白話文學史》[4]，周一良先生一九四七至一九八年撰出的《論佛典翻譯文學》[5]等。進入新時期以後，相關的成果日漸增多，既有資料性的整理[6]，也有扎實的研究論著與論文集的問世[7]，尤其是不少碩、博士學位論文，都選擇佛經文學來做專題研究。[8]

活動關係密切，但不能算在佛經文學的範圍之內，按我們的理解，可歸到佛教文學的序列。再則，談中國的翻譯文學，一般也是先從佛經翻譯談起，如孟昭毅、李載道主編：《中國翻譯文學史》（北京市：北京大學出版社，2005年）即如此。其主旨雖在論述十九世紀末至二十一世紀初的中國翻譯文學，然而第一編《概論》卻從「梵鐘漢響，佛緣浩天」起首。復次，對於漢文佛典的專題介紹，可參小野玄妙著，楊白衣譯：《佛教經典總論》（臺北市：新文豐出版股份有限公司，1983年）。

3　梁啟超：《中國佛教研究史》（上海市：上海三聯書店，1988年），頁81-134。

4　案：胡適是書特設〈佛教的翻譯文學〉上、下兩章，第一次比較明確地把漢譯佛經文學納入了中國文學史的研究範圍，其在學術史上的價值是不言而喻的。此後的文學史寫作，毫無例外地都有佛經翻譯或佛教文學方面的內容，特別是在講中古文學史時，比如譚正璧：《中國文學進化史》（上海市：光明書局，1929年）、鄭振鐸：《插圖本中國文學史》（北平市：樸社，1932年）、張長弓：《中國文學史新編》（上海市：開明書店，1935年）等。這種做法，至今仍是中國古代文學史教材撰寫中的通例，例多不復贅。

5　《申報》「文史副刊」第3-5期（1947-1948年）；又附周一良著、錢文忠譯：《唐代密宗》（上海市：遠東出版社，1996年），頁190-199。

6　新時期有關漢譯佛經文學的資料性選本較多，學術價值較高的有王邦維：《佛經故事選》（重慶市：重慶出版社，1985年）、陳允吉、胡中行主編：《佛經文學粹編》（上海市：上海古籍出版社，1999年）、孫昌武：《漢譯佛典翻譯文學選》（天津市：南開大學出版社，2005年）等。

7　這方面重要的論著有：侯傳文：《佛經的文學性解讀》（北京市：中華書局，2002年）、陳允吉主編：《佛經文學研究論集》（上海市：復旦大學出版社，2004年）、王立：《佛經文學與古代小說母題比較研究》（北京市：崑崙出版社，2006年）等。

8　比如丁敏：《佛教譬喻文學研究》（臺北市：東初出版社，1996年）；梁麗玲：《〈雜寶藏經〉及其故事研究》（臺北市：法鼓文化事業公司，1998年）、《〈賢愚經〉研究》（臺北市：法鼓文化事業公司，2002年），吳海勇：《中古漢譯佛經敘事文學研究》（北京市：學苑出版社，2004年），溫美惠：《〈華嚴經入法界品〉之文學特質研究》（臺北市：政治大學中國文學系碩士論文，2000年）；李昀瑾：《〈撰集百緣經〉及

　　至於佛典翻譯史及譯經理論方面的研究，重要的論著有梁啟超《佛典之翻譯》[9]，橫超慧日〈釋道安の翻譯論〉[10]，宇井伯壽《譯經史研究》[11]，村田忠兵衛〈五種不翻是非〉[12]，稻城選惠《淨土三部經譯經史の研究》[13]，王文顏《佛典漢譯之研究》、《佛典重譯經研究與考錄》[14]，曹仕邦《中國佛教譯經史論集》[15]，蔣述卓《佛經傳譯與中古文學思潮》[16]，許里和《關於初期漢譯佛經的新思考》[17]，吉津宜英〈真諦三藏譯出經律論研究〉[18]，蔡佳玲《漢地佛經翻譯論述的建構及其轉型》[19]等。它們或是對譯經制度的形成、譯場機制的運行、譯經理論的演變、譯學人才的培養及翻譯和本土文化的關係進行闡釋，或是對具體譯師的個案研究，或是談譯經理論對中國文論的影響，都有不少獨到的見解。另外，在譯學／譯介學的理論檢討中，一

　　其故事研究》（嘉義縣：中正大學中國文學系碩士論文，2003年），林韻婷：《〈雜阿含經〉譬喻故事研究》（臺北市：政治大學中國文學系碩士論文，2005年）等，都是以具體的某部或某類經典為切入點，進行文學上的闡釋，或兼及對中國文學的影響性研究。

9　載梁啟超：《中國佛教研究史》（上海市：上海三聯書店，1988年），頁155-254。

10　橫超慧日：〈釋道安の翻譯論〉，載《印度學佛教學研究》第5卷第2號（1957年3月），頁120-130。

11　宇井伯壽：《譯經史研究》（東京：岩波書店，1971年）。

12　村田忠兵衛：〈五種不翻是非〉，《印度學佛教學研究》第24卷第1期（1975年12月），頁52-57。

13　稻城選惠：《淨土三部經譯經史の研究》（京都：百花苑，1978年）。

14　案：二書分別由臺北市的天華出版事業股份有限公司、文史哲出版社於一九八四年、一九九三年刊行。

15　曹仕邦：《中國佛教譯經史論集》（臺北市：東初出版社，1990年）。

16　案：是書為（南昌市）江西人民出版社一九九○年初版。

17　案：該文原題為 A New Look at the Earliest Chinese Buddhist Texts，發表於一九九○年。本人參考的是顧滿林譯：《漢語史研究集刊》第4輯（成都市：巴蜀書社，2001年），頁286-312。

18　吉津宜英：〈真諦三藏譯出經律論研究〉，載《駒澤大學佛教學部研究紀要》第61號（2003年3月），頁225-285。

19　案：是文為（臺灣）中央大學中國文學研究所二○○七年碩士論文。

般也少不了佛經翻譯的內容，如謝天振、孔慧怡、陳福康、王宏印等人的相關論著。[20]

（二）語言學

佛經漢譯是異質文化的交流，涉及語言學上的許多問題，故而在國際漢學界中得到了不少學者的重視，在語音學、辭彙學、語法學諸領域都取得了突出的成就，茲擇要分別介紹如下。

自法國馬伯樂《唐代長安方言考》[21]、俄國鋼和泰〈音譯梵書與中國古音〉[22]發表之後，研究漢語音韻流變的學者，大多都會引用漢譯佛典裡的寫音資料來擬定某些音韻的實際音質，如汪榮寶、羅常培、俞敏、施向東、儲泰松等。[23]另外，隨佛經翻譯傳入中土的悉曇

---

20 謝天振：《譯介學》（上海市：上海外語教育出版社，1999年）；孔慧怡：〈中國翻譯傳統的幾個特徵〉，載孔慧怡、楊承淑編：《亞洲翻譯傳統與現代動向》（北京市：北京大學出版社，2000年），頁15-37；陳福康：《中國譯學理論史稿》（上海市：上海外語教育出版社，2000年）；王宏印：《中國傳統譯經論典闡釋市：從道安到傅雷》（武漢市：湖北教育出版社，2003年）。

21 案：馬伯樂是文原為法文，發表於一九二〇年。本人所參考的是聶鴻音先生的漢譯本（北京市：中華書局，2005年）。

22 鋼和泰：〈音譯梵書與中國古音〉，《國學季刊》第1卷1號（1923年1月），頁47-56。

23 具體可參看汪榮寶：〈歌戈魚虞模古讀考〉，《國學季刊》第1卷第2號（1923年4月），頁241-263；羅常培：〈知徹澄娘音值考〉，《國立中央研究院歷史語言研究所集刊》第3本第1分（1931年8月），頁121-158；羅常培：〈中國音韻學的外來影響〉，《東方雜誌》第32卷第14號（1935年6月），頁35-45；俞敏：〈後漢三國梵漢對音譜〉，《俞敏語言學論文集》（北京市：商務印書館，1999年），頁1-62；施向東：〈玄奘譯著中的梵漢對音和唐初中原方音〉，《語言研究》1983年第1期，頁27-48；施向東：〈十六國時代譯經中的梵漢對音（韻母部分）〉，《天津師範大學學報》2001年第1期（2001年1月），頁1-4；儲泰松：〈梵漢對音與中古音研究〉，收入載孔令達、儲泰松：《漢語研究論集》（合肥市：安徽大學出版社，2005年），頁281-295、儲泰松：《施護譯音研究》（合肥市：安徽大學出版社，2005年），頁296-319等。另外，朱慶之：〈佛典與漢語音韻研究——二十世紀國內佛教漢語研究回顧之一〉，《漢語史研究集刊》第2輯（成都市：巴蜀書社，2000年），對上個世紀相關研究情況有詳介，可參看。

學，對漢語音韻學、詩律學的形成與發展起過巨大的促進作用，對悉曇學進行過深入研究的主要有陳寅恪、田久保周譽、季羨林、饒宗頤、丁邦新、林光明、王邦維、周廣榮等。[24]

　　漢語佛經辭彙學的研究，在上個世紀前半葉涉足者尚不多[25]，但最近三十年來，卻成了漢語史研究中最為熱門的話題之一，成果極其豐碩，如顏洽茂、朱慶之、李維琦、梁曉虹、汪維暉、胡敕瑞、王紹峰、季琴等人[26]，皆從細讀原典出發，同時結合傳統的世俗文獻，考

24　具體可參看陳寅恪：〈四聲三問〉（原載《清華學報》第9卷第2期（1934年4月），後收入《金明館叢稿初編》〔北京市：生活・讀書・新知三聯書店，2001年〕，頁367-381）、田久保周譽：《批判悉曇學》（東京：真言宗東京專修學院，1944年）、季羨林：〈玄奘《大唐西域記》中「四十七言」問題〉，《季羨林文集》（南昌市：江西教育出版社，1998年），卷7，「佛教」，頁361-367、季羨林：〈梵語佛典及漢譯佛典中四流音r̥ r̥̄ l̥ l̥̄ 問題〉（《季羨林文集》〔南昌市：江西教育出版社，1998年〕，卷7，「佛教」，頁368-404），饒宗頤：〈印度波你尼仙之圍陀三聲論略〉，《梵學集》（上海市：上海古籍出版社，1993年〕，頁79-92、饒宗頤：〈文心雕龍聲律篇與鳩摩羅什通韻〉（《梵學集》〔上海市：上海古籍出版社，1993年〕，頁93-120、〈唐以前十四音遺說考〉（《梵學集》〔上海市：上海古籍出版社，1993年〕，頁159-174）等，丁邦新〈平仄新考〉，《丁邦新語言學論文集》（北京市：商務印書館，1998年），頁64-82；林光明：《梵字悉曇入門》（臺北市：嘉豐出版社，1999年）；王邦維：〈謝靈運〈十四音訓敘〉輯考〉，《國學研究》（北京市：北京大學出版社，1995年），卷3，頁275-300；周廣榮：《梵語〈悉曇章〉在中國的傳播與影響》（北京市：宗教文化出版社，2004年）。

25　案：這裡筆者把一些佛教辭典排除在外，當時真正從佛經原典入手研究漢語辭彙學的人並不多。其中，周一良的《能仁與仁祠》（原載《燕京學報》第32期，〔1947年6月〕，後收入《唐代密宗》，頁177-189）、水野弘元的〈tathāgata（如来）の意義用法〉，《印度學佛教學研究》第5卷第1期（1957年1月），頁41-50，我個人認為是學術精品，且有開風氣之先的學術史意義。

26　參見顏洽茂：《南北朝佛經複音詞研究——《賢愚經》、《雜寶藏經》、《百喻經》複音詞初探》（大連市：遼寧師範大學碩士論文，1981年）、《佛教語言闡釋——中古佛教辭彙研究》（杭州市：杭州大學出版社，1997年）；朱慶之：《佛典與中古漢語辭彙研究》（臺北市：文津出版社，1992年）；李維琦：《佛經釋詞》（長沙市：嶽麓書社，1993年）、《佛經續釋詞》（長沙市：嶽麓書社，1999年）；梁曉虹：《佛教辭彙的構造與漢語辭彙的發展》（北京市：北京語言學院出版社，1994年）。又，梁曉虹和徐時儀、陳五雲合著：《佛經音義與漢語辭彙研究》（北京市：商務印書館，

釋出不少辭彙的新義項，總結了漢語辭彙發展的一些規律，對佛典的
閱讀極有助益。

　　至若漢譯佛經語法研究的成果，相對於語音學與辭彙學則要少
些，但也有高品質的論著問世，如太田辰夫、曹廣順、遇笑容、楊如
雪、龍國富、許建宇等。[27]

　　最後說一下，本來從比較語言學的角度來考察漢譯佛典，是國際
佛教學研究的通例，但由於這種方法的運用要求研究者具有多種語言
的文化素養，故從事者總體說來不是很多。[28]而且，在國內能真正利

　　2005年）也是相關研究的力作；汪維輝：《東漢——隋常用詞演變研究》（南京市：
　　南京大學出版社，2000年）；胡敕瑞：《〈論衡〉與東漢佛典辭彙比較研究》（成都
　　市：巴蜀書社，2002年）；王紹峰：《初唐佛典辭彙研究》（合肥市：安徽教育出版
　　社，2004年）；季琴：《三國支謙譯經辭彙研究》（杭州市：浙江大學博士論文，
　　2004年）。

27 太田辰夫著，蔣紹愚、徐昌華譯：《中國語歷史文法》（北京市：北京大學出版社，
　　1987年），曹廣順、遇笑容，"The Influence of Translated Later Han Buddhist Sutras on
　　the Development of the Chinese Disposal Construction"（載二人論文集《中古漢語語
　　法史研究》（成都市：巴蜀書社，2006年），頁199-229）；遇笑容：《梵漢對勘與中古
　　譯經語法研究》（成都市：巴蜀書社，頁150-160）；楊如雪：《支謙與鳩摩羅什譯經
　　疑問句研究》（臺北市：臺灣師範大學國文系博士論文，1997年）；龍國富：〈姚秦
　　佛經中的事態助詞「來」〉，《漢語史研究集刊》第六輯（2003年12月），頁121-139；
　　《姚秦佛經助詞研究》（長沙市：湖南師範大學出版社，2004年）、〈《十誦律》中的
　　兩個語法成分〉，《語言研究》2004年第2期，頁95-97、〈漢語完成貌句式和佛經翻
　　譯〉，《民族語文》2007年第1期，頁35-44、〈佛經中的雙層同指疑問與佛經翻譯〉，
　　《漢語學報》2008年第1期，頁11-18；許建宇：《〈佛本行集經〉定中結構研究》（杭
　　州市：浙江大學博士論文，2006年）。又，朱慶之、朱冠明：〈佛典與漢語語法研
　　究〉，《漢語史研究集刊》（成都市：巴蜀書社，2006年），第9輯，頁413-459，有更
　　詳細的介紹可參看。

28 在此，我僅舉一些特別突出的例子，如鋼和泰：《大寶積經·迦葉品梵藏漢六種合刊》
　　（上海市：商務印書館，1926年）；季羨林：〈浮屠與佛〉，《季羨林文集》（南昌
　　市：江西教育出版社，1998年），卷7，「佛教」，頁1-27、季羨林：〈再談「浮屠」與
　　「佛」〉，《季羨林文集》（南昌市：江西教育出版社，1998年），卷7，「佛教」，頁
　　345-360；Rie Hisamistu, A Comparative Study of the Tathagatayuhpramanaparivarta
　　and its Chinese Versions (Suvarnaprabhasa-sutra, chapter II, New Dedhli: International

用這些成果的漢語佛教文學研究者就更少，這應當是我們以後要努力
的方向之一。

（三）佛教文學

在宗教文學的研究領域，「佛教文學」的概念早已深入人心，研
究的成果也相對多些。

從近現代學術史考察，較早提出「佛教文學」的是英國學者比爾
（Samuel Beal, 1825-1889）[29]，隨後它便成了東亞文化圈相關研究中
的常用詞之一。如日本方面，就有小野玄妙、鈴木暢幸、深浦正文、
藤井智海、加地哲定、平等通昭、入矢義高等著名學者[30]，在自己的

Academy of India Culture, 1983）；前田至成等：《梵本藏譯漢譯合璧・阿毗達磨俱舍
論本頌の研究：業品・隨眠品》（京都：永田文昌堂，1986年）；中村瑞隆，譯叢編
委會譯：《梵漢對照〈究竟一乘寶性論〉研究》，《世界佛學名著譯叢》第76冊（臺
北市：華宇出版社，1988年）；辛島靜志：*The Textual Study of the Chinese Versions of
the Saddharmapunda-rikasutra in the Light of the Sanskrit and Tibetan of the Versions*
（The Sankibo Press, 1992）、《長阿含經原語の研究》（東京：平河出版社，1994年）、
《正法華經詞典》（創價大學國際佛教學高等研究所，1998年），古류紘一：〈〈大隨
求陀羅尼〉におぉけろ梵藏漢文の比較研究〉，《インド學密教學研究：宮阪宥胜博
士古稀紀念論文集》（京都：法藏館，1993年），下卷，頁201-208；郭良鋆《〈因明
入正理論〉梵漢對照〉，《南亞研究》1999年第2期（1992年2月），頁40-80；蔡耀
明：〈吉爾吉特梵文佛典寫本的出土與佛教研究〉，《正觀》第13期（2000年6月），
頁1-128，鄭國棟：〈《金光明經・流水長者品》梵漢對勘〉，《華林》（北京市：中華
書局，2003年），卷3，頁135-151；大正大學綜合佛教研究所梵語佛典研究會編：《梵
藏漢對照〈維摩經〉》（*Vimalakirtinirdesa: Transliterated Sanskrit Text Collated with
Tibetan and Chinese Translations*）》（東京：大正大學綜合佛教研究所，2004年）等。

29 Samuel Beal, *Buddhist Literature in China*（案：初版於1882年，筆者讀到的是1988年
Delhi的重印本）。

30 小野玄妙：《佛教文學概論》（東京：甲子社書房，1925年）、鈴木暢幸：《佛教文學
概說：國文學研究者のために》（東京：明治書院，1931年）、深浦正文：《新稿佛
教文學物語》（京都：永田文昌堂，1952年）、深浦正文：《佛教文學概論》（京都：
永田文昌堂，1970年）、藤井智海：《佛教文學の意義とその本質》，《印度学仏教学
研究》第10卷第1號（1962年1月），頁298-303、加地哲定：《中國佛教文學》（案：

論著使用了該詞。但是，他們對佛教文學的理解並不完全相同，其中小野玄妙、深浦正文等人把佛教經典中具有文學意味的經典視為佛教文學的範疇，這可看作是一種狹義的理解，它基本上等同於前面所講的佛經文學。

　　臺灣學者丁敏教授則從更廣的角度，把佛教文學分成兩大部分：

> 一是佛教經典的部分。自阿含以來的各大小乘經典及律藏中，都有許多充滿文學色彩的地方。十二分教中的本生、本緣、本事、譬喻更是經典文學中的主流。另一是佛教文學創作部分。即以文學手法來表現佛理，帶有佛教色彩的文學創作。包括歷來文人、僧人及庶民的佛教文學創作，表現在小說、戲曲、散文、詩歌及俗文學中的作品。[31]

如果把這種理解加上地域的區分，則可限定中國、日本、韓國或其他國別的佛教文學之範圍。其中，佛經翻譯文學是佛教文學產生的根本前提，而受佛教義理、修行實踐、教儀行事等影響而產生的文學作品，則是佛教文學的主體。易言之，佛經文學是涵蓋在了佛教文學的範圍裡頭。比如，業師陳允吉先生主編過《佛經文學粹編》和《佛教文學精編》[32]，前者全部選自漢譯佛典，後者則分為佛經文學、通俗文學、詩文小說三大領域，此既表明了兩者的聯繫，也揭櫫了其間的區別。

1965年日文初版，筆者參考的是劉衛星譯本，北京市：今日中國出版社，1990年）、平等通昭：《印度佛教文學の研究》（橫濱市：印度學研究所，1969-1983年），卷1-3。案：三卷分別為《梵文佛所行讚の研究》、《大事譬喻譚の研究》、《梵文大事譬喻譚に於ける本生話の研究》，入矢義高：《佛教文學集》，《中國古典文學大系》（東京：平凡社，1975年），卷60。

31　丁敏：〈中國佛教文學研究近況初步評價——以臺灣地區為主〉，《中國佛教文學的古典與現代：主題與敘事》（長沙市：嶽麓書社，2007年），頁184。

32　陳允吉、陳引弛主編：《佛教文學精編》（上海市：上海文藝出版社，1997年）。

　　中國佛教文學的研究，魯迅、陳寅恪、顧隨、臺靜農、周一良、錢鍾書、季羨林、饒宗頤等前輩，都有精彩的傳世之作。改革開放三十年多來，在這一領域作出突出貢獻的則有孫昌武、陳允吉、白化文、項楚、王小盾、周裕鍇、謝思煒、蔣述卓、張伯偉、張海沙、胡遂、普慧、吳言生、陳引弛等。對大陸與港臺地區的研究情況，孫昌武、丁敏、林朝成與張高評都做過較好的綜述[33]，筆者就不重複。

　　統觀國內已有的研究，大致有如下幾個特點：一，從教派言，最受學人重視的是禪宗與中國文學的關係研究[34]；二，從文體形式言，小說（敘事文學）、詩歌（抒情文學）、戲劇最受青睞；三，從方法言，影響研究最為常用，即通常是找出某作家與某宗派（或某經典）的聯繫，然後再展開文學主題的論述；四，從使用材料言，多數依靠的是漢文佛典及相關的世俗文獻，對非漢語的佛典多數學人表現冷漠，甚至是視而不見；五，從研究取向言，到目前為止，學術界的主流是從士大夫文學的視閾來討論佛教文學的生成、演變及其在中國文學史上的地位與作用。但也有不少學者，主要是從民間文學（俗文學）與比較文學的視閾來探討佛教文學，代表人物有鄭振鐸、季羨林、劉安武、劉守華、王曉平、薛克翹等[35]，他們的影響也不小。特

<hr>

33　參孫昌武：〈漢文佛教文學研究概況及其展望〉，收入林徐典編：《漢學研究之回顧與前瞻》上‧文學語言卷（北京市：中華書局，1995年），頁130-138；丁敏：〈中國佛教文學研究近況初步評價——以臺灣地區為主〉，《中國佛教文學的古典與現代：主題與敘事》（長沙市：嶽麓書社，2007年），頁184-226；林朝成、張高評：〈兩岸中國佛教文學研究的課題之評介與省思——以詩、禪交涉課題為中心〉，《成大中文學報》第9期（2001年9月），頁135-156。

34　具體研究概況，參看前揭林朝成、張高評文。

35　參看鄭振鐸：《中國俗文學史》（北京市：東方出版社，1996年）、季羨林：《比較文學與民間文學》（北京市：北京大學出版社，1991年）、劉安武：《印度文學和中國文學比較研究》（北京市：中國國際廣播出版社，2005年）、劉守華：《比較故事學》（上海市：上海文藝出版社，1995年）、劉守華：《比較故事學論考》（哈爾濱市：黑龍江人民出版社，2003年）、王曉平：《佛典‧志怪‧物語》（南昌市：江西人民出版社，1990年）、王曉平：《遠傳的衣鉢：日本傳衍的敦煌佛教文學》（銀川市：寧夏

別是隨著大量敦煌文獻的整理與刊布,敦煌佛教文學的研究也取得了不小的成就。[36]六,從學術視野言,對國際漢學的相關成果了解得不夠全面,對學術資訊不能及時掌握,故而低水準的重複勞動時有所見;七,佛教文學本身乃屬交叉學科,但是真正能同時深入佛教與文學之堂奧者比較少,常常會出現這樣的情景:從文學研究出身的學人偏重於佛教文學中之「文學」部分,從佛教研究出身的學人則多對「佛教文學」不屑一顧,很少關注這一領域的進展。

(四)其他

　　與佛經/佛教文學研究關係較為密切的尚有文化傳播學、藝術學、歷史學、考古學、歷史地理學、比較宗教學、美學、民俗學等,尤其可借鏡的是它們對佛教問題的探討。現略舉數例如下:

　　眾所周知,世界上任何宗教皆可歸到文化的序列之中,佛教也不例外。佛教在印度的形成發展乃至東流華夏、朝鮮、日本等地的過程,從本質上講,是一種特殊文化的傳播及其產生影響的過程。雖然學術界很早就注意到了這一問題,但是系統論述的專文,筆者見到的並不多。[37]

　　佛教藝術,如果再細分的話,主要有佛教美術、佛教音樂和佛教戲劇。其中,前二種由於敦煌文獻的發現及敦煌學的迅猛發展,近百年來的成果極其豐富。單就敦煌變文與俗講而言,就和佛教繪畫、佛

人民出版社,2005年),薛克翹:《中印文學比較研究》(北京市:崑崙出版社,2003年)等。

36　孫昌武先生指出佛教俗文學的成就主要體現在敦煌俗文學(參孫昌武:〈漢文佛教文學研究概況及其展望〉,收入林徐典編:《漢學研究之回顧與前瞻》上‧文學語言卷〔北京市:中華書局,1995年,頁130-138〕,筆者於此是隱括其意。

37　參看周伯戡:〈佛教初傳流布中國考〉,《文史哲學報》第47期(1997年12月),頁289-319;張曉華:《佛教文化傳播論》(北京市:人民出版社,2006年);粘凱蒂:《魏晉南北朝時期佛教傳播活動之研究》(桃園縣:中央大學中國文學研究所碩士論文,2005年)。

教音樂的關係極其密切。[38]至於佛教戲劇,成果相對少些,但許地山、陳宗樞、朱恒夫、劉禎、凌翼雲、李強、康保成等,都有不小的建樹。[39]最近,王志遠則對佛教藝術的總體特徵進行過較為深入的思考。[40]

　　國內研究佛教史的學者,可以列出一長串的名單,如蔣維喬、湯用彤、胡適、呂澂、黃懺華、陳垣、任繼愈、聖嚴、印順、郭朋、楊曾文、杜繼文、賴永海、葛兆光、麻天祥、魏道儒、洪修平等,對於他們的成果,境內學人都比較熟悉,就不一一列舉了。國外對此領域的研究,近百年來,論者層出不窮。尤其是日本方面,可說名家輩出,如忽滑谷快天、鈴木大拙、境野哲、宇井伯壽、塚本善隆、道端良秀、牧田諦亮、柳田聖山、鎌田茂雄、諸戶立雄等。[41]在歐美地

---

38 參看Victor H. Mair(梅維恒)*T'ang Transformation Texts.* Cambridge. MA: the Council on East Asian Studies, Harvard University Press, 1989)、Victor H. Mair(梅維恒),王邦維、榮新江、錢文忠譯:《繪畫與表演》(北京市:北京燕山出版社,2000年);陸永峰:《敦煌變文研究》(成都市:巴蜀書社,2000年)及拙撰:《變文講唱與華梵宗教藝術》(上海市:上海三聯書店,2002年)。

39 許地山:〈梵劇體例及其在漢劇上的點點滴滴〉,《小說月報》第17卷號外「中國文學研究專號」(1927年6月),頁1-36;陳宗樞:《佛教與戲劇藝術》(天津市:人民出版社,1992年)、朱恒夫:《目連戲研究》(南京市:南京大學出版社,1993年)、劉禎:《中國民間目連文化》(成都市:巴蜀書社,1997年)、凌翼雲:《目連戲與佛教》(廣州市:高等教育出版社,1998年)、李強:《中西戲劇文化交流史》(北京市:人民音樂出版社,2002年)、康保成:《中國古代戲劇形態與佛教》(上海市:東方出版中心,2004年)。

40 王志遠:《中國佛教表現藝術》(北京市:中國社會科學出版社,2006年)。

41 參忽滑谷快天著,朱謙之譯:《中國禪學思想史》(上海市:上海古籍出版社,2002年)。朱先生所譯僅是原著:《禪學思想史》之中國部分,而省略了印度部分,全譯本可參郭敏俊譯本,臺北市:大千出版社,2003年)、鈴木大拙:《禪思想史研究第一》(東京:岩波書店,1943年)、《禪思想研究第二》(東京:岩波書店,1951年)、《禪思想研究第三》(東京:岩波書店,1968年)、《禪思想研究第四》(東京都:岩波書店,1968年),境野哲:《支那佛教史綱》(案:是書被蔣維喬增刪改譯成:《中國佛教史》〔上海市:商務印書館,1935年〕),宇井伯壽:《支那佛教史》(東京都:岩波書店,1936年)、宇井伯壽:《禪宗史研究》(東京:岩波書店,1966

區，中國佛教史的研究也有悠久的學術傳統，湧現了一大批傑出的學者，近年來為大家所熟知的有許里和、芮沃壽、陳觀勝、太史文、卜正民等。[42]無論國內國外，其成果都足資借鑑。

考古方面，中亞與西域都發現了一些以漢、藏、梵、回鶻、犍陀羅、粟特等語文書寫的佛典，如香川默識、約翰・布魯治、瓦爾德斯密德特、魯道夫・赫恩雷、D.N. MacKenzie，藤枝晃、井ノ口泰淳、邵瑞琪、龍谷大學佛教文化研究所等[43]都編著過相關的文獻資料。其

年）、塚本善隆：《中國佛教史研究・北魏篇》（京都：弘文堂書房，1942年）、《中國佛教史》（東京：隆文館，1965年），道端良秀：《唐代佛教史研究》（東京：法藏館，1967年），牧田諦亮：《中國佛教史研究》（第一、第二、第三，東京：大東出版社，1981-1989年），柳田聖山著，吳汝鈞譯：《中國禪學思想史》（臺北市：商務印書館，1992年）；鐮田茂雄：《中國華嚴思想史の研究》（東京：東京大學出版會，1965年）、鐮田茂雄著，鄭彭年譯：《簡明中國佛教史》（上海市：譯文出版社，1986年），諸戶立雄：《中國佛教制度史研究》（東京：平河出版社，1990年）。有關日本中國佛教史研究的概況，可參鐮田茂雄著、聖凱譯：〈近代日本的中國佛教史研究〉，《法音》2000年第2期（2000年2月），頁25-29。

42 參〔荷〕許里和著，李四龍、裴勇等譯：《佛教征服中國》（南京市：江蘇人民出版社，2003年），〔美〕芮沃壽（Arthur F.Wrigh），*Buddhism in Chinese History* (Palo Alto: Stanford University Press, 1959)，陳觀勝（Kenneth Ch'en），*Buddhism in China: A Historical Survey* (Princeton: Princeton University Press, 1964)，太史文著，侯旭東譯：《幽靈的節日：中國中世紀的信仰與生活》（杭州市：浙江人民出版社，1999年），〔加〕卜正民著，張華譯：《為權力祈禱：佛教與晚明中國士紳社會的形成》（南京市：江蘇人民出版社，2005年）。另外，〔荷〕J. W. de Jong（狄雍）著，霍韜晦譯：《歐美佛教研究小史》（香港：法住學會，1983年），李四龍：〈論歐美佛教研究的分期與轉型〉，《世界宗教研究》2007年第3期（2007年8月），頁65-72、頁158、李四龍：〈美國的中國佛教研究〉，《北京大學學報》2004年第2期（2004年3月），頁126-132，對相關情況有所介紹，可參看。

43 參〔日〕香川默識編：《西域考古圖譜》（北京市：學苑出版社據日本國華社1915年版影印，1999年），〔英〕約翰・布魯治（John Brough）：《犍陀羅語〈法句經〉》(*Gāndhārī Dharmapada*, London Oriental Series VII. London: Oxford University Press, 1962)，〔德〕瓦爾德斯密德特（E. Waldschmidt）：《吐魯番出土的梵文寫本》(*Sanskrithandschriften aus den Turfanfunden*，Wiesbaden: F. Steiner, 1965)，魯道夫・赫恩雷（A. F. Rudolf Hoernle）：*Manuscript Remains of Buddhist literature: found in Eastern Turkestan, facsimiles of manuscripts in Sanskrit, Khotanese, Kuchean, Tibetan*

中，像《法句經》、《本生經》、《法華經》、《涅槃經》等，都有極高的史料價值，特別是那些可與漢文本對勘的非漢文寫本。

　　歷史地理學領域對中國佛教的研究，比較關注佛教傳播的途徑，並且常和絲路學相結合。如井ノ口泰淳、金岡照光等《絲路佛教》[44]，岡崎敬等《絲路與佛教文化》。[45]純粹的佛教地理學研究並不多見，主要有劉汝霖、山崎宏、滋野井恬、嚴耕望、李映輝等人的論著。[46]通過它們，我們可以了解佛教在不同地域的傳播過程，特別是僧人的活動空間以及教派、教義與區域人文景觀、社會經濟的關係。

　　比較宗教學對中國佛教的關注，更多是從三教關係（或三教與外來基督教之關係）的視角切入，如Joseph Edkins（艾約瑟），Henri Maspero（馬伯樂），久保田量遠，Michael Saso（蘇海涵）、David W. Chappell（大衛・夏佩爾），麥谷邦夫，彭自強、李承貴等人的觀點都

and Chinese with Transcripts, translations and notes (edited in conjunction with other scholars, with critical introductions and vocabularies. Amsterdam : Philo Press, 1970)，D. N. MacKenzie *The Buddhist Sogdian texts of the British Library* (Teheran: Bibliotheque Pahlavi, 1976)，藤枝晃編著：《トルファン出土佛典の研究：高昌殘影釋錄》（東京：法藏館，1978年），井ノ口泰淳編：《西域出土佛典の研究》（東京：法藏館，1980年），邵瑞琪（Richard Salomon）*Ancient Buddhist Scrolls from Gandhara: the British Library Kharosthi fragments* (Seattle: University of Washington Press, 1999)、*A Gandhari version of the Rhinoceros sutra: British Library Kharosthi fragment 5B* (Seattle: University of Washington Press, 2000)，龍谷大學佛教文化研究所編：《大谷探險隊收集梵文寫本：龍谷大學圖書館所藏》（京都：龍谷大學，2001年）。

44 井ノ口泰淳、金岡照光等著，余萬居譯：《絲路佛教》（臺北市：華宇出版社，1985年）。

45 岡崎敬等著，張桐生譯：《絲路與佛教文化》（臺北市：華宇出版社，1986年）。

46 參劉汝霖：《佛教地理講義》（北平市：華北居士林，1933年）；山崎宏：《支那中世紀佛教の展開》（東京：清水書店，1942年）；滋野井恬：〈唐代佛教教線の檢討〉，《唐代佛教史論》（京都：平樂寺書店，1973年），頁24-70；嚴耕望：〈唐代佛教地理之分佈〉，收入張曼濤主編：《中國佛教史論集》（臺北市：大乘文化出版社，1977年，《現代佛教學術叢刊》第6冊2「隋唐五代篇」），頁83-90；嚴耕望：《魏晉南北朝佛教地理稿》（上海市：上海古籍出版社，2007年）；李映輝：《唐代佛教地理研究》（長沙市：湖南大學出版社，2004年）。

有一定的參考價值。[47]特別是用比較的方法，才能更好地突顯佛教的中國化特色。唐宋以後，三教融合成為士大夫和庶民階層的共識，並對佛教文學的創作產生深遠的影響。

佛教美學方面，則有高長江、曾祖蔭、蔣述卓、王海林、祁志祥、張節末、張鴻勳、皮朝綱、陳琪瑛等學人進行過深入討論[48]，或從佛教對中國古代美學發展的影響，或從具體經典的審美特色，或從佛教宗派（尤其是禪宗）的角度，見仁見智，咸有貢獻。而且，因為唐宋以後以禪喻詩、以禪論詩之批評方法的盛行，故學界對相關的美學經典如皎然《詩式》、司空圖《詩品》、嚴羽《滄浪詩話》等，關注尤多。

佛教東傳華夏之後，對中土民俗也產生多方面的影響，並形成了

---

47 參Joseph Edkins, *Religion in China: containing a brief account of the three religions of the Chinese: with observations on the prospects of christion conversion amongst that people* (London: Kegan Paul, Trench, Trubner, 1893), Henri Maspero, *Taoism and Chinese religion* (translated by Frank A. Kierman, Jr, Amherst: University of Massachusetts Press, 1981)，久保田量遠：《支那儒道佛三教史論》（東京：東方書院，1931年），*Buddhist and Taoist studies* (Edited by Michael Saso and David W. Chappell, *Asian studies at Hawaii: no.18,* Honolulu: University Press of Hawaii, 1977), *Buddhist and Taoist practice in medieval Chinese society* (edited by David W. Chappell, *Asian studies at Hawaii: no.34.Buddhist and Taoist studies:2,* Honolulu: University of Hawaii, University of Hawaii Press, 1987)；麥谷邦夫：《三教交涉論叢》（京都：京都大學人文科學研究所，2005年）；彭自強：《佛教與儒道的衝突與融合——以漢魏兩晉時期為中心》（成都市：巴蜀書社，2000年）；李承貴：《儒士視域中的佛教——宋代儒士佛教觀研究》（北京市：宗教文化出版社，2007年）。

48 參高長江：《禪宗與藝術審美》（長春市：吉林大學出版社，1989年）；曾祖蔭：《中國佛教與美學》（武漢市：華中師範大學出版社，1991年），蔣述卓：《佛教與中國文藝美學》（廣州市：廣東高等教育出版社，1992年），王海林：《佛教美學》（合肥市：安徽文藝出版社，1992年），祁志祥：《佛教美學》（上海市：上海人民出版社，1997年），張節末：《禪宗美學》（杭州市：浙江人民出版社，1999年），張鴻勳：《儒道佛美學思想源流》（昆明市：雲南人民出版社，2004年），皮朝綱：《禪宗美學思想的嬗變軌跡》（成都市：電子科技大學出版社，2005年），陳琪瑛：《《華嚴經》美學之研究》（臺北市：師範大學中國文研究所碩士論文，1995年）。

一些民俗性的佛教法會（或節日），如佛誕節、浴佛會、盂蘭盆會、
臘八節、放生會、水陸道場、焰口施食儀等。對此，方廣錩、林國
平、謝重光、李林等都做過專題討論。[49]尤可注意的是，多種法會上
都有佛教文學的應用，如敦煌發現的《目連變文》、《盂蘭盆講經文》
即與鬼節、盂蘭盆會關係甚大。

二　研究對象、方法及目的

（一）對象

　　本文既然題為「漢譯佛典文體及其影響研究」，我想研究重點當
在梳理漢譯佛典的文體表現、翻譯中的文體變化及其成因，然後再論
述漢譯佛典文體對中國各體文學（或作家作品）的影響。有鑑於此，
本文的研究對象首先要指向的是全部漢譯佛典，特別是文學性較強的
經典。

　　其實，古人早就看出了翻譯的重要性，如梁代高僧釋僧祐（445-
518）即說：「良由梵文雖至，緣運或殊，有譯乃傳，無譯則隱，苟非
其人，道不虛行也。」[50]因為對於大多數的漢地僧侶而言，他們沒有
直接閱讀梵文原典的能力，所以弘法傳教中依據的主要是漢文譯本。
這種情況，在歷史上，無論是在士大夫還是普通民眾中間，都沒有什

---

49 參方廣錩：《佛教志》（上海市：上海人民出版社，1998年），林國平：〈定光古佛探
　　索〉（《圓光佛學學報》第3期〔1999年2月〕，頁223-240），謝重光：〈客家民俗佛教
　　定光佛信仰研究〉（《佛學研究》2000年刊〔2000年12月〕，頁118-127），李林：《梵
　　國俗世原一家：漢傳佛教與民俗》（北京市：學苑出版社，2006年）。又，日本學者
　　對佛教民俗也有突出的貢獻，如伊藤唯真有：《佛教と民俗宗教：日本佛教民俗論》
　　（東京：國書刊行會，1984年）、《佛教民俗の研究》（京都：法藏館，1995年），佛教
　　民俗學會編有：《佛教と儀禮：加藤章一先生古稀紀念論文集》（東京：國書刊行會，
　　1977年）等。
50 〔梁〕僧祐撰，蘇晉仁、蕭鍊子點校：《出三藏記集》（北京市：中華書局，1995年），
　　頁22。

麼大的改變，直到今日依然如故。職是之故，我們的研究主體也是漢
譯經本。

　　接下來的問題是：印度佛典或其在中亞、西域的譯本是如何翻譯
成漢文本的？特別是在文體方面，由於語言、文化背景的差異，肯定
有所變化。對此，佛經翻譯史上早就有人覺察到這一點，如後秦時期
偉大的翻譯家鳩摩羅什對其高弟僧叡說：

> 天竺國俗甚重文藻，其宮商體韻，以入弦為善。凡覲國王，必
> 有讚德；見佛之儀，以歌歎為尊。經中偈頌，皆其式也。但改
> 梵為秦，失其藻蔚，雖得大意，殊隔文體。有似嚼飯與人，非
> 徒失味，乃令嘔吐也。[51]

「殊隔文體」、「嚼飯與人」等語，表明佛經漢譯不但引起文體形式的
變化，而且使原經特有的審美意蘊喪失殆盡。

　　雖然翻譯給原典傳播帶來上了負面的因子，然而作為譯師在譯經
文體的運用上卻常有自己的鮮明風格，《出三藏記集》卷十三說支讖：

> 以靈帝光和、中平之間，傳譯胡文，出《般若道行品》、《首楞
> 嚴》、《般舟三昧》等三經。又有《阿闍世王》、《寶積》等十部
> 經，以歲久無錄，安公校練古今，精尋文體，云「似讖所
> 出」。凡此諸經，皆審得文旨，了不加飾，可謂善宣法要，弘
> 道之士也。[52]

51　〔梁〕僧祐撰，蘇晉仁、蕭鍊子點校：《出三藏記集》（北京市：中華書局，1995年），
　　頁534。

52　〔梁〕僧祐撰，蘇晉仁、蕭鍊子點校：《出三藏記集》（北京市：中華書局，1995年），
　　頁511。又，該段內容又見於慧皎：《高僧傳》卷一之支讖傳（參〔梁〕慧皎撰，湯用
　　彤校注：《高僧傳》〔北京市：中華書局，1992年〕，頁10，但文字略有不同。）

安公即釋道安（312-385），他在整理經錄時，發現《阿闍世王經》等佚失了譯者之名，但他在比勘譯經文體之後，便得出結論說似是支讖譯本。

　　復次，在檢討漢譯佛典的影響問題時，從受眾角度看，主要為兩種類型：一是教內人士，主體是僧尼，即他們是如何利用文學方式來為教團服務的？如敦煌發現的佛教變文、願文、導文、懺文以及其他法事與行儀的實用文體，都值得深入研討；二是教外人士，主體是帝王、貴族、士大夫和普通民眾，而他們的文學創作又是如何受漢譯佛典影響的？比如，影響的途徑和效果等。當然，兩者之間也有互動關係，如東晉時期名士與名僧的交往就相當頻繁；而唐宋以降的詩僧現象，更是僧、俗文化與文學互動的產物。

（二）方法

　　漢譯佛典的文體學研究，用什麼方法比較妥當或者有效？說實話，筆者心底也很茫然。

　　無論印度原典還是漢譯佛典，都常提及佛典的文體分類，最常見的說法有兩種，即九部經（九分教）和十二部經（十二分教）。[53]其中，前者主要是小乘經典的分類，後者則為大乘經典的分類（案：諸經譯名不一）。考慮到漢地流行的是大乘佛教這一歷史事實，故僅介紹一下十二部經。鳩摩羅什譯《大智度論》卷三十三曰：

> 菩薩摩訶薩欲聞十方諸佛所說十二部經：修多羅、祇夜、受記
> 經、伽陀、優陀那、因緣經、阿波陀那、如是語經、本生經、

---

53 關於九分教與十二分教的由來及其在大小乘佛教中的變化，詳情可參前田惠學：《原始佛教聖典の成立史研究》（東京都：山喜房佛書林，1964年）、印順：《原始佛教聖典之集成》（臺北市：正聞出版社，1988年）、印順：《初期大乘佛教之起源與開展》（臺北市：正聞出版社，1989年）。

廣經、未曾有經、論議經。[54]

其中，修多羅又作契經、長行，它是經中用散文直接記錄諸佛的說教。祇夜，即應頌，它和契經相對應，是以詩歌形式重複或解釋契經的內容，所以也叫重頌。受記，或作授記，又作記別，指諸佛對菩薩弟子的未來所作的預言。伽陀（伽他），它純以詩歌的形式來記錄諸佛說法。應頌要重述長行之經義，伽陀則以詩誦出教義，且獨立於長行的內容之外，故稱孤起頌。優陀那，即自說，指諸佛未待他人問法就自行開示的說教。因緣，即尼陀那，它記錄的是諸佛說法與制律的緣由。阿波陀那，即譬喻，指以譬喻的形式宣說法要。如是語，又作本事，記錄的是佛所說弟子菩薩、聲聞等在過去世的行誼。本生，即闍陀伽，記載的一般是佛陀前生的修行故事。廣經，即方廣經，也作毗佛略，是指有廣大深奧之義的經典。未曾有經，又作未曾有法，或音譯阿浮陀達磨，記載的是諸佛及其弟子的稀有之事。論議經，即優波提舍，說的是諸佛對經義的抉擇，或是諸佛和弟子之間的議論分別，或是諸佛自我論議而辨析事理，或是諸佛弟子論佛語、議法相而與佛說相應者，總之，論難是其表現形式，明理則為終極目的。

　　但現當代的佛學研究，特別是對佛經文學的分類，大都有所改變，如山田龍城把原始經典分成阿含類、毗奈耶類、譬喻文學、佛教文學和讚佛文學[55]，孫昌武把佛經文學分成佛傳文學、讚佛文學（含本生）、譬喻和譬喻經、因緣經四大類[56]，吳海勇則分中古漢譯佛經為

---

54 〔日〕大藏經刊行會編：《大正新修大藏經》（臺北市：新文豐出版公司，1996年），卷25，頁306下。

55 〔日〕山田龍城著，許洋主譯：《梵語佛典導論》（臺北市：華宇出版社，1989年），頁75-214。

56 參孫昌武：《佛教與中國文學》（上海市：上海人民出版社，1988年），頁10-24，又後來孫昌武：《漢譯佛典翻譯文學選》（天津市：南開大學出版社，2005年），〈前言〉中則易之為佛傳、本生故事、譬喻故事、因緣經、《法句經》。

佛傳、本生、譬喻、僧伽罪案文學和讚頌文學。[57]統觀他們分類的主要依據，似乎在於文學的敘事性，而忽略了佛經文體產生的歷史性和共時性特點。

　　筆者認為：大乘佛典之十二部經，實際上自有其分類的理論依據。如：契經、祇夜、伽陀是依形式特徵而分，即契經是散文體而祇夜、伽陀為詩頌；剩下的九種則著眼於內容方面的特點，它們有的更注重敘事性，像因緣、本生、本事、未曾有；有的更重視說理，像自說、論議、方廣；有的則把敘事、說理融為一體，如譬喻；從時間觀念言，因緣多與現在相聯繫，本生、本事多說過去時，授記則與未來關係密切。對此，古人早就有所考察，如隋釋慧遠（523-592）《大乘義章》卷一〈十二部經義五門分別〉中說：

> 約時別者十二部：本生本事，唯說過去；授記一門，唯說未來；方廣一部所說之理，不屬三世，理平等故，若從詮別，得通三世；自餘八部，所說一向通於三世。[58]

此處所說的「時」字，若從現代敘事學的觀念出發，它論述了不同文體敘事中的時間性問題。再如，隋智者（538-597）說、灌頂（561-632）記《妙法蓮華經玄義》卷六則從體、相、制名、定名、差別、相攝、料簡等七個方面對十二部進行系統解說，既區分了不同經典文體的形式特徵和內容特色，又對每一文體作了更詳細的分解，比如分祇夜（重頌）為三種：頌意、頌事和頌言。[59]

---

57 吳海勇：《中古漢譯佛經敘事文學研究》（北京市：學苑出版社，2004年），頁10。

58 〔日〕大藏經刊行會編：《大正新修大藏經》（臺北市：新文豐出版公司，1996年），卷44，頁470下。

59 〔日〕大藏經刊行會編：《大正新修大藏經》（臺北市：新文豐出版公司，1996年），卷33，頁752上-754上。

　　從慧遠、智者等人的論述可知，佛經十二部分類本身有其合理的歷史依據，甚至和現代的某些學術觀念也有所契合。所以，筆者對漢譯佛典的文體研究，在分類形式上不想標新立異，仍然回歸於歷史本位。但是，在檢討具體佛典文體（或文類）的影響時，則儘量吸收最新的研究成果。易言之，筆者採用的方法之一就是盡力做到傳統與現代的有機結合。

　　在國際佛教學的研究中，佛教語言文獻的研究具有相當長的歷史，積累了極其豐碩的成果，其內容廣泛涉及多種語言的佛典之注釋、解讀、校勘、編目以及翻譯研究等，有一大批著作問世。比如：英國赫吉森（B. H. Hodgson）的 *Illustrations of the literature and religion of the Buddhists*（Serampore, 1841），賴斯・大衛斯（T.W. Rhys Davids）校寫的巴利語原典《五尼柯耶》（*The Digha Nikaya*, London: Pali Text Society, 1975-1982），柯衛爾（E.B. Cowell）校譯的《佛所行贊》（*The Buddha-Karita of Asvaghosha*, Oxford: Clarendon Press, 1893），諾曼（K.R. Norman）譯著的《長老偈》（*Theragatha*, London: Published for the Pali Text Society by Luzac, 1969）、《長老尼偈》（*Therigatha*, London: Pali Text Society, 1971）、《巴利文文學》（*Pali Literature*, ed. Jan Gonda, Wiesbaden: Otto Harrassowitz, 1983），瓊斯頓（E. H. Johnston）的《孫陀利難陀》（*The Saundarananda*, Kyoto: Rinsen Book, 1971），荷蘭克恩（Handrik Kern）的 *Manual of Indian Buddhism*（Steassburg: K. Trubner, 1896），德國奧登貝格（H. Oldenberg）校訂的《律藏》（*The Vinaya pitakam: one of the principal Buddhist holy scriptures in the Pali language*, London: Williams and Norgate, 1879-1883），雷夫曼（S. Lefmann）校訂的《普曜經》（*Lalita vistara: Leben und Lehre des Cakya-Buddha*, Halle a. S.: Verlag der Buchhandlung des Waisenhauses, 1902-1908），威勒（Friedrich Weller）校訂的《維摩詰所說經》（*Zum soghdischen Vimalakirtinirde sasutra*,

Leipzig: F.A.Brockhaus, 1937），法國烈維（Sylvain Levi）校譯的《大莊嚴論經》（*Mahāyāna-sūtralaṃkāra: expose de la doctrine du grand vehicule, selon le systeme Yogocarya*, Paris: Honore Champion, 1907），拉‧瓦雷‧普辛（la Vallee Poussin）校譯的《入菩提行論》（*Bodhicaryāvatā ra: introduction à la pratique des futurs Bouddhas*, Paris, 1907）等，不一而足。他們對各種佛典之語言文獻的研究，特別是關於大乘文學性經典的釋讀，無疑為漢譯佛典文體學的研究提供了另一種參照系。近三十年來，國內的一些佛經文學研究者，已經充分地認識到借鑑西方該領域成果的重要性，並以實際行動做出卓有成效的工作，如錢文忠、楊富學、陳明等。[60]筆者不敏，對此也十分嚮往，故所用方法之二是儘量做到東方與西方的有機統一，即在探討具體問題時儘量把相關的成果融會貫通，為己所用。

　　漢譯佛典之文體學的研究，目前直接有關的成果雖說不多，但從前面的介紹可知，相關的或間接的成果卻相對豐富。所以，筆者擬用方法之三是儘量做到中心與邊緣的有機統一，即以佛經文體研究為中心，同時最大限度地吸收邊緣性的成果，如前述之翻譯文學、譯介學、語言學、文化傳播學、藝術學、歷史學、考古學、歷史地理學、比較宗教學、美學等領域對佛教／佛經文學的討論。

　　另外，本課題除了探討漢譯佛典之文體學的本位問題外，還要考察各文體的影響。而影響有潛在和顯在之分：顯在的東西，如故事類

60　參錢文忠：〈試論馬鳴《佛所行經》〉，《中國社會科學》1990年第1期（1990年1月），頁135-146；楊富學：《印度宗教文化與回鶻民間文學》（北京市：民族出版社，2007年）；陳明〈西域出土文獻與印度古典文學研究〉，《文獻》2003年第1期（2003年2月），頁47-65、86）；陳明〈梵漢本〈阿闍世王經〉初探〉，《新疆師範大學學報》2003年第4期（2003年11月），頁68-73。另外需要指出的是：本來像陳寅恪、周一良、季羨林、饒宗頤等前輩學者在檢討佛經文學時，對西方佛教語言文獻研究的成果融會得相當成功。但是，由於特殊的歷史原因，後來這個傳統中斷了一段時間。雖說當代學人也在奮力追趕，可和西方的差距依然很大。

型、敘事主題的相同或相似，語言辭彙的借用等，這些是較容易識別的，且多可以通過實例加以揭示；潛在的影響，如思想情感、審美情趣等則難以發現，故有時需做合理的推導。有鑑於此，筆者擬用的方法之四是實證與推論的有機結合。

（三）目的

　　筆者的研究目的是想通過比較全面地討論漢譯佛典文體的表現、性質、作用和影響，進而釐清漢譯佛典諸文體之間的區別和聯繫，深化佛經翻譯文學，特別是比較文學與比較文化學的研究，為比較文體學乃至宗教文體學之研究範式的建立提供一些可資參考的例證。

三　篇章設計與寫作原則

（一）篇章設計

　　根據上述研究對象、方法及目的，本文擬分成十一章，即：第一章〈佛典漢譯文體理論概說〉，它旨在梳理漢譯佛典文體論的表現形式、文化成因及影響；第二至第九章分述十種重要的佛經文體——契經、祇夜、伽陀（案：二者統合在〈偈頌〉一章）、本事、本生、譬喻、因緣、論議、未曾有、授記的性質、表現、作用與影響[61]；第十

61　案：另有兩類佛經——自說和方廣，本書未加分析。其中，「自說」經最少，按照宣化上人的意見，只有《阿彌陀經》是佛無問自說的經典（參《宣化上人開示錄》〔臺北市：法界佛教印經會，1984年〕，（四），頁74；方廣類經典也不多，如玄奘譯：《阿毗達磨大毗婆沙論》卷一二六有云：「方廣云何？謂諸經中廣說種種甚深法義，如《五三經》、《梵網》、《幻網》、《五蘊六處》、《大因緣》等。」（《大正新修大藏經》卷27，頁660上）亦寥寥無幾也。另外，方廣在佛經中有兩種含義：一是作為十二部經之一，是別名；二是大乘經典之總稱，是通名。隋吉藏（549-623）：《勝鬘寶窟》卷上即曰：「故知方廣是大乘經之通名也。……又一乘無德不包曰廣，離於偏邪稱方。古注云：真解無偏為方，理包無限稱廣。」（《大正新修大藏經》卷

一章是〈佛教儀式中的文體應用〉，之所以要設計這一章，是因為考慮到佛典諸文體雖有差別，但在印、中佛教史上它們都可應用於具體的佛教行儀（如受戒、布薩等）。[62]最後是〈簡短的結論〉，旨在概要性地總結漢譯佛典與中國古代文體之關係，為今後的再研究指明方向。

（二）寫作原則

為了使行文簡潔，筆者確立的寫作原則是：一，對前彥時賢論述比較充分的話題，儘量少說，或概要點明用作研究的起點；而學界涉及較少的論題，則盡可能進行翔實的探討。二，所引古籍之點校或箋注本，有時會根據實際情況而改動標點，偶爾還會參照其他版本改動個別文字（特別是《大正藏》之引文），並加上小括弧以示區別，但不出校記，敬請讀者見諒。

37，頁4，上-中）；鳩摩羅什譯：《成實論》卷一則謂「鞞佛略者，佛廣說經，名鞞佛略。有人不信，謂諸大聖樂寂滅，故不喜憒鬧，厭世雜語，拔樂眾根，故不樂廣說，如經中說有得道人，過二月已乃出一言。為斷此故，說有廣經，饒益他故。如說如來二種說法，一廣二略，廣勝略故」（《大正新修大藏經》卷32，頁245，上），此則交代了方廣經的生成原因。

62 關於這方面的初步研究，可參看汪娟：《敦煌禮懺文研究》（臺北市：法鼓文化事業公司，1998年）、汪娟：《唐宋古逸佛教懺儀研究》（臺北市：文津出版社，2008年）、湛如：《論敦煌淨土讚文》，載《敦煌佛教律儀制度研究》（北京市：中華書局，2003年），頁251-290，拙撰：〈密教的啟請儀式及啟請文〉，《敦煌密教文獻論稿》（北京市：人民文學出版社，2003年），頁234-249；拙撰：〈敦煌佛教行事中的音樂文學〉，載《敦煌佛教音樂文學研究》（福州市：福建人民出版社，2007年），頁637-732等。

第一章
佛典漢譯文體理論概說

　　中國古代一千多年的佛典漢譯史，其高潮是在兩晉至北宋前期。其間出現了一些有趣的現象：如從譯師來源看，外來譯師的數量遠遠多於漢地譯師，而且就所譯經典在後世的影響看，前者也遠遠大於後者。[1]但是，對於譯經理論，恰恰相反，則主要由漢地僧侶提出。[2]那麼，他們提出的這些理論，討論的中心問題又是什麼呢？

　　梁啟超〈翻譯文學與佛典〉首先指出：「翻譯文體之問題，則直譯意譯之得失，實為焦點。」[3]此後對佛經漢譯的理論檢討，大都圍繞直譯、意譯關係而展開，並常常兼及或融會文、質問題為一體，如錢鍾書、任繼愈、陳士強、黃寶生、陳福康、張春柏等。[4]所以，直譯‧意譯與文‧質之關係是佛典漢譯理論範疇中的第一要害問題。而

1　案：金克木先生：在〈怎樣讀漢譯佛典——略介鳩摩羅什兼談文體〉，《讀書》1986
　　年第2期（1986年2月），頁127-135中即以中國最為流行的《阿彌陀經》、《法華經》、
　　《維摩詰經》、《金剛經》為例，對此現象進行了初步的解釋，特別是他從當時梵漢
　　雙方文體共有的特點來解釋成因的視角，對筆者頗有啟迪。
2　具體論述可參蔡佳玲：《漢地佛經翻譯論述的建構及其轉型》（桃園縣：中央大學中
　　國文學研究所碩士論文，2007年）。
3　梁啟超：《中國佛教研究史》（上海市：上海三聯書店，1988年），頁104。
4　參錢鍾書：《管錐編》（北京市：中華書局，1986年），冊4，頁1262-1265；任繼愈：
　　《中國佛教史》（北京市：中國社會科學出版社，1981年），卷1，頁171-175；陳士
　　強：〈漢譯佛經發生論〉，《復旦學報》1994年第3期（1994年5月），頁95-101；黃寶
　　生：〈佛經翻譯文質論〉，《文學遺產》1994年第6期（1994年11月），頁4-11；陳福
　　康：《中國譯學理論史稿》（上海市：上海外語教育出版社，2000年），頁7-9；張春
　　柏、陳舒：〈從「文質之爭」看佛經翻譯的傳統〉，《國外外語教學》2006年第1期
　　（2006年1月），頁51-56。

且，其出發點或研究者觀察問題的起點，多是從譯入語的角度來談翻
譯方式以及對譯本品質、文本表現或文化再現的評判。

　　不過，最近三十年來，隨著對中國翻譯學和翻譯文學學科建立的
籲請、實踐以及比較文學、比較文化學、比較語言學、文化傳播學等
多種交叉學科的滲入，特別是在借鑑吸收西方翻譯理論之後，學術界
探討佛典漢譯理論時的角度、方法都有所創新，如有的對古代佛經譯
論的現代轉化進行闡釋[5]，有的則用現代翻譯理論對佛經譯論加以重
新思考。[6]但無論方法如何翻新，筆者認為佛典漢譯理論的根本問
題，或者本位問題，仍在文體論方面。這可從三個方面加以說明。

　　首先，從歷史語境看，歷代高僧在講佛經漢譯、疏釋經文或評論
釋家論著時經常用到該詞，如：

　　（1）梁僧祐（445-518）《出三藏記集》卷十三〈支讖傳〉中說
支讖：

> 以靈帝光和、中平之間，傳譯胡文，出《般若道行品》、《首楞
> 嚴》、《般舟三昧》等三經。又有《阿闍世王》、《寶積》等十部
> 經，以歲久無錄，安公校練古今，精尋文體，云「似讖所
> 出」。凡此諸經，皆審得文旨，了不加飾，可謂善宣法要，弘
> 道之士也。[7]

5　參王宏印：《中國傳統譯論經典詮釋──從道安到傅雷》（武漢市：湖北教育出版社，
　　2003年），頁11-91。

6　參李河：《巴別塔的重建與解構──解釋學視野中的翻譯問題》（昆明市：雲南大學
　　出版社，2005年），頁334-337；萬金川：〈宗教傳播與語文變遷：漢譯佛典研究的語
　　言學轉向所顯示的意義〉（一）、（二），分別見於《正觀雜誌》第19期（2001年12
　　月），頁9-50；第20期（2002年3月），頁5-80，及前揭張春柏、陳舒之論文。

7　〔梁〕僧祐撰，蘇晉仁、蕭鍊子點校：《出三藏記集》（北京市：中華書局，1995年），
　　頁511。

（2）同書卷十四〈鳩摩羅什傳〉載：

> 初，沙門僧叡，才識高朗，常隨什傳寫。什每為叡論西方辭
> 體，商略同異云：「天竺國俗，甚重文藻，其宮商體韻，以入
> 弦為善。凡覲國王，必有讚德；見佛之儀，以歌歎為尊。經中
> 偈頌，皆其式也。但改梵為秦，失其藻蔚，雖得大意，殊隔文
> 體。有似嚼飯與人，非徒失味，乃令嘔噦也。」[8]

（3）同書卷第十未詳作者的〈雜阿毗曇心序〉說：

> 如來泥洹數百年後，有尊者法勝，於佛所說經藏之中，抄集事
> 要為二百五十偈，號《阿毗曇心》。其後復有尊者達摩多羅，
> 攬其所制，以為文體不足，理有所遺，乃更搜採眾經，復為三
> 百五十偈，補其所闕，號曰《雜心》。新舊偈本凡有六百，篇
> 第之數，則有十一品。篇號仍舊為稱，唯有《擇品》一品，全
> 異於先。[9]

（4）道宣（596-667）《續高僧傳》卷二十載隋末唐初之釋道哲
（564-635）：

> 初投穎川明及法師，學《十地》、《地持》，為同聽者所摈。具
> 戒已後，正奉行門，又從魏郡希律師稟承《四分》，希亦指南，

8　〔梁〕僧祐撰，蘇晉仁、蕭鍊子點校：《出三藏記集》（北京市：中華書局，1995年），
　　頁534。
9　〔梁〕僧祐撰，蘇晉仁、蕭鍊子點校：《出三藏記集》（北京市：中華書局，1995年），
　　頁384。

一時盱衡五眾，受教博曉，將經六載，經重筌宗，究其文體。[10]

（5）沙門法寶《俱舍論疏》卷十八曰：

論：次算及文至五蘊為體。明算文體：算謂稱九九八十一等；文謂善巧安布五聲等。《婆沙》云：此中算者，非謂所算一、十、百、千等。但是所有能算之法，故說為算。又云：此中詩者，非所述詠，但是所有能成詠法，此能成詠，故說為詩。詩即文也。[11]

（6）彥悰永淳元年（682）序地婆訶羅譯《佛頂最勝陀羅尼經》曰：

敕中天法師地婆訶羅於東西二京太原弘福寺等傳譯法寶，而杜每充其選，余時又參末席。杜嘗謂余曰：「弟子庸材，不閑文體，屈師據敕刪正，亦願依文筆削。」余辭以不敏。載涉暄寒，荏苒之間，此君長逝。余歔愴流涕，思其若人。又懼寢彼鴻恩，乖於貝牒，因請沙門道成等十人，屈天竺法師再詳幽趣，庶臨文不諱。[12]

（7）智周（668-723）《成唯識論演秘》卷四云：

10 〔日〕大藏經刊行會編：《大正新修大藏經》（臺北市：新文豐出版公司，1996年），卷50，頁588下。

11 〔日〕大藏經刊行會編：《大正新修大藏經》（臺北市：新文豐出版公司，1996年），卷41，頁686中。

12 〔日〕大藏經刊行會編：《大正新修大藏經》（臺北市：新文豐出版公司，1996年），卷19，頁355中。

疏：文者彰義等者，名、句二種為彰為顯，顯彰自性差別義故。文為所依，從能依說，稱為彰顯；有說文體即名彰顯，以能詮彼名、句二故，能詮即是彰顯義也。詳曰：疏釋為正，有所憑故。故《瑜伽論》五十二云：若唯依文，俱可了達音韻而已，不能了達所有事義；若依止名，便能了達彼彼諸法自性自相，亦了音韻，不能了達深廣差別；若依止句，當知一切皆能了達。[13]

（8）湛然（711-782）《止觀義例》卷上曰：

第二所依正教例者，散引諸文該乎一代，文體正意唯歸二經：一依《法華》本跡顯實，二依《涅槃》扶律顯常，以此二經同醍醐故。[14]

（9）贊寧（919-1001）《宋高僧傳》卷五〈唐京兆西崇福寺智昇傳〉載：

釋智昇，未祥何許人也。義理懸通，二乘俱學。然於毗尼，尤善其宗。……乃於開元十八年歲次庚午，撰《開元釋教錄》二十卷，最為精要。……後之圓照《貞元錄》也，文體意宗，相岠不知幾百數里哉。[15]

13　〔日〕大藏經刊行會編：《大正新修大藏經》（臺北市：新文豐出版公司，1996年），卷43，頁850上。

14　〔日〕大藏經刊行會編：《大正新修大藏經》（臺北市：新文豐出版公司，1996年），卷46，頁447上。又，湛然此說，在知禮（960-1028）的著作被多次引用，如：《十不二門指要鈔》（參〔日〕大藏經刊行會編：《大正新修大藏經》（臺北市：新文豐出版公司，1996年），卷46，頁706上）、《千手眼大悲心咒行法》（同前，頁974中）等。

15　〔宋〕贊寧著，范祥雍點校：《宋高僧傳》（北京市：中華書局，1987年），頁95。

（10）同書卷十一載一鉢和尚：

> 歌詞叶理激勸，憂思之深，然文體涉里巷，豈加（如）〈三傷〉之典雅乎。[16]

（11）元照（1048-1116）《四分律行事鈔資持記》曰：

> 鈔者有二義：一採摘義，二包攝義，謂於三藏正文、聖賢遺記，採拾要當，以為文體。[17]

（12）宗曉（1151-1214）《樂邦文類》卷一謂《後出阿彌陀佛偈經》：

> 後漢失譯，此經唯五十六句偈頌，說法文體簡古，古今不得而評。[18]

以上十二例之「文體」，含義不盡相同：例1主要指譯經的語言風格；例2是說譯本和原本內容體制、表現方式等事宜；例3似指經文內容的完整性；例4當是全部漢譯佛典經律論的代稱，且完全涵蓋了譯經的形式體制和內容特點；例5說的是對文之體制與音律的安排，尤可注意的是夾注「詩即文也」，因為在印度口傳文學具有悠久的傳統，無論詩歌、散文都可吟誦（具體論述詳見第三章，此不贅），所以這裡

16 〔宋〕贊寧著，范祥雍點校：《宋高僧傳》（北京市：中華書局，1987年），頁246。
17 〔日〕大藏經刊行會編：《大正新修大藏經》（臺北市：新文豐出版公司，1996年），卷40，頁159下。
18 〔日〕大藏經刊行會編：《大正新修大藏經》（臺北市：新文豐出版公司，1996年），卷47，頁151上。

的「文體」主要是指文學的表現技巧；例6中的「杜」說的是初唐居士杜行顗，其實他也翻譯過《佛頂尊勝陀羅尼經》，他說自己「不閑文體」，當有自謙之意。然從他要敦請博通群經、長於著述的彥悰[19]，一起參與譯事來推測，則知此處「文體」主要針對的是譯入語，即杜氏自己的漢語表達能力、寫作能力，說白了，就是文學才能；例7中的「文」，是指印度文法「三身」說——名身、句身和文身中的「文身」。其中，名（naman）是事物名稱，相當於單詞；句（pada）則是由單詞組成的句子以及由此而來的段落、文章，文（vyañjana）是音節或字母，是名、句成立的基礎。由於印度使用的是拼音文字，故詞、句意義的構成是通過語音的曲折變化來表達的。所以，這裡的「文體」類似於說「文」的功能、作用，而其功能之形成、作用之發揮，又離不開名、句。這反映了印度除了重視分析性外，也注重整體性的思維觀，就整體性而言，又和中土的文體觀念有著驚人的一致；例8似指文章主旨；例9的含義近於例6；例10則指文學（詩歌）風格，例11是指特殊的文體樣式，即對「鈔」進行定義，且偏重於內容之表現；例12是指經文的整體風貌與風格。如果把這些用法和中國古典文論之「文體」相比照，其間的差別甚小。[20]

　　其次，從漢譯佛典經文看，「文體」一詞雖然比較少用，但其意義則與傳統漢籍相差不遠，如玄奘譯《阿毗達磨俱舍論》卷五曰：

---

19 贊寧謂彥悰「辭筆之能，殊超流群」（〔宋〕贊寧著，范祥雍點校：《宋高僧傳》〔北京市：中華書局，1987年〕，頁74），則知彥悰的文學才能很突出。

20 關於中國古代文論之「文體」的含義，具體可參看吳承學：〈文體學源流〉，《中國古代文體形態研究》（廣州市：中山大學出版社，2000年），第14章，頁322-340、〈中國古代文體學學科論綱〉，《文學遺產》2005年第1期（2005年1月），頁22-35，郭英德：〈中國古代文體形態學略〉，《中國古代文體學論稿》（北京市：北京大學出版社，2005年），頁1-28，羅宗強：〈我國古代文體定名的若干問題〉，《中山大學學報》2009年第3期（2009年5月），頁1-10。

　　此頌是名安布差別，執有實物不應正理，如樹等行及心次第。
或唯應執別有文體，即總集此為名等身，更執有餘便為無用。[21]

　　於此，「文體」既與「頌」相呼應，毫無疑問，它就是我們通常理解
的文學樣式之意義上的「文體」吧。

　　復次，從已有研究佛典漢譯理論及其影響的成果看，文體論仍是
大家繞不開的一個重要內容。如梁啟超《翻譯文學與佛典》論及翻譯
文學之影響一般文學時，就說到了「語法及文體之變化」[22]；胡適《白
話文學史》舉出譯經文學在中國文學史上的影響至少有三項，而兩項
都和文體關係密切[23]；陳寅恪在許多精彩的短論中，就一些新文體（如
彈詞、章回小說等）的形成，追溯到了佛經的影響，並就佛典文體及
翻譯文體提出了獨到的見解[24]；丘山新〈漢譯仏典の文體論と翻譯
論〉[25]，則十分明確地把文體論和譯學理論聯繫起來進行綜合考察；蔣
述卓對佛經傳譯與中古文學思潮關係的爬梳，亦多立足於文體類型，
如志怪小說、山水詩等[26]；劉夢溪〈中國古代文論何以最重文體——

21　〔日〕大藏經刊行會編：《大正新修大藏經》（臺北市：新文豐出版公司，1996年），
　　卷29，頁29中。又，玄奘譯：《阿毗達磨順正理論》卷14之〈辯差別品〉第二之六
　　中也有這段話（參〔日〕大藏經刊行會編：《大正新修大藏經》（臺北市：新文豐出
　　版公司，1996年），卷29，頁414中）。

22　梁啟超：《中國佛教研究史》（上海市：上海三聯書店，1988年），頁128。

23　胡適所說第一項為造成了中國新的白話文體，第三項為文學體裁（如小說戲劇等）
　　（參《白話文學史》〔上海市：上海古籍出版社，1999年〕，頁124），二者都是直接
　　從文體學的角度立論的。

24　參陳寅恪：〈有相夫人生天因緣曲跋〉，《金明館叢稿二編》（北京市：生活・讀書・新
　　知三聯書店，2001年），頁192，陳寅恪：〈敦煌本維摩詰經文殊師利問疾品演義跋〉
　　（同前，北京市：生活・讀書・新知三聯書店，2001年），頁203-210、陳寅恪：〈童
　　受喻鬘論梵文殘本跋〉（同前，北京市：生活・讀書・新知三聯書店），頁234-239等。

25　丘山新：〈漢譯仏典の文體論と翻譯論〉，《東洋學術研究》第22卷第2期（1983年11
　　月），頁82-96。

26　參蔣述卓：《佛經傳譯與中古文學思潮》（南昌市：江西人民出版社，1990年）。

漢譯佛典與中國的文體流變之一〉[27]，也比較宏觀地闡述了佛經翻譯文體與本土固有文體的交互影響；孫昌武〈關於佛典翻譯文學的研究〉[28]，則突出了漢譯佛典中文學性強的經典（或種類）的重要意義。

第一節　直譯意譯與質文理論

在未進入正題之前，我們有必要先討論一下譯師們的翻譯觀念，即他們是如何理解翻譯的本質論？因為只有弄清楚這一點，我們才會更加深入地了解直譯意譯與質文理論的關係。

佛典漢譯，用現在的話來說，是屬於語際翻譯。對此，古人也有深有體會。三國東吳支謙《法句經》〈序〉說：「又諸佛興，皆在天竺，天竺言語與漢異音，云其書為天書，語為天語，名物不同，傳實不易。」[29] 法雲（1088-1158）《翻譯名義集》卷一又曰：「夫翻譯者，謂翻梵天之語，轉成漢地之言，音雖似別，義則大同。」[30] 一者強調了語際翻譯之難的原因，一者突出了語際翻譯的等效性，各有所見。而佛典漢譯理論的系統總結者——北宋高僧贊寧在《宋高僧傳》卷一指出：

譯之言易也，謂以所有易所無也。譬諸枳橘焉，由易土而殖，

27　劉夢溪：〈中國古代文論何以最重文體——漢譯佛典與中國的文體流變之一〉，《文藝研究》1992年第3期（1992年5月），頁75-82。

28　孫昌武：〈關於佛典翻譯文學的研究〉，《文學評論》2000年第5期（2000年11月），頁12-22。

29　〔梁〕僧祐撰，蘇晉仁、蕭鍊子點校：《出三藏記集》（北京市：中華書局，1995年），頁273。又，僧祐原書標示該文是「未詳作者」，此據湯用彤考證，其作者當為支謙。見湯用彤：《漢魏兩晉南北朝佛教史》（北京市：北京大學出版社，1997年），頁92。

30　〔日〕大藏經刊行會編：《大正新修大藏經》（臺北市：新文豐出版公司，1996年），卷54，頁1056上。

橘化為枳。枳橘之呼雖殊，而辛芳幹葉無異。又如西域尼拘律
陀樹，即東夏之楊柳，名雖不同，樹體是一。自漢至今皇宋，
翻譯之人多矣。晉魏之際，唯西竺人來，止稱尼拘耳。此方參
譯之士，因西僧指楊柳，始體言意。其後東僧往彼，識尼拘是
東夏之柳。兩土方言，一時洞了焉。唯西唯東，二類之人未為
盡善。東僧往西，學盡梵書，解盡佛意，始可稱善傳譯者。宋
齊已還，不無去彼回者，若入境觀風必聞其政者，奘師、淨師
為得其實。此二師者兩全通達，其猶見璽文知是天子之書，可
信也。《周禮》象胥氏，通夷狄之言，淨之才智，可謂釋門之
象胥也歟！[31]

於此，贊寧對「翻譯」的定義頗值深究，因為它具有深厚的中國文化
淵源。如他用「易」來界定「譯」，是出自唐人賈公彥之疏《周禮》
〈秋官〉：「譯即易，謂制換易言語使相解也。」[32]而「易」本身，又
具有「簡易」、「變易」和「不易」三義[33]，王宏印由此指出從中可以
發掘出翻譯的三易之義：

（1）「簡易」之「易」，謂通過翻譯，語言和道理傾向於簡潔
明瞭，便於理解。（2）「變易」之「易」，謂翻譯為一種語言的

---

31 〔宋〕贊寧著，范祥雍點校：《宋高僧傳》（北京市：中華書局，1987年），頁3-4。
又，贊寧於舉例之「尼拘（律陀）」，其實並不妥當。考尼拘律陀（或尼拘陀），梵語
nyagrodha，意譯為無節、縱廣、多根，形狀類似於我國東南地區的榕樹。慧琳：
《一切經音義》卷十五「尼拘陀」條釋曰：「此樹端直無節，圓滿可愛，去地三丈
餘，方有枝葉，其子微細如柳花子。唐國無此樹，言是柳樹者，非也。」（〔日〕大
藏經刊行會編：《大正新修大藏經》（臺北市：新文豐出版公司，1996年），卷54，
頁402上－下）

32 阮元校刻：《十三經注疏》（上海市：上海古籍出版社，1997年），頁869。

33 關於「易」之三「易」，錢鍾書先生有詳論，參錢鍾書：《管錐編》（北京市：中華
書局，1986年），冊1，頁1-7。

變易活動，即從一種語言演變為另一種語言的活動。（3）「不變」之「易」，謂翻譯雖然經過語言的變易過程，但終究有保持不變者，這便是語言所表達的內容。[34]

這裡的解釋，按照筆者的理解，主要是從翻譯的目的、過程及結果來闡析的，未嘗不可。但是，即使從同一類型或同一標準出發，也大多具有這三層意思。譬如音譯詞中，就有一一對音者，此為「不易」；有略音者，即「簡易」；有音訛者，即「變易」。再如從譯入／譯出語或原本／譯本的角度看，直譯時的總體風貌多為「不易」，意譯時形式內容多有「變易」，但無論直譯、意譯，對中土人士而言，其風格都趨同於「簡易」。另外，在翻譯策略、翻譯技巧、翻譯文體、翻譯的社會性等許多層面，只要用比較的方法進行觀照，便可發現三易之說，處處適用。

在贊寧的翻譯理論體系中，還有一層更重要或者說是最根本的意識，那就是文化交流意識。他指出只有像玄奘、義淨那樣親身經歷過中印文化洗禮的譯師，才是真正的翻譯大師。易言之，翻譯活動的本質是一種文化的互動和交流。

中國古代的翻譯，有自己的一些獨特傳統，主要表現在原文觀念、譯者觀念及口筆結合的翻譯方式上，其中口筆結合的方式，在中國歷史上佔有主導地位。[35]由此形成的譯本，在語言、語體、形式上都呈現出一些和本土文化迥異的風格特徵。

---

34 王宏印：《中國傳統譯論經典詮釋——從道安到傅雷》（武漢市：湖北教育出版社，2003年），頁72。

35 參孔慧怡：〈中國翻譯傳統的幾個特徵〉，載孔慧怡、楊承淑編：《亞洲翻譯傳統與現代動向》（北京市：北京大學出版社，2000年），頁15-37，特別是頁26。

一　直譯與意譯

（一）直譯

1 含義

對於「直譯」一詞，古今含義大異。如贊寧《宋高僧傳》卷三講翻譯「六例」時有云：

> 第三重譯直譯者，一、直譯，如五印夾牒直來東夏譯者是。
> 二、重譯，如經傳嶺北、樓蘭、焉耆，不解天竺言，且譯為胡
> 語。如梵云鄔波陀耶，疏勒云鶻社，于闐云和尚。又天王，梵
> 云拘均羅，胡云毗沙門是。三、亦直亦重，如三藏直齎夾牒而
> 來，路由胡國，或帶胡言。如覺明口誦《曇無德律》中有和尚
> 等字者是。四、二非句，即齎經三藏雖兼胡語，到此不翻譯者
> 是。[36]

顯而易見，這裡的「直譯」與「重譯」首先針對的是原本的來源問題，即直接從印度梵文原典譯出者叫「直譯」，「重譯」則是譯自非印度文本，即從中亞與西域的其他語言轉譯而來的；其次，它們針對的是佛經詞源，如符合梵文語法規則者為「直譯」，不符合者為重譯。

在中國近現代翻譯文學史上，直譯（literal translation，word-for-word translation）和意譯（free translation）是一組相對應的概念，並且在學者之間（如魯迅與梁實秋）引起了激烈的論爭。前者通常指「既保持原文內容、又保持原文形式的翻譯方法或翻譯文字」，後者

36　〔宋〕贊寧著，范祥雍點校：《宋高僧傳》（北京市：中華書局，1987年），頁54。

「只保持原文內容、不保持原文形式的翻譯方法或翻譯文字。」[37]本文所用之「直譯」和「意譯」，則多從現當代的社會語境出發。

2 主要表現形式

（1）音譯

在佛典中，有許多表示思想概念的專有名詞以及印度所特有的事物，在翻譯時，往往用音譯法，此在直譯派與意譯派中都如此。但從量上來說，直譯派更傾向於用音譯，意譯派少用音譯（甚或有個別譯師，完全排擠音譯），所以，筆者把音譯主要放在「直譯」中來論述。對此，顧滿林在〈試論東漢佛經翻譯不同譯者對音譯或意譯的偏好〉一文中[38]，對東漢佛經翻譯做過系統的考察，其結果頗具說服力。他指出：東漢從事佛典漢譯且有作品傳留至今的主要有五個團體或個人，其中，「安世高：以意譯為主」，「支讖：把音譯運用到最大限度」，「安玄、支曜：崇尚意譯，排擠音譯」，「康孟祥等人：音譯意譯各得其所」。而安世高、安玄即是早期意譯派的代表，支讖則是直譯派的代表。

（2）對譯

這裡的「對譯」，蓋指譯本在文體形式、表達方式、思想內容悉與原本相吻合（或基本吻合）的翻譯方法。如果要全面考察對譯法在

---

37 馮慶華：《實用翻譯教程》（上海市：上海外語教育出版社，1997年），頁44。又，對於「直譯」、「意譯」的定義，近來學界頗受西方學術的影響，方法上也有所更新。如有人借鑑符號學原理，指出直譯是「忠實於原著的所指和能指」，意譯是「跨越語言障礙，但原語符號的能指和所指不同程度地走失」（參黃天源：〈直譯和意譯新探〉，載《四川外語學院學報》1998年第1期〔1998年1月〕，頁74-78）。考慮能、所之語源與佛教關係密切，故這種定義也有相當的合理性。

38 四川大學漢語史研究所編：《漢語史研究集刊》第5輯（成都市：巴蜀書社，2002年），頁379-390。

漢譯佛典中的運用，那將是一項極其浩大的工程，因為這要求一一比
對現存漢譯本中能與之相對應的其他語種的文獻。所以，筆者只能偷
工減料，僅以舉例法略加說明。

（1）苻秦鳩摩羅佛提等譯《四阿鋡暮抄解》卷上有云：

> 如是先師說：常能作福，德所行施。八字也。眾生之命，命速
> 乎馳。八字也。若篋消惡，作行之數。八字也。是故福德，如斯
> 說喻。八字也。名首盧，首盧三十二字偈也。[39]

據直譯派代表人物道安（312-385，案：對道安的譯論主張，學術界
一般歸為直譯。其實，情況較為複雜，關於這點，後文有所分析。當
然，從影響層面來說，說他是直譯派也沒有什麼不妥）於前秦建元十
八年（382）為該經所作之序曰：

> 有外國沙門，字因提麗，先賷詣前部國，秘之佩身，不以示
> 人。其王彌第求得諷之，遂得布此。余以壬午之歲八月，東省
> 先師寺廟於鄴寺，令鳩摩羅佛提執胡本，佛念、佛護為譯，僧
> 導、曇究、僧叡筆受，至冬十一月乃訖。……近敕譯人，直令
> 轉胡為秦，解方言而已，經之文質，所不敢易也。[40]

---

39 〔日〕大藏經刊行會編：《大正新修大藏經》（臺北市：新文豐出版公司，1996年），
卷25，頁1下。

40 〔梁〕僧祐撰，蘇晉仁、蕭錬子點校：《出三藏記集》（北京市：中華書局，1995年），
頁340。又：本序原標「未詳作者」，但據〔日〕大藏經刊行會編：《大正新修大藏
經》（臺北市：新文豐出版公司，1996年）本，《四阿鋡暮抄解》題下之注「此土篇
目題皆在首，是故道安為斯題」（〔日〕大藏經刊行會編：《大正新修大藏經》（臺北
市：新文豐出版公司，1996年），卷25，頁1中），則知序文作者當為道安。另外，
序中的「胡」字，〔日〕大藏經刊行會編：《大正新修大藏經》（臺北市：新文豐出
版公司，1996年）本皆作「梵」（〔日〕大藏經刊行會編：《大正新修大藏經》（臺北
市：新文豐出版公司，1996年），卷25，頁1上），蓋後人所改也，且極可能是唐人

序中不但交代了《四阿鋡暮抄解》的經本來源、翻譯過程，而且點明了譯文的特徵是文質未易。易言之，無論內容、形式，都和原本保持高度的一致性。前引「如是先師說」一段經文及其夾注，即是明證。在印度，一首首盧偈是由三十二個音節構成，經文即用三十二個漢字來對譯，且標明每句八字，亦合印度四句成頌之通例也（關於偈頌種類、性質、形式等問題，第三章有專論，此不贅）。另外，《四阿鋡暮抄解》有東晉僧伽提婆的同本異譯《三法度論》，但後者對那首首盧偈略而未譯，只用了「如所說」三字[41]，來對應前者的「如是先師說」。

（2）玄奘譯《稱讚淨土佛攝受經》曰：

> 又舍利子：極樂世界淨佛土中處處皆有七妙寶池，八功德水彌滿其中。何等名為八功德水？一者澄淨，二者清冷，三者甘美，四者輕軟，五者潤澤，六者安和，七者飲時除饑渴等無量過患，八者飲已定能長養諸根四大，增益種種殊勝善根，多福眾生常樂受用。是諸寶池底布金沙，四面周匝有四階道，四寶莊嚴甚可愛樂。諸池周匝有妙寶樹，間飾行列，香氣芬馥，七寶莊嚴，甚可愛樂。言七寶者：一金，二銀，三吠琉璃，四頗胝迦，五赤真珠，六阿濕摩揭拉婆寶，七牟娑落揭拉婆寶。是諸池中，常有種種雜色蓮華，量如車輪，青形青顯，青光青影，黃形黃顯，黃光黃影，赤形赤顯，赤光赤影，白形白顯，

所為，初唐道世：《法苑珠林》卷一〇〇批評道安云：「安正當晉秦之時，刊定目錄，刪注群經，自號彌天，揩摸季葉，猶言譯胡為秦。此亦崑山之一礫，未盡美焉。但上來有『胡』言處，並以『梵』字替之，庶後哲善談得其正真者也。」（〔日〕大藏經刊行會編：《大正新修大藏經》（臺北市：新文豐出版公司，1996年），卷53，頁1019下）

41　〔日〕大藏經刊行會編：《大正新修大藏經》（臺北市：新文豐出版公司，1996年），卷25，頁16上。

白光白影，四形四顯，四光四影。舍利子：彼佛土中有如是等
眾妙綺飾，功德莊嚴，甚可愛樂，是故名為極樂世界。[42]

與奘譯本內容相同的是鳩摩羅什（343-413）的同本異譯經，後者經
文則作：

又舍利弗：極樂國土有七寶池，八功德水充滿其中，池底純以
多少布地。四邊階道，金銀琉璃頗梨合成。上有樓閣，亦以
金、銀、琉璃、車磲、赤珠、馬瑙而嚴飾之。池中蓮花，大如
車輪。青色青光，黃色黃光，赤色赤光，白色白光，微妙香
潔。舍利弗：極樂國土成就如是功德莊嚴。[43]

若把二種譯本與原本對照，則不難發現奘譯本用的是對譯法，而什譯
本為意譯法，甚至是變譯法（關於變譯的含義，詳後文）。梵文本曰：

punar aparaṃ Śāriputra Sukhāvatyāṃ lokadhātau saptaranamayyaḥ
puskarinyah/ tad yathā suvartnasya rūpyasya vaidūryasya sphatihasya
lohitamuktaśyās magarbhasya musāragalvasya saptamasya ratnasya/
astāngopetavāriparipūrnūḥ samatī rthikāḥ kākapeyāḥ suvarn
avālukasāmstrtāḥ/ tāsu ca puṣ karin īs u samantāc caturdiśam
catvārisopānāni citrāni dar ś an īyāni caturnām ratnānāṃ/ tad yathā
suvarnasya rūpyasaya vaiḍ ūryasya spha ṭ ikasya/ tāsāṃ ca puṣ
karin ī nām samantād ratnavr kṣa jātāś citrā darś an īyāḥ saptānām

---

42 〔日〕大藏經刊行會編：《大正新修大藏經》（臺北市：新文豐出版公司，1996年），
　　卷12，頁348下-349上。

43 〔日〕大藏經刊行會編：《大正新修大藏經》（臺北市：新文豐出版公司，1996年），
　　卷12，頁346下-347上。

ratnānāṃ/ tad yathā suvarṇasya rūpyasya vaidūryasya sphatikasya
lohitamukatās yāśmagarbhasya musāragalvasya saptamasya ratnasya/
tāsu ca puksariṇīsu santi padmāni jātāni nīlani nilavarṇāni
nīlanirbhāsāni nīlanidarśanāni/ pītāni pītavarṇāni pī tanirbhāsāni
pītanidarśanāni/ lohitāni lohitavarṇāni lohitanirbhāsāni
lohitanidarśanāni/ avadātāny avadātavarṇāny avadātanir-bhāsāny
avadātānidarśanāni/ citrāni citravarṇāni citranirbhāsāni
citranidarśanāni śakatacakramāṇapariṇāhāni/ evaṃrūpaih Śāriputra
buddhaks etraguṇavyūhaih samalaṃk r taṃ tad buddhak s etram//[44]

其中，什譯本的文字極其簡省，只及奘譯本的一半，因為羅什對原本中一些解釋性的東西，如八功德水之「八功德」略而未出；而玄奘譯本在行文方式、事物名相乃至具體內容等方面基本吻合原經，所作改動極其細微，甚至可以忽略不計。黃寶生謂：「玄奘和鳩摩羅什的翻譯分別代表中國佛經翻譯史上成熟的或典範的直譯和意譯。」[45]此論洵是。

當然，在對譯的過程中，由於梵、漢文法的巨大差異，即使是直譯派也會考慮中土讀者的閱讀習慣。如認為佛典漢譯容易「五失本」的道安法師，他在組織翻譯《比丘大戒本》時，就接受慧常的建議，同意「案胡文書，唯有言倒時從順耳。[46]」即把原本的主謂倒裝句變成正常的主謂次序。有鑑於此，黃寶生指出：「根據佛經翻譯實際，可以將『一失本』還是『五失本』視為直譯和意譯的主要區別。……而

44 轉引自高橋弘次著，楊笑天譯：〈《阿彌陀經》——羅什譯本與玄奘譯本〉，《佛學研究》2004年年刊，頁17。
45 黃寶生：〈佛經翻譯文質論〉，《文學遺產》1994年第6期（1994年11月），頁10。
46 〔梁〕僧祐撰，蘇晉仁、蕭錬子點校：《出三藏記集》（北京市：中華書局，1995年），頁413。

從翻譯實踐看，鳩摩羅什是允許『五失本』的。」[47]這是頗有見地的。

3 成因

　　直譯派堅持直譯的原因很多，筆者認為對此論述得最為系統的當屬玄奘大師的「五種不翻」說。後唐釋景霄《四分律行事鈔簡正記》卷二記之曰：

> 唐三藏譯經，有翻者，有不翻者。且不翻有五：一、生善故不翻，如佛陀云覺、菩提薩埵此云道有情等，今皆存梵名，意在生善故；二、祕密不翻，如陀羅尼等，總持之教，若依梵語諷念加持，即有感微（徵），若翻此土之言，全無靈驗故；三、含多義故不翻，如薄伽梵，一名具含六義：一自在，不永繫屬，種生死故。二熾盛，智火猛焰，燒煩惱薪。三端嚴，相好具足，所莊嚴故。四名稱，有大名聞，遍十方故。五吉祥，一切時中常吉利故，如二龍主水、七步生蓮也。六尊貴。出世間所尊重故。今若翻一，便失餘五，故存梵名；四、順古不翻，如阿耨、菩提，從漢至唐例皆不譯；五、無故不翻，如閻浮樹影透月中，生子八斛甕大，此間既無，不可翻也。[48]

本來，唐代稱「三藏」的譯師大有人在，但南宋唯心居士周敦義於紹興丁丑年（1157）為法雲《翻譯名義集》所撰之序中卻逕直把「五種不翻」歸到了「唐奘法師」名下[49]，意即著作權當屬玄奘。

---

47 黃寶生：〈佛經翻譯文質論〉，《文學遺產》1994年第6期（1994年11月），頁7。

48 《新編卍續藏經》，冊68，頁153上。

49 〔日〕大藏經刊行會編：《大正新修大藏經》（臺北市：新文豐出版公司，1996年），卷54，頁1055上。又，周氏所記「五種不翻」之順序、文字詳略和所舉例證皆與景霄所引略有區別，而內容大體一致。

　　玄奘的「五種不翻」，全是講音譯原則。其中，「順古」是說約定俗成的原則，即要尊重已有的習慣性譯法（用法）；其餘四條，則多從中印語言表現、功能之異出發，講音譯的必要性和必然性。然細考玄奘理論之提出，自有其歷史來源。湯用彤先生揭出廣州大亮法師立五不翻之說[50]，其文見於隋代高僧灌頂（561-632）《大般涅槃經玄義》卷一，曰：

> 廣州大亮云：一名含眾名，譯家所以不翻，正在此也。名下之義，可作異釋，如言大者，莫先為義，一切諸法莫先於此。又大常也，又大是神通之極號，常樂之都名，故不可翻也。二云名字是色聲之法，不可一名累書眾名，一義迭說眾義，所以不可翻也。三云名是義上之名，義是名下之義，名既是一，義豈可多？但一名而多訓，例如此間息字，或訓子息，或訓長息，或訓止住之息，或訓暫時消息，或訓報示消息，若據一失諸，故不可翻。四云一名多義，如先陀婆一名四實，關涉處多，不可翻也。五云祇先陀婆一語，隨時各用，智臣善解，契會王心。涅槃亦爾，初出言涅槃，涅槃即生也，將逝言涅槃，涅槃即滅也。但此無密語翻彼密義，故言無翻也。[51]

於此，大亮法師雖然僅針對《大般涅槃經》經題之翻譯所作的釋義，重點在於梳理名、義關係，仍然可以看出玄奘理論與它的相似性。

　　其實，無論玄奘之前或之後的譯師，對中印文化之異而導致的某些名相的不可譯性都深有體會，如北涼道泰譯《入大乘論》卷下在「如來法身為化眾生，有四方便。何等為四？一者多檀多羅波羅比

---

50 湯用彤：《隋唐佛教史稿》（南京市：江蘇教育出版社，2007年），頁61。
51 〔日〕大藏經刊行會編：《大正新修大藏經》（臺北市：新文豐出版公司，1996年），卷38，頁1下。

地，二者多檀多羅尼比致，三者阿亶多波羅比致，四者阿亶多羅比致」之後加有小字注曰：「此四深妙，秦言無以譯之，故存梵本耳。」[52] 意即原典中「四方便」的深奧精妙之義理，無法用漢語準確傳達，所以只好採用音譯法。

義淨（635-713）《能斷金剛般若波羅蜜多經論釋》卷中之夾注則云：

> 問：何故本經初留梵語陀羅，不譯為漢字者，有何意趣？答：梵本三處皆是陀羅，而義有差別。今時譯者若也全為梵字，即響滯於東土。如其總作唐音，頓理乖於西域，是故初題梵字，可謂義詮流轉所由，於內道持，便是正述執持之事。作斯譯者，方稱頌本無著菩薩之意，符釋者世親菩薩之情。如其不作斯傳，定貽傷手之患。若總譯為流，持理便成不現；咸為持字，流義固乃全無。作此雙兼，方為愜當。若譯為流，於理亦得，然含多義，不及陀羅。一處既爾，餘皆類知。諸存梵本者，咸有異意。此波若已經四譯五譯，尋者當須善觀，不是好異重譯，意存鞫理。西國聲明，自有一名目多事，一事有多名，為此陀羅一言遂含眾義，有流有持，理應體方俗之殊致，不得恃昔而膠柱。[53]

義淨之所以要保住梵語的音譯詞「陀羅」，原因亦在於換成意譯的漢語辭彙（唐音）「流」或「持」，都不足以概括它在原本中的含義。

義淨之注，針對的是原典中一詞多義情況的對應之策。玄奘之

52　〔日〕大藏經刊行會編：《大正新修大藏經》（臺北市：新文豐出版公司，1996年），卷32，頁47中。

53　〔日〕大藏經刊行會編：《大正新修大藏經》（臺北市：新文豐出版公司，1996年），卷25，頁881下。

「無故不翻」，針對的是原典中的文化侷限詞[54]，即對印度文化中特有的事物、概念，一般用音譯法，目的在於保持原本的精神風貌。但是，如此一來，就苦了那些對原本文化了解不多或毫無了解的讀者，人為地製造理解上的障礙，隨之便產生在譯文中添加夾注的形式，利用這種形式最多的譯經大師就是義淨，其譯經中隨處可見，如《根本說一切有部羯磨》卷三之夾注曰：

> 梵云褒灑陀者，褒灑是長養義，陀是清淨洗濯義。意欲令其半月半月憶所作罪，對無犯者說露其罪，冀改前愆。一則遮現在之更為，二則懲未來之慢法。為此咸須並集，聽別解脫經，令善法而增茂。住持之本，斯其上歟。豈同堂頭禮懺而已哉？此乃但是泛兼俗侶，斂粗相而標心。若據法徒，未足蠲其罪責。舊云布薩者，訛。[55]

這裡的褒灑陀，梵語作posadha、upavāsatha或uposadha，舊譯作「布薩」，義淨認為後者音譯有誤。但他又怕更改譯音之後，引起世人的不解，故在夾注中詳盡地介紹了構成原詞之各音節的具體含義、整個

---

54 參王宏印：《中國傳統譯論經典詮釋——從道安到傅雷》（武漢市：湖北教育出版社，2003年），頁56。其實，文化侷限詞在譯出語、譯入語中都存在，遇到這種情況時，大多採用音譯。如唐義淨譯：《根本說一切有部毗奈耶》卷十一出現了「叶婆」一詞，譯者有夾注曰：「叶婆者，正目西方說男女交合不軌之言。若準此方音者，言多鄙媟。又復方音隨處不定，故存本字。然西方教授說此言時，亦不全道，以鄙惡故，但云叶字婆字耳。」（〔日〕大藏經刊行會編：《大正新修大藏經》（臺北市：新文豐出版公司，1996年），卷23，頁684中）相對而言，中土文化性方面的用詞更嚴格，如梵語alingita，意為男女擁抱，《華嚴經》等音譯作阿梨宜。法藏（643-712）：《華嚴經探玄記》卷19釋云：「阿梨宜者，此云抱持摩觸，是攝受之相。」（〔日〕大藏經刊行會編：《大正新修大藏經》（臺北市：新文豐出版公司，1996年），卷35，頁471上）

55 〔日〕大藏經刊行會編：《大正新修大藏經》（臺北市：新文豐出版公司，1996年），卷24，頁468中。

詞的意義以及布薩行儀的宗教本質與實施方法。

「五種不翻」除了考慮中印一般的語言表現、功能之差別外，還涉及譯師對宗教本身之特殊性的深層思考，或者說是要儘量保持原本的思維方式、精神品味。具體說來，包括三個方面：

一是宗教主體的獨立性，它主要體現於「生善不翻」，按照周敦義〈翻譯名義序〉云：

> 五生善故，如「般若」尊重，「智慧」輕淺。而七迷之作，乃謂「釋迦牟尼」此名「能仁」，能仁之義，位卑周孔。「阿耨菩提」，名「正遍知」，此土老子之教先有「無上正真之道」，無以為異。「菩提薩埵」，名「大道心眾生」，其名下劣。皆掩而不翻。[56]

這裡，玄奘批評的是古譯中意譯詞的「格義」法，如把「Sakyamuni」（釋迦牟尼）、「anuttarasamyaksambodhi」（音譯全稱「阿耨多羅三藐三菩提」，略作「阿耨三菩提」、「阿耨菩提」）分別比附成「能仁」、「無上正真之道」，易於使人混淆佛教和儒教、道教的本質區別，喪失佛教的獨立品格。

二是宗教語言的神秘性，它主要體現在秘密不翻上，大意是說原典中的陀羅尼、真言、明咒等特殊語言必須採用音譯。因為在印度文化中，語言崇拜有著悠久的歷史傳統，自吠陀文明開始，背誦、記憶、口頭傳承一直是印度古代文學的特點之一。佛教建立之後，尤其是密教興起之後，語密更是大行其道。音譯語密（陀羅尼、真言、明咒），正是要最大限度地保持信徒對語言之神秘力量的敬畏和崇拜。[57]

---

56 〔日〕大藏經刊行會編：《大正新修大藏經》（臺北市：新文豐出版公司，1996年），卷54，頁1055上。

57 其實，密教中的各種咒語，也是可以意譯的，相關的例子可參看簡豐祺校注：《古梵語佛教咒語全集》（臺北市：佛陀教育基金會，2007年）。

　　三是宗教傳播的時效性，這主要表現於「順古不翻」，因為貿然改動一些約定俗成、已經深入人心的音譯詞，必將對教義的傳播不利。即使如義淨那樣在譯本中加入詳細的夾注來補充說明，實際上從傳播效果講，也可能適得其反。因為有時候，語言習慣是很難改變的。

（二）意譯

1 含義

　　關於這一點，上文講直譯時已有介紹，不復贅述。

2 表現形式

　　有關佛典漢譯之意譯的表現形式，學界關注較少。筆者最近仔細研討黃忠廉的幾本論著，特別是受其變譯理論的影響，由此產生一個大膽的想法，即漢譯佛典中的意譯，實際上也是一種變譯。[58]它主要體現於原本文體形式及內容在譯本中都發生了較大的變化。

（1）文體的改變

　　它主要是指譯本與原本的文體形式有別，如原本是詩頌的地方，

---

58 黃忠廉關於變譯的論著主要有：《翻譯變體研究》（北京市：中國對外翻譯出版公司，1999年）、《變譯理論研究》（北京市：中國對外翻譯出版公司，2002年）、〈變譯理論：一種全新的翻譯理論〉，《國外外語教學》2002年第1期（2002年1月），頁19-22。不過需要指出的是：變譯是相對於全譯（完整地翻譯原本）而提出來的一個新概念，筆者則把譯本對原本的變通翻譯（包括段落結構的調整、內容的增刪等）也稱為變譯，而且意譯派比直譯派用得更多。當然，直譯派在譯本中也會對原本句式、語法結構等進行技術性層面的變通以利漢地讀者的閱讀理解，如張建木：〈論吸收古代的翻譯經驗〉，《翻譯通報》1951年第5期（1951年5月）、柏樂天（P.Pradhan）：〈偉大的翻譯家玄奘〉及〈續完〉，連載於《翻譯通報》1955年第5、6期（1955年5-6月）指出玄奘在語詞運用方面有「補充法」、「省略法」、「變位法」、「分合法」、「譯名假借法」、「代詞還原法」等。另外，黃忠廉的研究，在資料運用上未關注漢譯佛典，不能不說是一大缺憾。

在譯本中卻變成散文。這樣的例子，漢譯佛典中時有所見。如許里和先生〈關於初期佛經漢譯的新思考〉指出後漢安世高等人把「《道地經》（T607）中引言性質的詩節被譯成生硬的散文句式」，又指出支婁迦讖譯《佛說般舟三昧經》是「唯一一部用散文翻譯原經gatha的經文（T418，頁906，1-2欄，頁907，2-3欄）」。[59]其實類似的情況，漢以後也有。如唐代宗李豫〈大唐新翻密嚴經序〉云：

> 夫翻譯之來，抑有由矣。雖方言有異，而本質須存。此經梵書，並是偈頌，先之譯者多作散文，蛇化為龍，何必變於鱗介？[60]

案：《密嚴經》，即《大乘密嚴經》。這裡的「新翻」是指不空（705-774）譯本，此前曾有地婆訶羅（613-687）譯本，兩者同為三卷本，內容區別不大。但是，根據代宗之序可知《密嚴經》的梵文原本是偈頌體，他說地婆訶羅本「多作散文」，即改變了原本的文體形式[61]，故從「本質須存」的立場出發予以批評。

（2）內容的增減

A 譯本是原本的縮略

後秦釋僧叡〈大智釋論序〉云：

---

59 參〔荷〕許里和著，顧滿林譯：〈關於初期佛經漢譯的新思考〉，載：《漢語史研究集刊》第4輯（成都市：巴蜀書社，2001年），頁286-312，特別是頁298、311。其中的T代表：《大正新修大藏經》。

60 〔日〕大藏經刊行會編：《大正新修大藏經》（臺北市：新文豐出版公司，1996年），卷16，頁747下。

61 關於不空、地婆訶羅所譯《密嚴經》經文組織之異同，可參拙文〈佛經傳譯與散文文體的得名〉，《福建師範大學學報》2003年第4期（2003年7月），頁51-55。

> 經本既定，乃出此《釋論》。論之略本有十萬偈，偈有三十二
> 字，並三百二十萬言。胡夏既乖，又有煩簡之異，三分除二，
> 得此百卷，於《大智》二十萬言，玄章婉旨，朗然可見。歸途
> 直達，無復惑趣之疑，以文求之，無間然矣。……梵文委曲，
> 皆如《初品》。法師以秦人好簡，故裁而略之。若備譯其文，
> 將近千有餘卷。[62]

案：僧叡是序所講是鳩摩羅什翻譯《大智度論》之縮譯的情況及成
因。再結合《出論後記》之「論《初品》三十四卷，解釋一品，是全
論具本。二品以下，法師略之，取其要足以開釋文意而已，不復備其
廣釋，得此百卷，若盡出之，將十倍於此」[63]，則知在漢譯本《大智
度論》一百卷中，全譯原本的是前三十四卷，而第三十四卷以下部
分，羅什將原本做了大量的刪減。

　　唐金剛智（671-741）金剛智譯《佛說七俱胝佛母准提大明陀羅
尼經》云：

> 說七俱胝佛母准提陀羅尼念誦法：依梵經本，有十萬偈頌，我
> 今略說念誦觀行供養次第。[64]

然據筆者初步統計，該經譯文才七千餘字，而原經有十萬偈，毫無疑
問，譯本當有大量的刪減。

　　當然，對經本進行刪節，在印度也時有所見，如僧祐《新集律來

62　〔梁〕僧祐撰，蘇晉仁、蕭鍊子點校：《出三藏記集》（北京市：中華書局，1995年），頁387。
63　〔梁〕僧祐撰，蘇晉仁、蕭鍊子點校：《出三藏記集》（北京市：中華書局，1995年），頁388。
64　〔日〕大藏經刊行會編：《大正新修大藏經》（臺北市：新文豐出版公司，1996年），卷20，頁175上。

漢地四部記錄》述《十誦律》之傳承時云：「薩婆多部者，梁言一切
有也。……本有八十誦，優波掘以後世鈍根，不能具受，故刪為十
誦。」[65]而據唐法寶《俱舍論疏》卷一載，伐蘇密多羅「造《界身足
論》，廣本六千頌，略本七百頌。」[66]則知印度原典本來就有廣本、略
本之分（甚至次本之分，例見下文。廣、次、略，內容詳略之別
也）。但中土翻譯時，多擇其略本。如宋人釋寶臣《注大乘入楞伽
經》卷一引初唐智嚴法師注文之序曰：

> 梵文廣略通有三本：廣本十萬頌，次本三萬六千頌，略本四千
> 頌。此方前後凡四譯，皆是略本四千頌文。[67]

這裡介紹的是禪宗重要典籍《楞伽經》（梵 Laṅkāvatāra-sūtra）的翻譯
情況，在歷史上有四個譯本，即北涼曇無讖本，已佚；劉宋求那跋陀
羅於元嘉二十年（443）譯出的《楞伽阿跋多羅寶經》，四卷本；北魏
菩提流支的《入楞伽經》，十卷本；唐實叉難陀譯出的《大乘入楞伽
經》，七卷本。但無論它們如何分卷，按照智嚴的說法，原本都出於
略本。

　　另外，據僧祐《新集抄經錄》之序曰：

> 抄經者，蓋撮舉義要也。昔安世高抄出《修行》為《大地道
> 經》，良以廣譯為難，故省文略說。及支謙出經，亦有《字
> 抄》。此並約寫胡本，非割斷成經也。而後人弗思，肆意抄

65　〔梁〕僧祐撰，蘇晉仁、蕭鍊子點校：《出三藏記集》（北京市：中華書局，1995年），
　　頁116。
66　〔日〕大藏經刊行會編：《大正新修大藏經》（臺北市：新文豐出版公司，1996年），
　　卷41，頁466中。
67　〔日〕大藏經刊行會編：《大正新修大藏經》（臺北市：新文豐出版公司，1996年），
　　卷39，頁434中。

撮，或棋散眾品，或苽剖正文。既使聖言離本，復令學者逐
末。……其安公時抄，悉附本錄，新集所獲，撰目如左。庶誠
來葉，無效尤焉。[68]

由此可知，中古時期有大量的抄經（從譯本中節錄經文），雖然僧祐
不太贊成這種做法，但若追根溯源，則和安世高、支謙有關。因為前
者曾從原本《修行道地經》（案：有西晉竺法護譯本，七卷）中略出
而成一卷本的《道地經》，後者則從某種原本節譯成《孛經》。兩人的
做法，實際上也是縮譯。

B 譯本對原本內容有所增加

在原本與譯本的轉換過程中，由於各種特殊的原因，譯者往往會
加入一些原本所沒有的內容，茲舉三例如次：

一者後漢支婁迦讖譯《佛說無量清淨平等覺經》卷四有句云：
「師開導人耳目，智慧明達，度脫人，令得善舍。泥洹之道，常當慈
孝，於佛如父母，常念師恩。」[69]本來支讖乃崇尚直譯，但為了適應
中土文化的需要，在譯文中加入了原本沒有的孝道觀念。[70]

二者隋那連提黎耶舍（490-589）譯《德護長子經》卷下曰：

佛言：此童子者能令未信眾生令生淨信，未調伏者能令調伏，
未成熟者能令成熟，於其父所作善知識。何以故？能以導師法

---

68 〔梁〕僧祐撰，蘇晉仁、蕭鍊子點校：《出三藏記集》（北京市：中華書局，1995年），
　　頁217-218。
69 〔日〕大藏經刊行會編：《大正新修大藏經》（臺北市：新文豐出版公司，1996年），
　　卷12，頁299下。
70 參〔日〕中村元：〈儒教思想對佛典漢譯帶來的影響〉，《世界宗教研究》1982年第2
　　期（1982年5月），頁29。又，雖然中村先生討論的重點是本土儒家文化對佛典漢譯
　　的滲透問題，但他所舉的事例，同時也是研究佛典漢譯之變譯的極好材料。

教化其父，安置無量千萬那由他阿僧祇眾生，於佛法中令生信心，必定阿耨多羅三藐三菩提。又此童子，我涅槃後於未來世護持我法，供養如來受持佛法，安置佛法，讚歎佛法。於當來世佛法末時，於閻浮提大隋國內作大國王，名曰大行，能令大隋國內一切眾生，信於佛法，種諸善根。時大行王以大信心、大威德力供養我鉢，於爾數年，我鉢當至沙勒國，從爾次第至大隋國。其大行王於佛鉢所大設供養，復能受持一切佛法，亦大書寫大乘方廣經典無量百千億數，處處安置諸佛法藏，名曰法塔。造作無量百千佛像，及造無量百千佛塔，令無量眾生於佛法中得不退轉、得不退信。其王以是供養因緣，於不可稱不可量無邊際不可說諸佛所，常得共生，於一切佛剎，常作轉輪聖王。[71]

案：本經又名《尸利崛多長子經》，是那連提黎耶舍在曇遷等人的協助下譯出於隋開皇三年（583）。眾所周知，隋文帝楊堅曾寄養於比丘尼智仙，從小對佛教懷有深厚的感情。王邵《舍利感應記》曰：

皇帝昔在潛龍，有婆羅門沙門來詣宅，出舍利一里（粒）曰：「檀越好心，故留與供養。」沙門既去，求之不知所在。其後皇帝與沙門曇遷各置舍利於掌而數之，或少或多，並不能定。……神尼智仙言曰：「佛法將滅，一切神明今已西去。兒當為普天慈父，重興佛法，一切神明還來。」其後周氏果滅佛法，隋室受命，乃興復之。皇帝每以神尼為言，云：「我興由佛。」[72]

71　〔日〕大藏經刊行會編：《大正新修大藏經》（臺北市：新文豐出版公司，1996年），卷14，頁849中-下。

72　〔日〕大藏經刊行會編：《大正新修大藏經》（臺北市：新文豐出版公司，1996年），卷51，頁213中-下。

準此，筆者以為《德護長者經》中有關大行於大隋國作王復興佛教的內容，即是身為外國僧主的那連提黎耶舍為回應楊堅稱帝而造出的理論依據而增補的。尤可注意的是，經文與智尼都提到了末法問題。而且，若把經文與同型經典如西晉竺法護譯《申日兒本經》（《申日經》）相比，則知本經內容更加豐富，如《申日經》只是說：

> 佛告阿難：我般涅槃千歲已後，經法且欲斷絕。月光童子當出於秦國作聖君，受我經法興隆道化。秦土及諸邊國，鄯善、烏長、歸（龜）茲、疏勒、大宛、于填及諸羌虜夷狄，皆當奉佛尊法。[73]

三者唐達摩流支（即菩提流志，？-727）譯《寶雨經》卷一云：

> 爾時東方有一天子，名日月光，乘五身雲來詣佛所，右繞三匝，頂禮佛足，退坐一面。佛告天〔子〕曰：「汝之光明甚為希有！天子，汝於過去無量佛所曾以種種香花、珍寶、嚴身之物、衣服、臥具、飲食、湯藥恭敬供養，種諸善根。天子，由汝曾種無量善根因緣，今得如是光明照耀。天子，以是緣故，我涅槃後最後時分第四五百年中法欲滅時，汝於此贍部洲東北方摩訶支那國，位居阿鞞跋致，實是菩薩，故現女身為自在主，經於多歲，正法治化，養育眾生猶如赤子，令修十善，能於我法廣大住持，建立塔寺。又以衣服、飲食、臥具、湯藥供養沙門，於一切時常修梵行，名日月淨光。」[74]

---

73 〔日〕大藏經刊行會編：《大正新修大藏經》（臺北市：新文豐出版公司，1996年），卷14，頁819中。

74 〔日〕大藏經刊行會編：《大正新修大藏經》（臺北市：新文豐出版公司，1996年），卷16，頁284下。

據智昇《開元釋教錄》卷七，是經長壽二年（693）譯出於佛授記寺，十卷，與梁曼陀羅譯出的七卷本《寶雲經》為同本異譯。[75]然梁譯本根本無授記女王現於摩訶支那（中國）之事。此蓋為武則天稱帝后進一步依靠佛教尋找理論依據之緣故也。

（3）詩句的增減

眾所周知，佛典體制是長行（散文）與偈頌交錯運用，故而原本有大量的偈頌出現，而且往往是四句成頌。但是漢譯後，句式尤其是詩句的數量，有時並不完全與原本吻合。如葛維鈞先生曾比對過梵文本《法華經》〈序品〉偈頌之原文與什譯本在句數方面的異同，指出存在以每頌或二、三、五、六句的形式來對應原本四句一偈的情況。[76]但有的時候譯得太巧妙，如：鳩摩羅什把第五偈譯為五句「從阿鼻獄，上至有頂，諸世界中，六道眾生，生死所趣」，妙的是鳩摩羅什把緊接著的下一偈譯成三句「善惡業緣，受報好醜，於此悉見」。而「上偈末句『生死所趣』與下偈首句『善惡業緣』正相聯對，讀的人很自覺地就會把上偈末句斷入下偈，這樣，不僅兩個奇數句加在一起變成了偶數句，而且讀來還能朗朗上口。由於銜接處天衣無縫，後來的註釋家幾乎不可能把它們當作兩個四句偈來對待」。[77]類似的情況，後世也有。如隋達磨笈多（？-619）譯《緣生論》曰：「因中空無果，因中亦無因。果中空無因，果中亦無果。因果二俱空，智者與相應。梵本本一偈，今為一偈半。」[78]夾注的意思是說原本是四句偈，

75　〔日〕大藏經刊行會編：《大正新修大藏經》（臺北市：新文豐出版公司，1996年），卷55，頁569中。

76　葛維鈞：〈智顗解經二誤〉，《世界宗教研究》1988年第3期（1988年8月），頁138-139。

77　葛維鈞：〈智顗解經二誤〉，《世界宗教研究》1988年第3期（1988年8月），頁138。

78　〔日〕大藏經刊行會編：《大正新修大藏經》（臺北市：新文豐出版公司，1996年），卷32，頁484上。

而漢譯本增為六句，故成「一偈半」。再如不空譯《大乘緣生論》曰：「因中空無果，果中亦無因。因中亦無因，果中亦無果。智者空相應。梵本一偈，今為一句矣。」[79] 夾注表明原本的四句偈，不空卻將它濃縮為一句，即「智者空相應」。

（4）詞語的替換

這方面的情況在漢譯佛典中比比皆是，於此僅舉兩例以見其端要。如：唐義淨譯《根本說一切有部毗奈耶》卷二八曰：

> 若苾芻於日暮時，露安敷具。至半更時，而不收攝，不自他看守，若不損壞者，得惡作；若壞，得墮罪。如是乃至一更、一更半，二更、二更半，三更、三更半，四更、四更半，平旦、西方夜有三時，分十稍令難解，故依此方，五更為數，冀令尋者易知耳。日出時、小食時、隅中時、欲午時、正午時、過午時、日角時、晡時、晡後時、日暮時，若苾芻齊此晝夜於時中安僧敷具，不即觀察。若未損壞，得惡作罪；若損壞者，得墮落罪。[80]

這裡，義淨的翻譯是用夜「五更」來替換印度的夜「三時」，原因在於中印計時方法有別。

再如寶思維譯《大陀羅尼末法中一字心咒經》曰：

> 爾時世尊入彼三摩地已，十方諸佛觀察如來在清淨天宮，一一

---

79 〔日〕大藏經刊行會編：《大正新修大藏經》（臺北市：新文豐出版公司，1996年），卷32，頁488上。

80 〔日〕大藏經刊行會編：《大正新修大藏經》（臺北市：新文豐出版公司，1996年），卷23，頁778中。

皆來集會，各請釋迦牟尼佛說咒，而說頌曰：頌中初句「佛說
大威德」者，三藏云梵本稱「說說」，而筆受者為不順方言，
故稱佛說。

佛說大威德，為利諸有情。能成一切咒，願者皆滿足。[81]

這是說寶思維原想依梵本譯成「說說大威德」，後來卻採納了筆受者
的建議，用「佛說」替換了「說說」，從而符合了漢地的語言習慣。

此外，需要補充說明的是：這種語詞替換法和後唐釋景霄所說
「正翻、義翻」中的「義翻」法相類。《四分律抄簡正記》卷二有云：

就翻譯中復有二種：一正翻，二義翻。若東西兩土俱有，促呼
喚不同，即將此言用翻彼語梵（梵語）。如梵語莽茶利迦此云
白蓮華，又如梵語斫搊此翻為眼等，皆號正翻也。若有一物，
西土即存，此土全無。然有一類之物，微似彼物，即將此者用
譯彼語，如梵云尼拘律陀樹，此樹西土其形絕大，能蔭五百乘
車，其子如油麻四分之一。此間雖無其樹，然柳樹稍積似，故
以翻之。又如三衣翻臥具等並是。[82]

景霄「義翻」的要求，顯然是針對中印某類事物的相似性而言的，這
應是語詞替換法得以產生的基礎。

（5）夾注的使用

在佛典意譯中，譯師為了充分說明某些名相與原本的一致性，往
往也會使用夾注（音譯用夾注的例子，前文已舉）。如劉宋求那跋陀

---

81 〔日〕大藏經刊行會編：《大正新修大藏經》（臺北市：新文豐出版公司，1996年），
　　卷19，頁316上。

82 《新編卍續藏經》，冊68，頁153上-下。

羅譯《楞伽經》卷一曰：

> 大慧，此是過去未來現在諸如來應供等正覺性自性第一義心，
> 此心，梵音肝栗大、肝栗。大宋言心，謂如樹木心，非念慮心。念慮心，
> 梵音云質多也。以性自性第一義心。[83]

案：「心」在中土語境中有多重意義，為了準確地說明譯語中「第一
義心」之「心」的含義，譯者加了小注，指出：此「心」是梵文肝栗
大（hrdaya）或肝栗（hrd）的意譯，它就像樹木之中心一樣，是用以
比喻事物的本質。質多乃梵語citta之音譯，它是指思維的主體，故稱
為念慮之心。同經卷一又謂：

> 譬如藏識，頓分別知自心現及身安立受用境界，彼諸依佛，亦
> 復如是。依者，胡本云津膩，謂化佛，是真佛氣分也。[84]

這裡則是對譯語之「依」的補充說明，指出它是胡語「津膩」
（samnisrāya？）的意譯，進而說明「依佛」與「化佛」同義。[85]
　　不過，有的夾注，僅是為了說明原文的創作背景或文本情況，作
用不是很重要。如義淨譯《根本說一切有部毗奈耶雜事》卷二十八之
「任意山頭死，隨情食毒亡。我愛汝見輕，奈何應打鼓」後注云「此

83　〔日〕大藏經刊行會編：《大正新修大藏經》（臺北市：新文豐出版公司，1996年），
　　卷16，頁483中。

84　〔日〕大藏經刊行會編：《大正新修大藏經》（臺北市：新文豐出版公司，1996年），
　　卷16，頁486上。

85　又：劉宋僧伽跋摩於元嘉十二年（435）譯出的《雜阿毗曇心論》卷七之「一依一
　　行，一緣一果，一依果」經文後有夾注曰：「依果此依，亦是津膩義也。津膩果凡
　　三種：一從遍因生，二從自分因生，三從報因餘勢生，謂殺生得短壽也。」（〔日〕
　　大藏經刊行會編：《大正新修大藏經》（臺北市：新文豐出版公司，1996年），卷
　　28，頁926中），此對「津膩」的解釋與《楞伽經》相似，可資比較。

中諸頌第四句，皆是當時取日（目）前事而為詞句，意欲迷人，更無別義」。[86]此即交代該偈頌是觸事而吟出的。再如北涼曇無讖譯《大方等無想經》卷三曰：

> 爾時大云密藏菩薩言：「世尊，有十種善行大神通王所入法門，惟願如來分別解說。」佛言：「善哉善哉，善男子。諦聽諦聽，善思念之，吾當為汝分別說之：有善寶調法門，善聚法門，善堂法門，善行法門，善意法門，善德法門，善淨法門，善調光法門，一切善行瓔珞法門。_{梵本少一}。善男子，是名十法門。」[87]

顯然，「梵本少一」是指原經講「十法門」具體內容時本來就遺漏了一個法門。怕讀者引起誤會，故以夾注標出。

3 成因

意譯諸表現形式，特別是內容之增減、語詞之替換等做法，它更多的是基於譯本／譯入語的立場。如：鳩摩羅什之所以要縮譯《大智度論》，是因為「秦人好簡」，即譯者考慮的是譯入方的閱讀習慣與思維特點；支謙譯經中加入「孝道」內容，則是為了突出中土文化的孝道精神；那連提黎耶舍、菩提流志等人加入與現實政治密切相關的東西，則是為了當權者的需要⋯⋯總之，譯入方的文化需求、現實需求、社會歷史等在佛典漢譯過程中起了主導作用。因此，中村元認為

---

86 〔日〕大藏經刊行會編：《大正新修大藏經》（臺北市：新文豐出版公司，1996年），卷24，頁344下。

87 〔日〕大藏經刊行會編：《大正新修大藏經》（臺北市：新文豐出版公司，1996年），卷12，頁1093上。

佛教傳入中國，「從翻譯開始已經中國化」[88]，這無疑是正確的論斷。

二　質文之辨

　　早在先秦時期，質文之辨就已成為中國文學理論的中心論題之一。「文」主要指作品的表現形式，質指作品的情感與思想內容，最早提出這一對範疇並有所論述的是儒家學說的創始人孔子（西元前551-西元前479年）。《論語》〈雍也〉謂：「質勝文則野，文勝質則史，文質彬彬，然後君子。」[89]《論語》〈八佾〉云：「子謂〈韶〉，盡美矣，又盡善也。謂《武》，盡美矣，未盡善也。」[90]《論語》〈顏淵〉則載子貢語之語：「夫子說君子曰：『駟不及舌，文猶質也，質猶文也。』」[91]雖然孔夫子的文質合一觀、文質並重觀的出發點在於理想人格的培養與完美政治倫理、社會倫理的建立，但是他盡善盡美的道德追求在轉入美學視閾之後，對後世的文質觀產生了巨大的影響。

　　墨、法兩家在文質問題上也提出了自己的看法，兩派的共同之處在於好質尚用而薄文。《墨子》〈佚文〉即云：「食必常飽，然後求美；認必常暖，然後求麗；居必常安，然後求樂。為可長，行可久，先質而後文，此聖人之務。」[92]《韓非子》〈外儲說左上〉則嘲笑那些「懷其文而忘其直，以文害用」[93]者是「買櫝還珠」、「秦伯嫁女」，而〈解老〉全面闡述道：

88　〈儒教思想對佛典漢譯帶來的影響〉，《世界宗教研究》1982年第2期（1982年5月），頁33。

89　〔清〕阮元校刻：《十三經注疏》（上海市：上海古籍出版社，1997年），頁2479。

90　〔清〕阮元校刻：《十三經注疏》（上海市：上海古籍出版社，1997年），頁2469。

91　〔清〕阮元校刻：《十三經注疏》（上海市：上海古籍出版社，1997年），頁2503。

92　《二十二子》（上海市：上海古籍出版社，1986年），頁282。

93　《二十二子》（上海市：上海古籍出版社，1986年），頁1155。

　　禮為情貌者也，文為質飾者也。夫君子取情而去貌，好質而惡
飾。夫恃貌而論情者，其情惡也；須飾而論質者，其情衰也。
何以論之？和氏之璧不飾以五采，隋侯之珠不飾以銀黃，其質
至美，物不足以飾之。夫物之待飾而後行者，其質不美也。[94]

此即交代了韓非好質的根源在於反對禮樂。

　　老、莊在對待文質關係上，比墨、法兩家更為極端。如《老子》
提倡「復歸於樸」[95]，《莊子》〈繕性〉則云：「文滅質，博溺心，然後
民始惑亂，無以反其性情而復其初。」[96]可見早期道家為了返璞歸
真，極力否定各種「文」，特別是制度文化之用。

　　兩漢以降，特別是儒家思想上升為封建社會的意識形態後，在傳
統文論中，其文質觀佔據了主導地位，大多數人是傾向於文質合一論
的。如西漢揚雄（西元前53-18年）《法言》〈修身〉曰：「實無華則
野，華無實則賈，華實副則禮。」[97]東漢班彪（3-54）稱讚司馬遷
（西元前145或西元前135-90年）的《史記》為：「善述序事理，辯而
不華，質而不野，文質相稱，蓋良史之才也。」[98]王充（27-107）《論
衡》〈書解〉又謂：

　　或曰：士之論高，何必以文？
　　答曰：夫人有文質乃成。物有華而不實，有實而不華者。
《易》曰：「聖人之情見乎辭。」出口為言，集札為文，文辭
施設，實情敷烈。[99]

---

94 《二十二子》（上海市：上海古籍出版社，1986年），頁1136-1137。
95 《二十二子》（上海市：上海古籍出版社，1986年），頁3。
96 《二十二子》（上海市：上海古籍出版社，1986年），頁49。
97 《二十二子》（上海市：上海古籍出版社，1986年），頁814。
98 〔宋〕范曄撰：《後漢書》（北京市：中華書局，1964年），頁1325。
99 黃暉：《論衡校釋》（北京市：中華書局，1990年），頁1149。

於此，華、實與文、質實成了同一範疇，具有相反相成之意。

不過需要指出的是：雖說儒家持文質合一論，但在社會現實生活中處理質、文關係時，更傾向於尚質尚用，即首先突出文學的教化功能、認識功能，然後才兼及審美功能和娛樂功能。

中古時期是佛典漢譯的第一個高潮，同時也是中國建立較為完整之古典文學理論體系的時代。中國傳統文論中的一些重要觀念，尤其是文質觀念，很早就進入了佛典漢譯的理論探討中。茲擇要簡介如下：

（一）支謙的文質觀

支謙翻譯論中的文質觀，主要集中於〈法句經序〉，文曰：

> 夫諸經為法言，《法句》者，猶法言也。近世葛氏傳七百偈，偈義致深，譯人出之，頗使其渾漫。……唯昔藍調、安侯世高、都尉、佛調，譯胡為漢，審得其體，斯以難繼。後之傳者，雖不能密，猶尚貴其實，粗得大趣。始者維祇難出自天竺，以黃武三年來適武昌。僕從受此五百偈本，請其同道竺將炎為譯。將炎雖善天竺語，未備曉漢，其所傳言，或得胡語，或以義出音，近於質直。僕初嫌其辭不雅，維祇難曰：「佛言『依其義不用飾，取其法不以嚴』。其傳經者，當令易曉，勿失厥義，是則為善。」座中咸曰：「老氏稱『美言不信，信言不美』，仲尼亦云『書不盡言，言不盡意』。明聖人意，深邃無極。今傳胡義，實宜經達。」是以自竭，受譯人口，因循本旨，不加文飾，譯所不解，則闕不傳。故有脫失，多不出者。[100]

---

100 〔梁〕僧祐撰，蘇晉仁、蕭鍊子點校：《出三藏記集》（北京市：中華書局，1995年），頁273。

支謙先是簡短地總結了後漢譯經的成就和特點，然後詳細地說明了東吳黃武三年（224）翻譯《法句經》時自己和維祇難等尚質派發生的一場爭論。其中來自天竺的維祇難，堅持直譯，認為翻譯的標準就是信與達，而反對用華麗文飾的譯語，並從中土傳統經典《老子》、《周易》以及佛典中找出了理論依據，這使得喜歡文飾、好用意譯的支謙無以反駁。[101]故有人指出「這場論爭，質派在理論上獲得勝利，但實際的結果，卻是由文派成書」[102]，今存藏經中題名為維祇難的二卷本《法句經》，其實就是支謙的改定本。

支謙序中所說的「文」、「質」，除了和「意譯」、「直譯」有對應關係外，還涉及原本、譯本語言之雅俗問題。

《法句經》在流傳過程中雖然產生了不同的版本，在品目多少、內容詳略方面各有不同[103]，然其主體思想並沒有脫離原始佛教和小乘佛教的範圍，若對照支謙譯本與巴利語本，亦可清楚地表明這一點。而且，支譯本與巴利語本同屬相同的傳本系統。[104]不過，巴利文的

101　〔西晉〕支敏度《合楞嚴經記》中謂支讖譯《楞嚴經》的風格是：「貴尚實中，不存文飾」，支謙譯本則「以季世尚文，時好簡略，故其出經，頗從文麗」，原因在於「嫌讖所譯者辭質多胡音，所異者，刪而定之」（〔梁〕僧祐撰，蘇晉仁、蕭鍊子點校：《出三藏記集》〔北京市：中華書局，1995年〕，頁270）。兩相比較，可見支謙好文而支讖尚質。另外，支讖譯經有一大特點，好用音譯，但到了支謙手中則多改為意譯。如加拿大籍學者娜蒂耶（Jan Nattier）指出支謙翻譯佛陀十號時把支讖的音譯詞換成了意譯詞「如來」，參氏論 *The Ten Epithets of the Buddha in the Translation of zhi Qian*（支謙），ARIRIAB Vol.5 (March,2003), pp. 209-211.

102　任繼愈主編：《中國佛教史》（北京市：中國社會科學出版社，1981年），卷1，頁175。

103　關於《法句經》漢譯本與其他版本的比較研究，可參Miroslav Rozehnal（羅明瑞）的 *The Dharmapada: Comparative Study of Different Versions of the Dharmapada, Research in Chinese Versions of this Ancient Buddhist Text* (Completed with Pacific Cultural Foundation Subsidy, Taipei,1998), pp. 1-98. 案：本人未見原文，此參考的是電子版（http://www.wuys.com/news/Article-Show.asp?ArticleID=8268）。

104　孫昌武：〈佛典翻譯文學〉，《文壇佛影》（北京市：中華書局，2001年），頁26；黃先炳：〈也談《法句經》的偈頌及其文學性〉，《中國韻文學刊》2005年第2期（2005年6月），頁30。

《法句經》語言質樸，平易可誦，而漢譯本相對文雅。黃先炳即舉出
了多個這方面的例子，如《雙要品》第一章「中心念惡，即言即行，
罪苦自追，車轢於轍」及第二章「中心念善，即言即行，福樂自追」
中的比喻「車轢於轍」、「如影隨形」就比原文 "dukkham nam anveti
vahatopadam cakkam iva"（痛苦將追隨著他，就像一輪追隨著拉車的
牛的蹄子一樣）、"sukkham nam anveti anapāyini chāyā iva"（快樂將
追隨著他，就像影子般永不離棄）更加凝練文雅；再如《忿怒品》第
八章「人相謗毀，自古至今，既毀多言，又毀訥忍，亦毀中和，世無
不毀」則屬書面韻文，而原本 "A tula etam pārānam etam ajjatanām iva
na tun hināsmām api nindanti bahubha ninam api nindanti mitabhāninam
api nindanti lokeaninditonatthi"（意為：阿都拉，自古以來就是如此，
這並不是今天才這樣的。人們指責沉默的人，指責話說得多的人，也
指責話說得恰當的人。這世間，不受指責的人不是存在的）顯然是極
富口語色彩的偈頌。[105]若究其成因，當和維祇難、支謙不同的譯本語
言觀有關。在譯語使用上，維祇難堅持的是比較傳統的佛教語言觀，
而已經徹底漢化了的支謙，則深受中土語言觀和大乘語言觀的影響。

　　用俗語方言傳播佛教，是印度原始佛教乃至小乘佛教常用的語言
策略。季羨林先生即指出佛陀反對利用雅語，而是提倡比丘利用自己
的方言俗語來學習宣傳佛教教義。[106]竺將炎「或得胡語，以義出
音」，正好體現了這一精神。然而西元前一世紀左右大乘佛教興起之
後，許多經典已改用規範的雅語（梵語）來記錄。與安世高等人注重
傳譯小乘不一樣，支謙所譯主要為大乘經典，如《維摩經》、《阿彌陀
經》、《大般泥洹經》（各二卷）、《大明度無極經》（六卷，般若經之
一）、《菩薩本業經》（一卷，華嚴經品之一）。總體說來，大乘佛典的

105　黃先炳：〈也談《法句經》的偈頌及其文學性〉，《中國韻文學刊》2005年第2期
　　（2005年6月），頁32。
106　季羨林：《原始佛教的語言問題》（北京市：中國社會科學出版社，1985年），頁15。

語言比小乘經典更加清麗華美[107]，文學色彩更加濃厚，虛構的成分也更多，文學技巧也更加豐富。所以筆者認為，支謙翻譯理論中之所以注重文飾、反對質樸，當與他翻譯大乘佛典的實踐有關。

至於支謙譯經中好文去質的傾向與中土文學風尚的關係，蔡佳玲已有充分的論述，我就不再重複了。[108]

（二）道安的文質觀

東晉道安法師的翻譯理論，最重要也被討論最多的是〈摩訶鉢羅若波羅蜜經抄序〉中提出的「五失本」、「三不易」，錢鍾書甚至說「吾國翻譯術開宗明義，首推此篇」[109]，並從古今中外之對比的角度論述了失本、不失本與文質的辯證關係。蔡佳玲則進一步指出：

> 「文」、「質」的概念在道安的經序中被運用得很廣，「它」可以用指原文或譯文的文體風格、不同文化的閱讀品味、或是譯語的語法，也可以用來代表一種翻譯策略、以及在此策略下所營造的風格。大抵上道安對原文文體的認知是停留在「質」的印象，而原文重複累贅的形式或是保留此種形式的譯文，此種文體特徵也是「質」。同時「文」、「質」也可以用來區別翻譯策略是以目的語為導向或是以源頭語為依歸，在不同的翻譯策

---

107 如北涼曇無讖譯《大方等大集經》卷一講七種陀羅尼語時，就有莊嚴語（參〔日〕大藏經刊行會編：《大正新修大藏經》（臺北市：新文豐出版公司，1996年），卷13，頁7上）之說。玄奘譯《瑜伽師地論》卷七十則云：「復次由二因緣，佛世尊法名為善說：一言詞文句皆清美故，二易可通達故」（〔日〕大藏經刊行會編：《大正新修大藏經》（臺北市：新文豐出版公司，1996年），卷30，頁687中），這裡甚至把文學性排在了第一位。

108 參蔡佳玲：《漢地佛經翻譯論述的建構及其轉型》（桃園市：中央大學中國文學碩士論文，2007年），頁26-28。

109 錢鍾書：《管錐編》（北京市：中華書局，1986年），冊4，頁1262。

略之下，形塑出不同的翻譯風格，而其風格的差異，也以
「文」、「質」這樣二分的概念來判分。[110]

這種分析與認知，應該說相當到位，故筆者不憚繁引其文。不過，若
是要找出道安文質關係論的中心點或基點，我們認為仍在原本與譯本
的文體特徵的對比上，其他方面則都是由此衍生出來的。茲大體按撰
出時間之先後順序引道安之經序如下：

　　1　約撰出於道安流亡襄陽前的〈大十二門經序〉云：

世高出經，貴本不飾，天竺古文，文通尚質，倉卒尋之，時有
不達。[111]

　　2　撰出於東晉泰元元年（376）的〈合放光贊略解序〉云：

《光贊》，護公執胡本，聶承遠筆受，言準天竺，事不加飾，
悉則悉矣，而辭質勝文也。每至事首，輒多不便，諸反復相
明，又不顯灼也。考其所出，事事周密耳。[112]

---

110 蔡佳玲：《漢地佛經翻譯論述的建構及其轉型》（桃園縣：中央大學中國文學碩士論
文，2007年），頁51。

111 〔梁〕僧祐撰，蘇晉仁、蕭鍊子點校：《出三藏記集》（北京市：中華書局，1995
年），頁254。又：關於本序的撰出時間，史無確切的記載，橫超慧日：〈釋道安の
翻譯論〉認為當作於道安流亡襄陽之前（載《印度學佛教學研究》第5卷第2號
〔1957年3月〕，頁120-130）。而道安到達襄陽的時間，約在三六五年。考序文有
云：「案〈經後記〉云：『嘉禾七年，在建鄴周司隸寫。』緘在篋匱，向二百年
矣。」嘉禾七年，即二三八年。若以三六五年計，兩者僅相距一二七年，離道安
所說「向二百年」較遠。不過，若按印度佛教傳統說法計時，則不誤，如說佛滅
二百年，是從第二個一百年開始計算的。

112 〔梁〕僧祐撰，蘇晉仁、蕭鍊子點校：《出三藏記集》（北京市：中華書局，1995
年），頁266。

3 約撰於前秦建元十五年（379）的〈比丘大戒序〉云：

考前常行世戒，其謬多矣，或殊文旨，或粗舉意。昔從武遂法
潛得一部戒，其言煩直，意常恨之。而今侍戒規矩與同，猶如
合符，出門應徹也。然後乃知淡乎無味，乃真道味也。而嫌其
丁寧，文多反復，稱即命慧常，令斥重去復。常乃避席謂：
「大不宜爾。戒猶禮也，禮執而不誦，重先制也，慎舉止也。
戒乃遝廣長舌相三達心制，八輩聖士珍之寶之，師師相付，一
言乖本，有逐無赦。外國持律，其事實爾。此土《尚書》及與
《河洛》，其文樸質，無敢措手，明祗先王之法言而順神命
也。何至佛戒，聖賢所貴，而可改之以從方言乎？恐失四依不
嚴之教也。與其巧便，寧守雅正，譯胡為秦，東教之士猶或非
之，願不刊削以從飾也。」眾咸稱善，於是按胡文書，唯有言
倒時從順耳。[113]

4 撰出於前秦建元十八年（382）的〈摩訶鉢羅若波羅蜜經抄
序〉指出「五失本」之第二失本云：

二者胡經尚質，秦人好文，傳可眾心，非文不合，斯二失本
也。[114]

5 同出於建元十八年的〈四阿鋡暮抄序〉云：

---

113 〔梁〕僧祐撰，蘇晉仁、蕭鍊子點校：《出三藏記集》（北京市：中華書局，1995
年），頁413。
114 〔梁〕僧祐撰，蘇晉仁、蕭鍊子點校：《出三藏記集》（北京市：中華書局，1995
年），頁290。

近敕譯人，直令轉胡為秦，解方言而已，經之文質，所不敢易也。又有懸數懸事，皆訪其人，為注其下。[115]

6 撰出於建元十九年（383）〈鞞婆沙序〉云：

趙郎謂譯人曰：「《爾雅》有〈釋古〉、〈釋言〉者，明古今不同也。昔來出經者，多嫌胡言方質，而改適今俗，此政所不取也。何者？傳胡為秦，以不閑方言，求知辭趣耳，何嫌文質？文質是時，幸勿易之，經之巧質，有自來矣。唯傳事不盡，乃譯人之咎耳。」眾咸稱善。斯真實言也。遂案本而傳，不令有損言游字，時改倒句，餘盡實錄也。[116]

正如呂澂先生所言：「道安對翻譯的研究也有一個發展過程，前後看法並不完全一致。」[117]考道安真正參與、組織佛典漢譯，是他被迎入長安（前秦建元十四年，即378年）之後。因為他本人不懂梵文，故此前他對佛典的研究，多用同本異譯之比對法來整理經目。比如，從例1、例2可以發現道安在讚賞安世高、竺法護譯經符合原本尚質優點的同時又有所不滿：對安世高的不滿是「時有不達」，即未準確傳譯出原本的思想內容；對竺法護的不滿則是譯本中重複處太多，不符合中土讀者的閱讀習慣。所以，我們認為襄陽時期及此前的道安之翻譯觀是：要求譯本既能完整正確地傳達出原本的思想內容，又能符合中土好簡的審美習俗，即要文質相稱，若執於一端，則各有利弊。到了

115　〔梁〕僧祐撰，蘇晉仁、蕭鍊子點校：《出三藏記集》（北京市：中華書局，1995年），頁340。

116　〔梁〕僧祐撰，蘇晉仁、蕭鍊子點校：《出三藏記集》（北京市：中華書局，1995年），頁382。

117　呂澂：《中國佛學源流略講》（北京市：中華書局，1979年），頁59。

關中之後，由於有機會親自參與譯事，對大小乘經典原本性質的認知，就遠比以前深刻。尤其值得注意的是：道安提出要以「質」之標準來翻譯的經典，如《比丘大戒》、《四阿鋡暮抄》、《鞞婆沙》等都是小乘經典，原本就是以質直取勝；而大乘經典，如《般若經》等，本身就「文」一些。[118] 由此觀之，後來的道安其實是原本主義的提倡者，其所謂「直譯」，當是指譯本與原本在文體性質上的一致性，特別是要以文對文，以質對質，而不是文質顛倒。

（三）慧遠的文質觀

慧遠法師（334-416）乃道安之高徒，是東晉南方佛教中心之一的廬山教團的建立者。他與其師一樣不懂梵文，但同樣組織譯場翻譯佛經多種，如曾迎請罽賓沙門僧伽提婆譯出《阿毗曇心論》、《三法度論》（也叫《三法度經論》），迎請佛陀跋陀羅譯出《達磨多羅禪經》等。同時，與北方的鳩摩羅什書信往來，結下了深厚的情誼。

慧遠對佛典漢譯之文質觀的討論主要集中於兩篇書序，一是〈三法度經論序〉，其文云：

> 提婆於是自執胡經，轉為晉言。雖音不曲盡，而文不害意，依實去華，務存其本。自昔漢興，逮及有晉，道俗名賢並參懷聖典，其中弘通佛教者，傳譯甚眾。或文過其意，或理勝其辭，以此考彼，殆兼先典。後來賢哲，若能參通晉胡，善譯方言，幸復其大歸，以裁厥中焉。[119]

二是〈大智度論抄序〉，曰：

---

118 呂澂：《中國佛學源流略講》（北京市：中華書局，1979年），頁60。
119 〔梁〕僧祐撰，蘇晉仁、蕭鍊子點校：《出三藏記集》（北京市：中華書局，1995年），頁380。

　　童以此論深廣，難卒精究，因方言易省，故約本以為百卷，計所遺落，殆過三倍。而文藻之士猶以為繁，咸累於博，罕既其實。譬大羹不和，雖味非珍；神珠內映，雖實非用。信言不美，固有自來矣。若遂令正典隱於榮華，玄樸虧於小成，則百家競辯，九流爭川，方將幽淪長夜，背日月而昏逝，不亦悲乎！於是靜尋所由，以求其本，則知聖人依方設訓，文質殊體。若以文應質，則疑者眾；以質應文，則悅者寡。……遠於是簡繁理穢，以詳其中，令質文有體，義無所越。輒依經立本，系以《問論》，正其位分，使類各有屬。謹與同止諸僧，共別撰以為集要，凡二十卷。雖不足增暉聖典，庶無大謬，如其未允，請俟來哲。[120]

　　案：僧伽提婆翻譯的《三法度經論》與苻秦鳩摩羅佛提譯《四阿鋡暮抄解》是同本異譯，皆為小乘經典。有趣的是，慧遠的老師道安為《四阿鋡暮抄解》寫過一個序，兩相對照，可知慧遠的觀點與老師有所不同：道安是「經之文質，所不敢易」，慧遠卻邁進了一大步，同時兼顧了譯出語和譯入語兩方面的關係，他對僧伽提婆譯本的評價中，「務存其本」是指譯本和原本在思想內容上的高度一致，這是其優點，而「音不曲盡」，則指譯本在轉梵為漢的過程中，即語言表達上不是太好。職是之故，慧遠才提出一個翻譯的基本原則：那就是要參合、折中譯出語和譯入語各自的優長來正確地傳達原典之精神，即譯本、原本在「文」這一點上是可以變易的。不過，譯本的變易有度的限制。對此，後一篇序中說得非常清楚。

　　童壽（即鳩摩羅什）翻譯的《大智度論》，在性質上和《三法度

論》有別，因為它是大乘經典，並且闡釋的是《大品般若經》。本來羅什翻譯它時，已經從秦人好簡的原則出發，對原本做了大量的刪減。然而譯本傳到南方後，文藻之士（指信仰佛教的士大夫們）仍然認為經文太過繁雜（一百卷的譯本，已是當時最長者），刪減得還不夠徹底，慧遠為了適應南方文士的需要，故對羅什譯本進行了再壓縮。慧遠首先考察了印度原典的總體特徵，指出聖人（釋迦牟尼）的設教，本是隨機說法，針對不同的對象要用不同的方法，好「文」者應之以「文」，好「質」者應之以「質」，這樣才會有顯著的效果。因此，慧遠認為自己對《大智度論》的撮要之舉，並沒有什麼不妥之處。[121]

慧遠抄撮《大智度論》的方法是「依經立本，系以《問論》」，即依然按照原本先經後論的順序，沒改變原本的形式體制。原則是「質文有體，義無所越」，即篇幅雖被再次大量地壓縮，然教義之精髓絲毫未變。易言之，「文」之變，是以「義」不變為前提的。

總之，慧遠的文質觀，思考的出發點多著眼於經典的傳播效果，他雖兼顧原本與譯本，重心卻偏向譯本的易接受性，這和鳩摩羅什的主張相同。

（四）鳩摩羅什的文質觀

鳩摩羅什的譯經，在中國佛教史上影響最大，但是他沒有留下系統的譯學理論著作，我們只能根據零星的記載來進行合理的推演。除了前文所引《出三藏記集》卷十四中羅什與其高弟僧叡商略西方辭體的一段話以及僧叡〈大智釋論序〉外，重要者尚有：

1 晉宋之際釋慧觀〈法華宗要序〉曰：

---

121 於此需要說明的是，慧遠抄經得到了時人的肯定，另一些人如竟陵王蕭子良的抄經則深受後人批評，孔慧怡認為原因在於抄經者身分和判經標準的不同。參孔慧怡：〈從佛經疑、偽經看翻譯文本的文化規範〉，《翻譯・文學・文化》（北京市：北京大學出版社，1999年），頁156-180，特別是頁164-169。

秦弘始八年夏，於長安大寺集四方義學沙門二千餘人，更出斯經，與眾詳究。什自手執胡經，口譯秦語，曲從方言，而趣不乖本。[122]

2 梁慧皎（497-554）《高僧傳》卷六曰：

什所翻經，叡並參正。昔竺法護出《正法華經》，《受決品》云：「天見人，人見天。」什譯經至此，乃言：「此語與西域義同，但在言過質。」叡曰：「將非人天交接，兩得相見。」什喜曰：「實然。」[123]

3 僧肇（384-414）〈百論序〉載弘始六年（404）羅什譯經《百論》時：

考校正本，陶練覆疏，務存論旨，使質而不野，簡而必詣，宗致劃爾，無間然矣。論凡二十品，品各有五偈。後十品，其人以為無益此土，故闕而不傳。[124]

4 同人〈維摩詰經序〉又曰：

以弘始八年……於常（長）安大寺請羅什法師重譯正本。什以高世之量，冥心真境，既盡環中，又善方言。時手執胡文，口

122 〔梁〕僧祐撰，蘇晉仁、蕭鍊子點校：《出三藏記集》（北京市：中華書局，1995年），頁306。
123 〔梁〕慧皎著，湯用彤校注：《高僧傳》（北京市：中華書局，1992年），頁245。
124 〔梁〕僧祐撰，蘇晉仁、蕭鍊子點校：《出三藏記集》（北京市：中華書局，1995年），頁403。

自宣譯。道俗虔誠，一言三復，陶冶精求，務存聖意。其文約而詣，其旨婉而彰，微遠之言，於茲顯然。[125]

案：材料一、二說的是鳩摩羅什於西元四〇八年在長安翻譯《法華經》的情況。材料一中的「趣不乖本」之「趣」，是指譯本中所表達的佛教義理沒有脫離原本，而「曲從方言」是說譯本的語言要儘量保留中土已有的表達方式和特點。若把它和材料二結合起來分析，鳩摩羅什以譯入語為中心的翻譯思想就更加的明確。黃寶生指出：現存《法華經》原文中的梵文 "devā api manuṣyān drak syanti manuṣyā api devan drakṣyanti" 確如鳩摩羅什所說，可直譯為「天見人，人見天」。[126]但僧叡提出更具中土審美特色的譯句後，鳩摩羅什當即就表示接受。

　　材料三、四分別是說羅什翻譯《百論》、《維摩詰經》的情況。其中對前者，他與翻譯《大智度論》一樣，直接刪減原本不適合讀者的內容。關於後者，譯本僅對原本作局部微調，如有時整合段落，有時壓縮重複的句式，基本內容則保持不變。兩種譯本的總體特色，雖趨同於簡約，但皆做到了存聖意和存原旨。

（五）僧祐的文質觀

　　齊梁時期的僧祐，在對比梵漢語言之異同時比較系統地總結了漢晉以來的譯經成就，他說：

是以宣領梵文，寄在明譯。譯者釋也，交釋兩國，言謬則理乖矣。自前漢之末，經法始通，譯音胥訛，未能明練。故「浮屠」、「桑門」言謬漢史。音字猶然，況於義乎？案中夏彝典，

---

125 〔梁〕僧祐撰，蘇晉仁、蕭鍊子點校：《出三藏記集》（北京市：中華書局，1995年），頁310。

126 參黃寶生：〈佛經翻譯文質論〉，《文學遺產》1994年第6期（1994年11月），頁7。

誦《詩》執《禮》，師資相授，猶有訛亂。《詩》云「有兔斯首」，「斯」當作「鮮」，齊語音訛，遂變《詩》文，此「桑門」之例也。……

是以義之得失由乎譯人，辭之質文繫於執筆。或善胡義而不了漢旨，或明漢文而不曉胡意，雖有偏解，終隔圓通。若胡漢兩明，意義四暢，然後宣述經奧，於是乎正。前古譯人，莫能曲練，所以舊經文意，致有阻礙，豈經礙哉，譯之失耳。

昔安息世高，聰哲不群，所出眾經，質文允正。……逮乎羅什法師，俊神金照，秦僧融、肇，慧機水鏡。故能表發揮翰，克明經奧，大乘微言，於斯炳煥。至曇讖之傳《涅槃》，跋陀之出《華嚴》，辭理辯暢，明逾日月，觀其為美，繼軌什公矣。

至於雜類細經，多出《四含》，或以漢來，或自晉出，譯人無名，莫能詳究。然文過則傷艷，質甚則患野，野艷為弊，同失經體。故知明允之匠，難可世遇矣。

祐竊尋經言，異論咒術，言語文字皆是佛說。然則言本是一，而胡漢分音；義本不二，則質文殊體。雖傳譯得失，運通隨緣，而尊經妙理，湛然常照矣。[127]

　　細繹引文，實包括四層含義：一是突出了翻譯在佛教傳播中的重要意義，並對「譯」字進行了簡明扼要的解說。而解說的切入點，頗有見地。「譯者釋也，交釋兩國」，明確點出翻譯是一種言語交流活動，交流目的是傳達特定的宗教思想。這種解釋，是符合中國佛典翻譯的口譯傳統。[128]在某種程度上，它也吻合佛典的傳播史實──口

127　〔梁〕僧祐撰，蘇晉仁、蕭鍊子點校：《出三藏記集》（北京市：中華書局，1995年），頁13-15。

128　案《出三藏記集》卷十三〈安玄傳〉：「玄與沙門嚴佛調，共出《法鏡經》，玄口譯梵文，佛調筆受，理得音正，盡經微旨，郢匠之義見述後代。」（頁511）這裡的「口譯」，即口述之意。

授。失譯人名附後漢錄的《分別功德論》卷上說：「外國法：師徒相
傳，以口授相付，不聽載文。」[129]《出三藏記集》卷五《新集安公疑
經錄第二》則云：

> 外國經法，學皆跪而口受。同師所受，若十、二十轉，以授後
> 學。若有一字異者，共相推校，得便擯之，僧法無縱也。[130]

事實上，史籍所載最早傳入中土的《浮屠經》，正是在漢哀帝元壽元
年（西元前2年）由大月氏王使伊存口授給博士弟子景盧的。有的佛
典在口授與翻譯中還經過了語言的多次轉換，如後涼麟嘉六年
（395）譯出的《稱揚諸佛功德經》（已佚）的傳譯過程是：梵文→龜
茲語→漢語。由於語言上的障礙太多，故譯本「章句鄙拙，為辭不
雅，貴存本而已」。[131]儘管翻譯之失在所難免，但僧祐強調應對所有
的譯經都保持一種敬畏之心。二是在充分肯定安世高、鳩摩羅什、曇
無讖等譯師成就的基礎上，提出自己的翻譯文體說，即要求譯本質文
允正，反對執於一端。這與慧遠的文質觀完全相同。三是交代了譯本
的形成機制，指出譯本是由主譯、筆受、證義等多人協同完成的，每
人都有自己的職責，如果其中的任意一項沒有得到徹底執行，譯本的
品質就沒有保障。四是以歷史主義的眼光來評判不同的譯本，對翻譯
中出現的問題，能較為客觀地分析其間的得失與成因。

　　從以上簡介不難看出：文質關係確實是佛典漢譯文體的中心所

---

129 〔日〕大藏經刊行會編：《大正新修大藏經》（臺北市：新文豐出版公司，1996
　　年），卷25，頁34上。

130 〔梁〕僧祐撰，蘇晉仁、蕭鍊子點校：《出三藏記集》（北京市：中華書局，1995
　　年），頁221。

131 〔日〕大藏經刊行會編：《大正新修大藏經》（臺北市：新文豐出版公司，1996
　　年），卷14，頁105上。

在，它們又和直譯、意譯糾纏為一體。總體而言，意譯派傾向於文而約，直譯派傾向於質而正。

第二節　原本崇拜與本土中心

在上一節，我們曾簡略地討論過直譯與意譯的成因，但重點不夠突出，本節擬從原本崇拜與本土中心的視角重新加以檢討。

一　原本崇拜

原本崇拜，這主要是直譯派的主張，它是指翻譯目的是以傳達原本思想為旨歸，在義理上容不得絲毫的改變，為了達成這一目的，進而要求譯本在表現方式上儘量與原本保持高度的一致。

（一）典型事例舉隅

1 東晉道安〈鞞婆沙序〉曰：

> 會建元十九年，罽賓沙門僧伽跋澄諷誦此經，四十二處，是尸陀槃尼所撰者也。來至長安，趙郎饑虛在往，求令出焉。其國沙門曇無難提筆受為梵文，弗圖羅剎譯傳，敏智筆受為此秦言，趙郎正義起盡。自四月出，至八月二十九日乃訖。胡本一萬一千七百五十二首盧，長五字也，凡三十七萬六千六十四言也。秦語為十六萬五千九百七十五字。……遂案本而傳，不令有損言遊字。時改倒句，餘盡實錄也。[132]

---

132 〔梁〕僧祐撰，蘇晉仁、蕭鍊子點校：《出三藏記集》（北京市：中華書局，1995年），頁382。

道安在此不但交代了《鞞婆沙論》的翻譯組成人員，而且指出翻譯原則是「案本而傳」與「實錄」，即盡力保持譯本與原本在內容與組織結構方面的一致性。他還不厭其煩地告訴讀者原本偈頌的字數（案：一一七五二首盧偈，按每偈三十二個梵文音節算，正好為三七六〇六四個音節。而「長五字」，即原本多出五個音節，它是指經題 *Vibhasa-sastra*，目的在於說明經典來源的純正性。

　　2 道宣《續高僧傳》卷二載隋代譯師釋彥琮（557-610）之《辨證論》曰：

> 詳梵典〔之〕難易，詮譯人之得失，可謂洞入幽微，能究深隱。
> 至於天竺字體、悉曇聲例，尋其雅論，亦似閑明。舊喚彼方，
> 總名胡國，安雖遠識，未變常語。胡本雜戎之胤，梵惟真聖之
> 苗，根既懸殊，理無相濫，不善諳悉，多致雷同。見有胡貌，
> 即云梵種，實是梵人，漫云胡族，莫分真偽，良可哀哉！[133]

案：在本段文字之前，彥琮《辯證論》中曾轉引道安「五失本、三不易」的直譯理論，並大加讚賞說：「余觀道安法師，獨稟神慧，高振天才，領袖先賢，開通後學，修經錄則法藏逾闡，理眾儀則僧寶彌盛，稱印手菩薩，豈虛也哉？」然從本段引文則知彥琮對道安法師實有所不滿，主要原因是道安沒有區分清楚胡、梵之別，把梵語和西域語言之佛典混為一談。其實從佛經傳譯史看，中古時期的許多佛經並不是直接從梵語譯出的。但是到了彥琮所處的時代，由於中印交通更加順暢，從印度直接傳入中土的梵文經典越來越多，譯師接觸梵文原典的機會比前代譯師更多，故譯師的原本意識也更強。[134]而且，學

---

133 〔日〕大藏經刊行會編：《大正新修大藏經》（臺北市：新文豐出版公司，1996年），卷50，頁438中。

134 案：中土僧人的原本意識相當強烈，從最早西行求法的朱士行（203-282）開始，

習、傳授佛法者也有直接從梵語入手的，彥琮本人即如此。道宣所撰
《彥琮傳》說：

> 東夏所貴，文頌為先；中天師表，梵音為本。琮乃專尋教典，
> 日誦萬言，故《大品》、《法華》、《維摩》、《楞伽》、《攝論》、
> 《十地》等，皆親傳梵書，受持誦讀，每日暗閱，要周乃止。[135]

由此可見，彥琮不但身體力行地以印度式的口誦傳統學習諸大乘經
典，同時也把這種方法推廣到了自己信徒的身上。

彥琮原本崇拜的思想極為突出，他甚至說：

> 彼之梵法，大聖規摹，略得章本，通知體式，研若有功，解便
> 無滯。匹於此域，固不為難。……士行、佛念之儔，智嚴、寶
> 雲之末，才去俗衣，尋教梵字，亦沾僧數。先披葉典，則應五
> 天正語，充布閻浮；三轉妙音，並流震旦。人人共解，省翻譯
> 之勞；代代咸明，除疑網之失。於是舌根恒淨，心鏡彌朗，藉
> 此聞思，永為種性。[136]

言下之意是學習梵文並不比學習本土語言更難。如果信徒們都能學習
梵文，哪裡還用得上翻譯呢？這當然僅是一種設想，很不現實，且不

歷代都有不少漢地僧人為尋求梵本真經而捨生忘死。著名的有晉宋之際的法顯、
寶雲、法勇，唐代的玄奘、義淨等。而且，西行求法者大多會學習梵文，如：《高
僧傳》卷三說法勇：「進至罽賓國，禮拜佛鉢。停歲餘，學梵書梵語，求得《觀世
音受記經》梵文一部。……所歷事蹟，別有記傳。其所譯出《觀世音受記經》，今
傳於京師。」（頁93-94）

135 〔日〕大藏經刊行會編：《大正新修大藏經》（臺北市：新文豐出版公司，1996
年），卷50，頁437上-中。

136 〔日〕大藏經刊行會編：《大正新修大藏經》（臺北市：新文豐出版公司，1996
年），卷50，頁438下。

說文化難以普及的封建時代，就是文明高度發達的今天，翻譯在文化交流中仍然起著無可替代的作用。

　　3 唐慧立、彥悰《大慈恩寺三藏法師傳》卷十載玄奘法師：

> 至五年春正月一日，起首翻《大般若經》。梵本總有二十萬頌，文既廣大，學徒每請刪略，法師將順眾意，如羅什所翻，除繁去重。作此念已，於夜夢中即有極怖畏事以相警誡，或見乘危履嶮，或見猛獸搏人，流汗顫慄，方得免脫。覺已驚懼，向諸眾說，還依廣翻。夜中乃見諸佛菩薩眉間放光，照觸己身，心意怡適。法師又自見手執花燈供養諸佛，或升高座為眾說法，多人圍繞，讚歎恭敬。或夢見有人奉己名果，覺而喜慶，不敢更刪，一如梵本。[137]

這裡說的是顯慶五年（660）玄奘剛開始翻譯六百卷《大般若經》的情形。法師本想和鳩摩羅什一樣，也用變（略）譯之法，但很快就受到了警示，因此未敢刪減任何內容。當然，這裡也不排除玄奘自己原本就反對徒眾的略譯要求，可又不好直接拒絕，故特意借兩個夢境（先懼後喜）來說服對方，好成全自己的全（直）譯法。

　　4 贊寧《宋高僧傳》卷四曰：

> 釋法寶，亦三藏奘師學法之神足也。性靈敏利，最所先焉。奘初譯《婆沙論》畢，寶有疑情，以非想見惑，請益之。奘別以十六字入乎論中，以遮難辭。寶白奘曰：「此二句四句為梵本有無？」奘曰：「吾以義意，酌情作耳。」寶曰：「師豈宜以凡

137　〔唐〕慧立、彥悰著，孫毓棠、謝方點校：《大慈恩寺三藏法師傳》（北京市：中華書局，2000年），頁215-216。

語增加聖言量乎？」奘曰：「斯言不行，我知之矣。」自此怠
然頡頏於奘之門，至乎六離合釋義，俱舍宗以寶為定量矣。[138]

這裡記載了玄奘翻譯《婆沙論》（即《阿毗達磨大毗婆沙論》）的一個
有趣的小插曲，即玄奘的弟子法寶堅決反對老師把自己的解釋性語詞
放入譯本中，儘管它有助於讀者的理解。法寶的理由十分充分，即譯
者應充分尊重聖言量，易言之，原典的神聖性不容更改。玄奘對此無
言反駁，因為他骨子裡也是原本崇拜者。

　　5　中唐釋神清《北山錄》卷七曰：

　　　今有行事，皆尚中天為美，梵語皆以新經為正。詳夫五天諸
　　　國，王制各異，況年世今古風俗治亂？原夫大聖隨其至邦，因
　　　事演教，豈得同其律度，一彼量衡？故由旬、俱盧舍，遠近殊
　　　說，安居置閏，延促多類，而往者未應遍睹，來者何無寡知，
　　　奈何欲以中天一世定聖人萬方千古之教歟？經曰：「若人生百
　　　歲，不解生滅法。不如生一日，而得解了之。」時有比丘承師
　　　誤訓，誦云：「若人生百歲，不識水老鶴。不如生一日，而得
　　　睹見之。」阿難聞而歔欷往正，彼師竟不令改，黨之由矣。[139]

於此，神清一針見血地指出了玄奘譯本在當時盛行的原因是：時人以
「中天為美」，即在五天竺中，又以中天竺為尊。但神清本人對此並
不十分贊同，因為他認為佛典流播過程中也會出現以訛傳訛的現象，
況且在印度，由於各地風俗人情不同，原典本身的表現形式也不盡相
同，故而不應把玄奘的譯法視為唯一的正確，而應對來自五天竺的原

138　〔宋〕贊寧著，范祥雍點校：《宋高僧傳》（北京市：中華書局，1987年），頁68-69。
139　〔日〕大藏經刊行會編：《大正新修大藏經》（臺北市：新文豐出版公司，1996
　　　年），卷52，頁616下。又，原文有夾注，此處未引。

典一視同仁。可見，玄奘的原本崇拜，有正統（五天竺）中求正統
（中天竺）的意味，這就是他和神清最大的不同。然從譯本流播史的
整體情況看，神清的主張似乎更有說服力。澄觀（738-839）《大方廣
佛華嚴經隨疏演義鈔》卷五即云：

> 言梵音素怛纜者，唐三藏譯云是中天之語；什公多譯為修多
> 羅，亦云修妒路，多通諸天，什公是龜茲人，近於東天；實叉
> 三藏於闐國人，多近東北。然什公亦遊五天，隨時所受，小有
> 輕重，語其大旨，理則無乖，然前後三藏多云修多羅也。梵音
> 楚夏者，秦洛謂之中華，亦名華夏，亦云中夏。淮南楚地，非
> 是中方，楚洛言音呼召輕重。今西域梵語，有似於斯，中天如
> 中夏，餘四如楚蜀。西來三藏，或有南天，或有北天，或有中
> 天，東西各異。[140]

這裡，澄觀解釋了梵文sūtra（意譯「經」）的音譯類型：玄奘的音譯
源於中天竺音，鳩摩羅什近於東天竺音，實叉難陀則近於東北天竺
音。但這些不同譯音，傳達出的本質意義並無差別，故不必強求一
致。而且，從翻譯史看，音譯「修多羅」者更多，似佔主流。當然，
澄觀沒有否認中天音與其他印度方言的區別，就如同中土之音有洛、
楚、蜀之異一樣，這是客觀事實；另一方面，外籍譯師由於籍貫之別
而造成同一詞有不同的譯音，這也是客觀事實，澄觀強調非中天音的
譯法也應得到尊重。

　　雖然道安、彥琮、玄奘等人都是原本崇拜者，但翻譯畢竟不可
少。因此，用什麼方法正確傳達出原典的思想內容，便成了他們進一

140　〔日〕大藏經刊行會編：《大正新修大藏經》（臺北市：新文豐出版公司，1996年），
　　　卷36，頁35上。

步要思考的問題。他們也先後提出了不同的對策，如道安有「五失本、三不易」說，彥琮有「十例」、「八備」說，玄奘則有「五種不翻」說。對此，學術界的討論已很充分，加之前面對一些問題也做過補充論述，我們不重複。

（二）影響

　　原本崇拜的影響是多方面的，主要的有以下幾點：

　　一是造成了漢人，尤其是僧人，學習梵文的宗教熱情。因為要完全傳達出原本的精神，就必須徹底知曉譯出語。如果說漢晉時期的譯經，本土僧人信士多作助譯，劉宋以後特別是隋唐時期，情況有所變化，作主譯者逐漸增多。而且，西行求法的高潮也出現在這一歷史時期。其間著名者有法顯、寶雲、玄奘、義淨等，他們都精通梵語，如：法顯曾留中天竺三年，「學梵書梵語，躬自書寫」[141]；寶雲「在外域，遍學胡書，天竺諸國音字訓詁，悉皆貫練」[142]；玄奘是「通言華梵，妙達文筌，揚導國風，開悟邪正」[143]；義淨則「性傳密咒，最盡其妙，二三合聲，爾時方曉矣」。[144]尤其是義淨所著《大唐西域求法高僧傳》，記載了不少為求法而學梵語的具體事例：如玄照「以貞觀年中，乃於大善寺玄證師處初學梵語」[145]；師鞭「善禁咒，閑梵

141　〔梁〕僧祐撰，蘇晉仁、蕭鍊子點校：《出三藏記集》（北京市：中華書局，1995年），頁575。

142　〔梁〕僧祐撰，蘇晉仁、蕭鍊子點校：《出三藏記集》（北京市：中華書局，1995年），頁578。

143　〔日〕大藏經刊行會編：《大正新修大藏經》（臺北市：新文豐出版公司，1996年），卷50，頁458下。

144　〔宋〕贊寧著，范祥雍點校：《宋高僧傳》（北京市：中華書局，1987年），頁3。於此要補充說明的是，贊寧之所以特別稱讚義淨翻譯的密典，是因為真言陀羅尼的持誦要求語音正確，否則就無效，可知義淨對聲明極為精通。

145　〔唐〕義淨原著，王邦維校注：《大唐西域求法高僧傳校注》（北京市：中華書局，1988年），頁9。

語」[146]；道琳「經乎數載，到東印度耽摩立底國。住經三年，學梵語」。[147]

除了西行求法者外，留在漢地的僧人也有認真學習梵語者。如《續高僧傳》卷二十六曰：

> 釋道端，潞州人，出家受具，聽覽律藏。至於重輕開制，銓定綱猷，雅為宗匠。晚入京都，住仁法寺，講散毗尼，神用無歇。時程俊舉，後學欽之，加復體尚方言、梵文、書語，披葉洞識，了其深趣，勤心護法，匡攝有功。[148]

《宋高僧傳》卷三曰：

> 釋智通，姓趙氏，本陝州安邑人也。……因往洛京翻經館，學梵書並語，曉然明解。屬貞觀中，有北天竺僧齎到《千臂千眼經》梵本，太宗敕搜天下僧中學解者充翻經館綴文、筆受、證義等。通應其選，與梵僧對譯，成二卷。天皇永徽四年，復於本寺出《千轉陀羅尼觀世音菩薩咒》一卷、《觀自在菩薩隨心咒》一卷、《清淨觀世音菩薩陀羅尼》一卷，共四部五卷。通善其梵字，復究華言，敵對相翻，時皆推伏。[149]

同卷又載：

146 〔唐〕義淨原著，王邦維校注：《大唐西域求法高僧傳校注》（北京市：中華書局，1988年），頁39。

147 〔唐〕義淨原著，王邦維校注：《大唐西域求法高僧傳校注》（北京市：中華書局，1988年），頁133。

148 〔日〕大藏經刊行會編：《大正新修大藏經》（臺北市：新文豐出版公司，1996年），卷50，頁669中。

149 〔宋〕贊寧著，范祥雍點校：《宋高僧傳》（北京市：中華書局，1987年），頁41。

釋滿月者，西域人也。爰來震旦，務在翻傳瑜伽法門，一皆貫
練。既多神效，眾所推欽。開成中，進梵夾，遇偽甘露事，去
未旋踵，朝廷無復紀綱，不暇翻譯。時悟達國師知玄，好學聲
明，禮月為師，情相款密，指教梵字並音字之緣界，《悉曇》
八轉，深得幽趣。玄曰：「異哉，吾體兩方之言，願參象胥之
末，可乎？」因請翻諸禁咒，乃與菩薩嚩日羅金剛悉地等重譯
出《陀羅尼集》四卷，又《佛為毗戍陀天子說尊勝經》一卷，
詳覈三復，曲盡佛意。[150]

這些僧人經過學習，便兼通華梵，在譯場中故能做到得心應手，時評
極佳。

在這一時期，更值得注意的是居士的梵文學習。《續高僧傳》卷
二說北齊天保七年（556）那連提黎耶舍譯時：

沙門法智、居士萬天懿傳語。懿元鮮卑，姓萬俟氏，少出家，
師婆羅門，而聰慧有志力，善梵書語，工咒符術，由是故名預
參傳焉。[151]

雖然萬天懿是在少年出家之時學習的梵文，但當他還俗成為居士後，
仍能參與譯場，擔任傳語，足證其梵文水準不低。

王維〈苑舍人能書梵字，兼達梵音，皆曲盡其妙，戲為之贈〉則
云：「蓮花法藏心懸悟，貝葉經文手自書。楚詞共許勝楊馬，梵字何
人辨魚魯？」[152]苑舍人，即苑咸，他是王維的好朋友，既言其能曲盡

---

150 〔宋〕贊寧著，范祥雍點校：《宋高僧傳》（北京市：中華書局，1987年），頁51-52。
151 〔日〕大藏經刊行會編：《大正新修大藏經》（臺北市：新文豐出版公司，1996年），
　　卷50，頁432下。
152 〔清〕彭定求等編：《全唐詩》（上海市：上海古籍出版社，1986年），頁297。

梵音之妙，至少表明他對悉曇之學和梵咒相當熟稔。[153]

　　二是促進了梵文原典語法、辭彙等內容的研究。雖然意譯派也要精熟原典，但由於他們的翻譯功能指向更傾向於本土文化，所以，相對說來他們對原本研究的重視程度會低一些。道安「五失本」、彥琮「十例」及玄奘「五種不翻」說，考慮問題時，更多是從原本立場出發。另外，內典載錄的翻譯論著，也可能是這一背景的產物，相關的如佚名《胡音漢解傳譯記》一卷[154]，隋朝翻經學士涇陽劉憑所撰的《外內傍通比較數法》一卷、隋文帝開皇十五年（595）敕令有司撰出的《眾經法式》十卷、隋翻經沙門釋明則撰《翻經法式論》十卷等。[155]

　　三是加深了世人對華梵語言性質異同的認識。對此，梁代僧祐《胡漢譯經文字音義異同記》、宋人鄭樵（1104-1162）《通志》〈六書略〉〈論華梵〉都有精到的論說。而後者的論斷，尤為言簡意賅，曰「梵人長於音，所得從聞入」、「華人長於文，所得從見入」。[156]這就清楚地表明梵文的拼音性質決定了其對口頭傳播的重視，即以聽聞為主；漢字的表意性質決定了它對書面語言的重視，即以看讀為主。[157]

二　本土中心

　　主張意譯佛典者，其翻譯策略與方法更多的是以譯入文化，即本土文化為中心。

---

153 周一良先生認為范成可能是密宗信徒。參氏論〈中國的梵文研究〉，附載周一良著，錢文忠譯：《唐代密宗》（上海市：上海遠東出版社，1996年），頁141-156。

154 〔梁〕僧祐撰，蘇晉仁、蕭鍊子點校：《出三藏記集》（北京市：中華書局，1995年），頁498。

155 〔日〕大藏經刊行會編：《大正新修大藏經》（臺北市：新文豐出版公司，1996年），卷53，頁1023上。

156 〔宋〕鄭樵：《通志略》（上海市：商務印書館，1933年），冊5，頁65-66。

157 黃寶生：〈語言與文學——中印古代文化傳統比較〉，《外國文學評論》2007年第2期（2007年3月），頁5-15。其文對此也有分析，可參看。

（一）典型事例舉隅

1 支謙譯《佛開解梵志阿颰經》曰：

> 聞如是：一時佛與五百沙門俱游於越祇，到鼓車城外樹下坐。
> 比聚有豪賢梵志，名費迦沙，明曉經書、星宿運度，所問皆
> 答。有五百弟子，弟子中第一者名阿颰。阿颰問師言：「今有
> 佛來，人稱其德，名蓋天地，不識斯何人也？」費迦沙言：
> 「吾聞是釋種，國王太子，厥興無師，自著經化。」阿颰言：
> 「若無師者，名譽何美？又國王子，多憍淫好樂，安肯塗行，
> 降志乞食，誨人不倦，將是真人乎？願師可行，觀其道德。」
> 費迦沙言：「不然，我世豪賢，聰叡多才，彼為新出，義當來
> 謁，吾不宜往。」阿颰言：「我聞天帝釋與第七梵，皆下事
> 之。所教弟子，悉得五通，輕舉能飛，達視洞聽，知人意志，
> 及生所從來，死所趣向。此蓋天師，何肯來謁？」[158]

在本段譯經中，支謙用了兩個道教（道家）詞語來描述佛的性質，即
「真人」與「天師」。在《佛說菩薩本業經》中，支謙則把佛的十種
名號譯為：大聖人、大沙門、眾佑、神人、勇智、世尊、能儒、升
仙、天師與最勝。[159]其中「神人」與「升仙」，即相當於「真人」。而
且，後一經之「能儒」一詞，顯然含有濃厚的儒家文化色彩。[160]

---

158 〔日〕大藏經刊行會編：《大正新修大藏經》（臺北市：新文豐出版公司，1996年），
　　卷1，頁259下。

159 〔日〕大藏經刊行會編：《大正新修大藏經》（臺北市：新文豐出版公司，1996年），
　　卷10，頁447上。

160 案：支謙把「佛」譯成「能儒」，當是承「能仁」之譯而來。後漢竺大力、康孟詳
　　共譯：《修行本起經》在「『汝卻後當得作佛，名釋迦文』後有夾注曰：『漢言能
　　仁』」（〔日〕大藏經刊行會編：《大正新修大藏經》（臺北市：新文豐出版公司，1996
　　年），卷3，頁462中），仁是儒家的重要特徵之一。

　　本來，「天師」的含義，結合《佛開解梵志阿颰經》的具體語境，應是「天人之師」（天人師）[161]的略稱。因為天帝釋（三十三天之主）與第七梵指代天，弟子當指人。但是，讀者面對譯本中的「天師」，自然就會聯想到本土文化中的「天師」觀念。況且支謙的譯經方法中，本有歸化（以目的語為指向）策略的運用。支敏度《合首楞嚴經記》即謂支謙譯經是：

> 才學深徹，內外備通，以季世尚文，時好簡略，故其出經，頗從文麗。然其屬辭析理，文而不越，約而義顯，真可謂深入者也。[162]

「內外備通」，是說支謙譯經時所具備的學養豐厚，既通佛學，又精外學。「簡略」、「文麗」則說其譯經風格，完全符合當時譯入語的文化需求與審美要求。有鑑於此，娜蒂耶在總結支謙譯經特色時指出：支謙是漢地譯經史上首位偏好「本土化翻譯模式」（indigenizing mode of translation）的譯者，此論洵是。[163]
　　2 康僧會譯《六度集經》卷三《維藍梵志本生》曰：

> 維藍前施及飯諸賢聖，不如孝事其親。孝者盡其心，無外私。百世孝親，不如飯一辟支佛。辟支佛百，不如飯一佛。佛百不如立一剎，守三自歸，歸佛歸法歸比丘僧。盡仁不殺，守清不盜，執貞不犯他妻，奉信不欺，孝順不醉。持五戒，月六齋，

---

161 後世以天人師代替「天師」譯法的例子不勝枚舉，什譯：《大智度論》卷二十四即云：「以三種教法度眾生，故名天人師。」（〔日〕大藏經刊行會編：《大正新修大藏經》（臺北市：新文豐出版公司，1996年），卷25，頁236中）

162 〔梁〕僧祐撰，蘇晉仁、蕭鍊子點校：《出三藏記集》（北京市：中華書局，1995年），頁270。

163 參Jan Nattier：*The Ten Epithets of the Buddha in the Translation of zhi Qian*（支謙），ARIRIAB Vol.5 (March,2003)，p. 207.

其福巍巍。……佛告四姓：「欲知維藍者，我身是。」[164]

這裡有兩點值得深究：一者雖然認為孝事其親比不上佈施供養辟支佛，但畢竟承認了它在修行過程中有一定的作用，遠比飯諸賢聖重要；二者分別用「仁」、「清」、「貞」、「信」、「順」來界定五戒，顯而易見體現了本土文化中儒家的思想與人文情懷。本生經中所展現的佛之前世形象，與儒家聖人何其相似！

《高僧傳》卷一又載有康僧會和吳主孫皓的一次論難：

> 皓問曰：「佛教所明善惡報應，何者是耶？」會對曰：「夫明主以孝慈訓世，則赤烏翔而老人見；仁德育物，則醴泉湧而嘉苗出。善既有瑞，惡亦如之。故為惡於隱，鬼得而誅之，為惡於顯，人得而誅之。《易》稱『積善餘慶』，《詩》詠『求福不回』，雖儒典之格言，即佛教之明訓。」皓曰：「若然，則周孔已明，何用佛教？」會曰：「周孔所言，略示近跡。至於釋教，則備極幽微。故行惡則有地獄長苦，修善則有天宮永樂。舉茲以明勸沮，不亦大哉。」皓當時無以折其言。[165]

本來，佛教報應說的特點是自作自受，即受報主體是造業者自身。這與中土傳統報應說有別，後者的承受主體不一定是造作者自己，更多時候是別人，尤其是造作者的子孫後代。但是，康僧會為了說服孫皓，卻只舉出儒、佛報應說的相似性，而抹去了它們的差異性。更有意思的是，曹魏康僧鎧譯《佛說無量壽經》真的把儒家格言「積善餘慶」直接移入了譯文中，曰：

---

164 〔日〕大藏經刊行會編：《大正新修大藏經》（臺北市：新文豐出版公司，1996年），卷3，頁12中。

165 〔梁〕慧皎著，湯用彤校注：《高僧傳》（北京市：中華書局，1992年），頁17。

阿難白佛：假令此人在帝王邊，羸陋醜惡……皆坐前世不殖德
本，積財不施，富有益慳，但欲唐得，貪求無厭，不信修善，
犯惡山積。如是壽終，財寶消散。……是故死墮惡趣，受此長
苦。罪畢得出，生為下賤，愚鄙斯極，示同人類。所以世間帝
王，人中獨尊，皆由宿世積德所致，慈惠博施，仁愛兼濟，履
信修善，無所違諍。是以壽終福應，得升善道，上生天上，享
茲福樂。積善餘慶，今得為人，遇生王家，自然尊貴。……宿
福所追，故能致此。[166]

這段經文，可視為是康僧會最後答語的詳細注腳，都旨在證明善惡之
報，毫釐不爽，是一種因果律，無法更改。

　　3 西晉竺法護、聶承遠譯《佛說超日明三昧經》卷下載長者女慧
施：

前白佛言：「我今女身，願發無上正真道意，欲轉女像，疾成
正覺，度脫十方。」有一比丘名曰上度，謂慧施曰：「不可女
身得成佛道也。所以者何？女有三事隔、五事礙。何謂三？少
制父母，出嫁制夫，不得自由，長大難子，是謂三。」[167]

這裡的「三事隔」，實際上是對本土儒家「三從」說的變易。考《禮
記》〈郊特牲〉有云：「男帥女，女從男，夫婦之義，由此始也。婦人
從人者也，幼從父兄，嫁從夫，夫死從子。」[168]

166　〔日〕大藏經刊行會編：《大正新修大藏經》（臺北市：新文豐出版公司，1996年），
　　　卷12，頁271下。

167　〔日〕大藏經刊行會編：《大正新修大藏經》（臺北市：新文豐出版公司，1996年），
　　　卷15，頁541中。

168　〔清〕阮元校刻：《十三經注疏》（上海市：上海古籍出版社，1997年），頁1456。

4 鳩摩羅什譯《大智度論》卷三十曰：

> 若依禪定得四無量背舍勝處，神通辯才等諸甚深功德，悉皆具
> 得，能令瓦石變成如意寶珠，何況餘事？隨意所為，無不能
> 作：……或時變身，充滿虛空；或時身若微塵；或輕如鴻毛；
> 或重若太山。[169]

這段經文描繪了由禪定所得的神通變化，其中的兩個明喻「或輕如鴻
毛，或重若太山」，很自然會讓我們想起司馬遷〈報任少卿書〉的兩
個較喻：「人固有一死，或重於泰山，或輕於鴻毛，用之所趨異
也。」[170]譯文的借用與改動，絲毫沒有生硬之感，反而文采斐然，趣
味天然。

5 吉藏《勝鬘寶窟》卷一曰：

> 言經者，天竺名修多羅，此方隨義，翻譯非一，傳譯者多用
> 綖、本二名以翻修多羅。若依《分別功德論》及《四分律》，
> 並驗現今天竺僧詺縫衣之綖為修多羅，則以綖翻修多羅。若依
> 《仁王經》及留支三藏所云，則以本翻修多羅。若綖若本，並
> 有文證。但驗方言，難可偏定。……若依根本翻名以為綖本，
> 應言《涅槃綖》、《法華綖》等，亦是翻譯之家，以見此方先
> 傳國禮訓世教門名為五經，是以佛法訓世教門亦稱為經，故言
> 《涅槃經》等。既隨俗代名，還依隨俗釋義。俗言經者常也，
> 雖先賢後聖，而教範古今恒然，故名為常。佛法亦爾，雖三世

---

169 〔日〕大藏經刊行會編：《大正新修大藏經》（臺北市：新文豐出版公司，1996年），
　　卷25，頁281下。

170 〔清〕嚴可均輯：《全漢文》（北京市：商務印書館，1999年），頁268。

諸佛隨感去留，教範古今不可改易。[171]

在此，吉藏解釋了梵文sūtra（音譯修多羅）意譯為「經」的原因，是「經」字比「綖」、「本」二字更契合譯入文化的特點，具有更大的包容性。而且，「經」字的選用，是原本譯出時向譯入語的主動靠攏。易言之，譯詞意義的終極指向是本土文化。另外，吉藏對「佛經」之「經」的「隨俗」釋義，同樣體現了這一特點。

6 宗曉《金光明經照解》卷上曰：

> 或謂「佛經不應用俗書類例」，殊不知佛教翻梵成華，正欲與經史相應以導物情，豈以委巷之言預寶軸耶？[172]

此處「俗書」與「經史」，指代的是本土語言。宗曉認為，佛典翻譯的目的就是通過譯本來傳達原本的要義，並且和本土傳統的思想文化一起發揮教化之用。

其實，佛教傳播十分重視譯入語的作用，後秦僧伽跋澄譯《鞞婆沙論》卷九云：

> 一音聲說法，悉遍成音義。彼各作是念，最勝為我說。

---

171 〔日〕大藏經刊行會編：《大正新修大藏經》（臺北市：新文豐出版公司，1996年），卷37，頁4中。

172 藏經書院：《新編卍續藏經》（臺北市：新文豐出版公司，1993年），冊31，頁755下。又，原文句序似有誤，末句「豈以委巷之言預寶軸耶」，按邏輯順序當接在「佛經不應用俗書類例」後，可能是傳刻中出現了問題。其實，借助俗書對佛教名相進行比附，以便普通信徒理解，這是中國化佛教的傳統之一，它在漢晉時格義佛教中運用頗廣。而且在後世經疏中，也常常出現。如湛然《法華文句記》卷五曰：「廟者，貌也，古云支提，新云制多。翻靈廟者，應作廟字。」（〔日〕大藏經刊行會編：《大正新修大藏經》（臺北市：新文豐出版公司，1996年），卷34，頁245中）即以中土「廟」義來釋印度之caitya（音譯「支提」、「制多」）。

> 一音聲說法者，是梵音也。悉遍音者：若有真旦人，彼作是
> 念：謂佛作真旦語說法；如是陀勒摩勒波勒佉沙婆佉梨謂，彼
> 處若有兜佉勒人，彼作是念：謂佛作兜佉勒語說法。[173]

這段經文的意思是：佛的說法只用一種語言，即梵音，但是當它傳到語言不同的地方時，它又能被聽眾轉變成自己的語言加以接受、理解，如真旦（中國）人聽到的是中國語，兜佉勒人聽到的是兜佉勒語。如果我們拋開原典的神話色彩，從原本／譯本的角度來尋找經文背後真實的歷史信息，則知佛教非常注重翻譯，強調可用不同的語言加以傳播。說白了，這也是一種對譯入語的主動歸化。

（二）影響

意譯派的本土文化中心論，影響則更大。現擇要談三點：

一是中國佛教史上有重要地位的宗派，其開宗立派的經典，往往依據的是意譯派的譯本，尤以鳩摩羅什為多，如《中論》、《十二門論》、《百論》是吉藏創立三論宗的根本經典，什譯《妙法蓮華經》是智顗創立天台宗的根本教典，什譯《阿彌陀經》是淨土宗的主要經典之一，什譯《金剛經》則是南禪成立的根本經典。還有什譯《維摩詰所說經》，是最受中土文士喜愛的經典，它對南北朝時期士大夫佛教的發展影響頗深。

二是對譯場組織選擇人員有影響，即常常有精通三教特別是儒家文化者參與譯事。據法琳（572-640）〈寶星經序〉載，波頗譯《寶星經》時，「有詔所司搜揚碩德，兼閑三教備舉十科者一十九人，於大興善寺請波頗三藏相對翻譯。沙門慧乘等證義，沙門玄謩等譯語，

173　〔日〕大藏經刊行會編：《大正新修大藏經》（臺北市：新文豐出版公司，1996年），
　　卷28，頁482下。

沙門慧明、法琳等執筆，承旨殷勤詳覆，審名定義，具意成文。」[174]
《宋高僧傳》卷三載菩提流志神龍二年（706）譯《大寶積經》時：

> 譯場中沙門思忠、天竺大首領伊舍羅等譯梵文，天竺沙門波若
> 屈多、沙門達摩證梵義，沙門履方、宗一、慧覺筆受，沙門深
> 亮、勝莊、塵外、無著、懷迪證義，沙門承禮、雲觀、神暕、
> 道本次文。次有潤文官盧粲、學士徐堅、中書舍人蘇瑨、給事
> 中崔璩、中書門下三品陸象先、尚書郭元振、中書令張說、侍
> 中魏知古，儒釋二家，構成全美。[175]

同書又載：「義淨譯場，則李嶠、韋嗣立、盧藏用等二十餘人次文潤
色也。」[176]其中，從科舉出身者就有盧粲、徐堅、陸象先、郭元振、
張說、魏知古、李嶠、韋嗣立、盧藏用等，他們熟讀儒家典籍，具有
扎實的本土文化修養。他們參與譯場，自然會把某些本土文化因子帶
進譯本中。

　　三是對譯本文本的影響。前文已舉過支謙、鳩摩羅什等意譯派的
譯例。在此，再補充兩個義淨的譯例，雖然義淨譯經多用直譯，但從
他好用夾注法看，其譯經時並不排斥本文化的滲入。如《根本說一切
有部毗奈耶雜事》卷二十六之經文「爾時世尊遂便作意，即以右足踏
其香殿」後注曰：

> 西方名佛所住堂為健陀俱知，健陀是香，俱知是室。此是香
> 室、香台、香殿之義，不可親觸尊顏故，但喚其所住之殿，即

---

174 〔日〕大藏經刊行會編：《大正新修大藏經》（臺北市：新文豐出版公司，1996年），
　　卷13，頁536下。於此，既言「兼閑三教」，則知參與譯場的僧人需要深入了解本
　　土文化。
175 〔宋〕贊寧著，范祥雍點校：《宋高僧傳》（北京市：中華書局，1987年），頁43。
176 〔宋〕贊寧著，范祥雍點校：《宋高僧傳》（北京市：中華書局，1987年），頁56。

如此方玉階、陛下之類。然名為佛堂、佛殿者，斯乃不順西方之意也。[177]

《根本說一切有部羯磨》卷一曰：

阿遮利耶存念：「我某甲始從今日乃至命存，歸依佛陀兩足中尊，歸依達摩離欲中尊，歸依僧伽諸眾中尊。」如是三說。師云：「奧箄迦。」譯云好，或云爾。亦是方便義，由此聖教為善方便，能趣涅槃，至安隱處。答云：「娑度。」譯為善。凡是作法了時，及隨時白事，皆如是作。若不說者，得越法罪。梵漢任說。已下諸文，但云好善皆可。準此，或云後語同前。[178]

從義淨選用「香殿」對譯「健陀俱知」（gandhakuti）而棄用「佛堂」（殿）可以看出，他力圖完全正確地表達出原本中該詞的神聖性，而用本土的「玉階」、「陛下」進行比較，這種神聖性就一目了然。後面的兩個夾注，分別解釋了奧箄迦（aupayika）和娑度（梵sadhu）的含義，二詞都表示允諾之意，並且可以互換使用。尤可要注意者是「梵漢任說」四字，這表明在授戒納戒行儀中，執事者既可說梵文音譯詞，也可說漢語意譯詞，具體視參加者的情況而定，並不強求一致。這顯然是中國特色的表現。

　　最後要說的是：原本崇拜與本土中心論者並非截然對立，如果從翻譯目的看則基本相同，因為兩者都有的放矢，都要保留原本的主體精神以補充譯入文化中所沒有的因子。

177　〔日〕大藏經刊行會編：《大正新修大藏經》（臺北市：新文豐出版公司，1996年），卷24，頁331下。
178　〔日〕大藏經刊行會編：《大正新修大藏經》（臺北市：新文豐出版公司，1996年），卷24，頁456上。

第二章
漢譯佛典之「契經」及其影響

在漢譯佛典諸文體中，對「契經」及其影響的研究，目前成果很少[1]，筆者擬在辨析其名義的基礎上，略述其文體性質與影響如次。

第一節　含義略說

「契經」一詞在漢譯佛典中含義豐富，因為它音譯的梵文 "sūtra" 原本具有多個義項[2]，所以，與「契經」同義的譯法有多種。如：

1 三國支謙譯《佛說七知經》曰：

何謂知法？謂能解十二部經：一曰文，二曰歌，三曰說，四曰頌，五曰譬喻，六曰本起紀，七曰事解，八曰生傳（傳），九曰廣博，十曰自然，十一曰行，十二曰章句，是為知法。不解十二部經，為不知法。[3]

1　案：單就新時期而言，比較重要的成果有：孫昌武：〈佛典與中國古代散文〉，《文學遺產》1988年第4期（1988年7月），頁24-33；陳洪：〈佛教與散文〉，《佛教與中國古典文學》（天津市：天津人民出版社，1999年），頁101-128；及拙著：〈佛經傳譯與散文文體的得名——以詞源學為中心的考察〉，《福建師範大學學報》2003年第4期（2003年7月），頁51-55等。

2　參 Sir Monier Monier-Williams: *A Sanskrit-English Dictionary*, Motilal Banarsidass Publishers PVT. LTD., Delhi, P.P. 1241-1242, 1990.

3　〔日〕大藏經刊行會編：《大正新修大藏經》（臺北市：新文豐出版公司，1996年），卷1，頁810上。

2 西晉竺法護譯《大哀經》卷七曰：

十二部經：一曰聞經，二曰得經，三曰聽經，四曰分別經，五
曰現經，六曰應時經，七曰生經，八曰方等經，九曰未曾有
經，十曰譬喻經，十一曰住解經，十二曰行經。[4]

3 後秦佛陀耶舍、竺佛念譯《長阿含經》卷三曰：

比丘當知：我於此法，自身作證，布現於彼：謂貫經，祇夜
經，受記經，偈經，法句經，相應經，本緣經，天本經，廣
經，未曾有經，證喻經，大教經。[5]

4 東晉僧伽提婆譯《中阿含經》卷一曰：

云何比丘為知法耶？謂比丘知正經、歌詠、記說、偈咃、因
緣、撰錄、本起、此說、生處、廣解、未曾有法及說是義，是
謂比丘為知法也。[6]

5 後秦鳩摩羅什譯《摩訶般若波羅蜜經》卷一曰：

菩薩摩訶薩欲聞十方諸佛所說十二部經：修多羅、祇夜、受記
經、伽陀、憂陀那、因緣經、阿波陀那、如是語經、本生經、

---

4 〔日〕大藏經刊行會編：《大正新修大藏經》（臺北市：新文豐出版公司，1996年），
　卷13，頁443中-下。
5 〔日〕大藏經刊行會編：《大正新修大藏經》（臺北市：新文豐出版公司，1996年），
　卷1，頁16下。
6 〔日〕大藏經刊行會編：《大正新修大藏經》（臺北市：新文豐出版公司，1996年），
　卷1，頁421上。

方廣經、未曾有經、論議經。[7]

6 同人所譯《大智度論》卷九十六曰：

佛法有十二部經，或因修妒路、偈經、本生經得度。[8]

7 玄奘譯《瑜伽師地論》卷四十六曰：

云何名法施設建立？謂佛所說素呾纜等十二分教，次第結集，次第安置，次第制立，是名為法施設建立。[9]

其中，材料 1-4 是對 sūtra 的意譯，5-7 則為音譯。在諸音譯中，雖然唐人常依玄奘的說法而批評鳩摩羅什的音譯不妥，但是大眾熟知，或者說最為流行的仍然是前者，尤其是「修多羅」。[10]
　　至於「契經」，較早見於僧伽提婆譯經，如《增一阿含經》卷四六曰：「比丘於十二部：契經、祇夜、授決、偈、因緣、本末、方等、譬喻、生經、說、廣普、未曾有法。」[11]它也是十二部經（分教）之一，同為 sūtra 的意譯。隋慧遠（523-592）《大乘義章》卷一即說：

7　〔日〕大藏經刊行會編：《大正新修大藏經》（臺北市：新文豐出版公司，1996年），卷8，頁220中。

8　〔日〕大藏經刊行會編：《大正新修大藏經》（臺北市：新文豐出版公司，1996年），卷25，頁731下。

9　〔日〕大藏經刊行會編：《大正新修大藏經》（臺北市：新文豐出版公司，1996年），卷30，頁547中。

10　如唐釋良賁《仁王護國般若波羅蜜多經疏》卷一即曰：「言經者，唐言也。若以梵音云修多羅、修妒路，皆訛也。慈恩三藏云：素呾纜而目四義：衣，綖，席，經。」（〔日〕大藏經刊行會編：《大正新修大藏經》（臺北市：新文豐出版公司，1996年），卷33，頁435上）

11　〔日〕大藏經刊行會編：《大正新修大藏經》（臺北市：新文豐出版公司，1996年），卷2，頁794中。

> 契經是修多羅，又依《雜心》〈業品〉之文，彼文說言「斷律
> 儀者，如《契經品》」，乃其所指，是《修多羅品》，人即執
> 此，以為翻名。斯乃隨義，以名其經，非是翻名。以其聖教，
> 稱當人情，契合法相，從義立目，名之為契。[12]

這裡的「雜心」是指劉宋僧伽跋摩於劉宋元嘉十二年（435）譯出
《雜阿毗曇心論》十一卷（簡稱《雜心論》），第三卷即為《業品》。
慧遠於此，不但說明「契經」和「修多羅」等義，而且交代了「契
經」之「契」，義為契合。而「契合」的層面，說法不一：如智者
《妙法蓮華經玄義》卷八說是「契緣、契事、契義：世界說是契緣；
隨宜說是契生善，隨對治說是契破惡，是為契事；隨第一義說，是契
義」。[13]初唐法藏《華嚴經探玄記》卷一則謂：「一名修多羅，或云修
妒路，或云素呾纜。此云契經，契有二義，謂契理故、合機故。」[14]
總之，佛教「契經」是對有情眾生的隨機說教，無論破惡還是興善，
根本目的在於宣揚教義與教理。

就印度原典而言，對「修多羅」（契經、經）的釋義也不盡一
致，《雜阿毗曇心論》卷八提出了「五義」說：「一曰出生，出生諸義
故；二曰泉湧，義味無盡故；三曰顯示，顯示諸義故；四曰繩墨，辨
諸邪正故；五曰結鬘，貫穿諸法故。」[15]玄奘譯《佛地經論》卷一則
說：「能貫能攝故名為經，以佛聖教貫穿攝持，所應說義所化生

---

12 〔日〕大藏經刊行會編：《大正新修大藏經》（臺北市：新文豐出版公司，1996年），
　　卷44，頁467中。
13 〔日〕大藏經刊行會編：《大正新修大藏經》（臺北市：新文豐出版公司，1996年），
　　卷33，頁776上。
14 〔日〕大藏經刊行會編：《大正新修大藏經》（臺北市：新文豐出版公司，1996年），
　　卷35，頁109上。
15 〔日〕大藏經刊行會編：《大正新修大藏經》（臺北市：新文豐出版公司，1996年），
　　卷28，頁931下。

故。」[16]此則以「貫穿」、「攝持」為「經」之二義。窺基（632-682）
在《法苑義林章》卷二中承其師說，詳解之曰：「猶綖貫花，如經持
緯，西域呼汲索、縫衣、綎席、經、聖教等，皆名素呾纜。眾生由教
攝，不散流惡趣，義理由教貫，不散失隱沒，是故聖教名為契經。」[17]
由此看來，貫穿也好、攝持也罷，應是sūtra的本義，而「經」、「契
經」則是引申義的漢譯。後兩種譯法，應該說在原典和譯本之間找到
了相通點，故最為流行。隋代慧遠法師《無量壽經義疏》卷上還從本
土文化的立場出發，對「修多羅」進行了格義化的解釋，說：「若依
俗訓，經者常也。人別古今，教儀常揩，故名為常。經之與常，何相
開顧，將常釋經，釋言經者，是經歷義，凡是一法，經古歷今，恒有
不斷，是其常義，故得名常。」[18]此則指明了「契經」超越時空的普
世性價值。

　　若整體分析漢譯佛典之「契經／修多羅」內容，主要可分成四個
層面：一指小乘經典，尤其是「四阿含」之總稱。東晉慧遠法師《三
法度經序》即曰：「《四阿含》則三藏之契經，十二部之淵府也。」[19]
二是三藏之一的「經藏」，如鳩摩羅什譯《佛說彌勒下生成佛經》
曰：「釋迦牟尼佛遣來付我，是故今者皆至我所。我今受之，是諸人
等，或以讀誦分別決定修妒路、毗尼、阿毗曇藏，修諸功德，來至我
所。」[20]「修妒路」者，經藏也。毗尼者，律藏也。阿毗曇者，論藏

16　〔日〕大藏經刊行會編：《大正新修大藏經》（臺北市：新文豐出版公司，1996年），
　　卷26，頁291中。

17　〔日〕大藏經刊行會編：《大正新修大藏經》（臺北市：新文豐出版公司，1996年），
　　卷45，頁273上。

18　〔日〕大藏經刊行會編：《大正新修大藏經》（臺北市：新文豐出版公司，1996年），
　　卷37，頁92上。

19　〔梁〕僧祐撰，蘇晉仁、蕭鍊子點校：《出三藏記集》（北京市：中華書局，1995年），
　　頁379。

20　〔日〕大藏經刊行會編：《大正新修大藏經》（臺北市：新文豐出版公司，1996年），
　　卷14，頁424下。

也。三指小乘經律論三藏以外的大乘經典。《大智度論》卷三十三有云：「出三藏外亦有諸經，皆名修多羅。」[21]四指十二部經中的第一類，即修多羅或契經。玄奘譯《大乘阿毗達磨雜集論》卷十一即云：「契經者，謂以長行綴緝略說所應說義。」[22]本章探討的就是這種意義上的契經，它具有較為嚴格的文體學意義，或者說是佛經文類之一。

第二節　文體性質

要理解「契經」的文體性質何在，我們首先得梳理一下佛典的組織形式。據隋吉藏《百論疏》卷上曰：

> 總談設教，凡有三門：（一）但有長行無有偈頌，如《大品》之類；（二）但有偈頌無有長行，如《法句》之流；（三）具存二說，如《法華經》等。在經既爾，論亦例之：（一）但有偈無有長行，如《中論》也；（二）但長行無有偈頌，即是斯文；（三）具二種，如《十二門論》。[23]

雖說吉藏於此僅以經藏、論藏為例，指出兩者基本的組織形式是長行和偈頌。其實，推而廣之到三藏一切經，概莫能外。或者說在此基礎上，再衍生出長行與偈頌的混合結構，而這種混合式的組織結構，後

---

21 〔日〕大藏經刊行會編：《大正新修大藏經》（臺北市：新文豐出版公司，1996年），卷25，頁306下。又，北魏曇鸞《往生論注》卷上解《往生論》之「我依修多羅」句時云「三藏外大乘諸經亦名修多羅，此中言依修多羅者，是三藏外大乘修多羅，非《阿含》等經也」（〔日〕大藏經刊行會編：《大正新修大藏經》（臺北市：新文豐出版公司，1996年），卷40，頁827下），其根據即出於此。

22 〔日〕大藏經刊行會編：《大正新修大藏經》（臺北市：新文豐出版公司，1996年），卷31，頁743中。

23 〔日〕大藏經刊行會編：《大正新修大藏經》（臺北市：新文豐出版公司，1996年），卷42，頁238中。

來成了佛典之主流。天台智顗隋開皇十三年（593）於荊州玉泉寺講述的《妙法蓮華經玄義》卷六（上）即曰：

> 經以名味章句為體，經無不然，故體一也。相二者，長行直說，有作偈、讚頌兩種別相。何者？以人情喜樂不同，有好質言，有好美語故。[24]

意思是說：長行與偈頌只是經的不同表現形式（相）而已，而它們的本質（體），或終極目標則毫無二致，都在表現名味章句，即教義教理。吉藏《法華義疏》卷二則進一步詳細地解釋了長行、偈頌二分的成因：

> 問：何故諸經有長行與偈？
> 答：長行與偈，略明十體五例。言十體者，龍樹《十地》、《毗婆沙》云：一者隨國法不同，如震旦有序銘之文，天竺有散華、貫華之說也。二者好樂為異，彼論云：或有樂長行，或有樂偈頌，或有樂雜說莊嚴章句者，所好各不同，我隨而不舍。三者取悟非一，或有聞長行不了，聞偈便悟。或各聞俱迷，或合聞方解，故雙明之。四者示根有利鈍，利根之人一聞即悟，鈍根不了再說方解。五者欲表諸佛尊重正法，殷勤之至，一言之中而覆再說也。六者使後人於經生信，尋長行不解，或恐經謬，見後偈同前，方知自惑。七者欲易奪言辭轉勢說法，其猶將息病人，故回變食味也。八者示義味無量故，長行已明其一，而偈頌復顯其二。九者表至人內有無礙之智，外有無方之

---

24 〔日〕大藏經刊行會編：《大正新修大藏經》（臺北市：新文豐出版公司，1996年），卷34，頁752上。

說，故能卷舒自在，散束適緣也。十者明眾集前後，故有長行與偈，如《涅槃》所辨。

問：如余經偈與長行不必皆備，何故此經貫華、散華一一相主？

答：適化所宜，已如前說。但此經正反二乘之初，明一乘之始，難信難解，故殷勤再說。又余大乘經化於菩薩，菩薩利根，但須一說；此經偏為二乘，二乘根鈍，故須重明也。五例者，一者廣略四句，長行廣而偈略，為易持故；長行略而偈廣，為解義故；長行與偈俱廣俱略，為鈍根人重說故，及為後來眾故。二者有無四句，長行有而偈無，長行無而偈有，長行與偈俱有俱無也。

問：有無即是廣略，云何復更辨耶？

答：有無異廣略也，如長行略而偈中廣，自有長行全無而偈方有也。三者離合四句，長行合而偈離，長行離而偈合，長行與偈俱合俱離也。四者前後四句，長行明義在前，偈明之在後；長行明義在後，而偈辨之在前；長行與偈俱前俱後也。五者質文四句，長行質而偈文，長行文而偈質，俱文俱質。欲以文質相間，使聽者心悅也。後五例者乃是易奪言辭，轉勢說法也。用前十體及後五例貫通眾部，非直《法華》也。[25]

統觀吉藏的解釋，我們可以得出這麼幾點結論：一者長行與偈頌都是佛說法的基本形式，它們適應了不同信眾的根機與喜好，具有廣泛性和普及性的特點；二者長行、偈頌的篇幅長短、組合方式的千差萬別、語體的質文之變，都沒有固定的形式；三者「十體」、「五例」，不但是《法華經》的特點，而且也是其他佛典的共性，它們旨在溝通神聖與世俗，即要向世俗大眾傳達出佛說教（聖言）的根本精神。

25 〔日〕大藏經刊行會編：《大正新修大藏經》（臺北市：新文豐出版公司，1996年），卷34，頁472上-中。

　　「契經」的得名，與佛經的結集方式有關。智顗《妙法蓮華經文句》卷一即云：

> 佛赴緣，作散花、貫花兩說。結集者按說傳之，論者依經申之，皆不節目，古講師但敷弘義理，不分章段。若純用此意，後生殆不識起盡。又佛說貫、散，集者隨義立品。[26]

鳩摩羅什譯《成實論》卷一則曰：

> 修多羅者，直說語言。祇夜者，以偈頌修多羅，或佛自說，或弟子說。
> 問曰：何故以偈頌修多羅？答曰：欲令義理堅固，如以繩貫華，次第堅固；又欲嚴飾言辭，令人喜樂，如以散華或持貫華，以為莊嚴。[27]

兩相結合，則知佛赴緣說法時，「散華」之說被結集為「修多羅（契經）」，「貫華」之說則成為「祇夜」（或偈頌）。佛典漢譯之後，「散華（花）」、「貫華（花）」儼然成了十二部經之「修多羅」與「偈頌」（含祇夜、伽陀。關於佛經偈頌的含義，第三章有詳細論述。可參）的代名詞，或者是以兩者來指代三藏十二部經。唐法琳《辨證論》卷七即云：

> 尋夫真土應土皆沐慈風，上方下方咸沾聖教。創於鹿野，終彼

26　〔日〕大藏經刊行會編：《大正新修大藏經》（臺北市：新文豐出版公司，1996年），卷34，頁1下。

27　〔日〕大藏經刊行會編：《大正新修大藏經》（臺北市：新文豐出版公司，1996年），卷32，頁244下。

鶴林，則有三藏三輪之文，四乘四階之說，半字滿字之弘旨，
貫花散花之別談。滔滔焉湧難竭之泉，湛湛焉垂長生之露。其
言巧妙，其義深遠，譬八河之歸海，猶萬象之趨空。難解難
入，稱諸佛任理之經；隨類隨宜，號至人權化之典。[28]

於此，「貫花散花」和「半字滿字」形成互文關係，代表了佛的一切
言說。更為有趣的是《宋高僧傳》卷第二十五〈唐上都大溫國寺靈幽
傳〉云：

釋靈幽，不知何許人也。僻靜淳直，誦習惟勤。偶疾暴終，杳
歸冥府。引之見王，問修何業，答曰：「貧道素持《金剛般
若》，已有年矣。」王合掌屢稱善哉，俾令諷誦。幽吮唇播
舌，章段分明。念畢，王曰：「未盡善矣。何耶？勘少一節
文。何貫華之線斷乎？師壽命雖盡，且放還人間十年，要勸一
切人受持斯典。如其真本，即在濠州鐘離寺石碑上。」如是已
經七日而蘇，幽遂奏奉敕令寫此經真本，添其句讀，在「無法
可說是名說法」之後是也。[29]

這裡的「貫華之線」，對應於「文」，則和前引支謙譯《佛說七知經》
「十二部經」中的「文」，含義完全相同，悉指「契經」。「線」本來
就是sūtra固有義項之一，真可謂名實相符矣。另據明人洪蓮《金剛經
注解》卷四「非說所說分第二十一」引川禪師語曰：「靈幽法師加此
『慧命須菩提』六十二字，是唐長慶二年。今在濠州鐘離寺石碑上

---

28 〔日〕大藏經刊行會編：《大正新修大藏經》（臺北市：新文豐出版公司，1996年），
　　卷53，頁542中-下。
29 〔宋〕贊寧著，范祥雍點校：《宋高僧傳》（北京市：中華書局，1987年），頁637。

記。」[30]長慶二年，即八二二年。易言之，後世通行的什譯本《金剛經》經文中，實際上是靈幽從魏菩提流支譯本中迻入了一段六十二字的散文，曰：

> 爾時慧命須菩提白佛言：「世尊，頗有眾生於未來世，聞說是法生信心不？」佛言：「須菩提，彼非眾生非不眾生。何以故？須菩提，眾生眾生者，如來說非眾生，是名眾生。」[31]

而靈幽法師入冥故事，只不過是為這種新文本尋求神聖的合法性證據罷了。

契經的文體性質，主要體現在三個方面，即說、寫和持誦。

關於「說」的特點，內典中多有論及，並且突出了一個「直」字。如前引鳩摩羅什譯《成實論》卷一之「修多羅者，直說語言」，《大智度論》卷三十三又曰：「諸經中直說者，名修多羅，所謂《四阿含》、諸《摩訶衍經》及《二百五十戒經》。」[32]慧遠《大乘義章》卷一則謂：「長行直說，斯皆是其修多羅。」[33]

「直說」的主體與內容，唐玄奘譯《顯揚聖教論》卷六有詳細的交代，曰：

> 契經者，謂諸經中佛薄伽梵於種種時處，依種種所化有情，調

---

30 藏經書院：《新編卍續藏經》（臺北市：新文豐出版公司，1993年），冊38，頁941下。

31 〔日〕大藏經刊行會編：《大正新修大藏經》（臺北市：新文豐出版公司，1996年），卷8，頁756上。

32 〔日〕大藏經刊行會編：《大正新修大藏經》（臺北市：新文豐出版公司，1996年），卷25，頁306下。

33 〔日〕大藏經刊行會編：《大正新修大藏經》（臺北市：新文豐出版公司，1996年），卷44，頁470下。

伏行差別：或說蘊所攝法、界所攝法、處所攝法；或說緣起所
攝法；或說食所攝法、諦所攝法；或說聲聞、獨覺、如來所攝
法；或說念住、正斷、神足、根力、覺支、道支所攝法；或說
不淨息念學證淨等所攝法。

如來說是語已，諸結集者歡喜敬受，為令聖教得久住故，以諸
善妙名句字身。如其所應次第結集，次第安置，以能綴緝，引
諸義利，引諸梵行，種種善義，故名契經。[34]

據此可知，說契經者乃「佛」本人，內容是「佛」根據不同時間、不
同地點針對不同對象解說不同名相（如五蘊、十八界、十二緣起、四
念住、五根、五力、七覺支、八正道等）所包蘊的人生觀、世界觀與
方法論等。易言之，說的方式是不借別人，唯「佛」為之。

　　至若「寫」的特點，主要體現在「長行」一詞上。據《漢譯對照
梵和大辭典》，「長行」對應的梵文原詞是 gadya、cūrnikā，見於《楞伽
經》、《翻譯名義大集》等。漢譯時又作「單句、長句、長行句、廣說、
長頌」或「子注」。[35]其中，前者的現代釋義是 "prose, composition not
metrical yet framed in accordance with harmony, elaborate prose
composition"[36]，後者則為 "a kind of easy prose (expounding the purport
of a foregoing Verse)"[37]，都相當於文體分類中的「散文」。

　　眾所周知，釋迦牟尼創立的佛教，其經典最初只是在師徒之間口
口相授，沒有用文字加以記錄。到了西元前一世紀第四次結集時才把
經文和注疏記錄在樹葉上，由此形成卷帙浩繁的三藏經典。因梵語稱

---

34 〔日〕大藏經刊行會編：《大正新修大藏經》（臺北市：新文豐出版公司，1996年），
　　卷31，頁508下。

35 參荻原雲來博士編纂，辻直四郎博士監修：《漢譯對照梵和大辭典》（臺北市：新文
　　豐出版公司，2003年），頁414、478。

36 Sir Monier Monier-Williams: *A Sanskrit-English Dictionary*, p.344.

37 Sir Monier Monier-Williams: *A Sanskrit-English Dictionary*, p.344.

樹葉 "pattra"（音譯貝多羅），所以人們就把這種寫在樹葉上的佛經稱為「貝葉經」。其中，質地優良者，是多羅（tala）樹之葉。隋闍那崛多譯《佛本行集經》卷五十一即云：「時彼天王，知如來意，即持筆墨及多羅葉，往詣佛所。爾時世尊，手自作書。」[38]隋闍那崛多、笈多共譯《添品妙法蓮經》之序則說：

> 昔敦煌沙門竺法護於晉武之世譯《正法華》，後秦姚興更請羅什譯《妙法蓮華》。考驗二譯，定非一本，護似多羅之葉，什似龜茲之文。余撿經藏，備見二本，多羅則與《正法》符會，龜茲則共《妙法》允同。……先賢續出，補闕流行。余景仰遺風，憲章成範。大隋仁壽元年辛酉之歲，因普曜寺沙門上行所請，遂共三藏崛多笈多二法師於大興善寺，重勘天竺多羅葉本。……字句差殊，頗亦改正。倘有披尋，幸勿疑惑。雖千萬億偈妙義難盡，而二十七品本文且具。[39]

仁壽元年，即西元六〇一年。序中記載了三種《法華經》的來源：晉譯本出於多羅葉寫經；秦譯本出自龜茲寫本；隋譯本亦為貝葉寫經，卻出自印度，而非西域的轉譯本。

　　總之，在紙沒有從中國輸入印度之前，佛經主要的書面載體是貝葉（多羅葉）。《大慈恩寺三藏法師傳》卷第三即謂：

> 迦葉語阿難曰：「如來常於眾中稱汝多聞，總持諸法，汝可升座為眾誦《素怛纜藏》，即《一切經》也。」……錄訖，又命

38　〔日〕大藏經刊行會編：《大正新修大藏經》（臺北市：新文豐出版公司，1996年），卷3，頁888下。

39　〔日〕大藏經刊行會編：《大正新修大藏經》（臺北市：新文豐出版公司，1996年），卷9，頁134下。

優波離誦《毗奈耶藏》，即《一切戒律》也。訖誦，迦葉波自
誦《阿毗達磨藏》，即《一切議論經》。三月安居中集三藏訖，
書之貝葉方遍流通。[40]

此記載表明，印度佛典的早期寫本，全部是以貝葉為書寫工具。而在
書寫經文時，長行與偈頌的方法迥然有別：前者頂格，連貫而下沒有
間斷；偈頌空格，可以獨立成行。對此，唐代宗李豫（726-779）為
不空譯《仁王護國般若波羅蜜多經》所撰之〈序〉曰：

懿夫護國實在茲經，竊景行於波斯，庶闡揚於調御。……思與
黎蒸共臻實相，而緹油（紬）貝葉文字參差，東夏西天言音訛
謬，致使古今翻譯，清濁不同，前後參詳，輕重匪一。[41]

「緹油貝葉文字參差」一句，按我們的理解，說的是原本經文由於長
行、偈頌的不同書寫格式給讀者以長短不一、錯落有致的直觀感受。
其實，這種形式即使到了現代排印的繁體大藏經中依然完全保留，讀
者一眼就可分清楚經中散文與偈頌的位置所在。

　　「契經」重視持誦的特點，則和印度佛教中經久不衰的口誦、記
憶傳統息息相關。總體說來，印度更重視言（口語），而中國更強調
文（書面語）。為了方便佛經的口頭傳播，印度採用了早已盛行的數
經之法。吉藏《百論疏》卷一指出：

偈有二：一通偈，即首盧偈，有三十二字。釋道安云：胡人數

---

40 〔唐〕慧立、彥悰著，孫毓棠、謝方點校：《大慈恩寺三藏法師傳》（北京市：中華
　　書局，2000年），頁72。

41 〔日〕大藏經刊行會編：《大正新修大藏經》（臺北市：新文豐出版公司，1996年），
　　卷8，頁834上-中。

經法也，莫問長行、偈，但令三十二字滿便是一偈。《龍樹傳》亦爾，故云龍樹乳哺之中誦《四違陀》，《四違陀》十萬偈，偈有三十二字。《智度論》云：《摩訶波若》十萬偈，三百二十萬言。故知定三十二字為一偈也。[42]

　　由此可知，印度自婆門教開始，為了方便記憶，就按三十二字（實為音節）為一偈的方法來持誦經典，佛教成立之後，還把它作為佛經的書寫與計算之法。但無論長行（通偈）、偈頌，其實都具有一定的音樂性要求。敦煌遺書P.2104v、S.4037c貫休（832-912）〈禪月大師贊念《法華經》僧〉即云：「長松下，深窗裡，歷歷清音韻宮徵。短偈長行主客分，不使閑聲掛牙齒。」意思是說經中的長行（散文）與偈頌在誦讀時都應該做到音質清雅，主次分明。不過，相對說來，偈頌的音樂性遠遠高於長行。鳩摩羅什指出：「天竺國俗甚重文藻，其宮商體韻，以入弦為善。凡覲國王，必有贊德；見佛之儀，以歌歎為尊。經中偈頌，皆其式也。」[43]既言偈頌的特點在於「入弦」、「歌歎」，則知它是配樂的歌頌，即有完整的音樂結構和組織形式，而非僅停留在一般音聲高低抑揚之要求上。

　　最後要說的是：純粹以契經表現的佛典，相對於偈散結合者而言數量要少得多，比較重要的有後漢安世高譯《四諦經》、西晉法炬譯《恒水經》、後秦鳩摩羅什譯《海八德經》等。另外，在某些經典中，則有部分內容純為散文體者，如西晉法立、法炬共譯《大樓炭經》卷一，劉宋求那跋陀譯《大方廣寶篋經》之卷上、卷中等。

---

42 〔日〕大藏經刊行會編：《大正新修大藏經》（臺北市：新文豐出版公司，1996年），卷42，頁234中。

43 〔梁〕僧祐撰，蘇晉仁、蕭錬子點校：《出三藏記集》（北京市：中華書局，1995年），頁534。

第三節　影響

　　作為佛典文體之一的契經（修多羅），在中土也產生了一定的影響，這主要表現在三個方面。

　　一是中國古代「散文」的得名和佛經傳譯關係密切。[44]而且，作為文體概念的「散文」，最早竟然出自內典，初唐法相宗僧人釋神泰《理門論述記》兩次使用了該詞：

> 論：「攝上頌」者，言攝上散文也。……
> 論：「耶證法有法乃至若無所違害」者，此頌相違因也。若前因法能耶倒證法，自性差別，有法自性差別，然不違害宗，如宗五過故。或相違因，非宗過也。準上散文，但有法自性一相違因。[45]

唐代宗為不空譯《大乘密嚴經》所撰之〈序〉又曰：「夫翻譯之來抑有由矣，雖方言有異而本質須存。此經梵書，並是偈頌，先之譯者多作散文。」[46]尤可注意者是，神泰與李豫都把「散文」和「偈頌（頌）」對舉，這和中國詩文二分的傳統何其相似。

　　二是對道教的影響。佛典稱「契經」為「長行」，並與偈頌對舉的做法，也被道教的文體分類法所借鑑。[47]如出於南北朝的《太上洞玄

44　拙文：〈佛經傳譯與散文文體的得名——以詞源學為中心的考察〉，《福建師範大學學報》2003年第4期（2003年7月），頁51-55對此已有初步的探討，可參看。

45　〔日〕大藏經刊行會編：《大正新修大藏經》（臺北市：新文豐出版公司，1996年），卷44，頁89上-中。

46　〔日〕大藏經刊行會編：《大正新修大藏經》（臺北市：新文豐出版公司，1996年），卷16，頁747下。

47　其實佛教文體的十二部分類法對道經文體分類影響甚大，具體論述可參拙文：〈從

靈寶三元玉京玄都大獻經》，即為偈、散結合法所造之經。其中有云：

> 食啖於眾生，飲酒亂五神。死受鑊湯煮，鐵杖不去身。
> 此言啖食之人殘他性命，飲酒食肉，不念眾生，遂令五藏之神
> 昏迷濁亂，口貪肥飽，不悟業報隨身。及至命終，沉淪地獄，
> 鑊湯爐炭煎煮其身，萬痛交連，恒不去體。此重明長行中飲酒
> 食肉之罪。[48]

這裡的「長行」即為散文體，「食啖於眾生」等四句詩為偈頌，兩者
雖內容詳略有別，思想主旨卻完全相同，都是在說飲酒食肉是重戒，
不可犯，否則將受鑊湯地獄之惡報。唐代所出《太上靈寶升玄內教經
中和品述議疏》在解釋《升玄內教經》之結構時則說：「上來至此長
行文訖，自此以下偈頌以勸立功。」[49]又說：「次勸修經法，亦有長行
偈頌。」[50]此即交代《升玄內教經》的表現形式就是散、韻交替
（案：漢譯佛典之偈頌，絕大多數不押韻，道經偈頌恰恰相反）。

　　三是講唱方式的影響。佛教的傳播，其實是以言語交際為中心
的。玄奘譯《阿毗達磨大毗婆沙論》卷一二六有云：

> 佛教云何？
> 答：謂佛語言、唱詞、評論、語音、語路、語業、語表，是謂

敦煌本〈通門論〉看道經文體分類的文化淵源及其影響──兼論佛經文體和道經文
體的關係〉，《普門學報》2008年第1期（2008年1月），頁55-110。

48　《道藏》（北京市：文物出版社，上海市：上海書店，天津市：天津古籍出版社，
1988年），冊6，頁270中-下。

49　《道藏》（北京市：文物出版社，上海市：上海書店，天津市：天津古籍出版社，
1988年），冊24，頁715下。

50　《道藏》（北京市：文物出版社，上海市：上海書店，天津市：天津古籍出版社，
1988年），冊24，頁716下。

佛教。[51]

而「契經」在「說」上面，除了前面揭示的「直說」外，還有另一特點，就是「散說」。散者，散漫也。《阿毗達磨大毗婆沙論》卷一二六又云：

> 契經云何？謂諸經中散說文句，如說諸行無常、諸法無我、涅槃寂靜等。……
> 應頌云何？謂諸經中依前散說契經文句，後結為頌，而諷誦之，即《結集文》《結集品》等。如世尊告苾芻眾言：「我說知見能盡諸漏，若無知見能盡漏者，無有是處。」世尊散說此文句已，復結為頌，而諷誦言：「有知見盡漏，無知見不然。達蘊生滅時，心解脫煩惱。」[52]

法藏《華嚴經探玄記》卷九則曰：

> 先《十地》一品顯其證位，後五品明位中行用。前中亦二，先長行散說，後偈頌總攝。[53]

如果「直說」重在強調說的主體是「佛」本人，而「散說」則在突出說的方式，散者，分散、隨意也。失譯人名之《分別功德論》卷二即云：

51　〔日〕大藏經刊行會編：《大正新修大藏經》（臺北市：新文豐出版公司，1996年），卷27，頁659上。

52　〔日〕大藏經刊行會編：《大正新修大藏經》（臺北市：新文豐出版公司，1996年），卷27，頁659下。

53　〔日〕大藏經刊行會編：《大正新修大藏經》（臺北市：新文豐出版公司，1996年），卷35，頁277下。

上偈中已判《三藏》《四阿鋡》，長行中復云：一偈中乃可具三藏諸法，況復《增一》而不具諸法乎？所以復有此一段偈說者，以諸天子心中生念：阿難不能作偈說法乎？何以復作此謢說耶？阿難知諸天子心中所念，語諸天子：「正使八萬四千象所載經皆作偈頌者，我盡能作偈頌。況復阿難此少法而不能作耶？」欲適諸天意，故復以偈頌諸法，勸喻諸天及利根眾生應聞偈得解者，法即上章「諸惡莫作，諸善奉行，自淨其意，是諸佛教」法也。[54]

　　綜上所述，可知長行「散說」、「謢說」的特點為表述詳盡、語言繁複而組織結構鬆散，偈頌正好相反，語言高度簡潔，常常是對長行內容的概述或濃縮。

　　長行、偈頌因句式表達之異，它們又分別稱為散句與偈句。前者如梁僧伽婆羅譯《解脫道論》卷五曰：

重明上義。問：於是定處，云何散句？答：所謂滅聲，顛倒起，越外行，覺受疑，不應得。滅者，入初禪，語言斷。入第四禪，出入息斷。……如畏毒蛇上樹。有四種人，不得起定，必墮惡趣。無因作五逆邪見。散句已，竟地一切入，已滿。[55]

後者如北齊那連提耶舍譯《大方等大集經》卷第四十七之〈月藏分第十四魔王波旬詣佛所品第二〉曰：

---

54 〔日〕大藏經刊行會編：《大正新修大藏經》（臺北市：新文豐出版公司，1996年），卷25，頁34下。

55 〔日〕大藏經刊行會編：《大正新修大藏經》（臺北市：新文豐出版公司，1996年），卷32，頁422上-中。

　　爾時復於魔王宮中，所有一切諸雜林樹、果實華葉、衣冠瓔珞
　　莊嚴之物，皆悉變成半月而現，放大光明，照魔王宮內外明
　　徹。琴瑟箜篌一切樂器，及非樂器，寶莊嚴具，及餘諸物，自
　　然演出如是偈句。
　　世間無等大導師，於諸法中最自在。……速發無上菩提心，以
　　此定受勝妙福。[56]

〔唐〕道宣撰、〔宋〕元照述《四分律含注戒本疏行宗記》卷二則云：

　　尋中梵偈文法喻自足。彼葉一偈三十二字，唯此方言多少無
　　準，或三四字，或五六七，節以聲言，用為偈句。[57]

概言之，散句、偈句的言說方式有異，最大的區別是偈句可有強烈的
音樂性，甚至可配以器樂，而散句往往是一般的表白。據《續高僧
傳》卷二十三曰：

　　釋曇顯，不知何人。元魏季序，遊止鄴中，棲泊僧寺，的無定
　　所。每有法會，必涉其塵，皆通諮了義隱文。自余長唱散說，
　　便舍而就余講，及後解至密理顯便，輒已在聽，時以此奇之。[58]

曇顯講經之「長唱散說」，當指他對散文體經文是用「散說」法，而
「偈頌」則「長唱」，即講究音樂性，要求音律悠長。此與貫休所說

---

56 〔日〕大藏經刊行會編：《大正新修大藏經》（臺北市：新文豐出版公司，1996年），
　　卷13，頁303下。
57 藏經書院：《新編卍續藏經》（臺北市：新文豐出版公司，1993年），冊62，頁385上-
　　下。
58 〔日〕大藏經刊行會編：《大正新修大藏經》（臺北市：新文豐出版公司，1996年），
　　卷50，頁625上。

「長行短偈主客分」，其義一也。對此，明白雲霽《道藏目錄詳注》
有云：「又前言諸教，多是長行散說，今論讚頌，即是句偈結辭。」[59]
此則表明：道經的十二文體分類，也可以從講唱形式加以區別，即本
文、玉訣、靈圖、譜錄、戒律、威儀、方法、眾術、記傳等為散文
體，是「散說」，而讚頌一體相當於佛經之句偈，即偈頌，為詩歌體。

---

59 《道藏》（北京市：文物出版社，上海市：上海書店，天津市：天津古籍出版社，
　　1988年），冊36，頁757下。

第三章
漢譯佛典之「偈頌」及其影響

　　在漢譯佛典十二部經中，相對說來，學術界對偈頌的研究成果較多。目前所見到的專著有王晴慧《六朝漢譯佛典偈頌與詩歌之研究》[1]、孫尚勇《佛教經典詩學研究》等[2]；單篇論文中，重要的有陳允吉師〈論佛偈及其翻譯文體〉、〈東晉玄言詩與佛偈〉、〈中古七言詩體的發展與佛偈翻譯〉、〈漢譯佛典偈頌中的文學短章〉[3]，張伯偉〈玄言詩與佛教〉[4]，侯傳文〈《法句經》與佛教偈頌詩〉[5]，黃先炳〈也談《法句經》的偈頌及其文學性〉[6]，陳明〈摩咥里制吒及其《一百五十贊佛頌》的傳譯〉、〈漢譯佛經中的偈頌與讚頌簡要辨析〉[7]，

1　王晴慧：《六朝漢譯佛典偈頌與詩歌之研究》（上，下），分載潘美月、杜潔祥主編：《古典文獻研究集刊》（臺北市：花木蘭文化出版社，2006年），第2輯，冊16、冊17。

2　孫尚勇：《佛教經典詩學研究》（成都市：四川大學中國語言文學博士後流動站出站報告，2005年）。孫博士的報告較之王晴慧，考察對象增加了唐代譯經中的偈頌。另外，孫氏的「詩學」概念，也包括佛教戲劇。

3　陳允吉：〈論佛偈及其翻譯文體〉，《復旦學報》1992年第6期（1992年11月），頁91-98；陳允吉：〈東晉玄言詩與佛偈〉，《古典文學佛教溯源十論》（上海市：復旦大學出版社，2002年），頁1-20、陳允吉：〈中古七言詩體的發展與佛偈翻譯〉，《古典文學佛教溯源十論》（上海市：復旦大學出版社，2002年），頁21-46；陳允吉：〈漢譯佛典偈頌中的文學短章〉，《社會科學戰線》2002年第1期（2002年1月），頁110-117。

4　張伯偉：《禪與詩學》（北京市：人民文學出版社，2008年，增訂版），頁169-194。

5　侯傳文：《佛經的文學性解讀》（北京市：中華書局，2004年），頁122-139。

6　黃先炳：〈也談《法句經》的偈頌及其文學性〉，《中國韻文學刊》2005年第2期（2005年6月），頁28-34。

7　陳明：〈摩咥里制吒及其《一百五十贊佛頌》的傳譯〉，《國外文學》2002年第2期

李秀花〈論王融對佛偈體的改造及其文學史地位〉[8]，筆者與吳海勇合撰的〈佛經偈頌與中古絕句的得名〉[9]，美國學者梅維恒（Victor H. Mair）、梅祖麟（Tsu-lin Mai）的 *The Sanskrit Origins of Recent Style Prosody*[10]，日本學者齊藤隆信的〈漢譯經典における gātha の譯語とその變遷──絕・縛束・偈・伽他〉等。[11]這些論著，或重在從漢譯偈頌的文本出發來談其翻譯體制與文體性質，或重在論述中印詩學的異同及傳播效應，或著重談它對中古詩歌創作的影響，諸如此類，悉對我們的進一步研究多有啟迪。

第一節　含義辨析

眾所周知，在佛典十二部經中，相當於中土詩歌文體者是祇夜（geya）和伽他（gāthā），兩者統稱為偈或偈頌。不過，在漢譯佛典中與偈、偈頌含義相同、相近的譯名很多，諸家給出的定義也不盡一致，所以，我們有必要先對相關語彙進行含義辨析。

一　絕、絕句

最早的漢譯佛典對原本詩歌體裁的譯名是「絕」和「絕句」。後

（2002年5月），頁108-113；陳明：〈漢譯佛經中的偈頌與讚頌簡要辨析〉，《南亞研究》2007年第2期（2007年5月），頁52-56。

8　李秀花：〈論王融對佛偈體的改造及其文學史地位〉，《理論學刊》2006年第10期（2006年10月），頁125-126。

9　陳允吉主編：《佛經文學研究論集》（上海市：復旦大學出版社，2004年），頁348-359。

10　*Harvard Journal of Asiatic Studies, Vol 51:No. 2,* (December 1991), pp. 375-470.

11　齊藤隆信：〈漢譯經典における gāthā の譯語とその變遷──絕・縛束・偈・伽他〉，《印度學佛教學研究》第54卷第1號（2005年12月），頁37-42。

漢安世高譯《佛說七處三觀經》中即多次用到「絕」字[12]，如其第十二經曰：

> 聞如是：一時佛在舍衛國，行在祇樹給孤獨園。佛告比丘：若比丘有四行，不自侵要近無為。何等為四？是間比丘，比丘持戒行，戒中律根。亦閉至，自守意。飯食節度，不多食，不喜多食。上夜後夜常守行。是為四行，比丘不自侵，亦近無為。從後說絕：
> 若比丘立戒根，亦攝食亦知節度，亦不離覺。如是行精進，上夜後夜不中止。要不自侵減，要近無為。
> 佛說如是。[13]

第四十三經則曰：

> 聞如是：一時佛在舍衛國，行在祇樹給孤獨園。是時佛告比丘，比丘應唯然。佛便說：信者有三行，令從行信淨可。何等三？一者欲見明者；二者欲聞經；三者離垢慳意，家中居，牧費直手分佈與成佈施等意。從後說絕：
> 欲見明者，當樂聞經。亦除垢慳，是名為信。
> 佛說如是。[14]

---

12 案：齊藤隆信在〈漢譯經典におけるgāthāの譯語とその變遷──絕・縛束・偈・伽他〉統計了《高麗》版「絕」為十二例，「宋元明」三本則為十五例，參《印度學佛教學研究》第54卷第1號（2005年12月），頁37。

13 〔日〕大藏經刊行會編：《大正新修大藏經》（臺北市：新文豐出版公司，1996年），卷2，頁877下。

14 〔日〕大藏經刊行會編：《大正新修大藏經》（臺北市：新文豐出版公司，1996年），卷2，頁881下。

這裡的「絕」，顯然是對譯原本中的某種詩歌文體。荷蘭漢學家許里和主張是 gāthā 的音譯語[15]，孫尚勇則說是 geya 的音譯字。[16]但筆者認為，若單從對音看，更可能是 gai 的對音，而 gai 乃 gāthā 的詞根，意為歌唱、歌謠。同時，其未來受動分詞轉化成名詞，即為 geya。另外需要指出的是：安世高譯出的「絕」，在形式上參差不一，有的是雜言（如十二經），有的為齊言（如四十三經），有的還略去了「絕」後的具體內容，比方說第六經到「從後說絕」[17]就戛然而止。

　　失譯人名附吳魏二錄的《雜阿含經》也多次用「絕」來譯原本的詩歌文體，如第二十六經曰：

> 聞如是：一時佛在王舍國時。有婆羅門名為不侵行者，至佛所，與佛談一處坐。已一處坐，不侵行者向佛說如是：我名為不侵。佛報言：「如名意亦爾，爾乃婆羅門應不侵。」從後說絕：
> 若身不侵者，口善意亦然。如是名不侵，無所侵為奇。
> 即不侵行者從坐起，持頭面著佛足下，從今持教誡，不復犯五戒。佛說如是。[18]

與本處小經相對應的是劉宋求那跋陀羅譯《雜阿含經》卷四十二之第

---

15 許里和著，顧滿林譯：〈關於初期佛經漢譯的新思考〉，《漢語史研究集刊》第4輯（成都市：巴蜀書社，2001年），頁286-312，特別是頁311。

16 孫尚勇：〈佛教偈頌的翻譯體例及相關問題〉，《宗教學研究》2005年第1期（2005年3月），頁65-71。

17 〔日〕大藏經刊行會編：《大正新修大藏經》（臺北市：新文豐出版公司，1996年），卷2，頁877上。

18 〔日〕大藏經刊行會編：《大正新修大藏經》（臺北市：新文豐出版公司，1996年），卷2，頁498下。

一一五六經[19]、後秦所出《別譯雜阿含經》卷四第七十九經[20]，後兩種經文都用「偈」字代替了「絕」字。其中，求那跋陀羅譯本之偈為五言：「若心不殺害，口意亦俱然。是則為離害，不恐怖眾生。」秦譯本則為四言偈：「身不毀害，口意亦然，是故號汝，名為無害。」形式雖別，內容則無大異。

西晉竺法護譯《等集眾德三昧經》卷二又云：

> 時魔天人往至其所言：「族姓子！吾有佛名，將護讀誦：假族姓子，自逼迫身，日自暴炙，自聞其身。所護音聲，然後乃書如是諸頌，爾乃令仁得聞此頌四句之絕。……」時族姓子，睹見上仙恭恪樂法，巍巍如是。顏色黧黮憔悴，功德難睹，即沒不現。於是上仙心自念言：「將無試吾聞此偈乎？」[21]

案：本段經文十分有趣，其「四句之絕」（即「假族姓子」等四句四言詩）中的「絕」字，與後面的「頌」、「偈」實為互文之法，其義一也。而與本經同本異譯的是鳩摩羅什譯《集一切福德三昧經》，其卷二對應的經文為：

> 時魔天子來至其所，作如是言：「我今有佛所說一偈，是最勝仙聞佛偈名，即語之言為我演說。」時天報言：「汝今若能剝皮為紙，以血為墨，折骨為筆，書寫此偈，乃當相與佛所說偈，善男子！」時最勝仙……即以利刀自剝身皮幹以為紙，復

19　〔日〕大藏經刊行會編：《大正新修大藏經》（臺北市：新文豐出版公司，1996年），卷2，頁307下-308上。

20　〔日〕大藏經刊行會編：《大正新修大藏經》（臺北市：新文豐出版公司，1996年），卷2，頁401中。

21　〔日〕大藏經刊行會編：《大正新修大藏經》（臺北市：新文豐出版公司，1996年），卷12，頁979上-中。

刺出血，用以為墨，復折其骨，削以為筆，合掌向天而作是
言：「天為我說佛所得偈。」[22]

雖然什譯本中沒有出現「四句之絕」的具體內容，但是稍加比對，則
知後者所用「偈」與竺法護譯本中的「絕」，實含義相同。

「絕句」一詞，則見於竺法護的譯經。如《佛說須真天子經》卷
二曰：

賢者摩訶迦旃延復問：云何菩薩得分別知眾經方便？答言：菩
薩得四等無盡，何等為四？一者義，二者法，三者次第，四者
報答，是為四。以一絕句於百千劫廣為一切分別演教，而是教
不近有為，不有所染，已淨無所卻。[23]

《大寶積經》卷一一八又曰：

爾時如來諸菩薩眾不可稱數，佛壽十四劫，初無異談。所說唯
宣菩薩之慧，諸度無極，辯才大哀，淳一品教，是諸菩薩皆曾
被訓，諸根明達，能以一句普入一切諸佛之道。如來為說總持
言教，慈心如地。何謂總持言教？以一絕句普入諸章。[24]

雖然竺法護的兩處譯經裡都未交代出「絕句」的具體內容，殊為可

---

22 〔日〕大藏經刊行會編：《大正新修大藏經》（臺北市：新文豐出版公司，1996年），
　　卷12，頁995下-996上。
23 〔日〕大藏經刊行會編：《大正新修大藏經》（臺北市：新文豐出版公司，1996年），
　　卷15，頁104下-105上。
24 〔日〕大藏經刊行會編：《大正新修大藏經》（臺北市：新文豐出版公司，1996年），
　　卷11，頁672上。

惜，但是毫無疑問，其含義當同於「絕」，後世對應的譯法是「偈句」（關於偈句，例詳後文）。

　　另外，安世高譯經中與「絕」意思相同的譯名還有「縛束」、「束結」，俱出於《道地經》，前者如〈散種章第一〉曰：「從後縛束說：瞋恚欲殺，常身樂淨受想，不慧不隨從若干惡，佛說是不可行。」[25]後者如〈五種成敗章第五〉云：「從後束結說：俱入海水，或到或中壞。病亦比海，或癒或死。」[26]與安世高譯的一卷本相對應的是竺法護譯《修行道地經》（七卷本）之卷一，但法護本兩處的譯文分別作：「於是頌曰：瞋恚貪欲念害命，常有樂身不淨想。邪智反順若干瑕，佛說是輩不可行」[27]、「於是頌曰：譬如有二人，俱發行入海，或有到彼岸，或而中斷絕。墮於疾病海，其譬亦如是，儻使從病差，而有更死者」[28]由此可知，「縛束」、「束結」和「頌」一樣，是意譯法。而且，前者可能還與佛典「貫華」「散華」喻（貫華、散華之喻，第二章已論之）中的「貫華」說相應，「貫」、「束結」、「縛束」漢語含義相近，貫華者，即偈頌也。

二　偈、頌、偈句、偈頌

　　「偈」字的最早用例，見於後漢支婁迦讖的譯經，如《般舟三昧經》裡就多次使用了它：比如卷中《羼羅耶佛品》曰：「佛爾時頌偈

25　〔日〕大藏經刊行會編：《大正新修大藏經》（臺北市：新文豐出版公司，1996年），卷15，頁231上。

26　〔日〕大藏經刊行會編：《大正新修大藏經》（臺北市：新文豐出版公司，1996年），卷15，頁232下。

27　〔日〕大藏經刊行會編：《大正新修大藏經》（臺北市：新文豐出版公司，1996年），卷15，頁182中。

28　〔日〕大藏經刊行會編：《大正新修大藏經》（臺北市：新文豐出版公司，1996年），卷15，頁184中。

言：是等功德不可估，奉戒具足無瑕穢。……得其福佑不可限，住是三昧得如是。」[29]卷下〈十八不共十種力品第十二〉又謂：「佛告跋陀和：若有菩薩，無所從生法悉護，是菩薩得佛十種力。佛爾時頌偈言：十八不共正覺法，世尊之力現有十。設使奉行是三昧，疾速逮此終不久。」[30]這裡的「偈」，顯然為名詞（其中，前者三十二句，按照四句成偈的通例，可劃分為八首）。此後，作為音譯用字的「偈」，在中古譯經裡頻頻出現，而且經常是和表示言語、歌唱一類的動詞連用，如「說」、「頌」、「贊」、「誦」、「問」、「答」、「報」、「告」、「歌」、「唱」、「唄」等，其例甚多，不備舉。

　　「頌」與「偈」同作名詞且意義相同的例子比比皆是。茲舉兩例，一者西晉竺法護譯《生經》卷一〈佛說野雞經第六〉云：

　　　　爾時佛告諸比丘：乃往過去無數世時，有大叢樹。大叢樹間，有野貓游居。在產，經日不食，饑餓欲極。見樹王上有一野雞，端正姝好，既行慈心，愍哀一切蚑行喘息人物之類。於時野貓心懷毒害，欲危雞命，徐徐來前，在於樹下，以柔軟辭而說頌曰：
　　　　「意寂相異殊，食魚若好服。從樹來下地，當為汝作妻。」
　　　　於時野雞以偈報曰：
　　　　「仁者有四腳，我身有兩足。計鳥與野貓，不宜為夫妻」。[31]

二者東晉瞿曇僧伽提婆譯《中阿含經》卷三十〈教曇彌經〉有句云：

29　〔日〕大藏經刊行會編：《大正新修大藏經》（臺北市：新文豐出版公司，1996年），卷13，頁914中。

30　〔日〕大藏經刊行會編：《大正新修大藏經》（臺北市：新文豐出版公司，1996年），卷13，頁917中。

31　〔日〕大藏經刊行會編：《大正新修大藏經》（臺北市：新文豐出版公司，1996年），卷3，頁74上。

「於是世尊說此偈曰。」《大正藏》校勘記指出：「偈，一作『頌』。」[32]

至於「偈句」一詞，較早的用例見於支謙譯經，如《佛說義足經》卷上《桀貪王經》曰：

> 佛以是本因，演是卷義，令我後學聞是說，欲作偈句，為後世作明，令我經法久住《義足經》：增念隨欲，已有復願，日增為喜，從得自在。……故說攝意，遠欲勿犯。精進求度，載船至岸。[33]

這裡的「偈句」，是指後文中的「增念隨欲」至「載船至岸」等四言二十四句偈。更有意思的是元魏瞿曇般若流支譯《正法念處經》卷四十有云：

> 時夜摩天見此一珠所有光明，心則離慢。又夜摩天自身所有一切光明，皆悉不現。復觀彼珠，其中則有金書文字，字有偈言：
> 清淨無垢濁，常隨順法行。彼不放逸故，恒常受快樂。……
> 若為境界覆，癡故放逸行。愛羂縛此天，將入惡道去。
> 時彼諸天大毗琉璃寶珠之中，見彼金書偈句字已，讀已聞已。
> 若天心有善種子者，見聞是偈，暫生厭離。[34]

案：這裡的五言「偈」共七十六句，其後的「偈句」、「偈」所指同

---

32 〔日〕大藏經刊行會編：《大正新修大藏經》（臺北市：新文豐出版公司，1996年），卷1，頁620上。

33 〔日〕大藏經刊行會編：《大正新修大藏經》（臺北市：新文豐出版公司，1996年），卷4，頁175下。

34 〔日〕大藏經刊行會編：《大正新修大藏經》（臺北市：新文豐出版公司，1996年），卷17，頁235下-236上。

此，可見「偈」即「偈句」也。

　　至若「偈頌」，則是音義並舉的譯法。其中「偈」為 gāthā 的音譯之略，「頌」表明了偈的功用在於讚頌。隋慧遠《無量壽經義疏》卷上指出：「何故言偈頌？言義妙美，諸讚歎者，多用偈頌。又偈巧約，少字之中，能攝多義。」[35] 而較早使用該詞的是鳩摩羅什，他與其弟子僧叡論西方文體時有云：「凡覲國王，必有讚德；見佛之儀，以歌歎為尊。經中偈頌，皆其式也。」[36] 嗣後，經中其例甚多，如劉宋沮渠京聲譯《治禪病秘要法》卷二云：

> 復次，舍利弗！若行者好作偈頌美音讚歎，猶如風動娑羅樹葉出和雅音，聲如梵音悅可他耳，作適意辭令他喜樂。……智者應當教觀八苦，如八苦觀說。告舍利弗：汝好受此治歌唄偈讚法，慎莫忘失。時舍利弗及阿難等，聞佛所說，歡喜奉行。[37]

由此可見，「偈頌」也可以叫做「偈讚」，「讚」即「頌」也。[38]

三　祇夜

　　祇夜，梵文 geya 的音譯。它和伽陀（伽他）一樣，同為九部經、

---

35 〔日〕大藏經刊行會編：《大正新修大藏經》（臺北市：新文豐出版公司，1996年），卷37，頁101下。

36 〔梁〕僧祐撰，蘇晉仁、蕭鍊子點校：《出三藏記集》（北京市：中華書局，1995年），頁534。

37 〔日〕大藏經刊行會編：《大正新修大藏經》（臺北市：新文豐出版公司，1996年），卷15，頁338上-中。

38 「偈頌」的譯語似受支謙《法句經》〈序〉的影響而來，序云「偈者結語，猶詩頌也」（《出三藏記集》，頁272）。另外，「結語」之說，也可為「束結」、「縛束」的意譯提供理論依據。

十二部經之一。東晉佛陀跋陀羅、法顯共譯之《摩訶僧祇律》卷一即曰：

> 爾時佛告舍利弗：有如來不為弟子廣說修多羅、祇夜、授記、伽陀、憂陀那、如是語、本生、方廣、未曾有經。舍利弗！諸佛如來不為聲聞制戒，不立說波羅提木叉法，是故如來滅度之後法不久住。舍利弗！譬如鬘師，鬘師弟子以種種色花著於案上不以線連，若四方風吹則隨風散。何以故，無線連故。如是舍利弗，如來不廣為弟子說九部法，不為聲聞制戒，不立說波羅提木叉法，是故如來滅後法不久住。舍利弗，以如來廣為弟子說九部法，為聲聞制戒，立說波羅提木叉法。是故如來滅度之後，教法久住。[39]

鳩摩羅什譯《摩訶般若波羅蜜經》卷一則曰：

> 舍利弗！菩薩摩訶薩欲聞十方諸佛所說十二部經：修多羅、祇夜、受記經、伽陀、憂陀那、因緣經、阿波陀那、如是語經、本生經、方廣經、未曾有經、論議經。諸聲聞等，聞與不聞，盡欲誦，受持者，當學般若波羅蜜。[40]

對祇夜（geya）的意譯有歌、詩歌經、詩、重頌、重說、應頌等。[41]其中，歌、詩歌經反映出geya在原本中的音樂特性，重頌、重說、應

39 〔日〕大藏經刊行會編：《大正新修大藏經》（臺北市：新文豐出版公司，1996年），卷22，頁227中。
40 〔日〕大藏經刊行會編：《大正新修大藏經》（臺北市：新文豐出版公司，1996年），卷8，頁220中。
41 陳明：〈漢譯佛經中的偈頌與讚頌簡要辨析〉，《南亞研究》2007年第2期（2007年5月），頁52。

頌則揭示了祇夜在經本中的組織方式和表達方式。玄奘譯《顯揚聖教論》卷六即曰：「應頌者，謂諸經中，或於中間、或於最後，以頌重顯，及諸經中不了義說，是為應頌。」[42]意思是說祇夜的位置不太固定，可以穿插在散文中間，也可在結束之處。但更常見的是後一種，旨在用祇夜來重複散文的內容，玄奘譯《阿毗達磨大毗婆沙論》卷一二六明確指出：

> 應頌云何？謂諸經中依前散說契經文句後結為頌，而諷誦之。即《結集文》、《結集品》等，如世尊告苾芻眾言：「我說知見，能盡諸漏。若無知見，能盡漏者，無有是處。」世尊散說此文句已，復結為頌，而諷誦言：「有知見盡漏，無知見不然。達蘊生滅時，心解脫煩惱。」[43]

此處所舉世尊說教的例子，即先用散文，再用祇夜（韻文），而祇夜與長行之主體內容實無異也。

再如北涼曇無讖譯《大般涅槃經》卷十五曰：

> 何等名為祇夜經？佛告諸比丘：昔我與汝，愚無智慧，不能如實見四真諦，是故流轉，久處生死，沒大苦海。何等為四苦集滅道？如佛昔日為諸比丘說契經竟，爾時復有利根眾生，為聽法故，後至佛所，即便問人：「如來向者為說何事？」佛時知已，即因本經以偈頌曰：
> 我昔與汝等，不見四真諦。是故久流轉，生死大苦海。

---

42 〔日〕大藏經刊行會編：《大正新修大藏經》（臺北市：新文豐出版公司，1996年），卷31，頁508下。

43 〔日〕大藏經刊行會編：《大正新修大藏經》（臺北市：新文豐出版公司，1996年），卷27，頁659下。

　　　　若能見四諦，則得斷生死。生有既已盡，更不受諸有。
　　　　是名《祇夜經》。[44]

這裡祇夜經（案：《祇夜經》是geya的音意合譯）的撰出方式是「因
本經以偈頌」，它表明了兩層意思：一者祇夜屬於偈的種類之一，二
者祇夜的撰出依據是本經，即其前的契經（散文）。

　　祇夜在重複其前長行所述的內容時，往往用的是概述法。如梁僧
伽婆羅譯《文殊師利問經》卷上〈菩薩戒品第二〉曰：

　　　　佛復告文殊師利：「以眾生無慈悲力，懷殺害意，為此因緣，
　　　　故斷食肉。文殊師利！有眾生樂糞掃衣，我說糞掃衣。如是乞
　　　　食，樹下坐露地坐，阿蘭若塚間一食，過時不食。遇得住處，
　　　　三衣等。為教化彼，我說頭陀。如是文殊師利，若眾生有殺害
　　　　心，為彼心故當生無數罪過，是故我斷肉。若能不懷害心，大
　　　　慈悲心為教化一切眾生，故無有過罪。不得啖蒜，若有因緣得
　　　　啖，若合藥、治病則得用。不得飲酒，若合藥、醫師所說多藥
　　　　相和，少酒多藥得用。不得服油及塗身等，若有因緣得用，得
　　　　用乳酪、生酥、熟酥、醍醐。我先啖乳糜，為風痰冷故。」佛
　　　　說此祇夜：「若身覆是善，心口覆亦然。一切處所覆，菩薩所
　　　　應行。」[45]

於此，祇夜中的「身」、「心」、「口」、「一切處」諸詞，是對散文中所
說菩薩諸修行事項的高度概括。

44　〔日〕大藏經刊行會編：《大正新修大藏經》（臺北市：新文豐出版公司，1996年），
　　卷12，頁451中-下。
45　〔日〕大藏經刊行會編：《大正新修大藏經》（臺北市：新文豐出版公司，1996年），
　　卷14，頁493上。

　　有時，祇夜也可對長行未及的內容進行補充。如《文殊師利問經》卷上〈涅槃品第五〉云：

　　　　爾時文殊師利白佛言：「世尊！涅槃者，聲聞緣覺凡夫不能分
　　　　別，唯如來正遍知之所能說。」佛言：「文殊師利！涅槃不
　　　　滅。何以故？無斷煩惱故，無所到處。何以故？以無處故，到
　　　　者得義，無到故無得。何以故？無苦樂故，無斷不斷，無常不
　　　　常。」佛說此祇夜：「不斷不滅，不生不起，不墮不落，不行
　　　　不住。」[46]

其中，「祇夜」裡後三個四言句表現的教義，在長行裡並沒有充分的展示。

四　伽他

　　伽他是梵語 gāthā 的音譯之一，其他還有迦陀、伽陀、偈他、偈等。意譯法有頌、頌經、諷頌、調頌、直說、不重頌、孤起等，音義兼顧者則有偈經、偈頌、孤起偈等。[47]伽他與祇夜的區別十分明顯，祇夜常常要重複其前散文部分的內容，伽他則獨立於長行。玄奘譯《阿毗達磨順正理論》卷四十四即云：「言諷頌者，謂以勝妙緝句言

46　〔日〕大藏經刊行會編：《大正新修大藏經》（臺北市：新文豐出版公司，1996年），
　　卷14，頁495上。

47　參陳明：〈漢譯佛經中的偈頌與讚頌簡要辨析〉，《南亞研究》2007年第2期（2007年
　　5月），頁52-56。又，譯經時經常出現音譯、意譯的互文現象，如唐金剛智：《金剛
　　頂瑜伽中略出念誦經》卷四：「師應為說真實伽他，令其覺悟。頌曰：普賢法身遍
　　一切，能為世間自在主。……利眾生事諸悉地，慈悲哀愍為加持。說此偈已，復結
　　金剛入契。」（〔日〕大藏經刊行會編：《大正新修大藏經》（臺北市：新文豐出版公
　　司，1996年），卷18，頁250中-下）於此，「伽他」、「偈」、「頌」所指一也。

詞，非隨述前而為贊詠，或二三四五六句等。」[48]「非隨述前」表明了伽他的撰出與長行無關；「贊詠」是說它的功能在於讚歎，且具有一定的音樂性。這兩點基本上同於祇夜。

在漢譯佛典中，伽陀與祇夜的關係比較複雜，主要表現在三個方面：一者，伽他與祇夜一樣，有時都歸為偈的一類，亦稱為偈。北本《大般涅槃經》卷十五即曰：「何等名為伽陀經？除修多羅及諸戒律，其餘有說四句之偈，所謂『諸惡莫作，諸善奉行，自淨其意，是諸佛教』，是名《伽陀經》。」[49]「四句之偈」中的「偈」字，和「伽陀」當為互文之法。二者，偈、祇夜、伽他，又可以作為等義詞使用，如鳩摩羅什譯《大智度論》卷三十三有云：「諸經中偈，名祇夜。……一切偈名祇夜，六句、三句、五句，句多少不定。亦名祇夜，亦名伽陀。」[50]三者，伽陀有時則成了祇夜的下位概念。什譯《成實論》卷一指出：「祇夜，名偈。偈有二種：一名伽陀，二名路伽。」[51]

另外，對於伽他、偈他等音譯詞，譯師與注家頗有爭論，爭論的焦點在於何音為正。元魏瞿曇般若流支譯《正法念處經》卷十六在「伽他頌曰」後注云：「偈者，正音云伽他。單舉伽字，訛言為偈，魏言頌。」[52]《大唐西域記》卷三亦謂：「舊曰偈，梵文略也。或曰偈他，梵音訛也。今從正音，宜云伽他。」[53]對此，唐人圓測（613-

---

48 〔日〕大藏經刊行會編：《大正新修大藏經》（臺北市：新文豐出版公司，1996年），卷29，頁595上。

49 〔日〕大藏經刊行會編：《大正新修大藏經》（臺北市：新文豐出版公司，1996年），卷12，頁451下。

50 〔日〕大藏經刊行會編：《大正新修大藏經》（臺北市：新文豐出版公司，1996年），卷25，頁306下-307上。

51 〔日〕大藏經刊行會編：《大正新修大藏經》（臺北市：新文豐出版公司，1996年），卷32，頁245上。

52 〔日〕大藏經刊行會編：《大正新修大藏經》（臺北市：新文豐出版公司，1996年），卷17，頁91中。

53 季羨林等校注：《大唐西域記校注》（北京市：中華書局，1985年），頁278。

696）《解深密經疏》卷二給出了較詳細的答案：

> 舊來諸師，自有兩釋：一云偈者，梵音伽陀，此云重頌，而翻
> 譯者為存略故，或音訛故，但言偈也。一云偈者，此即漢語竭
> 也，盡也。四句成頌，攝義同盡，故言偈也。不爾，梵音正是
> 伽陀，即應言伽，不應名偈。雖有兩釋，前說為正。西方諸
> 國，語音不同，中印度國名為伽佗，餘處名伽他，乃至于闐國
> 名為偈他。譯家略故，但言偈也。[54]

據此，則知伽陀（佗）、伽他、偈他之異，蓋源於原本語音之不同。

五　首盧柯

梵文 śloka 的譯名主要有兩大類：意譯者有偈、頌、詩、記句、
名、名稱、名聞、讚頌等，音譯者有室路迦、輸盧迦、首盧迦、首盧
柯等。[55]中古譯經中，往往略稱為首盧。後秦僧伽跋澄譯《鞞婆沙
論》卷六即曰：

> 更有說者，謂契經說。意止此是一法，身齊限數。如是契經
> 說，意斷神足根力覺種道種，是謂一法身齊限數。如是至一切
> 八萬算者說，八字一句，三十二字為一首盧數。[56]

---

54 藏經書院：《新編卍續藏經》（臺北市：新文豐出版公司，1993年），冊34，頁661上-
　下。

55 荻原雲來編纂，辻直四郎監修：《漢譯對照梵和大辭典》（臺北市：新文豐出版公司，
　2003年），頁1361。

56 〔日〕大藏經刊行會編：《大正新修大藏經》（臺北市：新文豐出版公司，1996年），
　卷28，頁459上。

這裡的首盧，是經文的計算方法，即每八個音節為一句，四句三十二個音節便成一偈，經文通常可以首盧偈為單位進行劃分。後秦僧伽提婆、竺佛念共譯《阿毗曇八犍度論》卷一在「〈智品第二〉竟」之後有注云：「梵本二百三十首盧，長二十字。」[57]意思是〈智品〉原本共有七三八〇個（230×32＋20）音節。而且對於首盧偈的翻譯，有的譯師為了追求譯本／原本形式的一致，也用三十二個漢字來對譯，如苻秦鳩摩羅佛提等譯《四阿鋡暮抄解》卷上有云：

> 何時卿難陀得見汝，八字。無事而粗服衣納五，八字。彼信施之而無所染，八字。遠淫欲行能離其嶮。八字。首盧。[58]

但更多的時候，僅是偈前標明其性質為首盧柯。如梁真諦譯《四諦論》卷一曰：

> 論主欲顯四諦義無與等者故，說首盧柯：
> 知外諦不離，律理行勝負。不能度生老，死憂悲大海。
> 則此聖智人，貪瞋引鬥諍。智者求解脫，外諦不應知。
> 若人見聖諦，免惡道勝法。離過無染濁，常行四等心。
> 眾苦所遍滿，解脫三界獄，聰慧求涅槃，應須見聖諦。[59]

這裡的偈，以漢字計有八十字之多，顯然和三十二音節不能一一對應。

57　〔日〕大藏經刊行會編：《大正新修大藏經》（臺北市：新文豐出版公司，1996年），卷26，頁755中。

58　〔日〕大藏經刊行會編：《大正新修大藏經》（臺北市：新文豐出版公司，1996年），卷25，頁3上。

59　〔日〕大藏經刊行會編：《大正新修大藏經》（臺北市：新文豐出版公司，1996年），卷32，頁376中。

作為數經之法的首盧偈，又叫通偈。吉藏《中觀論疏》卷一曰：

> 偈有二種：一是首盧偈，謂胡人數經法也，則是通偈。言通偈
> 者，莫問長行、偈頌，但令數滿三十二字，則是偈也。二者別
> 偈，謂結句為偈，莫問四言、五言、六言、七言，但令四句滿
> 便是偈也。偈者，外國具音應言竭夜，或秤（稱）祇夜。今示
> 存略，但秤（稱）為偈。偈者，句也，頌也。又言偈者，此土
> 漢書亦有此音，訓言竭義，謂明義竭盡，故秤（稱）為偈。但
> 結句秤（稱）偈，凡有二種：一路伽偈，謂頌長行偈也；二伽
> 陀偈，謂孤起偈也。[60]

準此可知，首盧之通偈可以統括長行（契經）與偈頌（祇夜、伽
陀），是單部佛經的代名詞，也是最廣義的「偈」。

　　但是，有時候首盧又可單指伽陀。玄應《一切經音義》卷六十六
說首盧：「亦名室路迦，或言輸盧迦。彼印度數經，皆以三十二字為
一輸盧迦。或名伽陀，即一偈也。」[61]這方面的譯例似可舉出陳真諦
譯《阿毗達磨俱舍釋論》卷五，曰：「依自在天，世間首盧柯則成善
哥：由能燒嶮利，可畏恆苦他。樂食肉血髓，令啼稱律他。」[62]哥
者，歌也。而且，首盧柯的內容獨立於其前的長行，故性質上是伽陀
（孤起頌）。

---

60 〔日〕大藏經刊行會編：《大正新修大藏經》（臺北市：新文豐出版公司，1996年），
　　卷42，頁1中。

61 〔日〕大藏經刊行會編：《大正新修大藏經》（臺北市：新文豐出版公司，1996年），
　　卷54，頁741下。

62 〔日〕大藏經刊行會編：《大正新修大藏經》（臺北市：新文豐出版公司，1996年），
　　卷29，頁195中。

六　散偈、雜讚

　　漢譯佛典對某些特殊的偈讚還使用了專名，如散偈、雜讚。前者見於梁真諦譯《四諦論》，如卷一云：

> 復次四相婆羅門諦及與聖諦，有何差別？持散偈曰：
> 云何四聖諦，非諦不定境。唯二增並觀，淨聖諦何別。
> 云何諸佛於四諦中同有一意？……持散偈曰：
> 一意上果異，一切智葉譬。四違一無用，先苦因緣滅。[63]

統觀該經之「散偈」，都是用在四句五言偈前，未知是否專指此種特殊的體式，待考。另外，梁寶唱所編《經律異相》之序則云：「皇帝同契等覺，比德遍知，大弘經教，並利法俗，廣延博古，旁采遺文。於是散偈流章往往而出，今之所獲，蓋亦多矣。」[64]這裡的「散偈」，不知和真諦的譯語有無關係？但後者是名詞，應無疑義。

　　雜讚一詞，較早出現於西晉竺法護譯《生經》卷五，經中有一篇小經叫做〈佛說雜讚經〉。[65]是經在歷史上有單行本，《出三藏記集》卷四即曰：「《雜讚經》一卷，出《生經》。」[66]有關雜讚的含義，譯經並無明確的說明，現在只好綜合相關記載來進行合理推斷。如初唐慧

63　〔日〕大藏經刊行會編：《大正新修大藏經》（臺北市：新文豐出版公司，1996年），卷32，頁375中。

64　〔日〕大藏經刊行會編：《大正新修大藏經》（臺北市：新文豐出版公司，1996年），卷53，頁1上。

65　〔日〕大藏經刊行會編：《大正新修大藏經》（臺北市：新文豐出版公司，1996年），卷3，頁103上-中。

66　〔梁〕僧祐撰，蘇晉仁、蕭鍊子點校：《出三藏記集》（北京市：中華書局，1995年），頁162。

沼（650-714）在《金光明最勝王經疏》卷六曰：

> 經：無上清淨牟尼尊，身光照耀如金色。
> 贊曰：下隨德別讚，贊中相好雜讚，以好隨相，故雜讚歎。讚有十六：十一讚相，五讚好。[67]

案，慧沼疏解的是義淨十卷本《金光明經》。其中，「相好」指佛的色身所具備的莊嚴微妙之形相美。「相」是三十二相，「好」為八十種隨形好。相對說來，「相」較粗，「好」較細。世俗凡夫見佛，見到的多是「相」，「好」則難於一見。故慧沼說十六首〈雜讚〉中，讚頌「相」者遠遠多於讚頌「好」者。而且，從字面看「相好雜讚」，意思是指讚頌時，「相」、「好」可以混雜在一起。

中唐沙門法照（746-838）[68]〈淨土五會念佛略法事行儀讚〉中則說：「五會念佛竟，即誦〈寶鳥〉諸雜讚。」此「諸雜讚」包括依《阿彌陀陀經》撰出的〈寶鳥讚〉、依《相好經》撰出的〈相好讚〉、依《無量壽經》編寫的〈五會讚〉、依《稱揚淨土經》寫成的〈淨土樂讚〉、依《大般若經》而撰的〈離六根讚〉、依《佛本行經》撰寫的〈正法樂讚〉等八種讚。[69]這裡的「雜讚」之「雜」，似指寫作來源的「雜」，即依據不同的經來寫相同的主題——淨土讚頌。

日本天臺僧人安然（841-?）在《諸阿闍梨真言密教部類總錄》卷下「諸讚歎部第十七」「雜用讚十五」中，收錄了唐代流傳至日本的六種贊文目錄，即：「《本尊贊》一本（仁），《梵字大三摩耶真言一

---

67 〔日〕大藏經刊行會編：《大正新修大藏經》（臺北市：新文豐出版公司，1996年），卷39，頁269中。

68 關於法照生卒年說法不一，此依劉長東考證。參氏著：《晉唐彌陀淨土信仰研究》（成都市：巴蜀書社，2000年），頁383。

69 〔日〕大藏經刊行會編：《大正新修大藏經》（臺北市：新文豐出版公司，1996年），卷47，頁476下-482上。

百八名讚》一卷（海），《梵唐兩字送本尊歸本土贊》一卷（仁）《梵唐兩字除壇上粉念此緣生偈讚》一本（仁），《浴像燒香偈讚》一本（仁、私：此二重出），《唐梵兩字滿願讚》一本（仁）。」[70]其間，「仁」指日本天臺宗山門派之祖圓仁（794-864），「海」指日本真言宗開祖空海（774-835），兩者都是入唐求法的高僧，並從唐帶回多種經籍（包括世俗的經典、文書）。於此，安然的「雜用讚」，代表的是那些不能歸入專門場合使用的一些特殊讚文。[71]

　　回到前文所說的竺法護譯《佛說雜讚經》，它本屬本生故事，用的是敘述文體，何以取了個讚頌體的題名？陳明說：「之所以取名《佛說雜讚經》者，大概是經中有四首偈頌：前後兩首為五言，中間兩首為七言。所以漢譯本取名為『雜讚』。」[72]

　　事實上，印度原典中就有「雜讚」之說。義淨《南海寄歸內法傳》卷四〈讚詠之禮〉即云：

> 然而西方禮敬，盛傳讚歎，但有才人，莫不於所敬之尊而為稱說。且如尊者摩咥丁結反里制吒者，乃西方宏才碩德，秀冠群英之人也。傳云昔佛在時，佛因親領徒眾，人間遊行。時有鶯鳥，見佛相好，儼若金山，乃於林內，發和雅音，如似讚詠。佛乃顧諸弟子曰：「此鳥見我歡喜，不覺哀鳴。緣斯福故，我沒代後，獲得人身，名摩咥里制吒，廣為稱歎，讚我實德也。」……初造《四百讚》，次造《一百五十讚》，總陳六度，明佛世尊所有勝德。斯可謂文情婉麗，共天花而齊芳；理致清

---

70 〔日〕大藏經刊行會編：《大正新修大藏經》（臺北市：新文豐出版公司，1996年），卷55，頁1130。

71 參陳明：〈漢譯佛經中的偈頌與讚頌簡要辨析〉，《南亞研究》2007年第2期（2007年5月），頁52-56。

72 參陳明：〈漢譯佛經中的偈頌與讚頌簡要辨析〉，《南亞研究》2007年第2期（2007年5月），頁52-56。

高，與地獄而爭峻。西方造讚頌者，莫不咸同祖習。無著、世
親菩薩悉皆仰止。故五天之地，初出家者，亦既誦得五戒十
戒，即須先教誦斯二讚，無問大乘小乘，咸同遵此。有六意
焉：一能知佛德之深遠，二體制文之次第，三令舌根清淨，四
得胸藏開通，五則處眾不惶，六乃長命無病。誦得此已，方學
餘經。

然而斯美，未傳東夏。造釋之家，故亦多矣。為和之者，誠非
一算。陳那菩薩親自為和，每於頌初，各加其一，名為《雜
讚》，頌有三百。又鹿苑名僧號釋迦提婆，復於陳那頌前，各
加一頌，名《糅雜讚》，總有四百五十頌。但有製作之流，皆
以為龜鏡矣。[73]

由此可知，「讚」在印度具有悠久的歷史傳統，佛教「讚」體文學的
奠基人之一是二、三世紀間的摩呾里制吒（Matrceta），他的制讚目的
在於稱頌佛的功德，其代表作是《四百讚》、《一百五十讚》。而且，
誦讚在宗教修行實踐中具有六種突出的意義。後來到了五、六世紀，
陳那（Dignaga）在《一百五十讚》的基礎上，增加一百五十頌而成
《雜讚》。釋迦提婆（Sakyadeva）進而在陳那的基礎上，撰出四百五
十頌的《糅雜讚》。陳明謂：「《雜讚》的梵名為*Misraka-stotra*，《糅雜
讚》梵名可還原為*Misraka- misraka-stotra*。這兩個梵名清楚地表明了
《雜讚》與《糅雜讚》屬於佛教讚頌詩（Stotra）類型。」[74]另外，從
陳那《雜讚》是「和」《一百五十讚》而成推測，「雜讚」體更強調的
是音樂性，並且和詞與被和者的文本（歌詞）很可能具有相同的音樂
結構。

---

73 〔唐〕義淨原著，王邦維校注：《南海寄歸內法傳校注》（北京市：中華書局，1986
　　年），頁178-180。
74 參陳明：〈漢譯佛經中的偈頌與讚頌簡要辨析〉，《南亞研究》2007年第2期（2007年
　　5月），頁52-56。

總之，無論印度中國，雜讚都是一種特殊的詩歌文體。

第二節　文體性質

有關漢譯佛典中偈頌（包括祇夜伽他）的性質，我們擬分成四個方面進行討論。

一　組織結構

佛典偈頌的組織結構，大體可從句式、句數兩點進行分類。鳩摩羅什譯《十住毗婆沙論》卷一即說：

> 偈名義趣，言辭在諸句中，或四言、五言、七言等。偈有二種：一者四句偈名為波蔗，二者六句偈名祇夜。雜句者，名直說語言。[75]

於此，四言、五言、七言是從句式著眼，波蔗四句、祇夜六句說的是句數之別。

再如北涼浮陀跋摩共道泰譯《阿毗曇毗婆沙論》卷九曰：

> 此是偈中，不長不短，八字為一句，三十二字為一偈。此結偈法，名阿㝹咤闡提，是經論數法，亦是計書寫數法。六字為句者，名初偈。二十六字為句者，是後偈。或有減六字為句者，此偈名周利荼。若過二十六字為句者，此偈名摩羅。[76]

75　〔日〕大藏經刊行會編：《大正新修大藏經》（臺北市：新文豐出版公司，1996年），卷26，頁22上。

76　〔日〕大藏經刊行會編：《大正新修大藏經》（臺北市：新文豐出版公司，1996年），卷28，頁58上。

此則純從句式對偈分類。當然，這裡的一「字」，相當於印度的一個音節。句，則指音步。

（一）句式

1 齊言體

　　齊言體有三言、四言、五言、六言、七言、八言、九言、十二言等表現形式，現各舉一例如次。

　　三言者，如西晉竺法護譯《賢劫經》卷一之「行清淨，大聖道。心信樂，無惑業。自覺意，辯才要。是三昧，安住施。降諸魔，除諸垢。斷因緣，生死欲。……立無生，睹法義，行是者，佛哀念」[77]，共一一二句。

　　四言者，如東晉瞿曇僧伽提婆譯《中阿含經》卷二十九之「樂在無欲，心存遠離。喜於無諍，受盡欣悅。……愛不愛法，不能動心」[78]，共十八句。

　　五言者，如劉宋求那跋陀羅譯《雜阿含經》卷二十三之「大海及大地，城郭並諸山，牟尼足所踐，動搖如浪舟」四句偈。[79]

　　六言者，如後秦鳩摩羅什譯《佛說須摩提菩薩經》之「如所念言亦爾，於善友有誠信。聞講法不求短，若說經心喜踊」四句偈。[80]

　　七言者，如東吳支謙譯《維摩詰所說經》卷上之「清淨金華眼明好，淨教滅意度無極。淨除欲疑稱無量，願禮沙門寂然迹。……以知

77　〔日〕大藏經刊行會編：《大正新修大藏經》（臺北市：新文豐出版公司，1996年），卷14，頁4中-下。

78　〔日〕大藏經刊行會編：《大正新修大藏經》（臺北市：新文豐出版公司，1996年），卷1，頁613上。

79　〔日〕大藏經刊行會編：《大正新修大藏經》（臺北市：新文豐出版公司，1996年），卷2，頁161中。

80　〔日〕大藏經刊行會編：《大正新修大藏經》（臺北市：新文豐出版公司，1996年），卷12，頁79下。

世間諸所有，十力哀現是變化。眾睹希有皆歎佛，稽首極尊大智現」[81]，共四十句。

八言者，如竺法護譯《賢劫經》卷八之「在諸佛所建立福祚，所修行功少不足言。而獲報應果實如是，何所明知不發道心。……是故常志無放逸行，決解奉訓如上所教。猶如雁鳴毀散云雨，當得普智勢不得久」[82]，共八十句。

九言者，如後漢竺大力、康孟詳譯《修行本起經》卷下之「如令人在胎不為不淨，如令在淨不為不淨汙，如令苦不為多無有數，假令如是誰不樂世者。……如令諸蔭蓋不為怨家，如令諸六入無有苦惱，如令一切世間為不苦，假令如是誰不樂世者」[83]，共四十句。

十二言者，如支謙譯《慧印三昧經》之「行是三昧於無底念疾得為佛，一切十方無央數佛護持法者，便悉得聞無量無底諸經正教，持是經者便得無極陀鄰尼門。……於一那術說行菩薩不能究竟，其起菩薩意者皆得阿惟越致，無央數恒邊沙人皆得阿羅漢，十方諸飛來菩薩皆得歡喜去」[84]，共三十二句。

81　〔日〕大藏經刊行會編：《大正新修大藏經》（臺北市：新文豐出版公司，1996年），卷14，頁519下-520上。

82　〔日〕大藏經刊行會編：《大正新修大藏經》（臺北市：新文豐出版公司，1996年），卷14，頁62下-63中。

83　〔日〕大藏經刊行會編：《大正新修大藏經》（臺北市：新文豐出版公司，1996年），卷3，頁468下-469上。

84　《中華大藏經》，冊18，頁198中-下。案：本偈在〔日〕大藏經刊行會編《大正新修大藏經》（臺北市：新文豐出版公司，1996年）被排成四言偈，且偈的起止有別，至「行是已後便得無極陀鄰尼門」（參〔日〕大藏經刊行會編《大正新修大藏經》（臺北市：新文豐出版公司，1996年），卷15，頁467下-468上）止，比《中華大藏經》少了一四四字，這一四四字〔日〕大藏經刊行會編《大正新修大藏經》（臺北市：新文豐出版公司，1996年）作散行形式。但從語氣連貫看，當以《中華大藏經》為是。

2 雜言體

　　雜言體偈在漢譯佛典中較為少見，且有時譯法有點特別，因為有的是用音譯法，有的又用音、意合譯法。如：

　　（1）東晉瞿曇僧伽提婆譯《中阿含經》卷三十云：

> 於是世尊說此偈曰：
> 須涅，牟梨破群那，阿邏那遮婆羅門，瞿陀梨舍哆，害提婆羅摩納，儲提摩麗橋鞞陀邏，薩哆富樓奚哆。[85]

這裡「須涅」等句，緊接在「偈」字後，顯然是表明「偈」的詳細內容。

　　（2）元魏慧覺等譯《賢愚經》卷十二曰：

> 須達家內有二鸚鵡：一名律提，二名賒律提，稟性點慧，能知人語。諸比丘往來，每先告語家內聞知，拂整敷具，歡喜迎逆。是時阿難往到其家，見鳥聰點，愛之在心，而語之言：「欲教汝法。」二鳥歡喜，授四諦法，教令誦習，而說偈言：
> 豆佉，三牟提耶，尼樓陀，末加。晉言苦習滅道。[86]

案：本偈中的四個音譯，分別對應梵語duhkha、samudaya、nirodha、marga，夾注之苦、習、滅、道則是意譯。

---

85 〔日〕大藏經刊行會編：《大正新修大藏經》（臺北市：新文豐出版公司，1996年），卷1，頁620上。又：經中在音譯偈後接了另一意譯偈，曰：「此在過去世，七師有名德。無愛縛樂悲，欲結盡過去」，共三十八句。

86 〔日〕大藏經刊行會編：《大正新修大藏經》（臺北市：新文豐出版公司，1996年），卷4，頁436下。

（3）《賢愚經》卷十三又載獅子堅誓：

便說偈言：

耶羅羅，婆奢沙，娑呵。

說此語時，天地大動，無雲而雨。……仙人於時具為大王解說
其義：耶羅羅，其義唯剃頭著染衣，當於生死疾得解脫；婆奢
沙，云剃頭著染衣者皆是賢聖之相，近於涅槃；娑呵，云剃頭
著染衣者，當為一切諸天世人所見敬仰。[87]

由此可知，偈中的三個音譯詞意蘊豐富，極具象徵意。

（4）唐金剛智譯《吽迦陀野儀軌》卷二謂：

《奉送偈》曰：曩禰多尼蓮華合。[88]

本偈雖然只有一句，卻是典型的音、意合譯。

　　純用意譯的雜言體偈頌，則如：

（1）姚秦弗若多羅、鳩摩羅什合譯《十誦律》卷五十八曰：

爾時野干口銜是大魚身歸去，婦見持是大魚來，說偈問言：
善哉智者，何處得是滿口無頭無尾鯉魚來？[89]

此處的問「偈」，確實是問句，且純為散文句式。

---

87 〔日〕大藏經刊行會編：《大正新修大藏經》（臺北市：新文豐出版公司，1996年），
　　卷4，頁438中-下。

88 〔日〕大藏經刊行會編：《大正新修大藏經》（臺北市：新文豐出版公司，1996年），
　　卷21，頁244中。

89 〔日〕大藏經刊行會編：《大正新修大藏經》（臺北市：新文豐出版公司，1996年），
　　卷23，頁434上。

（2）姚秦佛陀耶舍、竺佛念譯《四分律》卷五十二曰：

> 佛告阿難：乃往過去世時，有迦葉佛般涅槃已。時有翅毗伽尸
> 國王，於此處七歲七月七日起大塔已，七歲七月七日與大供
> 養，坐二部僧於象蔭下，供第一飯。時去此處不遠，有一農夫
> 耕田，佛往彼間取一摶泥來置此處，而說偈言：
> 設以百千瓔珞，皆是閻浮檀金。不如以一摶泥，為佛起塔
> 勝。……
> 設以金百千山，皆是閻浮檀金。不如以一摶泥，為佛起塔勝。[90]

這裡的偈，實為七首，每首都為「六、六、六、五」句式。

　　（3）元代所出《瑜伽集要焰口施食儀》中，有雜言聯章體〈六
趣偈〉八首，如第一首云：

> 承斯善利地獄受苦有情者，刀山劍樹變化皆成如意樹，火團鐵
> 丸變成蓮華而為寶吉祥，地獄解脫而能成正覺。[91]

其句式為兩個十一言加十三言與九言。

3　接轉式

　　接轉式是由林仁昱研究敦煌佛教歌曲時提出來的一個概念[92]，其
實，在漢譯佛典偈頌中也存在相同的情況，它主要指的是齊言體偈頌
的組合方式。現舉數如下：

90　〔日〕大藏經刊行會編：《大正新修大藏經》（臺北市：新文豐出版公司，1996年），
　　卷22，頁958中。

91　〔日〕大藏經刊行會編：《大正新修大藏經》（臺北市：新文豐出版公司，1996年），
　　卷21，頁482上。

92　林仁昱：《敦煌佛教歌曲之研究》（高雄市：佛光山文教基金會，2003年），頁346。

（1）後漢竺大力、康孟詳譯《修行本起經》卷下謂：

> 太子歎曰：「人生於世，有此老患，愚人貪愛，何可樂者？物
> 生於春，秋冬悴枯，老至如電，身安足恃？」即說偈言：
> 老則色衰，病無光澤。皮緩肌縮，死命近促。
> 老則形變，喻如故車。法能除苦，宜以力學。
> 命欲日夜盡，及時可勤力。世間諦非常，莫惑墮冥中。
> 當學燃意燈，自練求智慧。離垢勿染汙，執燭觀地道。[93]

於此，偈的接轉形式是四言→五言。其中八句四言偈是對其前散文部
分的重複，從性質看是祇夜；後面的八句五言偈的內容獨立於散行文
字之外，當為伽陀。

（2）梁僧伽跋陀羅譯《善見律毗婆沙》卷二曰：

> 大德摩訶提婆往至摩酰娑慢陀羅國，至已，為說《天使經》。
> 說竟，四萬人得道果，皆悉隨出家，而說偈言：
> 摩訶提婆，有大神力。得三達智，到摩酰娑。
> 為說《天使經》，度脫諸眾生。四萬得天眼，皆悉隨出家。[94]

這裡的接轉形式同於前者，但是四言偈、五言偈同為祇夜，都是對散
文內容的重複。

（3）後秦竺佛念譯《出曜經》卷三云：

---

93 〔日〕大藏經刊行會編：《大正新修大藏經》（臺北市：新文豐出版公司，1996年），
卷3，頁466下。

94 〔日〕大藏經刊行會編：《大正新修大藏經》（臺北市：新文豐出版公司，1996年），
卷24，頁685中。

昔佛在毗舍離獼猴池側高講堂上。爾時眾多童子等善知射術，
箸箸相拄於射術上，彼最為第一，自恃高族與世無雙，處閻浮
利內無及我等。正使有憂慮者，子今與世無雙，豈有奸賊侵欺
我等？兒復自惟：吾父有伎必勝眾人，各相憑俟，竟不自濟，
無常對至，迸在異處。是故頌曰：

在眾疾姓流，目視兄弟親。為死使所追，被害無有退。

死使有數種，親族所在救。積財無有數，為賊所燒觸。

火熾以水滅，以蓋除彼明。恚以毒藥去，咒術除非邪。

暴象以鉤牽，牧牛以杖將。此眾皆有樂，無常難可保。

無常力勢，不可恃怙。知死命終，然不久住。

一切皆盡，無覺知者。為世所毀，流轉諸趣。[95]

案：此處為五言接轉四言式。從內容推斷，它們都是對其前散文的補
充，也可視作祇夜偈。

（4）竺法護譯《佛說方等般泥洹經》卷上曰：

爾時賢者阿那律於須彌山頂為忉利諸天廣講法語，見諸大尊神
妙天子，各從宮殿遑遑不安。阿那律心念言：此諸天子，何故
棄舍天妓之娛，擾擾上下或飛或走，眷屬離散，其處空虛忽不
復現？時阿那律從須彌頂，遙見寶積山下之地。於是阿那律立
須彌頂，舉聲以偈讚歎佛言：

導利於群梨，施世之安隱。正覺為眾佑，云何便泥曰？

嗚呼世尊喻父母，為世之眼除諸冥。為世良醫療眾病，今世尊
雄便泥曰。……

95　〔日〕大藏經刊行會編：《大正新修大藏經》（臺北市：新文豐出版公司，1996年），
　　卷4，頁624中。

佛於眾會法導人，能動天地震山陵。大海波蕩水居擾，我今後
見佛泥曰。[96]

這裡是五言接轉七言的形式。其中，五言四句，七言則有一〇四句。
在七言偈中，若劃分成二十六首四句偈：其末句結尾處用「泥曰」者
二十首；末句作「我今後見佛泥曰」十六首，且皆可視作重句聯章
偈。而全部五言、七言偈，實都為伽他。

（5）竺法護譯《佛說寶網經》曰：

於是童子寶網於夜夢覺，啟白其父，夜諸天人下兜術宮，以偈
相語而歌頌曰：「贊佛功德，今欲求索，緣見自歸如來至
真。」童子寶網因時以頌，而讚歎曰：
開寤眾生善導師，無念世父志廣大。大人當知供養佛，導師興
世甚稀有。
如靈瑞花難可遇，其色煌煌軟微妙。香氣流布無耗損，如是尊
花難得值。
我身今日，啟於大人，願以相施，歡喜之心。
其從世護，光明之教。常當奉敬，現真諦慧。……
尋即時出，於彼城門，行到最勝，大聖人所。
稽首足下，自歸德海。童子退卻，卻住一面。[97]

此處是七言——▶四言的接轉式。七言八句，四言一五二句。後者從語
意分，當似八句成頌，可分為十九首。全部七言、四言偈，都可歸為
伽他頌。

96　〔日〕大藏經刊行會編：《大正新修大藏經》（臺北市：新文豐出版公司，1996年），
　　卷12，頁913上-下。
97　〔日〕大藏經刊行會編：《大正新修大藏經》（臺北市：新文豐出版公司，1996年），
　　卷14，頁78中-79上。

（6）同經又載天人頌云：

　　其無央數億，諸天普周遍。柔軟妙花香，下散世光明。

　　億載天帝釋，僉住虛空中。紫磨金色花，以奉兩足尊。

　　億百千梵天，手執赤栴檀。以散光明曜，舉聲而嗟歎。

　　無數諸天樂，在上而自鳴。所演辭尊妙，顯離垢光明。

　　諸天蓮花有百千，住在虛空贊導師。諸華若干天香蓋，為人中
　　尊億幢幡。

　　各擁百千寶瓔珞，散明月珠奉歎佛。其心歡悅供最尊，勝無等
　　倫威無量。

　　人民具足百千億，自歸最勝不可量。頭面著地而自歸，識億垓
　　宿無以喻。

　　於時世光明，則為扣法鼓。應時告於彼，名聞巨億土。……

　　其有敬佛者，世護演光明。於後將來世，聞經甚謙恭。[98]

　　這裡是五言（四首十六句）→七言（三首十二句）→五言（十五首六
十句）的接轉形式。全部二十二首偈頌都由天人頌出，也是伽陀偈。

　　（7）東晉瞿曇僧伽提婆譯《中阿含經》卷四十七載：

　　世尊說此頌曰：

　　精進施不精進，如法得歡喜心。信有業及果報，此施因施主淨。

　　不精進施精進，不如法非喜心。不信業及果報，此施因受者淨。

　　懈怠施不精進，不如法非喜心。不信業及果報，如是施無廣報。

　　精進施於精進，如法得歡喜心。信有業及果報，如是施有廣報。

98　〔日〕大藏經刊行會編：《大正新修大藏經》（臺北市：新文豐出版公司，1996年），
　　卷14，頁85下-86中。

　　奴婢及貧窮，自分施歡喜。信業信果報，此施善人稱。

　　正護善身口，舒手以法乞。離欲施離欲，是財施第一。[99]

案：這是六言（四首）→五言（二首）偈的接轉式。其中六言偈為祇夜，而五言屬伽他。

　　（8）劉宋沙門先公譯《佛說月燈三昧經》云：

　　聞如是：一時佛在舍衛國，游於祇樹給孤獨園，與大比丘眾五百人六萬菩薩俱，及持央數諸天人。爾時文殊師利菩薩在其眾會中坐，時佛告文殊師利言：「童子，菩薩行佈施有十事。何等為十？一者諦除嫉妒意，二者常清淨意佈施……十者常樂善知識。」乃至坐佛樹下，「童子，是為菩薩行佈施十事。」佛於是說偈言：

　　已遠除於嫉妒，意常好佈施者。持上妙而終亡，生即於豪富家。……

　　其手足常柔軟，所欲得不復難。即為得善知識，諸佛及其弟子。

　　終不復生嫉妒意，意常好樂欲佈施。以持上妙而終亡，於是行事無嫉妒。

　　即生於大豪富家，意常喜樂而佈施。為若干億人所愛，好佈施者有是行。

　　得善知識不復難，常見諸佛及弟子。見已即樂供養之，其佈施者有是行。[100]

99　〔日〕大藏經刊行會編：《大正新修大藏經》（臺北市：新文豐出版公司，1996年），卷1，頁722下-723上。

100　〔日〕大藏經刊行會編：《大正新修大藏經》（臺北市：新文豐出版公司，1996年），卷15，頁620上-中。

案：本組偈頌是由六言→七言的接轉式。有趣的是，四首六言偈與三首七言偈分別重複了其前散文的內容，即同為祇夜偈。

（二）句數

漢譯佛典中有大量長篇齊言偈頌，如有的經文本身即為長篇偈頌體，比方說《法句經》、《佛說五百弟子自說本起經》、《文殊師利發願經》、《佛所行贊》等；有的則在經中運用了長篇偈頌，比如支謙譯《菩薩本業經》有四言偈長達五四〇句[101]，北魏菩提流支譯《入楞伽經》卷九中則有長達一八五八句的五言偈頌。[102]這些長篇偈頌，從書寫形式看好像是一首偈，但從其自身內容結構分析，大都可以再細分成多首四句偈。

關於偈頌的句數，經文中也時有說明。玄奘譯《瑜伽師地論》卷八十一云：「諷頌者，謂以句說，或以二句，或以三、四、五、六句說。」[103]從譯經的情況看，此說基本符合事實。茲各舉出二、三、四、五、六、七、八、九、十句等偈各一首。

二句偈者，如《別譯雜阿含經》卷五之「云何比丘樂獨靜，如是思維何所得。」[104]

三句偈者，如後魏佛陀扇多譯《攝大乘論》卷下之「上義及因上

---

101 《正藏》，卷10，頁447中-449中。

102 〔日〕大藏經刊行會編：《大正新修大藏經》（臺北市：新文豐出版公司，1996年），卷16，頁565中-576上。

103 〔日〕大藏經刊行會編：《大正新修大藏經》（臺北市：新文豐出版公司，1996年），卷30，頁753上。

104 〔日〕大藏經刊行會編：《大正新修大藏經》（臺北市：新文豐出版公司，1996年），卷2，頁406中。又，本二句七言偈在《雜阿含經》卷44第1179經中則譯作五言四句偈，曰：「云何無所求，空寂在於此。獨一得空閒，而得心所樂。」（〔日〕大藏經刊行會編：《大正新修大藏經》（臺北市：新文豐出版公司，1996年），卷2，頁318中）

義故，不攝義及身相續，無煩惱染淨義故」。[105]

　　四句偈者，如鳩摩羅什譯《大智度論》卷三之「一切議論師，自愛所知法，如人念生地，雖出家猶諍」。[106]

　　五句偈者，如金剛智譯《吽迦陀野儀軌》卷一之〈悲生偈〉曰：「一切諸佛，諸眾生等，與忍施法，當此教人，可行是心。」[107]

　　六句偈者，如北涼所譯《優婆夷淨行法門經》卷上之世尊所說偈：「若以下觀，得聲聞智。善修中觀，得緣覺智。上觀滿足，得菩提智。」[108]

　　七句偈者，如義淨譯《根本說一切有部毗奈耶破僧事》卷十六之「不是千光日，我非多聞天，亦非帝釋身。我是牟尼子，甚極足威光，為乞粥來此，供養於佛身」。[109]

　　八句偈者，如玄奘譯《大寶積經》卷四十六之「如來所說非虛妄，所謂諸行悉無常。又說諸法皆無我，及以無恒無不變。諸行都無有堅實，皆為虛偽妄失法。所說空華無所有，但能誑惑彼愚夫」。[110]

　　九句偈者，如義淨譯《根本說一切有部毗奈耶破僧事》卷十八之「千妙種種色，從口一道出，遍照於十方，亦如日初出。無我而說偈，聞者除憍慢，皆作佛因緣。無緣不放光，降伏諸怨等。」[111]

105　〔日〕大藏經刊行會編：《大正新修大藏經》（臺北市：新文豐出版公司，1996年），卷31，頁107上。
106　〔日〕大藏經刊行會編：《大正新修大藏經》（臺北市：新文豐出版公司，1996年），卷25，頁77中。
107　〔日〕大藏經刊行會編：《大正新修大藏經》（臺北市：新文豐出版公司，1996年），卷21，頁240上。
108　〔日〕大藏經刊行會編：《大正新修大藏經》（臺北市：新文豐出版公司，1996年），卷14，頁953中。
109　〔日〕大藏經刊行會編：《大正新修大藏經》（臺北市：新文豐出版公司，1996年），卷24，頁185上。
110　〔日〕大藏經刊行會編：《大正新修大藏經》（臺北市：新文豐出版公司，1996年），卷11，頁269上。
111　〔日〕大藏經刊行會編：《大正新修大藏經》（臺北市：新文豐出版公司，1996年），卷24，頁191中。

十句偈者，如佛陀扇多譯《攝大乘論》卷上曰：

是以此十句，小乘經所不說，而大乘有說。及此十句，能令得
大菩提善許不相違，為得一切智智故，是中說偈：
彼依智相依，彼因及彼果。彼三界差別，彼果及除滅。智及上
妙乘，至於勝進修。
彼說餘處所無有，此見勝因上菩提。佛語說於大乘中，十句勝
說於此經。[112]

經中散文與偈本身都交代出該偈為十句。當然再細分的話，則為一首
六句五言偈、一首七言四句偈。

　　漢譯佛典偈頌的句數，雖然多少不定，但基本上是符合四句成頌
的通例。如《佛說灌頂經》卷十曰：

梵王聞佛讚歎策經，歡喜踊躍，即於眾中語四輩言：「今我梵
王，承佛威神，演說卜經一百偈頌，以示萬姓，決了狐疑，知
人吉凶。今以偈頌，而說卦曰：
若聞佛咒經，百魅皆消形。舍宅得安隱，縣官不橫生。
回向無上道，梵天帝相榮。仕宦得高遷，世世獲嘉名。……
得善無惡緣，戒神常擁護。梵天說神策，吉祥不相誤。」[113]

案：本五言偈共四三二句，除以四則為一○八首四句偈，此和散文中
說的「一百偈」基本吻合，一百者約數也。再如陳真諦譯《律二十二
明瞭論》〈出經後記〉曰：

112　〔日〕大藏經刊行會編：《大正新修大藏經》（臺北市：新文豐出版公司，1996年），
　　　卷31，頁97中。
113　〔日〕大藏經刊行會編：《大正新修大藏經》（臺北市：新文豐出版公司，1996年），
　　　卷21，頁524上-528中。

論有二十二偈，以攝二十二明瞭義長行，或逐義破句釋之，諸句不復，皆相屬著，今謹別鈔二十二偈置於卷末，庶披文者，見其起盡也。

毗曇毗尼文所顯，與戒及護相應人。諸佛所讚修三學，不看他面我當說。……

於此等義心決了，由讀誦文事行師。此人於律則明瞭，佛說此人不依他。[114]

案：經後所抄論之七言偈共八十八句，此正符合二十二偈之說。

譯者在譯文中，有時明確標出偈之數目。如：

（1）支謙譯《佛說義足經》卷上載有四言三十二句偈曰：「增念隨欲，已有復願，已放不制，如渴飲湯。……稍稍去欲，意稍得安。欲得道定，悉舍所欲。」隨後明確指出這是「八偈」[115]。

（2）鳩摩羅什譯《大智度論》卷一引《眾義經》之五言偈十五句，偈後則云：「此三偈中，佛說第一義悉檀相。」[116]

（3）梁真諦譯《攝大乘論》卷上先說「此義以二偈顯之」，接著便是「於外無薰習，種子內不然。聞等無薰習，果生非道理。已作及未作，失得並相違。由內外得成，是故內有薰」等八句五言偈。[117]

（4）北宋天息災譯《佛說金耀童子經》卷一云：「光明到已，出如是聲，演說苦、空、無常、無我，說二伽陀曰：出光勸化汝，歸依

---

114 〔日〕大藏經刊行會編：《大正新修大藏經》（臺北市：新文豐出版公司，1996年），卷24，頁672下-673上。

115 〔日〕大藏經刊行會編：《大正新修大藏經》（臺北市：新文豐出版公司，1996年），卷4，頁175中-下。

116 〔日〕大藏經刊行會編：《大正新修大藏經》（臺北市：新文豐出版公司，1996年），卷25，頁60下-61上。

117 〔日〕大藏經刊行會編：《大正新修大藏經》（臺北市：新文豐出版公司，1996年），卷31，頁115下。

佛法僧。抖擻死魔軍，如象離繫縛。若入此法中，志心行不退。所以斷輪迴，諸苦悉皆盡。」[118]

更有趣的是，半偈（ślokardha）說，如東晉所譯《七佛八菩薩所說大陀羅尼神咒經》卷四曰：

> 我文殊師利，今欲說一偈半：
> 一切眾生類，回彼淫鬼界。無能覺之者，唯我能救拔。永斷生死本，普處寂滅樂。……
> 化樂天王所說二偈半：
> 我聞閻浮提，菩薩大士等，各各說妙行，四攝及弘誓。
> 我聞此句已，心眼曠然開，願使諸天眾，得此淨眼根。
> 永斷生死流，普得升泥洹。[119]

一偈半者，六句偈也；二偈半者，十句偈也。而半偈，則為二句偈也。由此可知，偈的基本句數是四。

為什麼佛典偈頌好用四句偈？北本《大般涅槃經》卷二十三指出：「如來演說一偈之義，經無量劫，義亦不盡，所謂若戒、若定、若施、若慧。如來爾時都不生念我說彼聽，亦復不生一偈之想。世間之人以四句為偈，隨世俗故說名為偈。」[120]從中可推斷出佛經偈頌的體制，實際上是佛教對世俗文學形式的融匯和吸收，目的在於用信眾所喜聞樂見的文體來傳承佛教思想。

---

118 〔日〕大藏經刊行會編：《大正新修大藏經》（臺北市：新文豐出版公司，1996年），卷14，頁851中-下。

119 〔日〕大藏經刊行會編：《大正新修大藏經》（臺北市：新文豐出版公司，1996年），卷21，頁555下。

120 〔日〕大藏經刊行會編：《大正新修大藏經》（臺北市：新文豐出版公司，1996年），卷12，頁503上。

對於四句成偈（頌），漢地僧人也多表贊同。澄觀《新譯華嚴經七處九會頌釋章》云：

> 曰：長行是十二分教中契經教，何故今云長行、頌合名四萬五千偈耶？
>
> 答曰：案藏法師疏第二卷云，又頌有四種：一數字頌，謂依梵本三十二字以為一頌，不問長行及偈。二伽他頌，此云諷頌，或云直頌，謂不頌長行也。三祇夜頌，此云應頌，謂應重頌長行法也。四嗢陀南頌，此云集施，謂以少言含攝多義云集，用以施人令易受持，故云集施。此上三種頌，或七言，或五四三言，皆以四句為一頌。今長行合云頌者，依四頌中數字頌說。[121]

這裡的數字頌就是首盧柯，即數經法，它涵蓋了全部經文，包括長行與偈頌。若撇開數經法，單從韻文的角度看，則伽他、祇夜和嗢陀南皆為四句成頌。

二　表達功能

有關漢譯佛典偈頌的表達功能，古今學人都有所探討。如吉藏《維摩經義疏》卷二說：

> 此別明寶積稱歎而說偈，凡有二意：一以略言攝佛眾德，二令辭巧聞者悅心，莫問言數少多，要備四句，方乃成偈。偈是梵音，頌是此說，兩合明也。所以偈歎者，有四因緣：一者奉蓋為明財供，說偈讚歎辨法供也。二者上以身業恭敬，今以口業

---

121 〔日〕大藏經刊行會編：《大正新修大藏經》（臺北市：新文豐出版公司，1996年），卷36，頁711上。

供養。三者前明形敬，不足以寫心。今以心思妙言，詠之於口，則具三業。四者如來說法現通，大眾雖復喜敬交集，而未達其所由，故說偈贊釋，令時會領悟。[122]

其中所說偈之「二意」：「略言攝佛眾德」是講偈的創作目的、功能在於用簡短的語言來讚頌佛的功德；「聞者悅心」則講偈的審美效果，所指對象為信眾。易言之，佛偈創作兼顧到主體與客體的和諧統一。隨後的「四因緣」，是說佛偈的使用場合，或者說是偈頌生成的宗教背景。

天臺智者所說《法華玄義》卷六又云：

祇夜者名為重頌，頌有三種：一頌意，二頌事，三頌言。頌意者，頌聖意所念法相及事，若頌心所念法相，則名偈陀經。若頌心所念授記等事，則隨事別為異經。頌事，謂授記等事，亦隨所頌事別為異經。頌言者，若頌隨事之言，隨事別為異經。若頌直說修多羅者，名為重頌，祇夜經也。……

二祇夜，此云重頌，以偈頌修多羅也。……

四伽陀，此云不重頌，亦略言偈耳。四句為頌，如此間詩頌也。[123]

於此，智者不但和吉藏一樣，也從中印詩偈的共同點出發，指出佛偈功能等同於中土傳統文體中的頌，而且對於讚頌的對象進行了分類，即意、事、言三種。

---

122 〔日〕大藏經刊行會編：《大正新修大藏經》（臺北市：新文豐出版公司，1996年），卷38，頁924下。

123 〔日〕大藏經刊行會編：《大正新修大藏經》（臺北市：新文豐出版公司，1996年），卷33，頁752下-753上。

當代學人對於佛經偈頌的表達功能，也發表了自己的看法，如臺灣學者李立信曾將漢代偈頌之內容分為說理、勵志、告誡、敘事等四種類型。[124]王晴慧則在其師的基礎上，分成五類，即說理、勵志、勸誡、敘事和宣誓。[125]吳海勇則專從敘事文學的角度，指出偈頌所起作用有代言、寫心、敘事、描狀、引證、轉承、評論等七種。[126]茲從我們自己的閱讀經驗出發，重點介紹說理、讚頌、敘事、描摹、抒情、言志、重複、引申、引證、諷喻、總括等十一類。考慮到言志與勵志相似，又與宣誓多有重合之處，加之勸誡的手段多通過說理，故勵志、勸誡和宣誓我們就不再單獨列出。

（一）說理

說理是佛經偈頌最常見的表達功能。失譯人名今附西晉錄的《佛使比丘迦旃延說法沒盡偈百二十章》說：「尊者迦旃子，體道修律護。見諸卒暴者，以偈開法路。」[127]開法路的偈，主要是說理。若從印度佛教發展史看，創立佛教的釋迦牟尼是個循循善誘的長者、導師，其後的諸大師也多以辯論說理見長。而佛教又極具思辨色彩，所以經中偈頌所涉之理層出不窮，既闡揚了佛教的宇宙論、人生觀、世界觀、方法論、認識論，又批判了外道的各種邪說。茲引四首如次。

　　1　瞿曇僧伽提婆譯《增一阿含經》卷二十三《增上品》云：「一切行無常，生者必有死。不生必不死，此滅最為樂。」[128]本偈體現了

---

124 李立信：〈論偈頌對我國詩歌所產生之影響──以孔雀東南飛為例〉，載中國古典文學研究會主編：《文學與佛學關係》（臺北市：學生書局，1994年7月），頁47-73。

125 王晴慧：〈六朝漢譯佛典偈頌與詩歌之研究〉（上），載潘美月、杜潔祥主編：《古典文獻研究集刊》（臺北市：花木蘭出版社，2006年），第2輯，冊16，頁55-67。

126 吳海勇：《中古漢譯佛經敘事文學研究》（北京市：學苑出版社，2004年），頁381。

127 〔日〕大藏經刊行會編：《大正新修大藏經》（臺北市：新文豐出版公司，1996年），卷49，頁9下。

128 〔日〕大藏經刊行會編：《大正新修大藏經》（臺北市：新文豐出版公司，1996年），卷2，頁672中。

佛陀宣示的解脫之理，指出人生無常，只有涅槃才是最大的快樂。

2　《增一阿含經》卷三十四《七日品》說：「初有剎利種，次有婆羅門。第三名毗舍，次復首陀姓。有此四種姓，漸漸而相生，皆是天身來，而同為一色。」[129]本偈表明了佛陀對印度種姓說的批判，本來在四種姓中婆羅門掌握了宗教特權，故地位最高。佛陀是反對婆羅門至上的，所以把自己所屬的剎帝利種姓置於首位（在婆羅門教中剎帝利為第二位），進而又主張四姓平等，這在當時頗具革命性。

3　前秦僧伽跋澄等譯《僧伽羅剎所集經》卷上曰：「積德從小起，當獲無量福。猶水渧漸澌，必成大江河。」[130]本偈當是融匯印度的民間諺語而成，說的是業報之理。

4　鳩摩羅什譯《中論》卷四《觀四諦品》說：「眾因緣生法，我說即是空，亦為是假名，亦是中道義。」[131]本偈乃龍樹菩薩對大乘中觀學派之空觀的簡要說明，因偈中有三個「是」字，又稱「三是偈」。它既是大乘空宗的宇宙論、世界觀，也是方法論與認識論，具有極其豐富的內涵。

（二）讚頌

讚頌是佛經偈頌的主要功能之一。經中最常見的讚頌對象是佛，如：

（1）求那跋陀羅譯《雜阿含經》卷二十二之五八三經云：

129　〔日〕大藏經刊行會編：《大正新修大藏經》（臺北市：新文豐出版公司，1996年），卷2，頁737下。

130　〔日〕大藏經刊行會編：《大正新修大藏經》（臺北市：新文豐出版公司，1996年），卷4，頁123上。

131　〔日〕大藏經刊行會編：《大正新修大藏經》（臺北市：新文豐出版公司，1996年），卷30，頁33中。又「我說即是空」的「空」，偈之正文作「無」，但論的解說部分改作「空」。

如是我聞：一時佛住舍衛國祇樹給孤獨園。爾時羅睺羅阿修羅
王障月天子，時諸月天子悉皆恐怖，來詣佛所，稽首佛足，退
住一面，說偈歎佛：

今禮最勝覺，能脫一切障。我今遭苦惱，是故來歸依。

我等月天子，歸依於善逝。佛哀愍世間，願解阿修羅。[132]

偈中的最勝覺、善逝等，都是對佛陀的讚美用詞。

　　（2）西晉竺法護譯《生經》卷五《佛說雜讚經》曰：

於是賢者阿難以偈讚佛：

世尊多哀憐，自然至誠度。為諸天人世，懷眾獄繫著。

故為諸天世間尊，於法自在雨法教。以歡悅心多所勸，出家上
天無數千。

勝今無利皆得利，其有悅心歸命佛。恭肅殷勤造少薩，臨命壽
終見趣安。[133]

本處阿難則用接轉式（五言→七言）的偈頌，在對佛陀表達虔誠歸依
之情的同時，更讚美了佛陀解救眾生的無量功德。

　　（3）北齊那連提耶舍譯《大寶積經》卷六十二曰：

爾時睒婆利阿修羅王所設供養，亦如毗摩質多阿修羅王。修供
養已，乘七寶車，繞佛三匝，用摩訶波咤梨花以散於佛，說偈
讚曰：「樂奢摩他智慧者，能除三毒貪瞋癡。引導眾生出世

---

132 〔日〕大藏經刊行會編：《大正新修大藏經》（臺北市：新文豐出版公司，1996年），
卷2，頁155上。

133 〔日〕大藏經刊行會編：《大正新修大藏經》（臺北市：新文豐出版公司，1996年），
卷3，頁103中。

間，猶如甘雨滅塵焰。……吹除一切無明冥，如夜明炬照黑暗。如來示現正法眼，猶如珠師顯寶價。」[134]

　　本處七言偈讚共二十句，它們都是配合散花行儀使用的，讚頌的是佛的智慧、莊嚴等，而且多處使用了明喻的手法。

　　更有趣的是，經中還有專門的讚佛偈。如鳩摩羅什譯《大智度論》卷二即引有《讚佛偈》曰：「諸世善語，皆出佛法。善說無失，無過佛語。……除摩梨山，無出栴檀。如是除佛，無出實語。」[135]為四言三十二句。再如梁僧伽婆羅譯《文殊師利問經》卷上云：

> 爾時文殊師利讚歎如來，說此祇夜：「我禮一切佛，調御無等雙，丈六身法身，亦禮於佛塔。生處得道處，法輪涅槃處，行住坐臥處，一切皆悉禮。諸佛不思議，妙法亦如是，能信及果報，亦不可思議。能以此祇夜，讚歎如來者，於千萬億劫，不墮諸惡趣。」[136]

本偈特殊之處是偈中自我標示為「祇夜」，且點明了功用在於讚歎如來。到了唐代道世編撰《法苑珠林》時，則逕稱之為「《文殊問經·讚佛偈》」。[137]

　　除了諸佛如來外，也有讚歎菩薩（比如觀音、普賢、彌勒等）、

134　〔日〕大藏經刊行會編：《大正新修大藏經》（臺北市：新文豐出版公司，1996年），卷11，頁360下。

135　〔日〕大藏經刊行會編：《大正新修大藏經》（臺北市：新文豐出版公司，1996年），卷25，頁66中。

136　〔日〕大藏經刊行會編：《大正新修大藏經》（臺北市：新文豐出版公司，1996年），卷14，頁494中。

137　〔日〕大藏經刊行會編：《大正新修大藏經》（臺北市：新文豐出版公司，1996年），卷53，頁430下。

羅漢、明王、金剛力士，甚至修道者的偈頌，這方面的例子經中也比較多，限於篇幅，我就不備舉了。

（三）敘事

偈頌在漢譯佛經也承擔了敘事的重要功能，這在長篇敘事詩中有充分的表現。如劉宋寶雲譯《佛本行經》卷五〈降象品第二十五〉曰：

> 爾時世尊，游王舍城，行福眾生，地為大動。
> 諸佛瑞應，奇異感變，欲入城時，皆為顯現。
> 爾時調達，懷毒害心，覺佛入城，瑞應悉現。
> 貴嫉速詣，王阿闍世，為詐誘進，教使逆惡：「汝篡父王，我當殺佛。俱共照照，猶如日月。」
> 飲王以偽辭，飲象以醇酒。象得醉酒狂，鳴吼如雷震。
> 即時放醉象，奔馳來向佛，譬之暴冥風，來欲滅佛燈。
> 猶如劫盡風，欲壞滅世間。健如金翅鳥，怒如閻羅王。
> 佛心堅不傾，不為象動搖。猶如摩羅山，不為海風動。
> 突來至佛前，即到屈足禮。攝伏心著地，喻塵遇暴雨。
> 如從赤雲中，日光晃然明。昱昱譬流星，墮於異山頂。
> 從袈裟雲中，放右臂光明。暉曜照大象，如日加黑山。
> 德相手觸象，象即時醒寤。猶如炬明現，晦冥退卻縮。
> 象霍然醒寤，意即得安足。猶如神仙咒，觸虵毒即除。
> 象即時屈伏，自歸佛足下。佛時顯光明，如日出山崗。
> 時調化醉象，教令種善本。化應度者已，即還到精舍。[138]

本處敘述的是佛陀如何調伏醉象的過程。譯經語言優美，形象生動，

---

138 〔日〕大藏經刊行會編：《大正新修大藏經》（臺北市：新文豐出版公司，1996年），卷4，頁93下-94上。

特別是用比喻來描寫人物的動作，極大地增加了文學的感染力。再則，對比法的使用，更突出了佛陀的臨危不懼與氣定神閑。

　　此外，在不少篇幅短小的經文中，偈頌用以敘事時也頗有特色。如：

　　（1）西晉竺法護譯《佛五百弟子自說本起經》之〈羅雲品第二十五〉曰：

　　　　我昔曾為王，典主摩竭國，人民甚眾多，決事以義理。
　　　　爾時有仙人，飲他溝中水，即來詣我所，前語我如是：
　　　　「大王！我為賊，乏飲不與水，便當譴罰我，如拷盜竊者。」
　　　　我時即報言：「仙人持法藥，我恣聽仁者，便去隨其欲。」
　　　　「大王！我狐疑，咎結不得除，便當譴罰我，今乃消殃罪。」
　　　　即敕著後園，忘之至六日。過六日已後，亦不得飲食。
　　　　坐是因緣故，未曾有惡意，墮燒炙黑繩，更曆六萬歲。
　　　　畢是有餘殃，於今最後生，處在母腹中，六年乃得生。
　　　　未曾起亂意，身口不犯罪，乃值得果實，罪福不可離。
　　　　如是羅云尊，在於比丘僧，於阿耨達池，自說本所作。[139]

案：原經在品名之下標注曰「十偈」，全頌四十句，即每四句一偈也。最後一句「自說本所作」交代了偈的功能在於敘述羅云的本起故事，即羅云來阿耨達池之前的經歷（包括前生與今生）。

　　（2）北涼曇無讖譯《金光明經》卷四云：

139　〔日〕大藏經刊行會編：《大正新修大藏經》（臺北市：新文豐出版公司，1996年），卷4，頁199上-中。又：相同的內容又見於義淨譯：《根本說一切毗奈耶藥事》，卷17，後者同為五言十偈，文字稍異（參〔日〕大藏經刊行會編：《大正新修大藏經》（臺北市：新文豐出版公司，1996年），卷24，頁87中）。

爾時世尊欲重宣此義，而說偈言：

我於往昔，無量劫中，舍所重身，以求菩提。

若為國王，及作王子，常舍難舍，以求菩提。

我念宿命，有大國王，其王名曰，摩訶羅陀。

是王有子，能大佈施，其子名曰，摩訶薩埵。

復有二兄：長者名曰，大波那羅；次名大天。

三人同遊，至一空山，見新產虎，饑窮無食。

時勝大士，生大悲心，我今當舍，所重之身。

此虎或為，饑餓所逼，倘能還食，自所生子。

即上高山，自投虎前，為令虎子，得全性命。

……摩訶薩埵，臨捨命時，作是誓願：願我舍利，於未來世，過算數劫，常為眾生，而作佛事。[140]

案：本四言偈共三九二句，敘述了摩訶薩埵捨身救虎的本生故事。敘事翔實，委婉別致。

（3）南齊僧伽跋陀羅譯《善見律毗婆沙》卷四則云：

蛤天人以偈而答：

往昔為蛤身，於水中覓食。聞佛說法聲，出至草根下。

有一牧牛人，持杖來聽法。杖攙剌我頭，命終生天上。

佛以蛤天人所說偈，為四眾說法。是時眾中八萬四千人皆得道跡，蛤天人得須陀洹果。於是蛤天人得道果已，歡喜含笑而去，故稱為天人師。[141]

140 〔日〕大藏經刊行會編：《大正新修大藏經》（臺北市：新文豐出版公司，1996年），卷16，頁355中-356下。

141 〔日〕大藏經刊行會編：《大正新修大藏經》（臺北市：新文豐出版公司，1996年），卷24，頁697中-下。

這裡蛤天人所說之偈，與前兩例一樣皆用第一人稱進行回憶，但它敘事更嚴謹，概述性更強，在經文結構上，則具有承轉之用。

（四）描摹

描摹的對象主要分為四大類：一是人物，二是動物，三是景物，四是事物。

描摹人物者，如唐義淨譯《最勝金光明經》卷六云：

> 佛面猶如淨滿月，亦如千日放光明。目淨修廣若青蓮，齒白齊密猶珂雪。……
> 智慧德水鎮恒盈，百千勝定咸充滿。足下輪相皆嚴飾，轂輞千輻悉齊平。
> 手足鞔網遍莊嚴，猶如鵝王相具足。佛身光曜等金山，清淨殊特無倫匹。[142]

這是對佛之寶相莊嚴的描寫，多用具體可感的美好事物來作喻，如滿月、青蓮、珂雪等。

描摹動物者，如義淨譯《根本說一切有部毗奈耶藥事》卷九曰：

> 形如帝釋象，色具妙威容。大力相莊嚴，象王如是狀。[143]

此處則以帝釋天的形狀來類比象王的形狀。

描摹事物者，如鳩摩羅什譯《妙法蓮華經》卷二曰：

---

142 〔日〕大藏經刊行會編：《大正新修大藏經》（臺北市：新文豐出版公司，1996年），卷16，頁432上。

143 〔日〕大藏經刊行會編：《大正新修大藏經》（臺北市：新文豐出版公司，1996年），卷24，頁38上。

> 以眾寶物，造諸大車。莊校嚴飾，周匝欄楯，四面懸鈴，金繩
> 交絡。真珠羅網，張施其上。金華諸瓔，處處垂下。眾彩雜
> 飾，周匝圍繞。[144]

這裡是一一鋪陳了寶車的華麗裝飾。

描摹景物的偈頌，在譯經中雖不常見，但也可舉出一些精彩的片斷。如《大智度論》卷十七「白雪覆山地，鳥獸皆隱藏。我獨無所恃，惟願見愍傷。」[145]尤其是前兩句寫景，為後兩句的抒情作了極好的鋪墊，情景交融，藝術性較好。

再如善無畏講解、一行筆錄的《大毗盧遮那成佛經疏》卷五則曰：

> 偈云「山林多花果，悅意諸清泉。諸佛所稱歎，作圓壇事業」
> 者。諸勝處中，最以山林為上。雖重巖眾峰端嚴幽寂，若無花
> 果流泉，人所不樂。則眾緣多闕，亦不堪任。故須有種種名花
> 甘實，兼有清淨泉池，情所愛悅之處，則是佛所稱歎，可作漫
> 茶羅事業也。……
> 次偈云：「或在河流處，鵝雁等莊嚴。彼應作慧解，悲生漫茶
> 羅」者，若不得名山，即泉水為其次。謂諸河流常無斷絕之處，
> 妙音好鳥翔集遊詠，端嚴清潔，遠離囂煩，即可作壇也。[146]

其中所引兩首五言偈的前半偈，亦以寫景見長。而解說部分，進一步表明了山林之清幽勝景對於修道者身心的重要性。

144　〔日〕大藏經刊行會編：《大正新修大藏經》（臺北市：新文豐出版公司，1996年），
　　卷9，頁14下。
145　〔日〕大藏經刊行會編：《大正新修大藏經》（臺北市：新文豐出版公司，1996年），
　　卷25，頁181上。
146　〔日〕大藏經刊行會編：《大正新修大藏經》（臺北市：新文豐出版公司，1996年），
　　卷39，頁615中。

（五）抒情

　　與寫景者的情況類似，抒情偈在經中較為少見（因為修道的目的就是要對治各種私欲），不過同樣可以找出一些文采斐然的偈頌。如：

　　（1）求那跋陀羅譯《雜阿含經》卷五十第一三六一經：

> 如是我聞：一時佛住舍衛國祇樹給孤獨園。時有異比丘在拘薩羅人間，住於河側一林樹間。時有丈夫與婦相隨，渡河住於岸邊，彈琴嬉戲，而說偈言：
> 愛念而放逸，逍遙青樹間。流水流且清，琴聲極和美。春氣調適游，快樂何是過！
> 時彼比丘作是念，彼士夫尚能說偈，我豈不能說偈答之：
> 受持清淨戒，愛念等正覺。沐浴三解脫，善以極清涼。人道具莊嚴，快樂豈過是。
> 時彼比丘說此偈已，即默然而住。[147]

　　特別是丈夫所說之偈，觸景生情，情景俱佳，可謂偈中上品。比丘之偈，則純屬抒情，其藝術性遠遠比不上前者。

　　（2）義淨譯《根本說一切有部毗奈耶藥事》卷十四：

> 爾時慈母見子所種樹木，更懷愁惱，抱樹啼泣。復為言曰：
> 斯等叢林及花藥，皆是我子身營理。叢林花藥獨敷榮，唯我與爾咸枯悴。
> 復次漸行，見諸獸子，亦以悲啼，敘而言曰：

---

147 〔日〕大藏經刊行會編：《大正新修大藏經》（臺北市：新文豐出版公司，1996年），卷2，頁373上-中。

汝常與子游，喜樂情無間。子今何處去，苦惱而求覓？[148]

案：這兩首偈出自尾施婆蜜多本生故事。故事中講到佛陀曾為尾施婆蜜多王子，當時因出家修道，在施捨寶象之後，又把自己的子女施給婆羅門。其妻難捨，故去尋找，途中說出了這兩首情真意切的偈頌。

（3）義淨譯《根本說一切有部毗奈耶雜事》卷二十三則載有猛光王之女天授的兄長所說的一首偈：

春時可遊戲，共時可為樂。我即是春花，共為遊賞事。[149]

此偈和前舉義淨所譯二偈都具有極高的藝術性，修辭手法也多有共通處，如移情、擬物的使用。所不同者，前二首抒的是悲情，本首則為喜悅之情。

（六）言志

言志的偈頌，在佛典中較為常見。原因在於修道者出家時，先要發心（發菩提心）和立誓（願）。鳩摩羅什譯《大智度論》卷四十一即云：「菩薩初發心，緣無上道，我當作佛，是名菩提心。」[150]《法華經》卷一《方便品》則載世尊之偈曰：「舍利弗當知，我本立誓願，欲令一切眾，如我等無異。」[151]曹魏康僧鎧譯《無量壽經》卷上

---

148 〔日〕大藏經刊行會編：《大正新修大藏經》（臺北市：新文豐出版公司，1996年），卷24，頁67中。

149 〔日〕大藏經刊行會編：《大正新修大藏經》（臺北市：新文豐出版公司，1996年），卷24，頁315中。

150 〔日〕大藏經刊行會編：《大正新修大藏經》（臺北市：新文豐出版公司，1996年），卷25，頁362下。

151 〔日〕大藏經刊行會編：《大正新修大藏經》（臺北市：新文豐出版公司，1996年），卷9，頁8中。

載法藏菩薩之偈：「吾誓得佛，普行此願，一切恐懼，為作大安。」[152]
所發菩提之心，是一切正願之本，即成佛悟道之根本。晉譯《華嚴
經》卷五十九即以多種比喻說明了發心的作用與意義。經：

> 菩提心者，則為一切諸佛種子，能生一切諸佛法故。菩提心
> 者，則為良田，長養眾生白淨法故。菩提心者，則為大地，能
> 持一切諸世間故。菩提心者，則為淨水，洗濯一切煩惱垢故。
> 菩提心者，則為大風，一切世間無障礙故。菩提心者，則為盛
> 火，能燒一切邪見愛故。菩提心者，則為淨日，普照一切眾生
> 類故。菩提心者，則為明月，諸白淨法悉圓滿故。[153]

而菩提心的內容，最主要是四弘誓願，即「眾生無邊誓願度，煩惱無
邊誓願斷，法門無盡誓願學，無上佛道誓願成」。[154]其間第一誓願為
了利他，後三誓願則為自利，只有自利、利他的完美結合，成佛悟道
的目標才可實現。另外，需要說明的是：四弘誓願是一切修道者的共

---

152 〔日〕大藏經刊行會編：《大正新修大藏經》（臺北市：新文豐出版公司，1996年），
　　卷12，頁267中。

153 〔日〕大藏經刊行會編：《大正新修大藏經》（臺北市：新文豐出版公司，1996年），
　　卷9，頁775中。

154 關於四弘誓願，漢譯佛經頗多異說。如《菩薩瓔珞本業經》卷上曰：「所謂四弘
　　誓，未度苦諦令度苦諦，未解集諦令解集諦，未安道諦令安道諦，未得涅槃令得
　　涅槃。」（〔日〕大藏經刊行會編：《大正新修大藏經》（臺北市：新文豐出版公
　　司，1996年），卷24，頁1013上）《大乘本生心地觀經》卷七則云：「一切菩薩復有
　　四願，成熟有情住持三寶，經大劫海終不退轉。云何為四？一者誓度一切眾生，
　　二者誓斷一切煩惱，三者誓學一切法門，四者誓證一切佛果。」（〔日〕大藏經刊
　　行會編：《大正新修大藏經》（臺北市：新文豐出版公司，1996年），卷3，頁325
　　中）漢地佛教，則多依《六祖法寶壇經》之說「自心眾生無邊誓願度，自心煩惱
　　無邊誓願斷，自性法門無盡誓願學，自性無上佛道誓願成」（〔日〕大藏經刊行會
　　編：《大正新修大藏經》（臺北市：新文豐出版公司，1996年），卷48，頁354上），
　　從而演化出四句七言偈。

通誓願，但不同人物，也可有自己特殊的誓願（別願），如普賢十大
願、藥師十二上願、阿彌陀佛四十八願等，文長不錄。現僅舉出言志
的偈頌體，如：

（1）東晉瞿曇僧伽提婆譯《增一阿含經》卷二十三〈增上品〉
曰：

> 我爾時正能誦一偈，昔所未聞，昔所未見也。
> 澹淡夜安，大畏山中，露其形體，是我誓願。[155]

本偈說的是佛陀未成道之前苦行時所發的誓願。

（2）東晉佛陀跋陀羅譯《文殊師利發願經》說：

> 身口意清淨，除滅諸垢穢。一心恭敬禮，十方三世佛。
> 普賢願力故，悉睹見諸佛。一一如來所，一切剎塵禮。
> 於一微塵中，見一切諸佛。菩薩眾圍繞，法界塵亦然。……
> 願我命終時，除滅諸障礙。面見阿彌陀，往生安樂國。
> 生彼佛國已，成滿諸大願。阿彌陀如來，現前授我記。
> 嚴淨普賢行，滿足文殊願。盡未來際劫，究竟菩薩行。[156]

本五言偈長達一七六句，主要表達了普賢菩薩的種種誓願及其在修行
中所起的作用。

（3）後秦竺佛念譯《中陰經》卷下〈神足品第六〉曰：

155　〔日〕大藏經刊行會編：《大正新修大藏經》（臺北市：新文豐出版公司，1996年），
　　卷2，頁670下。

156　〔日〕大藏經刊行會編：《大正新修大藏經》（臺北市：新文豐出版公司，1996年），
　　卷10，頁878下-879下。

爾時世尊欲解斯義，宣說頌曰：

道力清淨行，身口意不犯。誓願阿僧祇，沒溺生死者，

金剛難敗壞，非二乘所及。觀身苦根本，思維四果證。

積行不退轉，閒靜坐道場。一切入定意，二三至七劫，

地燋過劫燒，其心亦不動。壞破魔部界，悉成無上道。

三昧定意力，福報不可量。令三聚眾生，得成無上道。

觀察眾生心，難度易度者，不令在沒溺，流滯生死海。

我本無此色，紫磨金光體，歷劫勤苦行，修定成此形。[157]

於此二十八句五言偈中，「誓願」之後的文字，全部都在說明誓願的具體內容。

（七）重複

佛經裡的偈頌，有時直接標明其功能是重複。如北魏佛陀扇多譯《大寶積經》卷二十八謂：

善男子！菩薩摩訶薩成就如是信，名為信成就。爾時世尊，為顯此義，偈重說言：

信為增上乘，信者是佛子。是故有智者，應常親近信。

信是世間最，信者無窮乏。是故有智者，應常親近信。

若不信之人，不生諸白法。猶如燒種子，不生根牙等。[158]

案：本偈之前的散文部分，旨在闡述信成就的具體表現及其作用。而

157　〔日〕大藏經刊行會編：《大正新修大藏經》（臺北市：新文豐出版公司，1996年），卷12，頁1064下。

158　〔日〕大藏經刊行會編：《大正新修大藏經》（臺北市：新文豐出版公司，1996年），卷11，頁151中。

「重說」的形式，表明本偈的性質是祇夜偈。

　　玄奘譯《大寶積經》卷四十二又載：

　　舍利子！如是行尸羅。菩薩摩訶薩！有如是等十深心法。菩薩
　　摩訶薩！安住深心修諸善法。何等名為諸善法耶？所謂三種妙
　　行，身妙行、語妙行、意妙行。若諸菩薩摩訶薩安住如是三種
　　妙行，為欲勤求大菩薩藏微妙法門。何以故？以諸菩薩摩訶薩
　　依此法門，能趣阿耨多羅三藐三菩提故。爾時世尊欲重宣此
　　義，而說頌曰：
　　由身而發起，佛所讚善業。為得聞法故，供養諸賢聖。於法及
　　聖人，猛勵起恭敬。為利諸眾生，慈心不嫉妒。當演智人言，
　　無談不愛語。所說欣樂相，發語無粗鄙。意業常居善，曾無樂
　　諸惡。恒觀察法性，恭敬住慈心。於如來聖教，敬心而聽法。
　　於法恭敬已，速悟大菩提。[159]

本處雖用「頌」字，但據其表述方式是「重宣」，則可斷定它亦為祇
夜偈。細析偈前的散文，闡述的是尸羅（戒的音譯）的表現、作用、
意義，而重宣之偈（可細分為五首）可與此一一對應：如第一首對應
的是「舍利子」至「修諸善法」，講戒之作用；第二至四首分述尸羅
的表現，即身、語、意三行；最後一首講尸羅行的意義。

　　總的說來，佛經中起重複之用的偈頌主要是十二分教中的祇夜。
《翻梵語》卷一明確指出「祇夜」：「亦云偈，譯曰重說」。[160]

---

159 〔日〕大藏經刊行會編：《大正新修大藏經》（臺北市：新文豐出版公司，1996年），
　　卷11，頁243上。

160 〔日〕大藏經刊行會編：《大正新修大藏經》（臺北市：新文豐出版公司，1996年），
　　卷54，頁983中。

（八）引申

　　漢譯佛典裡的引申性偈頌，主要體現於伽他頌（孤起偈）中。本來，孤起偈是獨立於長行的，但有時它並非和其前的散文毫無聯繫，而是在散文的基礎上加以引申與拓展。茲舉兩例如下：

　　（1）鳩摩羅什譯《大莊嚴論經》卷六曰：

　　　我昔曾聞：有一比丘在一園中，城邑聚落競共供養。同出家
　　　者，憎嫉誹謗。比丘弟子聞是誹謗，白其師言：「某甲比丘誹
　　　謗和上。」時彼和上聞是語已，即喚謗者，善言慰喻，以衣與
　　　之。諸弟子等白其師言：「彼誹謗人，是我之怨，云何和上慰
　　　喻與衣？」師答之言：「彼誹謗者於我有恩，應當供養。」即
　　　說偈言：
　　　如雹害禾穀，有人能遮斷。田主甚歡喜，報之以財帛。
　　　彼謗是親厚，不名為怨家。遮我利養雹，我應報其恩。
　　　雹害及一世，利養害多身。雹唯害於財，利養毀修道。
　　　為雹所害田，必有少遺餘。利養之所害，功德都消盡。
　　　如彼提婆達，利養雹所害。由彼貪著故，善法無毫釐。
　　　眾惡極熾盛，死則墮惡道。利養劇猛火，亦過於惡毒。
　　　敗壞寂靜心，不樂空閒處。常樂在人間，田利毀敗故。
　　　不樂寂定法，以捨寂定故。不名為比丘，亦不名白衣。[161]

　　案：本組偈頌共九十二句，文字遠遠多於其前的散文，約為散文的四倍。偈頌之內容，則基於散文中所說誹謗是怨還是恩的問題，加以引申，並採用對比、比喻等多種修辭手法，進行了多方面的拓展與說教。

161　〔日〕大藏經刊行會編：《大正新修大藏經》（臺北市：新文豐出版公司，1996年），
　　　卷4，頁292下-293中。

（2）唐義淨譯《根本說一切有部毗奈耶》卷九曰：

時具壽阿難陀合掌恭敬而白佛言：「世尊如來應正等覺，熙怡微笑，非無因緣。」即說伽他而請佛曰：

口出種種妙光明，流滿大千非一相，周遍十方諸剎土，如日光照盡虛空。

佛是眾生最勝因，能除憍慢及憂戚，無緣不啟於金口，微笑當必演希奇。

安詳審諦牟尼尊，樂欲聞者能為說，如師子王發妙吼，願為我等決疑心。

如大海內妙山王，若無因緣不搖動，自在慈悲現微笑，為渴仰者說因緣。[162]

本伽他中兩次用到「微笑」，由此可分成二首七言八句偈。偈頌以「微笑」說法為中心，正是承散文中的「熙怡微笑」而來，並對散文內容進行了較大的拓展。

（九）引證

北涼浮陀跋摩、道泰共譯《阿毗曇毗婆沙論》卷九說：

隨句義滿，現如是事，是名句身。所以引偈者，為作證故。如說：

諸惡莫作，諸善奉行。自淨其意，是諸佛教。[163]

162　〔日〕大藏經刊行會編：《大正新修大藏經》（臺北市：新文豐出版公司，1996年），卷23，頁669下。

163　〔日〕大藏經刊行會編：《大正新修大藏經》（臺北市：新文豐出版公司，1996年），卷28，頁57下-58上。

由此可知，佛教說理徵引偈頌有論據的作用。在漢譯經、律、論三藏中，這方面有許多實例。經者如北本《大般涅槃經》卷十九曰：「我昔曾聞智人說偈：若於父母，佛及弟子，生不善心，起於惡業，如是果報，在阿鼻獄。」[164]這首四言六句偈宣揚的是惡有惡報的思想。律者如劉宋佛陀什、竺道生等譯《五分律》卷二謂：「世尊引古說偈：乞者人不受，數則致怨憎。龍王聞乞聲，一去不復還。」[165]此處五言偈的作用有二：一是作為故事結束的標誌；二是作為例證，教育比丘不要總向困苦之中的居士乞食。論者如《大智度論》卷五謂：「如《佛說法句經》中曰：見有則恐怖，見無亦恐怖。是故不著有，亦復不著無。」[166]這裡徵引《法句經》之偈，旨在表明龍樹菩薩在有無問題上所取的中道觀。

引證偈頌常常可以起到事半功倍的說理效果。如唐不空譯《略述金剛頂瑜伽分別聖位修證法門》卷一云：

> 若證自受用身佛，必須三十七三摩地智以成佛果。梵本《入楞伽·偈頌品》：「自性及受用，變化並等流，佛德三十六，皆同自性身。」並法界身，總成三十七也。[167]

本來，「三十七三摩地智」要一一疏解，需費不少口舌。但經文通過引述梵本《大乘入楞伽經》裡的一首偈頌，就比較迅捷地解答了

---

164 〔日〕大藏經刊行會編：《大正新修大藏經》（臺北市：新文豐出版公司，1996年），卷12，頁474下。

165 〔日〕大藏經刊行會編：《大正新修大藏經》（臺北市：新文豐出版公司，1996年），卷22，頁13中。

166 〔日〕大藏經刊行會編：《大正新修大藏經》（臺北市：新文豐出版公司，1996年），卷25，頁96下。

167 〔日〕大藏經刊行會編：《大正新修大藏經》（臺北市：新文豐出版公司，1996年），卷18，頁291上。

這一複雜的問題，即三十七三摩地智可以理解為自性身（表現為佛德三十六）加法界身（案：密教以地、水、火、風、空、識等六大為大日如來之法身，稱為法界身）之定而成。

（十）諷喻

漢譯佛經裡的偈頌，有時也有諷喻之用。茲舉兩例，以見其要。

（1）東晉佛陀跋陀羅、法顯共譯《摩訶僧祇律》卷七曰：

> 佛告諸比丘：過去世時有城名波羅奈，國名伽屍。於空閑處有五百獼猴，遊行林中，到一尼俱律樹。樹下有井，井中有月影現。時獼猴主見是月影，語諸伴言：「月今日死落在井中，當共出之，莫令世間長夜暗冥。」共作議言：「云何能出？」時獼猴主言：「我知出法，我捉樹枝，汝捉我尾，輾轉相連，乃可出之。」時諸獼猴即如主語，輾轉相捉，小未至水。連獼猴重，樹弱枝折，一切獼猴墮井水中。爾時樹神便說偈言：
> 是等駁榛獸，癡眾共相隨。坐自生苦惱，何能救世間？[168]

案：樹神所說五言偈，既有總括全文之用，更重要的是在諷喻，一方面諷刺了獼猴的愚蠢，另一方面也在勸化世俗大眾。

（2）唐般若譯《大乘本生心地觀經》卷六〈離世間品〉曰：

> 過去有佛，欲令眾生厭捨五欲，而說偈言：
> 譬如飛蛾見火光，以愛火故而競入，
> 不知焰炷燒然力，委命火中甘自焚。

---

[168] 〔日〕大藏經刊行會編：《大正新修大藏經》（臺北市：新文豐出版公司，1996年），卷22，頁284上。

世間凡夫亦如是，貪愛好色而追求。
不知色欲染著人，還被火燒來眾苦。
譬如群鹿居林藪，食於豐草而自養，
獵師假作母鹿聲，尋聲中箭皆致死。
世間凡夫亦如是，貪著種種可意聲，
不知聲能染著人，還受三塗諸苦報。
譬如蜜蜂能飛遠，游於春林採眾花，
為愛醉象頰上香，象耳因之而掩死。
世間凡夫亦如是，愛著一切受用香，
不知香能染著心，生死輪迴長夜苦。
譬如龍魚處於水，游泳沈浮而自樂，
為貪芳餌遂吞鉤，愛味忘生皆致死。
世間凡夫亦如是，舌根躭味以資身，
殺佗自活心不平，感得三塗極重苦。
譬如白象居山澤，自在猶如師子王，
欲心醉亂處昏迷，追尋母象生貪染。
一切凡夫亦如是，趣彼妙觸同狂象，
思愛纏綿不休息，死入地獄苦難量。
世間男女互貪求，皆由樂著諸色欲，
人天由此被纏縛，墮墜三塗黑暗中。
若能捨離貪欲心，住阿蘭若修梵行，
必得超於生死苦，速入無為常樂宮。[169]

本組七言偈，從內容結構看，實可細分成六首八句偈。其中前五首皆用諷喻法，分別講世俗凡夫貪著五欲（色、聲、香、味、觸）所帶來

169　〔日〕大藏經刊行會編：《大正新修大藏經》（臺北市：新文豐出版公司，1996年），卷3，頁318上。

的嚴重後果；最後一首，則有總括之用，指出修梵行不但能捨離五欲，而且終能達成無為法，證入涅槃。當然，最具藝術性的是五首諷喻之作，單從修辭格看，就有排比、類比、對比、比喻等。

（十一）總括

　　總括類的偈頌，一般在經文的開頭與末尾處。開頭者，我們稱之為總起偈，與結尾者一樣，主要也是總結全經的教義。當然，有時也可對偈前的敘事散文進行情節概述，不過，此時偈頌多在經之收尾處。茲各舉一例如次：

　　（1）支謙譯《菩薩本緣經》，分為三卷八品，每品在開頭處都有一偈，偈之作用在於總起，旨在概括每品的主旨。如《月光王品第五》是：「菩薩摩訶薩，行無上道時，為諸眾生故，乃至捨頭目。」[170]其後故事所表達的正是偈頌所稱頌的佈施精神。

　　（2）求那跋陀羅譯《雜阿含經》卷一第十四經在「諸比丘聞佛所說，歡喜奉行」後有語曰：「過去四種說，厭離及解脫。二種說因緣，味亦復二種。」[171]此五言偈則是對第十四經經義的高度概括。

　　（3）《雜阿含經》卷三十九第一〇八三經則曰：

> 佛告諸比丘：如空澤中有大湖水，有大龍象而居其中，拔諸藕根，洗去泥土，然後食之。食已，身體肥悅，多力多樂。以是因緣，常喜樂住。有異種族象，形體羸小，效彼龍象，拔其藕根，洗不能淨，合泥土食。食之不消，體不肥悅，轉轉羸弱，緣斯致死，或同死苦。……

---

170 〔日〕大藏經刊行會編：《大正新修大藏經》（臺北市：新文豐出版公司，1996年），卷3，頁62下。

171 〔日〕大藏經刊行會編：《大正新修大藏經》（臺北市：新文豐出版公司，1996年），卷2，頁3上。

　　爾時世尊即說偈言：

　　龍象拔藕根，水洗而食之。異族象效彼，合泥而取食。[172]

案：中間略而未錄的是兩段有關佛陀對比丘的教誨性言論，它們不是
敘事。然佛陀接下來所說的偈頌，從內容看則屬敘事詩，且是對佛陀
第一次所引例證故事的高度濃縮。當然，此偈同時也有重複之用。

　　總的說來，漢譯佛典之偈頌的表達功能是多種多樣的。而且，不
少偈頌同時具有多種功能。關於這點，前面的例子間有說明，我們就
不贅述了。

三　音樂性

　　筆者與吳海勇曾經指出：在佛經文體分類中，祇夜和伽他兩類韻
文，從本質上講是為音樂文學。[173]其實，即便最廣義的偈頌（數經法
之偈），在印度原本也具有一定的音樂性。

　　漢譯佛典中的偈頌，與音樂緊密結合的場合主要有二：一是讚
頌，二是供養。讚頌、供養的對象多為佛、菩薩等主尊，尤其以諸佛
為主。但供養與讚頌，常常交織在一起，並非截然可分。

　　讚頌者如：

　　（1）後佛陀耶舍、竺佛念譯《長阿含經》卷十之〈釋提桓因問
經〉載：

　　　時釋提桓因告般遮翼曰：「如來至真，甚難得睹，而能垂降此

172　〔日〕大藏經刊行會編：《大正新修大藏經》（臺北市：新文豐出版公司，1996年），
　　　卷2，頁284上-中。

173　李小榮、吳海勇：〈佛經偈頌與中古絕句的得名〉，載陳允吉主編：《佛經文學研究
　　　論集》（上海市：復旦大學出版社，2004年），頁357。

閒靜處，寂默無聲，禽獸為侶。此處常有諸大神天侍衛世尊，汝可於前鼓琉璃琴娛樂世尊，吾與諸天尋於後往。」

對曰：「唯然。」即受教已，持琉璃琴於先詣佛，去佛不遠，鼓琉璃琴，以偈歌曰：

跋陀禮汝父，汝父甚端嚴。生汝時吉祥，我心甚愛樂。……

忉利天之主，釋今與我願。稱汝禮節具，汝善思察之。

爾時世尊從三昧起，告般遮翼言：「善哉！善哉！般遮翼，汝能以清淨音和琉璃琴稱讚如來。琴聲、汝音，不長不短，悲和哀婉，感動人心。汝琴所奏，眾義備有，亦說欲縛，亦說梵行，亦說沙門，亦說涅槃。」[174]

此處般遮翼所歌之偈共五言四十八句，從世尊稱其「能以清淨音和琉璃琴稱讚如來」看，則知般遮翼所用的音樂形式是自唱自和，即自己用樂器伴奏並演唱讚頌如來的歌偈。而在讚頌如來的同時，也兼有娛樂、說理的功能。娛樂的對象是佛世尊，偈頌內容則講有關梵行、涅槃等方面的義理。

（2）東晉瞿曇僧伽提婆譯《中阿含經》卷三十三〈釋問經〉則曰：

於是五結樂子受天王釋教已，挾琉璃琴即先往至因陀羅石室。便作是念，知此處離佛不近不遠，令佛知我，聞我音聲。住彼處已，調琉璃琴，作〈欲相應偈〉、〈龍相應偈〉、〈沙門相應偈〉、〈阿羅訶相應偈〉，而歌頌曰：

賢禮汝父母，月及耽浮樓。謂生汝殊妙，令我發歡心。

煩熱求涼風，渴欲飲冷水。如是我愛汝，猶羅訶愛法。……

---

174 〔日〕大藏經刊行會編：《大正新修大藏經》（臺北市：新文豐出版公司，1996年），卷1，頁62下-63上。

是故禮大雄，稽首人最上。斷絕諸愛刺，我禮日之親。

於是世尊從三昧起，讚歎五結樂子曰：「善哉！善哉！五結，汝歌音與琴聲相應，琴聲與歌音相應，歌音不出琴聲外，琴聲不出歌音外。」[175]

此處所述與前引《長阿含經》實為同源故事，主旨完全相同。但是，唱偈者變成了五結童子，偈辭共為五言五十二句，且分成〈欲相應偈〉等四首。

（3）鳩摩羅什譯《大樹緊那羅王經》卷一又說：

爾時大樹緊那羅王更易調琴，並及八萬四千餘樂。佛威神力及大樹緊那羅王宿善根力之所持故，諸琴樂音說是偈，言：
一切諸法向寂靜，如是乃至上中下。空靜寂滅無惱患，無垢最上今顯現。……
如空中聲叵捉持，雖可聞知不可說。是演說者及聽者，悉皆不實得自在。
當諸琴樂演出是偈法音之時，八千菩薩得無生忍。[176]

案：緊那羅（梵名Kimnara）的音譯，也譯為緊捺洛、緊拏羅、甄陀羅、真陀羅，意譯是歌神、歌樂神、音樂天等。這裡的緊那羅神也是用琴作為伴奏樂器，而他所唱的七言八十句歌辭，除了讚美佛法與佛德外，還具有強大的教化之用，讓八千菩薩同時悟得無生法忍，即把心安住於不生不滅的佛理上，也就是寂滅的境界。

175　〔日〕大藏經刊行會編：《大正新修大藏經》（臺北市：新文豐出版公司，1996年），卷1，頁633上-中。
176　〔日〕大藏經刊行會編：《大正新修大藏經》（臺北市：新文豐出版公司，1996年），卷15，頁371中-下。

供養者如：

（1）西晉竺法護譯《普曜經》卷二〈降神處胎品第四〉曰：

梵迦夷天六萬八千，乃至阿迦膩咤天與無央數百千眷屬，又有
四方無數百千皆來集會。是諸天子，各各嗟歎，歌頌妙偈：
聽我無限言，意審至三乘。棄欲樂安住，所慕此最淨。
大聖度降神，眾奉可重敬。守德神仙護，微妙無害意。
執樂鼓和音，歎德海功勳。歸命天人尊，聞菩薩上慧。
散花供養聖，奉仁名花香。悅心天人尊，離欲安無患。……
三界作佛事，甘露億載眾。權化眾清涼，皆棄渴名稱。[177]

從「執樂鼓和音」可知諸天子所歌之偈，也當有器樂伴奏；「散花供
養聖」則表明本組歌偈的應用場合與供養有關。另外，「歎德」一詞
說明本偈兼有讚頌之用。

（2）梁曼陀羅仙共僧伽婆羅譯《大乘寶雲經》卷一云：

無量天女於虛空中作天伎樂而供養佛，以是音樂出此偈頌，歌
詠佛德：
托生林苑世奇特，清淨無汙無等等。願禮虛空等相故，我等故
來到此國。……
無量人天菩薩眾，恭敬供養稽首禮。願禮除暗逾日光，我等故
來到此國。……
分明相好莊嚴身，救護世間所歸仰。願禮寶樹無量枝，我等並
賫供養具。[178]

177　〔日〕大藏經刊行會編：《大正新修大藏經》（臺北市：新文豐出版公司，1996年），
　　　卷3，頁489下-490上。
178　〔日〕大藏經刊行會編：《大正新修大藏經》（臺北市：新文豐出版公司，1996年），
　　　卷16，頁243上-中。

案：經文在偈前散文、偈中與偈的結束處都用「供養」一詞，這無非是要強調歌偈的性質是配合於供養音樂之用的。

（3）唐地婆訶羅譯《證契大乘經》卷上云：

> 諸菩薩前各有俱胝那由他七寶之輪，諸輪之上各有千天童坐，作諸天樂，五音諧會，歌唱雜舉，巧說間和，喜悅暢心，清音勝妙，演伽他曰：
>
> 無等等等，無性我性，眾德德性，世間奇特……
>
> 天宮寶殿，煥麗百億，天童眾坐，作妙天樂。
>
> 其音調美，悅耳暢心，如來神力，樂聲演法。
>
> 眾樂音中演伽他等無量無數微妙法句。[179]

案：在本組四言偈（共三十八句）之前、之後的散文表明了全部偈頌都是用聲樂表演的，而且是大型的合唱。

（4）唐不空譯《金剛頂一切如來真實攝大乘現證大教王經》卷二云：

> 彼婆伽梵，持金剛為一切世界微塵等如來身，復聚為一體，為金剛歌詠大天女，依世尊觀自在王如來左邊月輪而住，說此嗢陀南：奇哉成歌詠，我供諸見者。由此供養故，諸法如響應。[180]

案：嗢陀南是梵文 Udāna 的音譯，「集施」之義，它表達的是一種特殊的縮略語，形式上是偈頌。本經的四句五言體嗢陀南，形制短小，然

179 〔日〕大藏經刊行會編：《大正新修大藏經》（臺北市：新文豐出版公司，1996年），卷16，頁658下-659上。

180 〔日〕大藏經刊行會編：《大正新修大藏經》（臺北市：新文豐出版公司，1996年），卷18，頁214下。

「歌詠」表明了音樂特性,「供養」表明了運用場合。

其實,音樂性偈頌在印度除了用於佛教等宗教場合外,在世俗生活中,偈頌與音樂的關係同樣密不可分。鳩摩羅什指出天竺國俗「甚重文藻,其宮商體韻,以入弦為善。凡覲國王,必有讚德;見佛之儀,以歌歎為尊。經中偈頌,皆其式也。」[181]佛教方面的例子,前文所舉已多,故不贅。世俗方面,如義淨譯《根本說一切有部毗奈耶雜事》卷二十三云:

> 時出光王與其大臣及金鬘天授,並於某時某處期款,不移時出光王遂與天授乘其母象到所期處。大臣金鬘及妙音琵琶一時俱發,共生歡喜。王即彈琵琶,大臣唱歌曰:共乘賢善象,和彈妙音曲。天授與春花,手舞同歸去。王自為商主,得還憍閃毗。畢我忠臣願,長歌且為樂。[182]

此處大臣所唱之偈,即為讚頌國王之用。更有趣的是,國王還用琵琶來伴奏。

至於數經法之偈,即首盧偈(輸洛伽、室盧迦),則可歸為誦經音聲,誦讀時也要求有一定的音樂性。唐窺基《妙法蓮華經玄贊》卷二云:

> 梵云伽陀,此翻為頌。頌者,美也,歌也。頌中文句極美麗故,歌頌之故。訛略云偈。此祇焰頌,進詮體義,劣於名句。退為所依,不及聲文,故於百法不別建立。然以聲上屈曲為

---

181 〔梁〕僧祐撰,蘇晉仁、蕭鍊子點校:《出三藏記集》(北京市:中華書局,1995年),頁534。

182 〔日〕大藏經刊行會編:《大正新修大藏經》(臺北市:新文豐出版公司,1996年),卷24,頁315下。

體，即名句文，更無別性，不同小乘頌。依於文及文士者，此乃室盧迦三十二字處中頌也。[183]

基法師於此，實際上是從音樂性的強弱之分對狹義偈頌（含伽他、祇夜）和廣義偈頌（室盧迦）進行解說。前者的音樂性極強，有特定的旋律、節奏和樂段；後者音樂性較弱，只要求「聲上屈曲為體」，即聲音要高低錯落有致，形成抑揚頓挫之美。

其實，誦經方法原與歌詠相似。在漢譯律典中常記億耳比丘見佛誦《義品經》之事。據近代西方學者考證佛教古代誦經的方法，誦字的原文是Svarena，漢譯作聲誦或細聲誦。而梵文Svara可指語言的高低抑揚，或樂律的音符，所以誦字的原意是歌誦（案：Svarena是Svara的單數具格）。以歌誦長聲誦法（ayatakenagitassrena）每至吟詠過度，流為歌唱。《義品經》即是常以歌誦長聲誦讀的。[184]康僧會譯《舊雜譬喻經》卷上則謂：

> 昔海邊有國王行射獵，得一沙門，持作使。沙門夜誦經作梵聲，王言：「此伎大工歌，有客輒伎歌。」時有異國優婆塞賈，往到其國。王請之，出沙門，令歌，優婆塞聞說深經，內心踴躍即去。[185]

由此可知，當時沙門誦經近於歌唱的客觀事實，而且誦經效果極佳，讓遠來的優婆塞感到由衷的喜悅。

183　〔日〕大藏經刊行會編：《大正新修大藏經》（臺北市：新文豐出版公司，1996年），卷34，頁684上。

184　楊憲益：〈康崑崙與段善本〉，《譯餘偶拾》（濟南市：山東畫報出版社，2006年），頁36。

185　〔日〕大藏經刊行會編：《大正新修大藏經》（臺北市：新文豐出版公司，1996年），卷4，頁511中。

　　當然，從佛教戒律而言，佛陀是反對比丘歌詠聲說法的。[186]但根據不同的場合、物件，佛陀也主張可用音樂的形式來說法，如前面所說的讚頌、供養等。

　　此外，需要指出的是：印度佛教十二部經，無論長行與偈頌，都可用歌詠形式加以表現，謂之梵唄。但是法傳華夏之後，中土把歌詠長行者叫做轉讀，而梵唄專指偈讚的歌詠。[187]後者也叫做唄讚，或讚唄。初唐道世《法苑珠林》卷三十六〈唄讚篇〉「述意部」即云：

　　　　夫褒述之志，寄在詠歌之文；詠歌之文，依乎聲響。故詠歌巧則褒述之志申，聲響妙則詠歌之文暢。言詞待聲，相資之理也。尋西方之有唄，猶東國之有讚。讚者，從文以結音。唄者，短偈以流頌。比其事義，名異實同。是故經言「以微妙音聲，歌讚於佛德」，斯之謂也。[188]

由此可知，梵唄主要是以音聲（形式）得名，而偈頌則以文辭（內容）得名。前者強調的是音樂性，後者突出的是文學性。易言之，佛經偈頌的本質在於音樂和文學的有機統一。

　　佛教好用音樂文學的根本原因，可從什譯《大智度論》卷九三的一段話中找到理論依據，經云：

---

186 具體可參：《四分律》，卷35（〔日〕大藏經刊行會編：《大正新修大藏經》（臺北市：新文豐出版公司，1996年），卷22，頁817上-中），《毗尼母經》，卷6（〔日〕大藏經刊行會編：《大正新修大藏經》（臺北市：新文豐出版公司，1996年），卷24，頁833上）等。

187 《法苑珠林》卷六十二引《幽冥記》說道人中「有誦經者，唄偈者，自然飲食者，快樂不可言」（〔日〕大藏經刊行會編：《大正新修大藏經》（臺北市：新文豐出版公司，1996年），卷53，頁756上），此處的「誦經」即為轉讀，「唄偈」即讚唄。

188 〔日〕大藏經刊行會編：《大正新修大藏經》（臺北市：新文豐出版公司，1996年），卷53，頁574中。

問曰：諸佛賢聖是離欲人，則不須音樂歌舞，何以伎樂供養？

答曰：諸佛雖於一切法中心無所著，於世間法盡無所須。諸佛憐愍眾生，故出世，應隨供養者，令隨願得福故受。如以華香供養，亦非佛所須。佛身常有妙香，諸天所不及，為利益眾生故受。是菩薩欲淨佛土，故求好音聲，欲使國土中眾生聞好音聲，其心柔軟，心柔軟故易可受化，是故以音聲因緣而供養佛。[189]

可見音樂實為佛教的教化方式之一，目的是為了增強佛教教義的傳播效果。對此，北魏吉迦夜、曇曜共譯《付法藏因緣傳》卷五中還舉出了具體的例子，曰：

馬鳴敬諾，當受尊教，於是頒宣深奧法藏，建大法幢，摧滅邪見。於華氏城遊行教化，欲度彼城諸眾生，故作妙伎樂，名《賴吒啝羅》，其音清雅，哀婉調暢，宣說苦空無我之法。所謂有為如幻如化，三界獄縛，無一可樂。王位高顯，勢力自在，無常既至，誰得存者？如空中雲，須臾散滅；是身虛偽，猶如芭蕉；為怨為賊，不可親近；如毒蛇篋，誰當愛樂？是故諸佛常呵此身，如是廣說空無我義，令作樂者演暢斯音。時諸伎人不能解了，曲調音節，皆悉乖錯。爾時馬鳴著白氎衣入眾伎中，自擊鐘鼓，調和琴瑟，音節哀雅，曲調成就，演宣諸法苦空無我。時此城中，五百王子同時開悟，厭惡五欲，出家為道。[190]

189　〔日〕大藏經刊行會編：《大正新修大藏經》（臺北市：新文豐出版公司，1996年），卷25，頁710下。

190　〔日〕大藏經刊行會編：《大正新修大藏經》（臺北市：新文豐出版公司，1996年），卷50，頁315上-中。

案：賴吒咤羅，梵語Rastrapala之音譯，也譯作賴吒和羅、羅吒波羅、賴吒拔檀，意譯「護國」，是人名。有關他事蹟的譯經，主要有支謙譯《賴吒和羅經》一卷及瞿曇僧伽提婆譯《中阿含經》卷三十一之《大品賴吒和羅經》，二者是同本異譯。賴吒和羅出生於中印度的一個富豪之家，佛陀遊化至此，他跟隨出家，得道之後歸國。其父母則千方百計以美女相誘，使之還俗，反而該女被賴吒和羅所教化。馬鳴菩薩在華氏城把他的事蹟編成詩劇，叫做《賴吒和羅》，然而初次演出很不成功，原因在於眾演員未能掌握正確的音樂曲調。後來馬鳴親自加入演出隊伍並擔任指揮，才獲得巨大成功。這個事例說明，佛教音樂有自己特定的程式。

　　而偈頌作為最具音樂性的佛教文學，從前引經文看（如《大樹緊那羅王經》、《證契大乘經》等），其宣教效果更加顯著。

　　即使從漢譯佛經偈頌的文本分析，有時也會呈現出某種音樂性的特徵。對此，孫尚勇從程式入手，做過較詳細的檢討，他分成三大類：即偈內程式主要為重複程式（首句重複、末句重複、中間句重複、完全重複），偈間程式為句法程式，其他程式則有數序程式、方位程式和概念程式等。[191]筆者以為，無論哪種程式，都和偈頌的音樂文本結構有關，或是樂段的呈現，或是節奏的自然劃分。如維祇難等譯《法句經》卷上〈述千品〉曰：

> 雖誦千言，句義不正，不如一要，聞可滅意。
> 雖誦千言，不義何益，不如一義，聞行可度。
> 雖多誦經，不解何益，解一法句，行可得道。
> 千千為敵，一夫勝之，未若自勝，為戰中上。

---

191 孫尚勇：《佛教經典詩學研究》（成都市：四川大學中國語言文學博士後出站報告，2005年），頁93-150。

自勝最賢，故曰人雄。護意調身，自損至終。

雖曰尊天，神魔梵釋，皆莫能勝，自勝之人。

月千反祠，終身不輟。不如須臾，一心念法。

一念道福，勝彼終身。

雖終百歲，奉祀火神，不如須臾，供養三尊。

一供養福，勝彼百年。

祭神以求福，從後觀其報，四分未望一，不如禮賢者。

能善行禮節，常敬長老者，四福自然增，色力壽而安。

若人壽百歲，遠正不持戒，不如生一日，守戒正意禪。

若人壽百歲，邪偽無有智，不如生一日，一心學正智。

若人壽百歲，懈怠不精進，不如生一日，勉力行精進。

若人壽百歲，不知成敗事，不如生一日，見微知所忌。

若人壽百歲，不見甘露道，不如生一日，服行甘露味。

若人壽百歲，不知大道義，不如生一日，學推佛法要。[192]

案：譯經標明此偈是「十有六章」，意思是它們可分成十六首，可譯者並未劃分清楚。不過，我們從偈的結構特點，特別是句式運用，將其分成六首四言四句偈、二首四言六句偈、八首五言四句偈（排列方法如前所示）。其中，四言四句偈中的前三首句式相同，五言四句偈中的後六首句式相同，而兩首六句偈結構也相近，比如第三句重複，最後一句文字雖異，意義卻完全一致。

為了更清楚地顯示偈頌文本的音樂結構，茲舉數例於後。

（1）元魏菩提流支譯《大薩遮尼乾子所說經》卷六曰：

192　〔日〕大藏經刊行會編：《大正新修大藏經》（臺北市：新文豐出版公司，1996年），卷4，頁564中-下。

瞿曇見眾生，閉在世間獄，輪迴遍諸趣，常受一切苦。
癡暗覆其心，不知生厭離。是故無上尊，常起大悲心。
瞿曇見眾生，樂著諸世間，四流河所漂，隨順不得返。
常沒生死海，不知求出離。是故十力者，常起大悲心。
……
瞿曇見眾生，具造諸苦業，常為諸憂悲，苦惱之所逼。
為拔彼眾生，種種諸惱害，是故十力者，常起大悲心。
瞿曇恒觀彼，一切眾生界，常起大悲心，是故無過失。[193]

案：本偈共五言一百句，其中前九十六句可分成十二首八句偈，每首結構相同，即首尾相同。其中第二至十二首，則是第一、七、八句完全重複。最後一首為五言四句偈，當是總括其前的十二首偈頌，若施之於演唱，相當於樂曲的尾聲，起強化情感之用。

（2）唐地婆訶羅譯《方廣大莊嚴經》卷八曰：

利益一切世間者，欲證無上菩提時，十方無量諸菩薩，皆悉如雲而集會。
彼諸菩薩所來事，我今以喻而略說：
無量菩薩從空來，猶如密雲震吼聲，各各執持寶瓔珞，明珠垂懸甚嚴飾。
無量菩薩從空來，首飾寶冠垂辮髮，擎捧如花妙臺觀，而至菩提道場所。
無量菩薩從空來，猶如師子震吼聲，說空無相及無願，而至菩提道場所。

無量菩薩從空來，猶如牛王哮吼聲，雨未曾有微妙花，而至菩
提道場所。

無量菩薩從空來，美聲猶如孔雀王，身光出現千種相，而至菩
提道場所。

無量菩薩從空來，光明猶如淨滿月，以妙音聲而讚歎，菩薩無
量諸功德。

無量菩薩從空來，光明照耀猶如日，暎蔽一切魔宮殿，而至菩
提道場所。

無量菩薩從空來，身色美豔如虹蜺，福慧資糧悉圓滿，而至菩
提道場所。

無量菩薩從空來，手出摩尼眾寶網，並散曼陀蘇曼陀，婆利師
花詹波花。

及持如是等花鬘，而至菩提道場所。

無量菩薩從空來，以神通力震大地，而諸眾生不驚怖，一切靡
不歡喜者。

無量菩薩從空來，手接須彌大山王，如持花鬘不為重，而至菩
提道場所。

無量菩薩從空來，頂戴四大香水海，遍灑大地皆嚴淨，而至菩
提道場所。

無量菩薩從空來，各持殊勝眾寶蓋，令諸菩薩皆睹見，而至菩
提道場所。

無量菩薩從空來，現為梵王住寂定，一一毛孔演妙法，說大慈
悲及喜捨。

無量菩薩從空來，示為帝釋微妙形，一切天人共圍繞，而至菩
提道場所。

無量菩薩從空來，示為護世之形像，一切天人共圍繞，各各散
以天花香。

以緊那羅乾闥婆，美妙音聲讚菩薩。

無量菩薩從空來，各持芬香妙花樹，枝葉花果遍莊嚴，而至菩
提道場所。

其樹花臺有菩薩，於彼花中出半身，悉皆具相三十二，各各執
持諸妙花。

拘物頭花波頭摩，優鉢羅花芬陀利。

無量菩薩從空來，手持清淨蓮花沼，其身廣大如須彌，變為淨
妙諸花鬘。

遍覆三千大千界，而至菩提道場所。

無量菩薩從空來，各於眼中現劫燒，而復於此示成劫，遍身一
一支節中，

演出無邊諸佛法，所有眾生皆得聞，聞者悉斷諸貪欲，而至菩
提道場所。

無量菩薩從空來，其身端正甚可愛，以眾寶具而莊嚴，其聲猶
如緊那羅。

一切天人修羅等，見聞皆悉無厭足。

無量菩薩從空來，其身堅固如金剛，震動大地至水際，而至菩
提道場所。

無量菩薩從空來，光明照耀如日月，滅除眾生煩惱苦，而至菩
提道場所。

無量菩薩從空來，其身皆是眾寶成，遍於無邊佛剎土，普雨雜
寶妙花香。

一切眾生悉歡喜，而至菩提道場所。

無量菩薩從空來，各能總持四種藏，其身一一毛孔中，演說無
數諸經典。

其足辯才大智慧，覺悟惛醉諸群生。

無量菩薩從空來，執持天鼓如須彌，擊出美妙大音聲，遍滿拘

眠億佛刹。

普告一切諸人天，娑婆世界雨甘露。[194]

案：本組七言偈共一百三十句，依其結構特徵可分成二十六首。除了第一首外，其餘的二十五首皆以「無量菩薩從空來」起首。從音樂性分析，第一首相當於樂曲的前奏，有領引之用；後面的二十五首則和唐時大曲的「遍」相似，而且同中有異：有的七言四句（第二至九、十一至十六、二十二至二十三首），有的七言六句（第十、十七、十九、二十一、二十四至二十六首），有的七言八句（第二十首），有的七言十句（十八）。另外，後二十五首中，還有十七首結句相同。

（3）晉譯《華嚴經》卷七曰：

迦葉如來具大慈，諸吉祥中最無上，彼佛曾來入此處，是故此地最吉祥。

拘那牟尼慧無礙，諸吉祥中最無上，彼佛曾來入此處，是故此地最吉祥。

拘樓佛身如金山，諸吉祥中最無上，彼佛曾來入此處，是故此地最吉祥。

隨葉如來離三垢，諸吉祥中最無上，彼佛曾來入此處，是故此地最吉祥。

尸棄如來常寂然，諸吉祥中最無上，彼佛曾來入此處，是故此地最吉祥。

毗婆尸佛如滿月，諸吉祥中最無上，彼佛曾來入此處，是故此地最吉祥。

194　〔日〕大藏經刊行會編：《大正新修大藏經》（臺北市：新文豐出版公司，1996年），卷3，頁589中-590上。

　　弗沙明達第一義，諸吉祥中最無上，彼佛曾來入此處，是故此
　　地最吉祥。

　　提舍如來辯無礙，諸吉祥中最無上，彼佛曾來入此處，是故此
　　地最吉祥。

　　波頭摩佛淨無垢，諸吉祥中最無上，彼佛曾來入此處，是故此
　　地最吉祥。

　　錠光如來明普照，諸吉祥中最無上，彼佛曾來入此處，是故此
　　地最吉祥。[195]

案：本組偈頌可按四句劃分成十首，並且每首的末三句完全相同，可
歸為定格重句聯章體。

　　（4）義淨譯《根本說一切有部毗奈耶》卷二十曰：

　　若歸佛陀者，不墮於惡趣，舍離於人身，當得生天上。
　　若歸達摩者，不墮於惡趣，舍離於人身，當得生天上。
　　若歸僧伽者，不墮於惡趣，舍離於人身，當得生天上。[196]

本組偈也是四句體，結構和前一組完全一樣。但前者的主題在讚頌，
本組卻在勸誡，表達的是三歸依的重要性。

　　（5）康僧會譯《六度集經》卷五曰：

　　貪欲為狂夫，靡有仁義心，嫉妒欲害聖，唯默忍為安。
　　非法不軌者，內無惻隱心，慳惡害佈施，唯默忍為安。

195　〔日〕大藏經刊行會編：《大正新修大藏經》（臺北市：新文豐出版公司，1996年），
　　　卷9，頁441中-下。
196　〔日〕大藏經刊行會編：《大正新修大藏經》（臺北市：新文豐出版公司，1996年），
　　　卷23，頁731下。

放逸無戒人，酷害懷賊心，不承順道德，唯默忍為安。

背恩無反復，虛飾行諂偽，是為愚癡極，唯默忍為安。[197]

本組五言偈分成四首，是每首在末句重複。

（6）東晉瞿曇僧伽提婆譯《增一阿含經》卷四十四云：

增益戒聞德，禪及思維業，善修於梵行，而來至我所。

勸施發歡心，修行心原本，意無若干想，皆來至我所。

或發平等心，承事於諸佛，飯食與聖眾，皆來至我所。

或誦戒契經，善習與人說，熾然於法本，今來至我所。

釋種善能化，供養諸舍利，承事法供養，今來至我所。

若有書寫經，頌宣於素上，其有供養經，皆來至我所。

繒彩及眾物，供養於神寺，自稱南無佛，皆來至我所。

供養於現在，諸佛過去者，禪定正平等，亦無有增減。

是故於佛法，承事於聖眾，專心事三寶，必至無為處。[198]

本組偈實分四首，其中前七首基本上可歸入末句重複式，屬於分述，最後二首則是總括。

（7）唐義淨譯《根本說一切有部毗奈耶破僧事》卷八曰：

駿馬滿百匹，紫磨金百斤，馭牝兩車輪，其數皆有百。載以種種物，而用行檀施，不如發一步，向佛之功德。如是等校量，十六分中一。

---

197 〔日〕大藏經刊行會編：《大正新修大藏經》（臺北市：新文豐出版公司，1996年），卷3，頁27下。

198 〔日〕大藏經刊行會編：《大正新修大藏經》（臺北市：新文豐出版公司，1996年），卷2，頁789中-下。

假使象百頭，皆以金交絡，覆載妙寶帳，而用行檀施，不如發
一步，向佛之功德，十六分中一。

復有百美女，彩媛中最勝，頸絡妙珠瓔，臂搖眾寶釧。如是行
檀施，不如發一步，向佛之功德，十六分中一。[199]

本組偈由三首構成，每首結句重複，但是各首句數不一（分別是十、
七、八句），同中有異，頗具變化。

（8）法顯譯《大般泥洹經》卷一有一組偈共八十五句，其中前
六十句云：

快哉我今得大利，人中妙果悉已獲。快哉我今得大利，永閉泥
犁惡趣門。

快哉我今得大利，生世得值無上果。猶如沙中求妙寶，忽遇金
剛大歡喜。

快哉我今得善離，在在處處畜生惑。快哉我今得大利，優曇鉢
華堅固信。

快哉我今得善離，餓鬼慳貪饑渴苦。快哉我今得大利，難得施
度到彼岸。

從今永閉諸惡趣，阿修羅王究竟離。快哉我今得大利，如來出
世甚難遇。

憂曇鉢華今得值，亦如芥子投針鋒。快哉我今得善離，四天大
王計常想。

快哉我今得大利，法王大寶今悉見。乃至欲天十生處，諦了分
明不染著。

---

199 〔日〕大藏經刊行會編：《大正新修大藏經》（臺北市：新文豐出版公司，1996年），
卷24，頁138下-139上。

快哉我今得大利，世雄難遇今奉覲。猶如芥子投針鋒，值佛甚難復過是。

盡三界源二十五，針鋒為喻亦復然。快哉我今得大利，值遇如來願滿足。

摧滅一切諸凶惡，無量癡冥無知賊。快哉我今得大利，生值離垢蓮華尊。

快哉我今永得離，彌淪濤波生死海。快哉生世值如來，如海盲龜遇浮木。

快哉我今永得離，生死大海盲龜惑。快哉我今得大利，世未曾有無倫匹。

天人哀請悉不受，難請之寶我今得。快哉我今得大利，天人修羅所尊奉。

快哉今得現法果，大仙受我最後請。快哉我今得大利，與諸天人俱勸請。

舍彼天人上妙饌，哀愍受我粗澀供。快哉我今得大利，天人獻供願不果。[200]

若把它們分成四句偈，則有十五首。每首都有四字相重複，即「快哉我今」，大多則有句重複（雖然位置不完全相同），在結構上有一種循環往復之美。

（9）唐實叉難陀譯《大方廣佛華嚴經》卷七曰：

一一塵中多剎海，處所各別悉嚴淨，如是無量入一中，一一區分無雜越。

---

200 〔日〕大藏經刊行會編：《大正新修大藏經》（臺北市：新文豐出版公司，1996年），卷12，頁858中-下。

一一塵內難思佛，隨眾生心普現前，一切剎海靡不周，如是方便無差別。

一一塵中諸樹王，種種莊嚴悉垂布，十方國土皆同現，如是一切無差別。

一一塵內微塵聚，悉共圍繞人中主，出過一切遍世間，亦不迫隘相雜亂。

一一塵中無量光，普現十方諸國土，悉現諸佛菩提行，一切剎海無差別。

一一塵中無量身，變化如雲普周遍，以佛神通導群品，十方國土亦無別。

一一塵中說眾法，其法清淨如輪轉，種種方便自在門，一切皆演無差別。

一塵普演諸佛音，充滿法器諸眾生，遍住剎海無鞅劫，如是音聲亦無異。

剎海無量妙莊嚴，於一塵中無不入，如是諸佛神通力，一切皆由業性起。

一一塵中三世佛，隨其所樂悉令見，體性無來亦無去，以願力故遍世間。[201]

這一組七言偈從結構特點分析，可劃成十首，前七首與第十首用的是句首字詞重複，第八、九兩首大概是為了追求形式上的變化，故對「一一塵中（內）」進行縮略，變為「一塵」及「一塵中」，其實意思沒有本質的不同。

　　（10）波羅頗蜜多羅譯《寶星陀羅尼經》卷三：

201　〔日〕大藏經刊行會編：《大正新修大藏經》（臺北市：新文豐出版公司，1996年），卷10，頁38下-39上。

爾時尊者大目揵連欲入王舍大城乞食，於城東門見五十童子乃
至，於歌音中說如是偈：
諸界可厭患，殺處常欺我。我今厭患已，盡彼界邊際。
諸受可厭患，殺處常欺我。我今厭患已，盡彼受邊際。
思維可厭患，殺處常欺我。我厭思維已，盡思維邊際。
諸想可厭患，殺處常欺我。我今厭患已，盡彼想邊際。[202]

本組五言四句偈（四首），譯經明確指出是「於歌音中說」，此即表明
偈頌本身即為歌辭。每首歌辭中間用了句重複，句首、句尾則用字重
複，結構整齊劃一，節奏感極強。

　　以上所舉十例，皆是佛經組偈的重複形式。此外，這些形式還可
以拓展為組群，組群之間再穿插散行文字。如劉宋求那跋陀羅譯《雜
阿含經》卷四十四曰：

婆羅門復說偈言：
最勝梵志處，如比丘所說。我今當自說，真實語諦聽！
沙門今定非，晨朝失牛者，六日求不得，是故安樂住。
沙門今定非，種殖胡麻田，慮其草荒沒，是故安樂住。
沙門今定非，種稻田乏水，畏葉枯便死，是故安樂住。
沙門今定無，寡女有七人，悉養孤遺子，是故安樂住。
沙門今定無，七不愛念子，放逸多負債，是故安樂住。
沙門今定無，債主守其門，求索長息財，是故安樂住。
沙門今定無，七領重臥具，憂勤擇諸蟲，是故安樂住。
沙門今定無，赤眼黃髮婦，晝夜聞惡聲，是故安樂住。
沙門今定無，空倉群鼠戲，常憂其羸乏，是故安樂住。

---

202 〔日〕大藏經刊行會編：《大正新修大藏經》（臺北市：新文豐出版公司，1996年），
　　卷13，頁548中-下。

爾時世尊說偈答言：

我今日定不，晨朝失其牛，六日求不得，是故安樂住。

我今日定無，種殖胡麻田，常恐其荒沒，是故安樂住。

我今日定無，種稻田乏水，畏葉便枯死，是故安樂住。

我今日定無，寡女有七人，悉養孤遺子，是故安樂住。

我今日定無，七不愛念子，放逸多負債，是故安樂住。

我今日定無，債主守其門，求索長息財，是故安樂住。

我今日定無，七領重臥具，憂勤擇諸蟲，是故安樂住。

我今日定無，赤眼黃髮婦，晝夜聞惡聲，是故安樂住。

我今日定無，空倉群鼠戲，常憂其贏乏，是故安樂住。

不捨念不念，眾生安樂住，斷欲離恩愛，而得安樂住。[203]

雖然按照譯經，婆羅門、世尊是在說偈，但是從偈的結構形式分析，兩組偈很像是二人的對唱。其中，婆羅門所說的組偈，可分成十（章），除了第一章外，其餘九章都在開頭用字詞重複、在結句用句重複。世尊的回答也妙，同是十章，第一至九章一一對應於前者的第二至十章（值得注意的是文字也大同），最後一章則是總括，點明自己與婆羅門思想觀念的本質區別。

最後，需要補充說明的是：漢譯佛經偈頌雖以齊言為主，但文本的內部結構往往是散文。換而言之，偈頌有時只具備詩的排列法，本質上是散文句式。這方面的例子極多，茲舉三例：

（1）什譯《法華經》卷五〈分別功德品〉載彌勒菩薩所說之偈：

佛說稀有法，昔所未曾聞。世尊有大力，壽命不可量。

無數諸佛子，聞世尊分別，說得法利者，歡喜充遍身。

203　〔日〕大藏經刊行會編：《大正新修大藏經》（臺北市：新文豐出版公司，1996年），卷2，頁318中-319上。

或住不退地，或得陀羅尼，或無礙樂說，萬億旋總持。

或有大千界，微塵數菩薩，各各皆能轉，不退之法輪。

……

世尊說無量，不可思議法，多有所饒益，如虛空無邊。[204]

從語義連貫的角度分析這些偈頌，實有不少句子是散文句式，如：「無數諸佛子，聞世尊分別，說得法利者，歡喜充遍身」的真正含義是「無數諸佛子聞世尊分別說得法利者，歡喜充遍身」;「或有大千界，微塵數菩薩，各各皆能轉，不退之法輪」則為「或有大千界微塵數菩薩，各各皆能轉不退之法輪」;「世尊說無量，不可思議法，多有所饒益，如虛空無邊」則是「世尊說無量不可思議法，多有所饒益，如虛空無邊」。

（2）劉宋佛陀什、竺道生等譯《五分律》卷二曰：

時仙人弟子復為龍王說此偈言：

龍王今須汝，咽下摩尼珠，意甚愛樂之，如何默無言？[205]

此處的四句五言偈，當作如是觀：「龍王！今須汝咽下摩尼珠，意甚愛樂之，如何默無言？」其中前十字的散文化程度極高。

（3）《八十華嚴》卷六十則曰：

爾時法慧光焰王菩薩承佛神力，觀察十方，而說頌言：

三世諸如來，聲聞大弟子，悉不能知佛，舉足下足事。

204 〔日〕大藏經刊行會編：《大正新修大藏經》（臺北市：新文豐出版公司，1996年），卷9，頁44中-下。

205 〔日〕大藏經刊行會編：《大正新修大藏經》（臺北市：新文豐出版公司，1996年），卷22，頁13中。

　　去來現在世，一切諸緣覺，亦不知如來，舉足下足事。[206]

　　這兩首五言偈其實就是兩個主謂句：第一句作「三世諸如來、聲聞大弟子｜悉不能知｜佛舉足下足事」；第二句作「去來現在佛、一切諸緣覺｜亦不知｜如來舉足下足事」。其中都用了並列性的名詞短語作主語，偏正性的名詞短語作賓語。

　　上舉散文化的例句，譯者之所以斷成齊言句，目的在於保留原本偈頌文體的詩歌性特點吧。當然，也與樂句內在的結構可能有所關聯。

四　儀式性

　　我們通覽漢譯佛典，可以發現一個有趣的現象，那就是偈頌的使用往往和儀式關係密切，甚至可以說在每一種佛教儀式的文本中，偈頌都佔有最重要的位置。對此，筆者曾以敦煌文獻為例，對佛教行事中的音樂文學做過較為詳細的檢討。[207]茲再補充譯經中的一些具體例子如次：

　　（1）佛陀耶舍、竺佛念譯《四分律》卷一開篇即有一五言長偈曰：

　　　　稽首禮諸佛，及法比丘僧。今演毗尼法，令正法久住。
　　　　優波離為首，及餘身證者，今說戒要義，諸賢咸共聽。
　　　　今欲說深戒，為樂持戒者，為能諷誦者，利益諸長老。
　　　　……

206　〔日〕大藏經刊行會編：《大正新修大藏經》（臺北市：新文豐出版公司，1996年），
　　　卷10，頁325中。
207　拙撰：《敦煌佛教音樂文學研究》（福州市：福建人民出版社，2007年），頁637-733。

如來立禁戒，半月半月說。已說戒利益，稽首禮諸佛。

此偈非是迦葉千眾集律時人所造，乃是後五部分張，各據所傳。即是居一眾之首者，將欲為眾辨釋律相，故先偈贊，然後說之。[208]

案：本偈系統地說明了持戒、說戒、受戒的重要性。特別是偈後的夾注，十分明確地指出在說戒儀式上必須誦讀本偈。義淨譯《根本說一切有部羯磨》卷一：「何謂依止阿遮利耶？謂下至一宿依止而住。何謂教讀阿遮利耶？謂教讀誦乃至四句伽他。」[209]阿遮利耶，即梵文acarya的音譯，舊譯多作阿闍梨，意譯軌範師、導師，是佛教教團中教授弟子的人，一般分為出家、羯磨、教授、受經、依止五種，皆與戒律關係密切。義淨所說的教讀阿遮利耶，其教學內容就以讀誦經典為主，而四句伽他（即偈頌）更是其中不可缺少的東西。正如前文所示，偈頌的音樂性遠遠強於長行，誦讀的難度更大，要求更高。

（2）唐寶思維譯《佛說浴像功德經》則曰：

初於像上下水之時，應誦以偈：

我今灌沐諸如來，淨智功德莊嚴聚。五濁眾生令離垢，願證如來淨法身。

燒香之時，當誦斯偈：

戒定慧解知見香，遍十方剎常芬馥。願此香煙亦如是，回作自他五種身。[210]

---

208 〔日〕大藏經刊行會編：《大正新修大藏經》（臺北市：新文豐出版公司，1996年），卷22，頁567中-568下。

209 〔日〕大藏經刊行會編：《大正新修大藏經》（臺北市：新文豐出版公司，1996年），卷24，頁455下。

210 〔日〕大藏經刊行會編：《大正新修大藏經》（臺北市：新文豐出版公司，1996年），卷16，頁799中。

案：浴像也叫做灌佛，這是佛教為紀念釋迦牟尼佛的誕生而舉行的誦經法會儀式，在每年的農曆四月初八舉行。其中，最重要的是用香湯、水、甘茶、五色水等物灌浴佛像。在浴佛時，維那要高聲唱誦〈浴佛偈〉，即前引經文中的七言四句偈。上香之時，則誦唱「戒定慧解知見香」之四句偈。

（3）金剛智譯《藥師如來觀行儀軌法》對每一具體的行事幾乎都配上了偈頌，如懺悔時有〈懺悔文〉（七言八句），隨喜時有〈隨喜文〉（七言六句），勸請時有〈勸請文〉（七言八句），回向時有〈回向贊〉（七言十四句）[211]，而獻塗香、獻花、獻食、燃燈等行儀亦用偈頌，如獻香時頌曰：

> 此香芬馥，如天妙香，清淨護持，我今奉獻，唯垂納受，令願
> 圓滿。[212]

（4）唐上都大興善寺沙門慧琳依諸大乘經集出的《建立曼荼羅及揀擇地法》則曰：

> 《毗盧遮那經》中云：秘密主……於食前時值吉祥相，先為一
> 切如來作禮。以如是偈，驚發地神，偈曰：
> 汝天親護者，於諸佛導師。修行殊勝行，淨地波羅蜜。
> 如破魔軍眾，釋師子救世。我亦降伏魔，我畫曼荼羅。
> 阿闍梨應誦梵本，彼應長跪舒右手，按地頻誦此偈。……
> 各依本部修行真言次第，密加持自身，面向東方，手執香爐，
> 誦《啟請偈》曰：

---

211 〔日〕大藏經刊行會編：《大正新修大藏經》（臺北市：新文豐出版公司，1996年），
　　卷19，頁23中。
212 〔日〕大藏經刊行會編：《大正新修大藏經》（臺北市：新文豐出版公司，1996年），
　　卷19，頁26下。

出《毗盧舍那經》文：

諸佛慈悲者，存念我等故。明日受持地，並佛子當降。

經文雖爾，言約義隱，闕《請地神》句。今以後偈相傳，與前意不異，文備義顯，二偈總通，取捨隨意，偈曰：

諸佛慈悲有情者，唯願存念於我等。我今請白諸賢聖，堅牢地天並眷屬。

一切如來及佛子，不捨悲願悉降臨。我受此地求成就，為作證明加護我。

誦三遍或七遍，若能誦得梵本最善。[213]

案：按照慧林的說法，在建立曼荼羅（壇場）誦讀諸偈時，阿闍梨最好是能讀原本（梵文）。但事實上，大多數人是依《毗盧遮那經》等經的譯本，而且對於組偈來說，有時可自由選擇，如啟請時就可從兩首〈啟請偈〉任選其一。

（5）清工布查布譯《藥師七佛供養儀軌如意王經》中有〈吉祥偈〉曰：

慈光照濁世間冥，威德熾盛七如來。本願昉揚悉達等，諸佛吉祥願降集。

經耳能脫二際苦，甚深微妙方等典。心要本願八百頌，諸法吉祥願降集。

此經啟源及延命，護持令永流通住。菩薩聲聞諸神將，大眾吉祥願降集。此〈吉祥讚〉三首，各末句作樂，其首者散華米也。[214]

---

213 〔日〕大藏經刊行會編：《大正新修大藏經》（臺北市：新文豐出版公司，1996年），卷18，頁927上-中。

214 〔日〕大藏經刊行會編：《大正新修大藏經》（臺北市：新文豐出版公司，1996年），卷19，頁62下。

案：這裡最值得注意的是夾注，它表明該組偈是配有音樂的，並且很可能是器樂，器樂在各偈結束時演奏，其中在第一、二首之間以及二、三首之間，似為過門之用，而在最後一首，則作尾奏之用。

此外，儀式中使用的偈頌，往往具有很強的文學性[215]和音樂性，正如那連提耶舍譯《月燈三昧經》卷七所說，是「以和雅美妙辯正言音辭句而作歌頌，令諸大眾悉皆普聞」[216]，故而具有濃烈的宗教感染力，特別是在共修法會與行儀中，能起到凝聚信心的作用。

第三節　影響

關於漢譯佛經偈頌的影響，可以從不同的角度進行探討。

首先，如從影響的對象看，主要分教內與教外兩個層面。從教內層面言，指的是構成僧團組織的七眾（七類佛教信徒），其中前五類（即比丘、比丘尼、沙彌、沙彌尼與式叉摩那）叫出家眾，後兩類（優婆塞與優婆夷）稱作在家眾。他們可根據自己的身分參與不同的佛事活動，且或多或少都可以接觸到經典，或讀誦，或抄寫，或聽講。在此過程中，自然也就接觸到了經中大量的偈頌。從教外層面說，情況則比較複雜。如有的並不信仰佛教，也不直接參與各種佛教活動，但是有機會接觸到佛典或使用佛經偈頌的場合，如浴佛、講經、唱導、寺廟遊觀之類；有的則在思想上、政治上反對佛教，但在文學藝術上又對佛教文化相當有興趣，甚至也與僧人交遊，唐宋時期的不少儒家人物，如韓愈、歐陽修、朱熹等就如此。

215　《雜阿含經》卷三十六云「欲者是偈因，文字莊嚴偈。名者偈所依，造作為偈體」（〔日〕大藏經刊行會編：《大正新修大藏經》（臺北市：新文豐出版公司，1996年），卷2，頁266中），「文字莊嚴偈」所說的即是文學性方面的要求。

216　〔日〕大藏經刊行會編：《大正新修大藏經》（臺北市：新文豐出版公司，1996年），卷15，頁598中。

其次從影響的途徑看，最重要的是原典傳播，而傳播的方式則呈現出多樣化的特點。比較重要的有：

一　抄寫

它一般是指摘抄經中偈頌而彙編成冊。對此，《出三藏記集》中多有載錄。如卷四指出「《佛弟子化魔子頌偈經》一卷，抄《方等大集》；《偈經》一卷，抄《大集》」[217]，「《陀羅尼偈》一卷，抄」、「《禪經偈》一卷，抄《禪經》中偈」[218]；卷五又說：

> 《眾經要攬法偈》二十一首，一卷。
> 右一部梁天監二年，比丘釋道歡撰。[219]

雖說有的偈集僅標一「抄」字，未具示所自經典；有的標注「撰」字，實際上都是把主題相同或使用場合相同的佛偈摘錄彙編在一起。對於這類抄經，隋法經等撰出的《眾經目錄》卷二、卷四皆開列有「別生經」，指出它們：

> 並是後人隨自意好，於大本內抄出別行，或持偈句，便為卷部，緣此趣末歲廣，妖濫日繁，今宜攝入以敦根本。[220]

217　〔梁〕僧祐撰，蘇晉仁、蕭鍊子點校：《出三藏記集》（北京市：中華書局，1995年），頁142。

218　〔梁〕僧祐撰，蘇晉仁、蕭鍊子點校：《出三藏記集》（北京市：中華書局，1995年），頁175-176。

219　〔梁〕僧祐撰，蘇晉仁、蕭鍊子點校：《出三藏記集》（北京市：中華書局，1995年），頁226。

220　〔日〕大藏經刊行會編：《大正新修大藏經》（臺北市：新文豐出版公司，1996年），卷55，頁126中。

由此可知，這種從大本經中抄錄出偈頌而編成卷部的情況，十分常見。雖然法經等人極不贊成，然此種方式因宣傳教義時更迅捷，更簡單可行，一直盛行未輟。

二　持誦

　　本來信徒讀誦經典，多讀全經，但有時更重視經中的偈頌。如《續高僧傳》卷十八載釋智通（548-611）曰：

> 姓程氏，河東狩氏人也。生知信愨，樂崇道慧，將習書計，遂欲出家，父母異而許之。十歲已從剃落，敦肅恭孝，執履謙沖。師長友朋，接事無怠。修持戒行，歌詠法言，晝夜不輟，誦諸經中贊佛要偈三千餘章，五十許年，初無告倦。[221]

這裡智通要持誦佛經中的贊佛偈三千餘章，可見他花費了不知多少個日日夜夜，披覽了不知多少部漢譯佛典，堅持不懈，從出家始直到圓寂。另據宋戒珠《淨土往生傳》卷中，智通「誦先賢讚佛偈三千餘首」是「每於六時以對尊像引聲高唱，委曲淒切，聞者悲之」[222]，則知智通的持誦經偈，具有較強的音樂性和感染力。
　　《太平廣記》卷一○七則引〈報應記〉曰：

> 唐強伯達，元和九年，家於房州，世傳惡疾，子孫少小，便患風癩之病，二百年矣。伯達才冠便患，囑於父兄：「疾必不

---

221 〔日〕大藏經刊行會編：《大正新修大藏經》（臺北市：新文豐出版公司，1996年），卷50，頁577中。
222 〔日〕大藏經刊行會編：《大正新修大藏經》（臺北市：新文豐出版公司，1996年），卷51，頁116下。

起，慮貽後患，請送山中。」父兄裹糧送之岩下，泣涕而去。絕食無幾，忽有僧過，傷之曰：「汝可念《金剛經》內一四句偈，或脫斯苦。」伯達既念，數日不絕。方晝，有虎來，伯達懼甚，但瞑目至誠念偈。虎乃遍舐其瘡，唯覺涼冷，如傅上藥，了無他苦，良久自看，其瘡悉已乾合。明旦，僧復至，伯達具說。僧即於山邊，拾青草一握以授，曰：「可以洗瘡，但歸家，煎此以浴。」乃嗚咽拜謝。僧撫背而別。及到家，父母大驚異，因啟本末。浴訖，身體鮮白，都無瘡疾。從此相傳疾疾遂止，念偈終身。[223]

本故事目的在於宣揚持誦《金剛經》之偈的靈驗。本來《金剛經》才五千多字，即使全文持誦也不太吃力，可是故事中的僧人只要求強伯達念誦其中的一首四句偈，就實現了治癒強氏家族長達二百年的遺傳病，效驗不能說不好。同時，故事也體現了大乘佛教的悲憫救世精神，僧人偶然與強伯達相遇，即「傷之」，然後施以救度之法，正好充分地說明了這一點。

此外，有的還把持誦之偈作為精思的對象，如《續高僧傳》卷二十五記隋代釋法空：

隋末任雁門郡府鷹擊郎將，時年四十，欻自生厭離。見妻子家宅，如牢獄桎梏。志慕佛法，情無已已，總召家屬曰：「吾為爾沈日久矣，旦夕區區，止是供給，可各自取計，吾自決矣。」便裹糧負襆，獨詣臺山，饑則餐松皮柏末，寒則入穴苫覆，專思經中要偈，亦無所參問。時賊寇交起，追擊攸歸。府司郡官所在追掩，將至禁所，正念不語。志逾慷慨，跏坐不

223　〔宋〕李昉等撰：《太平廣記》（北京市：中華書局，1961年），頁725。

動，不食不息。已經五日，守令以下，莫不鷩（驚）愕，因放之，任其所往。一坐三十餘載，禽獸以為親鄰。[224]

法空棄官修行之始，其入門方法是坐禪，而入定的依據竟然是經中要偈。雖然道宣法師沒有詳細交代法空所思之偈的出處，若細細推考，似和鳩摩羅什譯《坐禪三昧經》有關。該經卷上開篇之長偈中有云：

> 利智親善人，盡心敬佛法。厭穢不淨身，離苦得解脫。
> 閒靜修寂志，結跏坐林間。撿心不放逸，悟意覺諸緣。……
> 衲衣樹下坐，如所應得食，勿為貪味故，而自致毀敗。[225]

法空之跏坐，即偈中所說的結跏坐，兩者方法相同。法空厭離世間的思想，與偈中所宣揚的也完全一致。

三　刻寫

在中國古代刻經中，特別是石刻佛經或造像時，也有附刻（或專刻）偈頌者。如《八瓊室金石補正》卷二十一所收北齊乾明元年（560）《鏤石班經記》中就載有石刻〈華嚴經偈贊〉事[226]，雖然陸增祥未錄出具體的偈頌，然據同書卷二十二北齊刻〈佛會說發願文及大乘妙偈碑〉[227]，則知兩者所刻偈頌，皆出於晉譯《華嚴經》。如後者所說

---

224 〔日〕大藏經刊行會編：《大正新修大藏經》（臺北市：新文豐出版公司，1996年），卷50，頁665中。

225 〔日〕大藏經刊行會編：《大正新修大藏經》（臺北市：新文豐出版公司，1996年），卷15，頁270中-下。

226 國家圖書館善本金石組編：《先秦秦漢魏晉南北朝石刻文獻全編》（北京市：北京圖書館出版社，2003年），頁208。

227 國家圖書館善本金石組編：《先秦秦漢魏晉南北朝石刻文獻全編》（北京市：北京圖書館出版社，2003年），頁231-232。

「菩薩在家，當願眾生」之發願文，實出於《華嚴經》卷六〈淨行品第七〉中的四言長偈。[228]而「大乘妙偈」中「觀察堅固人，智慧廣圓滿」一偈，則出自卷四十四〈入法界品〉無上普妙德王菩薩所頌「瞻察堅固人，智慧廣圓滿。⋯⋯智慧輪亦然，三世佛所依」之五言四十句偈[229]（案：據此，石刻中的「觀」，當是「瞻」之誤）；「具足妙功德，彼修最勝行」一偈見於卷十二〈功德華聚菩薩十行品第十七之二〉「具足妙功德，彼修最勝行，究竟度深義，功德定無盡⋯⋯何況世間人，聲聞及緣覺，無量劫讚歎，而能得窮盡」之三三六句長偈。[230]

四　佛教行儀

前面講佛經偈頌的文體性質時說到了儀式性的問題。其實，佛教行儀也是佛經偈頌最重要的傳播方式，茲舉三例如下。

（1）隋智顗《法華三昧懺儀》云：

> 第五明讚歎三寶方法：行者既奉請三寶已，即當五體投地，正身威儀，一心倚立，而面向法座，燒香散華，心念三寶微妙功德，口自宣偈讚歎並及咒願。
> 容顏甚奇妙，光明照十方。我適曾供養，今復還親觀。
> 聖主天中王，迦陵頻伽聲。哀愍眾生者，我等今敬禮。
> 以此歎佛功德，修行大乘無上善根，奉福上界天龍八部、大梵天王三十三天、閻羅五道六齋八王、行病鬼王各及眷屬，此土

228　〔日〕大藏經刊行會編：《大正新修大藏經》（臺北市：新文豐出版公司，1996年），卷9，頁430下-432下。

229　〔日〕大藏經刊行會編：《大正新修大藏經》（臺北市：新文豐出版公司，1996年），卷9，頁681上-中。

230　〔日〕大藏經刊行會編：《大正新修大藏經》（臺北市：新文豐出版公司，1996年），卷9，頁473上-474下。

神祇僧伽藍內護正法者。又為國王帝主土境萬民，師僧父母善惡知識，造寺檀越十方信施，廣及法界眾生。願藉此善根，平等薰修功德智慧二種莊嚴，同會無生，成種智道。即當了知身口意業，充滿法界，讚歎三寶，無生無滅，無有自性。[231]

智者於此既交代了讚歎三寶的施行程式，還從什譯《妙法蓮華經》中摘出了兩首五言偈贊（案：第一首出自卷六《藥王菩薩本事品》[232]，第二首見於卷三《化城喻品》[233]）作為唱辭，又用散文表達歎佛的功用。其中，偈頌在文本結構中有承前啟後之作用。

（2）唐智昇《集諸經禮懺儀》卷上「說偈咒願」條曰：

願以此功德，普及於一切。我等與眾生，皆共成佛道。

自歸依佛，當願眾生，體解大道，發無上意。

自歸依法，當願眾生，深入經藏，智慧如海。

自歸依僧，當願眾生，統理大眾，一切無礙。

願諸眾生：諸惡莫作，諸善奉行，自淨其意，是諸佛教。和南聖眾，諸眾等各說〈無常偈〉：諸行無常，是生滅法，生滅滅已，寂滅為樂。

如來證涅槃，永斷於生死。若能至心聽，當得無量樂。[234]

---

231 〔日〕大藏經刊行會編：《大正新修大藏經》（臺北市：新文豐出版公司，1996年），卷46，頁951中。

232 〔日〕大藏經刊行會編：《大正新修大藏經》（臺北市：新文豐出版公司，1996年），卷9，頁53下。

233 〔日〕大藏經刊行會編：《大正新修大藏經》（臺北市：新文豐出版公司，1996年），卷9，頁23下。

234 〔日〕大藏經刊行會編：《大正新修大藏經》（臺北市：新文豐出版公司，1996年），卷47，頁465上-中。

案：《集諸經禮懺儀》又稱《諸禮佛懺悔文》，或《集諸經禮懺悔文》。卷上集錄了漢譯佛典諸經論中的許多偈文，它們主要用於懺悔、勸請、隨喜、回向等場合；卷下則迻錄了初唐淨土高僧善導法師（613-681）的《往生禮讚偈》全文。就前引經偈而言，實為五首（組）：第一首五言四句出自什譯《妙法蓮華經》卷三〈化城喻品〉[235]，第二組是三歸依偈（四言十二句，可細分成三章），出於晉譯《華嚴經》卷六《淨行品》[236]，第三首「諸惡莫作」等四句偈，是原始佛教的根本教義之一，經中極為常見，如維祇難等譯《法句經》卷下《述佛品》[237]、僧伽提婆譯《增一阿含經》卷一《序品》[238]、竺佛念譯《出曜經》卷二十五《惡行品》等[239]；第四首「諸行無常」偈，同為根本教義之一，見於《別譯雜阿含經》卷十六[240]、法顯譯《大般涅槃經》卷下等[241]；最後的五言四句偈則出自北涼曇無讖譯《大般涅槃經》卷二十二《光明遍照高貴德王菩薩品第十之二》[242]，但最後一句原經作「常得無量樂」。「當」、「常」，繁體形近也。

　　（3）北宋遵式（964-1032）集《熾盛光道場念誦儀》曰：

235　〔日〕大藏經刊行會編：《大正新修大藏經》（臺北市：新文豐出版公司，1996年），卷9，頁24下。

236　〔日〕大藏經刊行會編：《大正新修大藏經》（臺北市：新文豐出版公司，1996年），卷9，頁430下-431上。

237　〔日〕大藏經刊行會編：《大正新修大藏經》（臺北市：新文豐出版公司，1996年），卷4，頁567中。

238　〔日〕大藏經刊行會編：《大正新修大藏經》（臺北市：新文豐出版公司，1996年），卷2，頁551上。

239　〔日〕大藏經刊行會編：《大正新修大藏經》（臺北市：新文豐出版公司，1996年），卷4，頁741中。

240　〔日〕大藏經刊行會編：《大正新修大藏經》（臺北市：新文豐出版公司，1996年），卷2，頁489中。

241　〔日〕大藏經刊行會編：《大正新修大藏經》（臺北市：新文豐出版公司，1996年），卷1，頁204下。

242　〔日〕大藏經刊行會編：《大正新修大藏經》（臺北市：新文豐出版公司，1996年），卷12，頁497中。

第三讚歎三寶法：請三寶已，眾名起立合掌，令施主手執香爐，跪對三寶，專聽陳意，須流淚懇告，必取所成求大吉祥，除滅災障。心念三寶，微妙功德。口同宣偈，讚歎咒願：

如來妙色身，世間無與等。無比不思議，是故今敬禮。

如來色無盡，智慧亦復然。一切法常住，是故我歸依。

讚歎已，述建道場意，回向菩提所求吉祥，隨意陳述。[243]

此處供養讚歎的主尊是熾盛光佛，依照密教相傳，它是釋迦牟尼為教化眾生所現的忿怒相，因身上毛孔發出無比熾盛的光明，故稱。此外所引八句五言偈出自劉宋求那跋陀羅譯《勝鬘師子吼一乘大方便方廣經》。[244]

若考查漢譯佛典偈頌產生影響的原因，最主要的還是由偈頌本身的特點所決定的。從內容上講，正如東晉慧遠〈阿毗曇心序〉所云「標偈以立本，述本以廣義」一樣[245]，偈頌往往是經中教義之根本，常常用簡短的篇幅來表達深遠的含義；從功用上講，持誦、書寫偈頌是功德無量之事，隋譯《添品妙法華經》卷六〈陀羅尼品〉即說：

爾時藥王菩薩即從座起，偏袒右肩，合掌向佛而白佛言：「世尊！若善男子善女人，有能受持《法華經》者，若讀誦通利，若有書寫經卷，得幾所福？」佛告藥王：「若有善男子善女人，供養八百萬億那由他恒河沙等諸佛，於汝意云何？其所得福，寧為多不？」「甚多，世尊！」佛言：「若善男子善女人，能於

243 〔日〕大藏經刊行會編：《大正新修大藏經》（臺北市：新文豐出版公司，1996年），卷46，頁980中。

244 〔日〕大藏經刊行會編：《大正新修大藏經》（臺北市：新文豐出版公司，1996年），卷12，頁217上。

245 〔梁〕僧祐撰，蘇晉仁、蕭鍊子點校：《出三藏記集》（北京市：中華書局，1995年），頁378。

是經乃至受持一四句偈，讀誦解義，如說修行，功德甚多！」[246]

加之偈頌在儀式運用中常和音樂融為一體，而音樂性使得偈頌易於持誦、記憶，更有利於偈頌的流播。[247]

再次，從影響的表現看，主要在於形式和內容兩大方面。

從形式方面看，學界已經對中國古代詩體的某些名稱（如絕句之得名）、永明聲律說的來源、敦煌歌辭的組合方式、韓愈詩歌句式的散文化等所受漢譯偈頌的影響進行過深入的檢討，對此等問題，不再贅述。茲僅就內容上的影響，並且是以往學界較少關注的地方略陳數例。

一般說來，中土僧尼很看重修行，但縱覽各種僧傳，我們可發現一個有趣的現象：不少僧人都喜歡用偈頌來表達修道的感受，或闡發教義教理，或抒寫臨終感悟，林林總總，值得考察。如《續高僧傳》卷八載釋曇延（516-588）：

> 幽居靜志，欲著《涅槃大疏》，恐有滯凡情。每祈誠寤寐，夜夢有人被於白服乘於白馬，鬃尾拂地而談授經旨，延手執馬鬃，與之清論。覺後惟曰：「此必馬鳴大士授我義端，執鬃知其宗旨，語事則可知矣。」便述疏，說偈曰「歸命如來藏，不可思議法」等。纘撰既訖，猶恐不合正理，遂持經及疏陳於州治仁壽寺舍利塔前，燒香誓曰：「延以凡度仰測聖心，銓釋已了，

---

246 〔日〕大藏經刊行會編：《大正新修大藏經》（臺北市：新文豐出版公司，1996年），卷9，頁186下。

247 〔宋〕贊寧著，范祥雍點校：《宋高僧傳》（北京市：中華書局，1987年）〈唐唐州雲秀山神鑒傳〉云「釋神鑒，姓韓氏，潯陽人也。稚歲淳靜，而不雜群童。父為齊安掾，且歸心釋氏。嘗於廨署陳像設，命僧徒讚唄揚音，法樂俱作。鑒則喜色盈顏，隨僧不捨，求願出家」（卷20，頁526），這裡的讚唄揚音，說的就是佛教行儀中偈讚與音樂的配合，而且其藝術感染力之強，連年幼的神鑒聽後都要立願出家。

具如別卷。若幽微深達，願示明靈。如無所感，誓不傳授。」
言訖，《涅槃》卷軸，並放光明，通夜呈祥，道俗稱慶。[248]

曇延為了樹立自己所著《涅槃大疏》的神聖性，檢驗其正確性，故造
偈以表達讚佛之情。雖然道宣未錄出全偈，想必原偈也不會太短，因
為若是對《大般涅槃經》十三品都一一讚頌，則知原偈至少有十三
章。同書卷十三又載釋唐初釋僧鳳之遺偈曰：

　　苦哉黑暗女，樂矣功德天。智者俱不受，愚夫納二邊。
　　我奉能仁教，歸依彌勒前，願闡摩訶衍，成就那羅延。[249]

僧鳳於此表達的是往生兜率天的誓願以及弘揚大乘佛教而有所成就的
心聲。卷二十則記唐初釋解脫在五臺山時：

　　感諸佛見身，說偈曰：
　　諸佛寂滅甚深法，曠劫修行今乃得。若能開明此法明，一切諸
　　佛皆隨喜。
　　因問：「寂滅法，何者是？若為教人，令解之。」諸佛即隱，
　　空中聲曰：「方便智為燈，照見心境界，欲究真實法，一切無
　　所見。」遂依此法化導有緣，在山學者來往七八百人，四遠欽
　　風，資給弘護。[250]

---

248 〔日〕大藏經刊行會編：《大正新修大藏經》（臺北市：新文豐出版公司，1996年），
　　卷50，頁488上-中。
249 〔日〕大藏經刊行會編：《大正新修大藏經》（臺北市：新文豐出版公司，1996年），
　　卷50，頁527上。
250 〔日〕大藏經刊行會編：《大正新修大藏經》（臺北市：新文豐出版公司，1996年），
　　卷50，頁603中-下。

如果拋開神話感應的內核，其實佛所說二偈（七言四句及五言四句）都是解脫法師自己的悟道體會而已。

在中國佛教史上，尤其唐宋以後，禪宗與淨土是最重要的兩個派別。其中，禪師傳記中多載有他們的悟道之偈。如《景德傳燈錄》卷十一：

> 福州靈雲志勤禪師，本州島長溪人也。初在潙山，因桃華悟道，有偈曰：
> 三十來年尋劍客，幾逢落葉幾抽枝。自從一見桃華後，直至如今更不疑。
> 祐師覽偈，詰其所悟，與之符契。祐曰：「從緣悟達，永無退失，善自護持。」[251]

志勤禪師的悟道偈，講究的是因緣，而靈祐（771-853）的印證之語，表達的也是這個意思。同書卷二十六云：

> 婺州齊雲山遇臻禪師，越州人也，姓楊氏。……秋夕閑坐，偈成頌曰：
> 秋庭肅肅風颼颼，寒星列空蟾魄高。搘頤靜坐神不勞，鳥窠無端拈布毛。
> 其諸歌偈，皆觸事而作，三百餘首流行，見乎別錄。[252]

由此則知遇臻禪師作品之巨集富。「觸事而作」表明禪師的創作皆有

---

251 〔日〕大藏經刊行會編：《大正新修大藏經》（臺北市：新文豐出版公司，1996年），卷51，頁285上。

252 〔日〕大藏經刊行會編：《大正新修大藏經》（臺北市：新文豐出版公司，1996年），卷51，頁426上。

感而發，「歌偈」則表明偈頌本身可能還是入樂的，目的在於方便偈頌的流播。

　　淨土諸師同樣十分喜歡創作偈頌，還出現了不少專集，如北魏曇鸞（476-542）的《讚阿彌陀佛偈》，初唐善導有《往生禮讚偈》、《轉經行道願往生淨土法事讚》，中唐法照有《淨土五會念佛誦經觀行儀》、《淨土五會念佛略法事儀讚》，宋代宗賾有《慈覺禪師勸化集》。而各種往生傳中，也多有相關的偈作，如北宋沙門戒珠（985-1077）《淨土往生傳》卷三記中唐釋懷玉：

　　　　日誦彌陀佛號五萬遍，通誦諸經三百萬卷。……玉不答，惟書六句偈云：清淨皎潔無塵垢，蓮華化生為父母。我經十劫修道來，出示閻浮厭眾苦。一生苦行超十劫，永離娑婆歸淨土。偈畢，香氣四來。弟子中有以見佛與二菩薩共御金臺，臺傍千百化佛西下迎玉，玉恭恭合掌，含笑長歸。[253]

細繹這裡的六句偈，包括三方面的意思：一者懷玉表達了自己對西方淨土的無比讚美之情，二者他總結了一生修行的經驗，三者書寫了必定往生的誓願。同書又記釋齊翰（708-775）在大曆十年（775）遘疾時：

　　　　入流水念佛道場，淨土境象一念頓現，翰出道場作偈曰：流水動兮波漣漪，芙蕖相照兮寶光隨，乘光以邁兮偕者誰？是日終於虎丘之東寺。[254]

253　〔日〕大藏經刊行會編：《大正新修大藏經》（臺北市：新文豐出版公司，1996年），卷51，頁122下。

254　〔日〕大藏經刊行會編：《大正新修大藏經》（臺北市：新文豐出版公司，1996年），卷51，頁123上。

這裡的偈贊也表達了臨終情懷，同樣抒發了對淨土勝境的讚歎之情。不過，此偈乃用騷體，且只有三句，格式較特殊。

　　禪、淨兩大法門，在士大夫間頗有影響。如白居易、蘇東坡、黃庭堅、蘇轍等唐宋大家的作品中都有不少直接以「偈」命題的詩作，白樂天《八漸偈》即曰：

　　《觀》：以心中眼，觀心外相。從何而有，從何而喪？觀之又觀，則辨真妄。

　　《覺》：惟真常在，為妄所蒙。真妄苟辨，覺生其中。不離妄有，而得真空。

　　《定》：真若不滅，妄即不起。六根之源，湛如止水。是為禪定，乃脫生死。

　　《慧》：專之以定，定猶有繫。濟之以慧，慧則無滯。如珠在盤，盤定珠慧。

　　《明》：定慧相合，合而後明。照彼萬物，物無遁形。如大圓鏡，有應無情。

　　《通》：慧至乃明，明則不昧。明至乃通，通則無礙。無礙者何，變化自在。

　　《濟》：通力不常，應念而變。變相非有，隨求而見。是大慈悲，以一濟萬。

　　《舍》：眾苦既濟，大悲亦舍。苦既非真，悲亦是假。是故眾生，實無度者。[255]

案：本組偈頌作於貞元二十年（804）春二月，「觀」、「覺」等八字（即八個小標題）是凝公禪師生前贈予白居易的修學指南。貞元十九

255　〔日〕大藏經刊行會編：《大正新修大藏經》（臺北市：新文豐出版公司，1996年），卷51，頁454下-455上。

年凝公圓寂後，白居易感慨先師的教誨，把八字擴展為八偈。而且，它們與漢譯偈頌一樣都以說理為主。蘇軾〈王晉卿得破墨三昧，又嘗聞祖師第一義，故畫邢和璞房次律論前生圖以寄其高趣，東坡居士既作破琴詩以記異夢矣，復說偈云〉則曰：

> 前夢後夢真是一，彼幻此幻非有二。
> 正好長松水石間，更憶前生後生事。[256]

東坡此詩寄寓的是人生如夢之佛理。

士大夫讚頌淨土的偈頌也很常見，如明袾宏（1535-1615）《往生集》卷上載唐釋懷玉往生之後：

> 郡太守段公作偈贊曰：我師一念登初地，佛國笙歌兩度來。惟有門前古槐樹，枝低只為罣金臺。[257]

卷中又記南宋錢象祖於嘉定四年（1211）二月微疾時書偈曰：

> 菡萏香從佛國來，琉璃地上絕纖埃。我心清淨超於彼，今日遙知一朵開。[258]

這兩首淨土偈贊，從形式上看，都是地地道道的七言絕句，之所以題名為偈，蓋其主題在於讚頌也。由此可知，漢地偈頌的創作，也深受

---

256 北京大學古文獻研究所編：《全宋詩》（北京市：北京大學出版社，1998年），冊14，頁9619。

257 〔日〕大藏經刊行會編：《大正新修大藏經》（臺北市：新文豐出版公司，1996年），卷51，頁131下。

258 〔日〕大藏經刊行會編：《大正新修大藏經》（臺北市：新文豐出版公司，1996年），卷51，頁140中。

到本土文體的影響。對此，再補充三例：

1 《宋高僧傳》卷十六〈唐吳郡破山寺常達傳〉云：

> 釋常達，字文舉，俗姓顧，海隅人也。發跡何陽大福山，遊學
> 江淮諸勝寺，達允迪中和，克完戒法，專講《南山律鈔》。後
> 求《涅槃》圓音、《法華》止觀，復通《陰符》、《老》、《莊》
> 百家之書。其餘分時之學，盡二王之筆跡。後隨方參禪，詣於
> 宗極。俄屬武宗滅法，歎曰：「我生不辰，不自我後！」由是
> 寢默山棲，委裘遁世而無悶焉。
> 宣宗重建法幢，蔫興精舍，合境民人皆達之化導，故太守韋曙
> 特加崇重。……於七五言詩，追用元和之體，著〈青山履道
> 歌〉，播人唇吻。[259]

這些記載表明釋常達學養深厚，貫通釋老，喜好書法，是個多才多藝
的僧人。尤值得注意的是他的詩歌創作，學習的對象是元和體，即以
元、白詩風為圭臬。

2 明如惺撰《大明高僧傳》卷七〈嘉興報恩寺沙門釋法常傳〉載：

> 釋法常，開封人，即丞相薛居正之後也。宣和七年，始解塵
> 縛。……紹興庚子九月望日語眾曰：「吾一月後，不復留矣。」
> 至十月二十一日，書《漁父詞》於室門曰：「此事《楞嚴》嘗
> 露布，梅花雪月交光處，一笑寥寥空萬古。風甌語，迥然銀漢
> 橫天宇，蝶夢南華方栩栩。班班誰跨豐干虎？而今忘卻來時
> 路。江山暮，天涯目送鴻飛去。」書畢，就榻收足而逝。[260]

259 〔宋〕贊寧著，范祥雍點校：《宋高僧傳》（北京市：中華書局，1987年），頁393。
260 〔日〕大藏經刊行會編：《大正新修大藏經》（臺北市：新文豐出版公司，1996年），
　　卷50，頁929上。

毫無疑問，法常的臨終遺偈〈漁父詞〉，用的是詞體，此和兩宋詞體盛行大有關係。

　　3　《瑜伽集要焰口施食儀》中載有佚名所作之〈三歸依贊〉三首，分別讚歎佛、法、僧三寶。如第二首說：

> 志心信禮，達摩耶離欲尊！寶藏收，玉函軸，結集於西域，啞吽。翻譯傳東土。祖師弘，賢哲判，成章疏。三乘分頓漸，五教定宗趣。鬼神欽，龍天護，導迷標月指，啞吽。除熱真甘露。若歸依，能消滅餓鬼苦。[261]

案：三首形式完全相同，構成了聯章體偈贊。其中的「啞吽」為佛咒，此用作和聲。再則，從句式看，偈頌所用文體，很像是詞調。

---

261 〔日〕大藏經刊行會編：《大正新修大藏經》（臺北市：新文豐出版公司，1996年），卷21，頁484上。

第四章
漢譯佛典之「本事」及其影響

　　在漢譯佛典諸敘事文體中，相對於本生經、因緣經和譬喻經，學術界對本事經（也叫做「如是語經」）的文體學研究，基本上還處於空白的狀態。[1]究其成因，主要有二：一是漢譯佛典中獨立而完整的本事經極為少見；二是在大乘佛典中，本事經往往和本生經、因緣經、譬喻經等混為一體，難於區別。或者說，本生、因緣、譬喻故事中有時會涵蓋本事故事，需要我們把它從中剝離出來。即便如此，本章還是想在辨析本事含義的基礎上，重點談談其文體性質，同時兼及相關的本事經典對中土文學創作的影響。

第一節　含義略析

　　考「本事」一語，梵語是iti-vṛttaka、iti-vṛkttakam[2]，巴利文作itivuttaka，漢語音伊帝曰多伽、伊帝目多伽、伊帝越多伽、一目多迦等。在九部經與十二經中，它都佔有一席之地。不過，含義不盡相同。據後秦鳩摩羅什譯《大智度論》卷三十三介紹十二部經之「如是語經」說：

1　當然，從經典成立史的角度進行研究者，則有不少成果，重要者如前田惠學：《原始佛教聖典の成立史研究》（東京：山喜房佛書林，1964年）、印順：《原始佛教聖典之集成》（臺北市：正聞出版社，1988年）等。

2　荻原雲來編纂，辻直四郎監修：《漢譯對照梵和大辭典》（臺北市：新文豐出版公司，2003年），頁226、頁622。

如是語經者，有二種：一者結句言「我先許說者，今已說
竟」；二者三藏摩訶衍外更有經名一目多迦，有人言目多迦。
目多迦，名出三藏及摩訶衍，何等是？如佛說淨飯王強令出家
作佛弟子者，佛選擇五百人堪任得道者，將至舍婆提。所以者
何？以其未離欲。若近親裡，恐其破戒，故將至舍婆提，令舍
利弗目乾連等教化之。初夜後夜專精不睡，勤修精進故得道。
得道已，佛還將至本生國。一切諸佛法還本國時，與大會諸天
眾俱住迦毗羅婆仙人林中。此林去迦毗羅婆城五十里，是諸釋
遊戲園。此諸釋子比丘處舍婆提時，初夜後夜專精不睡故，以
夜為長。從林中來，入城乞食，覺道里長遠。爾時佛知其心，
有一師子來禮佛足，在一面住。佛以是三因緣故說偈：
不寐夜長，疲倦道長，愚生死長，莫知正法。
佛告比丘：汝未出家時，其心放逸多睡眠，故不覺夜長。今初
夜後夜專精求道減省睡眠，故覺夜大長。此迦毗羅婆林，汝本
駕乘遊戲，不覺為遠；今著衣持鉢，步行疲極，故覺道長。是
師子韡婆尸佛時作婆羅門師，見佛說法來至佛所。爾時大眾以
聽法故無共語者，即生惡念，發惡罵言：此諸禿輩，與畜生何
異？不別好人，不知言語。以是惡口業故，從韡婆尸佛乃至今
日九十一劫，常墮畜生中。此人爾時即應得道，以愚癡故，自
作生死長久。今於佛所心清淨故，當得解脫。如是等經，名為
出因緣。[3]

於此，經文是用舉例的方法分別解釋了兩種不同的「如是語經」：第

3　〔日〕大藏經刊行會編：《大正新修大藏經》（臺北市：新文豐出版公司，1996年），
　卷25，頁307中-下。又，隋天臺智者在《妙法蓮華經玄義》卷六曾對本事進行釋
　義，完全是概述本段經文而成。（參〔日〕大藏經刊行會編：《大正新修大藏經》
　（臺北市：新文豐出版公司，1996年），卷33，頁753中）。

一種是從經文結構得名，它主要指原始聖典（九分教）中以「世尊如是說」為起語的經文，如玄奘所譯《本事經》七卷，即相當於巴利文原典小部中的「如是語經」；第二種則以故事的特性得名，是佛述說其弟子們在過去世中的故事，如《大智度論》所舉比丘前生為獅子之經文。後者按照羅什譯文還可以叫做「出因緣」，這主要是大乘佛教的說法。另外，它在漢譯佛典中還有其他的意譯法，如《長阿含經》卷三作「相應經」[4]，《四分律》卷一作「善導經」[5]，《增一阿含經》卷四十六作「本末」[6]，《中阿含經》卷四十五則作「此說」[7]，《大方等大集經》卷一六作「勝處經」。[8]其中，「相應」是指本事發生時間的相應性，即今生故事乃前世故事的重演；「善導」點明了本事故事在教化弟子時的作用與效果，「本末」似在強調故事因果關係上的一致性，「此說」即「如是語」之義，「勝處」則與「善導」同義。

　　對於兩種「如是語經」，我們可把第一種稱為原始型，把第二種叫做發展變異型，兩者之間應有繼承關係。玄奘譯《阿毗達磨順正理論》卷四十四有云：

> 言本事者，謂說自昔輾轉傳來，不顯說人、談所、說事。言本生者，謂說菩薩本所行行。或依過去事，起諸言論，即由過去事言論究竟是名本事，如《曼馱多經》。若依現在事起諸言

4　〔日〕大藏經刊行會編：《大正新修大藏經》（臺北市：新文豐出版公司，1996年），卷1，頁16下。

5　〔日〕大藏經刊行會編：《大正新修大藏經》（臺北市：新文豐出版公司，1996年），卷22，頁569中。

6　〔日〕大藏經刊行會編：《大正新修大藏經》（臺北市：新文豐出版公司，1996年），卷2，頁794中。

7　〔日〕大藏經刊行會編：《大正新修大藏經》（臺北市：新文豐出版公司，1996年），卷1，頁709中。

8　〔日〕大藏經刊行會編：《大正新修大藏經》（臺北市：新文豐出版公司，1996年），卷13，頁109下。

論，要由過去事言論究竟是名本生，如《邏剎私經》。[9]

從《順正理論》將本事和本生（案：關於本生經的詳細討論，詳參第五章）進行的對比可知，兩者雖然都在講過去的故事，但敘述方法完全不一樣，本事是由過去到現在（或曰因─→果），為順敘；本生主要由現在追溯到過去（果─→因），為倒敘，這可能代表的是說一切有部的觀點。事實上，漢譯佛典中本事與本生的屬性之別，並非如此涇渭分明（具體的例證與分析可參第二節）。不過，印順法師據此所作的推斷說：

> 《順正理論》下文，雖與「本生」相對，而以「本事」為過去事。然所說「自昔輾轉傳來，不顯說人（為誰說）、談所（在那裡說）、說事（為什麼事說）」，與現存的《曼陀多經》並不相合，而卻與《如是語》相合。從這裡，得到了《如是語》與《本事》的共同特性──「自昔輾轉傳來，不顯說人、談所、說事」。佛及弟子所說的經偈，師資授受，輾轉傳來，不說明為誰說，何處說，為何事說，成為「如是語」型。過去久遠的事，輾轉傳來，也不明為誰說，在何處說，為何事說；記錄往古的傳聞，就是「本事」。但是，「不顯說人、談所、說事」，對佛弟子的信仰承受來說，是不能滿足的。於是傳聞的「法」──「如是語」型，終於為「如是我聞：一時，佛在某處住」（再加上同聞眾或事緣）。有人、有地、有事的《阿含》部類（成為一切經的標準型），所取而代之了。傳聞的「事」，也與「說人、談所、說事」相結合，而集入於《阿含》部類之

9　〔日〕大藏經刊行會編：《大正新修大藏經》（臺北市：新文豐出版公司，1996年），卷29，頁595上。

中。這樣，《本事》已失去「不顯說人、談所、說事」的特質。然而「本事」（「如是語」）的特性，終於在傳承中保存下來，而為《順正理論》主所記錄。[10]

印順法師的觀點，主要著眼於經典的成立、發展與演變史，應當說自有其合理性。

本事經的本質屬性是什麼？對此問題，無論漢譯佛典還是僧人注疏給出的答案都大同小異。如玄奘譯《顯揚聖教論》卷六曰：「本事者，謂宣說前世諸相應事，是為本事。」[11]同人所譯《阿毗達磨大毗婆沙論》卷一二六又曰：

> 本事云何？謂諸經中宣說前際所見聞事，如說過去有大王都，名有香茅，王名善見。過去有佛，名毗鉢尸，為諸弟子說如是法。過去有佛名為式企、毗濕縛、浮羯、洛迦孫、馱羯、諾迦牟尼、迦葉波，為諸弟子說如是法，如是等。[12]

印順法師對此有翔實的疏解，最重要者在於他指出《大毗婆沙論》所舉的「前際所見聞事」包括兩大類：一是像《大毗婆沙論》舉出的大善見王等印度民族的古代傳說，二是過去七佛所說諸法之事。時間已由佛化時代擴展為更遠的過去劫事，「本事」是除「本生」以外的過去事。[13]隋慧遠《大乘義章》卷一則謂：「第八名為伊帝越多伽經，此

---

10 印順：《原始佛教聖典之集成》（臺北市：正聞出版社，1988年），頁551-552。
11 〔日〕大藏經刊行會編：《大正新修大藏經》（臺北市：新文豐出版公司，1996年），卷31，頁509上。
12 〔日〕大藏經刊行會編：《大正新修大藏經》（臺北市：新文豐出版公司，1996年），卷27，頁660上。
13 印順：《原始佛教聖典之集成》（臺北市：正聞出版社，1988年），頁555-556。

名本事，宣說他人往古之事，故云本事。」[14]總之，本事的發生時間是過去，其宣說主體是佛陀、過去七佛或諸佛，故事中「事件」的承擔者是諸佛弟子（包括出家與在家）。

第二節　文體性質

在通覽多種佛經疏解後，我們會發現一個極其有趣的現象，即大家在討論「本事經」的文體性質時，都喜歡用比較的方法，特別是把它和本生做比較。除了前舉事例外，我們再補充四例如次：

1 隋智顗《妙法蓮華經玄義》卷一云：

> 復次一一教中，各各有十二部經，亦用悉檀起之。……或說本昔世界事，是名伊帝目多伽。或說本昔受生事，是名闍陀伽。[15]

2 同書卷六又說：

> 本事、本生經者：本事說他事，本生說自生。因現事以說往事，托本生以彰所表，名本事經。托本生以彰所行，名本生經也。[16]

3 初唐吉藏《大乘玄論》卷五云：

14　〔日〕大藏經刊行會編：《大正新修大藏經》（臺北市：新文豐出版公司，1996年），卷44，頁470上-中。

15　〔日〕大藏經刊行會編：《大正新修大藏經》（臺北市：新文豐出版公司，1996年），卷33，頁688中。

16　〔日〕大藏經刊行會編：《大正新修大藏經》（臺北市：新文豐出版公司，1996年），卷33，頁752上。

> 今小乘九部合為五雙：初長行與偈一雙……本事、本生第二，
> 自他一雙，本事說他過去世事，如《藥王本事品》等，說自過
> 去世事為本生經。[17]

4 中唐沙門曇曠《大乘百法明門論開宗義決》云：

> 此十二分教，義類繁多。今但略釋十二名相：……八者本事，
> 梵云伊帝曰多伽，謂除自身說於過去弟子及法，名為本事，本
> 體即事，本世之事，持業、依主二釋皆通；九者本生，梵云闍
> 陀那，說佛自身在過去世彼彼方所行菩薩行，本體即生，本世
> 之生，亦通持業、依主二釋。[18]

所謂闍陀伽或闍陀那，是梵語 jātaka（巴利語同，意譯「本生」）的音
譯。本事、本生的出現時間完全一樣，同為九分教之一，其後又發展
為十二部經之一。易言之，本事與本生具有相同的成立史與發展史，
且都是佛在講述過去已經發生了的事情。但兩者的區別也是相當明顯
的，可列表如下：

區別項　　部類	本事	本生
敘述的對象	佛的弟子	佛自己（為菩薩時）
敘述方式	為他說他	為他說自
事件的完成者	佛弟子	佛自己
敘述目的	善導（勸化）	讚頌

17　〔日〕大藏經刊行會編：《大正新修大藏經》（臺北市：新文豐出版公司，1996年），
　　卷45，頁64下。
18　〔日〕大藏經刊行會編：《大正新修大藏經》（臺北市：新文豐出版公司，1996年），
　　卷85，頁1073上。

　　當然，也有例外的時候，如西晉竺法護譯《佛五百弟子自說本起經》，其敘述者主要為佛陀的弟子們，如大迦葉、舍利弗、摩訶目犍連（目連）、賓頭盧等，佛陀只是最後的總結者（總述）。不過一般情況下，本事經的敘述者都是佛，而非弟子。另外，從前引智顗「托本生以彰所表，名本事經」之語分析，本事與本生的關係也相當密切，本事有時還可以轉化為本生（即把故事中「事件」承擔者由佛弟子變為佛本身）。[19]但從今存漢譯佛典看，本事與因緣的關係最為密切（關於因緣的文體性質，詳見第七章），特別是戒緣故事。如：

1 東晉佛陀跋陀羅、法顯共譯《摩訶僧祇律》卷四云：

　　諸比丘在彼聚落安居時，入村乞食。有自稱譽者乞食易得，不自稱譽者極甚難得。時有一長老比丘便作是念：我何為虛妄而自讚歎得過人法以自活命？我從今日不復虛妄而自稱譽。晨朝著入聚落衣，持鉢乞食。時有人問言：「長老，汝於聖果有所得不？」是比丘便不自稱譽，即時乞食，處處不得。日時欲過，饑乏羸頓。復自稱譽，即有所得。有異比丘聞是長老須臾妄語，須臾實語，便白佛言：「世尊！云何是長老比丘志弱無恒，輕躁乃爾？」
　　佛告諸比丘：「是長老不但今日志弱，無恒輕躁；過去世時，亦復如是。」諸比丘白佛言：「世尊，已曾爾耶？」
　　佛言如是：過去世時，非時連雨七日不止，諸放牧者七日不出。時有餓狼，饑行求食，遍歷聚落。乃至七村，都無所得，便自克責：我何薄相，經歷七村，都無所得？我今不如守齋而

---

19 如丁敏指出《中阿含經》中的《長壽王本起經》從性質言，具有本事的性格，它只是一個印度古老的傳說故事，但在《六度集經》卷二、失譯《長壽王經》及《僧祇律》卷十三中，長壽王的故事被運用為佛陀本生的故事。參丁敏：《佛教譬喻文學研究》（臺北市：東初出版社，1996年），頁45。

住。便還山林，自於窟穴，咒願言：使一切眾生，皆得安隱。然後攝身安坐，閉目思維。天帝釋法：至齋日月、八日、十四日、十五日，乘伊羅白龍象下，觀察世間，何等眾生孝順父母，供養沙門婆羅門，佈施持戒，修梵行受八戒者？時釋提桓因周行觀察，到彼山窟，見此狼閉目思維。便作是念：咄哉狼獸，甚為奇特！人尚無有此心，況此狼獸而能如是？便欲試之，知其虛實。釋即變身，化為一羊，在窟前住，高聲命群。狼時見羊，便作是念：奇哉齋福，報應忽至。我遊七村，求食不獲，今暫守齋，饍膳自來。廚供已到，今但當食，食已，然後守齋。即便出穴，往趣羊所。羊見狼來，便驚奔走。狼便尋逐，羊去不住。追之既遠，羊化為狗，方口耽耳，反來逐狼，急聲吠之。狼見狗來，驚怖還走。狗急追之，劣乃得免。還至窟穴，便作是念：我欲食彼，反欲啖我。爾時帝釋復於狼前，作跛腳羊，鳴喚而住。狼作是念：前者是狗，我饑悶眼花，謂為是羊。今所見者，此真是羊。復更諦觀看，耳角毛尾，真實是羊，便出往趣，羊復驚走。奔逐垂得，復化作狗，反還逐狼，亦復如前。我欲食彼，反欲見啖。時天帝釋即於狼前，化為羔子，鳴群喚母。狼便瞋言：「汝作肉段，我尚不出，況為羔子而欲見欺？」還更守齋，靜心思維。時天帝釋，知狼心念還齋，猶故作羊羔於狼前住。時狼便說偈言：

若真實為羊，猶故不能出。況復作虛妄，如前恐怖我。見我還齋已，汝復來見試。假使為肉段，猶尚不可信。況作羊羔子，而詐喚咩咩？

於是世尊而說偈言：

若有出家人，持戒心輕躁。不能舍利養，猶如狼守齋。爾時世尊告諸比丘：「彼時狼者，豈異人乎，即此比丘是。本為狼

時，志操無恒，今雖出家，心故輕躁。」²⁰

這則戒緣故事從結構看，顯然具有本事的特點。它交代了現世生活中一個老比丘志弱輕躁的性格成因。佛陀講述成因時，追溯到了老比丘前世為狼守齋時的經歷。有趣的是前世事件與現世事件的過程、寓意完全相同。易言之，老比丘今世的經歷只是前世事件的重複，此即體現了本事經的最大特點——相應。而佛陀講述故事的目的、作用都很明顯，旨在以老比丘的經歷作為反面典型來教化另外的比丘用齋要守時，言語要真實（具體表現在世尊最後所說的偈頌）。

　　2 《根本說一切毗奈耶》卷三十曰：

時諸苾芻咸皆有疑，請世尊曰：「具壽闡陀求僧差作授事人時，有何因故尊者舍利子方便遮止而不聽作？」佛告諸苾芻：「此舍利子，非但今日以善方便遮止闡陀，乃往古昔亦曾遮止。汝等應聽：

「於過去世雪山之中極深險處，有大群鳥依止而住。中有鳥王，共相統領，因遭疾病，遂致命終。時諸群鳥，既無其主，更互相欺，為不繞益。時諸群鳥共集一處，而相告曰：『我等無主，不可久存，欲覓鳥王，同為灌頂，共相領立。我於何處，當可得耶？』去斯不遠有老鵂鶹，眾皆議曰：『此鳥耆宿，堪可為主。我等若扶，必有弘益。去此非遠有一鸚鵡，稟性聰慧，善識識（機）宜，我等共問扶鵂鶹為主，是事可不？』即共往詣鸚鵡之處，問言：『欲立鵂鶹為主，是事可不？』於時鸚鵡觀鵂鶹面而說頌曰：『我不愛鵂鶹，以為眾鳥王。不瞋面如此，瞋發欲如何。』時諸群鳥聞此說已，不立為

20 〔日〕大藏經刊行會編：《大正新修大藏經》（臺北市：新文豐出版公司，1996年），卷22，頁259上-下。

主，便立鸚鵡以為其主。汝諸苾芻！勿生異念。往時鸚鵡即舍
利子是。老鴝鵒者即闡陀是。昔扶為王，方便遮止，今差授事
亦方便不聽。又無犯者，謂最初犯人，或癡狂心亂痛惱所
纏。」[21]

本處經文中今世事件同樣是前世故事的重演，只是事件的承擔者增多
了，變成了兩人。簡圖如下：

今世闡陀比丘←→前世鴝鵒鳥
今世舍利子←→前世鸚鵡鳥

而故事發生的原因同為方便遮止，所變換的只是事件發生的時間、場
景以及人物身分與對話內容等。兩個故事的內核（或曰原型）及寓
意，則毫無區別。

3　《摩訶僧祇律》卷二則說：

諸比丘白佛言：「世尊！云何是浣衣者不信傍人，為彼比丘所
欺耶？」佛告諸比丘：「是浣衣者，不但今世不信。過去世
時，亦曾不信。」諸比丘白佛言：「世尊，已曾爾耶？」佛言
如是：
過去世時，有二婆羅門往南天竺，學外道經論。學已，還其本
國。當其還時，道由曠野，經放牧處，見二羝羊當道共鬥。羊
相觸法，將前而更卻。時在前行者，專愚直信，語後伴言：
「看是羝羊，四腳之獸，而用議讓。知我婆羅門，持戒多聞，
數數為我，卻行開路。」後伴答言：「婆羅門，汝莫輕信，謂

---

21 〔日〕大藏經刊行會編：《大正新修大藏經》（臺北市：新文豐出版公司，1996年），
　　卷23，頁791下-792上。

羊有議。此非相重，開路相避。羊鬥之法，將前而更卻。」在
前行者，不信其語，為羊所觸，即時絕倒，傷破兩膝，悶絕躃
地，衣服傘蓋，裂壞蕩盡。彼時有天，而說偈言：

衣服裂壞盡，體傷悶躃地。此患癡所招，斯由愚信故。

佛告諸比丘：「時前行婆羅門，豈異人乎？今失衣者是。時後
行婆羅門者，今告異男子是。時羝羊者，取衣比丘是。失衣人
先已不信為羊所困，今復不信，自致失衣。本曾不信，後行者
語。今雖告誡，亦復不信。」[22]

這裡在追溯前世因果時，則把人物增加到三人，相應的人物關係也更
複雜，但主體事件在講現世取衣比丘因過去和現在都不信他人而招致
苦果。另外值得注意的是本故事寓意的直接表現是由協力廠商（天）
而非佛陀說出來的，形式上有所創新。

　　除了戒緣故事外，一般的因緣故事中也可包括本事部分。如支謙
譯《撰集百緣經》卷七〈頂上有寶珠緣〉：

佛在迦毗羅衛國尼拘陀樹下。時彼城中有一長者，財寶無量，
不可稱計。選擇族望，娉以為婦，作諸音樂而娛樂之。其婦懷
妊，足滿十月，生一男兒，端政殊妙，世所希有，頭上自然有
摩尼珠。時兒父母見其如是，因為立字，名曰寶珠。年漸長
大，將諸親友，出城遊戲。至尼拘陀樹下，見佛世尊三十二
相、八十種好，光明普曜，如百千日。心懷歡喜，前禮佛足，
卻坐一面，聽佛說法，心開意解，得須陀洹果。歸辭父母，求
索入道。父母愛念，不能違逆，將詣佛所，求索出家。佛即告
言：「善來比丘，鬚髮自落，法服著身，便成沙門，精勤修

22　〔日〕大藏經刊行會編：《大正新修大藏經》（臺北市：新文豐出版公司，1996年），
　　卷22，頁242，上-中。

習，得阿羅漢果，三明六通，具八解脫，諸天世人所見敬仰。」著衣持鉢，入城乞食。時彼寶珠故在頭上，城中人民怪其所以，云何比丘頭上戴珠而行乞食？競來看之。時寶珠比丘深自慚恥，還歸所止，白言：「世尊，我此頭上有此寶珠，不能使去，今者乞食，為人蚩笑。願佛世尊，見卻此珠。」佛告比丘：「汝但語珠：『我今生分已盡，更不須汝。』如是三說，珠自當去。」時寶珠比丘，受佛教敕，三遍向說，於是寶珠忽然不現。時諸比丘見是事已，前白佛言：「今此寶珠比丘，宿殖何福，於其生時頭戴寶珠，光逾日月？又值世尊出家得道？」爾時世尊告諸比丘：「汝等諦聽，吾當為汝分別解說。乃往過去九十一劫波羅奈國，有佛出世號毗婆尸，教化周訖，遷神涅槃。時彼國王名盤頭末帝，收取舍利，造四寶塔，高一由旬，而供養之。時彼王子入其塔中，禮拜供養，持一摩尼寶珠繫著幢頭，發願而去。緣是功德，九十一劫不墮地獄、畜生、餓鬼，天上人中，常有寶珠在其頂上，受天快樂。乃至今者，遭值於我，出家得道，故有寶珠在其頂上。」佛告諸比丘：「欲知彼時王子者，今此寶珠比丘是。」
爾時諸比丘聞佛所說，歡喜奉行。[23]

這則故事既然題名為「緣」，顯然屬於緣起（因緣）故事。敘事方法則是從現在回溯過去，但值得注意的是，現在發生的事情和過去的事情之間有著某種驚人的對應性聯繫，即前後故事的連接點都是寶珠。更為重要的是，佛陀最後的告白直接交代了現世的寶珠比丘就是在過去佛時持摩尼珠而供養佛舍利塔者的轉生。易言之，本故事包括兩大部分：第一部分是寶珠比丘的現世行跡，第二部分是盤頭末帝王子的

23 〔日〕大藏經刊行會編：《大正新修大藏經》（臺北市：新文豐出版公司，1996年），卷4，頁237下-238上。

供養故事。其中第二部分，從性質上講，就是有關寶珠比丘的本事。

　　漢譯佛典中，本事與本生有時交織在一起，需要加以仔細的甄別。一般說來，如果一個故事的主體是敘述佛陀在菩薩果位時的修行事蹟，即主角是佛陀自己，但同時也兼及了佛弟子的行事，這樣的故事，我認為應歸入本生故事。反之，若是僅以佛弟子為主體的故事，則為本事。前者如西晉竺法護譯《生經》卷四〈佛說水牛經〉曰：

　　聞如是：一時佛游舍衛祇樹給孤獨園，與大比丘眾千二百五十人俱。爾時佛告諸比丘：乃昔去世有異曠野閒居，彼時有水牛王，頓止其中，遊行食草，而飲泉水。時水牛王與眾眷屬有所至湊，獨在其前，顏貌姝好，威神巍巍，名德超異，忍辱和雅，行止安詳。有一獼猴住在道邊，彼見水牛之王與眷屬俱，心生忿怒，興於嫉妒，便即揚塵瓦石，以坌擲之，輕慢毀辱。水牛默然受之，不報。過至未久，更有一部水牛之王，尋從後而來。獼猴見之，亦復罵詈，揚塵瓦石打擲。後一部眾見前牛王默然不報，效之忍辱。其心和悅，安詳雅步，受其毀辱，不以為恨。是等眷屬，過去未久，又有一水牛犢尋從後來，隨逐群牛。於是獼猴逐之罵詈，毀辱輕易。是水牛犢，懷恨不喜，見前等類忍辱不恨，亦復學效，忍辱和柔。
　　去道不遠大叢樹間，時有樹神游居其中，見諸水牛雖被毀辱，忍而不瞋。問水牛王：「卿等何故睹此獼猴，猥見罵詈，揚塵瓦石，而反忍辱，默聲不應？此義何趣？有何等意？」又復以偈而問之曰：
　　卿等何以故，忍放逸獼猴，過度於凶惡，等觀諸苦樂？
　　後來亦仁和，坐起而安詳，皆能受忍辱，彼等尋過去。
　　諸角默搳杖，建立眾墮落，又示恐懼義，默無加報者。
　　水牛報曰，以說偈言：

以輕毀辱我，必當加他人。彼當加報之，爾乃得抵患。

諸水牛過去未久，有諸梵志大眾群輩仙人之等順道而來。時彼獼猴亦復罵詈，毀辱輕易，揚塵瓦石，以坌擲之。諸梵志等即時捕捉，以腳蹋殺之，則便命過。於是樹神即復頌曰：

罪惡不腐朽，殃熟乃遭患。罪惡已滿足，諸殃不爛壞。

佛告諸比丘：欲知爾時水牛王者，即我身是。為菩薩時墮罪為水牛，為牛中王，常行忍辱，修四等心，慈悲喜護，自致得佛。其餘水牛諸眷屬者，諸比丘是也。水牛之犢，及諸梵志仙人者，則清信士居家學者。其獼猴眾，則得害尼犍師。本末如是，具足究竟，各獲所行。善惡不朽，如影隨形，響之應聲。[24]

顯而易見，在這則故事中事件的承擔者是水牛王，即佛的前世。而其他的人物，如佛的弟子（前身對應者是水牛王眷屬）、清信士居家者（前身對應者是牛犢及梵志仙人）雖亦提及，然而後者的作用並不突出。所以，即便故事在結尾處用了「本末」（案：它是本事的另一譯法）一詞來交代故事的前因後果，但這改變不了它的「本生」性質。而且，從敘事的功能與目的看，本故事也重在讚頌佛陀的忍辱精神。至於勸喻，倒在其次。

後者如《賢愚經》卷二〈金財因緣品〉曰：

如是我聞：一時佛在舍衛國祇樹給孤獨園，與尊弟子千二百五十人俱。爾時城中有大長者，長者夫人生一男兒，名曰金財。其兒端政殊特，世之少雙。是兒宿世，卷手而生。父母驚怪，謂之不祥。即披兒兩手，觀其相好，見二金錢在兒兩手。父母歡喜，即便收取。取已，故處續復更生，尋更取之，復生如

---

24 〔日〕大藏經刊行會編：《大正新修大藏經》（臺北市：新文豐出版公司，1996年），卷3，頁93下-94中。

故。如是勤取金錢滿藏，其兒手中，未曾有盡。兒年轉大，即
白父母，求索出家，父母不逆，即便聽之。

爾時金財往至佛所，頭面作禮而白佛言：「唯願世尊，當見憐
愍，聽我出家，得在道次。」佛告金財：「聽汝出家！」蒙佛
可已。於時金財即剃鬚髮，身著袈裟便成沙彌。年已滿足，任
受大戒。即令眾僧當受具足，臨壇眾僧次第為禮。其作禮時，
兩手拍地，當手拍處有二金錢。如是次第，一切為禮，隨所禮
處皆有金錢。受戒已竟，精勤修習，得羅漢道。

阿難白佛：「不審世尊，此金財比丘本造何福，自生已來，手
把金錢？唯願世尊，當見開示！」佛告阿難：「汝當善思，我
今說之。」阿難對曰：「如是，諾當善聽。」佛言：「乃往過去
九十一劫時世有佛名毗婆尸，出現於世。政法教化，度脫眾生
不可稱數。佛與眾僧遊行國界，時諸豪富長者子等施設飯食，
供養彼佛及弟子眾。爾時有一貧人乏於財貨，常於野澤取薪賣
之，值時取薪賣得兩錢，見佛及僧受王家請，歡喜敬心。即以
兩錢施佛及僧，佛愍此人，即為受之。」佛告阿難：「爾時貧
人，以此二錢施佛及僧，故九十一劫恒把金錢，財寶自恣，無
有窮盡。爾時貧人者，金財比丘是也。正使其人未得道者，未
來果報亦復無量。是故阿難，一切眾生皆應精勤佈施為業。」
爾時阿難及眾會者，聞佛所說，皆悉信解，有得須陀洹果者，
斯陀含、阿那含、阿羅漢者，有發無上正真道意者，復有得住
不退地者。一切眾會聞佛所說，歡喜奉行。[25]

關於本則緣起故事，有研究者把它歸為「弟子本生」。[26]這是把本生的

---

25 〔日〕大藏經刊行會編：《大正新修大藏經》（臺北市：新文豐出版公司，1996年），
　　卷4，頁358中-下。

26 梁麗玲：《《賢愚經》研究》（臺北市：法鼓文化事業公司，2002年），頁163。

外延無限地擴大了，因為它不是「佛為他說自」，而是「佛為他說他」，所以從敘事方式看應劃為本事經。另外，從故事結構的相應性以及敘事作用在於「善導」這兩點看，「金財因緣」也同於本事。雖然它和本生也有相同之處（在敘事時間上都是從現在追溯過去），但總體評斷，本事的屬性遠遠多於本生。

　　本事與譬喻經也有混而為一的情況，如丁敏博士指出《大毗婆沙論》之《長譬喻》（即《中阿含經》中的《長壽王本起經》）、《大譬喻》（即《長阿含經》中的《大本經》）都具有「本事」的性格，並且由此提出：譬喻經中有一類可以叫做「譬喻本事」。[27]

　　最後需要指出的是：雖然獨立成篇的本事類經佛在漢譯佛典中較為少見，但它們作為其他敘事性經典的插話卻大量出現，並且可以起到串聯不同故事的作用。如《十誦律》卷五十八云：

> 諸比丘一處有庫藏，以飲食錢物著中。鼠從穴中出，偷錢物弊衣飲食，持入穴。諸比丘疑，誰偷是物去？時有一比丘，乞食置庫邊。待時至當食，鼠從庫中出，持食入穴。比丘見，知是鼠偷物。是比丘壞是穴，亦得鼠物，亦得自物，盡自取。諸比丘言：「汝得波羅夷罪。」是比丘言：「何以故？」諸比丘言：「汝取鼠物故。」是比丘生疑，我將無得波羅夷耶？是事白佛，佛言：「不得波羅夷，從今日，當取自物，鼠物不應取。」一比丘在房中臥，夜鼠持食來著床下，比丘早起澡手，從淨人受已，便食。諸比丘不大見是比丘乞食，手足常淨潔。便問言：「長老，不見汝乞食，手足常淨耶？」是比丘言：「諸長老，有鼠夜持食來，著我床下。我早起，澡手已，從淨人受已食，是故我常不乞食，手足淨潔。」諸比丘言：「長老，汝

得波羅夷。」是比丘言：「何以故？」諸比丘言：「鼠不與汝，自取食故。」是比丘生疑，我將無得波羅夷耶？是事白佛，佛語諸比丘：「汝莫說是比丘事，何以故？是鼠次前世，是此比丘父，愛念子故，見便心愛，故常持食著床下，是比丘無罪。」[28]

在本則戒緣故事中，先後出現了兩位取食鼠物的比丘。本來第一位取食之後，佛陀已明令禁止，可第二位仍然食用且不違法，原因何在？於是佛陀交代出第二位比丘與老鼠有父子關係。易言之，佛陀在為他說他的敘事中，補充交代了第二位比丘的前世故事。

再如《中阿含經》卷四十四有一部小經叫《鸚鵡經》，其中說到佛陀在舍衛國乞食於鸚鵡摩納都提子家時，被他家裡的白狗所擾。佛陀便對白狗說了幾句後，白狗因此愁臥不起，鸚鵡摩納都子知道後立即前去質問佛陀。佛陀對答云：

「汝至再三問我不止，摩納，當知彼白狗者，於前世時即是汝父，名都提也。」
鸚鵡摩納聞是語已，倍極大恚，欲誣世尊，欲謗世尊，欲墮世尊。如是誣、謗、墮沙門瞿曇，語世尊曰：「我父都提大行佈施，作大齋祠，身壞命終，正生梵天。何因何緣，乃生於此下賤狗中？」
世尊告曰：「汝父都提以此增上慢，是故生於下賤狗中。
梵志增上慢，此終六處生。雞狗豬及犲，驢五地獄六。
鸚鵡摩納，若汝不信我所說者，汝可還歸，語白狗曰：若前世時是我父者，白狗當還在大床上。摩納，白狗必還上床也。若前世時是我父者，白狗還於金盤中食。摩納，白狗必當還於金

---

28 〔日〕大藏經刊行會編：《大正新修大藏經》（臺北市：新文豐出版公司，1996年），卷23，頁431上-中。

盤中食也。若前世時是我父者，示我所舉金、銀、水精、珍寶
藏處，謂我所不知。摩納，白狗必當示汝已前所舉金、銀、水
精、珍寶藏處，謂汝所不知。」

於是鸚鵡摩納聞佛所說，善受持誦，繞世尊已，而還其家。語
白狗曰：「若前世時是我父者，白狗當還在大床上。」白狗即
還在大床上。「若前世時是我父者，白狗還於金盤中食。」白
狗即還金盤中食。「若前世時是我父者，當示於我父本所舉
金、銀、水精、珍寶藏處，謂我所不知。」白狗即從床上來
下，往至前世所止宿處，以口及足掊床四腳下，鸚鵡摩納便從
彼處大得寶物。[29]

案：本則故事在漢譯佛典中常見，失譯人名今附東晉錄的《兜調
經》、劉宋求那跋陀羅譯《佛說鸚鵡經》中皆有同型故事。三者都說
到佛陀在白狗主人的不斷追問下才交代白狗的前世因緣，即白狗前世
雖然尊崇佛教，卻因增上慢而墮入畜生道，變為畜生。於此，佛陀的
插話雖然簡短，其本質是講過去發生並完成的故事，此即謂本事也。

第三節　影響

　　漢譯佛典中的本事故事，在中國古代文學史上也產生了一定的影
響，現以舉例的方式略加說明。

　　**首先，從敘事方法言，本事經本是專門記載佛教修道者以弟子身
分在過去世所完成的某種事蹟。**對此方法，道教經典亦所借鑑，如
《太上洞玄靈寶業報因緣經》卷九〈證實品〉載道君告普濟之語曰：

---

29 〔日〕大藏經刊行會編：《大正新修大藏經》（臺北市：新文豐出版公司，1996年），
　　卷1，頁704中-下。

> 昔劉黃民者，家大富有，嘗作經像，禮拜燒香，屈請道士，持
> 齋念誦而心不盡，唯覓名聞。一百中，身死化為鳳凰。六十
> 年，還化為人，家大富有，大建功德。三十年，得尸解，入青
> 華宮中。……
> 李正玄者，本是獵人，行山遊獵，至一山中，值道士學道，遂
> 精心事之，三十年中勤苦不退。道士謂曰：「子欲得長生不
> 乎？」正玄稽首曰：「鳥鼠貪生，願賜延年，終生奉事，不敢
> 怨怠。」道士曰：「子但禮此山下枯樹，自當有得。」正玄即
> 晝夜禮之，一十三年，枯樹生華，非常煒燁，道士知其誠懇，
> 授與此經。三十年中，飛行虛空。[30]

於此，敘事者是道教尊神太上道君，敘事對象（接受者）是普濟真人，而所敘述的兩個事件的承擔者都是弟子（道教信徒），事情的完成時間則在過去，敘事的目的都在勸化弟子持誦經典。若把這些要素和前面所說佛教本事經進行比較，我們便可得出結論說，這兩則小故事其實就是道教的本事故事。

其次，從敘事結構言，佛教本事十分強調前世故事情節在後世的相應性。這種重複式的結構對中土古典小說的影響尤其明顯，特別在話本與擬話本小說上。

眾所周知，話本與擬話本小說經常有兩個故事組成。第一個故事叫做入話（或得勝頭回），情節相對簡單；第二個故事叫正話，情節更為複雜，篇幅也更長。石昌渝先生指出入話和正話的關係有四種類型：一是入話與正話故事關目相類，而故事卻相異，主題也相異；二是用入話的故事來闡釋正話的主題，入話與正話由某一個共同的觀念溝通起來；三是入話與正話相反相成，用相反的故事做入話，達到襯

---

30 《道藏》（北京市：文物出版社，上海市：上海書店，天津市：天津古籍出版社，1988年），冊6，頁123下-124上。

托正話主題的效果；四是議論，入話沒有完整的故事，旨在闡釋正話的主題[31]。其中，第二種類型與佛經本事故事的關係最為密切，因為它們都講究情節結構的相應性與主題的一致性。茲舉二例如下：

　　1　《清平山堂話本》之〈簡貼和尚〉[32]：

　　這則話本的「入話」叫〈錯封書〉，其後的故事叫〈錯下書〉。讀者從題名即可發現兩者的最大相同點是「錯」與「書」兩字，即都用故意寫錯書信的關鍵情節來展開相關敘述。此外，即便是表面看來有大異的地方，其實也可以窺出相同之處。如：

　　（1）故事的發生地不同，前者在長安咸陽，後者在開封棗槊巷，卻同屬京畿地區；

　　（2）故事的男主角名字不一，前者叫宇文綬，後者叫皇甫松，然而都是復姓；

　　（3）故事題材不同，前者主要通過男主角夢回妻子身邊的情節促使宇文綬醒悟，可歸入夢幻類小說，後者則是公案題材，然而夫妻的結局相同，都團圓了；

　　（4）夫妻團圓的方式雖然不一，然而其中起主導作用的都是男主人翁；

　　（5）故事中錯收信件的具體對象不一，然而身分相同，都是妻子；

　　（6）雖然《錯下書》的內容遠遠多於《錯封書》，而且人物數量大增。但人物之間仍有某種關聯，如《錯封書》的三位人物是丈夫、妻子和送信人，《錯下書》則分別以「丈夫」、「妻子」、「送信人」為中心拓展出三個人物群：以「丈夫」為基點的人物群包括了皇甫松、錢大尹、山前行山定、簡貼和尚、行者；以「妻子」為基點的人物群

31　石昌渝：《中國小說源流論》（北京市：生活・讀書・新知三聯書店，1994年），頁248-250。

32　〔明〕洪楩編：《清平山堂話本》（上海市：上海古籍出版社，1992年），頁4-12。

有妻子楊氏、丫鬟，以「送信人」為基點的人物群有茶坊人王二、賣
餶飿的僧兒、姑姑等。易言之，「正話」部分只是將「入話」的故事
基型複雜化而已，人物的基本關係變化不大。

　　2　《喻世明言》之〈新橋市韓五賣春情〉[33]

　　一般情況下，擬話本入話的故事只有一則，而本則擬話本較為特
別，開首徵引了五則歷史故事（分別為周幽王寵褒姒、陳靈公私通夏
姬、陳後主寵愛張麗華、隋煬帝寵蕭妃、唐明皇寵楊貴妃），即入話
故事用了並列式。它們雖說都比較簡短，只有三言兩語，基本上是概
述性質，然而有一點是相通的，即主題都在諷刺好色亡國者。其後的
正話，雖然故事情節更加複雜、人物關係更加多樣，可主旨未變，仍
在強調戒色的重要性。換言之，正話與入話的故事類型一樣，教化思
想也一樣。

　　**第三，從故事情節言，後世敘事文學也從佛教本事經中移植了不
少東西。**茲舉兩例如次：

　　1　唐人王懸河輯　《三洞珠囊》引《集仙記》：

> 劉凝之，字志安，小名長年，南郡枝江人也。奉道精進，元嘉
> 十四年，於精思所，忽覺額上慘痛，搔之，得寶珠九枚，即沉
> 以清水，輝耀竟室。於時臨川王鎮江陵，求看寶珠，即分三枚
> 付信也。[34]

案：此處敘述的劉凝之額長寶珠事，與前引《撰集百緣經》中的〈頂
上有寶珠緣〉極其相似。另外，額珠故事在佛典中極其常見，如《大
般涅槃經》卷七曰：

33　〔明〕馮夢龍編：《喻世明言》（上海市：上海古籍出版社，1992年），頁40-50。

34　《道藏》（北京市：文物出版社，上海市：上海書店，天津市：天津古籍出版社，
　　1988年），冊25，頁321下。

佛告迦葉：善男子，譬如王家有大力士，其人眉間有金剛珠，與餘力士較力相撲，而彼力士以頭抵觸其額上，珠尋沒膚中，都不自知是珠所在。其處有瘡，即命良醫欲自療治。時有明醫善知方藥，即知是瘡因珠入體，是珠入皮即便停住。是時良醫尋問力士：卿額上珠為何所在？力士驚答：大師醫王，我額上珠乃無去耶？是珠今者為何所在，將非幻化？憂愁啼哭。是時良醫慰喻力士：汝今不應生大愁苦，汝因鬥時實珠入體，今在皮裡，影現於外。汝曾鬥時，瞋恚毒盛，珠陷入體，故不自知。是時力士不信醫，言：若在皮裡，膿血不淨，何緣不出？若在筋裡，不應可見。汝今云何欺誑於我？時醫執鏡以照其面，珠在鏡中，明瞭顯現。力士見已，心懷驚怪，生奇特想。善男子，一切眾生亦復如是，不能親近善知識故，雖有佛性，皆不能見，而為貪婬瞋恚愚癡之所覆蔽，故墮地獄、畜生、餓鬼、阿修羅、旃陀羅、剎利、婆羅門、毗舍、首陀。[35]

這裡的經文實為譬喻本事，即用譬喻的形式來敘述修道者過去世完成的事情。它和劉凝之故事的相同點在於，寶珠都是長在額上。

　　2 敦煌寫卷中發現了有關目連的變文多種，如P.2913〈目連緣起〉、S.2614〈大目犍連變文〉等都講到目連入地獄救脫其母青提夫人之後，其母青提首先變身為黑狗（或狗）之事。所以，目連只好再次向如來問計，最終才使母親生入忉利天宮。其中，母親為狗的情節，和前引《中阿含經》卷四十四〈鸚鵡經〉以及失譯人名的《兜調經》、劉宋求那跋陀羅譯《佛說鸚鵡經》的故事如出一轍，只是換了人物的性別而已，後者是說鸚鵡子的父親前世為狗。並且，變文與《鸚鵡經》等經一樣，給出解救之法的都是佛陀如來。

---

35 〔日〕大藏經刊行會編：《大正新修大藏經》（臺北市：新文豐出版公司，1996年），卷12，頁408上。

第五章

漢譯佛典之「本生」及其影響

　　漢譯佛典中的本生故事，因其內容豐富多彩，又在中國文學藝術史上產生過深遠的影響，故而相關的研究成果比較豐碩。學人們主要從三個方面進行探討：一是從佛教經典史、思想史的角度來研討本生經的生成與演變[1]，二是從中印比較文學的角度來檢討本生經的文學意義[2]，三是從藝術史，特別是佛教美術史的角度來考察本生經變的內容、表現及其藝術特色。[3]筆者在綜合前賢時彥已有成果的基礎

1　重要的論著如干潟龍祥：《本生經類の思想史的研究》（東京都：東洋文庫，1954年）、釋依淳：《本生經的起源及其開展》（高雄市：佛光出版社，1987年）、伊藤千賀子：〈本生經における分類と比較について——試論としての捨身施の基本構造〉（《印度學佛教研究》第43卷第1號〔1994年12月〕，頁205-209）、《《六度集經》第81話〈常悲菩薩本生〉と〈般若經〉の異相》（《印度學佛教學研究》，第54卷第2號〔2006年3月〕，頁149-154）等。

2　重要的論文如季羨林：〈關於巴利文《佛本生故事》〉，《比較文學與民間文學》（北京市：北京大學出版社，1991年），頁125-128、郭良鋆：〈〈投身飼虎本生〉梵漢比照〉，《南亞研究》2002年第1期（2002年3月），頁65-68轉頁84、劉守華：〈《六度集經》與中國民間故事〉，《外國文學研究》2007年第3期（2007年5月），頁139-149、楊富學：〈回鶻文〈兔王本生〉 及相關問題研究〉，《宗教學研究》2006年第3期（2006年8月），頁64-71、陳開勇：〈〈啄木鳥本生〉——梵巴漢諸語文本的比較研究〉，《河池學院學報》2007年第4期（2007年8月），頁51-54等。

3　比如金維諾：〈敦煌本生圖的內容與形式〉，《美術研究》1957年第3期（1957年5月），頁70-76、姚士宏：〈克孜爾石窟本生故事畫的題材種類（一）、（二）、（三）〉，《敦煌研究》1987年第3期（1987年8月），頁65-74、1987年第4期（1987年11月），頁19-25，1988年第1期（1988年1月），頁18-21、〔德〕茨默著，桂林、楊富學譯：〈回鶻板刻佛本生故事變相〉，《敦煌學輯刊》2000年第1期（2000年3月），頁138-148、李靜傑：〈造像碑佛本生本行故事雕刻〉，《故宮博物院院刊》1996年第4期（1996年11月），頁66-83、林玉龍：《敦煌本生故事與其石窟藝術述論》（花蓮縣：花蓮師範學院碩士論文，2004年）等。

上，擬對漢譯佛典之「本生」文體的敘事表現、敘事功能以及故事之
影響，再做一些補充性的論證與說明。

第一節　「本生」含義及歷史變遷

一　含義略說

　　本生是梵語 jātaka（案：巴利語同，二者都是從動詞詞根「降
生」jan演變來的名詞）的意譯，又譯作本起、本緣、本生譚、本生
話、本生經、生經等，音譯則作闍多伽、闍陀、社德迦等。在九部經
及十二部經中，它都是重要的一類。

　　對於本生的含義，漢譯大小乘經論及僧人注疏中多有解說，茲引
七例如下：

　　1 後秦鳩摩羅什譯《成實論》卷一〈十二部經品第八〉曰：

　　　闍陀伽者，因現在事說過去事。[4]

　　2 唐玄奘譯《阿毗達磨大毗婆沙論》卷一二六曰：

　　　本生云何？謂諸經中宣說過去所經生事，如熊、鹿等諸本生
　　　經，如佛因提婆達多說五百本生事等。[5]

　　3 後秦鳩摩羅什譯《大智度論》卷三十三曰：

4　〔日〕大藏經刊行會編：《大正新修大藏經》（臺北市：新文豐出版公司，1996年），
　　卷32，頁245上。
5　〔日〕大藏經刊行會編：《大正新修大藏經》（臺北市：新文豐出版公司，1996年），
　　卷27，頁660上。

本生經者，昔者菩薩曾為師子，在林中住，與一獼猴共為親友。獼猴以二子寄於師子，時有鷲鳥饑行求食，值師子睡，故取猴子而去，住於樹上。師子覺已，求猴子不得，見鷲持在樹上，而告鷲言：「我受獼猴寄託二子，護之不謹，令汝得去。孤負言信，請從汝索。我為獸中之王，汝為鳥中之主，貴勢同等，宜以相還。」鷲言：「汝不知時，吾今饑乏，何論同異？」師子知其叵得，自以利爪摑其脅肉以貿猴子。又過去世時，人民多病，黃白瘈熱。菩薩爾時身為赤魚，自以其肉施諸病人，以救其疾。又昔菩薩作一鳥，身在林中住。見有一人入深水，非人行處，為水神所羂。水神羂法，著不可解。鳥知解法，至香山中取一藥草著其羂上，繩即爛壞，人得脫去。如是等無量本生，多有所濟，是名本生經。[6]

4 北涼曇無讖譯《大般涅槃經》卷十五曰：

何等名為闍陀伽經？如佛世尊本為菩薩修諸苦行，所謂比丘當知：我於過去作鹿、作羆、作獐、作兔、作粟散王、轉輪聖王、龍金翅鳥，諸如是等行菩薩道時所可受身，是名闍陀伽。[7]

5 唐玄奘譯《顯揚聖教論》卷六曰：

本生者，謂諸經中宣說如來於過去世處，種種生死行菩薩行，

6　〔日〕大藏經刊行會編：《大正新修大藏經》（臺北市：新文豐出版公司，1996年），卷25，頁307下-308上。

7　〔日〕大藏經刊行會編：《大正新修大藏經》（臺北市：新文豐出版公司，1996年），卷12，頁252上。

是為本生。[8]

6　隋慧遠《大乘義章》卷一〈十二部經義五門分別〉云：

第九名為周（闍）陀伽經，此名本生，陳已往報，稱曰本生。[9]

7　隋唐之際的吉藏《大乘玄論》卷五又謂：

今小乘九部合為五雙：初長行與偈一雙……本事、本生第二，自他一雙，本事說他過去世事，如《藥王本事品》等，說自過去世事為本生經。[10]

統合這些引文，我們可以得出結論說：本生經主要是佛陀對弟子講述自己的前世修行故事，目的在於為弟子的修行樹立可以效法的榜樣（案：筆者在第四章曾把本事與本生進行對比，列出了一個表格，其中涉及本生的敘述對象、敘事方式以及事件的承擔者等內容，可參看）。

　　從語言載體看，本生經主要有梵文、巴利文和漢文三種形式，而且後兩種更為完整，尤顯重要。巴利文的《佛本生經》，是一部本生故事專集，包括五四七個故事。漢文經典中的本生故事，則有三種形式：一是故事專集（或以本生為主），如康僧會譯《六度集經》、支謙譯《菩薩本緣經》、竺法護譯《生經》、地婆訶羅譯《方廣大莊嚴論

8　〔日〕大藏經刊行會編：《大正新修大藏經》（臺北市：新文豐出版公司，1996年），卷31，頁509上。

9　〔日〕大藏經刊行會編：《大正新修大藏經》（臺北市：新文豐出版公司，1996年），卷44，頁470中。

10　〔日〕大藏經刊行會編：《大正新修大藏經》（臺北市：新文豐出版公司，1996年），卷45，頁64下。

經》、紹德慧詢等譯《菩薩本生鬘論》，等等；二是散見於其他譯經，如《大智度論》、《摩訶僧祇律》、《四分律》、《根本說一切有部毗奈耶》等論書與律典，也多有本生故事的運用；三是一經專說一個本生故事者，不過它們大多篇幅短小，如失譯人名之《長壽王經》、《師子月佛本生經》以及支謙譯《九色鹿經》等。

　　無論哪一種語言形式的本生經，故事的講述者都是佛陀。而全部故事可以構成一個系列，我們可以把它們稱之為佛在菩薩位的歷世修行故事。它們的主題，其實最重要的就是《六度集經》所講的六度，即佈施、持戒、忍辱、精進、禪（定）和明（智慧）。易言之，佛陀通過親口講述自己的六種修行方法，旨在激勵後世的修行者。

　　作為最有文學性的佛經文體之一，本生經的作用主要有三：一是佛陀為了提高弘法傳教的效率，吸引更多的信眾加入僧伽組織，故而借鑑、挪用、移植了許多在印度流傳已久的民間故事、寓言故事、道德故事、世俗故事來敘述、比附自己的修道歷程[11]；二是宣傳了佛教眾生平等的思想。佛教創立伊始就堅決反對婆羅門教的種姓制度，故吸收了不少出身於低等種姓者的信徒，如十大弟子之一的優波離（又譯鄔波離、優波釐、優波梨、憂波利等）是釋迦族的理髮匠，屬於當時最低等的種姓——首陀羅。在不少本生故事中，事件的完成者是各式各樣的動物（象、馬、鹿、猴、獅子、老虎等），牠們作為佛陀前世的生命主體，社會地位自然比人更低，但牠們的修行悟道經歷可以證明：一切眾生只要修行得法都是可以悟道的；三是正如前引隋代慧遠之語所示，本生經可以「陳已往報」，即通過佛陀過去世的業報事蹟，來證明因果報應律的真實不虛。

---

11 郭良鋆先生在〈印度巴利文佛教文學概述〉一文中把本生故事分為七類，即寓言故事、神話故事、報恩故事、魔法故事、笑話故事、道德故事和世俗故事（文載《南亞研究》1982年第3期〔1982年8月〕，頁44-45），可資參考。

二　歷史變遷

　　佛教在印度的發展，經歷了原始佛教、部派佛教、大乘佛教和密教等四個歷史時期，而每一時期的經典文本都包括了本生這一樣式。對此，國內外學術界皆有所討論。筆者以為，印順法師的看法最為圓通，茲撮引其大意如下。

　　印順法師在講九分教和十二分教時曾經指出佛陀前生的菩薩行事，應分為經師所傳與律師所傳的二類：

　　經師所傳的「本生」，不外乎「本事」，佛化的印度民族的先賢故事。這些過去事，一部分被解說為釋尊的前生。《阿含》在經師的弘傳中，化「本事」為「本生」的傾向，越來越盛，這是經師特重佛陀（律師是重僧伽的）的結果。律師所傳的「本生」，是以比丘、比丘尼，或僧團的發生故事，因而說明在過去生中，早已如此了。末了，指明過去的某某，就是現在的某某。這是重於等流因果的，是通於佛及弟子，而不限於世尊。……到了後代傳說或集成的「本生」，數量非常龐大。如現存《小部》的《本生》，共有五四七則。《十誦律》說「廣說五百本生」，《大智度論》說「無量本生」。晚期論師所傳，都以釋尊的過去生中菩薩行為「本生」。這是經師、律師──二類「本生」的綜合所成。經師所傳，以佛的往昔生中的德行為主，但直說過去事（實為「本事」），僅結說「即是我也」，而沒有具備「本生」的文學形式。律師所傳，體裁為「本生」，但或善或惡，並不以佛的過去事為限，反而重於弟子的「本生」。將這二者綜合起來，取律部的「本生」形式，及經、律所傳（及經律外的傳說），有關佛的「本生」實質，形成晚期共傳的菩薩大行的「本生」。[12]

---

12 印順：《原始佛教聖典之集成》（臺北市：正聞出版社，1988年），頁560-567。

　　由此簡述可知，印順法師的著眼點主要在於本生經的來源及其在不同歷史時期表現的異同。不過，印順只講到了本生經在印度佛教史上前三個時期的狀況，而未涉及密教時期的本生經典。雖然漢譯密典中獨立的本生經較為少見，但是被密典採擷的本生故事依然可尋。如唐菩提流志譯《廣大寶樓閣善住秘密陀羅尼經》卷上〈序品第一〉：

　　爾時眾中有金剛手菩薩摩訶薩，頂禮釋迦牟尼如來，合掌恭敬白佛言：「世尊，今此塔中諸如來等，從何而有？從何而來？」佛言：「汝今諦聽，當為汝說：乃往古昔不可思議無量無數阿僧祇劫，此瞻部洲中多諸人眾，安隱豐樂。五穀不種，自然成熟。人無彼我，亦無積貯。當此之時，無有佛名。有一大山，名寶山王，彼寶山中有三仙人：一名寶髻，二名金髻，三名金剛髻。彼三仙人繫心專念佛法僧寶，復作是念：我等何時證無上正覺，度脫一切諸眾生等？時彼仙眾作是念已，須臾默然，復起前念。由是念故，即證慈悲歡喜，一切眾生種種樓閣三摩地，獲於天眼，觀彼上方，見淨居天。復於空中有聲言曰：『善哉正士！善哉正士！能發上願，求大正覺，汝曾聞不？有大妙法名《廣大寶樓閣秘密善住陀羅尼》，往昔如來已曾演說，善為利益一切眾生。諸有聞者，決定不退無上正覺，一切佛法當速現前，一切三昧亦當現前，一切陀羅尼法門亦當現前，能善降伏一切魔軍，然大法炬。一切善種，當得現前，成就六波羅蜜。一切地獄、餓鬼、傍生、閻摩羅界、阿素羅眾，聞此咒者皆蒙解脫，生老病死憂悲苦惱永得超越。當來之世，於此瞻部洲眾生有於父母不孝順者、不敬沙門者、不敬婆羅門者、不敬耆舊者、誹謗正法者……負言背信者、匿他財物者，一切惡業所攝者，彼等眾生聞此陀羅尼，若讀若誦若受持，若佩身上，若書衣中，若置幢上，若書夾內，若書素迭及

牆壁牌板，乃至見者聞者及影中過者，或與執持咒人暫相觸者，彼等眾生由斯陀羅尼大威力故，決定當得無上正覺，能於現世獲無量福，一切惡業皆得消滅，一切善根皆得圓滿，一切魔軍皆得調伏，一切眾生見者歡喜，一切眾生恭敬尊重。國王大臣及諸眷屬見者歡喜，口所出言，聞者皆信。手腳柔軟，音調和雅，離於貧窮，不受世苦。毒藥刀杖火災等難，永相去離，師子虎狼諸惡禽獸不能為害，無劫賊難，無旃荼羅難，無魁膾難，無羅剎難，無惡鬼難，無邪魅難，無毒蛇難，無疫疾難，乃至一日病、二日病、三日病、四日病……偏風病，如此病等，悉皆除滅。不盲不聾，不啞不瘂，臨命終時心不散亂，不失正念，一切諸佛當來現前，安慰其人。睡眠覺悟，行住坐臥，常得安樂，或於夢中見百千萬世界剎土諸佛如來並諸菩薩前後圍繞，此陀羅尼有如是等無量無邊不可思議力。」時彼仙人得法歡喜，欣慶踊躍，於其住處如新醍醐消沒於地，即於沒處而生三竹，七寶為根，金莖葉竿，梢枝之上皆有真珠，香潔殊勝，常有光明。往來見者，靡不欣悅。生滿十月，便自裂破。一一竹內，各生一童子，顏貌端正，色相成就。時三童子，亦既生已，各於竹下結加趺坐，入諸禪定。至第七日，於其夜中皆成正覺，其身金色，三十二相八十種好，圓光嚴飾。時彼三竹，一一變成高妙樓閣。爾時便有廣大寶秘密善住陀羅尼咒，於虛空中以金書字，忽然而現四大天王：所謂寶髻龍主天王、寶藏鳩槃茶主天王、妙珠光摩祜羅主天王，各執持寶蓋而覆其上，清淨天人散諸妙珠，金剛藥叉主天王與無量百千眷屬執持妙華，而以供養。同作是言：『今佛世尊出現寶藏。』」爾時世尊告執金剛菩薩摩訶薩：「昔三仙人，豈異人乎？今此寶幢塔中三全身如來，是彼時三竹者今妙樓閣寶幢是。彼時地者，今此地是。彼時世界者，今此世界是。彼時仙人，由聞此

陀羅尼勤修習故，舍彼仙身，成等正覺。昔時空中淨居天者，豈異人乎？則我身是。昔有賢者名曰淨居，常勤供養彼三仙人，其淨居者，今妙種種色清淨如來是。昔彼三仙，既成正覺，為彼淨居而授記曰：『汝於來世，當得作佛，號妙種種色清淨如來。』」[13]

案：本經的翻譯用字，頗有講究。如「頗多人眾」之「人」，當是避諱於「民」字。另外，就本段引文的內容分析，它主要在宣揚持誦、書寫、佩帶《廣大寶樓閣秘密善住陀羅尼》所產生的無量功德，但從其文本特點看，顯然套用了本生經的組織結構，並且是交代了四位佛（即三全身如來、釋迦牟尼）的本生故事，故事中最有趣的是三全身如來之事，他們過去竟然有過從竹內化生而出的經歷。

　　再如宋天息災譯《佛說大乘莊嚴寶王經》卷三載有一則故事，其中講到佛陀往昔為菩薩時，曾和五百商人乘船出海去師子國，因中途遭遇暴風全部被羅剎女俘獲，而且每天都有一百位商人被羅剎女生吃掉。最後，只有不為女色所惑的菩薩得到了聖馬王的幫助，安全返回家鄉。故事結束時云：

是時父母見我來歸，抱捉其子，欣喜復悲，涕泣流淚。父母先為我故，涕泣恒時，其眼昏翳，因茲除愈，明淨如故。是時父母與子共在一處，我乃具述前所經歷艱苦之事，父母聞已，告於我言：「汝於今日得全其命，安隱而歸，甚適我懷，無復憂慮。我不須汝所盈財寶，今緣自知年耄衰朽，須汝佐輔出入扶侍。我當死至，汝為主者，送葬我身。」昔時父母而作如是善

13　〔日〕大藏經刊行會編：《大正新修大藏經》（臺北市：新文豐出版公司，1996年），卷19，頁638下-639下。

言，慰諭於我。除蓋障，我於是時身為商主，受如是危難苦惱之事。

佛告除蓋障菩薩，時聖馬王者，即觀自在菩薩摩訶薩是，於是危難死怖畏中救濟於我。[14]

案：本則故事的敘述者是佛本人，聽者是除蓋障菩薩，敘述的內容是佛的前世故事，雖然兼及觀音菩薩的前世因緣，但主體內容依然屬於佛的本生故事。

第二節　文體表現及敘事功能

關於漢譯佛典之本生故事的範圍，學術界的理解並不一致。簡單地說，有廣義與狹義之分。狹義本生，僅指佛本生，即佛前生的修行故事，它的出現時間最早。而且，從前引漢譯佛典之經文及僧人注疏看，這也是比較傳統的看法。廣義本生的範圍則大得多，不僅包括佛本生，也涵蓋了諸佛及其弟子的本生以及其他人物的本生，相對而言，諸佛及其弟子與其他人物的本生故事出現的時間要晚一些，主要是大乘佛教興起之後的事情。另外，有人從敘述內容的詳略之別出發，分出詳說本生和略指本生；依故事主角的不同，分出人物本生和動物本生或佛本生和弟子本生；依據發展時間的先後，分出最初本生和發展後的本生。[15]有人則依故事架構的繁簡之別，把本生經分成簡單型和複雜型兩大類：前者以佛陀的前生行事為主，後者的角色除了佛陀以外，還有另一個相對的惡友，與佛陀的慈悲形成了強烈的對比。[16]

---

14 〔日〕大藏經刊行會編：《大正新修大藏經》（臺北市：新文豐出版公司，1996年），卷20，頁57中-下。

15 釋依淳：《本生經的起源及其開展》（高雄市：佛光出版社，1987年），頁32-40。

16 康義勇：〈敦煌變文〈雙恩記〉的題材與佛陀本生故事試探〉，載《高雄師大學報》第4期（1993年3月），頁125轉頁127-147。

　　筆者對本生文體的檢討，主要以狹義本生為主，但不排除廣義本生，特別是述本生的影響時。茲先從本生的文體表現說起。

一　文體表現

　　關於本生經的文體表現，我們重點講三個方面：一曰組織形式，二曰故事關係，三曰敘事技巧。

（一）組織形式

　　對於本生經的組織形式，學人已有所總結，但是由於分析的經本語言之異，所得結論也不盡一致。如郭良鋆、黃寶生從巴利文譯出的《佛本生故事選》之〈譯後記〉中說：

> 每篇佛本生故事，皆由五個部分組成。一、今生故事，說明佛陀講述前生故事的地點和緣由；二、前生故事，講述佛陀的前生故事；三、偈頌詩，既有總結性質的，也有描述性質的，一般出現在前生故事中，有時也出現在今生故事中；四、注釋，解釋偈頌詩中的詞義；五、對應，將前生故事中的角色和今生故事中的人物對應起來。[17]

印順法師分析漢譯佛典中律師所傳的本生經時則說它們由三部分構成，即：（1）當時的事緣；（2）佛說過去早已如此，廣說過去；（3）結合當前的人事。[18]梁麗玲在研討漢譯《雜寶藏經》的本生故事時，即以三段結構為基礎，從而劃分出原始型、發展型、省略型與複合型四大類，而所謂複合型，又可分成三種：（1）本生中有本生，（2）本

17　郭良鋆、黃寶生譯：《佛本生故事選》（北京市：人民文學出版社，2001年），頁422。
18　印順：《原始佛教聖典之集成》（臺北市：正聞出版社，1988年），頁561。

生因緣，（3）本生譬喻[19]。總之，印順法師所說的三段式結構，在漢譯佛典中是最基本的表現形式，我們可稱之為基型。至於其他的結構，則是以它為基礎，或增刪部分內容，或是綜合其他文體而成。現參照各家之說，分成三大類：

1 基型

　　基型類的本生故事，其組織結構是印順法師所說的典型的三段結構形式，從敘事時間言，可圖示為：現在→過去→現在，其中「現在」觀念中的人物與事件，往往一一對應於「過去」（案：這點和第四章所講的本事經，是相同的）。如《摩訶僧祇律》卷一云：

> 爾時諸比丘白佛言：「世尊！云何尊者舍利弗諸比丘未有過患而請世尊制戒立說波羅提木叉法？」佛告諸比丘：「舍利弗不但今日未有過患而請制戒，彼於昔時在一城邑聚落，人民居士未有過患，亦曾請我制諸刑罰。」諸比丘白佛言：「世尊，乃往昔時已有此耶？」佛言如是。諸比丘白佛言：「世尊，願樂欲聞。」
>
> 佛告諸比丘：過去世時有城名波羅奈，國名迦尸，彼時國王號曰大名稱，以法治化，無有怨敵，佈施持戒，泛愛人物，善攝眷屬，法王御世，人民殷盛，富樂豐實。聚落村邑，雞飛相接，舉國人民，更相敬愛。種種眾伎，共相娛樂。時有大臣名曰陶利，多諸策謀，作是思維：「今此王境，自然富樂，人民熾盛。城邑聚落，雞飛相接。舉國人民，更相敬愛。種種眾伎，共相娛樂。」時彼大臣往白王言：「今日境界，自然富

---

19 梁麗玲：《《雜寶藏經》及其故事研究》（臺北市：法鼓文化事業公司，2002年），頁166-171。

樂，人民熾盛。城邑聚落，雞飛相接。舉國人民，更相敬愛。
種種伎樂，共相娛樂。願王當為斯等制立刑罰，莫令極樂生諸
過患。」王言：「止止，此言不可。所以者何？過患未起，而
欲制罰。」臣復白王：「當防未來，莫令極樂生諸過患。」時
王作是思維：「今此大臣，聰明智謀，多諸朋黨，不可卒制。
今若呵責，或生咎釁。」爾時國王欲微誨大臣，即說偈言：

勢力喜瞋恚，難可卒呵制。橫生人過患，此事甚不可。大人多
慈愍，知人實有過。

猶尚復觀察，哀愍加其罰。惡人喜惱他，不審其過罪。而加其
刑罰，自損惡名增。

如王好威怒，枉害加良善。惡名流四遠，死則墮惡道。正法化
黎庶，身口意清淨。

忍辱行四等，是謂人中王。王為人中上，宜制忿怒心。仁愛恕
有罪，哀愍加刑罰。

爾時大臣聞王所說，心大歡喜，而說偈言：

最勝人中王，願永蔭黎庶。忍辱自調伏，道化怨自降。

王德被無外，祚隆永無窮。以道治天下，常為天人王。

佛告諸比丘：「爾時國王大名稱者，豈異人乎？則我身是。時
大臣陶利者，舍利弗是。爾時城邑聚落，長者居士未有過患，
而彼請我令制刑罰。今諸比丘過患未起，而復請我為諸弟子制
戒立說波羅提木叉法。」[20]

案：經中佛陀因當前的事緣而追溯到過去已經發生的故事，而過去事
情的承擔者居然完全對應於現實生活中的人物。更為巧合的是，前世
與今世故事的生成皆出於人們對防患於未然之重要性的認識。

20　〔日〕大藏經刊行會編：《大正新修大藏經》（臺北市：新文豐出版公司，1996年），
　　卷22，頁228上-中。

需要指出的是，律部經典所傳的本生經，其結構大都可歸為基型類。

2 縮略型

所謂縮略型，主要是對三段結構的刪減，通常省略的是當前事緣，敘述者直接敘述佛陀的前世故事，在前世故事中，佛陀的身分各異，或動物，或居士，或普通市民，總之是有情眾生中的一員，然後故事結束時，才再點明那些主人翁就是今世的佛，其時間觀念是：過去→現在。如梁寶唱等人於天監十五年（516）編成的《經律異相》卷一「為雀王身拔虎口骨」條引《雀王經》曰：

> 昔者菩薩身為雀王，慈心濟眾，由護身瘡。有虎食獸，骨柱其齒，病困將終。雀入口啄骨，日日若茲。雀口生瘡，身為瘦疵，骨出虎口。雀飛登樹，說佛經曰：「殺為凶瘧，其惡莫大。」虎聞雀戒，勃然恚曰：「爾始離吾口，而敢多言。」雀睹其不可化，即速飛去。
>
> 佛言：「雀者是吾身，虎者是調達。」[21]

案：這裡的《雀王經》，當是節錄康僧會譯《六度集經》卷五之《雀王本生》而成[22]，兩者的主體內容沒有什麼不同，只不過原經在結束處多出一句敘述者的讚美之詞：「開士世世慈心濟眾，以為惶務，猶自憂身，菩薩法忍度無極，行忍辱如是。」當然，類似的結束用語也見於《六度集經》中的其他本生故事。

---

21 〔日〕大藏經刊行會編：《大正新修大藏經》（臺北市：新文豐出版公司，1996年），卷53，頁60下。
22 〔日〕大藏經刊行會編：《大正新修大藏經》（臺北市：新文豐出版公司，1996年），卷3，頁29中-下。

不過，需要說明的是，像《雀王本生》這種直接講述佛陀過去世的本生類型，其實就是最常見的狹義本生。

3 拓展型

拓展型的情況比較複雜，大體可分成兩種情況：一者叫內部拓展，二者叫做外部拓展。

內部拓展型指的是在基型類三段結構的基礎上，增加了敘述者對本生故事寓意的評論及流通效用的說明等內容，如《生經》卷四《佛說兔王經》曰：

> 聞如是：一時佛游於舍衛祇樹給孤獨園，與大比丘眾千二百五十人俱。佛告諸比丘：昔有兔王，遊在山中，與群輩俱，饑食果蓏，渴飲泉水。行四等心，慈悲喜護，教諸眷屬，悉令仁和，勿為眾惡。畢脫此身，得為人形，可受道教。時諸眷屬歡喜從教，不敢違命。有一仙人處在林樹，食啖果蓏，而飲山水。獨處修道，未曾遊逸，建四梵行，慈悲喜護，誦經念道，音聲通利，其音和雅，聞莫不欣。於時兔王往附近之，聽其所誦經，意中欣踊，不以為厭。與諸眷屬，共齎果蓏，供養道人，如是積日，經月歷年。時冬寒至，仙人欲還到於人間。兔王見之著衣取鉢，及鹿皮囊並諸衣服，愁憂不樂，心懷戀恨，不欲令舍來，對之淚出，問何所趣。在此日日相見，以為娛樂。饑渴忘食，如依父母，願一留意，假止莫發。仙人報曰：「吾有四大，當慎將護。今冬寒至，果蓏已盡，山水冰凍，又無岩窟可以居止，適欲舍去，依處人間，分衛求食，頓止精舍。過冬寒已，當復相就。勿以悒悒。」兔王答曰：「吾等眷屬當行求果，遠近募索，當相給足。願一屈意，愍傷見濟。假使舍去，憂戚之戀，或不自全。設使今日，無有供具，便以我

身供上道人。」道人見之，感惟哀念，恕之至心，當奈之何！
仙人事火，前有生炭。兔王心念：道人可我，是以默然。便自
舉身，投於火中，火大熾盛，適墮火中，道人欲救，尋已命
過。命過之後，生兜術天。於菩薩身，功德特尊，威神巍巍。
仙人見之，為道德故不惜身命，愍傷憐之，亦自克責，絕穀不
食，尋時遷神，處兜率天。
佛告比丘：「欲知爾時兔王者，則我身是。諸眷屬者，今諸比
丘是。其仙人者，定光佛是。吾為菩薩勤苦如是，精進不懈，
以經道故不惜軀命，積功累德無央數劫，乃得佛道。汝等精
勤，無得放逸，無得懈怠，斷除六情，如救頭燃。心無所著，
當如飛鳥游於虛空。」
佛說如是，莫不歡喜。[23]

案：本來故事到交代清楚兔王、仙人即今世之如來與定光佛就結束
了。但是，佛陀為了突出該本生故事的現實意義，故而加上了一段有
關精進才能成佛的說教。最後兩句，其結構、功用悉相當於一般經文
的囑累品。其實，本則本生經，即便刪去「吾為菩薩勤苦如是」以後
的文字，其故事也是完整的。

　　外部拓展型指的是本生經與其他敘事文體的交匯融合，如本生因
緣、本生譬喻等。鳩摩羅什譯《大智度論》卷十七：

佛告諸比丘：「此耶輸陀羅，非但今世以歡喜丸惑我，乃往過
去世時亦以歡喜丸惑我。」爾時世尊為諸比丘說本生因緣：
過去久遠世時，婆羅奈國山中有仙人，以仲春之月於澡盤中小
便，見鹿麚麌合會，淫心即動，精流盤中。麕鹿飲之，即時有

23　〔日〕大藏經刊行會編：《大正新修大藏經》（臺北市：新文豐出版公司，1996年），
　　卷3，頁94中-下。

娠。滿月生子,形類如人。唯頭有一角,其足似鹿。鹿當產時,至仙人庵邊而產。見子是人,以付仙人而去。仙人出時,見此鹿子,自念本緣,知是己兒,取已養育。及其年大,勤教學問,通十八種大經。又學坐禪,行四無量心,即得五神通。一時上山,值大雨泥滑,其足不便,躄地破其鞞持,又傷其足,便大瞋恚。以鞞持盛水,咒令不雨。仙人福德,諸龍鬼神皆為不雨。不雨,故五穀五果盡皆不生,人民窮乏,無復生路。婆羅奈國王憂愁懊惱,命諸大官集議雨事,明者議言:「我曾傳聞仙人山中有一角仙人,以足不便故,上山躄地傷足,瞋咒此雨,令十二年不墮。」王思維言:「若十二年不雨,我國了矣,無復人民。」王即開募,其有能令仙人失五通,屬我為民者,當與分國半治。是婆羅奈國有淫女,名曰扇陀,端正無雙,來應王募。問諸人言:「此是人,非人?」眾人言:「是人耳,仙人所生。」淫女言:「若是人者,我能壞之。」作是語已,取金盤盛好寶物,語國王言:「我當騎此仙人項來。」淫女即時求五百乘車,載五百美女,五百鹿車載種種歡喜丸,皆以眾藥和之,以眾彩畫之,令似雜果。及持種種大力美酒,色味如水,服樹皮衣草衣,行林樹間,以像仙人。於仙人庵邊,作草庵而住。一角仙人遊行見之,諸女皆出迎逆,好華好香供養仙人。仙人大喜,諸女皆以美言敬辭問訊仙人,將入房中,坐好床蓐,與好淨酒以為淨水,與歡喜丸以為果蓏。食飲飽已,語諸女言:「我從生已來,初未得如此好果好水。」諸女言:「我以一心行善,故天與我,願得此好果好水。」仙人問諸女:「汝何以故膚色肥盛?」答言:「我曹食此好果,飲此美水,故肥盛如此。」女白仙人言:「汝何以不在此間住?」答曰:「亦可住耳。」女言:「可共澡洗。」即亦可之。女手柔軟,觸之心動。便復與諸美女更互相洗,欲心轉

生，遂成淫事，即失神通。天為大雨七日七夜，令得歡喜飲食。七日已後，酒果皆盡，繼以山水木果。其味不美，更索前者。答言：「已盡，今當共行，去此不遠，有可得處。」仙人言：「隨意。」即便共出。淫女知去城不遠，女便在道中臥，言：「我極，不能復行。「仙人言：」汝不能行者，騎我項上，當項汝去。」女先遣信白王：「王可觀我智能。」王敕嚴駕出而觀之，問言：「何由得爾？」女白王言：「我以方便力故，今已如此，無所復能，令住城中，好供養恭敬之，足五所欲。」拜為大臣，住城少日，身轉羸瘦。念禪定心樂，厭此世欲。王問仙人：「汝何不樂，身轉羸瘦？」仙人答王：「我雖得五欲，常自憶念林間閒靜諸仙遊處，不能去心。」王自思維：「若我強違其志，違志為苦，苦極則死。本以求除旱患，今已得之。當復何緣強奪其志？」即發遣之，既還山中，精進不久，還得五通。

佛告諸比丘：「一角仙人，我身是也。淫女者，耶輸陀羅是。爾時以歡喜丸惑我，我未斷結，為之所惑。今復欲以藥歡喜丸惑我，不可得也。」[24]

案：本則故事，從結構體制言，是在說佛的本生故事（即其前世曾為一角仙人）；從內容言，又具有因緣故事的特點，它重點強調的是善惡業報（關於因緣的分析，詳見第七章），即交代了一角仙人因為好色而失去神通之事。此外，要特別注意的是：該本生故事所講的今世人物雖然對應於前世中的人物，但是結果卻完全相反。這是它和大多數本生經不太一致的地方。

---

24 〔日〕大藏經刊行會編：《大正新修大藏經》（臺北市：新文豐出版公司，1996年），卷25，頁183上-下。又，本故事也見於義淨譯：《根本說一切有部毗奈破僧事》卷十二，只是人物譯名、故事情節稍有區別而已。

　　至於本生譬喻，梁麗玲指出它是「以本生故事為主，其中又加入了譬喻的情節」，並舉出了具體的例子，如《雜寶藏經》第九十九、一〇一則故事。[25]筆者就不再贅舉了。

（二）故事關係[26]

　　眾所周知，本生故事大多包括兩個時間段的故事：一是當前正在發生的故事，一是過去完成的故事。兩種故事之間，由於數量之別，對應關係也異，主要有：

1　單一對應

　　它是指本生經中的過去故事與當今故事都只有一個，而且當前的人物、事件與過去的人物、事件是一一對應的關係。這種類型在漢譯本生故事中，應當說是最為常見的。前文所引，皆屬此型，故不復贅舉。

2　一多對應

　　它主要是指本生經中所說的當前故事為一，卻對應了多個（或兩個）過去發生的故事。而過去世所發生的不同故事，其人物、主旨可以相同，也可以不同。其中，人物不同時，過去故事呈現出並列式的組合關係；人物相同時，則多呈現出重複式的組合關係。並列式者如義淨譯《根本說一切有部毗奈耶破僧事》卷十九中的「阿難陀本生」故事，故事講到：佛在王舍城竹林園時，未生怨王受提婆達多的教唆

25　梁麗玲：《《雜寶藏經》及其故事研究》（臺北市：法鼓文化事業公司，1998年），頁171。

26　本小節受郜林濤對根有律中本生故事關係的分類研究之啟示，但筆者有所變通。郜氏論文為〈《根本說一切有部毗奈耶破僧事》本生故事研究〉，載陳允吉主編：《佛經文學研究論集》（上海市：復旦大學出版社，2004年），頁173-184，特別是頁179-181。

放出惡象，意欲踏殺佛陀，此時佛的弟子紛紛受驚而逃，只有阿難陀忠心保護佛陀，佛陀最後是用神力調伏惡象。當時眾比丘問為什麼只有阿難陀不離開如來，佛陀於是講述了四個本生故事，即滿面鵝王本生、阿吒王本生、獅子王本生、鹿王本生。[27]現據經文，表列其人物關係如圖：

故事 人物	滿面鵝 王本生	阿吒王本生	獅子王本生	鹿王本生
佛陀	滿面鵝王	阿吒王	獅子王	鹿王
阿難陀	隨鵝	勇健人	野干	母鹿
五百弟子	五百群鵝	五百群臣		
四百九十九弟子			四百四十九野犴	四百四十九鹿

其實，如果把後兩個本生故事中的拯救者（救獅子的野干及救鹿王的母鹿）通算為佛弟子的話，他們也是佛典常說的五百比丘之僧團。

在重複式的本生故事中，過去故事的人物相同，情節、場景也多有相似之處。如《根本說一切有部毗奈耶破僧事》第三十五、三十六則本生（俱見卷十五）[28]都是講「樵夫與熊本生」，兩則故事，總的說來是同多於異，可以說是同型故事的變異。其主要的相同點，或同中之異有：

1 所述故事的主體內容都是說貧窮樵夫遇險後被好心的熊所救，然樵夫忘恩負義，最後出賣了熊。

---

27 〔日〕大藏經刊行會編：《大正新修大藏經》（臺北市：新文豐出版公司，1996年），卷24，頁197下-200中。又《根本說一切有部毗奈耶破僧事》（北京市：九洲圖書，1998年）是義淨所譯的說一切有部律中的本生故事數量最集中者之一，全書所引本生故事多達六十九則。

28 〔日〕大藏經刊行會編：《大正新修大藏經》（臺北市：新文豐出版公司，1996年），卷24，頁177上-178中。

2 故事中的主要人物有二：貧樵夫對應於今世的提婆達多，熊則為佛陀的前世。

3 貧樵夫生活的地點相同，都在婆羅疤斯。但第一則故事中樵夫遇險的具體地點是石窟，第二則換成了大樹。

4 在兩則故事中，熊都主動地站出來救助受困的樵夫，但具體的施救方法稍有區別：第一則故事中的熊，在連雨七日之時送給了樵夫果實以活其命；第二則中熊是把樵夫救到樹上，才使樵夫脫離虎口。

5 故事的結局相同，即貧樵夫都受到了懲罰。但所受懲罰的程度卻有區別：在第一則故事裡，貧樵夫由於受獵師的引誘才出賣熊，當獵師射殺熊之後，他想伸出雙手來拿熊肉，但雙手與熊肉都突然消失得無影無蹤；在第二則故事裡，因為是樵夫自己把熊從樹上推下而摔死了熊，所以受到的懲罰就重得多，最後竟然成了瘋癲之人。

3 多多對應

多多對應說的是當前某人在不同時間、地點所發生的事緣，它們可以對應過去所發生的不同故事，而過去的故事，其間的時間、地點與場景都有所變化。如《根本說一切有部毗奈耶藥事》卷十八載有五個佛自說的本生故事，即佛食馬麥本生、佛六年苦行本生、佛身痛本生、佛頭痛本生、佛背痛本生。[29]為明眉目，茲依經文把佛陀過去世的相應故事及其所發生的時間、地點等內容，清單如下：

---

29 〔日〕大藏經刊行會編：《大正新修大藏經》（臺北市：新文豐出版公司，1996年），卷24，頁96上-97上。

區別項 故事	今昔人物的對應關係	今昔故事的地點變化	今昔故事發生的時間（或長度）	過去故事的成因
佛食馬麥本生	佛陀→婆羅門，二摩納子→舍利子、大目連	馬麥城→親慧王都	佛陀成正覺後→毗婆屍如來時	懷嫉妒心，出粗惡語，業報未斷
佛六年苦行本生	佛陀→無上摩納婆	不詳→無比聚落	六年→迦攝波佛時	說苦行未證具智
佛身痛本生	佛陀→醫師	不詳→一聚落	成正覺後→古昔	醫師惡心令長者子服毒藥
佛頭痛本生	佛陀→捕魚師小兒	不詳→流惠河邊	成正覺後誅釋種時→古昔	殺魚之時，捕魚師小兒心懷暢適
佛背痛本生	佛陀→外來壯士	不詳→王都	成正覺後→古昔	以瞋恚力撲殺王都壯士

　　統合這些今世故事所敘述的內容，皆為佛陀在世遭遇的多種人生苦難。由此可見，在原始佛教中，佛陀就是一個普普通通的人，即使覺悟了，也擺脫不了病苦。當然，這些本生故事還有另一個重要的寓意，那就是宣揚業報思想，即經中所載佛陀對諸弟子的教誨：「黑業黑報，白業白報，雜業雜報。汝等應當舍黑雜業，常修白業。」

（三）敘事技巧[30]

　　由於本生經所敘述的故事，其發生時間往往牽涉到過去、現在，甚至是過去的將來，而且過去與現在的故事之間多有對應關係，內容

---

30 本小節主要受梁工：《聖經敘事藝術研究》對《聖經》「敘事節奏」研究的啟示且稍作變通。不過，筆者認為，所謂敘事節奏，其實也可歸到技巧的層面。另外，梁氏歸納的類型是五種（參氏著，北京市：商務印書館，2005年，頁205-220），筆者卻增到六種。復次，這裡所說的各種技巧，在其他經典如因緣、譬喻、授記、未曾有等敘事文體中也有運用，但在本生中表現最為充分，故以它為代表來作分析。

也有重複之處，敘述者為了行文的簡潔，或者讓受述者更加清楚地了解今昔故事的聯繫，有時也會採取一些敘事技巧。它們主要有：

1 概要

　　概要之義，按照當代敘事學的定義，是指「在文本中把一段特定的故事『濃縮』或『壓縮』為表現其主要特徵的較短的句子，以此加快速度。」[31]這種敘事技巧，在本生經中較為常見，特別是當過去故事與當今故事性質相同、情節相似時經常用到。如前述《根本說一切有部毗奈耶藥事》卷十八所述的佛食馬麥本生等五個故事中，對今世事緣的敘述全部是用概要。比如〈佛食馬麥本生〉曰：

　　　時諸苾芻復白佛言：「大德世尊，先作何業，成正覺後與四百九
　　　十八苾芻於邊界城而食馬麥？舍利子、大目乾連受天供養？」

這是通過諸比丘的問話，交代了如來在世的經歷之一，即與四九八位弟子在邊界城同食馬麥之事。

　　當然，在敘述本生的過去故事時，概要也時有所見。如《六度集經》卷八〈凡人本生〉中有句云：「昔者菩薩時為凡人，年十有六。」又云「翁賃菩薩，積有五年，觀其操行，自微至著，中心嘉焉。」菩薩逃出翁家後，路中又見：「有婦人顏似己妻，惑菩薩心，令與之居，積有五年。」再次離開之後：「又睹宮寶婦人如前，復惑厥心，與居十年。」[32]於此，敘述者通過幾句話，就分別高度了概括了菩薩過去世十六、十六至二十一歲、二十一至三十六歲間的事情。

31　〔以色列〕里蒙・肯南著，姚錦清等譯：《敘事虛構作品》（北京市：生活・讀書・新知三聯書店，1989年），頁98。

32　〔日〕大藏經刊行會編：《大正新修大藏經》（臺北市：新文豐出版公司，1996年），卷3，頁47中-下。

2 省略

　　本來一個完整的故事，無論是過去的發生的還是現在發生的，一般都可劃分成開頭、發展、高潮與結束（尾聲）四個部分。但在本生敘事中，某些部分時有所省略。如《六度集經》卷六之〈魚王本生〉曰：

> 昔者菩薩身為魚王，有左右臣，皆懷高行，常存佛教，食息不替，食水生菜，苟以全命，慈育群小，猶護自身。尋潮遊戲，誨以佛戒。不覺漁人以網挟之，群魚巨細，靡不惶灼。魚王愍曰：「慎無恐矣，一心念佛，願眾生安。普慈弘誓，天佑猶響。疾來相尋，吾濟爾等。」魚王以首倒殖泥中，住尾舉網，眾皆馳出。群魚得活，靡不附親。佛告諸比丘：「魚王者，吾身是也。左右臣者，鶖鷺子大目揵連是。」[33]

案：本則故事，從讀者的期待看來，應對魚王救出眾魚之後的結局做出交代，可經文無隻言片語涉及於此，魚王自己到底有沒有脫離魚網，是生是死？凡此，經本皆略之。

　　《摩訶僧祇律》卷八則云：

> 佛語諸比丘：是優波難陀不但今日欺彼比丘，過去世時已曾欺彼。諸比丘白佛言：「已曾爾耶？」答言：「曾爾。過去世時南方國土有無垢河，河中有二水獺：一者能入深，二者入淺。時入深水者，捕得一鯉魚，如《生經》中廣說。」[34]

33　〔日〕大藏經刊行會編：《大正新修大藏經》（臺北市：新文豐出版公司，1996年），卷3，頁33下。

34　〔日〕大藏經刊行會編：《大正新修大藏經》（臺北市：新文豐出版公司，1996年），卷22，頁291下。

案：佛陀於此對眾比丘所說的優波難陀本生故事中，只講了故事的開頭，至於其後的發展過程乃至結局，只用一句話就交代過去了（從這點分析，當然也可說是用了「概要」法）。讀者聽至此，顯然會不滿足。好在《十誦律》卷五十八裡有一則同型的本生故事，差可補充前一故事所省略的部分。茲引後者經文如次，以饗讀者。經曰：

佛種種呵責跋難陀：「汝云何欺誑？故奪是長老比丘物。」種種因緣呵責已，語諸比丘：「是跋難陀，非但今世奪是二長老比丘物。是跋難陀，先世欺誑是二長老比丘奪物。是事中間，今聽：

過去世河曲中有二獺，在是中住。河邊得一鯉魚，無能分者。二獺守住，有野干來飲水，見已，問言：『阿舅，汝作何等？』獺言：『外甥，我等得此大魚不能分，汝能為我分不？』答言：『能。此中應依經書語分，不得直爾分。』時野干即分魚作三份：頭為一份，尾為一份，中間肥者作一份。作三份已，問言：『誰喜近岸行？』答言：『此是。』『誰喜入深水行？』答言：『此是。』時野干言：『汝一心聽說經書言，近岸行者與尾，入深水行者與頭，中間身分與知法者。』爾時野干口銜是大魚身歸去，婦見持是大魚來，說偈問言：

『善哉智者，何處得是滿口無頭無尾鯉魚來？』

答言：『愚癡不知斷事喜鬥諍者，智者因是得為王者，得增庫藏。此無頭尾魚，我以斷事故得。』」

佛語諸比丘：「汝謂此二獺，豈異人乎？即今二長老比丘是。時野干者，豈異人乎，今跋難陀是。爾時跋難陀奪獺物故，今世亦奪。」[35]

---

35 〔日〕大藏經刊行會編：《大正新修大藏經》（臺北市：新文豐出版公司，1996年），卷23，頁433下-434上。

案：《摩訶僧祇律》中的優波難陀和《十誦律》中的跋難陀，其實都是梵文Upananda的音譯，指的是同一人物。而後者所說的本生故事，毫無疑問更加完整。但前者為什麼會省略部分故事情節呢？可能的原因是，當時這則故事早已廣播眾口，人人皆知，故佛陀稍一提及，眾比丘就已心領神會了。

《雜寶藏經》卷四〈昔王子兄弟二人被驅出國緣〉又云：

> 昔有王子兄弟二人，被驅出國。到曠路中，糧食都盡。弟即殺婦，分肉與其兄嫂使食。兄得此肉，藏棄（弄）不啖，自割腳肉，夫婦共食。弟婦肉盡，欲得殺嫂。兄言莫殺，以先藏肉還與弟食。既過曠野，到神仙住處。採取華果，以自供食。弟後病亡，唯兄獨在。是時王子見一被刖無手足人，生慈悲心，採取果實，活彼刖人。王子為人，少於欲事，採華果去。其婦在後，與刖人通，已有私情，深嫉其夫。於一日中逐夫採華，至河岸邊，而語夫言：「取樹頭華果。」夫語婦言：「下有深河，或當墮落。」婦言：「以索繫腰，我當挽索，小近岸邊。」婦排其夫，墮著河中。以慈善力，墮水漂去而不沒死。於河下流，有國王崩。彼國相師，推求國中誰應為王？遙見水上有黃雲蓋，相師占已，黃雲蓋下必有神人，遣人水中而往迎接，立以為王。王之舊婦，擔彼刖人，輾轉乞索，到王子國。國人皆稱，有一好婦擔一刖壻，恭承孝順。乃聞於王，王聞是已，即遣人喚，來到殿前。王問婦言：「此刖人者，實是爾夫不？」答言：「實是。」王時語言：「識我不也？」答言：「不識。」王言：「汝識某甲，不識向王看。」然後慚愧，王故慈心，遣人養活。
>
> 佛言：「欲知王者，即我身是。爾時婦者，旃遮婆羅門女帶木

杆謗我者是也。爾時刖手足者，提婆達多是。」[36]

案：這則本生故事在漢譯佛典中較為常見，同型的有《六度集經》卷二之〈迦蘭王本生〉[37]、卷四之〈國王本生〉[38]，《根本說一切有部毗奈耶破僧事》卷十六之〈小枝本生〉等。[39] 其中，《迦蘭王本生》之「懷杆女者」，與《雜寶藏經》所說的「旃遮婆羅門女帶木杆謗我者」同義。但是，這個人物在兩則本生故事的過去事緣中都沒有直接出現。易言之，有關此女的前世故事實際上被敘述者有意無意地省略了。當然，這則故事我們可以從其他漢譯佛經中找到，如《經律異相》卷四十五之「摩那祇女懷杆謗佛，地即震裂，身陷地獄」條引《摩那祇全身入地獄經》曰：

> 佛在舍衛國，無數大眾為說法要。時有外道弟子摩那祇女，宿罪深重，身帶木杆，以衣覆之。出舍衛城，至祇洹寺，遙見世尊與無數眾而為說法，歡喜踴躍，不能自勝。今日要當在此眾中，毀辱瞿曇，令我師得致供養。乃至眾中而說偈言：「此說法人，使我此身，懷妊有兒。」時大眾中，多諸外道、裸形梵志，信佛者少，習邪者眾，聞此女語，皆共信用。其信佛者，內自思維：昔佛在宮，舍王重位，捐棄彩女，出家學道，成最正覺，豈有心與此穢陋之女與從事乎？時釋提桓因在如來後執

---

36 〔日〕大藏經刊行會編：《大正新修大藏經》（臺北市：新文豐出版公司，1996年），卷4，頁458下-459上。

37 〔日〕大藏經刊行會編：《大正新修大藏經》（臺北市：新文豐出版公司，1996年），卷3，頁6下-7上。

38 〔日〕大藏經刊行會編：《大正新修大藏經》（臺北市：新文豐出版公司，1996年），卷3，頁18中-下。

39 〔日〕大藏經刊行會編：《大正新修大藏經》（臺北市：新文豐出版公司，1996年），卷24，頁180上-181上。

扇，而扇內自思維：此弊梵女，云何乃興此意誹佛，化為白鼠，齧木杅，繫斷聲震，大眾無不見者。其中不篤信者，皆愕然。此為何聲，乃震四遠！其中信佛之人，聞此音聲，歡喜踴躍，僉然同悅。尋有一人，從坐而起，手執木杅，語彼女曰：「此是汝兒耶？」時地即開，全身即入阿鼻地獄。時女宗族，追慕啼泣，不能舍離。不信佛者，即起懺悔。其中信者，共相告曰：「誹謗之報，其罪如是，現驗如茲，豈云後世？」[40]

3　停頓

　　停頓指的是敘述者突然停止正在敘述的故事，暫時離開了情節發展的軌道，先向讀者說明或解釋與故事情節或人物有關的事情，然後再回到原處，繼續敘述剛剛中斷的故事情節。易言之，這是一種文本時間在持續而故事時間停止的情況。梁工先生在分析《聖經》敘事藝術時指出：停頓可分為兩種類型：一是「解釋或說明性停頓」，指敘述者暫停講故事，而對某件事進行闡釋、說明或評斷；二是「描寫性停頓」，表現為敘述者暫停講故事而對特定對象作出描述[41]。其實，佛經特別是本生經中也存在相同的情況。而且同一本生經，尤其在敘述較長故事時，兩種停頓兼而用之。如《摩訶僧祇律》卷一的「耶舍比丘本生」就如此[42]。其中，用到「解釋或說明性停頓」的有：（1）敘述者在敘及迦尸國王第一夫人夢見金色鹿王而生憂愁後，說國王便

40　〔日〕大藏經刊行會編：《大正新修大藏經》（臺北市：新文豐出版公司，1996年），卷53，頁236下-237上。又，後秦竺佛念譯《出曜經》卷10〈誹謗品第九〉中也有與此相同的故事（參〔日〕大藏經刊行會編：《大正新修大藏經》〔臺北市：新文豐出版公司，1996年〕，卷4，頁663下-664上）。

41　梁工：《聖經敘事藝術研究》（北京市：商務印書館，2005年），頁219-220。

42　〔日〕大藏經刊行會編：《大正新修大藏經》（臺北市：新文豐出版公司，1996年），卷22，頁229下-231中。

「使耆舊青衣，更問夫人」，意思是國王要派青衣去問夫人產生愁苦的原因。按常理，接下來應敘述青衣如何去問，可敘述者於此卻加入了一句話「此青衣者，生長王宮，多有方便」，然後再具體描述青衣如何入房詢問夫人之事。這裡的停頓，旨在解釋青衣的經歷及其作用；（2）當國王知道第一夫人憂愁的真正原因後，於是下令國中獵師，準備去捕捉金色鹿王，此時敘述者又有所停頓，加入了這麼幾句：「如偈所說：諸天隨念感，王者隨聲至，富者以財得，貧人以力辦。」此處停頓意在評論國王教敕的功用。「描寫性停頓」則有：當講到獵師見到鹿王時，敘述者說鹿王：「譬如雁王，陵虛而來止此樹上，形色光明，照耀山谷。食彼樹葉，飽則還南。」此則對鹿王的形象與動作進行了描述。

4　插入

　　「插入」在形式上與「停頓」相同，都是指故事時間停止而文本時間持續的狀況，但功能和「停頓」有別，「停頓」多是對人物身分的直接說明或功能的解釋，而「插入」更多的是間接說明或側面敘述。如前引《根本說一切有部毗奈耶破僧事》卷十五第三六則〈樵夫與熊本生〉敘及樹下大蟲勸樹上之熊不要救樵夫時，插入了這麼幾句話：「佛告諸苾芻：『世間之法，有歸投者，尚自守護。何況菩薩，有來歸投而不守護？』」然後再說：「時熊報大蟲曰：『此人投我，終不違信。』」[43]顯然，這裡佛對比丘的講話，突然中止了故事的時間，相當突兀。如果把這幾句改成熊的心理描寫，文本結構則要自然許多。按照原本的結構，它們頂多間接地解釋了熊之所以要救樵夫的原因是熊想修菩薩行。

43　〔日〕大藏經刊行會編：《大正新修大藏經》（臺北市：新文豐出版公司，1996年），
　　卷24，頁178上。

本生經的「插入」，實際上和故事中的人物關係不大。如前引「耶舍比丘本生」敘述到獵師探得金色鹿王之住處後，他便問計於第一夫人，第一夫人也做了詳細的回答。至此，接下來敘述者應是敘述獵師如何去捕鹿，可敘述者卻插入說：「如所說：野獸信其鼻，梵志依相書。王者委有司，各各有所信。」這裡的插入，有沒有都對故事的結局影響甚微，它僅是從側面說明「信」的後果有好有壞，如鹿王「信其鼻」就是壞事。再如《根本說一切有部毗奈耶藥事》卷十三至十四的著名本生故事〈善財與悅意〉，敘述者講到北界王為生子而到處求神時，插入了如下一段話：

　　佛言：若由此事而求得者，人人並有千子。要由三事和合，方有其子。何者為三？一父、二母、三貪愛現前，乃當有子。[44]

其實刪去它們的話，敘事文本將更加簡潔。

5 延緩

「延緩」說的是文本時間長於故事時間的情況。梁工先生指出，它有時像電影中的「慢鏡頭」，以明顯低於正常速度的慢速度分解某些重要場景或行為，使之給讀者留下更強烈的印象；有時則在極短的故事時間內對大量事件加以陳述，很像現代心理小說中的意識流小說。可惜的是，「延緩」在《聖經》敘事中很少見。[45]不過，佛教本生經中「延緩」則較為常見。如：

（1）在前揭《善財與悅意》之本生故事中，敘述者敘述了獵師頗羅迦從龍子那裡取得不空罥索之後，按照正常的敘事順序，應當接

---

44 〔日〕大藏經刊行會編：《大正新修大藏經》（臺北市：新文豐出版公司，1996年），卷24，頁60中-下。
45 梁工：《聖經敘事藝術研究》（北京市：商務印書館，2005年），頁218。

著講述獵師用不空罥索去幹什麼，然而敘述者筆鋒陡然一轉，講述的是善財太子出生、成長的故事。敘述完少年善財的故事後，才回過頭來再講獵師用不空罥索捕捉緊那羅王女（即悅意）之事。我們認為，少年善財的故事部分，即屬「延緩」。

（2）在《根本說一切有部毘奈耶藥事》卷十五「六牙象王本生」故事中[46]，敘述者敘述到六牙象王因不聽妻子的勸告而中了偽裝成出家人模樣的獵師之箭後，就分別描述了母象（象王妻子）、象王、群象的心理，其實諸大象的心理活動基本上同一瞬間發生的。敘述者講到它們的表現是：

　　母象：我欲碎斯人（指獵師），節節令其斷。
　　象王：作何醫療此煩惱事，若是菩薩婦，起怨害心者，此不
　　　　　應也。
　　群象：象王不令母象損害獵師，若菩薩在傍生趣中，常行菩
　　　　　薩行。

此即如梁工先生所說的電影慢鏡頭，從不同的角度呈現了眾象對象王中箭後的心理反應。

6 補敘

　　補敘，也叫做追敘，它是敘述者敘述完本生故事中的今世故事後再對主要人物的前世因緣作簡要的補充說明。如《太子須大拏經》（即須大拏本生故事）中講到須大拏把一雙兒女施給婆羅門後，敘述者說太子妃：

---

46 〔日〕大藏經刊行會編：《大正新修大藏經》（臺北市：新文豐出版公司，1996年），卷24，頁71上-72中。

聞太子語，便感激躃地，如太山崩，宛轉啼哭而不可止。太子
言：且止！汝識過去提和竭羅佛時本要不耶？我爾時作婆羅門
子，字鞞多衛。汝作婆羅門女，字須陀羅。汝持華七莖，我持
銀錢五百，從汝買華欲以散佛。汝以二莖華寄我上佛，而求願
言：願我後生常為卿妻，好醜不離。我爾時與汝要言：欲為我
妻者，當隨我意，在所佈施，不逆人心，唯不以父母施耳。其
餘施者，皆隨我意。汝爾時答我言可，今以兒佈施而反亂我善
心耶？妃聞太子言，心意開解，便識宿命，聽隨太子佈施，疾
得心所欲。[47]

須大拏太子講述的事情，從本質上講屬於「本事」，交代的是他與太
子妃在提和竭羅佛時的故事。敘述者以此來解釋太子妃思想的轉變過
程，故而接下來敘述須大拏太子要把她施捨給十二醜婆羅門時，她也
就再沒有什麼怨言了。

二　敘事功能

「本生」、「本事」雖同為佛典重要的敘事文體之一，但功能有所
不同。在第四章中，我們曾從早期經典成立史的角度，對「本事」、
「本生」之異同做了比較，指出「本事」重勸諭，「本生」重讚頌，
然而隨著「本事」的本生化或「本生」與「譬喻」（關於譬喻的討
論，詳見第六章）等文體的結合，後期經典特別是大乘佛教中的本生
經典，其功能也漸次擴大，除了本有的讚頌之外，也包括了勸諭等一
系列的功用。茲統為一體，擇要簡介三種功能如下。

---

47 〔日〕大藏經刊行會編：《大正新修大藏經》（臺北市：新文豐出版公司，1996年），
卷3，頁422下。

（一）讚頌

在本生經，尤其是佛本生故事中，往往敘述的主體內容是佛在菩薩位時的修行故事，而這些故事，基本上都可以歸到「六度」的修行方式。漢譯佛典中，最顯著的例子就是康僧會所譯《六度集經》，它敘述的全是佛過去世修佈施、持戒、忍辱、精進、禪定、智慧之事。更有趣的是，譯文每則故事之後，都有讚頌之語，從而形成了固定的套路。如佈施類本生故事的結尾都是：「菩薩慈惠度無極行，佈施如是。」[48]持戒類是：「菩薩執志度無極行，持戒如是。」[49]它皆類此，不備列。敘述者的總結語氣，顯然充滿了高度的讚頌之情。

本生故事在讚頌六度修行時，其實隱含了另一層用意，即敘述者想把佛的本生故事作為一種範例來引導後世的修道者。於此，不少本生經典都有明確的提示。如支謙譯《菩薩本緣經》卷下〈龍品〉結束時說：「菩薩摩訶薩行尸波羅蜜時，乃至剝皮食肉都不生怨，況復余處也。」[50]北宋紹德慧詢等《菩薩本生鬘》卷三〈慈力王刺身心施五夜叉緣起〉之結束經文則說：「由我宿昔本願力故，今得成佛，於鹿野苑初轉法輪，最先悟解，得盡苦際，成阿羅漢。是時始有佛法僧寶差別名字出現世間，時諸大眾聞佛所說，皆大歡喜，作禮而退。」[51]諸如此類，皆在提醒受述者（或讀者），如能像佛的前世一樣修行，定能有所成就。

---

48 〔日〕大藏經刊行會編：《大正新修大藏經》（臺北市：新文豐出版公司，1996年），卷3，頁1中。

49 〔日〕大藏經刊行會編：《大正新修大藏經》（臺北市：新文豐出版公司，1996年），卷3，頁17上。

50 〔日〕大藏經刊行會編：《大正新修大藏經》（臺北市：新文豐出版公司，1996年），卷3，頁70上。

51 〔日〕大藏經刊行會編：《大正新修大藏經》（臺北市：新文豐出版公司，1996年），卷3，頁340上。

（二）勸諭

　　勸諭，這主要體現在律部本生故事中。它們敘事時經常用的是對比法，即把正、反兩方面人物過去世的故事都加以描述，讓讀者與受述者仔細體會故事包含的道德倫理之深義，從而起到勸善誡惡的教化之用。如義淨譯《根本說一切有部毗奈耶破僧事》卷十曰：

　　世尊告曰：汝諸苾芻，非但今日不用我言，受斯刑酷。曾於往世不受我言，遭其苦惱。汝等應聽：我曾於昔在不定聚行菩提薩埵行時，中在牛趣，為大特牛。每於夜中遂便於彼王家豆地，隨意餐食，既其旭上，還入城中，自在眠臥。時有一驢來就牛所而作斯說：「大舅，何故皮膚血肉悉並肥充？我曾不睹暫出遊放」牛告之曰：「外甥，我每於夜出餐王豆，朝曦未啟，返跡故居。」驢便告曰：「我當隨舅，同往食耶？」牛遂告曰：「外甥，汝口多鳴，聲便遠及。勿因斯響，反受纓拘。」驢便答曰：「大舅，我若逐去，終不出聲。」遂乃相隨，至其田處，破籬同入，食彼王苗。其驢未飽，寂爾無聲，既其腹充，即便告曰：「阿舅，我且唱歌。」特牛報曰：「片時忍響，待我出已，後任外甥作其歌唱。」作斯語已，急走出園。其驢於後，遂便鳴喚。於時王家守田之輩，即便收掩，驅告眾人：「王家豆田，並此驢食，宜須苦辱，方可棄之。」時守田人截驢雙耳，並以木臼懸在其咽，痛杖鞭骸，趁之而出。其驢被辱，展轉遊行，特牛既見，遂於驢所說伽他曰：
　　善歌大好歌，由歌果獲此。見汝能歌唱，截卻於雙耳。
　　若不能防口，不用善友言。非但截卻耳，舂臼項邊懸。
　　驢復伽他而答之曰：
　　缺齒應小語，老特勿多言。汝但行夜食，不久被繩纏。

> 世尊告曰：汝諸苾芻勿生餘念，往時特牛者即我身是，昔日驢
> 者即提婆達多是。往昔不用我言，已遭其苦；今日不聽吾說，
> 現受如斯大殃。[52]

於此本生故事中，今世的佛陀與提婆達多及過去世的牛與驢皆形成了
鮮明的對比關係，而佛陀講述故事的目的是要求眾比丘從中悟出防口
及聽善言的重要性。

再如《十誦律》卷三十六說：

> 佛即時以是因緣故說第三本生：有過去世近雪山下，有師獸王
> 住，作五百師子主。是師子王后時老，病瘦眼暗，在諸師子前
> 行，墮空井中，五百師子皆舍離去。爾時去空井不遠，有一野
> 干，見師子王，作是念：我所以得此林住，安樂飽滿肉者，由
> 師子王故，師子王今墮急處，云何當報？時此井邊有渠流水，
> 野干即以口腳通水入井，隨水滿井，師子浮出。時此林神而說
> 偈言：
> 身雖自雄健，應以弱為友。小野干能救，師子王井難。
> 佛語諸比丘：「爾時師子王者，豈異人乎，則我身是。五百師
> 子者，諸比丘是。過去世急怖時舍離我去，今急怖時亦舍我
> 去。野干者，阿難是。過去世時愛念我，今亦愛念我。」[53]

案：這則本生故事屬於因緣本生，故事雖然簡短，但是人物的對比關
係依然十分清楚，可如下所示：

---

52 〔日〕大藏經刊行會編：《大正新修大藏經》（臺北市：新文豐出版公司，1996年），
　　卷24，頁151上-中。

53 〔日〕大藏經刊行會編：《大正新修大藏經》（臺北市：新文豐出版公司，1996年），
　　卷23，頁264上-中。

過去世：獅子（強而無助）←→野干（弱，但善於助人）

現在世：五百比丘離佛而去←→阿難始終跟隨佛陀身邊

而故事的勸諭之意通過林神的偈頌表露無遺。

（三）批判

敘述者也可以通過本生故事對某種現象進行批判，從而起到教育信眾或僧尼的作用。如《經律異相》卷二十一「調達先身為野狐」條引《野狐求王事》及《彌沙塞律》第四卷之經文曰：

乃往古昔，有一摩納，梁言仙人。在山窟中誦剎利書，有一野狐往其左右，專聽誦書，心有所解。作是念：「如我解此書語，足作諸獸中王。」便起遊行，逢一羸瘦野狐，便欲殺之。彼言：「何故殺我？」答言：「我是獸王，汝不伏我。」彼言：「願莫見殺，我當隨從。」於是二狐，便共遊行。復逢一狐，問答如上，如是展轉伏一切狐。便以群狐伏一切象，復以眾象伏一切虎，復以眾虎伏一切師子，遂便權得作獸中王。復作是念：「我為獸王，不應以獸為婦。」便乘白象，使諸群獸圍迦夷國數百千匹。王遣使問：「何故如是？」野狐答曰：「我是獸王，應娶汝女。若不與我，當滅汝國。」使還白王，王集臣議。唯除一臣，皆云應與。國之所恃，唯賴象馬。我有象馬，彼有師子。象馬聞氣，惶怖伏地，戰必不如，何惜一女而喪一國。時一大臣聰銳遠略，白王言：「臣觀古今，未曾聞見人王之女與下賤獸。臣雖弱昧，要殺此狐，群獸散走。」王即問焉。大臣答言：「王但遣使，剋期戰日，從求一願，令師子先戰後吼。彼謂吾畏，必令師子先吼後戰。王至戰日，當敕城內皆令塞耳。」王用其語，然後出軍，軍陣欲交。野狐果令師子

先吼，野狐聞之，心破七分，便於象上墜落於地，群獸散走。

佛說偈言：

野狐憍慢盛，欲求其眷屬。行到迦夷城，自稱是獸王。

人憍亦如是，現領於徒眾。在摩竭之國，法主以自號。

告諸比丘：「爾時迦夷王者，我是；聰銳大臣者，舍利弗是；野狐王者，調達是。」[54]

案：這裡雖然講述了三個人物的本生故事，重點卻在批判調達（提婆達多）的憍慢，指出調達非但今世因為憍慢做出了分裂僧團的錯誤舉動，即使過去世為野狐王時同樣也因為憍慢而遭滅頂之災。

再如《摩訶僧祇律》卷四云：

佛告諸比丘：如來應供、正遍知、三達無礙，智慧之明，如月盛滿。說世八法，何足為奇？我於昔時，畜生道中作鸚鵡鳥，能為餘鳥說世八法，此乃為奇。諸比丘白佛言：「已曾爾耶？」

佛言如是：過去世時有一國王，養二鸚鵡：一名羅大，二名波羅，皆解人語。王甚愛念，盛以金籠，食輒同案。時有大臣，持一獼猴兒奉上大王，人情樂新。王即愛念，飲食飼養，勝於鸚鵡。時波羅鸚鵡子，便為羅大而說偈言：

先與王同食，世間之上饌。今為獼猴奪，宜共陵虛逝。

爾時羅大答言：「斯皆亦無常。今此獼猴子，不久復當失此利養。」即為波羅而說偈言：

利衰及毀譽，稱譏若苦樂。斯皆非常法，何足致憂喜。

54 〔日〕大藏經刊行會編：《大正新修大藏經》（臺北市：新文豐出版公司，1996年），卷53，頁115中-下。

是時波羅復說偈言：

觸目睹不歡，無有愛樂相。但聞毀呰聲，永無稱譽者。肆我飛禽志，何為受斯苦。

是獼猴子，小時毛色潤澤，跳踉超擲，人所戲弄。漸至長大，衣毛憔悴，人所惡見，豎耳張口，恐怖小兒。爾時羅大鸚鵡子，便說此偈，謂波羅言：

豎耳魃䫏面，喔咮怖童子。坐自生罪累，不久失利養。

是獼猴轉大，王愛意遂盡。即敕左右，令繫馬槽柱。

時王子年小，手捉飲食，至獼猴邊。獼猴索食，王子不與。獼猴瞋恚，歐王子面傷，壞裂衣服。王子驚怖，舉聲大喚。王問傍人：「兒何以涕？」傍人以事答王。王便大瞋，敕人打殺，擲著塹中，令曼陀食。時波羅鸚鵡子，即為羅大而說偈言：

汝為智慧者，預睹彼未然。禽獸無知喪，為彼曼陀食。

佛告諸比丘：「爾時羅大鸚鵡子，豈異人乎？即我身是。波羅鸚鵡子者，即阿難是。我為鸚鵡時，以能為彼說世八法，無常遷變，不可久保。況復今成正覺，說世八法，何足為奇？」[55]

案：這則故事中也出現了三個人物，即兩隻鸚鵡和一隻獼猴。若從故事結構看，它講述了佛陀、阿難的前世行世，毫無疑問是本生故事。但這則故事和上一則「野狐王本生」又有所區別，主要人物的過去事與今世事沒有一一對應，即獼猴在今世的情況如何，經中完全付諸闕如，毫無交代。易言之，獼猴的行事只是用以作為無知的例證，說明諸行無常的道理，僅是提供了一個反面形象供佛陀批判從而引起僧眾的警覺而已。

---

55 〔日〕大藏經刊行會編：《大正新修大藏經》（臺北市：新文豐出版公司，1996年），卷22，頁258中-下。

第三節　影響

　　漢譯佛典之本生故事，內容豐富多彩，敘事藝術變化多端，完全呈現出異樣的人文風情和有別於中土傳統的宗教思想，對中國古代文學藝術的發展影響甚大，於此，前賢時俊也多有討論。茲就個人閱藏所得，再補充一些具體的例證，並重點談兩個方面：一是文學，二是藝術（以佛教美術、戲劇為例）。

一　文學影響舉隅

　　至於文學方面的影響，筆者擬從創作主體的角度進行檢討：一是教內人士的文學創作，二是教外人士的文學創作。

（一）教內創作

　　這裡所說的教內創作，所涉範圍頗廣，既包括僧尼進行各種弘法活動的宣教文本，也包括他們對宗教情感的抒發以及對悟道經歷的描述之類；體裁也多，有傳記（僧傳）、變文、經疏，等等，不一而足。

1 「三生石佛」故事

　　梁劉勰《梁建安王造剡山石城寺石像》[56]、慧皎《高僧傳》卷十三「梁剡石城山釋僧護傳」[57]都記載了一個相同的故事，是說在南齊時先後有僧護、僧淑兩位高僧要在石城山的懸崖峭壁上鑿造一個巨大的彌勒佛像，但因種種原因而未能成功，直到梁天監年間，才由著名僧人僧祐歷經千辛萬苦，終成大業。這座佛像，據南宋志磐《佛祖統

---

56 鄒志方：《《會稽掇英總集》點校》（北京市：人民出版社，2006年），頁216-220。
57 〔梁〕慧皎著，湯用彤校注：《高僧傳》（北京市：中華書局，1992年），頁490-492。

紀》卷三十六載，唐宋時被人稱為「三生石佛」，並引道宣之語說：
有人告訴道宣，道宣就是僧護、僧淑、僧祐的後身。[58]無論是後身說
還是三生說，其實都和佛教的「本生」觀念有關，即在時間上特別強
調修行是連續多世的事情，而非一朝（或一世）所能完成。而且，故
事中的主人翁也像佛陀一樣，知道自己後世的行為。如慧皎描述僧護
遘疾時的臨終遺言是：「吾之所造，本不期一生成辦。第二生中，其
願剋果。」接下來敘述的便是僧淑的造像行為。雖然慧皎沒有明確指
出僧淑就是僧護的第二世，但後世讀者往往像道宣一樣，會直接認定
僧淑就是僧護的第二生。由於僧淑又未完成造像之大業，故等僧祐大
功告成之後，人們又把僧祐當作是僧淑的後身。

　　類似的例子，藏內時有所見。如《續高僧傳》卷十七南嶽慧思
（515-577）是：「克念翹專，無棄昏曉，坐誦相尋，用為恒業。由此
苦行，得見三生所行道事。」[59]在慧思的三生行事中，按照道宣的敘
述，則有：

　　　　又將四十餘僧經趣南嶽，即陳光大年六月二十二日也。既至，
　　　　告曰：「吾寄此山，正當十載，過此已後。必事遠遊。」又
　　　　曰：「吾前世時曾履此處，巡至衡陽，值一佳所，林泉竦淨，
　　　　見者悅心。」思曰：「此古寺也，吾昔曾住。」依言掘之，果
　　　　獲之房殿基墌、僧用器皿。「又往岩下，吾此坐禪，賊斬吾
　　　　首，由此命終，有全身也。」僉共尋覓，乃得枯骸一聚，又下
　　　　細尋，便獲髏骨，思得而頂之，為起勝塔，報昔恩也。故其往
　　　　往傳事，驗如合契，其類非一。……

58　〔日〕大藏經刊行會編：《大正新修大藏經》（臺北市：新文豐出版公司，1996年），
　　卷49，頁347，上-中。
59　〔日〕大藏經刊行會編：《大正新修大藏經》（臺北市：新文豐出版公司，1996年），
　　卷50，頁562下。

思云：「寄於南嶽，止十年耳，年滿當移。」……小僧云辯見氣乃絕，號吼大叫。思便開目曰：「汝是惡魔，我將欲去，眾聖夏然相迎極多，論受生處，何意驚動妨亂吾耶？癡人出去！」因更攝心，諦坐至盡，咸聞異香滿於室內。頂暖身軟，顏色如常。即陳太建九年六月二十二日也。取驗十年，宛同符矣。[60]

於此，慧思既交代了自己的前世行事，對於今世駐錫南嶽只有十年的預言也十分靈驗。對來世的交代，雖然簡單，卻也相當明確，即他其實是往生於西方極樂淨土了。於此，北宋戒珠《淨土往生傳》卷中的敘述更加具體，曰：

始思之至，以為十載之後必事遠遊，至是正十載矣。議者以思嘗受彌陀說法，復造彌陀聖像，用嚴觀想。又與慧命禪師蘊結淨業，期會於贍養，則思向之以謂眾聖相迎，論吾所受生者豈他哉？其實以生贍養爾。[61]

贍養者安養也，安養即西方極樂世界之異譯。更有趣的是《神僧傳》卷四，它把慧思所建之塔稱為「今三生塔是也」[62]，然從《續高僧傳》看，此塔只是和慧思的兩生行事有關，並不涉及三生之事。後世稱它為三生塔，則知三生觀念的影響遠遠大於兩生。

60　〔日〕大藏經刊行會編：《大正新修大藏經》（臺北市：新文豐出版公司，1996年），卷50，頁563中-下。

61　〔日〕大藏經刊行會編：《大正新修大藏經》（臺北市：新文豐出版公司，1996年），卷51，頁115上。

62　〔日〕大藏經刊行會編：《大正新修大藏經》（臺北市：新文豐出版公司，1996年），卷50，頁976上。

2 釋難陀施幻故事

據北宋贊寧《宋高僧傳》卷二十《唐西域難陀傳》曰：

> 釋難陀者，華言喜也，未詳種姓何國人乎。其為人也，詭異不
> 倫，恭慢無定。當建中年中，無何至於岷蜀，時張魏公延賞之
> 任成都，喜自言：「我得如幻三昧，嘗入水不濡，投火無灼，
> 能變金石，化現無窮。」初入蜀，與三少尼俱行，或大醉狂
> 歌，或聚眾說法，戍將深惡之，亟令擒捉。喜被捉隨至，乃
> 曰：「貧道寄跡僧門，別有藥術。」因指三尼曰：「此皆妙於歌
> 舞。」戍將乃重之，遂留連為置酒肉，夜宴，與之飲唱。乃假
> 襦袴巾櫛，三尼各施粉黛，並皆列坐，含睇調笑，逸態絕世。
> 飲欲半酣，喜謂尼曰：「可為押衙蹋舞乎？」因徐進對舞，曳
> 練回雪，迅起摩趺，伎又絕倫。良久曲終而舞不已，喜乃咄
> 曰：「婦女風邪？」喜忽起取戍將刀，眾謂酒狂，坐者悉皆驚
> 走，遂斫三尼頭，皆踣於地，血及數丈。戍將大驚，呼左右縛
> 喜。喜笑曰：「無草草也。」徐舉三尼，乃筇竹杖也，血乃向
> 來所飲之酒耳。[63]

這裡釋難陀的施幻技巧，其原型實出自漢譯佛典中的「機關木人」故
事。該本生故事見於西晉竺法護譯《生經》卷三《佛說國王五人經》、
唐義淨譯《根本說一切有部毗奈耶藥事》卷十六等。其中前者云：

> 時第二工巧者轉行至他國，應時國王喜諸技術，即以材木作機
> 關木人，形貌端正，生人無異。衣服顏色，黠慧無比，能工歌

---

63 〔宋〕贊寧著，范祥雍點校：《宋高僧傳》（北京市：中華書局，1987年），頁512。

舞，舉動如人。辭言：「我子生若干年，國中恭敬，多所饋
遺。」國王聞之，命使作技。王及夫人，升閣而觀，作伎歌
舞，若干方便，跪拜進止，勝於生人。王及夫人，歡喜無量。
便角瞬眼，色視夫人。王遙見之，心懷忿怒，促敕侍者，斬其
頭來：「何以瞬眼，視吾夫人？」謂有惡意，色視不疑。其父
啼泣，淚出五行，長跪請命：「吾有一子，甚重愛之。坐起進
退，以解憂思，愚意不及，有是失耳。假使殺者，我共當死。
唯以加哀，原其罪釁。」時王恚甚，不肯聽之。復白王言：
「若不活者，願自手殺，勿使餘人。」王便可之，則拔一肩
楯，機關解落，碎散在地。王乃驚愕：「吾身云何瞋於材木？
此人工巧，天下無雙，作此機關三百六十節，勝於生人。」即
以賞賜億萬兩金。即持金出，與諸兄弟。令飲食之，以偈頌曰：

觀此工巧者，多所而成就。機關為木人，過逾於生者。
歌舞現伎樂，令尊者歡喜。得賞若干寶，誰為最第一。[64]

後者則云：

佛告諸苾芻：汝等諦聽，非但今時。乃往古昔於中天國，有一
畫師，其人因事往詣餘國。至已，還向畫師家停。然而主人作
一轉關木女，彩色莊嚴，令其供給看侍。對前而住，客便喚
曰：「來於此眠臥。」其木女默然而立，斯人念曰：「主人發遣
此女看侍於我。」即以手挽，其索即斷，身手俱散，極生羞
恥。便作是念：今者被其私裏辱我，我應對眾而為恥辱。斯人
即於當門牆上畫自己身，猶如自絞。入門扇後，隱身而住。主

64 〔日〕大藏經刊行會編：《大正新修大藏經》（臺北市：新文豐出版公司，1996年），
卷3，頁88中。

人怪晚，日高不起，即往看之。開門乃見自絞而死。便作是
念：「彼人何故自勒咽喉？」復見木人聚在地上，緣我勝彼，
由斯致死。其國立法，有人死者，先奏王知，然後殯葬。主人
急告王曰：「中天竺國有一畫師，來居我家，我作轉關木女供
給，彼為是人手挽索斷，斯人羞恥，自懸而死。願王檢看，我
願殯葬。」王即敕使往看。使者告曰：「汝且斫索令斷，然後
檢看，為是自懸而死，為是主人勒殺？」是時主人即以斧斫，
唯加斫壁。客便告曰：「為死活耶？」既對王臣，深懷愧恥。
佛告諸苾芻：於意云何？爾時畫師者，即舍利弗是。作機關木
女者，即大目乾連是。於彼時中，由有工巧而能勝彼，今用神
通，還復得勝。[65]

雖然二則本生故事的人物關係有所區別（案：《生經》中的國王、善
工巧者，對應的是今世的佛陀和他的弟子阿那律；後者的重點則在佛
的弟子舍利弗和大目連，是純粹的弟子本生），但是皆對釋難陀施幻
故事產生了影響，如果把前者的故事元素（歌舞）和後者的人物性別
合而為一，便成了釋難陀幻術中的女性歌舞者了；而且三個故事的審
美效果相當一致，都以出人意外的結局取勝。當然，相對說來，釋難
陀施幻的故事帶有更多的地方色彩：一者因為釋難陀來自西域，故而
女尼的歌舞表演也具有鮮明的西域風格；二者因為表演是在西蜀，所
以施幻的工具換成了四川特有的「笻竹杖」。此外，為了加強故事的
可信性，贊寧敘述時又以真實的歷史人物為映襯，即指出故事是發生
在唐德宗建中（780-783）中張延賞鎮成都時。據《舊唐書》卷一百
二十九、《新唐書》卷一百二十七張延賞本傳可知，張氏建中年間確
為成都尹、劍南西川節度使。

---

65 〔日〕大藏經刊行會編：《大正新修大藏經》（臺北市：新文豐出版公司，1996年），
　　卷24，頁77上-中。

復次，贊寧的敘述，也寄寓了人身虛幻之意。鳩摩羅什譯《大智度論》卷六即說：「都無有作者，是事是幻耶！為機關木人，為是夢中事。」[66]此即點明了機關木人本無自性的特點。

3 鸚鵡本生

宋人釋元照《四分律行事鈔資持記》卷十五有云：

> 鸚鵡：彼云過去雪山有一鸚鵡，父母都盲。時有田主，初種谷時，願言：「與眾生共食。」鸚鵡子即常於田採取以供父母，田主按行苗稼，見諸蟲鳥剪穀穗處，嗔恚，便設網捕。鸚鵡子言：「田主先有好心，何見網捕？且田者如母，常生長故。種子如父，相繼續故。實語如子，可寶惜故。田主如王，擁護由己。得白（自）在故。」作是語已，田主歡喜，問言：「汝取此谷何為？」答言：「有盲父母，願以奉之。」佛言：「鸚鵡者，我身是。田主者，舍利弗是。盲父母者，淨飯摩耶是。」[67]

案：元照所引這則鸚鵡本生，實出於北魏吉迦夜、曇曜共譯《雜寶藏經》卷一之〈鸚鵡子供養盲父母緣〉。[68]兩相比較，元照用語更加簡潔，當為摘引。更值得注意的是，元照是把這則本生故事放在〈釋導俗篇〉中，意即徵引佛本生故事的目的在於化俗——對世俗大眾宣揚佛法。

關於本故事，五代僧人義楚在《釋氏六帖》卷二十三稱之為「鸚

---

66 〔日〕大藏經刊行會編：《大正新修大藏經》（臺北市：新文豐出版公司，1996年），卷25，頁103上。

67 〔日〕大藏經刊行會編：《大正新修大藏經》（臺北市：新文豐出版公司，1996年），卷40，頁408中。

68 〔日〕大藏經刊行會編：《大正新修大藏經》（臺北市：新文豐出版公司，1996年），卷4，頁449上。

鵡孝養」，這與中國重視孝道的思想傳統頗顯契合，元照引它來化俗，顯然也是在強調這一思想的重要作用。事實上，在巴利文本生經中，也有一則同型故事叫做《稻田本生》[69]，不過，後者的人物關係更複雜，如鸚鵡既有父母（只是年事高，但未失明），又有子女和部屬（因為牠是鸚鵡王）；情節更曲折，像對設計捕捉的敘述非常詳細（具體實施者是田主家的護田人）；主題更多樣，除了宣揚孝養父母（經中稱此為「還債」）外，還強調了鸚鵡王撫養子女（經中稱為「放債」）以及照顧弱小臣民的責任。其中，把父子關係比喻為還債或放債，則和中土中古時期的倫理精神相違。筆者認為，曇曜等人翻譯《雜寶藏經》時，或對原本有所刪略。

　　此外，《四分律行事鈔資持記》卷十五〈釋導俗篇〉中還引有一則本生故事叫做「慈童女本生」[70]，它同樣出於《雜寶藏經》卷一，是元照摘引於〈慈童女緣〉[71]，目的也在勸化世人（包括僧尼）要像佛陀一樣對父母行善行，切勿施惡行，否則必遭惡報。

4 釋神英《歎散花供養讚》

　　敦煌寫卷P.2250所抄中唐淨土高僧法照撰集的《淨土五會念佛誦經觀行儀》卷下中輯有釋神英的一首四十八句的七言偈讚，開首四句曰：

　　　昔有仙人名善惠，一時買得五莖花。持將供養定光佛，因花果號釋迦尊。

69　郭良鋆、黃寶生編：《佛本生故事選》（北京市：人民文學出版社，2001年），頁315-320。

70　〔日〕大藏經刊行會編：《大正新修大藏經》（臺北市：新文豐出版公司，1996年），卷40，頁408上-中。

71　〔日〕大藏經刊行會編：《大正新修大藏經》（臺北市：新文豐出版公司，1996年），卷4，頁450下-451下。

案：本偈贊又重見於法照撰《淨土五會念佛略法事儀讚》卷下[72]，歌辭內容一致，只是文字略有不同，如第一個「花」字，後者作「蓮」，是（具體分析見後）；第二、三兩個「花」字，後者俱作「華」，善惠之「惠」，後者為「慧」，其義一也。據贊寧《宋高僧傳》卷三十一〈唐五臺山法華院神英傳〉記載，釋神英是在神會和尚（686-760）「汝於五臺山有緣，速宜往彼瞻禮文殊，兼訪遺跡」的開示下，於開元四年（716）六月中旬到山瞻禮的，此後便創立法華院，信施如雲，歸依者眾。[73]而法照宣導的五會念佛法門，亦與五臺山文殊信仰有莫大的關聯，所以他輯入神英的偈贊自在情理之中。

　　從贊辭內容分析，神英說的是善惠仙人買花供養定光佛的本生故事（後世「借花獻佛」的典故即出於此），它在漢譯佛典中十分常見，如後漢竺大力、康孟祥共譯《修行本起經》卷上之〈善變品〉（案：梁代寶唱等所集《經律異相》卷四十「超術師又從定光佛請師」條所引《修行本起經》，人物不同，故事情節與之稍異，兩者當是同本異譯），吳支謙譯《佛說太子瑞應本起經》卷上、康僧會譯《六度集經》卷八之〈儒童梵志本生〉，西晉聶道真譯《異出菩薩本起經》，後秦竺佛念譯《菩薩處胎經》卷七〈破邪見品〉，劉宋求那跋陀羅譯《過去現在因果經》卷一、隋闍那崛多譯《佛本行集經》卷三《受決定記品第二之上》等。其中，出現「善惠」名號的是《過去現在因果經》（經中作「善慧」，慧、惠同），出現「定光佛」的是《太子瑞應本起經》（《修行本起經》則作「錠光佛」），所以，筆者懷疑釋神英綜合了多種同型的佛本生故事而撰作是頌。另據周紹良先生考定，敦煌寫卷S.3050V中還有關於該本生故事的俗講變文，他擬題為

72 〔日〕大藏經刊行會編：《大正新修大藏經》（臺北市：新文豐出版公司，1996年），卷47，頁488上-中。又，藏本遺漏偈頌的作者名，當以敦煌本為是。

73 〔宋〕贊寧著，范祥雍點校：《宋高僧傳》（北京市：中華書局，1987年），頁535-536。

「善惠買花獻佛因緣」。[74]綜此可知「善惠仙人本生」在南朝隋唐時期相當流行。

該本生故事說的是：釋迦牟尼在無數世前曾為婆羅門弟子，名叫善慧仙人。他到蓮花城參訪時，聽到燃燈佛將前來說法，於是想以鮮花供養燃燈佛，可國王把全城鮮花都買走了，他找尋遍全城也未果，正當他心急萬分之時，在井邊遇到了一位年輕的婢女，她手捧一瓶，瓶中正藏有七莖優鉢羅花（即青蓮華）。善慧乃懇求買花，婢女為他至誠的所感動，遂答應賣以五莖，自留二莖，並讓善慧代為獻佛，且提出條件說，在善慧未悟道之前，要和對方生生世世結為夫妻。善慧由於求花心切，故而允諾了她。得花之後，趕緊到城門許願獻花，燃燈佛便為他授記，說他在無量劫之後必可成佛，號為釋迦牟尼。而那個婢女，後來則成了悉達多太子的夫人。

釋神英用偈讚對該本生故事進行概述，目的在於強調散花供養諸佛的重要性，引導信眾堅定往生西方淨土的信念。法照把偈讚輯入淨土五會念佛觀行儀中，則無疑會擴大該本生故事的影響，加快其流播進程。

5 法照《鹿兒讚文》

在法照的淨土五會念誦儀軌中，除了一部分是輯入前代高僧的作品外，大多數是他自己新撰的。其中，素材來源於佛本生故事的是《鹿兒讚文》，它現保留有三種文本：一是《淨土五會念佛略法事儀讚》卷下的《鹿兒讚文》（前三句句尾附注和聲辭「沙羅林」，餘者未注，蓋省略之故也。此本後稱「藏本」）[75]；二是敦煌本S.1441vd，原

---

74 周紹良：〈敦煌卷子《善惠買花獻佛因緣》本事考〉，文載北京圖書館敦煌吐魯番學資料中心、臺北《南海》雜誌社合編：《敦煌吐魯番學研究論集》（北京市：書目文獻出版社，1996年），頁1-13。

75 〔日〕大藏經刊行會編：《大正新修大藏經》（臺北市：新文豐出版公司，1996年），卷47，頁482中。

抄在《維摩押座文》（首題）之後；三是S.1973vb，則抄在《社司轉帖》（擬）之後，且有題記曰：「比丘僧善惠書記。」是知該卷為善惠比丘所抄出。但敦煌本都未抄錄題名與作者。為資比較，先把三種文本迻錄並清單如下：

藏本	S.1441vd	S.1973vb
昔有一賢士，沙羅林！恒日在山林。沙羅林！百鳥同一宣，沙羅林！相看如兄弟。 　有一傍行人，失腳墮流泉。手把無根樹，口稱觀世音。 　鹿兒聞此語，便即跳入水，語：「汝上鹿背，將汝出彼岸！」 　汝得出彼岸，步步向鹿跪：「無物報鹿恩，與鹿作奴僕。」 　「鹿是草間蟲，不用作奴僕。饑時食百草，渴即飲流泉。欲得報鹿恩，莫道鹿在此。」 　有一國王長患妃，夜夜見九色鹿。若不得九色鹿，大命難可續。國王出敕集群臣：「誰知九色鹿，有人知鹿處，分國賜千金。」鬧兒聞此語，又手向王前：「臣知九色鹿，恒在流水邊，啟王多將兵，此鹿甚輕便。」	昔有一賢士，住在流水邊。百鳥同一巢，相看如兄弟。 　有一傍河人，失腳墮流泉。手把無根樹，口稱觀世音。 　鹿兒聞此語，逃（跳）入水中心，語：「汝上鹿背，將汝出彼岸！」 　「趙人出彼岸，與鹿作奴僕。」 　「鹿是草間蟲，饑來食百草，渴即飲流泉，不用作奴僕。有人問此鹿，莫道在此間。」 　有一國王長大患，夜夢九色鹿。「誰知九色鹿，分國賞千金。」趙人聞此語，叉手向王前：「臣知九色鹿，長在流水邊。」 　國王聞此語，處分九飛龍：「將兵百萬眾，違（圍）繞四山林。」 　有一慈烏樹上叫：	昔有一賢師（士），住在深山林。娑！ 　有一墓（募）何如（知），失腳墮流泉。娑！受墓（手摸？）無根樹，娑！口稱觀世音！娑！ 　鹿便調（跳）入水，娑！語：「汝上鹿貝（背），娑！飛（將）汝出彼岸！娑！」 　「□□崖腳□，娑！無物報鹿恩！娑！」 　有一國王長患疾，娑！夜夜夢見九色鹿。娑！逐鹿逐鹿處，娑！賞金與千兩，娑！口風（封）與萬戶。娑！神知了鹿處，娑！鹿在何處存？娑！鹿在流泉〔口〕（邊）。娑！ 　國王出兵八萬眾，娑！圍繞深山林。娑！國王長（張）弓欲石（射）鹿，娑！鹿便屈腳住：娑！「國王是加

藏本	S.1441vd	S.1973vb
國王將兵百萬眾，圍繞四山林。國王彎弓欲射鹿，聽鹿說一言：「國王是迦葉，鹿是如來身。」「無人如（知）鹿處，只是阫車大患人。」「昔日救汝命，何期今日害鹿身。傳語黑頭蟲，世世難與恩。」 　普勸道場諸眾生，努力各發菩提心。	「鹿是樹下眠。」 　國王張弓擬射鹿，聽鹿說一言：「大王是迦葉，鹿是如來身。凡夫不昔（惜）賢，莫作聖人怨。」 　國王聞此語，便即寫（卸）弓弦。弓作蓮花樹，箭作蓮花枝，翅作蓮花葉，忍辱頗思議。「無人知鹿處，只是大患兒。報導黑頭蟲，世世莫與恩。」	攝（迦葉），娑！鹿是如來身！」弓作蓮花樹，箭作連如今（蓮花枝），〔口〕（翅）作連花葉，足作連（蓮）花根。 　保（報）道〔口〕（道）場云：「眾等各發菩提心！黑頭蟲，難與恩，世世不須論！」 　比丘僧善惠書記。

案：兩個敦煌寫卷中，由於善惠是用草書抄寫，加上今存墨色較淡，故難於一一辨別，暫且錄文如上。其中，善惠抄卷中的「娑」字，當是「娑羅林」的略稱，與法照偈贊中的「沙羅林」同義，本指釋迦牟尼涅槃之處，但這裡都用作和聲辭。

　　雖說兩個敦煌寫本都沒有標明讚文的作者，然而考慮到它們主體內容與藏本相同、語言也多雷同的客觀事實，我們可以推斷敦煌本和藏本的關係有三種可能：（1）敦煌本是藏本（即法照原創）的改編本；（2）藏本是敦煌本的改編本；（3）三者都不是原創，而是源自某一共同的祖本。當然，也有人認為敦煌本與藏本一樣都出自法照之手[76]，此可備一說。不過，筆者更傾向於藏本是法照原作，而敦煌本則是對藏本的改編本。

---

76 陳開勇〈法照〈鹿兒讚文〉考〉，載《敦煌學輯刊》2006年第3期（2006年9月），頁152-157。又，陳開勇對三個寫本藝術上的高低之分及故事來源都作了較為詳盡的考釋，可參看。

　　無論三個文本孰先孰後，它們的素材首先依據的都是有關九色鹿的本生故事。在漢譯佛典中，相關的經典主要有吳支謙譯《九色鹿經》、《菩薩本緣經》卷下〈鹿品〉，康僧會譯《六度集經》卷六〈修凡鹿王本生〉，唐義淨譯《根本說一切有部毘奈耶破僧事》卷十五〈金色鹿王本生〉等。此外，佛教類書如梁寶唱等編《經律異相》卷十一之「為九色鹿身以救溺人」，唐道世編《諸經要集》卷八〈報恩部〉之「背恩緣」、《法苑珠林》卷五十〈背恩篇〉之「引證部」裡都援引了這則本生故事，而且全都出自支謙譯《九色鹿經》。經曰：

　　昔者菩薩身為九色鹿，其毛九種色，其角白如雪，常在恒水邊飲食水草，常與一鳥為知識。時水中有一溺人，隨流來下，或出或沒，得著樹木，仰頭呼天：「山神樹神，諸天龍神，何不愍傷於我？」鹿聞人聲，走到水中，語溺人言：「汝莫恐怖，汝可騎我背上，捉我兩角，我當相負出水。」

　　既得著岸，鹿大疲極。溺人下地，繞鹿三匝，向鹿叩頭：「乞與大家作奴，供給使令，採取水草。」鹿言：「不用汝也，且各自去。欲報恩者，莫道我在此，人貪我皮角，必來殺我。」於是溺人受教而去。

　　是時國王夫人夜於臥中，夢見九色鹿，其毛九種色，其角白如雪。即託病不起，王問夫人：「何故不起？」答曰：「我昨夜夢見非常之鹿，其毛九種色，其角白如雪。我思得其皮作坐褥，欲得其角作拂柄，王當為我覓之。王若不得者，我便死矣。」王告夫人：「汝可且起，我為一國之主，何所不得？」

　　王即募於國中，若有能得九色鹿者，吾當與其分國而治，即賜金鉢盛滿銀粟，又賜銀鉢盛滿金粟。於是溺人聞王募重，心生惡念：「我說此鹿，可得富貴。鹿是畜生，死活何在？」於是溺人即便語募人言：「我知九色鹿處。」募人即將溺人至大王所，而白王言：「此人知九色鹿處。」王聞此言，即大歡喜，

便語溺人：「汝若能得九色鹿者，我當與汝半國，此言不虛。」溺人答王：「我能得之。」

於是溺人面上即生癩瘡，溺人白王：「此鹿雖是畜生，大有威神。王宜多出人眾，乃可得耳。」王即大出軍眾，往至恒水邊。時烏在樹頭見王軍來，疑當殺鹿，即呼鹿曰：「知識且起，王來取汝。」鹿故不覺，烏便下樹，踞其頭上，啄其耳言：「知識且起，王軍至矣。」鹿方驚起，便四向顧視，見王軍眾已繞百匝，無復走地。即趣王車前，時王軍人即便挽弓欲射，鹿語王人：「且莫射我。」自至王所，欲有所說。王便敕諸臣：「莫射此鹿，此是非常之鹿，或是天神。」鹿重語大王言：「且莫殺我，我有大恩在於王國。」王語鹿言：「汝有何恩？」鹿言：「我前活王國中一人。」鹿即長跪，重問王言：「誰道我在此耶？」王便指示車邊癩面人是。

鹿聞王言，眼中淚出，不能自止。鹿言：「大王，此人前日溺深水中，隨流來下，或出或沒，得著樹木，仰頭呼天……我於爾時不惜身命，自投水中，負此人出。本要不相道，人無反復，不如負水中浮木。」王聞鹿言，甚大慚愧，責數其民，語言：「汝受人重恩，云何反欲殺之？」於是大王即下令於國中，自今已往，若驅逐此鹿者，吾當誅其五族。

於是眾鹿數千為群，皆來依附，飲食水草，不侵禾稼。風雨時節，五穀豐熟，人無疾病，災害不生。其世太平，運命化去。

佛言：「爾時九色鹿者，我身是也。爾時烏者，今阿難是。時國王者，今悅頭檀是。時王夫人者，今先陀利是。時溺人者，今調達是。調達與我世世有怨，我雖有善意向之，而故欲害我。阿難有至意，得成無上道。菩薩行羼提波羅蜜，忍辱如是。」[77]

---

[77] 〔日〕大藏經刊行會編：《大正新修大藏經》（臺北市：新文豐出版公司，1996年），卷3，頁452下-453上。

若把三種《鹿兒讚文》的故事基型與支謙《九色鹿經》進行比較，則知讚文的撰作依據確實是支譯本，並且三種文本對原經都進行了改造。比如：（1）把經中故事發生的具體地點——印度的「恒水」，換成了非常模糊的說法，或是流泉邊，或是深山林；（2）對經中故事的人物關係有所調整，只交代了國王的前世是迦葉[78]，鹿是如來，而其他人物的前世悉皆省略不提；（3）增加了「黑頭蟲」的說教，這是從義淨譯《根本說一切有部毗奈耶破僧事》卷十五的《金色鹿王本生》（案：這則本生故事與支譯「九色鹿王本生」是同型故事，主幹情節相同，只是細節、人物稍異）而來，後者有云：

> 於彼國中，有一大河。在於林側，時有二人，先有怨讎，忽然相逢。一人力勝，遂縛怨人，擲於河中。其水流急，彼人漂溺，便作是言：「誰能救得我者，我與作奴。」時彼鹿王，與五百眷屬至河飲水，聞此聲已，起慈悲心，便入水中，欲救溺人。是時老烏，來詣王所，便即告言：「此黑頭蟲，都無恩義，勿須救拔。若得離難，必害鹿王。」時彼鹿王為慈悲故，不取烏言，往溺人所，背負而出。既到岸上，以口解繩，待蘇息已，便即報言：「子須當知，此是歸路，汝當好去。」時彼溺人，胡跪合掌，報鹿王言：「我於王邊，更得此命，願常供侍為奴，以報王恩。」時彼鹿即說頌曰：
> 不用汝為奴，亦不須承事，但莫說見我，恐彼取我皮。[79]

---

78 支謙譯：《九色鹿經》說國王的前世是悅頭檀，悅頭檀即淨飯王，他是佛陀的父親。三種《鹿兒讚文》把經中的「悅頭檀」改成「迦葉」，而迦葉是佛陀的弟子，如此一來，鹿（佛陀的前世）的地位就高於國王了。這種改造，更突出了法照等人對佛的尊重。

79 〔日〕大藏經刊行會編：《大正新修大藏經》（臺北市：新文豐出版公司，1996年），卷24，頁175中。

這則本生故事的結尾與「九色鹿本生」一樣，溺水者在利益的驅使下恩將仇報，出賣了鹿王，但鹿王主動向國王說清原委而得免宰殺之厄運。

　　當然，三種讚文在承襲《九色鹿經》時又各有特點，如：（1）藏本承襲了經文中國王妃夢見九色鹿的情節；（2）藏本、S.1441vd都保留了經中「烏」之角色，而S.1973vb則保留了經中的「應募人」角色（案：在本寫卷中作者似採用了倒敘法，即先把溺水者後來應募國王之事先說出來。這其實是大大地改變了經文的敘事順序）；（3）兩種敦煌本同時增加了國王所射之箭變成蓮花的情節，這是從梁代僧祐編《釋迦譜》卷一所引《瑞應本起經》：

> 於是魔王手執強弓，又持五箭，男女眷屬俱時往彼畢波羅樹下，見於牟尼寂然不動，欲度生死三有之海。爾時魔王左手執弓，右手調箭，語菩薩言：「汝剎利種，死甚可畏，何不速起？宜應修汝轉輪王業，舍出家法，習於施會，得生天樂。此道第一，先聖所行，汝是剎利轉輪王種，而為乞士，此非所應。今若不起，但好安坐，勿舍本誓，我試射汝。一放利箭，苦行仙人聞我箭聲，莫不驚怖，昏迷失性；況汝瞿曇，能堪此毒？汝若速起，可得安全。」魔說此語以怖菩薩，菩薩怡然，而不驚不動。魔王即便挽弓放箭，並進天女。菩薩爾時眼不視箭，箭停空中，其鏃下向，變成蓮華。[80]

敦煌本《鹿兒讚文》於此，更加鋪張揚厲，把弓箭的各個組成部分

---

80 〔日〕大藏經刊行會編：《大正新修大藏經》（臺北市：新文豐出版公司，1996年），卷50，頁32下。另外，《雜寶藏經》卷三〈大龜因緣〉則記載了提婆達多僱五百善射婆羅門持箭射佛，而所射之箭變成各種蓮花的神變之事（〔日〕大藏經刊行會編：《大正新修大藏經》〔臺北市：新文豐出版公司，1996年〕，卷4，頁464中）。

（弓、箭身、箭翅等）——對應於蓮花的主幹、枝、葉之類，意象更具體了；（4）敦煌本都把夢見鹿王的人物從國王妃改成了國王自己，從而使全部人物的性別都統一為男性；（5）敦煌本S.1441vd的宣揚的主題是忍辱精神，這同於支謙譯本；S.1973vb與藏本宣揚的則為發菩提心；（6）S.1973vb的內容，世俗化的程度最高，如國王的懸賞佈告中有封萬戶之語。

（二）教外創作

這裡的「教外創作」，主要是指非出家人在相關本生經故事的影響下創作的作品，其最重要的表現有兩點：一在時空觀念，二在故事情節或類型。當然，兩者經常是交織在一起的。

關於第一點，本生經在時間觀念上打通了過去、現在和將來（主要是過去將來）的融合，空間上則常常把人世社會、自然界（最突出的是動物世界）和他方世界（譬如地獄、天堂等）巧妙地組織成為一個有機的整體，從而構建了一幅幅真假相半、虛實相生的文學圖景，寄寓了較為豐富的佛教理念，形成了眩人心目的審美效果。諸如此類，在中古以後的文學畫廊裡都有充分的表現。其中，最值得深究的是三生（三世）與轉生觀念對文學創作的薰染。如：

1　《太平廣記》卷一一四「陳秀遠」條引《冥祥記》曰：

> 宋陳秀遠，潁川人。嘗為湘州西曹，客居臨湘縣。少信三寶，年過耳順，篤業不衰。元徽二年七月中，宴臥未寢，歎念萬品死生，流轉無定。惟己將從何來？一心祈念，冀通感夢。時夕結陰，室無燈燭。有頃，見枕邊如螢火者，明照流飛。俄而一室盡明，連空如晝。秀遠遂興，合掌喘息，見庭中四五丈上，有一橋閣，危欄彩檻，立於空中。秀遠了不覺升之，坐於橋側，見橋上士女往還，衣裝不異世人。末有一嫗，年可三十，

青襖白裳，行至秀遠而立。有頃，又一婦人純衣白布，偏環
髻，持香花前，語秀遠曰：「汝前身即我也，以此花供養佛
故，得轉身作汝。」復指青白嫗曰：「此即復是我前身也。」
言殫而去，後指者亦漸隱。[81]

案：《冥祥記》，南齊太子舍人王琰所撰，它主要收錄了中古時期有關
觀世音菩薩的靈驗故事、魂遊地獄故事以及輪迴轉生故事等，是一部
典型的釋氏輔教之書。本則故事的主題在於宣揚供養佛像的功德，然
在故事講述中，卻借用了佛教的三生觀念。可圖示如下：

青白嫗──▶ 純白嫗──▶ 陳秀遠

本來，從三位人物的出生先後看，青白嫗（女性）者出生於人世的時
間最早，其後她轉生為純白嫗（女性），純白嫗後來又轉生為陳秀遠
（男性）。通常情況下，他（她）們三人是不可能相處於同一時空場
景中的，妙的是王琰設置了「夢」作為背景，讓三人有了互相認識的
機會。易言之，陳秀遠是在夢境（虛）悟出自己的前兩生都是女性的。
從敘事結構言，本則故事和佛本生故事也基本一致，都是從今世事緣
說起，然後追溯到主人物過去世的行事，最後交代今世的主人物即過
去的某某云云。同時，作者為了加強故事的真實性，開頭用了較大的
篇幅來敘述陳秀遠的生平行事，尤其是做夢的時間、地點都相當具體。

　　2 《太平廣記》卷一六四「蔡邕」條引《商芸小說》謂：

張衡亡月，蔡邕母方娠，此二人才貌相類。時人云：「邕即衡
之後身也。」[82]

---

81 〔宋〕李昉等撰：《太平廣記》（北京市：中華書局，1961年），頁790-791。
82 〔宋〕李昉等撰：《太平廣記》（北京市：中華書局，1961年），頁1190。

案：《商芸小說》，即《殷芸小說》，是梁代殷芸所撰。本條敘事雖受
到本生經時間觀與生命觀的影響，然在本質上卻有很大的區別，因為
張衡（78-139）和蔡邕（132-192）都是歷史上的真實人物。不過，
作者似乎未加詳考二人的生平，事實上張衡死時蔡邕已經七八歲了，
是不可能發生轉生的。

　　當然，作為小說，虛構是常用的手法。況且，殷芸用了「時人」
一詞，這表明作者是得之於傳聞。劉勰《文心雕龍・才略第四十七》
亦謂「張衡通贍，蔡邕精雅，文史彬彬，隔世相望」[83]，「隔世」云
云，暗示在當時此轉生傳說還相當流行。

　　在這則轉生故事中，最重要的一點就是蔡邕和張衡「才貌相
類」，即後身與前身有某種相同點或相似之處。這種說法，其實和佛
本生經對人物性格的描述大體一致，比方律部本生故事中經常說提婆
達多非但過去世愚昧無知、憍慢自大，而且今世秉性難改，依然如故
之類。

　　殷芸所講的傳說，後來還成了一種固定的敘述模式，且成了文人
士大夫和僧俗之間的談資。如：

　　（1）惠洪（1071-1128）《冷齋夜話》卷十「蔡元度生沒高郵」
條云：

> 蔡元度焚黃餘杭，舟次泗州，病亟。僧伽塔吐光射其舟，萬人
> 瞻仰，中有棺呈露。士大夫知元度不起矣，至高郵而沒。元度
> 生於高郵，而沒於此，異事。世言元度蓋僧伽侍者木叉之後
> 身，初以為誕，今乃信然。[84]

83　〔南朝梁〕劉勰著，范文瀾注：《文心雕龍注》（北京市：人民文學出版社，1958
　　年），頁699。
84　張伯偉編校：《稀見本宋人詩話四種》（南京市：江蘇古籍出版社，2002年），頁97。

這裡的泗州僧伽塔，是指盛唐高僧慧儼、木叉等人為其師僧伽（628-710）所建之塔。僧伽大師是十一面觀音的示現，在唐宋時期頗有靈驗，其弟子木叉亦多顯靈異，圓寂後的舍利塔也在泗州塔旁。惠洪說一開始世人並不相信蔡元度為木叉後身之說，但是由於蔡氏的出生、病逝之地偏偏都在泗州，且塔中有棺自然呈現，諸如此類的神異，使人不得不相信原來的傳說終於變成了「現實」。

（2）何薳（1077-1145）《春渚紀聞》卷一「張無盡前身」條云：

> 張無盡丞相為河東大漕日，於上黨訪得李長者故墳，為加修治，且發土以驗之，掘地數尺，得一大磐石，石面平瑩無它銘款，獨鐫「天覺」二字。故人傳無盡為長者後身。[85]

張無盡，即於北宋大觀四年（1110）出任宰相的張商英（1043-1121）。他是蜀州新津人，字天覺，號無盡居士。早年任通川主簿時，有一天入寺，看見佛教藏經卷冊齊整，怫然而怒，欲撰無佛論。但後來讀到《維摩詰經》，便被折服，於是虔誠向佛。嘗謁臨濟宗黃龍派高僧廬山東林常總（1025-1091），得其印可，並與蘇軾（1036-1101）及黃龍派的兜率從悅（1044-1091）、晦堂祖心（1025-1100）、真淨克文（1025-1102）等禪僧為友，特別是和與楊岐派的圜悟克勤（1063-1135）關係最為密切。李長者，即唐代著名的《華嚴》學者李通玄（635-730），他開元七年（719）隱於太原府壽陽方山，潛心研究新譯《華嚴》八十卷，開創了以易解佛的新思路，在《華嚴》學的研究上影響甚巨。時人只因張商英在李通玄舊墳中出土的大盤石上發現刻有「天覺」二字（即張氏之字），便附會說他就是李通玄的後身。

同書卷一「坡谷前身」條又云：

---

85 上海古籍出版社編：《宋元筆記小說大觀》（上海市：上海古籍出版社，2001年），冊3，頁2362。

世傳山谷道人前身為女子，所說不一。近見陳安國省乾云：山
谷自有刻石記此事於涪陵江石間。……刻石其略言：山谷初與
東坡先生同見清老者，清語坡前身為五祖戒和尚，而謂山谷
云：「學士前身一女子，我不能詳語。後日學士至涪陵，當自
有告者。」山谷意謂涪陵非謫遷不至，聞之亦似憒憒。既坐黨
人，再遷涪陵。未幾，夢一女子語之云：「某生誦《法華經》，
而志願復身為男子，得大智慧，為一時名人。今學士，某前身
也。學士近年來所患腋氣者，緣某所葬棺朽，為蟻穴居於兩腋
之下，故有此苦。今此居後山有某墓，學士能啟之，除去蟻
聚，則腋氣可除也。」既覺，果訪得之，已無主矣。因如其
言，且為再易棺，修掩既畢，而腋氣不藥而除。[86]

在這則筆記中，重點敘述了有關黃庭堅（1045-1105）的前世今生故
事，敘事方法和《冥祥記》之「陳秀遠」條一樣，都是通過夢境來建
構故事情節，都有轉女（前世）成男（今生）的說教。不同的是，黃
庭堅故事巧妙地把儒家之仁和佛教因果報應思想融而為一。其中，重
新殯葬亡骨主要體現了儒家之仁，而腋氣自除則純屬因果報應。[87]
　　（3）趙與時（1175-1231）《賓退錄》卷四又云：

開禧丙寅，眉州重修圖經，號《江鄉志》，末卷《雜記門》
云：「佛日大師宗杲，每住名山，七月遇蘇文忠忌日，必集其
徒修供以薦。嘗謂張子韶侍郎曰：『老僧東坡後身。』張曰：

86　上海古籍出版社編：《宋元筆記小說大觀》（上海市：上海古籍出版社，2001年），
　　冊3，頁2362。
87　考《雜寶藏經》卷4〈沙彌救蟻子得長命報緣〉中敘述了一位沙彌因在回家的路中
　　救度了遭暴雨之苦的蟻子而得好報的故事（參〔日〕大藏經刊行會編：《大正新修
　　大藏經》〔臺北市：新文豐出版公司，1996年〕，卷4，頁468下-469上），黃庭堅故事
　　情節雖與此不同，卻也借鑑了一些敘事元素，如「蟻」和「救度」之類。

『師筆端有大辯才，非老先生而何？』鄉僧可升在徑山為侍
者，親聞此語。」今按杲年譜，蓋生於元祐四年己巳，而東坡
卒於建中靖國元年辛巳。此時杲已十三歲矣。杲生平尊敬東
坡，忌日修供或有之，必無後身之說，可升之妄也。[88]

開禧丙寅，即西元一二〇六年。宗杲（1089-1163）是兩宋之際臨濟
宗楊岐派的高僧之一，在蘇東坡逝世的一一〇一年，確如趙與時所
言，他已經十三歲，從時間上講，根本不可能作為蘇軾的後身出現。
但其性質，我們認為與前引〈殷芸小說〉載蔡邕是張衡後身一樣，只
是傳聞，當不得信史。不過，其中的幾個關鍵人物，都是歷史名人。
尤其是宗杲和張子韶（即張九成，1092-1159），因緣頗深，因為在紹
興十一年（1141）四月，他與張九成一起議論朝政，至五月便被褫奪
衣牒，流放衡州；紹興二十年，再貶梅州；紹興二十五年獲赦，恢復
僧籍。《江鄉志》有宗杲為東坡後身之傳說，源由或出於此。張九成
對宗杲的評價，著眼點在於宗杲和蘇軾都有大辯才，即兩人有相同
點，加之宗杲平生敬重蘇軾的事實，故此無中生有的故事才有了一定
的「依據」，從而形成了文學上的某種真實。若聯繫何薳記載的蘇軾
前身故事，則可構成一個完整的三生系列，即：

　　　五祖戒和尚──→蘇軾──→宗杲

（4）唐李綽《尚書故實》則曰：

　　　司馬天師名承禎，字紫微，形狀類陶隱居。玄宗謂人曰：「承

---

88 上海古籍出版社編：《宋元筆記小說大觀》（上海市：上海古籍出版社，2001年），
　　冊4，頁4177。

禎，弘景後身也。」[89]

司馬承禎（647 -735），是唐代著名高道之一。李隆基之所以把他當成梁代陶弘景（456-536）的後身，主要依據有二：除了形狀相類之外，更重要的是二人都是上清派的大師。而且由此可知：至遲在盛唐時期，佛教的三生與轉世說被道教吸納了。

3　《太平廣記》卷一二○「梁武帝」條引《朝野僉載》說：

> 梁武帝蕭衍殺南齊主東昏侯，以取其位，誅殺甚眾。東昏死之日，侯景生焉。後景亂梁，破建業，武帝禁而餓終，簡文幽而壓死，誅梁子弟，略無孑遺。時人謂景是東昏侯之後身也。[90]

《朝野僉載》乃初盛唐之際的小說家張鷟（約660-740，字文成，自號浮休子）所撰。這則轉生傳說的主題，重在因果報應。考南齊東昏侯蕭寶卷被梁武帝害死於五○一年，侯景生於五○三年，從時間上講是有漏洞的，因為東昏侯死之日，侯景並未出生。當然，「時人」一詞，也表明張鷟的敘事得於民間傳聞。

上面這些例子都為敘事文體，另外在唐宋時期的詩歌作品中，三生與轉世觀念也有所表現。茲舉四例如下：

（1）王維《偶然作六首》（其六）曰：「宿世謬詞客，前身應畫師。不能舍余習，偶被世人知。」[91]

（2）白居易《贈張處士韋山人》：「世說三生如不謬，共疑巢許是前身。」[92]

89　上海古籍出版社編：《唐代筆記小說大觀》（上海市：上海古籍出版社，2000年）下冊，頁1158。

90　〔宋〕李昉等撰：《太平廣記》（北京市：中華書局，1961年），頁840。

91　〔清〕彭定求等編：《全唐詩》（上海市：上海古籍出版社，1986年），頁289。

92　謝思煒：《白居易詩集校注》（北京市：中華書局，2006年），頁2888。

　　（3）黃庭堅《以梅餽晁深道戲贈二首》（其二）：「前身郟下劉公幹，今日江南庾子山。」[93]

　　（4）呂本中《紫微詩話》載仲姑清源君有句云：「前身當是陶淵明，愛酒不入遠公社。」[94]

　　三生（世）不但是作為重要的佛教觀念進入到中國的古典文學，尤其是敘事文學，而且在敘事結構上產生了深遠的影響。其中，最具典型意義的莫過於唐人袁郊《甘澤謠》中的傳奇故事「圓觀」：

> 圓觀者，大曆末洛陽惠林寺僧，能事田園，富有粟帛。梵學之外，音律貫通。時人以富僧為名，而莫知所自也。
>
> 李諫議源，公卿之子，當天寶之際，以遊宴歌酒為務。父憕居守，陷於賊中，乃脫粟布衣，止於惠林寺，悉將家業為寺公財。寺人日給一器食一杯飲而已。不置僕使，絕其知聞。唯與圓觀為忘言交，促膝靜話，自旦及昏。時人以清濁不倫，頗招譏誚。如此三十年。
>
> 二公一旦約遊蜀州，抵青城峨嵋，同訪道求藥。圓觀欲游長安，出斜谷；李公欲上荊州，出三峽。爭此兩途，半年未訣。李公曰：「吾已絕世事，豈取途兩京？」圓觀曰：「行固不由人，請出從三峽而去。」遂自荊江上峽，行次南浧，維舟山下，見婦女數人，襜褰錦襠，負甖而汲。圓觀望而泣下曰：「某不欲至此，恐見其婦人也。」李公驚問曰：「自此峽來，此徒不少，何獨泣此數人？」圓觀曰：「其中孕婦姓王者，是某托身之所。逾三載，尚未娩懷，以某未來之故也。今既見矣，即命有所歸。釋氏所謂循環也。」謂公曰：「請假以符咒，遣某速生。少駐行舟，葬某山下。浴兒三日，亦訪臨。若

93 北京大學古文獻研究所編：《全宋詩》（北京市：北京大學出版社，1998年），頁11388。

94 參見：〔清〕何文煥編：《歷代詩話》（北京市：中華書局，1981年），頁368。

相顧一笑，即其認公也。更後十二年，中秋月夜，杭州天竺寺外，與公相見之期也。」

李公遂悔此行，為之一慟。遂召婦人，告以方書。其婦人喜躍還家，頃之，親族畢至。以枯魚酒獻於水濱，李公往為授朱字，圓觀具湯沐，新其衣裝。是夕，圓觀亡而孕婦產矣。李公三日往觀新兒，襁褓就明，果致一笑。李公泣下，具告於王。王乃多出家財，厚葬圓觀。

明日，李公回棹，言歸惠林。詢問觀家，方知已有理命。

後十二年秋八月，直詣餘杭，赴其所約。時天竺寺，山雨初晴，月色滿川，無處尋訪。忽聞葛洪川畔，有牧豎歌〈竹枝詞〉者，乘牛叩角，雙髻短衣，俄至寺前，乃圓觀也。李公就謁曰：「觀公健否？」卻問李公曰：「真信士矣。與公殊途，慎勿相近。俗緣未盡，但願勤修，勤修不墮，即遂相見。」李公以無由敘話，望之潸然。圓觀又唱〈竹枝〉，步步前去。山長水遠，尚聞歌聲，詞切韻高，莫知所謂。

初到寺前歌曰：「三生石上舊精魂，賞月吟風不要論。慚愧情人遠相訪，此身雖異性長存。」

又歌曰：「身前身後事茫茫，欲話因緣恐斷腸。吳越溪山尋己遍，卻回煙棹上瞿塘。」

後三年，李公拜諫儀大夫，二年卒。[95]

案：本傳奇中的「三生石」與前引志磐所載「僧護造三生石佛」的傳說有相同之處，都巧妙地表現了「三生」、「轉生（世）」、「因緣果報」等佛教觀念。不同的是，僧護傳說的敘事元素相對統一，敘事焦點集中在造彌勒大像一事上（即空間未變）；而圓觀故事中，時、空

---

95 〔宋〕李昉等撰：《太平廣記》（北京市：中華書局，1961年），頁3098-3090。

變換是交織在一起的，且時、空的變化同步。更為重要的是，圓觀故事中加入了一個活生生的現世人物（李源）作為故事發生、發展過程的直接見證者。

　　據《舊唐書》卷一八七記載，李源的父親李憕是位忠義之士，天寶十四載（755）安祿山叛軍攻佔東都洛陽後被俘身亡。當時李源僅八歲，亦被叛軍擄走賣於民家，七、八年之後才由洛陽故吏贖回。李源經此變故，便「無心仕祿，誓不婚妻，不食酒肉」，入住於洛陽北邊的惠林寺（即李憕之舊墅），一住就是多年，並且嚴守佛教齋戒行儀。到了長慶三年（823），禦史中丞李德裕（787-850）上表給皇帝李恒，謂李源乃忠孝之後，應當有所嘉獎。穆宗於是令中使往洛陽宣賜，但源以年高疾甚以辭，竟卒於寺。[96]《新唐書》卷一九一對李源家世、生平行事的記載和《舊唐書》大同小異，只是把李德裕上表的時間定在長慶初，並謂此時李源「年八十矣」、穆宗所授之官為「諫議大夫」。[97]由此可見，袁郊撰作該傳奇故事時，有關李源方面的素材與史實基本相同。不過，《新、舊唐書》於圓觀之事未載入錄，蓋以其荒誕不經，與儒家史學觀念相違也。

　　贊寧《高僧傳》卷二十〈唐洛京慧林寺圓觀傳〉，內容基本上同於袁郊《甘澤謠》，且把圓觀轉生之事當作史傳處理，同時明確記載李源卒於長慶二年（822）（此和《舊唐書》相矛盾，未知孰是）。贊寧還特別就圓觀轉生之事發表了一番議論，曰：

　　　　圓觀未死先寄胎者，聞必不信。何耶？違諸聖教也。嘗聞閩尼
　　　　多許族姓家婦女為兒，云「便來也」。及終，有以朱題髀，當
　　　　日有家生子，身有赤文「便來」二字焉。此類亦多。《莊子》
　　　　所謂「曲士不可與語道者，束於教也」。其或竺乾異計有教未

96　〔後晉〕劉昫等撰：《舊唐書》（北京市：中華書局，1975年），頁4888-4890。

97　〔宋〕歐陽修、宋祁撰：《新唐書》（北京市：中華書局，1974年），頁5511-5512。

來，佛或別會曾談，見有我宗自許。若然者，未可定執已行之教矣。其如觀也果證高深，同《智論》中多種不思議也，心思言議，千里難追矣。[98]

於此，贊寧對圓觀自悟後身之事似有所懷疑，原因在於未死者不能先寄胎，但是很快又以自己的見聞（即闉尼的故事）作為佐證，否定了那一剎那的懷疑，進而又從佛教有授記之說及大乘佛教不可思議的神通加以肯定。

同為北宋高僧的惠洪在《冷齋夜話》卷十「觀道人三生為比丘」條也記載了「圓觀」傳奇，細節稍有不同，曰：

唐《忠義傳》，李澄之子源，自以父死王難，不仕，隱洛陽惠林寺。年八十餘，與道人圓觀游甚密，老而約自峽路入蜀。源曰：「予久不入繁華之域。」於是許之，觀見錦襠女子浣，泣曰：「所以不欲自此來者，以此女也。然業影不可逃，明年某日，君自蜀還，可相臨，以一笑為信。吾已三生為比丘，居湘西嶽麓寺，有巨石林間，嘗習禪其上。」遂不復言，已而觀死。明年如期至錦襠家，則兒生始三日，源抱臨明簷，兒果一笑。卻後十二年，至錢塘孤山，月下聞扣牛角而歌者，曰：「三生石上舊精魂，賞月吟風不要論。慚愧情人遠相訪，此身雖異性長存。」東坡刪削其傳，而曰圓澤，而不書嶽麓三生石上事。贊寧所錄為圓觀，東坡何以書為澤，必有據，見叔讜當問之。[99]

98　〔宋〕贊寧著，范祥雍點校：《宋高僧傳》（北京市：中華書局，1987年），頁520。

99　張伯偉編校：《稀見本宋人詩話四種》（南京市：江蘇古籍出版社，2002年），頁90。

於此，最大的區別有二：一是圓觀轉生是在一年之後，二是圓觀還自述已三生為比丘之事（此當襲取前揭南嶽慧思故事而來），由此使袁郊「三生石上舊精魂」的詩句有了根據。另外，從蘇東坡把「圓觀」書作「圓澤」看，說明該故事到了北宋中後期已產生了較大變異。

　　若綜合袁郊、贊寧、惠洪諸家記載分析，可知圓觀三生為比丘的時空流變如下：

　　　　前生，湘西嶽麓寺 ⟶ 今生，洛陽惠林寺 ⟶ 後生，於杭天竺寺

其中，李源見證了圓觀的後兩世因緣。

　　錢鍾書先生在研究竺法護譯《生經》之《舅甥經》後，就整部《生經》的敘事手法做了總結，它其實也可以作為佛典「本生」文體的特色來看待。錢先生說：

　　　整部《生經》使我們想起一個戲班子，今天扮演張生、鶯鶯、孫飛虎、鄭恒，明天扮演寶玉、黛玉、薛蟠、賈環，實際上換湯不換藥，老是那幾名生、旦、淨、丑。佛在這裡說自己是甥，在《野雞經》裡說：「爾時雞者，我身是也」；在《鱉獼猴經》裡說：「獼猴王者，則我身是。」諸如此類。那個反面角色調達也一會兒是「猻」，一會兒是「鱉」，一會兒是「蟲狐」。今生和前生間的因果似乎只是命運的必然，並非道理的當然，例如賊外甥犯了盜、殺、淫等罪過轉世竟成佛祖，就很難了解或很需要辯解。[100]

圓觀轉生的理由，恰恰在於錢氏所謂「命運的必然」。但是，李源的

---

100 錢鍾書：〈一節歷史掌故、一個宗教寓言、一篇小說〉，《七綴集》（上海市：上海古籍出版社，1994年），頁180。

形象，則傾注了袁郊等人對生命流轉的感慨，寄寓了富貴如煙、榮華似夢的無常之歎。李源之所以拒絕唐穆宗的恩惠，原因正在於他悟透了諸行無常、緣起緣滅的佛理。

〈陳秀遠〉、〈圓觀〉等以三世輪迴、因果報應為表現主題的敘事模式，在唐宋以後的敘事文學（如小說與戲劇）中十分常見，並且廣泛運用於歷史、人情、神魔、公案、俠義等各種題材，相關作品數不勝數，著名的有《新編五代史評話》、《西遊記》、《後水滸傳》、《醒世姻緣傳》、《紅樓夢》、《醉菩提》、《續金瓶梅》等。

最後，簡單地說一下佛本生經的敘事模式對道典的影響。如約出於南北朝或隋唐時期的《太上中道妙法蓮華經》卷四之〈解脫品第七〉曰：

> 爾時元始天尊白諸天眾：從昔以來未聞無上經典，大千人倫，我道德逍遙，快樂自然。乃往古時，有一童子，遊戲諸國，多諸智惠，世藝無雙。或入山林，或居城邑，與人僕使，常無解怠。更生歡喜，常復仙歌，無嗔無怒。又復尋遊，到一小國，遇一高山，四顧雲霞，綠水橫流。爾時童子乃止此山，朝湌松栢，暮宿岩谷，日往月來，常誦妙經。時有白鶴，從空而下。童子與鶴成伴。又經數百年間，天童玉女從空來迎，當會元君成道歸正。是時童子無慳貪嫉妬五毒之心，又復成仙，下遊世界，除妖毒之精，救度人民，除其疾病，當行如是。爾時童子，即我身也。[101]

這段經文，和佛本生「為他說自」的方式完全相同，僅是將說法者「佛」換成了道教的「元始天尊」而已。

---

101 《道藏》（北京市：文物出版社，上海市：上海書店，天津市：天津古籍出版社，1988年），冊34，頁562上。

二　藝術影響舉隅

　　佛本生故事對中國古代藝術的發展也有重大的影響，最明顯的是美術與戲劇。

　　關於美術方面，國內著名的克孜爾石窟、麥積山石窟、敦煌莫高窟、大同雲岡石窟、洛陽龍門石窟等地的壁畫中，都繪製了大量的佛本生故事畫；歷代金石文獻（如王昶《金石萃編》、陸增祥《八瓊室金石補正》等）中也不乏相關的記載。對此，學界已有大量的研究成果問世，我們就不備舉了。於此，我們僅舉三個大家不太注意的事例。

　　1　《太平廣記》卷三九七「麥積山」條引《玉堂閒話》云：

> 麥積山者，北跨清渭，南漸兩當。五百里岡巒，麥積處其半。崛起一石塊，高百萬尋，望之團團，如民間積麥之狀，故有此名。其青雲之半，峭壁之間，鐫石成佛，萬龕千室。……其上有散花樓、七佛閣、金蹄銀角犢兒。[102]

案：《玉堂閒話》，五代王仁裕（880-956）撰作，所記多為親眼所見、親耳所聞。本條即為作者回憶三十九年前（911）親游麥積山的經歷，常被研究者引用。但是，大家很少深究「金蹄銀角犢兒」，最近，劉雁翔在注釋《玉堂閒話‧麥積山》時認為它指的是編號005窟中的伊舍那天塑像，因為該天的坐騎就是一頭臥牛。[103]同時又說七佛閣與散花樓應同在一窟（今編號004），散花樓得名於洞窟上畫的飛天壁畫。既然如此，則「金蹄銀角犢兒」也可能同為編號004窟中的壁

102　〔宋〕李昉等撰：《太平廣記》（北京市：中華書局，1961年），頁3181。
103　劉雁翔：〈王仁裕《玉堂閒話‧麥積山》注解〉，《敦煌學輯刊》2006年第2期（2006年5月），頁73。

畫，而不是塑像。因為它若是指塑像，應以主尊伊舍那天命名，不會用主尊的坐騎來命名。筆者在研討敦煌本《佛說孝順子修行成佛經》時，便是這樣想的。[104]

敦煌寫卷В.8300、Дх.2141、Дх.3815所抄《佛說孝順子修行成佛經》[105]，歷代經錄雖判為偽經，然經方廣錩先生仔細論證，它實為印度初期密教的本生經典。經中說到佛的前世做栴陀羅頗黎國王太子時，曾遭國王大夫人、二夫人的陷害變成了銀蹄金角犢子（《太平廣記》作「金蹄銀角犢兒」，用詞稍別，當是流傳過程中發生的變異），但太子對自己的親生父母（母親為國王第三夫人）心存至孝，並饒恕了大夫人和二夫人。這種主題，正和中國本土的孝道傳統相契合，故而佛教把它繪成壁畫，以迎合世俗社會，同時也傳揚了佛教之孝。更有趣的是，後世狸貓換太子傳說中的關鍵情節，即襲自《佛說孝順子修行成佛經》[106]，而主人翁宋仁宗恰恰是以孝出名。

2　李商隱《題僧壁》詩曰：

> 舍生求道有前蹤，乞腦剜身結願重。大去便應欺粟顆，小來兼可隱針鋒。蚌胎未滿思新桂，琥珀初成憶舊松。若信貝多真實語，三生同聽一樓鐘。[107]

案：義山詩既然題在寺壁上，則很可能是對壁畫的觀感。其中，前兩句顯然和菩薩為求道而捨生忘死的佛本生經有關，如劉宋求那跋陀羅譯《過去現在因果經》述及善慧仙人買花供佛之本生故事是：

104　拙著：《敦煌密教文獻論稿》（北京市：人民文學出版社，2003年），頁377。

105　有關這些寫卷的最新錄文可參方廣錩：〈關於《佛說孝順子修行成佛經》的若干新資料〉，《藏外佛教文獻》（北京市：中國人民大學出版社，2008年）第12輯，頁422-435。

106　拙著：《敦煌密教文獻論稿》（北京市：人民文學出版社，2003年），頁359-369。

107　劉學鍇、余恕誠：《李商隱詩歌集解》（北京市：中華書局，1988年），頁1292。

善慧又曰:「汝若決定不與我花,當從汝願。我好佈施,不逆
人意。若使有來從我乞求頭目髓腦,及與妻子,汝莫生悋,壞
吾施心。」[108]

《菩薩本行經》卷上則載佛在過去無央劫時曾為貧人,但為求道,廣
濟眾生,故發願:

當持己身而用惠施,作是念已,便行索蜜而用塗身,臥於塚
間。便作願言:「今我以身施與一切,若有須肉、頭、目、髓
腦,我悉與之。」[109]

3 清孫枝蔚〈澤物圖徙魚詩〉云:

東坡居士非詩人,流水長者之後身。[110]

　　孫枝蔚(1620-1687)乃清初著名詩人,從「流水長者」一語可
以看出,《澤物圖》所畫「徙魚」之本事,是出於北涼曇無讖譯《金
光明經》卷四之〈流水長者子品〉。該品敘述了佛的前世曾為流水長
者,他見有一大池之魚因池水乾涸,頓生慈悲之心,遂與二子一道救
度諸魚的本生故事。[111]
　　至於佛本生經典與戲劇的關係,唐義淨《南海寄歸內法傳校注》

---

108 〔日〕大藏經刊行會編:《大正新修大藏經》(臺北市:新文豐出版公司,1996年),
　　卷3,頁622上。
109 〔日〕大藏經刊行會編:《大正新修大藏經》(臺北市:新文豐出版公司,1996年),
　　卷3,頁109上。
110 轉引自王利器:《顏氏家訓集解》(北京市:中華書局,1993年),頁391。
111 〔日〕大藏經刊行會編:《大正新修大藏經》(臺北市:新文豐出版公司,1996年),
　　卷16,頁352中-353下。

卷四「讚詠之禮」條說得相當清楚：

> 其社得迦摩羅亦同此類，社得迦者，本生也。摩羅者，即貫焉。集取
> 菩薩昔生難行之事，貫之一處也。若譯可成十餘軸，取本生事，
> 而為詩讚，欲令順俗妍美，讀者歡愛，教攝群生耳。時戒日王
> 極好文筆，乃下令曰：「諸君但有好詩讚者，明日旦朝，咸將
> 示朕。」及其總集，得五百夾。展而閱之，多是社得迦摩羅
> 矣。方知讚詠之中，斯為美極。
> 又戒日王取乘雲菩薩以身代龍之事，緝為歌詠，奏諧弦管，令
> 人作樂，舞之蹈之布於代。又東印度月官大士，作毗輸安呾囉
> 太子歌，詞人皆舞，詠遍五天矣，舊云蘇達拏太子者是也。[112]

這裡的詩讚，其實是詩劇。戒日王（606-647年在位）依據乘雲菩薩
為題材創作的劇本，即著名的《龍喜記》（梵文Nāgānanda），作者在
序幕裡交代它的素材源於《持明本生話》。月官大士的劇作，則依據
有關蘇達拏（Sudāna，音譯又作須大拏、蘇達那等）太子的本生故事
而撰出。在漢譯佛典中，支謙譯《菩薩本緣經》卷上〈一切施品〉、
康僧會譯《六度集經》卷二之《須大拏經》、聖堅譯《太子須大拏
經》、失譯人名《菩薩本行經》卷下、羅什譯《大智度論》卷十二、
義淨譯《根本說一切有部毗奈耶破僧事》卷十六等都記載了這一本生
故事。更有趣的是，在敦煌遺書中，也有以該本生故事撰出的劇作，
即S.6923vb、S.1497b《須大拏太子度男女》（擬）。[113]茲以S.6923vb為

---

112 〔唐〕義淨原著，王邦維校注：《南海寄歸內法傳校注》（北京市：中華書局，1986
　　年），頁182-184。
113 對於這兩份寫卷的擬名及文體性質的認定，敦煌學界看法不一，筆者採取的是任
　　半塘先生的觀點，參氏著：《敦煌歌辭總編》（上海市：上海古籍出版社，2006
　　年），頁786-800。

底本，綜合已有的校勘成果，重新校錄如下（方括號後面的補字，則依S.1497b）：

（前缺）

1. 魔王外道總降依。萬歲千秋傳聖教，猶如劫石佛（拂）天衣。

2. 只是眾生多有福，得逢諸佛重器時。金剛妙法流（實）識詮，

3. 一切經中戒（我）總懸。《須大拏太子度男女背（贊）》：父母言：少少（小）黃宮養，萬事

4. 未曾知。饑亦不曾受，渴〔口〕（亦）未受侍（之）。佛子！妹答兄：我今隨順歌歌意，只恨娘娘

5. 猶未之（知）。放如（兒）暫見娘娘面，須臾還去（卻）亦何之（遲）。佛子！父言：羅睺一心成聖果，

6. 莫學善星（？）五逆墮阿鼻。生〔口〕（生）莫相怨家子，世世長為繞膝兒。佛子！父

7. 言：我今為宿時（持），不用見夫人。

8. 夫人心體軟，母子最為親。佛子！

9. 太子言：我今作何罪，今日受種種苦。我是王公種，須

10. 之作奴婢。佛子！　父言：來日見男女，啼哭苦申陳。我心不許見，退卻菩提

11. 恩。佛子！　父言：世間恩愛相纏縛，父兒妻子皆暫時。一似路傍（旁）相逢樹，

12. 須臾不免槁分離。佛子！　父（兒）言：身體黑如漆，面上〔口〕（三）殊（珠）淚，目傷清（青）面皺，唇

13. 吪耳屍醜（陋）。佛子！　父言：一歲二歲耶娘養，三歲四歲弄（算）英（嬰）孩。五歲六歲學人言，七

14.歲八歲便（辨）東西。佛子！　〔口口口〕（父母言）：一切
　　恩愛有離別，一切江河枯竭時。孥男女好伏仕（侍）婆羅門，

15.莫交婆羅門去一日一夜嗔。佛子！　　兒言：鳥鵲群飛唯
　　（為）失伴，男女恩愛暫時間。孥如

16.孥延救（就）伏仕（侍）婆羅門，早萬（晚）卻見父娘面。
　　〔口口〕（佛子）！

案：S.6923vb寫卷《須大孥太子度男女讚》之前的七句七言詩，以前
任半塘先生曾把它作為戲文的一部分，現在看來似不妥。因為它們是
P.2721、P.3645等《開元皇帝讚金剛經》讚詞中的一部分（其中小括
弧裡的校正字便是依據後者而來），可把它們（S.6923va）擬題為
《開元皇帝讚金剛經摘抄》。S.1497b則抄在《好住娘讚》（原題）之
後，題名與S.6923vb有別，作《小小黃宮養讚》，但讚詞主體內容和
S.6923vb基本相同，只是個別文字有異（如第九行「太子言」，
S.1497b作「兒答」，是），而附加和聲辭「佛子」只標在最後一首。

　　此戲文內容，撰作依據是聖堅所譯《須大孥太子經》，它擷取了
須大孥太子把兒女施與一醜陋婆羅門這一情節來設置臺詞。按照經文
原意，當太子把一雙兒女施捨出去時，太子妃（經中交代名叫「曼
坻」）因外出採摘時果，並不在現場，故戲文中對答的角色應是父
親、女兒、男兒三人，隱含未出場的有母親與婆羅門二人，因此寫卷
裡「父母言」及「妹答兄」中，各衍「母」、「兄」。[114]
　　戲文唱辭與經文的承襲關係十分明顯，如經云：

　　　　太子即以水澡婆羅門手，牽兩兒授與之，地為震動。兩兒不肯
　　　　隨去，還至父前，長跪謂父言：「我宿命有何罪，今復遭值此

---

114 陳洪：《佛教與中古小說》（上海市：學林出版社，2007年），頁212。

> 苦，乃以國王種，為人作奴婢。向父悔過，從是因緣罪滅福
> 生，世世莫復值是。」太子語兒言：「天下恩愛皆當別離，一
> 切無常何可保守。我得無上平等道時，自當度汝。」兩兒語父
> 言：「為我謝母，今便永絕，恨不面別。自我宿罪，當遭此
> 苦。念母失我，憂苦愁勞。」[115]

此即挐如（經中則名叫耶利。另外，「挐延」在經中作「罽挐延」）自
我訴苦唱辭及須大挐勸諭之詞之所本。

經中又云：

> 時鳩留國有一貧窮婆羅門，年四十乃取婦。婦大端正，婆羅門
> 有十二丑：身體黑如漆，面上三𩒱，鼻正匾遞，兩目復青，面
> 皺唇哆，語言謇吃，大腹凸臏，腳復繚戾，頭復𩑾禿，狀類似
> 鬼。[116]

此即挐如嘲笑婆羅門醜態唱辭之所本。戲文與經文不同者為：前者的
嘲笑在太子施兒女之後，經文則在太子施兒女之前。

有時唱辭，由於書手的訛誤，致使戲文與經文的關係不易被讀者
發現。如「一似路傍（旁）相逢樹，須臾不免槁分離」，據經云婆羅
門之婦：

> 行汲水，逢諸年少，嗤說其婿形，調笑之。問言：「汝絕端
> 正，何能為是人作婦耶？」婦語年少言：「是老翁頭白，如霜

---

115 〔日〕大藏經刊行會編：《大正新修大藏經》（臺北市：新文豐出版公司，1996年），
　　卷3，頁421上-中。

116 〔日〕大藏經刊行會編：《大正新修大藏經》（臺北市：新文豐出版公司，1996年），
　　卷3，頁421中。

> 著樹，朝暮欲令其死，但無那其不肯死何？」婦便持水，啼泣
> 且歸，語其婿言：「我適取水，年少曹輩共形調我。當為我索
> 奴婢，我有奴婢者，便不復自行汲水，人亦不復笑我。」婿
> 言：「我極貧窮，當於何所得奴婢耶？」婦言：「若不為我索奴
> 婢者，我便當去，不復共居。」婦言：「我常聞太子須大挐坐
> 佈施太劇，故父王徙著檀特山中，有一男一女，可往乞
> 之。」……婆羅門自辦資糧，涉道而去。[117]

可見唱詞中的「相」字，當是「霜」之誤。唱辭實際上是隱栝了經中
婆羅門妻子對婆羅門的嘲諷之語，不過在戲文中它們被用來比喻人生
無常之理。

　　戲文在創作時，對原經內容也有所增改。如：（1）增加了經中所
沒有的女兒與父親的對話；（2）增加了須大挐太子對兒女成長經歷的
介紹（即「一歲二歲」等歌辭）；（3）把須大挐太子的兒子稱為羅
睺，即羅睺羅（梵文Rahula之音譯，也作羅護羅、羅怙羅等），這當
出於其他漢譯佛典，因為聖堅譯本中佛交代本生因緣時只說：「時男
兒耶利者，今現我子羅云是也。」[118]而什譯《佛說阿彌陀經》云：
「長老舍利弗、摩訶目乾連、摩訶迦葉、摩訶迦栴延……羅睺羅……
如是等諸大弟子。」[119]劉宋求那跋陀羅譯《雜阿含經》卷三十一又
云：「一時佛住王舍城迦蘭陀竹園，時尊者羅睺羅來詣佛所，稽首禮
足，退坐一面。」[120]

117　〔日〕大藏經刊行會編：《大正新修大藏經》（臺北市：新文豐出版公司，1996年），
　　　卷3，頁421中-下。

118　〔日〕大藏經刊行會編：《大正新修大藏經》（臺北市：新文豐出版公司，1996年），
　　　卷3，頁424上。

119　〔日〕大藏經刊行會編：《大正新修大藏經》（臺北市：新文豐出版公司，1996年），
　　　卷12，頁243上。

120　〔日〕大藏經刊行會編：《大正新修大藏經》（臺北市：新文豐出版公司，1996年），
　　　卷2，頁225中。

　　總之，敦煌寫卷中的這個劇本，它是以《須大拏太子經》之本生故事為基礎撰成的，同時又進行了一定程度的藝術加工。

第六章
漢譯佛典之「譬喻」及其影響

　　在漢譯佛典中，從古至今譬喻類佛經一直都很流行。而且，當前的研究成果也頗為豐碩，除了丁敏《佛教譬喻文學研究》這樣宏通的專著之外[1]，還出現了不少有特色的論文，如洪梅珍的〈《百喻經》及其故事研究〉[2]，林韻婷的〈《雜阿含經》譬喻故事研究〉[3]，陳允吉、盧寧的〈什譯〈妙法蓮華經〉裡的文學世界〉[4]，王孺童的〈《百喻經》之研究〉[5]，馮國棟的〈《大般涅槃經》的譬喻研究〉[6]，Kuninori Matsuda 的 *Two Aspects of the Simile of Maya in the Mahayanasutralaṃkala* 等[7]，它們或以具體的某部或某類經典為切入點，進行文學上的闡釋或佛理的探討，悉對筆者啟迪良多。

第一節　含義略說

　　譬喻，也叫比喻，又可略稱為「譬」或「喻」。在漢譯佛典中，

1　丁敏：《佛教譬喻文學研究》（臺北市：東初出版社，1996年）。
2　洪梅珍：《《百喻經》及其故事研究》（高雄市：高雄師範大學國文教學碩士班碩士論文，2004年）。
3　林韻婷：《《雜阿含經》譬喻故事研究》（新竹縣：玄奘大學宗教學系碩士班碩士論文，2005年）。
4　陳允吉主編：《佛經文學研究論集》（上海市：復旦大學出版社，2004年），頁1-43。
5　王孺童：〈《百喻經》之研究〉，《法音》2007年第10期（2007年10月），頁32-37。
6　馮國棟：〈《大般涅槃經》的譬喻研究〉，《寒山寺佛學》（上海市：上海古籍出版社，2003年）第2輯。
7　Kuninori Matsuda, *Two Aspects of the Simile of Maya in the Mahayanasutralaṃkala*，《印度學佛教研究》第54卷第3號（2006年3月），頁80-84。

它對譯的梵文有udāharana、upamā、upamāna、dṛṣṭānta、avadāna、aupamya等。[8]丁敏對此曾做過詳細的梳理，指出它們大致可分成三大類：

> 一是相當於修辭學中的譬喻，如upamā、aupamya、sadṛsa等，它們的用法和「借彼喻此」的修辭方法有關，通過找出兩件或兩件以上的事物中的相似點後轉相比況，目的在於用淺顯的語言巧妙地表達出深奧的佛理。它們是印度自古就大量運用的修辭手法，主要可分成直喻和隱喻兩種。
>
> 二是例證，如dṛṣṭānta、nidarśana、udāharana等，屬因明三支（宗、因、喻）中的譬喻支，多係說教人演述某一道理之後用它來作為例證的客觀事實，這種例證在佛典中通常以講述故事的形式出現，從而加強了說理的力度。
>
> 三是佛典九分教或十二部經的一種，梵文avadāna，或apadāna，音譯作阿波陀那，主要用於記載佛及弟子、居士等聖賢之行誼風範，其間往往貫穿著業報因緣的內容，故而與本生、因緣混為一體，目的在於教化之用。[9]

從佛經文體分類言，第三類是大家最為熟悉的。雖然前兩類主要闡明的是作為修辭格之一的譬喻的修辭性質或邏輯論證法之一（類似於喻證），但是第三類從功用言，有時也可與第一、二兩類相容互通。

其實，從早期的人類文明成果看，無論古希臘、古羅馬，還是古代的印度與中國，在文學作品中都少不了兩種意義上的譬喻：一是修辭學意義的「譬喻」（現在通常寫成「比喻」），二是文學類型學或文

---

8 荻原雲來編纂，辻直四郎監修：《漢譯對照梵和大辭典》（臺北市：新文豐出版公司，2003年），頁252，頁268、頁269、頁605、頁140、頁305。

9 丁敏：《佛教譬喻文學研究》（臺北市：東初出版社，1996年），頁6-11。

體學上的「譬喻」（佛典中的「譬喻經」，後文也稱之為「寓言」）。而
且，兩種「譬喻」關係極其密切。單就中國文學史而言，研究者對此
論述頗多。如較早從事中國寓言研究的胡懷琛指出：

> 寓言的形式是從修辭學中的「比喻」滋長發展而成為一個故
> 事。寓言的實質，是真理，或道德的訓條。又可以說寓言的形
> 式是文學的；寓言的實質，是哲學的，或倫理學的。[10]

此後的研究者，大體上都沿著這一思路，比方說王煥鑣在研究先秦寓
言時就詳細地論述了比喻向寓言發展的過程[11]，陳蒲清則說：「寓言和
比喻本來同源。寓言是用故事作為寓體，因而有情節，一般比喻則沒
有情節。」[12]公木《先秦寓言概論》中則稱「寓言是比喻的高級形
態」[13]，白本松亦謂：

> 寓言文學這一形式最根本的特點是什麼呢？我認為就是它的比
> 喻的性質。因為其一，舉凡寓言，都有著比喻的意義，比喻性
> 是寓言普遍具有的特點。其二，比喻性又是寓言特有的賴以同
> 其他文學形式相區別的一種特點。……
> 寓言產生於比喻，但比喻並不是寓言，二者屬於不同的範疇。
> 寓言是一種特殊的文學形式，而比喻則是一種修辭手段。因此
> 從比喻到寓言之間，必然要經歷一段較長的發展過程，還必然
> 存在一個過渡形式，這就是複雜的比喻形式。如果我們研究一
> 下我國古代的文獻資料，就不難發現由一般比喻到複雜比喻、

---

10 胡懷琛：《中國寓言研究》（上海市：商務印書館，1930年），頁7。
11 王煥鑣：《先秦寓言研究》（上海市：中華書局上海編輯所，1965年），頁6-10。
12 陳蒲清：《中國古代寓言史》（長沙市：湖南教育出版社，1983年），頁2。
13 公木：《先秦寓言概論》（濟南市：齊魯書社，1984年），頁22。

再到寓言這樣一條發展路線的痕跡。[14]

反觀漢譯佛典中的「譬喻」，同樣也可分成修辭類與故事類兩種。所以，我們對漢譯佛典之「譬喻」的檢討，雖以敘事的「譬喻經」為主，但同時也會兼及修辭學的譬喻（比喻）。

　　關於阿波陀那之梵文Avadāna的語義解釋，國際學術界的意見並不一致，郭良鋆作過歸納，指出大致可分成兩派：

> 一派認為Avadāna的意思是「業績」、「功績」或「卓越行為」，在佛教中尤指「施捨」、「自我犧牲」等業績，因為Avadāna的原意是「割取的東西」，「精選的東西」，由此引申出「輝煌的」、「著名的」或「煊赫的」業績。這派觀點主要以斯派爾（Speyer）、湯瑪斯（E. J. Thomas）和溫特尼茨（Winternitz）為代表。另一派認為Avadāna是「譬喻」、「寓言」的意思，因為從詞源學上說，Avadāna來自動詞dā加前綴Ava，意思是「鬆開」、「解開」或「解決」，由此引申出「解釋」，即「解釋教義」。這一派觀點以沖平（U. Vogihara）、岩本（Y. Iwamota）等人為代表。[15]

郭先生還特別說明：「雖然現在國外學術界一般傾向於前一種觀點，但實際上，也許後一種觀點更合理。」丁敏在綜合歐美與日本學者的看法後折中說：「avadāna有特重『行業』與『譬喻』（舉例）的兩種含義。『行業』應是就其avadāna內容的性質而言，『譬喻』是就avadāna的作用而言。」[16]此與文體分析方法相同，我們認為其說可取。

14　白本松：《先秦寓言史》（開封市：河南大學出版社，2001年），頁2-3。
15　郭良鋆：〈佛教譬喻經文學〉，《南亞研究》1989年第2期（1989年5月），頁62。
16　丁敏：《佛教譬喻文學研究》（臺北市：東初出版社，1996年），頁34。

　　至於佛經中的比喻辭格，使用極其普遍，《大慧普覺禪師語錄》卷二十即云：「佛說一大藏教，大喻三千，小喻八百，頓漸偏圓，權實半滿，無不是這個道理。」[17]由此可知，比喻的功用是把各種佛理加以形象的解說。另外，漢譯佛典中還出現了多種比喻分類法，顯示了印度對修比喻辭格的充分重視。

　　（1）《大智度論》卷三十五云：

　　　　譬喻有二種：一者假以為喻，二者實事為喻。今此名為假喻。所以不以餘物為喻者，以此四物叢生稠致，種類又多故。舍利弗、目連等比丘滿閻浮提，如是諸阿羅漢智慧和合，不及菩薩智慧百分之一，乃至算數譬喻所不能及。[18]

於此說到了三種譬喻，即假喻、實喻和算數譬喻。結合同書卷五十五云：

　　　　譬喻法或以實事，或時假設隨因緣故說。如佛言：若令樹木解我所說者，我亦記言得須陀洹。但樹木無因緣可解，佛為解悟人意，故引此喻耳。[19]

由此則知假喻，是指用虛擬的事物或不可能發生的事件設喻。反之，則為實喻。易言之，假喻、實喻之分，是以喻體之性質為依據的。比如，引文中所舉舍利弗、目犍連充滿閻浮提及樹木說話云云，都不是

17　〔日〕大藏經刊行會編：《大正新修大藏經》（臺北市：新文豐出版公司，1996年），卷47，頁895中。

18　〔日〕大藏經刊行會編：《大正新修大藏經》（臺北市：新文豐出版公司，1996年），卷25，頁320中。

19　〔日〕大藏經刊行會編：《大正新修大藏經》（臺北市：新文豐出版公司，1996年），卷25，頁445中。

真實之事，故此二喻，皆為假喻。實喻者，像《大智度論》卷十五云：

> 今欲增進，更得妙勝禪定智慧。譬如穿井，已見濕泥，轉加增
> 進，必望得水。又如鑽火，已得見煙，倍復力勵，必望得火。
> 欲成佛道，凡有二門：一者福德，二者智慧。行施戒忍，是為
> 福德門。知一切諸法實相摩訶般若波羅蜜，是為智慧門。[20]

這裡所舉穿井、鑽火之喻，都是人們日常生活經驗的總結。再如《雜
阿含》卷二十二之「自沒於愛欲，如牛溺深泥」句[21]，則把牛陷入深
泥不得進退之事實作為喻體，用以說明愛欲產生的無比危害。

　　至於算數譬喻，實為博喻之一。它主要指的是佛經中以各種數目
名稱出現的比喻，有人也稱之為「增數譬喻」。[22]其中大家熟知的有金
剛（經）六喻、如來藏（經）九喻、無常十喻（見於《維摩經》卷上
《方便品》、《大智度論》卷六、《大品般若經》卷一《序品》等）、楞
伽（經）十二喻、華嚴（經）二十喻等。茲引唐波羅頗蜜多羅譯《大
乘莊嚴論經》卷二曰：

> 次說譬喻，顯此發心。偈曰：
> 如地如淨金，如月如增火。如藏如寶篋，如海如金剛。
> 如山如藥王，如友如如意。如日如美樂，如王如庫倉。
> 如道如車乘，如泉如喜聲。如流亦如雲，發心譬如是。
> 釋曰：如此發心與諸譬喻，何義相似？

20　〔日〕大藏經刊行會編：《大正新修大藏經》（臺北市：新文豐出版公司，1996年），
　　卷25，頁172中。
21　〔日〕大藏經刊行會編：《大正新修大藏經》（臺北市：新文豐出版公司，1996年），
　　卷2，頁157中。
22　丁敏：《佛教譬喻文學研究》（臺北市：東初出版社，1996年），頁396。

答：譬如大地，最初發心亦如是，一切佛法能生持故。譬如淨
金，依相應發心亦如是，利益安樂不退壞故。譬如新月，勤相
應發心亦如是，一切善法漸漸增故。……譬如大雲，能成世
界，方便相應發心亦如是，示現八相成道化眾生故。如此等及
二十二譬，譬彼發心，如《聖者無盡慧經》廣說，應知已說發
心譬喻。[23]

顯而易見，這裡「發心譬喻」用了二十二個喻體，分別從不同的角度
對發心在修行中的重要作用加以詳細解說。

（2）北本《大般涅槃經》卷二十九云：

佛言：善男子，喻有八種：一者順喻，二者逆喻，三者現喻，
四者非喻，五者先喻，六者後喻，七者先後喻，八者遍喻。
云何順喻？如經中說天降大雨，溝瀆皆滿，溝瀆滿故小坑滿，
小坑滿故大坑滿，大坑滿故小泉滿，小泉滿故大泉滿，大泉滿
故小池滿，小池滿故大池滿，大池滿故小河滿，小河滿故大河
滿，大河滿故大海滿。如來法雨，亦復如是。眾生戒滿，戒滿
足故不悔心滿，不悔心滿故歡喜滿，歡喜滿故遠離滿，遠離滿
故安隱滿，安隱滿故三昧滿，三昧滿故正知見滿，正知見滿故
厭離滿，厭離滿故呵責滿，呵責滿故解脫滿，解脫滿故涅槃
滿。是名順喻。
云何逆喻？大海有本，所謂大河。大河有本，所謂小河。小河
有本，所謂大池。大池有本，所謂小池。小池有本，所謂大
泉。大泉有本，所謂小泉。小泉有本，所謂大坑。大坑有本，

23　〔日〕大藏經刊行會編：《大正新修大藏經》（臺北市：新文豐出版公司，1996年），
　　卷31，頁596中-下。

所謂小坑。小坑有本，所謂溝瀆。溝瀆有本，所謂大雨。涅槃
有本，所謂解脫。解脫有本，所謂呵責。呵責有本，所謂厭
離。厭離有本，所謂正知見。正知見有本，所謂三昧。三昧有
本，所謂安隱。安隱有本，所謂遠離。遠離有本，所謂喜心。
喜心有本，所謂不悔。不悔有本，所謂持戒。持戒有本，所謂
法雨。是名逆喻。

云何現喻？如經中說：眾生心性，猶如獼猴，獼猴之性，舍一
取一。眾生心性，亦復如是，取著色、聲、香、味、觸、法，
無暫住時，是名現喻。

云何非喻？如我昔告波斯匿王：「大王，有親信人從四方來，
各作是言：『大王，有四大山從四方來欲害人民。』王若聞
者，當設何計？王言：『世尊，設有此來，無逃避處，惟當專
心持戒佈施。』我即贊言：『善哉大王！我說四山，即是眾生
生老病死，生老病死常來切人，云何大王不修戒施？』王言：
『世尊，持戒佈施得何等果？』我言：『大王，於人天中多受
快樂。』王言：『世尊，尼拘陀樹持戒佈施，亦於人天受安隱
耶？』我言：『大王，尼拘陀樹不能持戒修行佈施，如其能
者，則受無異。』是名非喻。」

云何先喻？我經中說：譬如有人貪著妙花，採取之時為水所
漂，眾生亦爾，貪受五欲，為生死水之所漂沒，是名先喻。

云何後喻？如《法句》說：「莫輕小罪，以為無殃。水渧雖
微，漸盈大器。」是名後喻。

云何先後喻？譬如芭蕉生果則死，愚人得養，亦復如是，如騾
懷妊，命不久全。

云何遍喻。如經中說三十三天，有波利質多樹，其根入地，深
五由延，高百由延。枝葉四布，五十由延，葉熟則黃。諸天見
已，心生歡喜。是葉不久，必當墮落。其葉既落，復生歡喜。

是枝不久，必當變色。枝既變色，復生歡喜。是色不久，必當
生皰，見已復喜。是皰不久，必當生嘴，見已復喜。是嘴不
久，必當開剖，開剖之時，香氣周遍五十由延，光明遠照八十
由延。爾時諸天，夏三月時在下受樂。善男子，我諸弟子亦復
如是。葉色黃者，喻我弟子念欲出家。其葉落者，喻我弟子剃
除鬚髮。其色變者，喻我弟子白四羯磨，受具足戒。初生皰
者，喻我弟子發阿耨多羅三藐三菩提心。嘴者，喻於十住菩薩
得見佛性。開剖者，喻於菩薩得阿耨多羅三藐三菩提。香者，
喻於十方無量眾生受持禁戒。光者，喻於如來名號無礙周遍十
方。夏三月者，喻三三昧。三十三天受快樂者，喻於諸佛在大
涅槃得常樂我淨。是名遍喻。[24]

這裡的分類原則在於設喻的方式。其中，按照事物生成順序（即按時
間之先後次第，由因及果、由淺及深，從小到大，從低到高）來設喻
說法，即為順喻，它用的是常規的思維方式。反之，則為逆喻。現喻
者，指喻體之取材於當前事物，它和中土《周易》之「近取諸身，遠
取諸物」的觀象方法頗顯一致。非喻者，則反之，多為虛擬之事物。
易言之，現喻、非喻與前述實喻、假喻含義相近。先喻者，先說比喻
然後再揭示比喻所包含的道理，後喻者剛好相反；先後喻者，指佛所
說之法，無論次第之先後，皆用譬喻加以體現；遍喻，也叫全喻，指
佛在說法過程中逐一設喻且逐一說明比喻的用義，並且每個比喻之間
都有一定的內在聯繫。

　　此外，據丁敏研究，在《大般涅槃經》中還有分喻之說[25]，如卷
二十九之「我所喻道是少分喻，非一切也」、卷六之「如經中說面貌

24　〔日〕大藏經刊行會編：《大正新修大藏經》（臺北市：新文豐出版公司，1996年），
　　卷12，頁536中-537上。

25　丁敏：《佛教譬喻文學研究》（臺北市：東初出版社，1996年），頁395。

端正猶如月滿，白象鮮潔猶如雪山。滿月不得即同於面，雪山不得即是白象」。分喻，它說的是本體與喻體間只有部分對應關係，如滿月只能形容面貌端正的個別特點，比方說豐滿。這種比喻，相當於當代修辭學中的「屬喻」。

　　無論是作為辭格的比喻，還是文體意義上的譬喻經（寓言），目的悉在於方便說法。如《長阿含經》卷七曰：

> 迦葉言：「諸有智者，以譬喻得解。我今更當為汝引喻，譬如有人從生而盲，不識五色，青、黃、赤、白、麤、細、長、短，亦不見日、月、星象、丘陵、溝壑。有人問言：『青、黃、赤、白，五色云何？』盲人答曰：『無有五色，如是麤、細、長、短、日、月、星象、山陵、溝壑，皆言無有。』云何婆羅門？」[26]

《大般涅槃經》卷五又曰：

> 佛讚迦葉：善哉善哉，善男子，以是因緣，我說種種方便譬喻以喻解脫，雖以無量阿僧祇喻，而實不可以喻為比，或有因緣亦可喻說，或有因緣不可喻說。[27]

其中的「引喻」，實際上是通過例證進行進行比喻性的解釋，「方便譬喻」則指針對不同的對象採用不同的比喻（或寓言）來說法。當然，還有一點，比喻也不是萬能的。

---

26 〔日〕大藏經刊行會編：《大正新修大藏經》（臺北市：新文豐出版公司，1996年），卷1，頁43下-44上。
27 〔日〕大藏經刊行會編：《大正新修大藏經》（臺北市：新文豐出版公司，1996年），卷12，頁396中-下。

說到譬喻說法的對象，《大智度論》卷三十五有云：

> 問曰：諸鈍根者，可以為喻。舍利弗智慧利根，何以為喻？
> 答曰：不必以鈍根為譬喻。譬喻為莊嚴論議，令人信著。故以
> 五情所見以喻意識，令其得悟，譬如登樓得梯則易上。復次一
> 切眾生著世間樂，聞道得涅槃則不信不樂，以是故以眼見事喻
> 所不見。譬如苦藥，服之甚難，假之以蜜，服之則易。[28]

也就是說無論鈍根、利根，都可以用譬喻的方式對他們傳教，因為譬
喻本身具有莊嚴的審美效果，易使人更好地明白事理，特別是對於日
常生活中難於目驗的事情，通過譬喻可使人一目了然，渙然冰釋，不
再生疑。比如求那跋陀羅譯《佛說老母女六英經》有云：

> 有一母人，貧老佝僂，長跪問佛：「五陰六衰，會合我身，悉
> 為是誰？來何所從？去何所歸？惟願世尊為我思維。」佛言：
> 「善哉，宜識其幾。諸法因緣，識之者希。譬如鑽火，兩木相
> 揩，火不從鑽，亦不從燧。火出其間，赫赫甚輝，還燒其木，
> 木盡消微。亦如搥鼓，其音哀摧，聲不從革，亦不從搥。諸法
> 如是，因緣相推。亦如天雨，風雲雷電，合會作雨，不獨龍
> 威。諸法如是，文亦如是。譬如畫師，調和彩色，因素加畫，
> 無形不即，皆須緣合，非獨一力。」母人聞經，歡喜傾側，即
> 得法忍，身不疲極。[29]

---

28 〔日〕大藏經刊行會編：《大正新修大藏經》（臺北市：新文豐出版公司，1996年），
　　卷25，頁320上。
29 〔日〕大藏經刊行會編：《大正新修大藏經》（臺北市：新文豐出版公司，1996年），
　　卷14，頁912中-下。

於此，佛連用四組比喻來說明諸法因緣的真實含義以及緣生緣滅之理，從而使老嫗對五陰六衰不再執著。

又如後漢安世高譯《五陰譬喻經》載佛所說之偈曰：

> 沫聚喻於色，痛如水中泡，想譬熱時炎，行為若芭蕉，
> 夫幻喻如識，諸佛說若此。當為觀是要，熟省而思維。[30]

這裡在說明五陰（色、痛、想、行、識）各自屬性時，分別用一個比喻加以說明。雖然同為明喻格式，但譯者為了在統一中求變化，有的還兼用了倒喻辭格（第一句及第五句）。

第二節　文體表現及功能

本節所講的譬喻，主要是指故事，即寓言。但是在未進入正題之前，有一個問題需要交代清楚：即漢譯佛典中很少出現「寓言」一詞，而中土僧人的著述中則不時見到，且和《莊子》所講的「寓言」含義相近。如：

1 梁慧皎《高僧傳》卷九〈晉鄴中竺佛圖澄傳〉載建武十四年（348）八月佛圖澄：

> 時暫入東閣，虎與后杜氏問訊澄，澄曰：「脅下有賊，不出十日自佛圖以西，此殿以東，當有流血，慎勿東行也。」杜后曰：「和尚耄耶，何處有賊？」澄即易語云：「六情所受，皆悉

---

30 〔日〕大藏經刊行會編：《大正新修大藏經》（臺北市：新文豐出版公司，1996年），卷2，頁501中。案：是偈又被編入《法苑珠林》卷56，但個別文字有改動，參〔日〕大藏經刊行會編：《大正新修大藏經》（臺北市：新文豐出版公司，1996年），卷53，頁790下。

是賊。老自應耄，但使少者不惛。」遂便寓言，不復彰的。後
二日宣果遣人害韜於佛寺中，欲因虎臨喪，仍行大逆。虎以澄
先誡，故獲免。[31]

此處佛圖澄所說的寓言，其實是預示並提醒石虎、杜后，石宣將發動
叛亂，但杜后不明所以。

　　2 梁王僧孺撰《慧印三昧及濟方等學二經序贊》曰：

昔或授編書於圯上，受揣術於谷裡，乍有寓言，且或假夢，未
有因應炳發，若此其至焉。[32]

這裡的「寓言」，當指用虛構的理由或藉口使人相信故事的真實性。

　　3 唐道宣撰《廣弘明集》卷二引王劭《齊書》〈述佛志〉曰：

石符姚世經譯遂廣，蓋欲柔伏人心，故多寓言以方便。不知是
何神怪，浩蕩之甚乎！其說人身善惡世事因緣，以慈悲喜舍常
樂我淨，書辯至精，明如日月，非正覺孰能證之？[33]

此則把姚秦譯經特點完全等同於中土的寓言，目的在於揭示佛經好以
譬喻說法的特色吧。

　　4 北宋贊寧撰《宋高僧傳》卷第十四〈唐京兆西明寺道宣傳〉之
「繫曰」云：

---

31 〔梁〕慧皎著，湯用彤校注：《高僧傳》（北京市：中華書局，1992年），頁354。

32 〔梁〕僧祐撰，蘇晉仁、蕭鍊子點校：《出三藏記集》（北京市：中華書局，1995
　年），頁276。

33 〔日〕大藏經刊行會編：《大正新修大藏經》（臺北市：新文豐出版公司，1996年），
　卷52，頁106中-下。

律宗犯即問心，心有虛實故。如未得道，起覆想說，則宜犯重矣。若實有天龍來至我所，而云犯重，招謗還婆羅漢同也。宣屢屢有天之使者或送佛牙，或充給使，非宣自述也。如遣龍去孫先生所，豈自言邪？至於乾封之際，天神合沓，或寫《祇洹圖經》《付囑儀》等，且非寓言於鬼物乎？君不見《十誦律》中諸比丘尚揚言，目連犯妄，佛言：「目連隨心想說無罪。」佛世猶爾，像季嫉賢，斯何足怪也。[34]

這裡的「繫曰」，是贊寧自己對道宣法師神通感應故事的看法，他一方面對此有所懷疑，另一方面則從《十誦律》之經典文本出發，又加以肯定，指出鬼神之類的寓言其實也有可信的一面。

5 北宋慧寶注《北山錄》卷七之「故孟莊所領，亡言取象」句曰：

孟軻字子輿，著書十四篇，莊周著書十卷，皆是寓言立意，不可執文質義也。[35]

此則表明僧家對《孟子》、《莊子》的看法，認為二者文體都屬於寓言。

6 兩宋之際晁公武《郡齋讀書志》卷第十六謂《林間錄》卷四：

右皇朝僧德洪撰。記高僧嘉言善行，謝逸為之序。然多寓言，如謂杜祁公、張安道皆致仕居睢陽之類，疏闊殊可笑。[36]

---

34 〔宋〕贊寧著，范祥雍點校：《宋高僧傳》（北京市：中華書局，1987年），頁330。

35 〔日〕大藏經刊行會編：《大正新修大藏經》（臺北市：新文豐出版公司，1996年），卷52，頁618上。

36 〔宋〕晁公武撰，孫猛校證：《郡齋讀書志校證》（上海市：上海古籍出版社，1990年），頁799。

德洪，即惠洪。據袁本云「祁公慶曆六年致仕，治平中薨，安道元豐末始請老，蓋相去二十年矣」[37]，則知惠洪《林間錄》敘事多和史實相違，故被譏為寓言，等同於笑話。

　　7 明袾宏萬曆十二年（1584）撰《往生集序》云：

> 而客有過我者，閱未數傳，勃然曰：「淨土唯心，心外無土。往生淨土，寓言也。子以為真生乎哉！寧不乖於無生之旨。」[38]

袾宏輯撰《往生集》的目的，本要證明西方淨土實有，哪知有人從唯心淨土的立場出發，認為往生西方如同寓言，根本是虛假空幻之事。

　　8 明元賢《建州弘釋錄》卷下載真德秀之事云：

> 公後遍閱諸經，皆善得其旨。其《跋普門品》曰：「予自少讀《普門品》，雖未能深解其義，然嘗以意測之曰：此佛氏之寓言也。」[39]

真德秀（1178-1235）對《法妙蓮華經》之《觀世音菩薩普門品》的認識，指出它和中土寓言一樣，都是有所寄託的，只是寄託的思想情感和儒家不同而已。

　　以上八例，或是對僧人言語如寓言的記載，或是對僧人著作如寓言的批評，或是對譯經寓意如寓言的評斷，或是對本土寓言的認識，總之，多少都反映出在比較的視野下人們對漢譯佛典，尤其是譬喻經典的看法。

---

37 轉引自〔宋〕晁公武撰，孫猛校證：《郡齋讀書志校證》（上海市：上海古籍出版社，1990年），頁799。

38 〔日〕大藏經刊行會編：《大正新修大藏經》（臺北市：新文豐出版公司，1996年），卷51，頁126下。

39 藏經書院編：《新編卍續藏經》（臺北市：新文豐出版公司，1993年），冊147，頁851上。

一　文體表現

關於譬喻經（佛經寓言）的文體表現，筆者擬主要從三大方面進行介紹，即：組織結構、故事與寓意以及寓象（或喻體）與寓意之間的關係。

（一）組織結構

關於譬喻經典的組織結構，國內外學術界已有所討論，如 J. S. Speyer 曾從阿波陀那文學的發展史分成三個階段（類型）：第一類是指被插入經藏中的阿波陀那，其作用在作為指示經律本文教訓意義的實例，或解說教訓由來的起源，做一種類似歷史的說明；第二類是獨立的阿波陀那，或阿波陀那集成，被含在經藏中變成其中的一部；第三類是藏外的後世發達的阿波陀那，如聖勇所著的《菩薩本生鬘》等。丁敏在此基礎上重點討論了第一、二階段的阿波陀那，並把第一階段的譬喻經分成兩類：原始型和發展型。[40]但無論原始型還是發展型，其內容都重在敘述聖賢的生平傳記。筆者於此，則從漢譯譬喻經典的實際情況及佛經寓言的構成方式出發，重新分類如次。

眾所周知，一個完整的寓言故事，它應包括寓題（題名）、寓體（故事）和寓意三大部分。但從佛典成立史的角度看，第一階段的譬喻並不以完整的形式出現。有鑑於此，我們擬把漢譯佛典之寓言故事分成三大類，即：

1 原始例證型

原始例證型的寓言，從組織結構看，往往只有寓體和寓意，而且

---

40 丁敏：《佛教譬喻文學研究》（臺北市：東初出版社，1996年），頁127-128。

故事本身是作為例證來說明某種佛理（或一般性道理）的。如：

（1）題為後漢支婁迦讖譯《雜譬喻經》第八則譬喻曰：

> 為無常家說譬喻：有一大樹，其果如二升瓶。其果垂熟，有烏
> 飛來，住樹枝上。方住，果落烏頭殺。樹神見此，而作偈言：
> 烏來不求死，果墮不為烏。果熟烏應死，因緣會使爾。
> 人在世間，罪福會遲速合，無有前卻。黠人得罪不怨，得福不
> 喜。爾乃為諦，信佛言，受持不離。三界之中，有九十六種
> 道，世人各奉其所事，冀神有益。此諸小道，未曉為福，豈能
> 執德？所以爾者，不識三尊之上明，不執五戒之清真，無有八
> 正之深見，豈能佑濟於人乎？是以名之薄田耳。[41]

本則寓言一開頭便交代是「為無常家說譬喻」，即其寓意在於明無常
之理。其後的故事，則為具體的例證。有趣的是，作者為了強調寓意
的重要性，還使用了重複法，即通過樹神之偈再一次揭示了寓意，並
進而由此及彼，推衍出信奉三尊（三寶）的一般性說教。

（2）題為鳩摩羅什譯、比丘道略集的《眾經撰雜譬喻經》（卷
下）之二三則譬喻曰：

> 外國有一咒龍師，澡罐盛水，詣龍池邊，一心讀咒。此龍即時
> 便見大火從池底起，舉池皆然。龍見火怖，出頭望山。復見大
> 火，燒諸山澤。仰視山頭，空無住處。一切皆熱，安身無地。
> 唯見澡罐中水，可以避難。便滅其大身，作微小形，入澡罐水
> 中。彼龍池者，喻欲界也。所望山澤，喻色界也。視山頂者，
> 喻無色界也。咒龍師者，喻菩薩也。澡罐水者，喻泥洹也。術

---

41 〔日〕大藏經刊行會編：《大正新修大藏經》（臺北市：新文豐出版公司，1996年），
　　卷4，頁500下。

者，喻方便也。大火燃者，喻現無常也。龍大身者，喻憍慢也。作小形者，喻謙卑也。言菩薩示現，劫燒欲色同然。無常大火，恐怖眾生，令除憍慢，謙卑下下，然後乃悉入涅槃也。[42]

本則寓言與前一則結構稍有不同，是先說故事，然後再逐一揭示故事各元素（筆者稱之為寓象）的象徵義，由淺及深，最終導出真正的教旨所在——涅槃。而這種先講故事（寓體）再揭示寓意的模式，是最為常見的形式。

（3）劉宋求那跋陀羅譯《雜阿含經》卷二十九云：

如是我聞：一時佛住舍衛國祇樹給孤獨園。爾時世尊告諸比丘：「譬如驢隨群牛而行，而作是念：我作牛聲。然其彼形，亦不似牛，色亦不似牛，聲出不似。隨大群牛，謂已是牛，而作牛鳴，而去牛實遠。如是有一愚癡男子違律犯戒，隨逐大眾，言『我是比丘，我是比丘』，而不學習勝欲增上戒學、增上意學、增上慧學，隨逐大眾，自言『我是比丘，我是比丘』，其實去比丘大遠。」

爾時世尊即說偈言：

同蹄無角獸，四足具聲口。隨逐大群牛，常以為等侶。

形亦非牛類，不能作牛聲。如是愚癡人，不隨繫心念。

於善逝教誡，無欲勤方便。懈怠心輕慢，不獲無上道。

如驢在群牛，去牛常自遠。彼雖隨大眾，內行常自乖。

佛說此經已，諸比丘聞佛所說，歡喜奉行。[43]

---

42 〔日〕大藏經刊行會編：《大正新修大藏經》（臺北市：新文豐出版公司，1996年），卷4，頁537上。

43 〔日〕大藏經刊行會編：《大正新修大藏經》（臺北市：新文豐出版公司，1996年），卷2，頁212中-下。

在漢譯四阿含經中，《雜阿含經》在印度出現的時間最早。此表明，佛陀傳教伊始就善於運用譬喻、寓言來教化眾生。本則寓言（譬喻）篇幅雖短，然從結構講完全符合「經」的體制，它有序分（交代說法的時間、地點、人物等）、正宗分（說法的主體內容）和流通分（說法之後聽眾的感受之類）。而經之主體，是以例證性的故事來說明真假比丘之別在於守不守戒。其中，牛喻真比丘，驢喻違戒比丘。

（4）東晉瞿曇僧伽提婆譯《中阿含經》卷十六云：

> 尊者鳩摩羅迦葉告曰：「蜱肆，復聽我說喻。慧者聞喻，則解其義。蜱肆，猶養豬人，彼行路時，見有燥糞甚多無主，便作是念：此糞可以養飽多豬，我寧可取自重而去。即取負去，彼於中道，遇天大雨，糞液流漫，澆汙其身，故負持去，終不棄舍。彼則自受無量之惡，亦為眾人之所憎惡。當知蜱肆，亦復如是。若汝此見欲取、恚取、怖取、癡取，終不捨者，汝便當受無量之惡，亦為眾人之所憎惡，猶養豬人。」[44]

此處引文表明：除了佛陀之外，其他弘法者也善於譬喻說法。鳩摩羅迦葉通過舉例與類推的方法，指出不捨欲、恚、怖、癡者，就如同養豬人不捨糞液一樣，會遭到眾人的厭惡。

2 獨立完整型

獨立完整型是指具有寓題、寓體和寓意三個構件的譬喻經。如：

（1）題為鳩摩羅什譯、比丘道略集的《雜譬喻經》之《惡雨喻》曰：

---

44 〔日〕大藏經刊行會編：《大正新修大藏經》（臺北市：新文豐出版公司，1996年），卷1，頁530下。

外國時有惡雨，若墮江、湖、河、井、城池水中，人食此水，令人狂醉，七日乃解。時有國王多智善相，惡雨雲起，王以知之，便蓋一井，令雨不入。時百官群臣，食惡雨水，舉朝皆狂，脫衣赤裸，泥土塗頭，而坐王廳上。唯王一人，獨不狂也，服常所著，衣天冠瓔珞，坐於本床。一切群臣不自知狂，反謂王為大狂，何故所著獨爾？眾人皆相謂言：「此非小事，思共宜之。」王恐諸臣欲反，便自怖懼，語諸臣言：「我有良藥，能癒此病。諸人小停，待我服藥，須臾當出。」王便入宮，脫所著服，以泥塗面，須臾還出。一切群臣見，皆大喜，謂法應爾，不自知狂。七日之後，群臣醒悟，大自慚愧，各著衣冠而來朝會。王故如前赤裸而坐，諸臣皆驚怪而問言：「王常多智，何故若是？」王答臣言：「我心常定，無變易也，以汝狂故反謂我狂，以故若是，非實心也。」如來亦如是，以眾生服無明水，一切常狂。若聞大聖常說諸法不生不滅，一相無相者，必謂大聖為狂言也。是故如來隨順眾生，現說諸法是善是惡，是有為是無為也。[45]

案：這部《雜譬喻經》有一特點，即全部三十九則寓言故事都有題名，一併標在正式經文之前，而且每個題名都以「喻」字收尾，它們與各自對應的故事頗為契合。雖說題名（極可能是道略所擬定）本身未和故事主體連在一起，形式上有所隔離，但筆者認為它們依然可以歸為獨立完整型。在《惡雨喻》中，「惡雨」一詞既是寓體（故事）發生的關鍵因素，其自身也具有高度的象徵性和概括性，比喻的是無明，由此才能展開後面的說教，指出大乘空觀的宗旨本是無相無為，但為了方便眾生開悟，故說一相與有為之類。

---

45 〔日〕大藏經刊行會編：《大正新修大藏經》（臺北市：新文豐出版公司，1996年），卷4，頁526中-下。

（2）南齊求那毗地譯《百喻經》卷一〈愚人食鹽喻〉曰：

昔有愚人，至於他家。主人與食，嫌淡無味。主人聞已，更為
益鹽。既得鹽美，便自念言：所以美者，緣有鹽故。少有尚
爾，況復多也。愚人無智，便空食鹽。食已口爽，返為其患。
譬彼外道，聞節飲食可以得道，即便斷食，或經七日，或十五
日，徒自困餓，無益於道。如彼愚人以鹽美，故而空食之，致
令口爽。此亦復爾。[46]

案：《百喻經》共四卷，它與例（1）所引《雜譬喻經》不太一樣：不
僅在每一卷之前列出了該卷所有譬喻的題名，而且在每則譬喻的經文
前又重複了題名。易言之，題名和具體的經文連成了一個有機的整
體。本則譬喻敘述完故事後便直接點明寓意，即要批判外道的愚昧
無知。

（3）唐義淨譯《佛說譬喻經》曰：

如是我聞：一時薄伽梵在室羅伐城逝多林給孤獨園。爾時世尊
於大眾中告勝光王曰：「大王，我今為王略說譬喻。諸有生
死，味著過患。王今諦聽，善思念之。乃往過去於無量劫時有
一人，游於曠野，為惡象所逐，怖走無依，見一空井，傍有樹
根，即尋根下，潛身井中。有黑白二鼠，互齧樹根，於井四
邊，有四毒蛇，欲螫其人。下有毒龍，心畏龍蛇，恐樹根斷。
樹根蜂蜜，五滴墮口，樹搖蜂散，下螫斯人。野火復來，燒然
此樹。」王曰：「是人云何受無量苦？貪彼少味。」爾時世尊
告言：「大王，曠野者喻於無明長夜曠遠，言彼人者喻於異

46　〔日〕大藏經刊行會編：《大正新修大藏經》（臺北市：新文豐出版公司，1996年），
　　卷4，頁543上。

生，象喻無常，井喻生死，險岸樹根喻命，黑白二鼠以喻晝夜，齧樹根者喻念念滅，其四毒蛇喻於四大，蜜喻五欲，蜂喻邪思，火喻老病，毒龍喻死。是故大王當知生老病死，甚可怖畏，常應思念，勿被五欲之所吞迫。」

爾時世尊重說頌曰：

曠野無明路，人走喻凡夫。大象比無常，井喻生死岸。

……

鎮處無明海，常為死王驅。寧知戀聲色，不樂離凡夫。

爾時勝光大王聞佛為說生死過患，得未曾有，深生厭離，合掌恭敬，一心瞻仰。白佛言：「世尊，如來大慈為說如是微妙法義，我今頂戴。」佛言：「善哉善哉，大王，當如說行，勿為放逸。」時勝光王及諸大眾皆悉歡喜，信受奉行。[47]

案：本篇小經既然題名中含有「譬喻」二字，毫無疑問，它就是譬喻經。不過，與前兩則譬喻有所區別的是：佛陀在此所講的故事是作為例證用的，旨在對勝光大王宣揚諸行無常、五蘊皆空的佛理，從而勸諭後者歸依佛法。此外，本則寓言中的各個寓象，與前揭《眾經撰雜譬喻經》（卷下）第二、三則譬喻一樣，分別代表了不同的佛教名相。只有綜合各種要素，才能突顯出寓言的整體寓意。

3 變化複合型

所謂變化複合型，是指譬喻文體與其他文體的融合，如本生、因緣、授記等。[48]其主要表現形式有：

---

47 〔日〕大藏經刊行會編：《大正新修大藏經》（臺北市：新文豐出版公司，1996年），卷4，頁801中-下。
48 丁敏：《佛教譬喻文學研究》（臺北市：東初出版社，1996年），頁60-62、頁164-165。

（1）譬喻本生

　　譬喻本生，是指譬喻和本生的結合，其組織結構包容了譬喻和本生的特點。如題為康僧會譯《舊雜譬喻經》卷下有云：

> 昔有梵志年百二十，少小不妻娶，無淫泆之情。處深山無人之處，以茅為廬，蓬蒿為席，以水果、蓏為食飯，不積財寶。國王娉之，不往，意靜處無為。於山中數千餘歲，日與禽獸相娛樂。有四獸：一名狐，二名獼猴，三者獺，四者兔，此四獸日於道人所聽經說戒，如是積久，食諸果蓏，皆悉訖盡。後道人意欲使徙去，此四獸大愁憂不樂，共議言：「我曹各行求索，供養道人。」獼猴去至他山中，取甘果來，以上道人：「願心莫去！」狐亦復行，化作人，求食得一囊飯糒來，以上道人：「可給一月糧，願止留！」獺亦復入水，取大魚來，以上道人：「給一月糧，願莫去也！」兔自思念：「我當用何等供養道人耶？」自念：「當持身供養耳。」便行取樵，以然火作炭，往白道人言：「今我為兔，最小薄能，請入火中作炙，以身上道人，可給一日糧。」兔便自投火中，火為不然。道人見兔，感其仁義，傷哀之，則自止留。
> 佛言：「時梵志者，提和竭佛是。時兔者，我身是。獼猴者，舍利弗是。狐者，阿難是。獺者，目犍連是也。」[49]

案：譬喻之所以和本生融為一體，主要原因在於譬喻本有「行業」、「業績」之義。如這則譬喻雖以梵志（道人）作為故事發展的主線，

49　〔日〕大藏經刊行會編：《大正新修大藏經》（臺北市：新文豐出版公司，1996年），卷4，頁518上-中。又《法苑珠林》卷41也引有是則譬喻，但文字略有不同，參〔日〕大藏經刊行會編：《大正新修大藏經》（臺北市：新文豐出版公司，1996年），卷53，頁607上-中。

著重突出的卻是兔（即佛的前生）勇於犧牲的事蹟。至於其寓意，與純粹的譬喻相較，已經變得不太明確。「道人見兔，感其仁義」一句，也算是在點明寓意，但總有點牽強，寓意似乎游離於寓體之外了。

再如竺法護譯《生經》卷四〈佛說毒草經第三十四〉曰：

> 昔者一國有大叢樹，樹木參天，無折傷者。中有樹神，明達義理，出入行節，與眾不同。四方來趣，經歷樹木。時樹神悅豫，恣人所欲，采果薪草，不以為恨，蔭涼泉水，服者大安。時有一鳥，他方口含弊惡毒草，飛過此樹，因投其上，適墮上枝，毒侵其樹，尋枯過半。時叢樹神心自念言：「此毒最凶，適墮樹上，須臾之間，今半樹枯。日未至中，未盡冥頃，如是悉枯，未滿十日，恐皆毀死。此叢樹木，當奈之何去斯毒害？」時虛空中有天神曰：「如是不久有明人來，歷游道路，過斯叢樹，卿取樹間所藏金，雇掘此毒樹，盡其根株，令無有餘，爾乃永安。設不爾者，日未冥頃，毒樹盡枯，悉及叢樹。」樹神聞之，因化人形，住於路側。待之已到，即語其人：「吾有金藏，當以相賜，願掘毒樹，窮索其根。」其人聞得重金藏寶，即言「唯諾」，便前掘之，盡其根原。樹神喜悅，尋與金藏，其人取去，家居致富。樹神歡然，得離毒難，眾樹長安，花果茂盛，不慮毒患，諸罪皆散。佛言：「叢樹者，謂三界。樹神者，謂發意菩薩也。鳥從他方取毒來者，謂魔事眾想從無明致。虛空神者，如來至真等正覺也。教諸學者，不從魔法，當順善友菩薩大士修同志者，乃拔三垢眾勞之厄。掘樹盡根，謂消婬怒愚癡之冥；設不爾者，溺在三處，罪蓋自覆，無有威勢拯濟眾生生死之惱。得賜藏者，謂道法藏。菩薩大士，展轉相助成，猶萬川流合於大海。樹神欣然，悉無憂患，還處樹者，以能逮得無所從生大哀法忍，因往三界，廣

度一切。得寶喜樂家居富者，以得總持、六度無極、三十七品、修四等心、四恩十力。相好四無所畏，諸根寂定，為無限寶，道富無量。還歸家者，解歸本淨真道之際也。示現佛身，廣宣道化，開度十方，靡不蒙恩。」[50]

本則譬喻，與前一則有所不同，它是用本生經的結構巧妙地表達出了寓意。若從本生經的特點出發，只要交代清楚「樹神即發意菩薩、虛空神即如來是也」就算結束。但是，該經把本生故事中的各敘事元素之比喻義（或象徵義）都作了全面的揭示，使文體性質陡然轉變，從而融合成了一則譬喻本生。更為有趣的是其結構，即寓體部分是本生故事。

（2）譬喻因緣

譬喻因緣，是指譬喻和因緣的結合，而且寓意往往表現的就是業報思想。如鳩摩羅什譯《成實論》卷十三云：

> 又若正知因緣法者，能得心空。如《猿喻經》說：「凡夫或能離身，而不能離心。寧觀身常，勿觀心常。所以者何？眼見是身，或住十歲，乃至百年。所謂若心，若意若識，如事念念生滅變異，如猿猴緣樹，舍一枝，攀一枝，不住一處。若聖弟子於中正觀因緣法，故能知無常。」[51]

這裡所引的《猿喻經》，雖然經文不很完整，但它的作用顯然是在說

50　〔日〕大藏經刊行會編：《大正新修大藏經》（臺北市：新文豐出版公司，1996年），卷3，頁95中-96上。

51　〔日〕大藏經刊行會編：《大正新修大藏經》（臺北市：新文豐出版公司，1996年），卷32，頁344中。

明、解釋、論證因緣法。而且，若就摘引的經文分析，它包含了題名
（即《猿喻經》）、故事（敘述猿猴緣樹的過程與結果）及寓意（知無
常），也可算是一則簡短的寓言了。

　　再如鳩摩羅什譯《大智度論》卷二十二云：

> 財物是種種煩惱罪業因緣，若持戒禪定智慧種種善法是涅槃因
> 緣，以是故財物尚應自棄，何況好福田中而不佈施。譬如有兄
> 弟二人，各擔十斤金，行道中，更無餘伴。兄作是念：「我何
> 以不殺弟取金？此曠路中人無知者。」弟復生念，欲殺兄取
> 金。兄弟各有惡心，語言視瞻皆異。兄弟即自悟，還生悔心。
> 我等非人，與禽獸何異？同生兄弟，而為少金故而生惡心。兄
> 弟共至深水邊，兄以金投著水中。弟言：「善哉善哉！」弟尋
> 復棄金水中，兄復言：「善哉善哉！」兄弟更互相問：「何以故
> 言善哉？」各相答言：「我以此金故，生不善心，欲相危害，
> 今得棄之，故言善哉。」二辭各爾。以是故知財為惡心因緣，
> 常應自舍，何況施得大福而不施。[52]

此中兄弟棄金的寓言，主旨在於揭示財為惡心因緣。易言之，因緣思
想是通過寓言來體現的。不過，本則寓言相對於前一則譬喻因緣，其
寓體部分的敘事更加翔實，既有人物對話，也有心理與動作描寫，故
事性強多了。

（3）譬喻授記

　　譬喻授記是指譬喻和授記的融合，如《賢愚經》卷十二〈二鸚鵡
聞四諦品〉曰：

---

52 〔日〕大藏經刊行會編：《大正新修大藏經》（臺北市：新文豐出版公司，1996年），
　　卷25，頁226下。

如是我聞：一時佛在舍衛國祇樹給孤獨園。爾時長者須達敬信佛法，為僧檀越，一切所須悉皆供給。……須達家內有二鸚鵡，一名律提，二名賒律提，稟性黠慧，能知人語。諸比丘往來，每先告語家內聞知，拂整敷具，歡喜迎逆。是時阿難往到其家，見鳥聰黠，愛之在心，而語之言：「欲教汝法。」二鳥歡喜，授四諦法，教令誦習，而說偈言：

豆佉，三牟提耶，尼樓陀，末加。晉言苦習滅道。

門前有樹，二鳥聞法，喜悅誦習，飛向樹上，次第上下經由七返，誦讀所受四諦妙法。其暮宿樹，野狸所食。緣此善心，即生四天。

尊者阿難，明日時到，著衣持鉢，入城乞食。聞二鸚鵡為狸所殺，生矜愍心，還白佛言：「須達家內有二鸚鵡，弟子昨日教誦四諦。其夜命終，不審識神，生處何所？唯願如來，垂愍見示。」

佛告阿難：「諦聽諦聽，善著心中，當為汝說，令汝歡喜。緣汝授法，喜心受持，命終之後，生四王天。」……阿難又問：「六天壽盡，當生何處？」佛告阿難：「當下閻浮提，生於人中，出家學道。緣前鳥時誦持四諦，心自開解，成辟支佛：一名曇摩，二名修曇摩。」

佛告阿難：「一切諸佛，及眾賢聖、天人品類，受福多少，皆由於法，種其善因，致使其後各獲妙果。」爾時阿難及諸眾會，聞佛所說，歡喜奉行。[53]

若從譬喻的角度觀察，經文到「緣此善心，即生四天」就可以結束，因為這已經構成了一個完整的寓言故事，但是撰經者言猶未盡，要進

---

53 〔日〕大藏經刊行會編：《大正新修大藏經》（臺北市：新文豐出版公司，1996年），卷4，頁436下-437上。

一步回答二鸚鵡生四天（四王天）之後的去處，佛於是一一作了回答。特別是對於二鸚鵡轉生於第二忉利天、第三焰摩天、第四兜率天、第五不憍樂天、第六化應生天乃至於人以及最後成佛的描述，都是將來才會發生的事情，故這一部分是佛對二鸚鵡的授記。當然，授記完所說的「一切諸佛……各獲妙果」，也可以作為整篇故事的寓意看待。

（4）混合譬喻

混合譬喻，是指譬喻與本生、因緣、授記等的多重組合（案：而非雙重組合），它是把三種或三種以上的文體要素融合為一體，或成為一個寓言故事，或構成一個故事群。前者如《雜寶藏經》卷六之〈迦步王國天旱浴佛得雨緣〉曰：

> 若種少善於良福田，後必獲報。如往古昔無量無邊阿僧祇劫，爾時有王名曰迦步，統領閻浮提內八萬四千國土。王有二萬夫人，然無子息。禱祀神祇，經歷多年，最大夫人而生太子，字曰栴檀。為轉輪王，領四天下。厭惡出家，得成正覺。時彼國中諸相師等咸言：「大旱應十二年，作何方計攘卻此災？」尋共議言：「我等今者，應造金甀置於市上，盛滿香水，以用浴佛，分佈香水，而起塔廟，可得除災。」即請如來，香水澡浴，分取世尊洗浴之餘，作八萬四千寶瓶，分與八萬四千諸國，仰造塔廟，供養作福。以造塔廟作福因緣，天即大雨，五穀豐熟，人民安樂。時有一人見是塔廟，心生歡喜，即以一把華散於塔上，獲大善報。佛言：「我以佛眼，觀彼久遠，栴檀如來，香水塔廟受彼化者，皆久成佛，入於涅槃。一把華施者，我身是也。以我往日有是因緣，今於末後自致成佛。是故

行者應當勤心作諸功德，莫於小善，生下劣想。」[54]

案：本則故事，從總體結構看，無疑當歸入譬喻（寓言），因為它一開始就交代了題旨，最後「莫於小善，生下劣想」則重複了寓意，中間的故事部分，具有引證的意味，可視作寓體。但是，故事部分既融入了「本生」的因數（最具體的證據是佛交代了自己的前世行事），又融合了「因緣」的元素（如天旱浴佛事）。易言之，本則經文是譬喻和本生、因緣的三重組合。

後者如《賢愚經》卷三之〈貧女難陀品〉曰：

一時佛在舍衛國祇樹給孤獨園，爾時國中有一女人，名曰難陀，貧窮孤獨，乞丐自活，見諸國王臣民大小各各供養佛及眾僧，心自思維：「我之宿罪，生處貧賤，雖遭福田，無有種子。」酸切感傷，深自咎悔，便行乞丐，以俟微供。竟日不休，唯得一錢，持詣油家，欲用買油。油家問曰：「一錢買油，少無所逮，用作何等？」難陀具以所懷語之，油主憐愍，增倍與油。得已歡喜，足作一燈，擔向精舍，奉上世尊，置於佛前眾燈之中。……於時世尊即授其記：「汝於來世二阿僧祇百劫之中，當得作佛，名曰燈光，十號具足。」於是難陀得記歡喜，長跪白佛：「求索出家。」佛即聽之，作比丘尼。
慧命阿難、目連見貧女人得免苦厄，出家受記，長跪合掌，前白佛言：「難陀女人，宿有何行，經爾許時貧乞自活？復因何行，值佛出家，四輩欽仰，諍求供養？」佛言：「阿難，過去有佛名曰迦葉，爾時世中有居士婦，躬往請佛及比丘僧。然佛

先已可一貧女，受其供養。此女已得阿那含道，時長者婦自以財富，輕忽貧者，嫌佛世尊先受其請，便復言曰：『世尊！云何不受我供？乃先應彼乞人請也。』以其惡言，輕忽賢聖，從是以來五百世中，恒生貧賤乞丐之家。由其彼日供養如來及於眾僧，敬心歡喜，今值佛世，出家受記，合國欽仰。」

爾時眾會聞佛說此已，皆大歡喜。國王臣民聞此貧女奉上一燈受記作佛，皆發欽仰，並各施與上妙衣服，四事無乏。合國男女，尊卑大小，競共設作諸香油燈，持詣祇洹供養於佛，眾人猥多，燈滿祇洹。……日日如是，經於七夜。

爾時阿難甚用歡喜，嗟歎如來若干德行。前白佛言：「不審世尊過去世中，作何善根，致斯無極燈供果報？」佛告阿難：「過去久遠二阿僧祇九十一劫，此閻浮提有大國王，名波塞奇，主此世界八萬四千諸小國土。王大夫人生一太子……字勒那識祇，晉言寶髻。年漸長大，出家學道，得成為佛，教化人民，度者甚多。爾時父王請佛及僧，三月供養。有一比丘字阿梨蜜羅，晉言聖友，保三月中，作燈檀越，日日入城，詣諸長者居士人民，求索酥油燈炷之具。時王有女名曰牟尼，登於高樓，見此比丘日行入城，經營所須，心生敬重，遣人往問：『尊人恒爾勞苦，何所營理？』比丘報言：『我今三月與佛及僧作燈檀越，所以入城詣諸賢者，求索酥油燈炷之具。』使還報命，王女歡喜。又語聖友：『自今已往，莫復行乞，我當給汝作燈之具。』比丘可之。從是已後，常送酥油燈炷之具，詣於精舍。聖友比丘日日經營，燃燈供養，發意廣濟，誠心款著。佛授其記：『汝於來世阿僧祇劫，當得作佛，名曰定光，十號具足。』王女牟尼聞聖友比丘授記作佛，心自念言：『佛燈之物，悉是我有。比丘經營，今已得記。我獨不得？』作是念已，往詣佛所，自陳所懷，佛復授記，告牟尼曰：『汝於來

世二阿僧祇九十一劫，當得作佛，名釋迦牟尼，十號具足。』
於是王女聞佛授記，歡喜發中，化成男子，重禮佛足，求為沙
門，佛便聽之。精進勇猛，勤修不息。」
佛告阿難：「爾時比丘阿梨蜜者，豈異人乎，乃往過去定光佛
是。王女牟尼，豈異人乎，我身是也。因由昔日燈明佈施，從
是已來無數劫中，天上世間受福自然，身體殊異，超絕餘人，
至今成佛，故受此諸燈明之報。」[55]

案：本品經文若從人物關係判別，實包括兩組故事：一是關於貧女難
陀的故事，一是有關釋迦牟尼佛的本生故事。從文體屬性看，前者為
譬喻授記，後者則是譬喻本生。如若仔細分辨，在前一組故事中還插
入了貧女難陀的業報因緣故事（譬喻因緣），它補充交代了難陀五百
世中恒生貧賤乞丐之家以及今世得佛授記而出家的根由。後一組故
事，亦可細分為兩個譬喻本生，即定光佛本生和釋迦牟尼佛本生。更
值得我們注意的是，兩組故事實有內在的聯繫，因為它們都圍繞燃燈
供佛與授記這兩個中心事件來展開敘述。簡言之，本品故事是譬喻授
記、譬喻因緣、譬喻本生的交叉與融合。

（二）故事與寓意之間的關係

在佛經譬喻故事中，若考察寓體與寓意之間在數量方面的對應關
係，主要有五種，即：

1 一一對應關係

它說的是一個故事（寓體）通常只體現一種佛理。這是譬喻經中
較為常見的模式，如《百喻經》卷四之〈獼猴把豆喻〉曰：

---

55 〔日〕大藏經刊行會編：《大正新修大藏經》（臺北市：新文豐出版公司，1996年），
卷4，頁370下-371下。

昔有一獼猴，持一把豆，誤落一豆在地，便舍手中豆，欲覓其
一。未得一豆，先所舍者雞鴨食盡。凡夫出家，亦復如是，初
毀一戒而不能悔，以不悔故放逸滋蔓，一切都舍。如彼獼猴，
失其一豆，一切都棄。[56]

本則譬喻中，寓體是獼猴把豆，寓意則在批判初毀一戒的出家者。當
然，它在表達寓意時，也有簡短的敘事，但用的是概述法，概述了出
家凡夫毀一戒之後的嚴重後果。其間，寓體與寓意的事件、人物形象
之間都有一一對應的關係。圖示如下：

人物：獼猴──→出家凡夫
事件：把豆──→持戒
起因：失一豆──→毀一戒
結果：棄全豆──→毀全戒

而且，這些對應關係可構成不同的比喻句，比如「出家凡夫之持戒就
像獼猴把豆一樣」、「出家凡夫毀一戒就如同獼猴失一豆一樣」、「出家
凡夫毀全戒就似獼猴棄全豆一樣」。由此可見，比喻確實是構成寓言
的基礎。

再如梁僧伽婆羅譯《解脫道論》卷五有云：

如世尊說：為諸比丘作山犢喻，山犢愚癡，不知食處。未解行
步，欲詣嶮遠。便自作念：「我今當往未嘗至處，啖未嘗草，
飲未嘗水。前足未立，復舉後腳，蹉搖不安，莫能前進，遂不

---

56 〔日〕大藏經刊行會編：《大正新修大藏經》（臺北市：新文豐出版公司，1996年），
　　卷4，頁556中。

得至未嘗至處，亦不得啖未嘗食草，及不得飲未嘗之水。更復
思維：既不能去，政當資昔飲食。如是比丘，愚癡未達，不知
所行處，不解離欲入於初禪，不修此法，不多學習。輒自作
念：欲入第二禪，離於覺觀，不解自安。復更思維：我不能得
入第二禪，離於覺觀，欲退入初禪離欲。愚癡比丘，如彼山
犢，不解行步。是故應修初禪，令心得自在。[57]

這裡的山犢喻，寓體是敘述山犢未解行步事，寓意則在譏諷愚癡比丘
不解修禪次第，指出修好初禪才是關鍵。寓體與寓意事件諸要素之間
亦形成了一一對應的關係。圖示則為：

人物：山犢—→ 比丘
事件：欲詣嶮遠—→ 欲入第二禪
起因：不能前進—→ 不解離欲
結果：未能至險遠之處—→ 未能離欲

　　有時，寓意部分不用概要性敘事，而是直接點明題旨（說理）。
如題為道略集《雜譬喻經》第五喻〈比丘被擯喻〉云：

昔有一比丘被擯，懊惱悲歎，涕哭而行。道逢一鬼，此鬼犯
法，亦為毗沙門天王所擯。時鬼問比丘言：「汝有何事涕哭而
行？」比丘答曰：「我犯僧事，眾僧所擯，一切檀越供養盡
失。又惡名聲流布遠近，是故愁歎涕泣耳。」鬼語比丘言：
「我能令汝滅惡名聲，大得供養。汝可便立我左肩上，我當擔

57　〔日〕大藏經刊行會編：《大正新修大藏經》（臺北市：新文豐出版公司，1996年），
　　卷32，頁418上。

汝虛空中行，人但見汝而不見我身。汝若大得供養，當先與
我。」彼鬼即時擔此比丘，於先被擯聚落上虛空中行，時聚落
人見皆驚怪，謂其得道，轉相謂言：眾僧無狀，枉擯得道之
人。時聚落人皆詣此寺，呵責眾僧，即迎此比丘住於寺內，遂
大得供養。此比丘隨所得衣食諸物，輒先與鬼，不違本要。此
鬼異日復擔此比丘遊行空中，正值毗沙門天王官屬，鬼見司
官，甚大驚怖，捐棄比丘，絕力而走。此比丘遂墮地而死，身
首碎爛。此喻行者宜應自修所向，不應恃托豪勢，一旦傾覆，
與彼無異也。[58]

於此，「此喻」之後的文字，便是寓意，它就是直接講道理，而說理
本身又蘊含著沉痛而深刻的教訓。另外，與前兩則寓言不同的是：寓
體中的人物與寓意中的人物身分是相同的，悉為出家修行者（行者，
修行佛法者也）。

2　一多對應關係

　　此指用一個故事（寓體）來體現多種佛理。如竺法護譯《生經》
卷四〈佛說鱉喻經〉云：

昔者有一鱉王，游行大海，周旋往來，以為娛樂。時出海邊，
水際而臥，其身廣長，邊各六十里。而在其上，積時歷日，寐
息陸地而不轉移。時有賈客從遠方來，遙視見之，謂是可依水
邊好處高陸之地。五百賈客，車馬六畜有數千頭，皆止頓上，
炊作飲食，破薪燃火，飼諸牛馬騾驢駱駝，行來臥起。於時鱉
王身遭火燒，欻作擾動，因即移身，馳入大海，游走東西，火

---

58 〔日〕大藏經刊行會編：《大正新修大藏經》（臺北市：新文豐出版公司，1996年），
　　卷4，頁523中。

害不息。賈人見之，謂地為移，海水流溢，悲哀呼嗟：「今定死矣，當奈之何！」鱉身苦痛，不能復忍，因沒其身入大水中，溺殺眾人，牛馬六畜皆共並命。菩薩時告諸弟子曰：「假喻引譬，以解其意：遠來估客，謂三界人；五百群眾，謂五陰六衰，諸入之難；鱉身廣長各六十里者，謂二六牽連，十二因緣輪轉無際，周流五趣，無一憺息；燃火炊作為餐具者，謂三毒熾盛，情欲發興；鱉馳走入大海水者，謂犯十惡，沒溺三惡地獄、餓鬼、畜生之中，苦不可言。是故如來降其聖德，無極大慧，往返生死，救濟危厄、罪所覆蓋、盲冥不解，顯示法燿，令心開闡，咸發無上正真道意。」[59]

於此寓言之中，寓體只講了一個故事，但它表達了多種佛理。當然，這些佛教名相也不是無本之木、無源之水，而是一一對應於寓體故事中的敘事元素（寓象），圖示如下：

　　遠來估客──➤三界人
　　五百群眾──➤五陰六衰
　　鱉身廣長各六十里──➤十二因緣、五趣流轉
　　破薪燃火──➤三毒熾盛
　　鱉入大海──➤犯十惡，沒溺三惡趣

不過，這些寓意，有的比較容易理解，因為寓象與寓意間的關係密切：比如「估客」，按照佛教的說法，他們本來就是三界（欲界、色界、無色界）中人，此構成了從屬關係；再如「五百群眾」，也就是有情眾生之一群，而任一眾生，都是由五陰（色、受、想、行、識）

59　〔日〕大藏經刊行會編：《大正新修大藏經》（臺北市：新文豐出版公司，1996年），卷3，頁96上。

和合而成，受六衰（即六塵，指色塵、聲塵、香塵、味塵、觸塵、法塵。它們好像盜賊一樣，能掠奪世間一切善法，故也叫六賊）污染，此「群眾」與「五陰六衰」似為同一關係。有的較為牽強，如「鱉身廣長各六十里」與「十二因緣」、「五趣」之間，只存在數學關係的巧合，即六十乃十二與五之乘積。有的則需讀者和聽眾充分發揮聯想才能厘清其間的關係，如「鱉入大海」和「十惡」、「沒溺三惡趣」的聯繫紐帶，蓋佛教常把有情眾生沉淪於生死不得解脫的境地比喻成苦海，如劉宋求那跋陀羅譯《過去現在因果經》卷一載佛陀前世為善慧仙人時曾：「感傷群生耽惑愛欲，沈流苦海，起慈悲心，欲拔濟之。又作此念：今諸眾生，沒於生死，不能自出，皆由貪欲、瞋恚、愚癡，樂著色、聲、香、味、觸、法故，我當決定，斷其此病。」[60]而沉淪苦海之原因，佛典常追溯到所造之十種不善之業（十惡），它們分別是殺生、偷盜、邪淫、妄語、兩舌、惡口、綺語、貪欲、瞋恚和邪見。

　　此外，本則寓言之寓意，還包含了大乘菩薩思想，具體表現於「是故」至「咸發無上正真道意」部分。

3 多一對應關係

　　這是指用多個故事來說明同一佛理（或道理）。如《法句譬喻經》各品的組織形式大都如此，比方說卷一《無常品》[61]，其寓意在於「無常」二字，但用了六個故事分別從不同的角度來說明無常的道理，為清眉目，列表如次：

60　〔日〕大藏經刊行會編：《大正新修大藏經》（臺北市：新文豐出版公司，1996年），卷4，頁621上。

61　〔日〕大藏經刊行會編：《大正新修大藏經》（臺北市：新文豐出版公司，1996年），卷4，頁575中-577上。

故事 區別項	第一則	第二則	第三則	第四則	第五則	第六則
寓體主角	天帝釋	波斯匿王	群牛	梵志	淫女蓮華	梵志兄弟四人
事情起因	天帝釋自知命盡，當下生世間在陶家受驢胞胎。	國王因大夫人病逝，而向佛問法。	佛陀晡時出城，見群牛相鬥，故說一首12句四言之偈。	梵志因愛女重病而亡及田有熟麥為野火所燒之事而憂惱。	蓮華欲棄世事，作比丘女。	梵志四人有五通，自知七日之後將命終。
事情經過	命終之際，歸依佛法聖眾。	佛陀以往昔國王、諸佛、真人皆成過去，無能住者對波斯匿王君臣說教。	佛陀回到竹林精舍後，弟子阿難問佛，佛回答說：群牛原為屠兒所養，養肥之後殺之，而剩下的牛竟然一無所知。	梵志向佛問其原因，佛告梵志有四事不可得。	詣佛途中，以水自照，發現自己天生麗質，故生悔意。佛陀知之，化成美女來至蓮華身邊，卻突然死去。	兄弟四人俱想法逃脫無常殺鬼，其中一人隱於市中，突然身亡。國王知後，向佛請教。
事情結局	雖受驢胎，未成驢身（母驢傷胎），很快恢復原身，最終得須陀洹道。	王及群臣，皆得道跡。	座中貪養五丘五百人受教之後，終得阿羅漢。	梵志出家作比丘，終得羅漢果。	蓮華受教出家，終得羅漢果。	國王及群臣終於相信佛的說教，悟出祿命有份之理。
佛的訓誡	所行非常，謂興衰法。	如河駛流，往	譬人操杖，行牧	常者皆盡，高者	老則色衰，所病自壞	非空非海中，非入山

故事 區別項	第一則	第二則	第三則	第四則	第五則	第六則
	夫生輒死，此滅為樂。譬如陶家，埏埴作器，一切要壞，人命亦然。	而不返。人命如是，逝者不還。	食牛，老死猶然，亦養命去。千百非一，族姓男女，貯聚財產，無不衰喪……	必墮。會合有離，生者有死。	……是身何用，洹漏臭處。……壽命無常……無親可怙。	石間，無有地方所，脫之不受死。……知此能自靜，如是見生盡，比丘厭魔兵，從生死得度。

　　值得注意的是，這六個寓言故事都通過佛陀之口說出了不同的偈頌，但它們的意義指向都是一個關鍵詞，那就是「無常」。

4　雙重並列關係

　　它指的是把兩則寓言故事並列在一起，由此自然形成了兩則寓體，其間的人物、寓意各不相同。這種形式總的說來比較少見，茲舉一例，如道略集《雜譬喻經》第二十五則云：

　　昔者外國，從來久遠曾有一石，當人路側，時為車馬踐蹈，小小損減。彼世有人嫌其妨道，務欲除之，時即打壞。見有毒蛇，從石中出，得風轉大，須臾之間，身滿閻浮提。閻浮提中眾生人物，一日之中悉皆啖盡，然後乃死。此是惡報，尚速疾如是。況之菩薩，本為凡人，積功累德動經塵數之劫，適從發意，便成佛道，說法度人而取泥洹，此之利疾，豈足怪乎？
　　昔有一蛇，頭尾自相與諍。頭語尾曰：「我應為大。」尾語頭曰：「我亦應大。」頭曰：「我有耳能聽，有目能視，有口能食。行時最在前，是故可為大；汝無此術，不應為大。」尾

曰：「我今汝去，故得去耳。若我以身繞木三匝，三日而不
已。」頭遂不得去求食，饑餓垂死。頭語尾曰：「汝可放之，
聽汝為大。」尾聞其言，即時放之。復語尾曰：「汝既為大，
聽汝在前行。」尾在前行，未經數步，墮火坑而死。此喻僧中
或有聰明大德上座能斷法律，下有小者不肯順從，上座力不能
制，便語之言：「欲爾隨意。」事不成濟，俱墮非法，喻若彼
蛇墮火坑也。[62]

於此，連結二者的僅有一點相同，即都出現了蛇這一形象。但是，前
者的寓意是用對比的方法表達出發意（發善心）與惡報同樣迅捷、不
足為怪的道理；後者則在告誡上座，不應恣意隨順下人。

5 多重對應關係

　　這主要是指譬喻故事集，它往往以某一人物來統領全部寓言（或
基本貫穿於全經之中），但是每一則寓言所表達的寓意並不相同。有
代表性的是失譯人名的《天尊說阿育王譬喻經》，其間基本貫穿全經
的人物是天尊（即佛）。在全部十二則寓言中，有九則是以天尊的名
義來揭示寓意的。如第三至第五則寓言云：

昔天尊將諸弟子至江邊，天尊語弟子：「取如拳許石，擲著水
中，為浮為沒？」弟子對曰：「石沒在水底。」天尊言：「無有
緣故？復次有一石，辟方三尺，著於水上，經便渡河，石亦不
濕，云何得爾？」諸弟子未解，僉然怪之。諸弟子長跪白佛
言：「何緣如此？」天尊言：「有善緣故耳。」何者為緣船？是
天尊借為喻，與善師相值者，得免眾苦；與惡師相值者，則習

62 〔日〕大藏經刊行會編：《大正新修大藏經》（臺北市：新文豐出版公司，1996年），
卷4，頁528上。

惡事，不離眾禍。示語後世之，不可不慎。

昔有窮寒孤獨老公，無以自業，遇市得一斧，是眾寶之英，而不識之。持行斫杖賣之，以供微命，用斧欲盡，見外國治生大賈客，名曰薩薄。見斧識之，便問老公：「賣此斧不？」公言：「我仰此斧斫杖生活，不賣也。」薩薄復言：「與公絹百匹，何以不賣？」公謂調己，亦不應和。薩薄復言：「何以不見應和，與公二百匹。」公便悵然不樂。薩薄復言：「嫌少當益，公何以不樂，與公五百匹？」公便大啼哭言：「我不恨絹少，我愚癡，此斧長尺半，斫地已盡。餘有五寸，猶得五百匹，是以為恨耳。」薩薄復言：「勿復遺恨，今與公千匹。」即便破券持去。此斧眾寶之英耳。薩博不問多少，以斧著上，薪火燒之，盡成貴寶。天尊藉以為喻，以受人身，六情完具，聰智辯達。當就明師，以求度世之道，神通可及。而俗著不別真偽者，耕犁因放，時世取驅，至於老死，復當受罪，喻如老公用寶斧盡，豈不誤哉？

昔隴上一鳥字為鸚鵡，輾轉及得在東太山，諸禽獸飛鳥莫不敬愛，以其在遠來故，比作親友，甚相愛樂。春月野火所燒，便行入水，飛在火上，抖擻毛羽之水，救親友難。往返非一，悲鳴大吁。鸚鵡之水，豈能滅火？至誠感天，為之降雨，火即時得滅。天尊經藉以為喻，賢者以道士遠到，研精行道，減割身口，侵妻子分供養眾僧，雖無神通感動，亦以至誠燒香求滅，挾諸禮起獲福無量，喻如天雨，眾災悉滅。[63]

顯而易見，三個寓言的目的分別在於說明擇師與辨別真偽的重要性以及精誠修道的無量功德。

---

63 〔日〕大藏經刊行會編：《大正新修大藏經》（臺北市：新文豐出版公司，1996年），卷50，頁170中-下。

　　有時，作為文體類型之一的「譬喻經」與作為比喻辭格的「譬喻」可以融匯在一起，同樣構成了寓（喻）體、寓（喻）意間的多重對應（或並列）關係。如西晉竺法護譯《修行道地經》卷七有云：

　　菩薩修道，譬如飛鳥，飛行空中，無所觸礙，以空為地，不畏於空。菩薩如是，發意之頃，便入道慧。善權方便，不以為乏，心等如空，無所住止，不離生死，不樂泥洹，俱不增減。譬如五種彩色各異，皆因草木。草木根生，悉因從地，地下有水，水下有風，風因空立。如是計本，悉無所有，若如浮雲，忽有氣來，況無所至。菩薩如是，解三界空，喻之如風，無所住止，計有吾我，便有三處。不見有我，安計有彼？不明無冥，無淨不淨，便入本無，亦無出入。譬如昔者有一小蟲，心懷金剛，住於海邊。閻浮大樹，高四千里，樹則震動，不能自安。樹神問之：「卿何以故震動不安？」樹報之曰：「蟲住我上，所以不安。」神又問曰：「金翅大鳥立於仁上，何故不動？小蟲處上而獨戰慄？」樹報之曰：「此蟲雖小，腹懷金剛，吾不能勝，是故搖動。」其小蟲者，謂發意菩薩也。其大樹者，謂三界也。樹動不安者，謂發意菩薩超至深慧遠阿惟顏，三千大千世界為六反震動。其金翅鳥，住上不搖，謂諸弟子四道雖成，無所能感也。於是頌曰：
　　譬如小鳥住大樹，戰慄不安五枝散。菩薩大士亦如是，超行成就動三千。
　　其心堅固如金剛，度脫一切生死患。弟子猶如金翅鳥，處在三界無所感。[64]

64　〔日〕大藏經刊行會編：《大正新修大藏經》（臺北市：新文豐出版公司，1996年），卷15，頁230上-中。

顯而易見，本段經文既用了比喻辭格，又引用了譬喻故事。其中，飛鳥、五彩、浮雲、風等五種喻體從不同的角度來說明菩薩和空的關係（具體包括對於空的態度以及空的來源、性質與作用之所在）；最後的「蟲懷金剛」寓言，則用對比的方法指明了菩薩與弟子在修行果位與功德大小方面的本質區別，進一步論證了菩薩對空的認識遠遠超出於弟子之上。易言之，最後的寓言故事，其敘述中心仍在菩薩身上，弟子只是起映襯之用。

（三）寓象（或喻體）與寓意關係的形成機制

所謂寓象，筆者將它定義為寓言故事中的敘事元素，主要指人物、動物、事物、事件及其構成因數。另外，有的寓言之寓體不用故事體，只用比喻辭格，同樣也可以寄寓深刻的道理。這時，喻體和寓意之間，也和寓象、寓意之間一樣可以形成特定的關係，從認知心理學的角度觀察，其形成機制的關鍵在於聯想。最重要的表現形式有四種。即：

1 相似聯想

相似聯想反映的是事物之間的相似性或共性，具體到寓象（或喻體）和寓意之間，重點突出的是它們性質上的相似性。當然，有時也會強調它們在某一方面的共通性。茲舉三例如次：

（1）姚秦竺佛念譯《出曜經》卷十五曰：

> 檀越明聽，更說一譬，開意受持明者，以譬喻自解。昔此貴邦，有一僑士適南天竺，同伴一人，與彼奢婆羅咒術家女人交通。其人發意，欲還歸家，輒化為驢，不能得歸。同伴語曰：「我等積年離家，吉凶災變，永無消息。汝意云何，為欲歸不？設欲去者，可時莊嚴。」其人報曰：「吾無遠慮，遭值惡

緣，與咒術女人交通，意適欲歸，便化為驢，神識倒錯，天地洞燃為一，不知東西南北，以是故不能得歸。」同伴報曰：「汝何愚惑，乃至如此？此南山頂有草名遮羅波羅，其有人被咒術鎮壓者，食彼藥草，即還服形。」其人報曰：「不識此草，知當如何？」同伴語曰：「汝以次啖草，自當遇之。」其人隨語，如彼教誡，設成為驢，即詣南山，以次啖草，還服人形，采取奇珍異寶，得與同伴安隱歸家。檀越當知，此亦如是愚惑之人，一向直信施求羅漢得道者。何日可果？所在推覓，終不可值。欲求真人羅漢者，當從大眾索之，以次供養，必值賢聖，獲果不疑。[65]

案：在本則寓言故事中，寓體與寓意中的主要人物及事件形成了一一對應關係，其間的紐帶即在於兩者有許多相似點或相同點。可圖示如下：

關係項＼區別項	寓　象	寓　意	相同或相似點
人物	與咒術女交通者	求羅漢得道者	愚惑
事件起因	想恢復人形後回家	想證羅漢果	不識方法
解決辦法	以次啖草	以次供養	遍索求之
事件結局	必得遮羅波羅草，安穩回家	必值聖賢	終於實現願望

（2）鳩摩羅什譯《小品般若波羅蜜經》卷二云：

憍尸迦，善男子善女人，受持讀誦般若波羅蜜，得如是現世功

---

[65] 〔日〕大藏經刊行會編：《大正新修大藏經》（臺北市：新文豐出版公司，1996年），卷4，頁691上-中。

德。譬如有藥名為摩酰，有蛇饑行求食，見有小蟲而欲食之。蟲赴藥所，蛇聞藥氣，即回還去。所以者何？藥力能消蛇毒故。憍尸迦，善男子善女人亦如是，若受持讀誦般若波羅蜜，種種毀亂違逆事起，以般若波羅蜜力故，即自消滅。[66]

在本則譬喻中，摩酰之所以能驅蛇，是因為它有藥力；而般若波羅蜜之所以能消滅種種毀亂違逆之事，則在於受持讀誦《般若經》也能產生一種神秘而切實可行的力量。易言之，兩者在「力」這一點上有了共通性。

（3）求那毗地譯《百喻經》卷一第十則〈三重樓喻〉則云：

往昔之世，有富愚人，癡無所知。到於富家，見三重樓，高廣嚴麗，軒敞疏朗。心生渴仰，即作是念：我有財錢，不減於彼。云何頃來而不造作如是之樓？即喚木匠而問言曰：「解作彼家端正舍不？」木匠答言：「是我所作。」即便語言：「今可為我造樓如彼。」是時木匠即便經地壘墼作樓，愚人見其壘墼作舍，猶懷疑惑，不能了知。而問之言：「欲作何等？」木匠答言：「作三重屋。」愚人復言：「我不欲下二重之屋，先可為我作最上屋。」木匠答言：「無有是事，何有不作最下重屋而得造彼第二之屋？不造第二，云何得造第三重屋？」愚人固言：「我今不用下二重屋，必可為我作最上者。」時人聞已，便生怪笑，咸作此言：「何有不造下第一屋而得上者？譬如世尊四輩弟子，不能精勤修敬三寶，懶惰懈怠，欲求道果，而作是言『我今不用餘下三果，唯求得彼阿羅漢果』，亦為時人所

66 〔日〕大藏經刊行會編：《大正新修大藏經》（臺北市：新文豐出版公司，1996年），卷8，頁542上。

嗤笑，如彼愚者，等無有異。」⁶⁷

在這則寓言故事中，寓體與寓意中的人物之最大相同點都是不想循序漸進，妄想幹事一蹴而就。

另外，需要指出的是：相似聯想在溝通寓象與寓意時，它多是對某類暫時性聯繫的概括，往往採取由此及彼，由近到遠，或者從具體到抽象的思維方法。

2 對比聯想

對比聯想是指用對比或比較的方法來建構寓象與寓意之間的關係，它既可以反映事物間的共性，更突出的是事物相對立的個性。今舉兩則寓言如下：

（1）康僧會譯《舊雜譬喻經》卷上曰：

> 昔有婦人，富有金銀，與男子交通，盡取金銀衣，相追俱去。
> 到急水邊，男子言：「汝持財物來，我先度之，當還迎汝。」
> 男子便走去不還。婦人獨住在水邊，見狐捕取鷹，舍取魚，不
> 得魚，復失鷹。婦謂狐：「汝何癡甚，捕兩不得一。」狐言：
> 「我癡尚可，汝癡劇我也。」⁶⁸

在這則寓言中，寓意的揭示方法比較特殊，因為它是通過寓象之一的狐之口，用比較的語氣說出來的。而且，其中似隱含了女人竟然不如狐的批判性寓意（案：佛典對女性時有貶斥之處）。

---

67 〔日〕大藏經刊行會編：《大正新修大藏經》（臺北市：新文豐出版公司，1996年），卷4，頁544中-下。

68 〔日〕大藏經刊行會編：《大正新修大藏經》（臺北市：新文豐出版公司，1996年），卷4，頁514中。

（2）鳩摩羅什譯《大莊嚴論經》卷十五則謂：

> 復次曾聞有二女人，俱得庵羅果。其一女人，食不留子。有一
> 女人，食果留子。其留子者，覺彼果美，於良好田，下種著
> 中，以時溉灌，大得好果。如彼世人，為善根本，多修善業，
> 後獲果報。合子食者，亦復如人，不識善業，竟不修造，無所
> 獲得，方生悔恨。即說偈言：
> 如似得果食，竟不留種子。後見他食果，方生於悔恨。亦如彼
> 女人，種子種得果，復生大歡喜。[69]

案：本則寓言，則無論寓體和寓意，都用了對比的方法。並且這種強
烈的對比，無疑會加強宣教的效果。

3 接近聯想

接近聯想指在空間、時間上接近的事物，容易使人從經驗的角度
出發，從而形成的一些特定聯想。漢譯佛教經典中，這種聯想運用得
也比較普遍。如：

（1）鳩摩羅什譯《大莊嚴論經》卷十五云：

> 我昔曾聞有一長者婦，為姑所瞋，走入林中，自欲刑戮，既不
> 能得。尋時上樹，以自隱身，樹下有池，影現水中。時有婢
> 使，擔瓨取水，見水中影，謂為是己有。作如是言：「我今面
> 貌端正如此，何故為他持瓨取水？」即打瓨破，還至家中，語
> 大家言：「我今面貌端正如是，何故使我擔瓨取水？」於時大

---

69 〔日〕大藏經刊行會編：《大正新修大藏經》（臺北市：新文豐出版公司，1996年），
　　卷4，頁347中。

家作如是言：「此婢或為鬼魅所著，故作是事。」更與一瓨，詣池取水，猶見其影，復打瓨破。時長者婦在於樹上，見斯事已，即便微笑。婢見影笑，即自覺悟，仰而視之，見有婦女在樹上微笑，端正女人，衣服非己，方生慚恥。以何因緣而說此喻？為於倒見愚惑之眾，譬如薝蔔油香，用塗頂髮，愚惑不解，我頂出是香。即說偈言：

未香以塗身，並薰衣纓珞。倒惑心亦爾，謂從己身出。如彼醜陋婢，見影謂己有。[70]

案：寓體中的女婢之所以把自己誤認為形容端正，原因在於敘述者創造了一個充分的接近聯想的時空關係網，樹、池、影子成了最為重要的敘事元素，它們把時間、空間有機地融為一體。比方說，按照常識，醜奴婢看到池水中的倒影很容易就聯想到那就是她自己的；另外，寓意中也充分使用了接近聯想法，倒見愚惑之眾因油香塗頂，便從空間接近的關係，推論為香自頂出。

（2）求那毗地譯《百喻經》卷一第十九則〈乘船失釪喻〉曰：

昔有人乘船渡海，失一銀釪，墮於水中。即便思念：我今畫水作記，舍之而去，後當取之。行經二月，到師子諸國，見一河水，便入其中覓本失釪。諸人問言：「欲何所作？」答言：「我先失釪，今欲覓取。」問言：「於何處失？」答言：「初入海失。」又復問言：「失經幾時？」言：「失來二月。」問言：「失來二月，云何此覓？」答言：「我失釪時，畫水作記。本所畫水，與此無異。是故覓之。」又復問言：「水雖不別，汝

---

70 〔日〕大藏經刊行會編：《大正新修大藏經》（臺北市：新文豐出版公司，1996年），卷4，頁346上。

昔失時乃在於彼，今在此覓，何由可得？」爾時眾人無不大
笑。亦如外道，不修正行相似，善中橫計苦困以求解脫，猶如
愚人失釪於彼而於此覓。[71]

這則譬喻和《呂氏春秋》〈察今〉所講的寓言「刻舟求劍」的構思如
出一轍，愚人都錯誤地使用了接近聯想，誤以為空間不會因時間的變
化而變化。

4 關係聯想

　　關係聯想指的是基於事物之間的特殊聯繫而形成的聯想，比如由
部分聯想到整體，由原因聯想到結果（或反之），諸如此類，不一而
足。而萬事萬物的聯繫總是多種多樣，所以，關係聯想的表現也較為
豐富多彩，但最為常見的是因果關係。茲舉三例如下：
　　（1）《出曜經》卷一云：

昔日尊者馬聲說偈曰：
或有在胎喪，已生在外終。盛壯不免死，老耄甘心受。
猶樹生狂花，結即時稀有。志故必欲舍，伺命召不忍。
猶彼果樹，隨時繁茂，狂華生長，遇風凋落，結實者鮮。或已
結實，遇雹墮落。或有未花而凋落者，或有已華而凋落者，其
中成實待熟落者少少耳。此眾生類，亦復如是。於百千生其中
身，若一若二處胎出胎，少壯老疾，悉歸斯道，無免此患。於
百千生老壽命終，若一若二，少壯死者不可稱計。是故說曰：
「諸老少壯，及中間人，漸漸以次，如果待熟。」

---

71 〔日〕大藏經刊行會編：《大正新修大藏經》（臺北市：新文豐出版公司，1996年），
　　卷4，頁545下。

命如果待熟，常恐會零落。已生皆有苦，孰能致不死？[72]

於此，經文雖沒有交代完整的寓體（故事），但其使用的比喻辭格中，諸喻體之間形成了一種因果關係，其順序是：樹木生長──→開花──→結果。相對應的是，寓意中說人，無論生老病死，其實都受因果的 制約。

（2）《百喻經》卷二第二十四則〈種熬胡麻子喻〉云：

> 昔有愚人，生食胡麻子，以為不美，熬而食之為美。便生念言：「不如熬而種之後得美者。」便熬而種，永無生理。世人亦爾，以菩薩曠劫修行，因難行苦行以為不樂，便作念言：「不如作阿羅漢，速斷生死，其功甚易。」後求佛果，終不可得，如彼焦種，無復生理，世間愚人亦復如是。[73]

案：生食胡麻子的愚人主要是在**種**──→**果**的關係聯想上犯了大錯，所以才貽笑大方。而寓意中的焦種與佛果之間，在因果關係上自然也不能成立。

（3）梁寶唱編《經律異相》卷三引《斫毒樹經》曰：

> 舍衛國有官園，生一毒樹。男女遊觀，停息其下，或頭痛欲裂，或腰脊疼，或於樹下終。守園人施長柯斧，長一丈有餘，遙斫去之。未經旬日，生已如故。如是多過，枝葉隨後如舊團圓。樹中之妙，眾人見者，無不歡喜，不知忌諱，皆來遭此。

---

72 〔日〕大藏經刊行會編：《大正新修大藏經》（臺北市：新文豐出版公司，1996年），卷4，頁613下-614上。

73 〔日〕大藏經刊行會編：《大正新修大藏經》（臺北市：新文豐出版公司，1996年），卷4，頁546下。

園人宗親，貪樂樹蔭，盡取命終。園人只立，晝夜愁憂，號悲
行走。有問智人，語之「當盡其根」。適欲掘根，復恐定死。
進更思維，出家學道。佛言：
伐樹不盡根，雖伐猶復生。伐愛不盡本，數數復生苦。
心寤克責，即得初果。[74]

在本則寓言中，無論寓體還是寓意中主要都是建構在因果關係的基礎
之上。寓體中的毒樹之所以不斷復生，原因在於未去除其根部；寓意
（表現於佛所說的四句偈之第三、四兩句之中）說伐愛不盡，則必然
生出無窮無盡的苦惱。

　　當然，佛經寓言有時可用多種聯想，如失譯人名附《後漢錄》
《雜譬喻經》卷下第二十七則寓言云：

昔者海邊有樹木數十里，中有獼猴五百餘頭。時海水上有聚
沫，高數十丈，像如雪山，隨潮而來，住於岸邊。諸獼猴見，
自相與語：「吾等上是山頭，東西遊戲，不亦樂乎？」時一獼
猴便上，頭逕下，沒水底。眾獼猴見，怪久不出，謂沫山中快
樂無極，是以不來，皆競踴跳入沫聚中，一時溺死。佛藉以為
喻：海者，謂生死海也。沫山者，五陰身也。獼猴者，人識神
也。不知五陰無所有，愛欲癡著，從是沒生死海，莫有出期。
故《維摩詰》言：「是身如聚沫，澡浴強忍。」[75]

案：細繹寓體之故事部分，說聚沫像山，顯然是相似聯想；說眾獼猴

---

74 〔日〕大藏經刊行會編：《大正新修大藏經》（臺北市：新文豐出版公司，1996年），
　　卷53，頁13中。
75 〔日〕大藏經刊行會編：《大正新修大藏經》（臺北市：新文豐出版公司，1996年），
　　卷4，頁509中。

推想沫山中快樂無比，則是因果關係聯想。同樣，寓意中則把相似聯想、因果聯想糅合為一個有機的整體。其中，「海——生死海」是相似聯想，後面的「沒生死海——莫有出期」屬因果聯想。

二　文體功能

　　關於譬喻文體的功能，藏中多有交代。如：

　　1 東晉鳩摩羅什譯《成實論》卷一〈十二部經品第八〉云：「阿波陀那者，本末次第說是也。如經中說：智者言說，則有次第，有義有解，不令散亂，是名阿波陀那。」[76]

　　2 東晉鳩摩羅什譯《大智度論》卷三十三云：「阿波陀那者，與世間相似柔軟淺語，如《中阿含》中《長阿波陀那經》，《長阿含》中《大阿波陀那》，毗尼中《億耳阿波陀那》，二十億阿波陀那解，《二百五十戒經》中《欲阿波陀那一部》，《菩薩阿波陀那出一部》，如是等無量阿波陀那。」[77]

　　3 唐玄奘譯《顯揚聖教論》卷六云：「譬喻者，謂諸經中有譬喻說，由譬喻故本義明白，是為譬喻。」[78]

　　4 東晉僧叡《出曜經序》云：「《出曜》之言，舊名譬喻，即十二部經第六部也。」[79]

　　5 隋智者大師說，灌頂記《妙法蓮經玄義》卷六云：「譬喻經

76 〔日〕大藏經刊行會編：《大正新修大藏經》（臺北市：新文豐出版公司，1996年），卷32，頁245上。

77 〔日〕大藏經刊行會編：《大正新修大藏經》（臺北市：新文豐出版公司，1996年），卷25，頁307中。

78 〔日〕大藏經刊行會編：《大正新修大藏經》（臺北市：新文豐出版公司，1996年），卷31，頁509上。

79 〔日〕大藏經刊行會編：《大正新修大藏經》（臺北市：新文豐出版公司，1996年），卷4，頁609中-下。

者，法相微隱，要假近以喻遠，故以言借況，寄況以彰理也。」[80]

　　6 隋慧遠《大乘義章》卷一云：「阿波陀那經，此名譬喻，如《百喻》等立喻顯法，名譬喻經。」[81]

　　從以上引證可以發現，譬喻的總體功能在於用淺近的世俗語言，按照一定的順序（如由淺及深、由近到遠等）來說理，從而使聽眾（受眾）明瞭相關的佛理。其應用範圍之廣，表現在既有專門的譬喻經故事集（如《百喻經》等），也散見於經、律（毗尼）、論等各種經典中。尤其是僧叡法師的序，明確指出《出曜經》的性質就是十二部經中的「譬喻」，而「出曜」之譯語，可能借自《詩經·檜風·羔裘》之「日出有曜」句[82]，意為「出現的光明」，即譯者把經中的種種譬喻故事，以「光明」作喻，暗示了譬喻經的功能即在於破暗顯明，闡隱發微，同時又象徵佛陀的出世，尤如日出照耀大地一般重要。

　　雖然譬喻的總體（或者說主要）功能在於說理，但是，在說理的同時也附加了其他的功能。主要有五種，略述如下：

（一）委婉與勸慰

　　所謂委婉與勸慰，說的是寓體故事不直接點明寓意，而是通過側面進行說理與勸導的情況。如《雜譬喻經》卷下云：

> 昔有老母，唯有一子，得病命終，載著塚間停尸，哀戚不能自勝。念曰：「正有一子，當以備老，而舍我死，吾用活為？」遂不復歸，便欲並命一處，不飯不食已四五日。佛以知見，將

---

80 〔日〕大藏經刊行會編：《大正新修大藏經》（臺北市：新文豐出版公司，1996年），卷33，頁752上。

81 〔日〕大藏經刊行會編：《大正新修大藏經》（臺北市：新文豐出版公司，1996年），卷44，頁470上。

82 丁敏：《佛教譬喻文學研究》（臺北市：東初出版社，1996年），頁246。

五百比丘詣塚間，老母遙見佛來，威神之光奕奕，寤醉醒。前
趣佛，作禮卻住。佛告母：「何為塚間耶？」白言：「世尊，唯
有一子，舍我終亡。愛之情切，欲共死在一處。」佛告老母：
「欲令子活不耶？」母喜：「實爾，世尊！」佛言：「索好香火
來，吾當咒願，令子更生。」重告老母：「宜得不死家火。」
於是老母便行索火，見人先問：「汝家前後頗有死者未？」答
曰言：「先祖以來，皆死過去。」所問之家，辭皆如是。以經
數十家，不敢取火，便還佛所。白言：「世尊，遍行求火，無
有不死家，是以空還。」佛告老母：「天地開闢以來，無生不
終之者，生者求活，亦復可喜。母何迷索隨子死？」意便解
寤，識無常理。佛因為廣說法要，老母即得須陀洹道。冢間觀
者，無數千人，皆發無上正真道意。[83]

這裡，佛陀為了幫助喪失獨子的老母親從痛苦中解脫出來，他沒有直
接進行人生無常的說教，而是讓老女人找不死家的香火，即用具體的
行動來勸導後者，進而使之自悟。

（二）警示與告誡

它說的是敘述者在寓意中直接說明某類行為必然會產生嚴重的後
果。如康僧會譯《舊雜譬喻經》卷上云：

佛與比丘俱行，避入草中。阿難問佛：「何因舍道行草中？」
佛言：「前有賊，後三梵志當為賊所得。」三人後來，見道邊
有聚金，便止共取，令一人還聚中市飯，一人取毒著飯中殺二

人，我當獨得金。二人復生意見，來便共殺之已，便食毒飯，
俱死。三各生惡意，展轉相殺如是也。[84]

其中最後一句中的「惡意」一詞，既是全篇的關鍵詞，實際上也點明
了寓意，對於阿難等隨行弟子而言，就如同現場教學一樣，所起的警
示之用非常直觀，讓人印象深刻。同經卷下則謂：

昔有鱉遭遇枯旱，湖澤乾竭，不能自致有食之池。時有大鵠，
集住其邊，鱉從求哀，乞相濟度。鵠啄銜之，飛過都邑上。鱉
不默聲，問：「此何等？」如是不止，鵠便應之，之應口開，鱉
乃墮，人得屠食。夫人愚頑無慮，不謹口舌，其譬如是也。[85]

案：本則故事被唐人道世編入《法苑珠林》卷四十六〈思慎篇〉「慎
過部第五」[86]，僅是文字稍有區別，如「鵠」換成了「鶴」。寓意中的
「不謹口舌」，顯然具有警示與告誡的雙重作用。

（三）批判

　　這主要是說寓意旨在批判某類不合理的現象（或行為），尤其是
大乘經典對小乘經教的批判，表現極其突出。如《大智度論》卷二十
七云：

阿羅漢辟支佛，於此大乘以為永滅。譬如空地有樹，名舍摩

84　〔日〕大藏經刊行會編：《大正新修大藏經》（臺北市：新文豐出版公司，1996年），
　　卷4，頁515上。
85　〔日〕大藏經刊行會編：《大正新修大藏經》（臺北市：新文豐出版公司，1996年），
　　卷4，頁517上。
86　〔日〕大藏經刊行會編：《大正新修大藏經》（臺北市：新文豐出版公司，1996年），
　　卷53，頁638下。

梨，觚枝廣大，眾鳥集宿。一鴿後至，住一枝上，其枝及觚即
時壓折。澤神問樹神：「大鳥雕鷲皆能任持，何至小鳥，便不
自勝？」樹神答言：「此鳥從我怨家尼俱盧樹上來，食彼樹
果，來棲我上，必當放糞，子墮地者，惡樹復生，為害必大。
以是故，於此一鴿大懷憂畏，寧舍一枝，所全者大。」菩薩摩
訶薩，亦如是，於諸外道魔眾及諸結使惡業，無如是畏，如阿
羅漢辟支佛。何以故？聲聞辟支佛於菩薩邊，亦如彼鴿，壞敗
大乘心，永滅佛業。[87]

本則寓言的主要作用即在於批判小乘信徒敗壞大乘的惡劣行徑。其
中，樹神象徵的是菩薩，而鴿比喻的是小乘行者。

（四）讚頌

　　這主要表現在變化複合型的譬喻經，如譬喻本生、譬喻因緣等。
它們往往對佛與菩薩的各種光輝業績大加歌頌，以便給受眾樹立學習
榜樣。如題為鳩摩羅什譯《眾經撰雜譬喻經》卷上之第二則寓言實際
上講的是尸毗王以身代鴿的本生故事[88]，主旨在於讚頌尸毗王為度眾
生而勇於佈施身命的大悲情懷。再如鳩摩羅什譯《大莊嚴論經》卷十
五云：

　　貓生兒，以小漸大。貓兒問母：「當何所食？」母答兒言：「人
　　自教汝。」夜至他家，隱甕器間。有人見已，而相約敕：「酥

87　〔日〕大藏經刊行會編：《大正新修大藏經》（臺北市：新文豐出版公司，1996年），
　　卷25，頁263中。
88　〔日〕大藏經刊行會編：《大正新修大藏經》（臺北市：新文豐出版公司，1996年），
　　卷4，頁531中-下。又，該故事在其他漢譯經典中多為本生形式，如《菩薩本生鬘
　　論》卷1之〈尸毗王救鴿命緣起〉（〔日〕大藏經刊行會編：《大正新修大藏經》〔臺
　　北市：新文豐出版公司，1996年〕，卷3，頁333中-334上）。

乳肉等，極好覆蓋。雞雛高舉，莫使貓食。」貓兒即知：雞酥
乳酪，皆是我食。以何因緣說如此喻？佛成三藐三菩提道，十
力具足，心願已滿，以大悲心，多所拯拔。……是故知如來說
對治法，破除顛倒，如為貓兒覆肉酥乳。⁸⁹

這裡則為譬喻因緣，它讚頌了如來為對治眾生而說法的善權方便。

（五）反諷

　　這指的是寓言故事中敘述的語言表象和客觀事實相反的情形，它
常常能起到一種令人啼笑皆非的藝術效果。如求那毗地譯《百喻經》
卷二之三十四〈送美水喻〉云：

　　　　昔有一聚落，去王城五由旬。村中有好美水，王敕村人常使日
　　　　日送其美水。村人疲苦，悉欲移避遠此村去。時彼村主語諸人
　　　　言：「汝等莫去，我當為汝白王改五由旬作三由旬，使汝得
　　　　近，往來不疲。」即往白王，王為改之作三由旬。眾人聞已，
　　　　便大歡喜。有人語言：「此故是本五由旬，更無有異。」雖聞
　　　　此言，信王語故，終不肯舍。⁹⁰

這則寓言與《莊子‧齊物論》所說的「朝三暮四」故事，精巧之處完
全一樣，故事中的人物都被言語假象所迷惑。
　　再如後秦佛陀耶舍、竺佛念譯《四分律》卷四十四云：

89　〔日〕大藏經刊行會編：《大正新修大藏經》（臺北市：新文豐出版公司，1996年），
　　卷4，頁346上-中。
90　〔日〕大藏經刊行會編：《大正新修大藏經》（臺北市：新文豐出版公司，1996年），
　　卷4，頁548上。

我今當說譬喻，有智之人以喻自解。譬如有國土無雞，是中有
賈客持雌雞來至國中。時彼雌雞，無有雄雞，與烏共通。時雞
便生卵，有子出，不作雞鳴，復不烏喚，即名之為烏雞。[91]

案：本則寓言重見於東晉佛陀跋陀羅、法顯共譯《摩訶僧祇律》卷二
四，曰：

> 居士復言：「尊者，聽我說譬喻。過去世時，有群雞依槀林
> 住，有狸侵食雄雞。唯有雌在後，烏來覆之，共生一子。子作
> 聲時，翁說偈言：
> 此兒非我有，野父聚落母。共合生兒子，非烏復非雞。
> 若欲學翁聲，復是雞所生。若欲學母鳴，其父復是烏。
> 學烏似雞鳴，學雞作烏聲。烏雞二兼學，是二俱不成。
> 如是尊者，非是俗人，復非出家。」[92]

如果單看《四分律》，則很容易把「烏雞」理解成黑色的雞，實際上
「烏雞」是兼具烏與雞特點的一種怪物（為並列式名詞），《摩訶僧祇
律》進而用它比喻非俗非僧的特殊人物。然細繹分類標準，要不出
家，要不在俗，故非俗非僧之說，亦與客觀事實相違。其實寓意在嘲
諷那些不嚴格遵守佛教戒律的僧人。

91　〔日〕大藏經刊行會編：《大正新修大藏經》（臺北市：新文豐出版公司，1996年），
　　卷22，頁892中。

92　〔日〕大藏經刊行會編：《大正新修大藏經》（臺北市：新文豐出版公司，1996年），
　　卷22，頁425下。

第三節　文體影響

　　關於漢譯譬喻經典對中國古代文學的影響，主要表現在兩大方面：一是形式方面的，二是內容方面的。茲以舉例的方式，略論如次。

一　形式影響舉隅

　　有關形式影響，最重要的表現又可以分成兩個層面，即：

（一）比喻形式

　　漢譯譬喻經典在傳播印度佛教文化與佛教思想的同時，也帶來了印度新穎的文學樣式與修辭技巧。具體到比喻辭格而言，它深化了世人（包括教內、教外）對比喻性質的認識，細化了比喻的分類。如：
　　1 吉藏《法華遊意》曰：

　　問：何故舉蓮花為喻？
　　答：略有三義：一者離喻，二者合喻，三者遍喻。言離喻者，又有三義：一者此花不有而已，有則花實俱含，此經不說而已，說則因果雙辨，故以蓮花喻於因果。二者由花開故而實現，由言教故而理顯，故以蓮華喻於理教，是以經云其義深遠，其語巧妙。三者花未開而實未現，花開則實方顯，未開方便門，則真實相未顯，開方便門則真實相方顯，故以花開喻方便門開，實現譬真實相顯也。
　　次合譬者略明十義：一者此花從種而生，喻一乘必有其種。……二者此花從微至麤，喻佛乘漸漸增長。……三者此花增長滿足，出濁泥水，喻佛德無不圓累，無不盡出離生死諸濁

泥水。……四者此花雖出泥水而不舍泥水，喻佛雖出四流之
外，不舍三界之中。……五者此花微妙鮮潔第一，如佛乘五乘
中第一。……六者此花為凡聖稱歎愛敬，佛乘亦爾，為世間出
世間凡聖稱歎愛敬。……七者此華臺葉具足，喻佛乘萬德皆圓
滿。……八者此華諸佛菩薩而坐其上，大乘亦爾，為諸佛菩薩
而住其中。……九者此花開合有時，喻一乘之法隱顯有時，昔
日即隱，今日即顯。……十者劫初成時大梵天王坐蓮華座，為
一切眾生之父，妙法蓮華亦是三世諸佛根本。……三遍喻者，
《大集經》云：慈悲為莖，智慧為葉，三昧為鬚，解脫為敷，
菩薩蜂王采甘露味，是故我禮《妙法蓮華》也。[93]

於此，吉藏大師回答了《妙法蓮華經》以蓮華喻法的根本原因，並把
作喻方式別為三類，從不同的角度解釋了蓮華之喻義和本體（法）間
的關係。離喻是把蓮花（喻體）分成花與果實，分別比喻因果權實，
花為權（因），蓮為實（果）。合喻則從內因、外因等不同層面作喻，
如有的講蓮花的生長過程，有的講蓮花的成長環境，有的講蓮花的形
象特徵，有的講蓮花的作用，諸如此類的表現，實象徵了「妙法」的
不同屬性，比如法種、佛德、功用等。遍喻則引《大集經》，用蓮之
莖、葉、鬚、敷各組成部分別作喻。若對照前引《大般涅槃經》所說
的諸比喻，筆者以為合喻與「先後喻」相似，遍喻則完全同於《涅槃
經》。更值得注意的是合喻辭格，還被道教經典所承用。[94]
　　2 宋人陳騤《文則》云：

　　　　文之作也，可無喻乎？博采經傳，約而論之，取喻之法，大概

---

93 〔日〕大藏經刊行會編：《大正新修大藏經》（臺北市：新文豐出版公司，1996年），
　　卷34，頁643中-下。

94 拙撰：《敦煌道教文學研究》（成都市：巴蜀書社，2009年），頁332。

有十，略條於後：

一曰直喻：或言猶，或言若，或言似，灼然可見。⋯⋯二曰隱
喻：其文雖晦，義則可尋。⋯⋯三曰類喻：取其一類，以次喻
之。⋯⋯四曰詰喻：雖為喻文，似成詰難。⋯⋯五曰對喻：先
比後證，上下相符。⋯⋯六曰博喻：取以為喻，不一而
足。⋯⋯七曰簡喻：其文雖略，其文甚明。⋯⋯八曰詳喻：須
假多辭，然後義顯。⋯⋯九曰引喻：援取前言，以成其
事。⋯⋯十曰虛喻：既不指物，亦不指事。《論語》曰：「其言
似不足者。」《老子》曰：「飄兮似無所止。」此類是也。[95]

這些比喻辭格，馮廣藝曾從現代修辭學的角度，列其關係如下表[96]：

陳騤《文則》	現代修辭學
直喻、詳喻、類喻	明　喻
對　喻	明喻（略式）
簡　喻	隱　喻
隱　喻	借　喻
詰　喻	比喻兼反問
引　喻	比喻兼引用
博　喻	博　喻
虛　喻	？

雖說陳騤對比喻的分類標準並不一致，但仔細分辨，它們卻包含了不
同的層次。如：（1）如果從喻體的真實性與否的標準出發，虛喻為一
類，其他九種則為另一大類。這和前述《大智度論》之兩種比喻（假

---

95 〔南宋〕陳騤著，王利器校點：《文則》，《文則　文章精義》（北京市：人民文學出
　　版社，1960年），頁13-15。

96 馮廣藝：《漢語比喻研究史》（武漢市：湖北教育出版社，2002年），頁128。

喻、實喻）的分類邏輯極其相似；（2）從喻詞的有無分，則為直喻和簡喻；（3）以喻體的多少分，則有對喻和博喻；（4）以功能與相容性分，則有詰喻和引喻。這種多角度的分類方法，和前述《大般涅槃經》之八喻說也十分相似。此外，陳騤所說的比喻辭格，有的在漢譯佛典中極為常見，如引喻。西晉竺法護譯《正法華經》卷一云佛：「善權方便……從始引喻，若干無數。」[97]姚秦竺佛念譯《菩薩瓔珞經》卷十三云：「佛告天子：我今與汝引喻，智者以喻自解。猶如伊羅鉢龍王……」[98]佛陀的引喻，其實就是用比喻作為例證。

（二）寓言結構

　　我們在討論寓言的組織結構時，曾把它們分成三種基本形式，即原始例證型、獨立完整型和發展複合型。但是中土先秦兩漢時期的寓言，沒有自己的題名，僅是依附於歷史、政治、哲學著作之中。[99]此與佛教譬喻經中的原始例證型完全相同。不過，中古以後因受漢譯譬喻經典的影響，中土文學作品中也開始出現獨立完整型的寓言，即一個寓言有題名、寓體（故事）和寓意。特別是唐宋以來，湧現了一大批著名的寓言作家，如柳宗元、蘇東坡、劉基、袁枚等。他們的寓言故事，從結構上看，與《百喻經》所收寓言，如出一轍。其例甚多，故不備舉。

97　〔日〕大藏經刊行會編：《大正新修大藏經》（臺北市：新文豐出版公司，1996年），卷9，頁70上。

98　〔日〕大藏經刊行會編：《大正新修大藏經》（臺北市：新文豐出版公司，1996年），卷16，頁114下。

99　陳允吉：〈柳宗元寓言的佛經影響及〈黔之驢〉故事的淵源和由來〉，《古典文學佛教溯源十論》（上海市：復旦大學出版社，2002年），頁204。

二　內容影響舉隅

關於漢譯譬喻經典內容之影響，若從創作主體言，教內教外所受沾溉，悉不勝枚舉。

（一）教內影響舉隅

1　經疏

中土僧人為了更清楚地闡釋佛教義理，經常在論疏類的著作中徵引佛經譬喻，如：

（1）隋智者說，灌頂記《妙法蓮華經玄義》卷八之下云：

> 正譬簡者，今借三喻正顯偽真，兼明開合、破會等意。一、譬三獸渡河，同入於水。三獸有強弱，河水有底岸。兔馬力弱，雖濟彼岸，浮淺不深，又不到底。大象力強，俱得底岸。三獸喻三人，水喻即空，底喻不空。二乘智少，不能深求，喻如兔馬。菩薩智深，喻如大象。水軟喻空，同見於空不見不空。底喻實相，菩薩獨到。智者見空及與不空。到又二種，小象但到底泥，大象深到實土。別智雖見不空，歷別非實。圓見不空，窮顯真實。如是喻者，非但簡破兔馬二乘非實，亦簡小象不空非實，乃取大象不空。為此經體也。此約空中，共為真諦，作如此簡也。二、譬頗梨如意兩珠相似，形類欲同。而頗梨但空，不能雨寶。如意珠亦空，亦雨寶。頗梨無實，以喻偏空。如意能雨，以喻中道。此就有無合為俗，簡偽顯真。今經體同如意也。又但約一如意珠為譬者，得珠不知力用。唯珠而已，智者得之多有所獲，二乘得空，證空休息。菩薩得空，方便利

益，普度一切。此就含中真諦，簡其得失也。今經如智者得如意珠，以為經體。三、譬如黃石中金，愚夫無識，視之謂石，擲在糞穢，都不顧錄。估客得之，融出其金，保重而已。金匠得之，造作種種釵釧鐶鐺。仙客得之，練為金丹，飛天入地，捫摸日月，變通自在。野人喻一切凡夫，雖具實相，不知修習。估客喻二乘，但斷煩惱。礦保即空金，更無所為。金匠喻別教菩薩，善巧方便，知空非空，出假化物，莊嚴佛土，成就眾生。仙客喻圓教菩薩，即事而真。初發心時，便成正覺，得一身無量身，普應一切。今經但取金丹實相，以為經體也。就同而為喻，從初至後，同是於金。凡夫圓教，俱是實相也。就異為喻者，初石異金，次金異器，器異丹。丹色淨徹，類若清油，柔軟妙好，豈同鐶釧？狀乖色別，故不一種。此就與奪破會，簡其得失。引此三喻者，前喻根性，根性有淺深。淺得其空，深得其假。又得其中。次喻三情，初情但出苦，不志求佛道，見真即息。次情歷別，不能圓修，後者廣大，遍法界求。第三喻三方便，二乘方便，少守金而住。別教方便弱，止能嚴飾營生。圓教方便深，故能吞雲納漢。今明此經實相之體，如大象得底，堅不可壞，以譬體妙。圓珠普雨，譬其用妙。巧智成仙，譬其宗妙。如此三譬，即是三德。不縱不橫，名為大乘。於大乘中，別指真性，以為經體。[100]

此段疏文雖長，卻有一大特點，全是對所引譬喻故事進行義理方面的解釋。其中，「三獸渡河」原出於北涼曇無讖譯《大般涅槃經》卷二十三、二七，《優婆塞戒經》卷一，以及唐玄奘譯《阿毗達磨大毗婆沙論》卷一四三等。《優婆塞戒經》〈三種菩提品〉即曰：

100　〔日〕大藏經刊行會編：《大正新修大藏經》（臺北市：新文豐出版公司，1996年），
　　卷33，頁781下-782上。

> 善男子！如恒河水，三獸俱渡，兔馬香象。兔不至底，浮水而
> 過；馬或至底，或不至底；象則盡底。恒河水者，即是十二因
> 緣河也。聲聞渡時，猶如彼兔；緣覺渡時，猶如彼馬；如來渡
> 時，猶如香象。是故如來得名為佛，聲聞緣覺雖斷煩惱，不斷
> 習氣。如來能擾一切煩惱習氣根原，故名為佛。[101]

不過，智者大師稍有延伸與創新，他在繼承佛典用三獸渡河比喻三乘
深淺的基礎上，又把象分成大小兩種，用小象比喻別接通的菩薩，用
大象比喻圓接通的菩薩。

頗梨如意珠之較喻，其喻體似出於《大智度論》卷十，經云：

> 琉璃頗璃等皆出山窟中，如意珠出自佛舍利。若法沒盡時，諸
> 舍利皆變為如意珠。譬如過千歲，冰化為頗梨珠。[102]

同經卷三十五則指出佛陀為太子時，曾入龍宮求如意珠，有的能雨飲
食，有的能雨衣服，有的能雨七寶利益眾生。[103]智者同樣進行了綜合
性的改造，並單獨對如意珠之寓意從體用的層面進行了分析。

至於黃石含金喻，亦似和《大智度論》有關，該經卷三十二有云：

> 如黃石中有金性，白石中有銀性，如是一切世間法中皆涅槃
> 性。諸佛賢聖以智慧方便持戒禪定，教化引導，令得是涅槃法
> 性，利根者即知是諸法皆是法性，譬如神通人能變瓦石，皆使

---

101 〔日〕大藏經刊行會編：《大正新修大藏經》（臺北市：新文豐出版公司，1996年），
　　卷24，頁1038中。

102 〔日〕大藏經刊行會編：《大正新修大藏經》（臺北市：新文豐出版公司，1996年），
　　卷25，頁134上。

103 〔日〕大藏經刊行會編：《大正新修大藏經》（臺北市：新文豐出版公司，1996年），
　　卷25，頁316中。

為金；鈍根者方便，分別求之乃得法性，譬如大冶鼓石，然後得金。[104]

我們雖尚不能明確智者引喻的更原始出處，但《大智度論》的這些比喻，無疑為智者的譬喻故事提供了基型。易言之，根據《大智度論》的說法，再添上愚夫、估客、金匠、仙人等人物形象，就可構建出一個全新的寓言（當然，也可能智者所引是直接源於某部譬喻經典，只是後來佚失而已）。另外，就智者經疏之固有文本而言，其包容性極強，甚至把道教的煉丹術也納入了自己的比喻體系中。

（2）智者《摩訶止觀》卷二下又云：

> 淮河之北，有行大乘空人，無禁捉蛇者。今當說之，其先師於善法作觀，經久不徹，放心向惡法作觀，獲少定心，薄生空解。不識根緣，不達佛意，純將此法一向教他。教他既久，或逢一兩得益者，如蟲食木，偶得成字，便以為證，謂是事實。[105]

這裡的「如蟲食木，偶得成字」，既見於《大智度論》卷二之《讚佛偈》，也見於《大般涅槃經》卷二。如曇無讖譯本云：

> 如蟲食木有成字者，此蟲不知是字非字，智人見之，終不唱言「是蟲解字」，亦不驚怪。……比丘當知：是諸外道，所言我者，如蟲食木偶成字耳。是故如來於佛法中唱是無我。[106]

---

104 〔日〕大藏經刊行會編：《大正新修大藏經》（臺北市：新文豐出版公司，1996年），卷25，頁298中。

105 〔日〕大藏經刊行會編：《大正新修大藏經》（臺北市：新文豐出版公司，1996年），卷46，頁18下。

106 〔日〕大藏經刊行會編：《大正新修大藏經》（臺北市：新文豐出版公司，1996年），卷12，頁378中-下。

（3）五代延壽（904- 975）《宗鏡錄》卷十九云：

> 如古釋眾生佛性，譬若箜篌，具有五義：一有箜篌身，二有中間聲，三有弦條，四有彈箜篌人，五有所彈得曲。此五是喻，我等五陰似箜篌，身中真如佛性似聲，六度萬行似弦條，巧便智慧似彈箜篌人，我等以巧便智修行六度，當來成佛，一塵一毛皆遍法界，似彈奏之曲也。[107]

案：延壽所云「古釋」實出於隋灌頂（561-632）撰、唐湛然再治《大般涅槃經疏》（又稱《南本涅槃經疏》）卷二十三，疏曰：

> 明闡提佛性非有非無，即事求而頗得故非有，而有是理故非無。又善巧方便則非無，無巧方便則非有，故舉箜篌喻此有無。先譬次合，初譬中所言王者譬眾生，箜篌譬眾生身，音聲譬佛性，大臣譬佛菩薩能善說之，斷弦譬就此身盡命終，皮木坼裂譬五根四大求之頗得。即無方便，故非有也。合譬者，佛性無有住處即非有。[108]

不過，延壽在援引時對相關文字進行了整合，使內容更富條理性和層次感。此外，以箜篌喻佛性，本出自《大般涅槃經》，北本卷二十六即謂：

> 譬如有王聞箜篌音，其聲清妙，心即耽著，喜樂愛念，情無舍

---

107 〔日〕大藏經刊行會編：《大正新修大藏經》（臺北市：新文豐出版公司，1996年），卷48，頁520中。

108 〔日〕大藏經刊行會編：《大正新修大藏經》（臺北市：新文豐出版公司，1996年），卷38，頁171下-172上。

離，即告大臣：「如是妙音從何處出？」大臣答言：「如是妙音從箜篌出。」王復語言：「持是聲來。」爾時，大臣即持箜篌置於王前，而作是言：「大王！當知此即是聲。」王語箜篌：「出聲！出聲！」而是箜篌聲亦不出。爾時，大王即斷其弦，聲亦不出，取其皮木，悉皆析裂，推求其聲，了不能得。爾時大王即瞋大臣：「云何乃作如是妄語？」大臣白王：「夫取聲者，法不如是，應以眾緣善巧方便，聲乃出耳。」眾生佛性，亦復如是，無有住處，以善方便故得可見，以可見故得阿耨多羅三藐三菩提。[109]

若與經文相較，可以發現：無論灌頂還是延壽，他們都對箜篌喻中的喻體進行了更詳細的分解，方式頗同於吉藏所說的合喻。

（4）北宋淨源（1011-1088）《佛遺教經論疏節要》曰：

《百喻經》云：昔有貪夫，於野求蜜，既得一樹，舉足前進欲取蜂蜜，不覺草覆深井，因失足而亡。狂象者，喻心起三毒也。《涅槃經》以醉象狂逸，如貪恚愚癡醉，故多造惡業。猿猴者，喻根起五欲也。有說：譬如一猿現於五窗，心猴亦爾，遍彼五根。[110]

於此，淨源的疏解引用了三則譬喻，其中前兩則直接標明原經出處是《百喻經》和《大般涅槃經》[111]，第三則見於鳩摩羅什譯《成實論》

109　〔日〕大藏經刊行會編：《大正新修大藏經》（臺北市：新文豐出版公司，1996年），卷12，頁519中。

110　〔日〕大藏經刊行會編：《大正新修大藏經》（臺北市：新文豐出版公司，1996年），卷40，頁849上-中。

111　今查四卷本：《百喻經》，並未見與淨源引文相似者，它極可能出於《百喻經》之佚文。

卷五《一心品》，經曰：「又雜藏中比丘言：五門窟中，獼猴動發，獼猴且住，勿謂如本，故知一心。」[112]

　　不過，需要說明的是：僧人經疏所用譬喻，雖以佛典為主，然亦有引中土寓言故事者。比如，宋智圓（976-1022）《涅槃玄義發源機要》卷第三即引用了「鷸蚌相爭」寓言，云：

> 鷸蚌下，今師雙斥二家也。專執者，不許專破。專破者，不許專執。更互是非，其猶鷸蚌，而並為今師漁父所擒也。《春秋後語》第十云：「趙將伐燕，蘇代為燕說趙王曰：臣從外來過小水，見蚌方出暴，而鷸啄其肉，蚌夾其喙。鷸曰：今日不雨，明日不雨，必見蚌脯。蚌亦謂鷸曰：今日不出，明日不出，必見死鷸。兩者不相舍，漁父得而並擒之。今趙且伐燕，燕趙相支以弊其眾，臣恐強秦之為漁父也，故願大王熟計之。趙王乃止。」[113]

當然，僧人徵引中土固有之寓言的目的，和引用佛典譬喻一樣，都在於使佛理得到更清晰的解說。

2 歌偈

　　經疏主要是散文體，歌偈則屬韻文，它更易於傳播。雖然其內容相對簡練，卻也有不少隱栝佛典譬喻故事者。如：

112　〔日〕大藏經刊行會編：《大正新修大藏經》（臺北市：新文豐出版公司，1996年），卷32，頁278下。又，此比喻又作「六窗一猿」，如隋慧遠：《大乘義章》卷四曰：「有人宣說，六識之心，隨根雖別，體性是一，往來彼此，如一猿猴六窗俱現，非有六猴。心識如是，六根中現。……凡夫愚人，謂猴定一，六窗中現，然實猿猴生生念滅。此窗現者，不至彼窗，心識如是。」（〔日〕大藏經刊行會編：《大正新修大藏經》〔臺北市：新文豐出版公司，1996年〕，卷44，頁438上）

113　〔日〕大藏經刊行會編：《大正新修大藏經》（臺北市：新文豐出版公司，1996年），卷38，頁31上。

（1）敦煌歌辭P.2045c、敦博077c等《南宗定邪正五更轉》之第三更唱詞：

> 三更侵，如來智惠本幽深。唯佛與佛乃能見，聲聞緣覺不知音。處山窟，住禪林，入空定，便凝心。一坐還同八萬劫，只為䞉麻不重金。

案：本首歌偈是從南宗思想的角度出發，對於北宗神秀提倡的宴坐式的漸修禪法進行了強烈的批判，最後一句，其實概述了一則著名的譬喻故事。後秦佛陀耶舍、竺佛念譯《長阿含經》卷七載迦葉之語曰：

> 諸有智者，以譬喻得解，我今當更為汝引喻。乃往久遠有一國土，其土邊疆人民荒壞。彼國有二人：一智一愚。自相謂言：「我是汝親，共汝出城，采侶求財。」即尋相隨，詣一空聚，見地有麻，即語愚者：「共取持歸。」時彼二人，各取一擔。復過前村，見有麻縷。其一智者言：「麻縷成功，輕細可取。」其一人言：「我已取麻，繫縛牢固，不能舍也。」其一智者，即取麻縷，重擔而去。復共前進，見有麻布。其一智者言：「麻布成功，輕細可取。」彼一人言：「我以取麻，繫縛牢固，不能復舍。」其一智者即舍麻縷，取布自重。復共前行，見有劫貝。其一智者言：「劫貝價貴，輕細可取。」彼一人言：「我已取麻，繫縛牢固，齎來道遠，不能舍也。」時一智者，即舍麻布而取劫貝。如是前行，見劫貝縷，次見白疊，次見白銅，次見白銀，次見黃金。其一智者言：「若無金者，當取白銀；若無白銀，當取白銅；乃至麻縷，若無麻縷，當取麻耳。今者此村大有黃金，集寶之上，汝宜舍麻；我當舍銀，共取黃金，自重而歸。」彼一人言：「我取此麻，繫縛牢固，齎

來道遠，不能舍也。汝欲取者，自隨汝意。」其一智者，舍銀取金，重擔而歸其家。親族遙見彼人，大得金寶，歡喜奉迎。時得金者，見親族迎，復大歡喜。其無智人，負麻而歸居家，親族見之不悅，亦不起迎。其負麻者，倍增憂愧。婆羅門：「汝今宜舍惡習邪見，勿為長夜自增苦惱，如負麻人，執意堅固，不取金寶，負麻而歸，空自疲勞，親族不悅。長夜貧窮，自增憂苦也。」[114]

本來，原經的旨意在於批判婆羅門不知正法，敦煌歌辭則進行了改造，即把北宗比作那個只知擔麻不識金的愚者，說他們如同婆羅門一樣，都是外道，同時又暗示了唯有南宗才是智者之禪，即為正宗與正法。

（2）敦煌歌辭S.1494《五陰山六首》（擬）有云：

五陰山中有一人，端心靜意息心神。六時座禪無有廢，獨奪消遙得志真。

把人身比作五陰山的說法，見於前引失譯人名附《後漢錄》的《雜譬喻經》卷下之第二十七則有關五百餘獼猴溺死於大海的譬喻，佛陀在解釋寓意時有云：「沫山者，五陰身也。」[115]

（3）《緇門警訓》卷二載大唐慈恩法師〈出家箴〉曰：

舍家出家何所以，稽首空王求出離。……既遇出家披縷褐，猶

---

114 〔日〕大藏經刊行會編：《大正新修大藏經》（臺北市：新文豐出版公司，1996年），卷1，頁45中-下。案：是事又見於《中阿含經》，卷16，參〔日〕大藏經刊行會編：《大正新修大藏經》（臺北市：新文豐出版公司，1996年），卷1，頁529中-下。

115 〔日〕大藏經刊行會編：《大正新修大藏經》（臺北市：新文豐出版公司，1996年），卷4，頁509中。

> 如浮木值盲龜。大丈夫，須猛利，緊束身心莫容易。倘能行願
> 力相扶，決定龍華親授記。[116]

慈恩法師即窺基。其中，「猶如浮木」一句，概述的是佛教中的一則著名譬喻「盲龜浮木喻」，據《雜阿含經》卷十五第四〇六經云：

> 爾時，世尊告諸比丘：「譬如大地悉成大海，有一盲龜，壽無
> 量劫，百年一出其頭，海中有浮木，止有一孔，漂流海浪，隨
> 風東西。盲龜百年一出其頭，當得遇此孔不？」阿難白佛：
> 「不能，世尊！所以者何？此盲龜若至海東，浮木隨風，或至
> 海西，南、北四維，圍繞亦爾，不必相得。」佛告阿難：「盲
> 龜浮木，雖復差違，或復相得。愚癡凡夫漂流五趣，暫復人
> 身，甚難於彼。」[117]

詩中引用此喻重在說明出家聽受佛法之不易，進而勸諭出家人要努力修行。

（4）《龐居士語錄》卷下有詩云：

> 猿猴見水月，捉月始知難。緣事求解脫，累劫無出期。[118]

龐居士，即中唐著名的禪門居士龐蘊。詩中關於猿猴捉月的故事，在律部的譬喻本生中較為常見。如《摩訶僧祇律》卷七：

---

116 〔日〕大藏經刊行會編：《大正新修大藏經》（臺北市：新文豐出版公司，1996年），
　　卷48，頁1051中-下。
117 〔日〕大藏經刊行會編：《大正新修大藏經》（臺北市：新文豐出版公司，1996年），
　　卷2，頁108下。
118 藏經書院編：《新編卍續藏經》（臺北市：新文豐出版公司，1993年），冊120，頁76
　　上。

過去世時，有城名波羅檦，國名伽尸。於空閒處有五百獼猴，
遊行林中，到一尼俱律樹。樹下有井，井中有月影現。時獼猴
主見是月影，語諸伴言：「月今日死，落在井中，當共出之，
莫令世間長夜暗冥。」共作議言：「云何能出？」時獼猴主
言：「我知出法，我捉樹枝，汝捉我尾，展轉相連，乃可出
之。」時諸獼猴即如主語，輾轉相捉，小未至水，連獼猴重，
樹弱枝折，一切獼猴墮井水中。爾時樹神便說偈言：「是等騃
榛獸，癡眾共相隨；坐自生苦惱，何能救世間？」
佛告諸比丘：「爾時之獼猴主者，今指提婆達多是。爾時餘獼
猴者，今指六群比丘是。」[119]

另外，北本《大般涅槃經》卷九則說：「一闡提所作眾惡而不自見，
是一闡提憍慢心故，雖多作惡，於是事中初無怖畏，以是義故，不得
涅槃，喻如獼猴捉水中月。」[120]龐蘊之詩，當是對律部和經部的寓意
的綜合運用。

3　講經唱導

　　無論印度，抑或中土，宣教方式中都少不了講經與唱導，而講
經、唱導時都常援引譬喻經典。如東晉康法邃《譬喻經序》說：

　　《譬喻經》者，皆是如來隨時方便四說之辭，敷演弘教訓誘之
　　要。牽物引類，轉相證據，互明善惡罪福報應，皆可寤心，免

119　〔日〕大藏經刊行會編：《大正新修大藏經》（臺北市：新文豐出版公司，1996年），
　　卷22，頁284上。
120　〔日〕大藏經刊行會編：《大正新修大藏經》（臺北市：新文豐出版公司，1996年），
　　卷12，頁418下。

彼三塗。[121]

梁僧祐《賢愚經記》則曰：

> 十二部典，蓋區別法門。曠劫因緣，既事照於本生；智者得
> 解，亦理資於譬喻。《賢愚經》者，可謂兼此二義矣。河西沙
> 門釋曇學、威德等，凡有八僧，結志游方，遠尋經典。於于闐
> 大寺遇般遮於瑟之會。般遮於瑟者，漢言五年一切大眾集也。
> 三藏諸學，各弘法寶，說經講律，依業而教。學等八僧隨緣分
> 聽，於是競習胡音，析以漢義，精思通譯，各書所聞，還至高
> 昌，乃集為一部。既而逾越流沙，齎到涼州。於時沙門釋慧
> 朗，河西宗匠，道業淵博，總持方等。以為此經所記，源在譬
> 喻；譬喻所明，兼載善惡；善惡相翻，則賢愚之分也。前代傳
> 經，已多譬喻，故因事改名，號曰《賢愚》焉。[122]

敷演弘教也罷，講經說律也罷，目的都在對信眾進行教化。更值得注
意的是，《賢愚經》其實是東土八位僧人在于闐聽講譬喻經典的筆
記，由此可知譬喻在講經說法中的突出作用。究其成因，當與譬喻經
重善惡業報的思想有關係。

　　考《出三藏記集》卷四載有多種譬喻經典的摘抄目錄，如《恒河
譬經》、《水喻經》、《鑄金喻經》、《浮木譬喻經》、《田夫喻經》、《嬰兒
譬喻經》、《群牛譬經》、《羊群喻經》、《飛鳥喻經》、《鱉喻經》、《馬喻
經》、《箭喻經》、《木杵喻經》、《毒喻經》、《毒草喻經》、《調達喻

---

121 〔梁〕僧祐撰，蘇晉仁、蕭鍊子點校：《出三藏記集》（北京市：中華書局，1995
　　年），頁354-355。

122 〔梁〕僧祐撰，蘇晉仁、蕭鍊子點校：《出三藏記集》（北京市：中華書局，1995
　　年），頁351。

經》、《譬喻六人經》等,它們主要抄自《阿含經》、《生經》、《六度集經》等。[123] 僧人之所以喜歡從各種大經中摘出其中的譬喻,疑其專用於講經唱導,因為完整地講一部大經,且不說要花費更多的時間與精力,即使受眾也不一定對長篇大論感興趣。據《高僧傳》卷十四云:

> 唱導者,蓋以宣唱法理,開導眾心也。昔佛法初傳,於時齊集,止宣唱法名,依文致禮。至中宵疲極,事資啟悟,乃別請宿德,升座說法。或雜序因緣,或傍引譬喻。[124]

這裡即明確交代唱導中要徵引譬喻來說法。再聯繫敦煌遺書P.3849V所載俗講儀式云:「講《維摩》,先作梵……便入經說緣喻」,緣喻,因緣與譬喻也,則知講經中講說譬喻是十分常見的。此外,在今存敦煌文獻中,也有專講譬喻經典的講經文,如北圖衣字三十二號寫卷即是依據《鬼還鞭故屍》等同型寓言演繹而成。[125]

(二) 教外影響舉隅

關於譬喻經典對教外之創作內容的影響,前賢時彥論之多矣。茲從敘事文學與詩歌的角度再補充一些具體的事例。

1 敘事文學

這方面的影響,最突出的表現是故事類型或故事情節的借用,今舉四例如下:

---

123 〔梁〕僧祐撰,蘇晉仁、蕭鍊子點校:《出三藏記集》(北京市:中華書局,1995年),頁173-175。

124 〔梁〕慧皎著,湯用彤校注:《高僧傳》(北京市:中華書局,1992年),頁521。

125 黃征、張涌泉:《敦煌變文校注》(北京市:中華書局,1997年),頁1077-1078。

（1）念佛拒鬼故事

此類故事在佛教靈驗小說中，極為常見。茲舉《太平廣記》卷一一二所引劉義慶《幽明錄》，文云：

> 宋有一國，與羅剎相近。羅剎數入境，食人無度。王與羅剎約言：「自今已後，國中人家，各專一日，當分送往，勿復枉殺！」有奉佛家，唯有一子，始年十歲，次當充行，舍別之際，父母哀號，便至心念佛，以佛威神力故，大鬼不得近。明日，見子尚在，歡喜同歸。於茲遂絕，國人賴焉。[126]

案：關於念佛可拒羅剎鬼的說法，佛典中較為常見，如支謙譯《撰集百緣經》卷九〈海生商主緣〉即載有商人海生飄墮羅剎鬼國時因一心念佛而得拯救之事[127]，《法苑珠林》卷十三、卷三十四中則分別從《譬喻經》中徵引了同類型的故事[128]，指出念佛所獲功德無量無邊。更值得注意的是，明人袾宏《往生集》卷三〈生存感應類〉「鬼不敢啖」條，它把前引《幽明錄》故事改造得如同佛典一樣，曰：

> 佛世有一國，鄰於羅剎，羅剎食人無度。王約：自今國人，家專一日，以次送與，勿得枉殺。有奉佛家，止生一子，次第克行，父母哀號，囑令至心念佛。以佛威力，鬼不得近。明晨往視，見子尚在，歡喜將還。自是羅剎之患遂絕，國人慶慕焉。[129]

---

126 〔宋〕李昉等撰：《太平廣記》（北京市：中華書局，1961年），頁773。

127 〔日〕大藏經刊行會編：《大正新修大藏經》（臺北市：新文豐出版公司，1996年），卷4，頁244中。

128 〔日〕大藏經刊行會編：《大正新修大藏經》（臺北市：新文豐出版公司，1996年），卷53，頁381下；第551中-下。

129 〔日〕大藏經刊行會編：《大正新修大藏經》（臺北市：新文豐出版公司，1996年），卷51，頁151中。

由此可見，文人接受佛典影響之後的作品，也對僧人撰述產生了影響，易言之，佛教與文學存在交互影響。

（2）妒婦與羊故事

《藝文類聚》卷三十五引南宋虞通之《妒記》云：

> 京邑有士人婦，大妒忌；於夫小則罵詈，大必捶打。常以繩繫夫腳，且喚，便牽繩。士人密與巫嫗為計。因婦眠，士人入廁，以繩繫羊，士人緣牆走避。婦覺，牽繩而羊至，大驚怪，召問巫。巫曰：「娘積惡，先人怪責，故郎君變成羊。若能改悔，乃可祈請。」婦因悲號，抱羊慟哭，自咎悔誓。師嫗乃令七日齋，舉家大小悉避於室中，祭鬼神。師祝羊還復本形，婿徐徐還，婦見婿，啼問曰：「多日作羊，不乃辛苦耶？」婿曰：「猶憶啖草不美，腹中痛爾。」婦愈悲哀。後復妒忌，婿因伏地作羊鳴；婦驚起，徒跣呼先人為誓，不復敢爾。於此不復妒忌。[130]

案：本則笑話與前揭姚秦竺佛念譯《出曜經》卷十五所載某男子因與咒術女交往而變為驢的故事在細節上有不少相似之處，最重要的有兩點：（1）男主公都受控於女主公，都想擺脫女主公的束縛；（2）男主公都有變形為動物的經歷（但在《妒記》中只是一個虛設的騙局，《出曜經》中則為「真實」的故事）。不過，虞通之在借鑑譬喻經典的同時，將主題、人物性格皆進行了巧妙轉換（比如《出曜經》中的咒術女到了《妒記》中，身分雖未改變，作用卻相反：前者是要牢牢控制男主公，後者則在幫助男主公），使得故事完全中國化了。

---

130 〔唐〕歐陽詢撰，汪紹楹校：《藝文類聚》（上海市：上海古籍出版社，1999年），頁615。

　　另據圓照《貞元新定釋教目錄》卷二十八記載：「《嫉妒新婦經》一卷，亦云《妒婦經》。……近代人造，忘其人名，緣妻能妒，造此經以逞之，於中說嫉妒之人受報極重。」[131]此亦顯示了受佛典孳乳後的文學創作，反過來也影響了佛教偽經的撰作。

（3）變形狐狸怕犬故事

　　在中古以降的志怪或傳奇小說中，狐媚（狐狸幻化成美女）故事是常見的類型之一。其中，破解的方法是用犬。如《太平廣記》卷四五四引張讀《宣室志》云：

> 杜陵韋氏子家於韓城，有別墅在邑北十餘里。開成十年秋自邑中游焉。目暮，見一婦人素衣，挈一瓢，自北而來。……會有獵騎從西來，引數犬，女人望見，卻東走數十步，化為一狐。[132]

考敦煌偽經《究竟大悲經》卷四《對一切眾生辯邪正品》裡載有一則狐王故事，說有一野狐王具足妖魅之術：

> 其狐王得死人食訖，遂遣狐子變作人像。……狐時見狗，心生忙怕，不覺忽然變為狐狀。其狗即來，而便嚙殺。[133]

兩相比較，破除狐魅的關鍵手法完全相同。然而這一篇佛教偽經，它實際上是對道典《無上內秘真藏經》的批判，因為後者卷七記載了一

131　〔日〕大藏經刊行會編：《大正新修大藏經》（臺北市：新文豐出版公司，1996年），卷55，頁1017中。

132　〔宋〕李昉等撰：《太平廣記》（北京市：中華書局，1961年），頁3712。

133　〔日〕大藏經刊行會編：《大正新修大藏經》（臺北市：新文豐出版公司，1996年），卷85，頁1377上。

個同型的狐王寓言[134]，道典的宗旨在於攻擊佛教的虛妄不實。不過，有趣的是，《無上內秘真藏經》本身又深受佛教思想（如業報、因緣、般若等）的影響。尤其是狐王寓言，若窮原竟委，當襲自漢譯譬喻本生經，據梁代寶唱所編《經律異相》卷二十一「調達先身為野狐」條，則知該故事最早見於《野狐求王事》及《彌沙塞律》第四卷（案：第五章已有引用，此不贅。另，《彌沙塞律》即劉宋佛陀什、竺道生共譯之《五分律》。其中，狐王故事，見於《大正藏》本卷三，蓋寶唱所見經本與今本分卷有別也）。稍有區別的是：翻譯佛典中降伏狐王的是獅子，而不是後來所說的狗（犬）。易言之，這一關鍵情節的流變過程可能是：

《野狐求王事》、《彌沙塞律》 ⟶ 《經律異相》 ⟶ 《無上內秘真藏經》 ⟶ 《究竟大悲經》 ⟶ 張讀《宣室志》

（4）啖（殺）人數量終缺一故事

《太平廣記》卷四二六「峽口道士」條引《會昌解頤錄》說有一道士自稱：

> 吾有罪於上帝，被謫在此為虎，合食一千人。吾今已食九百九十九人，唯欠汝一人，其數當足……。[135]

案：類似的情節，譬喻經中常見，如失譯人名今附《後漢錄》的《雜譬喻經》卷上第八則寓言：

---

134 《道藏》（北京市：文物出版社，上海市：上海書店，天津市：天津古籍出版社，1988年），冊1，頁481下-482下。

135 〔宋〕李昉等撰：《太平廣記》（北京市：中華書局，1961年），頁3473。

昔有國王喜食人肉……以此為常，臣下後咸知之，即共斥逐，捐於界外。……啖人王曰：「吾本捕取五百人，當持祠天，已有四百九十九人。今復得卿一人，數已滿，殺以祠天。」[136]

《經律異相》卷二十九〈不眠王殺睡左右〉引《譬喻經》第五卷則曰：

昔有國王，晝夜不寐。其邊直者，若睡便殺，前後殺四百九十九人。有一長者子，當應入直，其家啼哭送之。有一年少問：「何故啼哭？」以實答之。「卿能雇我，我能代卿。」[137]

而想殺千人而終少一人的故事，則見於《賢愚經》卷十一〈無惱指鬘品〉。[138]

2 詩歌

中古以後的文人詩歌，在創作用典時，對於譬喻經典的襲用，時有所見，亦舉四例。

（1）《廣弘明集》卷三十載庾肩吾詩：

習染迷畫瓶，臥起求棲宿。羅襦豈再歡，臨岐方土木。[139]

136　〔日〕大藏經刊行會編：《大正新修大藏經》（臺北市：新文豐出版公司，1996年），卷4，頁503中-下。

137　〔日〕大藏經刊行會編：《大正新修大藏經》（臺北市：新文豐出版公司，1996年），卷53，頁159上。

138　〔日〕大藏經刊行會編：《大正新修大藏經》（臺北市：新文豐出版公司，1996年），卷4，頁424上。

139　〔日〕大藏經刊行會編：《大正新修大藏經》（臺北市：新文豐出版公司，1996年），卷52，頁355中。

案：本詩所用「畫瓶」，是佛典中常見的譬喻，如西晉沙門白法祖譯
《佛般泥洹經》曰：

> 佛止奈園中，有婬女人字奈女，有五百婬女弟子，於城中聞佛
> 以來在榛園中，皆敕五百婬女弟子，令好莊衣嚴車，從城中
> 出，至佛所欲見佛，為佛跪拜。……佛敕諸比丘：「汝曹見榛
> 女，與五百婬弟子俱，皆低頭端。若心雖好莊衣來，譬如畫
> 瓶，外有好畫，中但有不淨，封結不可發解，解者不淨臭。即
> 至奈女，皆是瓶輩。其有比丘，當見力。何等為見力？去惡就
> 善，不聽婬態，寧自破骨破心，燔燒身體，終不隨心作惡。」[140]

詩中「羅襦歡」云云，正和譬喻經中的奈女身分暗合，詩之主旨在於
說明人身如盛糞穢的畫瓶，不可留戀，不可執著。

（2）白居易〈和李澧州題韋開州經藏詩〉：

> 觀指非知月，忘筌是得魚。聞君登彼岸，舍筏復如何？[141]

於此，詩人用了三組比喻：其中，得魚忘筌出自《莊子‧外物篇》，
用佛教的觀點看，是外書；「觀指」一句，則從佛典「指月喻」化
出，唐般刺蜜帝譯《楞嚴經》卷二即云：「如人以手指月示人，彼人
因指，當應看月。若復觀指，以為月體，此人豈唯亡失月輪，亦亡其
指。」[142]此中，「指」喻教，「月」喻法；「登岸舍筏」一句，則源於

---

140 〔日〕大藏經刊行會編：《大正新修大藏經》（臺北市：新文豐出版公司，1996年），
　　卷1，頁163中-下。

141 謝思煒撰：《白居易詩集校注》（北京市：中華書局，2006年），頁1448。

142 〔日〕大藏經刊行會編：《大正新修大藏經》（臺北市：新文豐出版公司，1996年），
　　卷19，頁111上。

東晉瞿曇僧伽提婆譯《中阿含經》卷五十四之《筏喻經》[143]，是說佛的教法如船筏，渡河既畢，則當捨筏，比喻對待法的正確態度應是不可執著，何況非法，就更應捨棄了。

（3）李洞〈寄翠微無可上人〉：

> 遠近眾心歸，居然占翠微。展經猿識字，聽法虎知非。[144]

這裡，詩人高度讚頌了無可上人講法的高妙和神奇，並舉出了兩個動物聽經的故事。這類故事在譬喻經典中習見，如康僧會譯《舊雜譬喻經》卷下就載有狐、獼猴、獺與兔共同聽道人說經戒的情節（引文詳見本章第二節），竺法護譯《生經》卷五則引證云：

> 昔有沙門，晝夜誦經，有狗伏床下，一心聽經，不復念食。如是積年，命盡得人形，生舍衛國中，作女人。長大，見沙門分衛，便走，自持飯與，歡喜如是。後便追沙門去，作比丘尼，精進得應真道也。[145]

後來，中土僧傳中在記載高僧行事時，亦常列出動物聽經的細節，單道宣《續高僧傳》中就有道舜（卷十八）、僧安（卷二十五）、法融（卷二十六）等多例。不過，李洞的詩更加鋪張揚厲，還有「猿識字」之說，即動物非但能聽懂佛法（聽經），更能宣揚佛法（誦經）。

（4）黃庭堅〈戲贈水牯庵〉云：

143　〔日〕大藏經刊行會編：《大正新修大藏經》（臺北市：新文豐出版公司，1996年），卷1，頁764中-下。

144　〔清〕彭定求等編：《全唐詩》（上海市：上海古籍出版社，1986年），頁1814。

145　〔日〕大藏經刊行會編：《大正新修大藏經》（臺北市：新文豐出版公司，1996年），卷3，頁108中。

水牯從來犯稼苗，著繩只要鼻穿牢。行須萬里無寸草，臥對十方同一槽。[146]

山谷此詩前二句，直接取用了佛典譬喻，如鳩摩羅什譯《佛說遺教經》云：「汝等比丘，已能住戒，當制五根，勿令放逸入於五欲。譬如牧牛之人，執杖視之，不令縱逸，犯人苗稼。」[147]

146　〔宋〕黃庭堅撰，任淵等注，劉尚榮校點：《黃庭堅詩集注》（北京市：中華書局，2003年），頁1732。

147　〔日〕大藏經刊行會編：《大正新修大藏經》（臺北市：新文豐出版公司，1996年），卷12，頁1111上。

第七章

漢譯佛典之「因緣」及其影響

　　漢譯因緣經是學術界比較關注的佛經文學類別之一，特別是涉及佛經敘事與中國古典敘事文學之關係方面的研究論著，相對說來較為常見，學人們或宏觀，或微觀，或專就某一類因緣故事，或與敦煌文獻相結合，或從中印文學比較等角度，多方探討[1]，啟人心扉，頗值參考。

1　從宏觀角度進行研究的可以張瑞芬：《佛教因緣文學與中國古典小說》（臺北市：東吳大學中國文學研究所博士論文，1994年）為代表；微觀研究者如日本學者前野直彬：《冥界遊行》（上）、（下）（分別載日本《中國文學報》，冊14，頁38-57；冊15，頁33-48），滋野井恬：《金光明經感應說話考》（李賀敏、張琳譯，載《佛學研究》第7期〔1998年1月〕，頁158-161），小師順子：〈毗沙門天靈驗譚の成立ていって〉，《印度學佛教學研究》第53卷第1號（2004年12月），頁208-210，中國學者臺靜農：〈佛教故實與中國小說〉，《臺靜農論文集》（合肥市：安徽教育出版社，2002年），頁198-259等；專就某一類因緣故事進行研究者如傅世怡：《《法苑珠林》六道篇感應緣研究》（臺北市：臺灣師範大學國文研究所博士論文，1987年）、劉雯鵬：《歷代筆記小說中因果報應故事研究》（臺北市：中國文化大學國文系博士論文，2003年）、劉亞丁：《佛教靈驗記研究──以晉唐為中心》（成都市：巴蜀書社，2006年）、陳開勇：〈漢譯部派佛教廣律之戒緣故事〉，收入陳允吉師主編：《佛經文學研究論集》（上海市：復旦大學出版社，2004年），頁103-121；陳開勇：〈漢譯部派佛教廣律之非戒緣故事〉（上海市：復旦大學出版社，2004年），頁122-171等；從敦煌文獻入手者如陳寅恪：〈有相夫人升天因緣曲跋〉，《金明館叢稿二編》（北京市：生活・讀書・新知三聯書店，2001年），頁192、陳寅恪：〈須達起精舍因緣曲跋〉（北京市：生活・讀書・新知三聯書店，2001年，頁193-196，馬世長：〈四獸因緣考〉，《敦煌研究》1989年第2期（1989年6月），頁19-26，陳允吉：〈從〈歡喜國王緣〉變文看〈長恨歌〉故事的構成〉，《古典文學佛教溯源十論》（上海市：復旦大學，2002年），頁95-128等；從中印比較文學角度研究的如薛克翹：〈中印鸚鵡故事因緣〉，《南亞研究》2001年第2期（2001年5月），頁61-67、頁74等。

第一節　含義略說

作為十二部經之一的因緣，它是梵語 nidāna（巴利語同、緣由、起源之義，音譯「尼陀那」）的意譯，又作緣起，它指的是經典中交代佛陀說法及制定戒律之由來、緣起的部分。

按照印順法師的意見：在三藏的逐漸形成中，舊有「九分教」的分類不足以總攝一切，於是擇取經中的固有名詞「因緣」、「譬喻」、「論議」，別為三分，而總為十二分教。「論議」是最後一分；「因緣」與「譬喻」加入中間的次第，則諸部派間意見不一。[2] 易言之，從經典成立與發展史的角度觀察，因緣經、譬喻、論議的出現時間較晚。不過，從漢譯佛典分析，「因緣」的含義大體無別。如後秦鳩摩羅什譯《大智度論》卷三十三云：

> 尼陀那者，說諸佛法本起因緣。佛何因緣說此事？修多羅中有人問，故為說是事；毗尼中有人犯是事，故結是戒。一切佛語緣起事，皆名尼陀那。[3]

修多羅者，經也。毗尼者，律也。意即佛說一切經、律之由來的文

2　印順：《原始佛教聖典之集成》（臺北市：正聞出版社，1988年），頁591。於此，印順法師關於九分教的說法，當是針對巴利文原始經典而言。在漢譯佛典中，歷來對九部經的理解不一，隋慧遠：《大般涅槃經義記》卷2「或大乘、小乘各說九部，如《法華》說小乘法中略無受記、無問自說及與方廣，故但有九。小乘之中，未說行因作佛之義，故無授記；法淺易諳，故無自說；未辯廣理，故無方廣。大乘法中略無因緣、譬喻、論議，故但有九。大乘眾生利根易悟，不假因緣、譬喻、論議，方始悟解，是以略無。」（〔日〕大藏經刊行會編：《大正新修大藏經》〔臺北市：新文豐出版公司，1996年〕，卷37，頁661下）

3　〔日〕大藏經刊行會編：《大正新修大藏經》（臺北市：新文豐出版公司，1996年），卷25，頁307中。

字，悉可歸為緣起也。玄奘譯《阿毗達磨大毗婆沙論》卷一二六則曰：

> 因緣云何？謂諸經中遇諸因緣而有所說，如《義品》等種種因
> 緣；如毗奈耶作如是說，由善財子等最初犯罪，是故世尊集苾
> 芻僧制立學處。[4]

此則以舉例的方式對因緣進行了解析。其中《義品》之類是說佛陀制
經「因緣」，善財童子犯戒之事，則為制戒「因緣」。一般說來，說制
經因緣的文字，多為佛經的開頭部分，往往是諸經的《序品》，重在
說明依何事、為何人而說法。有時又可以指佛陀說偈（案：此時的
偈，實是對經義的高度概括）的由來，比如北涼曇無讖譯《大般涅槃
經》卷十五云：

> 何等名為尼陀那經？如諸經偈所因根本為他演說，如舍衛國有
> 一丈夫羅網捕鳥，得已籠繫，隨與水穀，而復還放。世尊知其
> 本末因緣，而說偈言：
> 莫輕小罪，以為無殃。水渧雖微，漸盈大器。
> 是名《尼陀那經》。[5]

此即是對「莫輕小罪」四句偈由來的解說。此偈名義上為經偈（即經
中之要偈），其實也含有戒的作用，如警示等。

　　說到戒律的產生，本來在佛陀時代，它是隨犯隨制的，並非像現
在的法律一樣，往往預先制定（當然，法律在執行過程中會依情況變

4　〔日〕大藏經刊行會編：《大正新修大藏經》（臺北市：新文豐出版公司，1996年），
　　卷27，頁660上。
5　〔日〕大藏經刊行會編：《大正新修大藏經》（臺北市：新文豐出版公司，1996年），
　　卷12，頁451下。

化而有所修訂）。因此，每一戒律的制定，都有特定的背景或事緣，此即為律部的因緣。印順法師指出：十二分教中的因緣，最初是以制戒的因緣談為主。[6]這是十分符合佛典發展史的說法。玄奘譯《阿毗達磨順正理論》卷四十四指出：「言緣起者，謂說一切起說所由，多是調伏相應論道，彼由緣起之所顯故。」[7]其中，「調伏相應論」者，即律也。[8]什譯《仁王般若波羅蜜經》卷上則徑直把因緣稱為「戒經」[9]，它與玄奘譯《瑜伽師地論》卷二十五所說「因請而說，及諸所有毗奈耶相應，有因有緣別解脫經，是名因緣」相一致。[10]別解脫者，戒也。[11]由此推斷，十二部經中的「因緣」，其原始意義當指對各種制戒由來的解釋或說明。在漢譯佛典中，因緣故事在律部中保存最多，除了《四分律》、《十誦律》、《五分律》、《摩訶僧祇律》外，其他律典如《毗尼母經》、《善見毗婆沙》及唐義淨譯諸根本說一切有部律等，皆載有不少戒緣故事。

　　除了說法緣起與制戒緣起外，在漢譯佛典中還有另一類經典，它們常以業報思想為主，往往和其他文體，像譬喻、本生、本事交織在

6　印順：《原始佛教聖典之集成》（臺北市：正聞出版社，1988年），頁596。

7　〔日〕大藏經刊行會編：《大正新修大藏經》（臺北市：新文豐出版公司，1996年），卷29，頁595上。

8　〔隋〕慧遠：《大乘義章》卷1：「所言律者，是外國名優婆羅叉，此翻名律。解釋有二：一就教論，二就行辨。若當就教詮量名律，若當就行調伏名律。」（〔日〕大藏經刊行會編：《大正新修大藏經》〔臺北市：新文豐出版公司，1996年〕，卷44，頁468上）

9　〔日〕大藏經刊行會編：《大正新修大藏經》（臺北市：新文豐出版公司，1996年），卷8，頁829中。

10　〔日〕大藏經刊行會編：《大正新修大藏經》（臺北市：新文豐出版公司，1996年），卷30，頁418下。

11　關於別解脫，它是梵語prātimokṣa（音譯波羅提木叉）的意譯，與戒同義。如《四分律》卷三十五即說：「波羅提木叉者，戒也。」（〔日〕大藏經刊行會編：《大正新修大藏經》〔臺北市：新文豐出版公司，1996年，卷22〕，頁817下）；《優婆塞五戒威儀經》則說：「戒者，謂波羅提木叉。」（〔日〕大藏經刊行會編：《大正新修大藏經》〔臺北市：新文豐出版公司，1996年〕，卷24，頁1121上）

一起，或互相融合。這一類經典，也稱因緣（或簡稱為緣），譬如《撰集百緣經》以及《雜寶藏經》、《賢愚經》等經中各種以「緣」命名的小經，或獨立成篇的因緣經（如〔北涼〕法盛譯《菩薩投身飴餓虎起塔因緣經》，〔宋〕施護譯《福力太子因緣經》、《息諍因緣經》等）。不過，由於它們內容龐雜，分析時必須結合其他文體的特性。

對於漢譯因緣經的內容，初唐窺基《大乘法苑義林章》卷二有精確的分類，云：

> 此具三義，名為因緣：一因請而說，二因犯制戒，三因事說法。[12]

同卷，又云：

> 應頌之中，理有緣起，緣起有三：一因請而說，二因犯制戒，三因事說法。如《法華經》第一卷中說一乘處，因舍利弗殷勤三請，世尊長行已為說訖，更重說故。餘二緣起，隨應有無。[13]

基法師於此分析的是佛陀所說應頌（偈）的緣起，他再一次使用了三分法，可見這種分法具有相當的普遍性和適用性。

梁麗玲女士在研究《賢愚經》中的「說因緣」故事時，則將其內容分成四類，即：

一、因事說法：經由某事發生的因緣，引起佛為弟子宣說佛

---

12 〔日〕大藏經刊行會編：《大正新修大藏經》（臺北市：新文豐出版公司，1996年），卷45，頁277中。

13 〔日〕大藏經刊行會編：《大正新修大藏經》（臺北市：新文豐出版公司，1996年），卷45，頁278中-下。

法，並舉過去生中事為例；二、弟子請法：指弟子為解心中疑
惑，前去向佛請法的因緣；三、無請自說：未描述事件或弟子
請法，由佛主動對弟子說法的因緣；四、制戒因緣：即因某事
的發生，引發佛制定戒律請比丘遵守的因緣等。[14]

其中，第三類在概念上很容易與九分教及十二部經之「自說」相混[15]，
故我們認為它不宜作為獨立的因緣經分類。當然，若從說教方式看，
「無請自說」類是可對應於「弟子請法」類的。

第二節　文體表現及功能

一　文體表現

有關因緣經的文體表現，筆者重點談兩個方面：一是組織結構，
二是敘事模式。

（一）組織結構

從前面對「緣起」含義的簡介可知，緣起經的內容主要在於說明

---

14 梁麗玲：《《賢愚經》研究》（臺北市：法鼓文化事業公司，2002年），頁141。

15 自說，梵語 Udāna（音譯優陀那、憂陀那、烏拖南、嗢陀南、嗢托南、優擅那、郁
陀那等），意譯也作「自然」、「法句」、「撰錄」、「無問自說」，指佛陀自有所感，不
待他人發問而自行說出的經典。《瑜伽師地論》卷81即云：「自說者，謂無請而說，
為令弟子得勝解故。為令上品所化有情安住勝理，自然而說，如經言世尊今者自然
宣說。」（〔日〕大藏經刊行會編：《大正新修大藏經》（臺北市：新文豐出版公司，
1996年）卷30，頁753上）至於自說的內容，諸經說法不一，如《大毗婆沙論》卷
126：「自說云何？謂諸經中因憂、喜事，世尊自說。」（〔日〕大藏經刊行會編：
《大正新修大藏經》〔臺北市：新文豐出版公司，1996年〕，卷27，頁660上）《大智
度論》卷33則舉出三種情況：（1）佛的自說，（2）諸天等人對須菩提的讚頌，（3）
佛涅槃後，諸弟子根據特定主題從經中抄集要偈而成的專題偈集，如：《無常品》
（依《無常偈》）、《婆羅門品》（依《婆羅門偈》）等。

特定佛理與戒律（或戒條）的由來與起源。因此，從經文結構看，它總是從屬於某一特定主題的。這在戒緣故事中，表現最為明顯。玄奘譯《大乘阿毗達磨雜集論》卷十一即云：

> 如是契經等十二分聖教，三藏所攝。何等為三？一素怛纜藏，二毗奈耶藏，三阿毗達磨藏。此復有二：一聲聞藏，二菩薩藏。契經、應頌、記別、諷頌、自說，此五聲聞藏中素怛纜藏攝；緣起、譬喻、本事、本生，此四二藏中毗奈耶藏並眷屬攝。緣起者，宣說有因緣建立諸學處，是正毗奈耶藏攝。譬喻等三，是彼眷屬。[16]

於此首先介紹的是十二部經與三藏（經、律、論）的互攝關係；其次，經文從二藏的角度指明緣起等四種敘事文體與律部的關係，進而說明因緣經是律部的主體，譬喻、本事、本生則為眷屬。易言之，在律部中，因緣為主導，譬喻、本事、本生處於從屬的地位。有鑑於此，我們擬從組織結構的特點出發，把緣起分成四大類，即基型、發展型、混合型和縮略型。

1 基型

　　所謂基型是指重點敘述一世因果報應之事緣的經典，其突出特點是在詳細講述某一具體事件的發生、發展和結局之全過程後，往往要點明事緣本身所包含的佛教義理。若就敘述時間言，主要表現有二：
　　一是故事全部侷限於現世或當下。如《賢愚經》卷五〈沙彌守戒自殺品〉，梁麗玲分析其結構時，列表如下[17]：

16　〔日〕大藏經刊行會編：《大正新修大藏經》（臺北市：新文豐出版公司，1996年），卷31，頁744上。
17　梁麗玲：《〈賢愚經〉研究》（臺北市：法鼓文化事業公司，2002年），頁178。

1. 序言	如是我聞，一時佛在安陀國。
2. 說法因緣（佛主動說法）	佛以種種譬喻讚歎持戒之人，寧捨身命護持，終不毀戒的無量功德。
3. 業報因緣	言沙彌為守戒清淨，寧捨身刎頸而死，不願受淫女所惑，王讚歎沙彌持戒功德，以種種寶莊嚴高車，積眾香木闍毗供養。
4. 結語	時會一切，見聞是事，有求出家持淨戒者，有發無上菩提心者，莫不歡喜，頂戴奉行。

　　由此可見，這一類型的因緣故事，其主體結構是兩大部分：即說法因緣和業報因緣。特別是業報因緣，那是不可或缺的東西。

　　二是因緣故事全部發生於過去，但過去的故事對現在有警示教化之用。如鳩摩羅什譯《大莊嚴論經》卷三：

> 若命終時，欲賫財寶至於後世，無有是處，唯除佈施作諸功德。我昔曾聞，有一國王名曰難陀。是時此王聚積珍寶，規至後世，嘿自思維：我今當集一國珍寶，使外無餘。貪聚財故，以自己女置婬女樓上，敕侍人言：「若有人齎寶來求女者，其人並寶將至我邊。」如是集斂，一國錢寶，悉皆蕩盡，聚於王庫。時有寡婦，唯有一子，心甚敬愛，而其此子見於王女，儀容璟瑋，姿貌非凡，心甚耽著。家無財物，無以自通，遂至結病，身體羸瘦，氣息微惙。母問子言：「何患乃爾？」子具以狀，啟白於母：「我若不得與彼交往，定死不疑。」母語子言：「國內所有一切錢寶，盡無遺餘，何處得寶？」復更思維：「汝父死時，口中有一金錢，汝若發塚，可得彼錢，以用自通。」即隨母言往發父塚，開口取錢。既得錢已，至王女邊。爾時王女遣送此人並所與錢，以示於王。王見之已，語此人言：「國內金寶，一切蕩盡，除我庫中。汝於何處得是錢

來？汝於今者，必得伏藏。」種種拷楚，徵得錢處。此人白
王：「我實不得地中伏藏，我母示我，亡父死時置錢口中，我
發塚取，故得是錢。」時王遣人往撿虛實，使人既到，果見死
父口中錢處，然後方信。王聞是已，而自思忖：我先聚集一切
寶物，望持此寶至於後世。彼父一錢，尚不能得齎持而去，況
復多也？……

時有輔相聰慧知機，已知王意，而作是言：「王所說者，正是
其理。若受後身，必須財寶，然今珍寶及以象馬，不可齎持至
於後世。何以故？王今此身，尚自不能至於後世，況復財寶象
馬者乎？當設何方，令此珍寶得至後身，唯有施與沙門婆羅門
貧窮乞兒，福報資人，必至後世。」即說偈言：

莊嚴面目者，臨水見勝好。好醜隨其面，影悉現水中。……悉
舍而獨逝，亦無隨去者。唯有善惡業，隨逐終不放。[18]

世尊於此，用一「昔」字，表明了難陀王故事全部發生於過去。然其
主旨與用意，則通過輔相所說偈中的「唯有善惡業，隨逐終不放」表
露無遺。

　　這種類型，在戒緣故事中最為常見。如劉宋佛陀什、竺道生譯
《五分律》卷六：

佛在舍衛城……六群比丘語餘人言：「我已壞彼讀誦坐禪行
道。」……佛種種呵責已，告諸比丘：

往昔有城名得叉尸羅，時彼城中彼婆羅門，有一特牛，行疾多
力。復有居士，亦有一牛，與彼無異。二人便共捔二牛力，要
不如者賭金錢五十。彼婆羅門牛，即便得勝，於是居士恥失金

18　〔日〕大藏經刊行會編：《大正新修大藏經》（臺北市：新文豐出版公司，1996年），
　　卷4，頁272下-273中。

錢。更得一牛，倍勝前者，重斷倍賭。彼婆羅門即語牛言：
「彼居士更得一牛，其力非凡，欲倍賭之。汝能為不？」答
言：「我能。」即集一處，捔二牛力。時婆羅門恐牛不如，便
毀呰摧督，曲角痛挽，薄領痛與：「汝今行步，何以不正？」
牛聞此語，便大失力，不如彼牛。彼婆羅門倍輸物已，而問牛
言：「汝向云能，今何故不如？」答言：「我實堪能，聞毀呰
故，力便都盡。可更斷賭，復使倍上，要牽百車上於峻阪，當
捔力時，美言見誘，可言：『觕角，汝行步周正，形體姝好，
閑挽百車上於峻阪。』」於是更賭，果便得勝。佛因是事，即
說偈言：

當說可意言，勿為不可語。畜生聞尚悅，引重拔峻阪。

由是無有敵，獲倍生歡喜。何況於人倫，毀譽無增損。

諸比丘，彼畜生聞毀呰語，猶尚失力，況於人乎？今為諸比丘
結戒，從今是戒應如是說：若比丘毀呰比丘，波逸提。[19]

本則故事的主體是佛陀敘述的「二牛捔力」，它也是作為例證之用，
佛陀的目的是為比丘制戒，即防止他們再犯毀呰之罪。值得注意的
是，「二牛捔力」本身的形態十分完整，事件的起因、發展、結束乃
至其寓意，一樣不少。當然，這一部分也可獨立成一則譬喻故事。易
言之，經文是以「二牛捔力」事緣為中心，再添入其他枝枝節節的文
字，從而把譬喻故事改造成完整的戒緣故事。

2 發展型

發展型指的是所敘因緣廣泛聯繫於故事主人翁的過去世和現在世
（偶爾也涉及將來），突出的是不同時間內的因果聯繫。在形式上，

---

19 〔日〕大藏經刊行會編：《大正新修大藏經》（臺北市：新文豐出版公司，1996年），
　　卷22，頁37下-38上。

它往往是用因緣故事的框架把本生、譬喻、授記等融匯為一體。如題為後漢安世高譯《犍陀國王經》即云：

聞如是：一時佛在舍衛國祇樹給孤獨園與千二百五十比丘俱。時有國王號名犍陀，奉事婆羅門。婆羅門居在山中，多種果樹。時有采樵人，毀敗其果樹。婆羅門時見之，便將詣王所，言：「是人無狀，殘敗我果樹。王當治殺之。」王敬事婆羅門，不敢違之，即為殺敗樹者。自後未久，有牛食人稻。其主逐捶牛，折其一角，血流被面，痛不可忍。牛徑到王所，白言：「我實無狀食此人少稻，今為其見，捶折我角。」稻主亦追到王所，王曉鳥獸語，告牛言：「我當為汝治殺之。」牛即報言：「今雖殺此人，亦不能令我不痛。但當約敕，後莫取人如我耳。」王便感念言：「我事婆羅門，但坐果樹令我殺人，不如此牛也。」便呼婆羅門問言：「今事此道，有何福乎？」婆羅門報言：「可得攘災致福、富貴長壽。」王復問言：「可得免於生死不？」報言：「不得免於生死也。」王獨念言：「當用此道為事？」便敕群臣嚴駕，往到佛所，五體投地，為佛作禮，白言：「我聞佛道至尊巍巍，教化天下，所度無數。願受法言，以自改操。」佛即授王五戒十善，為說一切天地人物無生不死者。王以頭面著地為禮，白佛言：「今奉尊法戒，當得何福？」佛言：「佈施持戒，現世得福。忍辱精進、一心智慧者，其德無量，後上天上，亦可得作遮迦越王，亦可得無為度世之道。」佛即為王現相好，威神光耀。王即歡喜意解，便得須陀洹道。阿難正衣服，頭面著地，為佛作禮，白佛言：「此王與牛，本何因緣牛語意便解，舍婆羅門而事佛道，見佛聞法即得道跡？」佛言：「乃昔拘那含牟尼佛時，王與牛為兄弟，作優婆塞，俱持齋一日一夜。王守法精進不懈怠，壽終昇天上，

壽盡下為國王。牛時犯齋，夜食，後受其罪，罪畢復作牛。百
世尚有宿識，故來開悟王意。牛後七日壽終，上生天上。」
佛言：「四輩弟子受持齋戒，不可犯也。」諸比丘僧、比丘尼、
優婆塞、優婆夷、天龍鬼神，聞經歡喜，前為佛作禮而去。[20]

本故事被寶唱等人編入《經律異相》卷二十七「乾陀王舍外習內得須
陀洹道」條，且明言「出《揵陀國王經》」。[21]但後者僅節錄故事的前
半部分，省略了阿難問「王與牛因緣」以後的文字，使故事性質遽然
變化，即從因緣故事變成了講述揵陀國王的譬喻故事（英雄事蹟）。
然原經《揵陀國王經》是一則完整的因緣故事，其中心事件是王通牛
語。敘述者圍繞此中心事件，把主人翁過去世與現在世故事的發生、
發展與結束的全過程都一一加以翔實的描述，最後才點明教義在於說
明「受持齋戒」的重要性。

在這一類故事中，比較常見的是：

（1）因緣本生：如後漢康孟祥譯《佛說興起行經》卷下〈佛說
地婆達兜擲石緣經〉：

聞如是：一時佛在阿耨大泉……是時佛告舍利弗：往昔過去
世，於羅閱祇城有長者名曰須檀，大富多饒財寶，象馬七珍，
僮僕侍使，產業備足。子名須摩提，其父須檀，奄然命終。須
摩提有異母弟，名修耶舍。摩提心念：我當云何設計不與修耶
舍分？須摩提復念：唯當殺之，乃得不與耳。須摩提語修耶
舍：「大弟，共詣耆闍崛山上，有所論說去來？」修耶舍曰：

---

20 〔日〕大藏經刊行會編：《大正新修大藏經》（臺北市：新文豐出版公司，1996年），
　卷14，頁774上-中。
21 〔日〕大藏經刊行會編：《大正新修大藏經》（臺北市：新文豐出版公司，1996年），
　卷53，頁149中。

「可爾。」須摩提即執弟手上山，既上山已，將至絕高崖頭，便推置崖底，以石堆之，便即命絕。

佛語舍利弗：「汝知爾時長者須檀者不？則今父王真淨是也。爾時子須摩提者，則我身是。弟修耶舍者，則今地婆達兜是。」佛語舍利弗：「我爾時貪財害弟，以是罪故，無數千歲在地獄中燒煮，為鐵山所堆。爾時殘緣，今雖得阿惟三佛，故不能免此宿對。我於耆闍崛山，經行為地，婆達兒舉崖石長六丈廣三丈，以擲佛頭。耆闍崛山神名金埤羅，以手接石，石邊小片迸墮，中佛腳拇指，即破血出。」於是世尊即說〈宿命偈〉曰：

我往以財故，殺其異母弟。推著高崖下，以石堆其上。以是因緣故，久受地獄苦。……因緣終不朽，亦不著虛空。當護三因緣，莫犯身口意。今我成尊佛，得為三界將。阿耨大泉中，說此先世緣。

佛語舍利弗：「汝觀如來眾惡已盡，諸善普具，諸天龍神、帝王臣民，一切眾生，皆欲度之，尚有宿緣，不能得免。況復愚冥未得道者？舍利弗等，當學如是，莫犯身口意。」佛說是已，舍利弗及五百羅漢……聞佛所說，歡喜受行。[22]

《興起行經》，也叫《十緣經》、《嚴誡宿緣經》，全經敘述了十個佛陀前世所造的惡緣故事，從文本結構特徵看，它們實際上是十個佛本生故事，然而說經的目的則迥異於其他的本生經典，因為一般的本生故事，重在敘述釋迦前生的善業（即光輝事蹟），本經卻羅列了釋尊前生所造的惡業，旨在說明世尊現世所受的禍患皆緣於過去惡業的餘殃。按照隋代吉藏大師《大乘玄論》卷五之「因緣謂起罪本末，隨本

末而說名因緣」[23]，則知是經即為因緣故事集。單就《地婆達兜擲石緣》而論，它反覆強調「緣」與「宿緣」的重要性，指出悟道的佛陀尚受因緣業報之苦，何況一般的信徒？故而更具警示與教育之用。

再如《雜寶藏經》卷九之〈金貓因緣〉云：

> 昔惡生王游觀林苑，園中堂上見一金貓，從東北角入西南角。王即遣人，尋復發掘，得一銅甕。甕受三斛，滿中金錢。漸漸深掘，復獲一甕。如是次第，得三重甕，各受三斛。漸復傍掘，亦得銅甕。轉掘不已，滿五里中，盡得銅甕，盛滿金錢。時惡生王深生奇怪，即詣尊者迦栴延所，即向尊者具論得錢所由因緣：「我適輒欲用，將無災患於我及國人耶？」尊者答言：「此王宿因，所獲福報，但用無苦。」王即問言：「不審往因，其事云何？」尊者答言：「諦聽諦聽，乃往過去九十一劫毗婆尸佛遺法之中，爾時有諸比丘於四衢道頭施大高座，置鉢在上，而作是言：『誰有世人能於堅牢藏中舉錢財者，若入此藏，水不能漂，火不能燒，王不能奪，賊不能劫。』時有貧人先因賣薪，適得三錢，聞此語已，生歡喜心，即以此錢重著鉢中，誠心發願。去舍五里，當還家時步步歡喜。既到其門，向勸化處，至心發願，然後入舍。尊者言：『爾時貧人，今王是也。以因往昔三錢施緣，世世尊貴，常得如是三重錢甕。緣五里中，步步歡喜，恒於五里有此金錢。』」聞宿緣，歡喜而去。[24]

這則故事，雖題名為「金貓因緣」，但其主人翁是惡生王。惡生王之

23　〔日〕大藏經刊行會編：《大正新修大藏經》（臺北市：新文豐出版公司，1996年），卷45，頁64下-65上。

24　〔日〕大藏經刊行會編：《大正新修大藏經》（臺北市：新文豐出版公司，1996年），卷4，頁491上-中。

所以今世能掘得無量金錢，原因在於他過去世曾發願供養，故而種下了許多功德而得善報。特別是「爾時貧人，今王是也」一句，表明了故事形態乃為弟子本生。

（2）因緣譬喻

由於「譬喻」在漢譯佛典中的雙重性，故而「因緣譬喻」也表現出兩種主要的含義：一是以譬喻格的形式來說因緣法。如鳩摩羅什譯《大智度論》卷九十九：

> 上說諸佛無來無去，薩陀波崙及諸聽者意謂諸佛尚無，諸法亦應皆滅，則墮斷滅，是故今說因緣法譬喻。曇無竭示薩陀波崙，如汝所著意謂實有者，無為度眾生故，從因緣和合則有像現，欲證明此事，故說譬喻。如大海中生寶，不從十方來，滅亦無所去，亦不無因緣而生，以四天下眾生福德，故海生此寶。若劫盡滅時，亦無去處。譬如燈滅，焰無所至，佛身亦爾，從初發心所種善根功德，皆是佛身相好因緣。佛身亦不自在，皆屬本因緣，業果報故，生是因緣。……譬如善射之人，仰射虛空，箭去雖遠，必當墮地。諸佛身亦如是，雖相好光明，福德成就，名稱無量，度人無限，亦歸磨滅。[25]

龍樹菩薩於此為了論證緣起性空的思想，舉出一連串形象的比喻，進而告訴世人世間並無任何東西是實有，連佛身也不例外。

再如《大寶積經》卷一一二云：

> 迦葉，菩薩福德無量無邊，當以譬喻因緣故知。迦葉，譬如一切大地，眾生所用無分別心，不求其報；菩薩亦爾，從初發心

---

25 〔日〕大藏經刊行會編：《大正新修大藏經》（臺北市：新文豐出版公司，1996年），卷25，頁747中。

至坐道場，一切眾生皆蒙利益，心無分別，不求其報。迦葉，
譬如一切水種，百穀藥木皆得增長；菩薩亦爾，自心淨故，慈
悲普覆一切眾生，皆令增長一切善法。……迦葉，譬如諸大城
中所棄糞穢，若置甘蔗、蒲桃田中則有利益；菩薩結使亦復如
是，所有遺餘皆是利益，薩婆若因緣故。[26]

這裡則連用二十個比喻，從不同的角度說明了菩薩無量無邊之福德的
由來。

　　二是用譬喻（寓言）故事來敘述說法或制戒緣起。此時的「因緣
譬喻」和第六章所講的「譬喻因緣」，其實在內容上並無本質區別。
若強為分別，主要是形式上有所差異，「因緣譬喻」是以「因緣」涵
蓋譬喻，後者則反之。如《經律異相》卷十一「為熊身濟迷路人」條
引《諸經中要事》云：

有人入林伐木，迷惑失心。時值大雨，日暮饑寒，惡蟲毒獸，
欲侵害之。是人入石窟中，有一大熊，見之怖出。熊語之言：
「汝勿恐怖，此舍溫暖，可於中宿。」時連雨七日，常以甘果
美水，供給此人。七日雨止，熊將此人，示其道徑。熊語人
言：「我是罪身，人是怨家。若有問者，莫言見我。」人答言
爾。此人前行，見諸獵者。獵者問：「汝從何來？見有眾獸
不？」答言：「見一大熊，於我有恩，不得示汝。」獵者言：
「汝是人黨，以人類相觀。何以惜熊？今一失道，何時復來？
汝示我者，我與汝多分。」此人心變，即將獵者示熊處所。獵
者殺熊，即以多分與之。此人展手取肉，二肘俱墮。獵者言：

---

26 〔日〕大藏經刊行會編：《大正新修大藏經》（臺北市：新文豐出版公司，1996年），
　　卷11，頁633上-下。

「汝有何罪？」答言：「是熊看我，如父視子。我今背恩，將是罪報。」獵者恐怖，不敢食肉，持施眾僧。上座是六通阿羅漢，語諸下座：「此是菩薩，未來世當作佛，莫食此肉。」即時起塔供養，王聞此事，敕下國內：背恩之人，無令住此。人以種種因緣，讚知恩者。[27]

本故事的基型在漢譯佛典中較為常見，但文體性質迥然有別，如在《根本說一切有部毗奈耶破僧事》卷十五中[28]，它是本生。到了《諸經中要事》裡頭，則被改成了因緣故事，而且因緣故事中的主體是一則譬喻。另外，上座所說的話，又含有授記的成分，表示的是將來的時間觀念。

3 混合型

混合型的特點是把可以獨立成篇的因緣故事和譬喻、本生、授記或譬喻本生、譬喻授記、譬喻因緣等組合成一個故事群，並且常有一個共同的主題貫穿其間。這其實也是漢譯諸因緣故事集中最為常見的形式之一，它體現了佛經文體之間互融互攝的關係。對此，梁麗玲有較為詳盡的例析，細分出「說法因緣＋譬喻本生」、「說法因緣＋譬喻授記」、「說法因緣＋譬喻因緣、本生」、「譬喻說法因緣＋業報因緣＋譬喻本生因緣」等。[29]尤其在根有律中，這類故事情節複雜，人物形象鮮明，最具文學性。如《根本說一切有部毗奈耶藥事》卷十三至十

27　〔日〕大藏經刊行會編：《大正新修大藏經》（臺北市：新文豐出版公司，1996年），卷53，頁58下。

28　參〔日〕大藏經刊行會編：《大正新修大藏經》（臺北市：新文豐出版公司，1996年），卷24，頁177上-下。

29　梁麗玲在分析《賢愚經》故事類型時，有「複合型」和「混合型」之說（參梁麗玲：《《賢愚經》研究》（臺北市：法鼓文化事業公司，2002年），頁178-192），本人所說的「混合型」，實統括了梁女史所說的這兩種類型。

四所載的「善財與悅意」故事[30]，就可歸為混合型的因緣本生故事。如果我們再細分的話，則可如下表所示，即它是由多個獨立的故事單元構成的一個大故事（在故事中套了許多小故事）。

「善財與悅意」之故事單元表

單元類別	內容概要	備註
1. 序言（說法因緣）	佛自述為求無上菩提而行佈施，造作福業，發精進波羅蜜。	略寫
2. 妙生龍子與頗羅迦獵師因緣（業報因緣）	妙生龍子因在般遮羅國北界王所行善法，遭到南界王的嫉妒，南界王要請咒師捉拿龍子，龍子於是變為人形，向頗羅迦獵師求救。獵師得計之後，解救成功。龍子為報恩，便將獵師帶入龍宮，龍子父母賜予獵師無量珍寶。但獵師的仙人朋友知道此事後，便勸獵師應向龍王求取不空罥索，龍子啟父母後，獵師如願而歸。	較詳寫
3. 善財出生故事（業報因緣）	北界王多年無子，於是和大妃共向諸天善神求子。由於國王以法化世，感得賢劫菩薩入胎於國王的大夫人，便得生子，是為善財童子（太子）。太子很快便長大成人，聰明了達。	較詳寫
4. 善財娶妻故事（特殊緣起）	頗羅迦獵師在仙人的指引下，趁緊那羅王女悅意洗浴之機，用不空罥索捕獲了她。恰好此時善財童子因獵而行，獵師便把悅意獻於太子。太子很是高興，廣賜獵師田宅。善財與悅意婚後，恩愛無比。	略寫
5. 善財太子出征故事（特殊緣起）	有從逝多林來的二位婆羅門，分別被北界王、善財太子尊為師。由於北界王處的婆羅門（國王師）害怕太子即位後失去權勢，故而在敵國入侵之時，向國王建議派善財太子出征。善財貪戀悅意，幾經拖延才勉強出征。但是出征之後，由於薛室羅末那	較詳寫

---

30 〔日〕大藏經刊行會編：《大正新修大藏經》（臺北市：新文豐出版公司，1996年），卷24，頁59中-64下。

單元類別	內容概要	備註
	天王（即毗沙門天王）的幫助，善財即刻就取得勝利。	
6. 悅意出走故事（特殊緣起）	北界王因做噩夢，國王師便假消災之名要用緊那羅脂燒香。悅意知其詭計後，在善財母親的幫助下，成功逃離。	較詳寫
7. 悅意告別仙人故事（特殊緣起）	悅意認為自己所受諸苦，皆因仙人而起，故有必要前去說明。同時還請仙人把自己的指環轉給善財，並轉告太子：自己所住的緊那羅王城非一般人所能找到，路途極其艱辛云云。	詳寫
8. 善財尋找悅意故事（特殊緣起）	善財太子得勝回歸之後，發現悅意不在，便四處尋找，終於從仙人所得知尋找路徑，後經千辛萬苦到達緊那羅城，得與悅意團圓。	詳寫
9. 善財夫婦回家故事（特殊緣起）	善財因為思念故國，經與悅意商量，一起回家，得到父王及眾人的熱烈歡迎，而且，父王很快便傳位於善財太子。	略寫
10. 結　語（揭示全部故事的性質是因緣本生）	佛揭示故事諸主人翁的身分：過去的善財童子即是佛自己。當時因行菩薩行，且積集善根和正信因緣，故得證成無上正等菩提。	略寫

案：表中的「特殊緣起」，是因為它們在故事的敘述中並不直接點明因果業報關係，易言之，因果關係常常是潛在的。這些「特殊緣起」，有的可理解成「光輝業績」意義上的譬喻，如善財童子在尋找悅意的途中，與蜜蜂、蟒蛇、百舌鳥等動物的對話，即屬此類。再如「善財娶妻」故事單元中，若再往下劃分，又包含了一段「因緣譬喻」，經曰：

爾時善財見彼少女形貌端嚴，人所樂見，觀察其相，有十八種
女相莊嚴，具如餘說。善財見已，欲力所逼，心生愛著，如蛾
赴火。色境如火，亦如水浪，不可止定；亦如生牛後，亦如金
翅鳥，駿不可制；如風飄物，無可能回；如猴得樹，迷亂難
止。無始已來，貪欲習性，煩惱境習，欲味樂故，欲之諸境，
極穢心故，妄想念故。以此為弓，所思作處，以心為箭。說伽
他曰：
善財見彼面如月，亦如雲霧中電光。心亂猶如象被射，受取悅
意速歸城。[31]

於此，作者用一連串的譬喻（辭格）把善財太子情迷於悅意的神態刻
畫得惟妙惟肖，它進而又為後一故事單元中善財不願立即出征做了強
有力的鋪陳。

　　總之，雖然「善財與悅意」故事的線索繁雜，人物眾多，但是各
故事單元之間還是有著內在的因果聯繫，各故事要素就像因陀羅網一
樣，環環相扣且互相映襯；組織結構則像漁網一樣，既撒得很開，又
可收得很緊，特別是末尾所作「因緣本生」之交代，只說出了最重要
人物——善財的前世因緣，其他人物設計，則全集中於這一中心人物。

4 縮略型

　　縮略型是對前三種形式的改造，其特點是敘事簡略。就內容而
言，主要有兩種表現：一是對基型的縮略，二是對發展型、混合型的
縮寫。

　　其中，前者指的是開門見山式的業報因緣故事，它省略了一般因
緣經中的說法或說戒緣起的文字。如《賢愚經》卷五之〈迦旃延教老

---

31 〔日〕大藏經刊行會編：《大正新修大藏經》（臺北市：新文豐出版公司，1996年），
　　卷24，頁61上-中。

母賣貧品〉[32]，其內容結構可如下表：

結構名稱	內容概要	備註
1. 序言	如是我聞：一時佛在阿梨提國。	僅此一句而已
2. 業報因緣	有一長者婢女，出逃之後，無依無靠，最後變成了又老又貧的婦女。迦旃延知道後，於是教她賣貧，以鉢取淨水供養聖者，並敷座思維，觀察佛相。於後不久，貧女即生忉利天。	詳寫
3. 結語	宣揚施論、戒論、生天之論及欲不淨法、出離為樂。諸會眾聽此之後，各獲道跡。	略寫

再如後秦鳩摩羅什譯《大智度論》卷十四有云：

國王有女名曰拘牟頭，有捕魚師名述婆伽，隨道而行。遙見王女在高樓上，窗中見面，想像染著，心不暫捨。彌曆日月，不能飲食。母問其故，以情答母：「我見王女，心不能忘。」母諭兒言：「汝是小人，王女尊貴，不可得也。」兒言：「我心願樂，不能暫忘。若不如意，不能活也。」母為子故，入王宮中，常送肥魚美肉以遺王女，而不取價。王女怪而問之：「欲求何願？」母白王女：「願卻左右，當以情告。我唯有一子，敬慕王女，情結成病，命不云遠。願垂愍念，賜其生命。」王女言：「汝去月十五日於某甲天祠中，住天像後。」母還語子：「汝願已得。」告之如上。沐浴新衣，在天像後住。王女至時，白其父王：「我有不吉，須至天祠以求吉福。」王言：「大善。」即嚴車五百乘，出至天祠。既到，敕諸從者齊門而

32　〔日〕大藏經刊行會編：《大正新修大藏經》（臺北市：新文豐出版公司，1996年），卷4，頁384上-中。

止，獨入天祠。天神思維：「此不應爾。王為世主，不可令此
小人毀辱王女，即厭此人，令睡不覺。」王女既入，見其睡，
重推之，不悟。即以瓔珞直十萬兩金，遺之而去。去後，此人
得覺，見有瓔珞。又問眾人，知王女來，情願不遂，憂恨懊
惱，婬火內發，自燒而死。以是證，故知女人之心，不擇貴
賤，唯欲是從。

復次，昔有國王女，逐旃陀羅共為不淨。又有仙人女，隨逐師
子。如是等種種女人之心，無所選擇。以是種種因緣，於女人
中除去情欲，忍不愛著。³³

案：從「以是種種因緣」句推斷，本處經文實際上是在講有關女人之
心的因緣故事。在龍樹菩薩所列舉的三個故事中，第一則只講了業報
因緣（雖然有點勉強）及其寓意，而略去了說法緣起方面的文字；後
兩則僅點出了故事的主要人物與事件，事緣的具體過程則一概不提，
省略得更加徹底了。

　　後者如玄奘譯《阿毗達磨大毗婆沙論》卷十二云：

傳說有一女人，置兒一處，有緣他行。須臾有狼，負其兒去。
狼言：「此女五百生來常殺我子，我亦於其五百生中常殺其
子。若彼能舍舊怨嫌心，我亦舍之。」女言「已舍」，狼觀此
女，口雖言舍，而心不舍，即便斷其子命而去。³⁴

於此，造論者摘引了一則「狼與女人」的因緣譬喻以作例證之用，但

---

33 〔日〕大藏經刊行會編：《大正新修大藏經》（臺北市：新文豐出版公司，1996年），
　　卷25，頁166上-中。
34 〔日〕大藏經刊行會編：《大正新修大藏經》（臺北市：新文豐出版公司，1996年），
　　卷27，頁60上。

所引只是粗陳梗概而已。其實，更詳細的內容，見於同經卷一〇一。
為便比較，迻錄其文如次，曰：

> 昔有女人，置兒一處，作餘事業。時有一狼，持其兒去。傍人
> 為逐，語彼狼言：「汝今何緣將他兒去？」狼遂報曰：「其母過
> 去五百生中常害我子，我亦過去五百生中常害彼子，怨怨相
> 報，於今未息。彼若能舍，我亦舍之。」傍人便告彼兒母曰：
> 「汝若惜子，當舍怨心。」女人報言：「我已舍矣。」狼觀女
> 意，都不舍怨，但恐害兒，妄言已舍，遂害其子，舍之而去。[35]

一經比對，便可發現卷十二的引證，由於省略過多以致文意不夠連貫
暢達，所以道世《法苑珠林》卷二十六在轉引該故事時，就未用卷十
二的經文，而是轉引卷一〇一的經文。[36]
　　再如《大智度論》卷十一有云：

> 云何名內佈施？不惜身命施諸眾生，如本生因緣說：釋迦文佛
> 本為菩薩、為大國王時，世無佛、無法、無比丘僧，是王四出
> 求索佛法，了不能得。時有一婆羅門言：「我知佛偈，供養我
> 者，當以與汝？」王即問言：「索何等供養？」答言：「汝能就
> 汝身上，破肉為燈炷供養我者，當以與汝。」王心念言：「今
> 我此身危脆不淨，世世受苦，不可復數，未曾為法，今始得
> 用，甚不惜也。」如是念已，喚旃陀羅，遍割身上以作燈炷，
> 而以白疊纏肉，酥油灌之，一時遍燒，舉身火燃，乃與一偈。

---

35 〔日〕大藏經刊行會編：《大正新修大藏經》（臺北市：新文豐出版公司，1996年），
　　卷27，頁521上。

36 〔日〕大藏經刊行會編：《大正新修大藏經》（臺北市：新文豐出版公司，1996年），
　　卷53，頁477上。又，道世所引，文字略有改動。

> 又復釋迦文佛，本作一鴿，在雪山中。時大雨雪，有一人失
> 道，窮厄辛苦，饑寒並至，命在須臾。鴿見此人，即飛求火，
> 為其聚薪然之。又復以身投火，施此饑人。如是等頭目髓腦給
> 施眾生，種種本生因緣經，此中廣說。[37]

於此，「本生因緣」也罷，「本生因緣經」也罷，其實與「因緣本生」
並無本質的區別。龍樹菩薩造論解釋經義時，摘引了三則相對完整的
本生故事，並把它們統括於因緣經系列。比較而言：第一則的內容較
為翔實，然從本生經文的一般結構看，它還是缺少交代現世人物與過
去世人物對應關係的語句，當屬略引；兩則鴿本生故事亦然，並且省
略的內容更多。至於「施頭目髓腦」云云，只能說是蜻蜓點水的提
示，只出現了本生故事中的事件名稱而已。

　　綜上所述，縮略型的因緣故事，似主要用於論部的例證中。

（二）敘事模式

　　因緣故事的敘事模式，從不同的角度劃分，可有不同的類型。茲
從主導因緣事件之直接因果關係方面來進行類型學的研究，大致說
來，重要的模式有：

1 一因一果

　　這種模式是指在直接的因果關係中，原因與結果是一一對應關
係，它是較為常見的敘事模式。如《經律異相》卷二十二《沙彌救蟻
延壽精進得道》引《福報經》、十卷《譬喻經》第七卷云：

> 昔有小國，去城不遠有好林藪。有五道士，於中學道。有一比

37　〔日〕大藏經刊行會編：《大正新修大藏經》（臺北市：新文豐出版公司，1996年），
　　卷25，頁143中-下。

丘，得六神通。有一沙彌，年始八歲，共在山中。各一面坐，思維經道。師知沙彌命餘七日，在此亡者。父母謂吾看視不快，使其命終，心懷怨恨。即語沙彌：「汝父母思汝，汝可歸家，八日早來。」沙彌歡喜，稽首而去。道逢大雨，流潦滂沛，地有蟻孔，流水欲入。沙彌念曰：「我佛弟子，一者慈心，二者活生。」即便土壅，決水令去。沙彌歸家，無有他變，八日晨還。師遙見之，怪其所以，七日應亡，今何因緣？將無鬼神化現來乎？即入三昧，見其救蟻，現世延壽。沙彌至，稽首作禮，於一面坐。師謂言：「汝作大功德，為自知不？」沙彌言：「七日在家，無他功德。」師言：「汝命應盡，昨日以救蟻故，現世增壽八十餘年。」沙彌歡喜，信善有報。即更勤修，精進不懈，得阿羅漢。[38]

雖然此因緣譬喻中含有兩重因果關係，但每一重因果關係中皆為一一對應關係，如下圖所示：

小沙彌救（因）──→ 現世延壽（果）
沙彌信善有報（因）──→ 精進不懈，得阿羅漢（果）

當然，要注意的是故事中的第一重因果關係中的「果」，到了第二重因果關係中，則變為了「因」。換言之，「因」、「果」若處於不同的時空層面，其性質也會發生變化，這就是緣起故事的特別之處。

　　有時有情眾生造作善業，反而得到相反的果報，但從因果關係的類型講，它仍為一一對應關係，只是過程變得更加複雜罷了。如《經

---

38 〔日〕大藏經刊行會編：《大正新修大藏經》（臺北市：新文豐出版公司，1996年），卷53，頁119上。

律異相》卷三十七〈清信士臨亡，夫妻相愛，生為婦鼻中蟲〉引《居士物故為婦鼻中蟲經》：

> 有清信士持戒，精進不懈。有一沙門，已棄重擔，生死永盡，逮得神通。與共親友，時清信士卒得困疾，醫藥不治，婦大悲苦。謂其夫言：「共為夫婦，卿獨受苦，以何方便分病令輕？設卿無常，我何所依？兒子孤單，復何恃怙？」夫聞，益懷愛戀，大命將至，應時即死。魂神即還，在婦鼻中，化作一蟲。婦大啼哭，不能自止。時道人往與婦相見，故欲諫喻，令捐愁憂。婦見道人來，益用悲慟：「奈何和上，夫婿已死。」蟲從鼻涕忽然墮地，婦即慚愧，欲以腳踏。道人告曰：「止止莫殺，是卿夫婿化作此蟲。」婦曰：「道人，我夫奉經持戒，精進難及，何緣壽終轉形作此？」道人答曰：「過起愛戀，今生為蟲。」道人為蟲說經：「卿精進奉經持戒，福應生天見諸佛。但坐恩愛戀慕之想，墮此蟲中，即可慚愧。」蟲聞意解，便自克責。俄而命終，即得生天。[39]

本來清信士的持戒是正因之行，當獲得生天見佛的好果報，但由於清信士過起愛戀之心，所以才轉生為蟲（畜生），反得惡報。細繹整個因緣故事，它實包含了多重一一對應的因果關係，即：

1. 清信士持戒（正因）──▶死後轉生為蟲（惡果）
2. 道人為蟲說經（因）──▶蟲感到慚愧（果）
3. 蟲自克解（因）──▶命終生天（善果）

---

39 〔日〕大藏經刊行會編：《大正新修大藏經》（臺北市：新文豐出版公司，1996年），卷53，頁200下。

於此，三重因果關係形成了環環相扣和特點，但如果從第一重因果關係中的「因」直接連結第三重因果關係中的「果」，則其主旨仍符合善有善報的因果律。

2　一因多果

「一因多果」是指因緣故事的起因只有一個卻導致了多種結果的情況。如《經律異相》卷四十四《慈羅放鱉後遇大水還濟其命》條引《阿難現變經》云：

> 昔有一人名慈羅，見人賣鱉，心中憐之，向鱉啼泣。賣鱉者言：「汝何故向鱉啼乎？」慈羅答言：「我不忍見之。」窮賣鱉者大笑：「汝癡狂耳。」答言：「我念此鱉，從君請買。」主言：「鱉直百萬。」慈羅便將之歸家，傾舉子息，得八十萬。慈羅言：「我錢盡此，假求無處。」賣鱉者言：「汝錢既盡，可為作田以畢錢直。」慈羅言「諾」。以車載鱉，投著池中。鱉便能言語：「方有大水，君當上樹相呼。」後日洪水大起，人民死盡，慈羅上樹呼鱉。鱉便來至，慈羅坐鱉背上。前去數里，見一女人在流槎上，沮息欲死，便向慈羅乞丐求載。慈羅啟鱉：「此人可憐，乞得載之。」鱉言：「往便復載之。」前行十里，見賣鱉子流被槎上，從慈羅欲求載之。鱉言：「我已重，恐必疲極，不能自度，慎勿載之。」慈羅言：「可哀今是，非當載之。」慈羅復載之。前行數十里，見數升蛾，流被槎上，慈羅復報鱉載之。前至那竭國，女子便以金謝慈羅。賣鱉人言：「此鱉本是我賣之，汝今得金，當持還我。」慈羅不與，賣鱉子便到那竭國王所云：「慈羅偷人婦，將之販，今持金銀來在此國中。」那竭國王即召慈羅，使吏斬之，吏上言其事，欲下筆書，蛾輒緣筆不成字。王聞之，便問慈羅：「汝有

何功德乎？」慈羅具答，王誅賣鱉者。[40]

作者於此，所敘因緣故事的起因是慈羅慈心救鱉，結果有四：一是鱉直接幫助慈羅脫離水災；二是鱉連帶幫助了慈羅想幫助的兩人，即落水女與賣鱉子；三是導致了賣鱉者的被誅（當然，女人的出現，主要作用在於和賣鱉者形成對比，用以彰顯女子的知恩圖報，批判賣鱉者的忘恩負義，也為後者的自我覆滅埋下了伏筆）；四是蛾之由來，從《經律異相》所引是出自《阿難現變經》推斷，它可能是阿難的變現所為。果如此，則反映出慈羅慈心的感應之用，也可作為報應之一（果）看待。此外，還有一種可能，那就是鱉去向蛾求助的結果。

3　多因一果

　　「多因一果」模式是指因多種原因而導致一種結果的情形。如《經律異相》卷三十七〈有人路行遇見三變身行精進〉引《諸經中要事》：

> 有人在道上行，見道邊有一死人，鬼神以杖鞭之。行人言：「此人已死，何故鞭之？」鬼神言：「是我先身，生在之日，不孝父母，事君不忠，不奉敬三寶，不隨師父之言，今令我隨罪而行，苦痛難言，瞋故鞭之。」稍稍前行，復見一死人，天人來下，散花於死屍，以手摩娑之。行人問言：「觀君似是天人，何故摩娑是死人耶？」答云：「是我故身，生在之日，孝從父母，忠信事君，奉事三尊，承受師父之教，令我神得生天，皆是故身之恩，是故以來報之耳。」小復前行，又見一天

---

40 〔日〕大藏經刊行會編：《大正新修大藏經》（臺北市：新文豐出版公司，1996年），卷53，頁228中-下。

人，衣服鮮好，端正香潔，道邊摘酸棗啖之。行人問曰：「睹
君似是天人，何啖酸棗？」天人答曰：「我在世時，孝從父
母，忠信事君，奉事三尊，種種作諸功德。唯不喜飲飴人客，
今作天人，恒食不充，是以食酸棗耳。」行人一日見此三變，
便還，奉持五戒，修行十善，孝從父母，忠信事君，示語後
世，罪福追人。[41]

本故事的敘事層次十分簡明清晰，用的是先因後果法。所講行人一天
之中親眼所見的三件有關報應的奇特之事（第一件可當作反面例證，
二、三件則為正面例證）——即三個原因時，基本上可視之為多因之
間的並列關係；而結果部分，則可視為總結（或總述）之語。從這個
意義上講，其敘述方法，又可視為先分述後總述法。兩種方法之間，
可如下圖所示：

　　　　多因（分述）──→一果（總述）

4　多因多果

　　「多因多果」模式是指敘述的因緣故事中，原因與結果都是多樣
化的情形。如竺法護譯《佛說太子刷護經》：

太子白佛言：「菩薩何因緣身有三十二相？何因緣有八十種
好？何因緣人民有見佛身者，視之無厭極？」佛告太子：「本
為菩薩時，好喜佈施種種雜物與諸佛、菩薩及師、父母、人
民，在所來索，用是故，得三十二相。菩薩當有慈心，哀念十

41　〔日〕大藏經刊行會編：《大正新修大藏經》（臺北市：新文豐出版公司，1996年），
　　卷53，頁201下。

> 方人民及蜎飛蠕動之類，如視赤子，皆欲令度脫，用是故，得
> 八十種好。菩薩見怨家，父母心適，等無有異，用是故，人民
> 見佛，視之無厭極。」[42]

經文於此用的是問答體：其中太子提問時「何因緣」云云所講實是結果，而佛陀的回答則是解釋原因。兩者之間實構成了多因多果的關係。

　　再如元魏吉迦夜、曇曜譯《雜寶藏經》卷六《七種施因緣》，則列舉了七種佈施所得七種果報的故事。[43]為醒眉目，列表如次：

七種施（因）	七大果報（果）
眼施	得天眼、佛眼。
和顏悅色施	未來成佛，得真金色。
言辭施	未來成佛，得四辯才。
身施	未來成佛，身如尼拘陀樹，無見頂者。
心施	未來成佛，得一切種智心。
床坐施	未來成佛，得師子法座。
房舍施	未來成佛，得諸禪屋宅

由此二例可知，多因多果之間，也常常為一一對應關係，即是一因一果的疊加或匯總形式。

5　有果無因

　　這是一種較為少見的模式，它其實是因緣故事中的縮略形式之一，即把事緣中的原因略而不談，只描述了事緣的結果。至於原因是

42　〔日〕大藏經刊行會編：《大正新修大藏經》（臺北市：新文豐出版公司，1996年），
　　卷12，頁154上。

43　〔日〕大藏經刊行會編：《大正新修大藏經》（臺北市：新文豐出版公司，1996年），
　　卷4，頁479上-中。

什麼，常常要受眾自己去思考。如支謙譯《撰集百緣經》卷七〈百子同產緣〉曰：

> 佛在迦毗羅衛國尼拘陀樹下。時彼城中有一長者，財寶無量，不可稱計。選擇族望，娉以為婦，作倡伎樂，以娛樂之。其婦懷妊，足滿十月，生一肉團。時彼長者，見其如是，心懷愁惱，謂為非祥。往詣佛所，前禮佛足，長跪白佛：「我婦懷妊，生一肉團。不審世尊，為是吉凶？唯願世尊，幸見告語。」佛告長者：「汝莫疑怪，但好養育，滿七日已，汝當自見。」時彼長者，聞是語已，喜不自勝，還詣家中，敕令瞻養。七日頭到，肉團開敷，有百男兒，端政殊特，世所希有。年漸長大，便共相將，出城觀看。漸次往到尼拘陀樹下，見佛世尊三十二相、八十種好，光明普曜，如百千日。心懷喜悅，前禮佛足。卻坐一面，佛即為其說四諦法，心開意解，各得須陀洹果。……[44]

在這一故事中，長者妻為什麼會產一肉團，此與夫婦前世、現世之業間的關係到底如何，經中並未交代。而肉團開敷，為何會產百兒，更是讓讀者不知所由。

二　文體功能

關於因緣經的文體功能，吉藏《大乘玄論》卷五有明確的論說，曰：

44　〔日〕大藏經刊行會編：《大正新修大藏經》（臺北市：新文豐出版公司，1996年），卷4，頁237上-中。

未曾有、因緣經，此明善惡事一雙，未曾有經為善事，如青牛
行鉢、白狗聽經、大地振動。因緣謂起罪本末，隨本末而說名
因緣經。[45]

此即從比較文體學的角度，指出未曾有經（案：有關未曾有經的討論，詳見第九章）與因緣經都是在於論證因果報應的真實不虛，然而前者重在善報因緣，後者則多為惡報故事。由此可知，因緣經的主要功能在於通過罪惡報應來對信眾進行警示式的教化，從而使信徒產生歸依之情。

（一）主要功能

對於因緣經的主要功能是明罪惡報應，我們可以吳支謙譯《撰集百緣經》卷五〈餓鬼品〉為例略做說明。該品共有十個因緣故事，即「富那奇墮餓鬼緣」、「賢善長者婦墮餓鬼緣」、「惡見不施水墮餓鬼緣」、「槃陀羅墮餓鬼身體臭緣」、「目連入城見五百餓鬼緣」、「優多羅墮餓鬼緣」、「生盲餓鬼緣」、「長者若多達慳貪墮餓鬼緣」、「餓鬼自生還啖五百子緣」、「嚼婆羅似餓鬼緣」，它們全是講因行惡業而墮惡趣（餓鬼）的報應故事。譯者把這些主旨相同的因緣故事合為一品，可能目的真像吉藏所言，是要把「起罪本末」（即惡報的前因後果）予以清晰地展示。如「生盲餓鬼緣」：

佛在舍衛國祇樹給孤獨園。爾時阿難著衣持鉢，入城乞食。見
一餓鬼，身如燋柱，腹如大山，咽如細針。又復生盲，為諸烏
鷲鵰梟所啄，宛轉自撲，揚聲叫喚，無有休息。爾時阿難問餓

---

45 〔日〕大藏經刊行會編：《大正新修大藏經》（臺北市：新文豐出版公司，1996年），
　　卷45，頁64下-65上。

鬼言：「姊妹，汝於先身造何業行，受如是苦？」餓鬼答言：「有日之處，不須燈燭。世有如來，汝可自問。」爾時阿難尋往佛所，白言：「世尊，我於向者入城乞食，見一餓鬼極受苦惱，不可稱計。」向佛如來具說事狀，「不審世尊，彼餓鬼者宿造何業受此報耶？」

爾時世尊告阿難言：「汝今諦聽，吾當為汝分別解說。此賢劫中波羅奈國，有佛出世號曰迦葉。將諸比丘，遊行教化，次到鹿野苑中。時有女人身抱懷妊，見佛世尊，甚懷信敬，足滿十月，生一女兒，端正殊特，人所敬仰，年漸長大。往詣佛所，聽佛說法，心懷信敬，還歸家中，白二親言：『唯垂哀愍，聽在道次。』父母固遮，不能令止，遂便出家，作比丘尼。時彼父母為此女故，造僧伽藍，又請諸比丘尼共住寺中。時長者女於戒律中，有少毀犯。諸比丘尼，驅令出寺，心懷慚愧，不能歸家，寄住他舍，生大瞋恚。便作是言：『我自有舍，止住其中。今者云何返更驅我？自用住止。』即便向彼長者居士說諸比丘尼種種過惡，狀似餓鬼，不自生活，但仰百姓，使我受身，莫見此輩。作是誓已，其後命終，墮餓鬼中，今得生盲。」佛告阿難：「欲知爾時彼長者女，出家入道，驅令出寺，惡口誹謗，今生盲餓鬼是。」

佛說是餓鬼緣時，諸比丘等各各守護身口意業，厭離生死。有得須陀洹者，斯陀含者，阿那含者，阿羅漢者，有發辟支佛心者，有發無上菩提心者。爾時諸比丘聞佛所說，歡喜奉行。[46]

此則緣起，敘述的中心事件是長者女出家之後，因犯惡口誹謗之罪，

46　〔日〕大藏經刊行會編：《大正新修大藏經》（臺北市：新文豐出版公司，1996年），卷4，頁225中-226上。

故得餓鬼之報。說經的用意，則是通過這一反面事例來警示信徒，從而達到勸化的目的。經文的末段，此義甚明。

另外，在律部戒緣故事中，說罪惡報應者亦佔主體，特別是有關提婆達多的罪惡因緣故事（破僧事）極為常見，印順法師對此做過精細的研究[47]，我們就不贅言了。

（二）其他功能

因緣經除了明罪惡報對之主要功能外，也有其他的功能與作用。常見的有：

1 讚頌

所謂讚頌，指的是因緣故事用以頌揚善有善報者。從某種意義上講，它和「譬喻經」中讚頌諸佛、菩薩或弟子光輝業績的經典相似，也和前文吉藏所指出的未曾有經之主題相同。尤其是在大乘經典中，這一類的因緣故事比比皆是。若從經典發展史的角度看，部派佛教中因緣經以罪惡報對為主，而大乘經典中善業因緣逐漸佔據了主流位置。若仍以《撰集百緣經》為例，則知該經十卷中，至少卷二〈報應受供養品〉、卷四〈出生菩薩品〉、卷六〈諸天來下供養品〉和卷七〈現化品〉，其主旨多在讚頌善業之行，必得好報。如卷七之〈妙聲緣〉中佛指出妙聲比丘現世之有妙聲的原因在於：

> 乃往過去九十一劫，波羅㮈國有佛出世，號毗婆尸，教化周訖，遷神涅槃。時有國王名槃頭末帝，收取舍利，造四寶塔，高一由旬，而供養之。時有一人，見此塔故，心懷歡喜，便作

---

47 印順：〈論提婆達多之「破僧」〉，《華雨集》（臺北市：正聞出版社，1988年），冊3，頁1-36。

音樂，以繞供養，發願而去。緣是功德，九十一劫不墮地獄、畜生、餓鬼，天上人中常有好聲，令眾樂聞，乃至今者遭值於我，出家得道，故有好聲。[48]

2 授記

授記本來是一種獨立的佛經文體（第十章有詳論，此不贅論），但因緣經中也有以授記為主題者，如支謙譯《撰集百緣經》中就有專門的〈授記品〉——卷一〈菩薩授記品〉和卷三〈授記辟支佛品〉。後者之〈作樂供養成辟支佛緣〉即載佛在舍衛國受到諸豪貴長者的音樂供養，而對阿難云：

此諸人等，以其作樂散花供養善根功德，於未來世一百劫中，不墮地獄、畜生、餓鬼，天上人中常受快樂，最後身得成辟支佛，皆同一號，名曰妙聲，廣度眾生，不可限量。[49]

此之「未來世」、「最後身」云云，即是佛陀的授記之辭。

3 引證

引證是指用因緣故事作為論證依據的情形，這在論部經典中較為常見。如玄奘譯《阿毗達磨大毗婆沙論》卷九十九有云：

若欲令傍生趣等知我心，非人天趣則傍生趣等亦知佛心。人及天趣，皆不能知。云何知然？契經說故。謂契經說：

48　〔日〕大藏經刊行會編：《大正新修大藏經》（臺北市：新文豐出版公司，1996年），卷4，頁237上。

49　〔日〕大藏經刊行會編：《大正新修大藏經》（臺北市：新文豐出版公司，1996年），卷4，頁216中。

一時佛住廣嚴城獼猴池側重閣精舍，時諸苾芻以世尊鉢及彼自鉢皆置露處，有一獼猴下娑羅樹，來趣鉢所。時苾芻眾恐彼損鉢，競驅逐之。佛言：「汝等不應驅逐，彼有別意，須臾當知。」時彼獼猴取世尊鉢，徐還上樹，成滿流蜜，安庠（詳）而下，持奉世尊。以有蟲故，世尊不受。佛起曾得有漏心品，令彼去蟲，獼猴即知，退住一處，擇去蟲已，來奉世尊。未作淨故，佛復不受。佛起曾得有漏心品，令彼以水遍灑作淨，獼猴即知，退住一處，以水作淨，還奉世尊。於是世尊哀愍為受，獼猴歡喜，踴躍無量，舞蹈卻行，墮坑而死。乘斯福業，得生人中，長大出家，勤修梵行，不久便獲阿羅漢果，世共號為獻蜜上座。尊者論力，由彼因緣，以妙伽他而讚佛曰：

無上天人調御士，能令惡趣亦知心。若住甚深微妙定，乃至人天不能了。[50]

這裡所引契經，雖未交代經題，然其性質，顯然是因緣經，即講獻蜜上座的本生因緣。造論者徵用的目的，則在於論證惡趣眾生亦知佛心。

第三節　文體影響

關於「因緣經」的影響研究，國內外學術界已有的成果極其豐碩，特別是對各種故事類型，如遊魂、地獄等因果業報故事對中土敘事文學影響方面的研究論著，可說得上汗牛充棟。茲就讀藏所及，在總結前賢時彥理論成果的基礎上，簡略地談一談兩個問題。

---

50 〔日〕大藏經刊行會編：《大正新修大藏經》（臺北市：新文豐出版公司，1996年），卷27，頁514下-515上。

一　敘事邏輯的影響

眾所周知，任何敘事作品都必須遵循一定的邏輯關係。在諸邏輯關係中，敘述者最重視的是因果關係，因為「與故事的可續性關係最密切的就是事件之間的因果聯結」。[51]而中土的敘事作品，特別是小說，由於缺乏整體上因果連貫的統一性，被西方學者譏評為「綴段式結構」。亞里斯多德在《詩學》中，即把這種結構當作敘事形態不成熟的表現。[52]然而隨著佛典的輸入，尤其是以因果關係為主要敘事邏輯之因緣經的傳播，中土文學的敘事邏輯隨之也發生了深刻變化，更加重視事件之間的因果聯繫，敘述者甚至可以把原本毫無關係的故事片斷，通過因果觀念的串聯，從而構建出一個意義完整的故事或故事群。具體說來，其主要表現形式有兩種，即：

（一）善惡之報，毫釐不爽

恩斯特·凱西爾指出：「佛教作為一種宗教，是道德力量的產物，它們全神貫注於一點——善與惡的問題。」[53]其實，世界上任何一種宗教，在講到倫理觀念時，善惡觀都是繞不開的話題。只不過佛教於此更有特色，其特點是「自作自受」[54]，即善惡之業的造作者、承受者是相同的。如後漢康詳譯《佛說興起行經》卷上云：「世人所

51　羅鋼：《敘事學導論》（昆明市：雲南人民出版社，1999年），頁76。

52　〔美〕浦安迪：《中國敘事學》（北京市：北京大學出版社，1996年），頁56-57。

53　〔德〕恩斯特·凱西爾著，甘陽譯：《人論》（上海市：上海譯文出版社，1985年），頁147。

54　自作自受出於禪宗語錄。據《續傳燈錄》卷四〈金山禪師曇穎〉條載，有僧問僧曇穎（989-1060）：「一百二十斤鐵枷，教阿誰擔？」穎曰：「自作自受。」（〔日〕大藏經刊行會編：《大正新修大藏經》〔臺北市：新文豐出版公司，1996年〕，卷51，頁489中）

為作，各自見其行。行善得善報，行惡得惡報。」[55]失譯人名附《東晉錄》之《般泥洹經》卷上則曰：「父作不善，子不代受；子作不善，父亦不受。善自獲福，惡自受殃。」[56]北魏般若流支譯《正法念處經》卷七又云：「非異人作惡，非人受苦報，自業自得果，眾生皆如是。」[57]所述皆為此意。雖然中土固有思想中，也有善惡報應的觀念，比如《尚書・大禹謨》：「惠迪吉，從逆凶，惟影響。」[58]《周易・坤・文言》則謂：「積善之家，必有餘慶。積不善之家，必有餘殃。」[59]然其特點是以家法與宗族觀念為中心來建構相關的理論體系，善惡行為的造作者與善惡之果的承受者並非同一之關係。

　　佛教因果報應說東傳入之後，立即引起了中土士人的極大關注。據袁宏《後漢記》卷十云，當永平求法之後，世人認識到佛教的特色是：「以為人死精神不滅，隨復受形，生時所行善惡，皆有報應。故所貴行善修道，以煉精神而不已，以至無為而為佛也。……世俗之人以為虛誕，然歸於玄微，深遠難得而測。故王公大人，觀死生報應之際，莫不矍然自失。」[60]由此可知，作為新型報應觀念的印度佛教的因果觀，在當時產生的震懾力。

　　事實上，中古及其後的許多敘事作品，敘事邏輯的基礎就是「善惡之報，毫釐不爽」。若再細分，則包括兩個層面：

55　〔日〕大藏經刊行會編：《大正新修大藏經》（臺北市：新文豐出版公司，1996年），卷4，頁169上。

56　〔日〕大藏經刊行會編：《大正新修大藏經》（臺北市：新文豐出版公司，1996年），卷1，頁181中。

57　〔日〕大藏經刊行會編：《大正新修大藏經》（臺北市：新文豐出版公司，1996年），卷17，頁36中。

58　〔清〕阮元校刻：《十三經注疏》（上海市：上海古籍出版社，1997年），頁134。

59　〔清〕阮元校刻：《十三經注疏》（上海市：上海古籍出版社，1997年），頁19。

60　〔晉〕袁宏著：《後漢紀》，見張烈點校：《兩漢紀》（下）（北京市：中華書局，2002年），頁187。

1 惡有惡報的敘事邏輯

前文已言，因緣經的主要功能是明罪惡報應。這種主題在中古以後的小說中，可謂俯拾皆是。其例甚多，不勝枚舉，如干寶《搜神記》、劉義慶《幽明錄》與《宣驗記》、王琰《冥祥記》、顏之推《冤魂記》、唐臨《冥報記》等。到了宋初，李昉等奉詔編撰《太平廣記》，則專門列有「報應」類小說三十三卷五百多篇，其中，佔主流的即為罪惡報應主題，足見中古隋唐時期此類小說之盛行。茲舉三例：

（1）《顏氏家訓》卷五〈歸心第十六〉有云：

> 王克為永嘉郡守，有人餉羊，集賓欲醼。而羊繩解，來投一客，先跪兩拜，便入衣中。此客竟不言之，固無救請。須臾，宰羊為羹，先行至客。一臠入口，便下皮內，周行遍體，痛楚號叫；方復說之。遂作羊鳴而死。[61]

本來，作為郡守的王克烹羊設宴招待賓客是極其尋常之事，然當羊向其中的一位客人跪拜求救時，他竟然無動於衷，見死不救。用佛教的觀念分析，那位客人自然是毫無慈悲之心，即心地不良。所以，他遭到了現報。[62]

當然，同型故事還見於劉義慶的《幽明錄》，後者記載的是牛跪倒求救之事，蔣述卓先生揭出它源於《生經》卷四[63]，該卷之《佛說負為牛者經》說佛入城分衛時：

---

61 王利器撰：《顏氏家訓集解》（北京市：中華書局，1993年），頁401。

62 佛教把報應觀分為三類，叫做三報，即：現報（現世造業，現身受報者）、生報（今生造業，未來世受報者）和後報（過去無量世造業，於今生受報者；或今生造業，於未來無量世中受報者）。

63 蔣述卓：《佛經傳譯與中古文學思潮》（南昌市：江西人民出版社，1990年），頁32-33。

遠方民將一大牛，肥盛有力，賣與此城中人。城中人買以出
之，欲以殺之，在城門中與佛相遇。其主見牛既大多勢，畏奔
突故，請十餘人將牛共行。牛遙睹佛，心中悲喜，絕靷馳逸，
數十人救，救不能制，走趣如來，如來則知憶本宿命。阿難見
之，前欲搏耳，逐之一面，恐觸如來。一切眾人，亦懷恐懼，
畏來傷佛。佛告阿難：「聽之來，勿得呵之！」牛徑前往趣
佛，屈前兩腳，而鳴佛足，淚出交橫，口自演言：「唯然，世
尊！加以大哀，救濟危厄，令脫此難，今是其時。大聖難遭，
億世時有所以出者，為眾生故，唯垂弘慈，一見濟拔。」佛言
善哉。[64]

由此可知，三者之間的關係是：

《佛說負為牛者經》──→ 劉義慶《幽明錄》──→ 顏之推《歸心》

相對於佛經原型故事而言，顏氏所作的改變主要有三：一是把主人翁
之一的牛換成了羊，二是把救度者由佛換成了客人，三是把本生文體
改造成純粹的業報故事。此外，客人的舉動與經中佛陀的慈悲行為形
成了鮮明對比。另外，需要指出的是：《歸心》中也載有一則牛跪拜
求救的故事[65]，主題亦講現世之報。

（2）《太平廣記》卷一二五《榼頭師》曰：

梁有榼頭師者，極精進，梁武帝甚敬信之，後敕使喚榼頭師。
帝方與人棋，欲殺一段，應聲曰：「殺卻。」使遽出而斬之。

64　〔日〕大藏經刊行會編：《大正新修大藏經》（臺北市：新文豐出版公司，1996年），
　　卷3，頁98上-中。

65　王利器：《顏氏家訓集解》（北京市：中華書局，1993年），頁402。

帝棋罷，曰：「喚師！」使咨曰：「向者陛下令人殺卻，臣已殺
訖。」帝歎曰：「師臨死之時，有何所言？」使曰：「師云：貧
道無罪，前劫為沙彌時，以鍪劃地，誤斷一曲蟮。帝時為蟮，
今此報也。」帝流淚悔恨，亦無及焉。[66]

案：該故事原錄自《朝野僉載》，也見於段成式《酉陽雜俎續集》卷
四〈貶誤〉。夏廣興指出其故事原型出於《賢愚經》卷四[67]，經云：

> 過去世時，此閻浮提有一國王，名曰曇摩蕋提，_{秦言法增}。好
> 喜佈施，持戒聞法，有慈悲心，性不暴惡，不傷物命。王相具
> 足，正法治國，滿二十年。事簡閒暇，共人博戲。時有一人犯
> 法殺人，諸臣白王：「外有一人，犯於王法，云何治罪？」王
> 時慕戲，脫答之言：「隨國法治。」即案限律，殺人應死，尋
> 殺此人。王博戲已，問諸臣言：「向者罪人，今何所在？我欲
> 斷決。」臣白王言：「隨國法治，今已殺竟。」王聞是語，悶
> 絕躃地，諸臣左右，冷水灑面，良久乃蘇。……即捨王位，入
> 山自守。[68]

兩相比較，核心情節、人物身分，何其相似。不過，中土故事的結構
更緊湊，主題更鮮明，報應性質是為後報，即樻頭師由於前劫犯了殺
生之罪，雖然時間已過去無數世，仍然遭到了惡報。易言之，業報不
會因時間、空間的變易就自動消失。
　　（3）《太平廣記》卷一三三〈李貞〉引《徵戒錄》曰：

---

66 〔宋〕李昉等撰：《太平廣記》（北京市：中華書局，1961年），頁882。
67 夏廣興：《佛教與隋唐五代小說》（西安市：陝西人民出版社，2004年），頁180。
68 〔日〕大藏經刊行會編：《大正新修大藏經》（臺北市：新文豐出版公司，1996年），
　　卷4，頁279上-中。

> 蜀錦浦坊李貞家，養狗名黑兒。貞因醉，持斧擊殺之。李貞臨
> 老，與鄰舍惡少白昌祚爭競，昌祚承醉，以斧擊貞死焉。時昌
> 祚年十九歲，與殺狗年正同。昌祚小字黑兒。冤報顯然，不差
> 絲髮。[69]

於此，最值得注意的是諸敘事元素的巧合：如李貞行惡、白昌祚殺人
皆因為醉灑，且都在十九歲之時，所用兇器都是斧；李貞所殺之狗、
白昌祚的小名皆叫黑兒（這裡暗含白昌祚的前世就是那隻被李貞所誤
殺的黑狗），宣揚了一報還一報的思想。

2 善有善報的敘事邏輯

善有善報是指行善者必有好報。然在中土敘事文學中，最為常見
的類型是作惡者因某種善行而得赦免的故事。此在宣教小說中，觸目
皆是。如《太平廣記》卷一一五《席豫》曰：

> 唐開元初，席豫以監察御史按覆河西。去河西兩驛，下食，求
> 羊肝不得，撻主驛吏。外白肝至，見肝在盤中搖動不息，豫慘
> 慼良久，令持去。乃取一絹，為羊鑄佛。半日許，豫暴卒，隨
> 吏見王。王曰：「殺生有道，何故生取其肝？獨能忍乎？」豫
> 云：「初雖求肝，肝至見動，實不敢食。」言訖，見一小佛從
> 雲飛下，王起頂禮。佛言如豫所陳，王謂羊曰：「他不食汝
> 肝，今欲如何？」尋放豫還也。[70]

此故事原出戴孚《廣異記》。本來故事中的席豫犯了殺生之罪，按照
惡有惡報的邏輯，他該接受嚴重的懲罰。然因其慈心未泯，實未吃羊

69　〔宋〕李昉等撰：《太平廣記》（北京市：中華書局，1961年），頁951。
70　〔宋〕李昉等撰：《太平廣記》（北京市：中華書局，1961年），頁803。

肝，且有造像（善舉）贖罪之意，故最後被閻羅王放還人間。當然，本故事的主旨重在宣揚造像功德能免殺生之重罪。

有時，即使行善出於無心，也會得到善報，《太平廣記》卷一〇四「李虛」條即記載了此類故事。[71]故事說開元十五年皇帝下令拆毀天下寺院，當時新息縣令李虛因醉酒而未執行命令，故使全縣寺院得以保全。然李虛為人好殺成性，暴亡之後入冥，本當遭受割肉重刑，可由於護全佛堂之功，非但免卻罪報，還終得生天善報。

最後需要指出的是：雖然中土敘事文學深受印度佛教自作自受報應觀的影響，但是，傳統的以家庭或宗族為受報主體的報應觀並未消失殆盡，它依然保有強大的生命力。如《太平廣記》卷一三一〈阮倪〉引《述異記》云：

> 阮倪者，性特忍害。因醉出郭，見有放牛，直探牛舌本，割以歸，為炙食之。其後倪生一子，無舌，人以為牛之報也。[72]

此處的犯罪主體是阮倪，然而受報者是其子。

（二）冤家宜解不宜結

佛教極重因果報應，處處強調因果邏輯。正如唐般刺蜜帝譯《楞嚴經》卷四云：

> 貪愛同滋，貪不能止，則諸世間卵、化、濕、胎，隨力強弱，遞相吞食，是等則以殺貪為本。以人食羊，羊死為人，人死為羊，如是乃至十生之類，死死生生互來相啖，惡業俱生，窮未來際，是等則以盜貪為本。汝負我命，我還債汝，以是因緣，

---

71 〔宋〕李昉等撰：《太平廣記》（北京市：中華書局，1961年），頁703-704。

72 〔宋〕李昉等撰：《太平廣記》（北京市：中華書局，1961年），頁932。

> 經百千劫常在生死。汝愛我心，我憐汝色，以是因緣，經百千
> 劫常在纏縛。唯殺、盜、淫三為根本，以是因緣，業果相續。[73]

經文突出的是業報因果永不斷絕的思想，其意頗同於後世所概括的
「冤冤相報幾時休」、「冤冤相報何時了」。[74]既然因果業報無有休止，
故有人提出了相應的解決辦法，那就是馮夢龍《醒世恒言》第二十卷
〈張廷秀逃生救父〉中所說「冤家宜解不宜結」。[75]而且，它也是比較
常見的敘事邏輯，特別是「解冤」之舉，往往是最關鍵的敘事手法。
茲舉兩例如次：

　　1 紀昀《閱微草堂筆記》卷一云：

> 胡御史牧亭言：其里有人畜一豬，見鄰叟輒瞋目狂吼，奔突欲
> 噬，見他人則否。鄰叟初甚怒之，欲買而啖其肉；既而憬然省
> 曰：「此殆佛經所謂夙冤也，世無不可解之冤。」乃以善價贖
> 得，送佛寺為長生豬。後再見之，弭耳昵就，非復曩態矣。[76]

這則故事中，雖然沒有明確交代豬對里人發瞋的緣由，卻隱含了里人
前世曾與豬有冤的「事實」，里人明乎此後，便進行「解冤」，終得人
畜和諧的結果。

73　〔日〕大藏經刊行會編：《大正新修大藏經》（臺北市：新文豐出版公司，1996年），
　　卷19，頁120中。

74　前者見於：《虛堂和尚語錄》卷5〈德山托鉢〉：「德山疑處問岩頭，惹得渾家一地
　　愁。父又咒兒兒咒父，冤冤相報幾時休。」（〔日〕大藏經刊行會編：《大正新修大
　　藏經》〔臺北市：新文豐出版公司，1996年〕，卷47，頁1021中）虛堂，即虛堂智愚
　　（1185-1269），是南宋臨濟宗楊岐派的禪僧。後者見於明人張岱：《夜航船・九流
　　部・釋解》：「冤冤相報何時了，劫劫相纏豈偶然。不若與師俱解釋，如今立地往西
　　天」。

75　〔明〕馮夢龍編：《警世恒言》（上海市：上海古籍出版社，1992年），頁256。

76　〔清〕紀昀著：《閱微草堂筆記》（上海市：上海古籍出版社，2005年），頁1。

2 王澤洙編集《金剛經感應分類輯要》云：

> 湖州屠戶陸公，年二十三。於門前見一雲水僧，口稱教化有緣
> 人。陸不解，僧云：「汝宰殺豬羊無數，何不改業？」陸云：
> 「承襲祖業，不能棄舍。」僧云：「汝若不改，後世必墮此
> 類，仍被他殺，冤冤相報，無有出期。貧僧睹汝，宿有善根，
> 可早持《蓮華經》、《金剛經》，汝若專心受持，即能消除惡
> 業，增長福善。」僧說訖不見，陸遂省悟，即請工繪阿彌陀
> 佛、觀音、勢至相一軸，至誠供養，堅心素食。投師習誦二
> 經，未及五年，自能暗誦。如明日宰殺，夜於佛前焚香，持誦
> 《蓮華》一部、《金剛》一卷，對佛懺悔。口稱來晨殺豬羊幾
> 口，願將看經功德，超度被殺豬羊，盡此報身，早生淨土！願
> 我命終時，免此冤對。以此為常，陸反覺身輕體健，年至八十
> 一。將死，半月前，遍請親友，言十一月初九辭世。聊具蔬
> 食，只迎相別。至期，親友赴齋，索浴更衣，端然正坐，頌
> 曰：「六十餘年專殺業，手提刀稱暗修行。今朝得趣菩提路，
> 水裡蓮花火裡生。」頌畢化去，親朋無不瞻仰讚歎。[77]

於此，陸氏世代為屠，殺業本極重，故僧人以「冤冤相報」進行勸
化，要求他用誦經功德來消除惡業。陸氏不但言聽計從，而且通過持
之以恆的懺悔、發願等解冤之舉，終於得成正果。

　　在古典長篇小說中，「解冤」之舉更是常用。如《西遊記》第八
十六回〈木母助威征怪物，金公施法滅妖邪〉結束時有云：「降怪解
冤離苦厄，受恩上路用心行。」[78]接下來第八十七回〈鳳仙郡冒天止

---

77 藏經書院編：《新編卍續藏經》（臺北市：新文豐出版公司，1993年），冊149，頁
　　297下。
78 〔明〕吳承恩著：《西遊記》（李卓吾評本）（上海市：上海古籍出版社，1994年），
　　頁1170。

雨，孫大聖勸善施霖〉即具體地敘述孫悟空是如何勸化大天竺國鳳仙郡的上官郡侯以至解除冤結的全過程。再如天花藏主人編次的《醉菩提傳》第十五回叫做〈顯神通醉後裝金，解冤結死人走路〉，接下來第十六回〈不避嫌裸體治勞，恣無禮大言供狀〉中則交代濟公為何要讓張公白撿十錠銀子的緣由，目的在於濟公要幫張公了結前世所結下的一段冤仇，以免往後冤纏不了。[79]其他像《金瓶梅》、《紅樓夢》，都有不少以經懺、齋醮等佛道行儀之名目來敘述「解冤」情節者，此為大眾所熟知，我就不饒舌了。

此外，漢譯佛典中的因緣觀念，對道教經典也產生了巨大的影響。如《太上洞玄靈寶本行因緣》、《太上說轉輪五道宿命因緣經》、《太上洞玄靈寶出家因緣經》、《洞玄靈寶玄一真人說生死輪轉因緣經》、《太上洞玄靈寶業報因緣經》等，都融匯了佛教的業報輪迴和因果報應思想。而像杜光庭《道教靈驗記》一類的宣教小說中，業報因果思想也是最重要的主題之一。[80]

二　內容影響舉隅

關於內容影響，茲分兩個層面略談之。

（一）教內影響

漢譯因緣經在教內的影響極其深遠，僧尼們不但自己深信因果業報之不虛，而且通過多種多樣的文學與藝術手法（如音樂、戲劇、繪畫、雕塑等）向世人宣演。單就文學手法來說，主要表現有二：一是以因緣經為藍本在各種法會上進行唱導、講經、變文等表演，二是不

79　〔明〕天花藏主人編次，蕭欣橋點校：《醉菩提傳》，《醉菩提麴頭陀傳》（北京市：人民文學出版社，2006年），頁89-90。

80　羅爭鳴：《杜光庭道教小說研究》（成都市：巴蜀書社，2005年），頁287-294。

斷搜集、撰述新的因緣故事，特別是靈驗小說。

至於第一點，《高僧傳》卷十三有十分精到的概述云：

> 至如八初夕⋯⋯爾時導師則擎爐慷慨，含吐抑揚，辯出不窮，
> 言應無盡。談無常，則令心形戰慄；語地獄，則使怖淚交零。
> 徵昔因，則如見往業；覈當果，則已示來報。[81]

此處記載的雖是導師在八關齋法會上唱導因果故事的感人情形，但在其他宣教場合，講唱因緣經典也具有同樣的藝術效果。中唐詩人姚合〈贈常州院僧〉云：「仍聞開講日，湖上少魚船。」[82]〈聽僧云端講經〉則云：「無生深旨誠難解，唯是師言得正真。遠近持齋來諦聽，酒坊魚市盡無人。」[83] 酒坊也罷，漁市也罷，持之為生者，按照佛教的觀點基本上都不是善業，故而他們聽講時都要先持齋戒，用表虔誠以消罪孽。

更值得注意的是：在敦煌發現的講經變文中，講因緣經（因緣故事）者佔有突出的地位，如P.2193之《目連緣起》、S.2614之《大目乾連冥間救母變文》、S.3491之《頻婆娑羅王后宮彩女功德意供養塔生天因緣變》、P.3375之《歡喜國王緣》、S.4511之《金剛醜女因緣》等，皆是依據相關漢譯因緣經撰出的變文，其主旨悉在宣揚因果業報思想。

至若第二點，茲舉兩例以見其要：

1 唐人釋懷信《釋門自鏡錄》卷上〈西域聖者離越辟支佛曾謗人偷牛得報事〉云：

---

81 〔梁〕慧皎著，湯用彤校注：《高僧傳》（北京市：中華書局，1992年），頁521。

82 〔清〕彭定求等編：《全唐詩》（上海市：上海古籍出版社，1986年），頁1260。

83 〔清〕彭定求等編：《全唐詩》（上海市：上海古籍出版社，1986年），頁1271。

昔月氏國城西有大山，是離越辟支住處。猛上去此不遠，有人
失牛，尋到此山。值此辟支然火染衣，宿業力故，當於爾時鉢
變為牛頭，法衣變為牛皮，染汁變為血，染滓變為肉，柴變為
骨。其跡既爾，遂為牛主執入獄中。弟子推覓，莫知所在。從
是荏苒，年經十二，後遇因緣，知在獄中。便向王說：「我師
在獄，願王放赦。」王問獄典有僧否，獄典曰無僧。弟子白
王：「願喚獄中沙門者出，我師自出。」獄典尋喚，辟支佛即
出。此辟支佛在獄既久，髮長衣壞，沙門形滅。諸弟子等禮而
問曰：「師何在此？」師於爾時答以上事。弟子復問：「宿世造
何因，今令致此？」師答曰：「吾於昔時謗他人偷牛，致使如
此耳。」[84]

案：該故事實摘自《雜寶藏經》卷二之〈離越被謗緣〉[85]，並將經文
進行了不少壓縮，刪去了一些人物之間的對話，並把故事發生的地點
從「罽賓國」改成了「月支國」。當然，主旨未變，都在說明因果報
應的真實性。

　　2 釋非濁《三寶感應要略錄》卷中第二十九〈溫州治中張居道冥
路中發造《金光明》四卷願感應〉引《滅罪傳》云：

昔溫州治中張居道，因適女事，殺豬羊鵝鴨等。未逾一旬，得
重病，便死。經三夜，活，即說由緣：初見四人來，懷中拔一
張文書以示居道，乃是豬羊等同詞共訟曰：豬等雖前身積罪，

84 〔日〕大藏經刊行會編：《大正新修大藏經》（臺北市：新文豐出版公司，1996年），
　　卷51，頁803下。

85 〔日〕大藏經刊行會編：《大正新修大藏經》（臺北市：新文豐出版公司，1996年），
　　卷4，頁457中。另，《法苑珠林》卷57也徵引了該故事，但道世並未改換故事發生
　　的地點，而且用語與原經大同小異（參〔日〕大藏經刊行會編：《大正新修大藏經》
　　〔臺北市：新文豐出版公司，1996年〕，卷53，頁718上-中）。

令受畜身，自有年限，遂被居道枉相屠害。請裁後，有判差司命追過，即打縛，將去，直行一道向北。至路中，使人曰：「未合死。」「當何方便而求活路？」「怨家詞主三十餘頭，專在王門底。悔難可及。」居道曰：「自計所犯，誠難免脫，乞樂一計。」使人曰：「汝為所殺生發心，願造《金光明經》四卷，當得免難。」即承教，再唱其言。少時望城門，見閻魔廳前無數億人，哀聲痛響，不可聞。使唱名，王以豬等訴狀樂之。居道述願狀，所殺者乘此功德隨業化形。王歡喜，再歸生路。聞此因緣，發心造經。一百餘人斷肉止殺，不可計數矣。更有安固縣承妻脫苦緣，煩故不述之。[86]

釋非濁（？-1063），俗姓張，字貞照，范陽（今河北省涿州市）人，是遼代著名的學問僧。興宗重熙八年（1039）冬，賜受紫衣；道宗清寧二年（1056），賜號「純慧大師」。他所講述的這則感應故事，其實早在唐五代就十分流行。在敦煌文獻中，就有S.0364、S.1963、S.3257、S.4487、B.1360、B.1426、P.2099、Φ.260a等近三十件《懺悔滅罪《金光明經》冥報傳》的抄本。[87]

　　若與敦煌本相較，非濁摘錄的內容只相當於前者的前半部分，且在文字上做了大量的刪減，並省略了故事的後半部分，即夾注所說的安固縣丞為妻脫離苦難而造《金光明經》的感應故事。另外，該故事還有回鶻譯本[88]，可見該報應故事在唐宋時期還廣播於不同的民族，

86　〔日〕大藏經刊行會編：《大正新修大藏經》（臺北市：新文豐出版公司，1996年），卷51，頁841中。

87　關於敦煌諸寫本的情況介紹、校錄及研究價值，可參楊寶玉〈〈懺悔滅罪金光明經冥報傳〉校考〉，載宋家鈺、劉忠編：《英國收藏敦煌漢藏文獻研究》（北京市：中國社會科學出版社，2000年），頁328-338。

88　關於回鶻本，可參楊富學：《印度宗教文化與回鶻民間文學》（北京市：民族出版社，2007年），頁219-251。

深受時人的喜愛。對於這一類感應故事的價值，陳寅恪先生〈懺悔滅罪金光明經冥報傳跋〉中給予了高度評價：

> 至滅罪冥報之作，意在顯揚感應，勸獎流通，遠托法句譬喻經之體裁，近啟太上感應篇之注釋，本為佛教經典之附庸，漸成小說文學之大國。蓋中國小說雖號稱富於長篇巨制，然一察其內容結構，往往為數種感應冥報傳記雜糅而成。若能取此類果報文學詳稽而廣證之，或亦可為治中國小說史者之一助歟。[89]

此即指明了釋家因緣故事的主題、題材、敘事邏輯對中國古典小說的深刻影響，論斷極其精闢。

（二）教外影響

說到教外影響，我們擬從詩文用典和故事類型方面略舉幾例。前者如：

1 寒山〈兩龜乘犢車〉云：

> 兩龜乘犢車，驀出路頭戲。一蟲從旁來，苦死欲求寄。不載爽人情，始載被沈累。彈指不可論，行恩卻遭刺。[90]

這裡敘述龜受蟲恩將仇報之事，其關鍵情節與《雜寶藏經》卷三〈大龜因緣〉逼似，經云：

> 於過去時，波羅㮈國有一商主，名不識恩。共五百賈客，入海

---

89 陳寅恪：《金明館叢稿二編》（北京市：生活・讀書・新知三聯書店，2001年），頁291-292。
90 項楚著：《寒山詩注》（北京市：中華書局，2000年），頁94。

采寶。得寶還返，到回淵處，遇水羅剎而捉其船，不能得前。
眾商人等極大驚怖，皆共唱言：「天神地神，日月諸神，誰能
慈愍，濟我厄也。」有一大龜，背廣一里，心生悲愍，來向船
所，負載眾人，即得渡海。時龜小睡，不識恩者，欲以大石打
龜頭殺。諸商人言：「我等蒙龜濟難活命，殺之不祥，不識恩
也！」不識恩曰：「我停饑急，誰問爾恩？」輒便殺龜，而食
其肉[91]。

寒山詩所作的改動，主要有二：一是把龜的數量增加到兩頭，二是交
通路徑由水路換成了陸路。當然，從文體形式看，佛經原是本生因
緣，說那個不識恩的人就是提婆達多的前世，而龜是慈愍濟苦的釋迦
牟尼佛的前世。另外，唐義淨譯《根本說一切有部毗奈耶破僧事》中
有多篇敘述提婆達多破僧的戒緣故事，其中佛稱不識恩的提婆達多
（或其前世）為黑頭蟲[92]，寒山詩中不識恩的「蟲」，似受此影響而來。
　　2 唐鄭素卿〈西林寺水閣院律大德齊朗和尚碑〉云：

大師號齊朗，生報身於潯陽陶氏，承大司馬侃之後。侃舍宅作
西林寺，其孫累有人繼前志。……故大師幼有覺心，事峰頂寺
律大德法真為和尚，出家受具。……元和初，鄂岳觀察使郗公
士美建法會於頭陀寺，又命簡奉迎曰：「鵝珠在冰雪之中，鶴
貌出風塵之外。」[93]

---

91 〔日〕大藏經刊行會編：《大正新修大藏經》（臺北市：新文豐出版公司，1996年）
　　卷4，頁464中。
92 參〔日〕大藏經刊行會編：《大正新修大藏經》（臺北市：新文豐出版公司，1996
　　年）卷24，頁175中、188下。
93 〔清〕董誥等編：《全唐文》（上海市：上海古籍出版社，1990年），頁3428-3429。

案：鄭素卿所敘齊朗（750-822），是中唐著名律僧之一。「鵝珠」，典出鳩摩羅什譯《大莊嚴論經》第六十三則因緣故事（在卷十一）。[94]故事說有一比丘乞食時，到了穿珠師家門口，當時珠師正在為國王穿摩尼珠。珠師聽後，便暫時放下手中活計，入舍取食。此時正好有一隻鵝，吞食了寶珠，珠師出來，不見寶珠，便疑比丘偷竊。比丘由於擔心珠師殺鵝取珠，故不願說出真相。珠師就綁縛比丘，嚴刑棒打比丘，遍身出血，那隻鵝竟然跑出來吃血，珠師極怒，又打殺鵝。比丘見此十分懊惱，祇好說出了事情的原委。珠師打開鵝腹，見有寶珠，舉聲大哭，對比丘說：「汝護鵝命不惜於身，使我造此非法事！」可見故事讚頌了比丘的嚴守戒律之舉。鄭氏引此典故，正與齊朗的律僧身分相合。

後者如：

1 《藝文類聚》卷九十七引《齊諧記》曰：

> 富陽董昭之，嘗乘船過錢塘江，中央見有一蟻，著一短蘆，蘆長二三尺，走一頭回，復向一頭，甚遑遽。昭之曰：「此畏死也。」欲取著舡，舡中人罵：「此是毒螫物，不可長，我當蹹殺之。」昭意甚憐此蟻，中夜夢一人，烏衣，從百許人來謝云：「僕不慎墮江，慚君濟活，僕是蟲王，君若有急難之日，當見告語。」後昭之遇事繫獄，蟻領群蟻穴獄，昭遂得免。[95]

案：該故事復見於唐宋時期的多種類書中，如《初學記》卷二十、《太平御覽》卷六四二、《太平廣記》卷四七三等。各本在文字上略

---

94 〔日〕大藏經刊行會編：《大正新修大藏經》（臺北市：新文豐出版公司，1996年），卷4，頁319上-321上。

95 〔唐〕歐陽詢撰，汪紹楹校：《藝文類聚》（上海市：上海古籍出版社，1999年），頁1689。

有差異，各有優劣，但故事的核心情節相同，都講到了董昭之救蟻得到之事。然此故事原型，漢譯因緣經中常見，如前引《經律異相》卷二十二〈沙彌救蟻延壽精進得道〉（出《福報經》及十卷《譬喻經》第七卷）及《雜寶藏經》卷四〈沙彌救蟻子水災得長命報緣〉）等。[96] 而且，昆蟲報恩的同型故事在中古以降的敘事文學中，形成了一大系列，除了螞蟻外，還有螻蛄、蠅、蛾，等等，不一而足。如《太平御覽》卷六四三引《幽明錄》云：

> 晉廬陵太守龐企，字子及，上祖坐事繫獄，而非其罪。見螻蛄行其左右，相謂曰：「使爾有神能活我死，不當善乎！」因投飯於螻蛄，食盡去。有頃復來，形體稍大，意異之；復與食，數日，其大如豚。及當行刑，螻蛄掘壁根為大孔道，得從此孔出亡。後遇赦，得活矣。[97]

2 《太平御覽》卷九〇六引《宣驗記》云：

> 吳唐，廬陵人也。少好驅媒獵射，發無不中，家以致富。後春月將兒出射，正值麞鹿將麑。母覺有人氣，呼麑漸出。麑不知所猥，徑前就媒。唐射麑，即死。鹿母驚還，悲鳴。唐乃自藏於草中，出麑致淨地。鹿母直來其地，俯仰頓伏，絕而復起。唐又射鹿母，應弦而倒。至前場，復逢一鹿，上弩將放，忽發箭反激，還中其子，唐擲弩抱兒，撫膺而哭。聞空中呼曰：

---

96 〔日〕大藏經刊行會編：《大正新修大藏經》（臺北市：新文豐出版公司，1996年），卷4，頁468下-469上。

97 〔宋〕李昉等撰：《太平御覽》（北京市：中華書局，1960年），頁2882。又，此故事亦見於〔宋〕李昉等撰：《太平廣記》（北京市：中華書局，1961年），卷473，「龐企」條，但後者注謂「出《搜神記》」（頁3898）。

「吳唐，鹿之愛子，與汝何異？」唐驚聽，不知所在。[98]

這是一則動物復仇型故事，它擷取了多種因緣或因緣譬喻故事之敘事
要素而成。首先，故事的主題、人物、事件都與後秦竺佛念譯《出曜
經》卷五的一則因緣譬喻經相似，經云：

> 昔佛在摩竭國甘黎園中城北石室窟中，有眾多獵師入山遊獵，
> 廣施羅網，殺鹿無數。復還上山，時有一鹿墮彼弳中，大聲喚
> 呼。獵師聞已，各各馳奔，自還墮弳，傷害人民，不可稱數。
> 雖復不死，被瘡極重，痛不可言，各相扶持，劣得到舍。求諸
> 膏藥，以傅其瘡。室家五親，各迎尸喪。……爾時世尊為彼眾
> 生，欲拔其根，修立功德，示現教誡，永離生死，常處福堂。
> 於大眾中，而說此偈：
> 猶如自造箭，還自傷其身。內箭亦如是，愛箭傷眾生。[99]

「猶如自造箭，還自傷其身」一句，若用它來概括「吳唐」故事的主
題，也沒有什麼不妥之處；兩則故事中的人物設置，都是獵師與鹿，
且為對立關係。

　　其次，射箭反向的情節，佛經故事中也十分常用，如後漢曇果、
康孟詳譯《中本起經》卷下〈本起該容品〉，西晉法炬、法立譯《法
句譬喻經》卷四〈利養品〉，法炬譯《佛說優填王經》，支謙譯《撰集
百緣經》卷十〈恒伽達緣〉，北魏慧覺等譯《賢愚經》卷一〈恒伽達
品〉等。其中，前三者說的是優填王因惑於小皇后的讒言，欲用箭射
其正後，所射之箭反而回向優填王；後兩種緣起故事，則謂恒伽達王

98　〔宋〕李昉等撰：《太平御覽》（北京市：中華書局，1960年），頁4019。

99　〔日〕大藏經刊行會編：《大正新修大藏經》（臺北市：新文豐出版公司，1996年），
　　卷4，頁636上。

想自殺，故意抱走阿闍世王夫人及其彩女的衣飾，阿闍世王聞訊大怒，「便取弓箭，自手射之。而箭還反，正向王身。如是至三，不能使中」。[100]

　　第三，空中所傳之語，其手法與佛典中的鬼子母故事相似。晉譯《佛說鬼子母經》即說鬼子母喜歡食人之子，佛便藏其愛子以度脫她。經中載佛問鬼子母之語云：

> 汝有子，知愛之，何故日行盜他人子？他人有子，亦如汝愛之。亡子家，亦行道啼哭如汝。汝反盜人子，殺啖之，死後當入太山地獄中。[101]

當然，吳唐故事結局與此迥異，因為經中鬼子母最終是受到感化而歸依於佛，而《宣驗記》則留給了讀者太多的想像空間。或許吳唐是幡然悔悟了，或許是其他。

100　〔日〕大藏經刊行會編：《大正新修大藏經》（臺北市：新文豐出版公司，1996年），卷4，頁355中-下。另外，王立先生對佛經射箭反向之敘事母題在中土文學的影響，曾做過分析，可參看。具體見《佛經文學與古代小說母題比較研究》（北京市：崑崙出版社，2006年），頁360-369。

101　〔日〕大藏經刊行會編：《大正新修大藏經》（臺北市：新文豐出版公司，1996年），卷21，頁291上。

第八章
漢譯佛典之「論議」及其影響

　　在佛教十二部經中，「論議經」是學術界關注較少的文體之一。目前研究論著雖說不多，但也出現了一些有代表性的成果：它們或從經典發展史的角度，重在梳理「論議」在不同時期不同派別中的具體含義[1]；或就某一論書及其論說觀念展開討論[2]；或就佛教論議方式對中土講唱文學、敘事文學之影響進行探討。[3]筆者擬在前賢時哲的基礎上，間以己見，簡要綜論如次。

第一節　含義簡介

　　佛典十二部經之 "upa-deśa"，漢譯「指示，顯示，誨示，導示；說，正說，說言，說法，宣說，為說，演說，逐分別所說；教，正

1　如印順法師：《說一切有部為主的論書與論師之研究》（臺北市：正聞出版社，1989年）即屬這方面的代表之作。

2　如陳開勇、李振榮：〈《十二門論》與《十門論疏》之「論說」疏解〉（載陳允吉師主編：《佛經文學研究論集》〔上海市：復旦大學出版社，2004年〕，頁202-217），薩爾吉：〈《大智度論》中的蜫勒與毗曇〉，《法音》2003年第7期（2003年7月），頁17-22，清水元広：〈カターヴァットゥに見る論議の特徵〉，《印度學佛教學研究》第51卷第1號（2002年12月），頁138-140。

3　如胡小偉：〈三教論衡與唐代俗講〉，載白化文等編：《周紹良先生欣開九秩慶壽文集》（北京市：中華書局，1997年），頁405-422；王昆吾：〈敦煌論議考〉，《從敦煌學到海外漢學》（北京市：商務印書館，2003年），頁1-84；潘承玉：〈古代通俗小說之源：佛家「論議」「說話」考〉，《復旦學報》2001年第1期（2001年1月），頁107-113。

教，教授，教誡；所演；宣佈；論議，論義，論議經」等[4]，而最常見的是「論議」。若音譯，則作優波提舍、優婆提舍、烏波第鑠、鄔波第鑠等，其中，最為大家熟知的是優波提舍。

　　對於優波提舍（論議經）的具體含義，印順法師做過系統的分疏[5]，茲撮其要義如次。他說：

> 優波提舍為十二分教（十二部經）的一分；他的性質，《大毗婆沙論》重在論議；《大智度論》重在解義；《瑜伽師地論》作為一切論書的通稱。

其中，玄奘譯《大毗婆沙論》（稱《阿毗達磨大毗婆沙論》，梵文原名 *Abhidharma-mahāvibhāsa-śāstra*）卷一二六是這樣說的：

> 論議云何？謂諸經中決判默說、大說等教。又如佛一時略說經已，便入靜室，宴默多時，諸大聲聞共集一處，各以種種異文句義，解說佛語。[6]

於此，造論者總結了論議經的兩種來源：一是對三藏（經、律、論）等全部經典的決判，二是對佛所說特定經典的解釋。其間前者的表現主要有兩種，即「默說」與「大說」。默說，是指佛自我論辯的方式之一，印順法師指出它是「黑說」之訛[7]，但我們認為它與《增一阿含

4　荻原雲來編纂，辻直四郎監修：《漢譯對照梵和大辭典》（臺北市：新文豐出版公司，2003年），頁265。
5　印順法師：《說一切有部為主的論書與論師之研究》（臺北市：正聞出版社，1989年），頁23-28。
6　〔日〕大藏經刊行會編：《大正新修大藏經》（臺北市：新文豐出版公司，1996年），卷27，頁660中。
7　印順法師：《說一切有部為主的論書與論師之研究》（臺北市：正聞出版社，1989年），頁24。

經》卷三十四裡提到的兩種論議方式之一的「聖賢默然」[8]同義。隋吉藏《法華義疏》卷十則說「如來在世，善識物機，默說有時」，故而要求「弘經之人，亦須知時而動」。[9]大乘佛教興起後，論辯時出現了著名的維摩之默。什譯《維摩詰所說經》卷中〈入不二法門品〉即云：

> 文殊師利問維摩詰：「我等各自說已，仁者當說，何等是菩薩入不二法門？」時維摩詰默然無言。文殊師利歎曰：「善哉！善哉！乃至無有文字語言，是真入不二法門。」[10]

此即把論辯中的「默然」（默說）推崇到無以復加的地步，因為它指明了語言、言說和終極真理的辯證關係。易言之，「默說」的性質是不辯之辯。「大說」則相當於《增一阿含經》卷二十所說的「四大廣演之義」[11]，經中記載佛要求比丘們應對契經、律、阿毗曇、戒進行論議，判別其正誤之後才能奉行。「大說」，又譯作「摩訶漚波提舍」、「大廣說」等，皆為決判經典真偽的方法：即如果有人來傳契經，不論是一寺的傳說，多人或某一大德的傳說，都不可輕率地否認或信受，應該集合大眾來「案法共論」，判決他是佛說或非佛說，法說或非法說，以維護佛法的純正。

　　第二種來源的表述極為清楚，主要是講佛的弟子們共集一處，對

8　〔日〕大藏經刊行會編：《大正新修大藏經》（臺北市：新文豐出版公司，1996年），卷2，頁735下。

9　〔日〕大藏經刊行會編：《大正新修大藏經》（臺北市：新文豐出版公司，1996年），卷34，頁598上。

10　〔日〕大藏經刊行會編：《大正新修大藏經》（臺北市：新文豐出版公司，1996年），卷14，頁551下。

11　〔日〕大藏經刊行會編：《大正新修大藏經》（臺北市：新文豐出版公司，1996年），卷2，頁652中-下。

佛的「略說」各抒己見。它和第一種來源的性質雖然不同，但採取的方法是一樣的，都為集體論議。印順法師指出：「這種集體論議的方式，可以上溯到佛的時代；而為初期佛教集成經律的實際情形。共同論定的，多方解說而公認為合於佛意的；這種集體論議的契經，名為優波提舍。」[12]

　　什譯《大智度論》（*mahāprājñaparamita-śāstra*）卷三十三云：

> 論議經者，答諸問者釋其所以。又復廣說諸義，如佛說四諦。何等是四？所謂四聖諦。何等是四？所謂苦集滅道聖諦，是名論議。……如是等問答，廣解其義，是名優波提舍。……復次，佛所說論議經及摩訶迦栴延所解修多羅，乃至像法凡夫人如法說者，亦名優波提舍。[13]

這裡主要是從解說的主體來分析優波提舍的含義，且隱含了層次的高低之別：一是佛對弟子提問的回答，二是佛弟子乃至一般的信眾對佛經的疏解。而佛的解答，既可針對比丘的特殊問題，也有佛為諸弟子解說普遍原理（如四聖諦）的情況。後者所述的摩訶迦旃延（Mahākātyāyana），是佛陀十大弟子之一，人稱「論議第一」，《增一阿含經》卷三十五〈七日之餘〉即云：

> 世尊告曰：「如我所論者，都不著世。如今於欲，而得解脫，斷於釋種狐疑，無有眾想，我之所論者，正謂此耳。」世尊作此語已，即起入室。

---

12 印順法師：《說一切有部為主的論書與論師之研究》（臺北市：正聞出版社，1989年），頁25。

13 〔日〕大藏經刊行會編：《大正新修大藏經》（臺北市：新文豐出版公司，1996年），卷25，頁308上-中。

> 是時，諸比丘各相謂言：「世尊向所論者，略說其義，誰能堪
> 任廣說此義乎？」
> 是時，諸比丘自相謂言：「世尊恒歎譽尊者大迦栴延，今唯有
> 迦栴延能說此義耳。」
> 是時，眾多比丘語迦栴延曰：「向者如來略說其義，唯願尊者
> 當廣演說之，事事分別，使諸人得解。」[14]

所謂「略語」，我們推斷其表現形式主要是各種「偈頌」。因為偈頌形
式，簡短有韻，既便於口誦，又易記牢。而以偈頌為中心，其義理一
定會經過解釋而繼續有所發展。[15]迦旃延，即以解釋佛之略語而聞名
於當世。《成實論》（ *Satyasiddhi-śāstra* ）卷一又云：

> 憂波提舍者，摩訶迦栴延等諸大智人廣解佛語，有人不信，謂
> 非佛說。佛為是故，說有論經，經有論故，義則易解。[16]

由此則知：以迦旃延等人為代表的解說佛之「略語」者，一開始並未
受到時人的尊重，甚至有人反對。然而佛陀親自制論並明確論之作用
在於使經義通俗易懂後，弟子們的解釋才被廣大信眾所接受。
　　玄奘譯《瑜伽師地論》（ *Yogacārabhūmi* ）卷二十五則云：

> 云何論議？所謂一切摩呾履迦、阿毗達磨，研究甚深素咀纜
> 義，宣暢一切契經宗要，是名論議。[17]

14　〔日〕大藏經刊行會編：《大正新修大藏經》（臺北市：新文豐出版公司，1996年），
　　卷2，頁743上。
15　呂澂：《印度佛學源流略講》（上海市：上海人民出版社，2002年），頁18-19。
16　〔日〕大藏經刊行會編：《大正新修大藏經》（臺北市：新文豐出版公司，1996年），
　　卷32，頁245中。
17　〔日〕大藏經刊行會編：《大正新修大藏經》（臺北市：新文豐出版公司，1996年），
　　卷30，頁419上。

這裡則從內容的廣博性出發，指出凡是對三藏經典進行疏解者，皆叫做論議。其中，摩呾履迦稱為本母，它是提示全文要義的解釋方法，即由簡單的要點便可生發出無限的道理，如母生子一般；阿毗達磨（abhidharma），它通常是指部派佛教三藏中的論藏，也可指論藏包含的義理。其梵語原意是說稱歎法（達磨），後來演變為指對佛法所作的探究與理解以及進行探究時所得出的理論體系。另據《大唐西域記》卷三記載，迦膩色迦王第四結集時的情形是：

> 是五百賢聖，先造十萬頌《鄔波第鑠論》，舊曰優波提舍論，訛也。釋素怛纜藏。舊曰修多羅藏，訛也。次造十萬頌《毗奈耶毗婆沙論》，釋毗奈耶藏。後造十萬頌《阿毗達磨毗婆沙論》，釋阿毗達磨藏。或曰阿毗曇藏，略也。凡三十萬頌，九百六十萬言，備釋三藏。[18]

由此可見，隨著佛教的不斷發展，「論議」的內涵與外延也在不斷變化。

　　總之，從佛教發展史的角度看，論議經的含義變遷可如圖所示：

　　1.從解說主體看：佛陀──→佛陀的弟子──→凡夫（如法所說者）
　　2.從解說內容看：判決（解釋）佛之略說──→解釋三藏一切經

第二節　文體表現、特點及功能

　　印度自古以來，辯論之術尤為發達。釋迦牟尼在創教時，就曾和當時的多種外道有過交鋒，以其新穎的思想、雄辯的技巧和寬容的胸

---

18 季羨林等校注：《大唐西域記校注》（北京市：中華書局，1985年），頁333。

懷，從而使不少外道加入了僧伽組織（教團）。如十大弟子中，舍利弗和目犍連，本為外道刪闍耶（梵Sanjaya）的弟子。此外，釋尊宣教之後，弟子們便加思考抉擇。此時，有的是獨自一人進行思考，更多的是弟子間的相互討論。如果弟子共同討論之後仍然不能理解者，則請釋尊進行解說。特別是有關諸弟子相互討論的例子，在阿含類經典中比比皆是，如：

　　1 《中阿含經》卷四十八〈牛角娑羅林經〉云：

　　　　尊者舍梨子復問曰：「賢者迦㮈延，賢者阿那律陀比丘已說隨
　　　　所知。我今復問賢者迦㮈延，此牛角娑羅林甚可愛樂，夜有明
　　　　月，諸娑羅樹皆敷妙香，猶若天花。賢者迦㮈延，何等比丘起
　　　　發牛角娑羅林？」尊者大迦㮈延答曰：「尊者舍梨子，猶二比
　　　　丘法師共論甚深阿毗曇，彼所問事，善解悉知，答亦無礙，說
　　　　法辯捷。尊者舍梨子，如是比丘起發牛角娑羅林。」[19]

此則說明：在原始佛教時期，可由善解知法者共同發起論辯之會，以便探討佛教真諦。

　　2 《增一阿含經》卷三十四〈七日品〉云：

　　　　世尊告曰：「善哉，比丘！汝等出家正應法論，亦復不捨賢聖
　　　　默然。所以然者，若比丘集聚一處，當施行二事。云何為二？
　　　　一者當共法論，二者當賢聖默然。汝等論此二事，終獲安隱，
　　　　不失時宜。」[20]

19 〔日〕大藏經刊行會編：《大正新修大藏經》（臺北市：新文豐出版公司，1996年），
　　卷1，頁727下。
20 〔日〕大藏經刊行會編：《大正新修大藏經》（臺北市：新文豐出版公司，1996年），
　　卷2，頁735下。

於此，佛陀明確要求比丘共集一處時要共同討論佛法要義。

其實，佛陀諸弟子之間的法義問答，其討論辯難的對象，多為世尊宣揚的正法，玄奘譯《顯揚聖教論》卷六概括說「研究解釋諸經中義，是為論議」[21]，洵是。其後，隨著佛教的發展與分化，各種論師層出不窮，討論辨識的問題無所不包，涵蓋了佛教的各個層面。

一　文體表現

「論議」在佛教十二經中，是實用性最強的文體之一，它往往是佛陀與諸弟子講經說法，特別是辨識疑難時的真實記錄，或是與諸外道論戰的文本。因此，其文體表現特重邏輯性、思辨性和理論的層次性，也重視具體的言說技巧。

（一）組織結構

關於這一點，我們擬按論說文的一般結構略析如次：

1 論題

論題是指論議過程討論的主題。一般說來，場所不同，討論主題也不一樣，像表現原始佛教思想的阿含類經典，就記載了多種不同的論題。如《雜阿含經》卷四十一云：

> 一時佛住迦毗羅衛國尼拘律園中。時有眾多釋氏，集論議堂，作如是論議。時有釋氏語釋氏難提：「我有時得詣如來，恭敬供養；有時不得。有時得親近供養知識比丘，有時不得。又復不知有諸智慧優婆塞，有餘智慧優婆塞，智慧優婆夷疾病困

---

21 〔日〕大藏經刊行會編：《大正新修大藏經》（臺北市：新文豐出版公司，1996年），卷31，頁509上。

苦。復云何教化教誡說法？今當共往詣世尊所，問如此義。如
世尊教，當受奉行。」[22]

案：《雜阿含經》是四阿含中成立最早者。由此材料可知，釋子進行
論議有專門的場所，叫論議堂。而且，他們對論題的看法爭執不休
時，可由世尊親自抉擇，以便統一思想來指導弟子的宗教修持。對
此，同經卷四十二裡的一個例子更典型，經曰：

> 一時佛住舍衛國祇樹給孤獨園。時波斯匿王為首，並七國王及
> 諸大臣悉共集會，作如是論議：「五欲之中，何者第一？」有
> 一人言：「色最第一。」又復有稱聲、香、味、觸為第一者。
> 中有人言：「我等人人各說第一，竟無定判，當詣世尊，問如
> 此義。如世尊說，當共憶持。」
> 爾時波斯匿王為首，與七國王、大臣、眷屬來詣佛所，稽首佛
> 足，退坐一面，白佛言：「世尊，我等七王與諸大臣如是論
> 議：五欲功德，何者為勝？其中有言色勝，有言聲勝，有言香
> 勝，有言味勝，有言觸勝，竟無決定，來問世尊，竟何者
> 勝？」
> 佛告諸王：「各隨意適，我悉有餘說，以是因緣，我說五欲功
> 德，然自有人於色適意，止愛一色，滿其志願。正使過上，有
> 諸勝色，非其所愛，不觸不視，言己所愛，最為第一。無過其
> 上，如愛色者。聲、香、味、觸，亦皆如是，當其所愛，輒言
> 最勝，歡喜樂著，雖更有勝過其上者，非其所欲，不觸不視，
> 唯我愛者，最勝最妙，無比無上。」[23]

---

22 〔日〕大藏經刊行會編：《大正新修大藏經》（臺北市：新文豐出版公司，1996年），
　　卷2，頁297下-298上。

23 〔日〕大藏經刊行會編：《大正新修大藏經》（臺北市：新文豐出版公司，1996年），
　　卷2，頁306上-中。

在這次由波斯匿王組織的論議法會中，所立論題是「五欲功德，何者為勝」，然眾人的結論並不相同，所以最後只好到佛陀處問取答案。此外，從以上兩例可以發現，論議的基本形式是問答體。

《雜阿含經》卷十八又云：

> 一時佛住摩竭提國那羅聚落，爾時尊者舍利弗亦在摩竭提國那羅聚落。時有外道出家名閻浮車，是舍利弗舊善知識，來詣舍利弗，問訊共相慰勞已，退坐一面。問舍利弗言：「賢聖法律中，有何難事？」舍利弗告閻浮車：「唯出家難。」「云何出家難？」答言：「愛樂者難？」「云何愛樂難？」答言：「樂常修善法難。」
>
> 復問舍利弗：「有道有向，修習多修習，常修善法增長耶？」
> 答言：「有，謂八正道：謂正見、正志、正語、正業、正命、正方便、正念、正定。」
> 閻浮車言：「舍利弗，此則善道，此則善向，修習多修習，於諸善法常修習增長。舍利弗，出家常修習此道，不久疾得盡諸有漏。」
> 時二正士共論議已，各從座起而去。[24]

這裡記載的是舍利弗出家之後和原來的同學（外道）之間的論議，不過，值得注意的是論題是在不斷變換的，且論題有環環相扣的關係。

佛陀在創立教團的過程中，除了宣揚正法之外，還要批判各種外道思想。其間，最常使用的手法便是論議。如《增一阿含經》卷三十就詳細地記載了佛陀與外道尼乾子關於色是常還是無常的論辯。[25]但

24　〔日〕大藏經刊行會編：《大正新修大藏經》（臺北市：新文豐出版公司，1996年），卷2，頁126上。

25　〔日〕大藏經刊行會編：《大正新修大藏經》（臺北市：新文豐出版公司，1996年），卷2，頁715上-716下。

是，對有的論題，佛陀則不予論辯和回答，這就是《雜阿含經》卷三十四所說的「十四無記」，後來《大智度論》卷二稱之為「十四難不答」，經云：

> 問曰：十四難不答，故知非一切智人。何等十四難：世界及我常？世界及我無常？世界及我亦有常亦無常？世界及我亦非有常亦非無常？世界及我有邊？無邊？亦有邊亦無邊？亦非有邊亦非無邊？死後有神去後世？無神去後世？亦有神去亦無神去？死後亦非有神去亦非無神去後世？是身是神？身異神異？若佛一切智人，此十四難何以不答？
>
> 答曰：此事無實，故不答。諸法有常，無此理；諸法斷，亦無此理，以是故佛不答。譬如人問「搆牛角，得幾升乳」，是為非問，不應答。復次，世界無窮如車輪，無初無後。復次，答此無利有失，墮惡邪中。佛知十四難常覆四諦諸法實相，如渡處有惡蟲水，不應將人渡；安隱無患處，可示人令渡。[26]

這十四種問題，是外道因斷、常、一、異等妄見而產生的邪見，它們對修行毫無益處，故而佛陀不予作答。佛陀不予回答，也表明原始佛教的根本目的在於解決現實的人生問題，它對玄遠的宇宙本源論、生成論等議題，則不予關注。當然，隨著佛教的發展，特別是大乘佛教興起之後，情況大有改變，論題遠遠超出了人生論的範疇，而廣及各種哲學問題。此例甚多，不備舉。

2 論據和論證

論據是用來證明論點正確與否的依據。按照論據自身的性質特

---

26 〔日〕大藏經刊行會編：《大正新修大藏經》（臺北市：新文豐出版公司，1996年），卷25，頁74下-75上。

徵，我們通常把它分成兩大類，即事實論據和理論論據。前者主要是對客觀事實的描述或概括，如確鑿無疑的史實、現實生活中的具體事例以及各種數學統計數字或表格等；後者是指那些被人類的社會實踐、生活實踐、科學實踐證明為正確的觀點，如人文社會科學中的經典言論，自然科學中的公理、定律與公式等。總之，後者多為普遍真理。

　　眾所周知，早在佛教成立之前，印度就有了系統的因明（梵語 hetu-vidya，音譯作醯都費陀）之學（邏輯學）。據說它由正理派鼻祖足目仙人所創立，自此之後，印度各學派都十分重視因明在傳播思想中的巨大作用。佛陀成道後，每每也用因明來說法利生，這在佛教內部成為一個優良傳統，進而產生了不少因明學名著，如龍樹菩薩的《方便心論》，彌勒菩薩的《瑜伽師地論》（特別是卷十五），無著菩薩的《顯揚聖教論》（特別是卷十），世親菩薩的《論軌》、《論式》、《論心》，陳那的《因明正理門論》，商羯羅主的《因明入正理論》，法稱的《量評釋論》、《量決擇論》、《正理一滴論》、《因一滴論》、《觀相屬論》、《成他相續論》、《論議正理論》（案：此七部論合稱「因明七論」或「七支論」）等。而教外因明（外道因明）由於傳承史料難以稽考，故今之說古印度因明學者，一般重在佛教因明（內道因明）。其中，陳那以後的因明叫新因明。

　　因明十分重視論據的運用，尤其是對「量」的類型分析[27]，提出

---

27 量，梵文pramāna，它有廣義與狹義之分。狹義的「量」，是指正確認識的依據（論據）；廣義說來，則包含作用過程及結果的正確知識（論據、論證和論點）。此時的認識主體，稱「量者」（pra-mātr）；認識對象叫「所量」（prameya），所得結論叫「量知」或「量果」（pramiti）。本文之「量」，廣義與狹義用法都有，讀者可根據具體的語境加以區分。另外需要說明的是：印度各派所立量之名目及對量的解釋並不完全相同，如勝論派、正理派立四量（量、所量、量者、量知），耆那教、彌曼差派、吠檀多派僅立三量（即把量含攝於量知之中），佛教唯識派亦為三量，然含義有所變化，即「所量」是相分、「能量」是見分、「量果」是自證分。復次，若從現代學術的眼光分析，「量」這一範疇，還含有認識論、方法論的意義。

了較為科學的分類，比方說有：

（1）現量（pratyaksa），其依據源於感官的活動，因眼、耳、鼻、舌、身等五根接觸外境而得出的知識，即通常所說的親眼所見親耳所聞的事實論據。

（2）聖教量（āgama，sabda），也叫聲量、聖言量、正教量等，其依據出於聖者（聖典）所述。

（3）世傳量（aitihya），也叫傳承量，其依據出於世代相傳的知識或傳說。

（4）姿態量（chestā），又稱肢體語言量，它是依據手勢動作而來。因為肢體語言能直接表達人的思想感情，比如高興者手舞足蹈、痛苦者哽咽難言等。

（5）比量（anumāna），經推理論證而得出的知識體系。

（6）譬喻量（upamāna），經類比、舉例而得出的論據。《因明入正理論疏》卷上即舉例云：「如不識野牛，言似家牛，方以喻顯故。」[28]

（7）義準量（arthāpatti），其依據出於概念之間的蘊涵關係。如《因明入正理論疏》云：「義準量，謂若法無我，準知必無常；無常之法，必無我故。」[29]意思是說：「法無常」之義已包涵於「法無我」中，人們只要稍加分析便可得出前一結論。

（8）無體量（abhāva），其中的無體，是指不存在的事物，由此而來的結論，便是無體量。《因明入正理論疏》舉例云：「入此室中見主不在，知所往處；如入鹿母堂，不見苾芻，知所往處。」[30]易言

---

28 〔日〕大藏經刊行會編：《大正新修大藏經》（臺北市：新文豐出版公司，1996年），卷44，頁95中。

29 〔日〕大藏經刊行會編：《大正新修大藏經》（臺北市：新文豐出版公司，1996年），卷44，頁95中。

30 〔日〕大藏經刊行會編：《大正新修大藏經》（臺北市：新文豐出版公司，1996年），卷44，頁95中。

之，它是從反面進行推論的結果。

（9）外除量（parisesa），其依據出於排除法。比如說到白馬，即在「馬」的類概念中排除一切非白馬的份子（如黑馬、黃馬、雜色馬等），由此便可得到「白馬」的特性。

（10）隨生量（sambhava），也稱內包量。其依據出於事物的普遍性，然後把它應用於特殊事物的分析，從而得到對特殊事物之性質的認識。

在以上十量中，前四種可直接歸入「論據」的範疇，後六種，若依現代邏輯學，則歸入「論證」範疇更加合適些，但它們仍然包含了論據的因數。如譬喻量相當於喻證、外除量相當於比較論證（之一）、隨生量近於演繹法，等等。而且，印度不同的哲學派別，對量的認識與分類不盡相同：比方說，順世派只承認現量，勝論派、耆那派則兼取現量、比量之說，尼耶派、彌曼差派、吠檀多派分別認為有四量、五量和六量，還有的提出了九種或十種量。至於佛教方面，無著菩薩只承認三種量：即現量、比量和聖教量，而世親菩薩主張只有兩種量：現量與比量，不再單列聖教量。此外，佛教還深化了現量和比量的認識：如現量分出真現量、似現量（真現量指的是沒有受幻相、錯覺的影響，也沒有加入概念分別作用的直接經驗，似現量則相反。一般講現量，多指真現量）；比量則有兩種分類：一者從論辯形態講，有自比量、他比量、共比量等三種，它們分別指自守、進攻與對諍的論法；二者從推理方法講，則指相比量、體比量、業比量、法比量和因果比量。

漢地經疏對論證方法也有所探討，比如有據實通論、據勝為論之分。其中，前者又叫「據實為論」、「據實而論」或「克實通論」，它是通過比較兩種及以上的事物（或觀點）之後，再從整個事實或性質進行論證；如果從量之多者、質之勝者而論，則稱「據勝為論」。隋靜影慧遠《大乘起信論義疏》卷二即云：「三者據實通論，二乘菩薩

二障雙除，言就大乘世間出世間相對辨者，解行已前，名為世間。初地以上，名為出世。」[31]天臺智者大師所說《菩薩戒義疏》卷上則曰：「經稱梵網者，欲明諸佛教法不同，猶如梵王綱目。品言心地者，菩薩律儀遍防三業，心、意、識，體一異名。三業之中，意業為主，身、口居次，據勝為論，故言心地也。」[32]前者在比較後，對二乘菩薩之性質進行綜合論證，故屬據實為論；後者在比較後，重點突出了心在三業中的作用，故稱據勝為論。其實，兩者都可歸入比較論證法。

　　如果說以上介紹較為零散，為便於分析，現舉一篇結構完整的原始經典，如《雜阿含經》卷二十一云：

> 如是我聞：一時佛住庵羅林中，與眾多上座比丘俱。
>
> 爾時眾多上座比丘集於食堂，作如是論議：「諸尊，於意云何？謂眼繫色耶？色繫眼耶？如是耳聲、鼻香、舌味、身觸、意法，為意繫法耶，法繫意耶？」
>
> 時質多羅長者行有所營，便過精舍，見諸上座比丘集於食堂，即便前禮諸上座足。禮足已，問言：「尊者集於食堂，論說何法？」
>
> 諸上座答言：「長者，我等今日集此食堂，作如此論：為眼繫色耶，色繫眼耶？如是耳聲、鼻香、舌味、身觸、意法，為意繫法耶？為法繫意耶？」
>
> 長者問言：「諸尊者於此義，云何記說？」
>
> 諸上座言：「於長者意云何？」

31　〔日〕大藏經刊行會編：《大正新修大藏經》（臺北市：新文豐出版公司，1996年），卷44，頁189上。

32　〔日〕大藏經刊行會編：《大正新修大藏經》（臺北市：新文豐出版公司，1996年），卷40，頁563上。

長者答諸上座言：「如我意，謂非眼繫色，非色繫眼，乃至非
意繫法、非法繫意，然中間有欲貪者，隨彼繫也。譬如二牛，
一黑一白，駕以軏軛。有人問言：為黑牛繫白牛，為白牛繫黑
牛，為等問不？」

答言：「長者，非等問也。所以者何？非黑牛繫白牛，亦非白
牛繫黑牛，然彼軏軛是其繫也。如是尊者，非眼繫色，非色繫
眼，乃至非意繫法、非法繫意。然其中間，欲貪是其繫也。」
時質多羅長者聞諸上座所說，歡喜隨喜，作禮而去。[33]

於此小經中，經文雖然主要以對話（問答體）來組織，然論點鮮明，
論據較為充分，論證時則用了喻證，特別是用軏軛比喻貪欲，從而使
深奧的理論變得淺顯易懂。

（二）論議類型

　　說到論議的類型，從不同的角度，則有不同的分類結果。如：一
者從論點的性質和論辯的目的看，主要有兩類，即立和破。前者是針
對某一問題直接提出自己的看法並闡述理由，進而表明自己堅定支持
的態度與立場，它通常要求運用充分有力的證據，正面而直接地證明
自己論點的正確性；後者則是對某一觀點表示自己的反對態度，可從
論點、論據和論證三個方面進行有力的反駁，從而揭示某一觀點的荒
謬。在大乘佛教史上，有的論師特以「立」出名，如被稱為「千部論
主」的世親菩薩；有的則以「破」出名，如提婆；有的則「破」、
「立」俱美，如無著菩薩。

　　二者從論點的表達方式與效果看，則有交言、直言之別及盡言、
不盡言之分。隋吉藏《十二門論疏》卷一即曰：

33　〔日〕大藏經刊行會編：《大正新修大藏經》（臺北市：新文豐出版公司，1996年），
　　卷2，頁151下-152上。

問：云何名論？答直語秤說，交言曰論。但論有二種，一者盡
言，二者不盡言。如小乘論等，雖復破邪，邪猶未窮；雖復顯
正，正猶未極。言既有餘，不能以盡言釋論，若隨分稱盡者，
義亦可然。至如方等諸論，無邪不窮，無正不顯，言既暢盡，
故以盡言釋論。又小乘之論，雖顯至理無言，未知言則寂滅，
故不得以盡言釋論；大乘之論，非但妙顯無言，而即言寂滅，
故是盡言為論。具此二種盡言，故云盡言釋論。[34]

雖然論中也有自說者，但其主體形式仍是交言（問答體）。另外，從
宣說效果看，大乘之「論」為盡言，小乘之「論」則屬不盡言。

三者從體性、價值看，則有六種。玄奘譯《瑜伽師地論》卷十五
有云：

云何論體性？謂有六種：一言論，二尚論，三諍論，四毀謗
論，五順正論，六教導論。
言論者，謂一切言說、言音、言詞，是名言論。
尚論者，謂諸世間隨所應聞所有言論。
諍論者，謂或依諸欲所起：若自所攝諸欲，他所侵奪；若他所
攝諸欲，自行侵奪；若所愛有情所攝諸欲，更相侵奪，或欲侵
奪……由此因緣未離欲者，如前廣說，乃至興種種論，興怨害
論，是名諍論。
毀謗論者，謂懷憤發者，以染汙心，振發威勢，更相擯毀。所
有言論，謂粗惡所引，或不愨所引，或綺言所引……如是等
論，名毀謗論。

---

34 〔日〕大藏經刊行會編：《大正新修大藏經》（臺北市：新文豐出版公司，1996年），
卷42，頁176上-中。

順正論者，謂於善說法律中，為諸有情宣說正法……隨順正
行，隨順解脫，是故此論名順正論。

教導論者，謂教修習增上心學、增上慧學，補特伽羅心未定者
令心得定，心已定者令得解脫，所有言論令彼覺悟真實智故，
令彼開解真實智故，是故此論名教導論。

問：此六論中，幾論真實，能引義利，所應修習？幾不真實，
能引無義，所應遠離？

答：最後二論，是真是實，能引義利，所應修習；中間二論，
不真不實，能引無義，所應遠離；初二種論，應當分別。[35]

這六種論中，有的價值判斷是褒義的，如順正論、教導論；有的則為
貶義，如諍論、毀謗論；有的是中間性質，如言論和尚論。由此推
斷，佛教雖十分重視論議，但也反對態度惡劣的論議，因為它會破壞
教團的團結。

　　四者從論點的設置分，則有四種。什譯《大智度論》卷三十五
即謂：

有四種論：一者必定論，二者分別論，三者反問論，四者置論。
必定論者，如眾生中世尊為第一，一切法中無我，世間不可
樂，涅槃為安隱寂滅業，因緣不失，如是等名為必定論。

分別論者……如五比丘問佛受樂得道耶？佛言：「不必定，有
受苦得罪，受苦得樂。有受樂得罪，受樂得福。」如是等名為
分別論。

反問論者，還以所問答之。如佛告比丘：「於汝意云何？是色
常耶，無常耶？」比丘言：「無常。」「若無常，是苦不？」答

---

35 〔日〕大藏經刊行會編：《大正新修大藏經》（臺北市：新文豐出版公司，1996年），
　　卷30，頁356上-下。

言「苦」。「若法是無常苦，聞法聖弟子著是法，言是法是我是
我所不？」答曰：「不也，世尊。」佛告比丘：「從今已後，所
有色，若過去若未來若現在，若內若外，若好若丑，是色非我
所，我非此色所。如是應以正實智慧知，受想行識亦如是。」
如是等名反問論。
置論者，如十四難，世間有常，世間無常，世間有邊，世間無
邊，如是等是名為置論。[36]

在佛教看來，其中的必定論乃肯定之價值判斷，它們是最普通的真
理；分別論是指動作行為與目的可能一致也可能相反的論點；反問論
說的是論辯方法，它常以對方的論點為論據，並用反問修辭格加以遞
進式的啟發，從而使被問的一方達到自我覺悟；置論，指佛陀不予回
答的論題，因為它們是假命題，且對宗教修持毫無指導意義。

（三）論議程式及其要求

1 程式

　　印度佛教的論議主要是作為一種宣教方式，它重在借問答或論辯
之形式來顯揚教義，促使對方（或聽眾）了解自己的觀點、立場或態
度。論議在漫長的歷史發展過程中，還形成了一定的程式。從人員構
成看，主要包括立論者（立者）和問難者（敵論者），兩者之間互相
詰難，乃至最終分出勝敗。如義淨譯《根本說一切有部毗奈耶》卷九
就簡略地描述一場論議，經云：

　　劫比羅設摩善解四明及餘書論，能立己義，善破他宗，大智聰

---

36 〔日〕大藏經刊行會編：《大正新修大藏經》（臺北市：新文豐出版公司，1996年），
　　卷25，頁321中-下。

　　明如火騰焰。於眾人中而為上首。王曰：「可喚將來。」大臣
奉教，便喚論師。既至王所，咒願同前。在一面坐，大臣啟
曰：「此是所喚解論大師。」王曰：「善哉大師，頗能對我與婆
羅門共相問難不？」答曰：「我能。」王敕臣曰：「卿今宜可嚴
飾論場，立敵兩朋，善為處置。」大臣奉教嚴飾，王便整駕親
至論所。王既坐已，大臣啟曰：「大王，欲遣誰作前宗？」王
曰：「婆羅門遠自南國，主客之禮，請作前宗。」彼婆羅門便
立論宗，申說巧詞有五百頌，辯捷明利，聽者罕知。時劫比羅
設摩，一聞悟會，便斥是非：此是相違，此是不定，此不成
就。時婆羅門既被破已，默然而住。凡論議者，不能酬答即墮
負處。[37]

此處所言，雖為婆羅門之間的論議過程，然其具體步驟與佛家完全一
致，都包括：（1）豎義。豎義也叫做豎議、立義、豎敵，是指在論議
法會中所確立的論題。其中正方是立論者，反對詰責方為問難者。
（2）問難，它是指辯論雙方的論辯過程。於此，雙方都可以使用各
種辯論技巧，當然也包括因明手法，如劫比羅設摩所用之「相違」、
「不定」等。（3）評定勝負，即被問得無言以對者要主動認輸。

2 要求

　　說到論議的要求，主要有兩個方面，即：

（1）對人的要求

　　對於這一點，漢譯佛典中也多有記載。如後秦弗若多羅、鳩摩羅
什譯《十誦律》卷三四云：

37　〔日〕大藏經刊行會編：《大正新修大藏經》（臺北市：新文豐出版公司，1996年），
　　卷23，頁671中-下。

　　爾時佛在羅閱城，時城中有裸形外道名布薩，善能論議。常自
　　稱說言：「此間若有沙門釋子，能與我論者來。」時舍利弗
　　言：「我堪與汝論。」時諸比丘以此事往白佛，佛言：「論有四
　　種：或有論者，義盡文不盡；或有文盡義不盡；或有文義俱
　　盡；或有文義俱不盡。有四辯：法辯、義辯、了了辯、辭辯。
　　若論師有此四辯者，而言文義俱盡，無有是處。今舍利弗成就
　　此四辯，而言文義俱盡，無有是處。」彼裸形即難，問舍利弗
　　義，舍利弗即還答遣。時彼裸形以五百迫難難舍利弗，舍利弗
　　即稱彼五百迫難，而更以深義難問，而彼裸形得難問不解。[38]

於此，佛陀對辯論過程中的言語表達和理解都提出了具體要求，即要
做到四無礙解（簡稱四無礙、四解或四辯）。其中，法辯是指能自在
地理解與表達一切法相、名字的含義；義辯是指能自在運用一切法相
與名字所包含的義理；了了辯（也叫辯無礙辯、應辯、樂說無礙
辯），則指隨順有情眾生的不同根機而巧妙演說，俾使對方樂於接
受；辭辯則指通曉一切語言（或方言）的智慧和能力。而在西晉竺法
護譯《阿差末菩薩經》卷五裡，對四辯才的表述則更加詳盡，曰：

　　菩薩大士有四辯才，亦不可盡。何謂為四？一曰義辯，二曰法
　　辯，三曰應辯，四曰辭辯。何謂義辯？曉於諸法真諦之義，明
　　己所達識報應慧……若曉諸法分別如此，是謂義辯。其講說
　　法，無所處當言有處所，彼土所講則不可盡。所演辯才，無能
　　障翳，諸佛世尊之所言教，悉遙勸助，所宣聖慧，真諦無異，
　　無有罪釁，是謂義辯。
　　何謂法辯？若了諸法隨時而入，善惡禍福，興德罪釁，有漏無

漏，在世度世，苦樂危害，塵勞瞋恨。各有品類，入於生死。
若處泥洹，分別法界方俗之業，是謂法辯。……若能解了於此
諸行八萬四千，便能隨時而開化之，無有損耗。其不入慧，誘
進令前，不失其節，解知應器。殊特下劣，有所頒宣，無所侵
枉，是謂法辯。

何謂應辯？若能普入一切音詞，諸天之聲、世間人聲……隨其
音響而為黎庶講說經法，是謂應辯。……頒宣深義，文辭至
質，合宜文飾。自察其心，從佛之教，觀於眾生志性所趣，而
為應義，使心開解，歡然踊躍，各得其所，是謂應辯。

何謂辭辯？所說應時，辭不亂錯，言不中止，無能制者。所可
說義，無能障塞，卒問尋對，應機飄疾。答不遲晚，如所問
報。……其音微妙，亦如梵聲，聞者悉達。口所言詞，不違法
教，皆見一切眾生根本，應其心念而為說法。其聞法者，輒隨
平等斷苦惱患，是為菩薩詞辯無盡。[39]

據此，則知四無礙辯還是一切弘法活動的總體要求，應用對象極廣。
　　北涼曇無讖譯《大般涅槃經》卷二十八則云：

善男子，世間答難凡有三種：一者轉答，如先所說何故名戒，
以不悔故，乃至為得大涅槃故。二者默然答，如有梵志來問我
言：「我是常耶？」我時默然。三者疑答，如此經中若了因有
二，乳中何故不得有二？善男子，我今轉答，如世人言有奶酪
者以定得故，是故得名有乳有酪，佛性亦爾。[40]

---

39 〔日〕大藏經刊行會編：《大正新修大藏經》（臺北市：新文豐出版公司，1996年），
　　卷13，頁602下-603下。
40 〔日〕大藏經刊行會編：《大正新修大藏經》（臺北市：新文豐出版公司，1996年），
　　卷12，頁531下。又，本段經文見於南本《涅槃經》卷26（參〔日〕大藏經刊行會

佛陀也用世俗間的答難之法，此表明：佛教要求在論議中答難時應熟知教內、教外的一切方法。

（2）對場地的要求

　　前引《根本說一切有部毗奈耶》卷九中提到「嚴飾論場」，此說明論議法會中對場地的要求很高，起碼得營造出莊嚴肅穆的宗教氛圍。特別是密教壇場之論議，還帶有不少神祕的東西，如初唐地婆訶羅譯《陀羅尼集經》卷六指出「馬頭法心印咒」之用：

> 若欲論議，取牛黃、麝香、龍腦香三味和研，咒千八遍，點著頂上及二臂上、心喉眉間、髮際、腦後。又取白芥子咒三七遍，以右手把。至論議所，門邊散之，仍左手中留少許分。正論議時，以右手把左手芥子，向論議人私密散已，便即彈指，即得勝他。法當如是。[41]

相同的說法又見於不空譯《聖賀野紇哩縛大威怒王立成大神驗供養念誦儀軌法品》卷下，其中說到加持密法之後的效用，則更加神奇：

> 正論議時，以右手把左手芥子，向論議人和蜜散已，便即彈指，即皆得勝他，不被天難地難及病難，當得大成就。[42]

兩相比較，前一經文中的「私密」二字，後者作「和蜜」，是。因為

編：《大正新修大藏經》〔臺北市：新文豐出版公司，1996年〕，卷12，頁776下），內容完全相同。

41　〔日〕大藏經刊行會編：《大正新修大藏經》（臺北市：新文豐出版公司，1996年），卷18，頁834上。

42　〔日〕大藏經刊行會編：《大正新修大藏經》（臺北市：新文豐出版公司，1996年），卷20，頁167下。

芥子和蜜，乃密宗常用手法之一。

　　至於嚴飾論場的具體事項，漢譯佛典中雖沒有詳細的記載，然有蛛絲馬跡可尋。如宋法賢譯《佛說眾許摩訶帝經》卷十二謂舍利弗和赤眼婆羅門論議時：

> 給孤長者就寬靜處，權立論場，即為舍利弗尊者排師子座，為彼外道對排高座。列座既畢，遠近咸集，若公若私，迫及少長，有百千人集彼論處。亦有別國外道婆羅門，亦來會所。給孤長者手執香爐，焚以妙香，與眷屬等同為擁從，迎舍利弗上師子座。尊者坐定，一切瞻仰，睹其威容，悉皆讚歎。時彼外道與眾相隨，亦升高座，安坐已定。[43]

案：由此可知佈置論場時，最重要的是給論辯雙方安排座次，立論者、難者都坐於高座；其次，應以香花迎接論主，且可焚香祝願。

二　文體特點

　　漢譯經典、漢地經疏對論議的文體特點都有所論列。玄奘譯《瑜伽師地論》卷十五即云：

> 論體論處所，論據論莊嚴。論負論出離，論多所作法。
> 當知此中略有七種：一論體性，二論處所，三論所依，四論莊

43　〔日〕大藏經刊行會編：《大正新修大藏經》（臺北市：新文豐出版公司，1996年），卷3，頁967下-968上。又《佛說眾許摩訶帝經》十三卷之內容相當於唐義淨譯《根本說一切有部毗奈耶破僧事》卷1-9，二者可說是同本異譯。本處經文，即見於後經之卷八（參〔日〕大藏經刊行會編：《大正新修大藏經》〔臺北市：新文豐出版公司，1996年〕，卷24，頁140中）。

嚴，五論墮負，六論出離，七論多所作法。[44]

於此，彌勒菩薩對無著菩薩宣說了有關「論議經」的七個組成部分，由此可見「論議」文體的最大特點是綜合性，它們涉及了對論點、論據、論證以及語言運用、論場佈置、勝負評定等多方面的規定。

隋吉藏《十二門論疏》卷一則曰：

> 問：經論何異？
>
> 答：略明五種：一者佛（經）多隨緣次第，論多隨義詮緒；二佛經散說，論則集之；三佛經廣明，論則略說；四佛經略說，論則廣之；五佛經直說，聞便得解，論則前破邪迷、後申釋佛教。[45]

此乃從經、論異同比較的角度論述了「論議」的特點及其成因：如二者的解說物件、表達方式與宣教途徑、效果都迥異其趣。

論議文體的綜合性特色，還表現對體裁的融合上。一般而言，論議的表達形式多為散文，但也常常見到論辯雙方使用偈頌者。如：

1　後秦佛陀耶舍、竺佛念譯《長阿含經》卷二十一云：

> 佛告比丘：昔者忉利諸天與阿須倫共鬥時，釋提桓因語質多阿須倫言：「卿等何為嚴飾兵仗，懷怒害心，共戰諍為？今當共汝講論道義，知有勝負。」彼質多阿須倫語帝釋言：「正使舍諸兵仗，止於諍訟論義者，誰知勝負？」帝釋教言：「但共論

44　〔日〕大藏經刊行會編：《大正新修大藏經》（臺北市：新文豐出版公司，1996年），卷30，頁356上。

45　〔日〕大藏經刊行會編：《大正新修大藏經》（臺北市：新文豐出版公司，1996年），卷42，頁176上。

議，今汝眾中，我天眾中，自有智慧知勝負者。」時阿須倫語
帝釋言：「汝先說偈。」帝釋報言：「汝是舊天，汝應先說。」
爾時質多阿須倫即為帝釋而作頌曰：
今不折愚者，恐後轉難忍。宜加以杖捶，使愚自改過。
時阿須倫說此偈已，阿須倫眾即大歡喜，高聲稱善，唯諸天眾
默然無言。時阿須倫王語帝釋言：「汝次說偈。」爾時帝釋即
為阿須倫而說偈言：
我常言智者，不應與愚諍。愚罵而智默，即為勝彼愚。
時天帝釋說此偈已，忉利諸天皆大歡喜，舉聲稱善。時阿須倫
眾默然無言。……[46]

此處交替使用「論議」、「論義」，其義一也。而阿須倫、帝釋之間對
自己論點的表述，都以偈頌的形式出現。此在中土的議論性散文中，
是極其少見的。

　2 佛陀什、竺道生譯《五分律》卷十七又云：

時王舍城長者、居士、沙門、婆羅門咸共議言：「沙門釋子舍
利弗為第二師，期與尼揵第一師七日論議，當共往聽。」至
期，一日至於六日，論說餘事，皆使結舌。至第七日，舍利弗
說欲從思想生，尼揵子說欲從對起。時舍利弗而說偈言：
世間諸欲本，皆從思想生。住世間欲本，而有染著心。
尼揵即以偈難：
欲若思想生，而有染著者。比丘惡覺觀，便已失梵行。
舍利弗復以偈答：

46　〔日〕大藏經刊行會編：《大正新修大藏經》（臺北市：新文豐出版公司，1996年），
　　卷1，頁142上-中。

　　欲非思想生，從對而起者。汝師見眾色，云何不受欲？

　　尼揵聞此偈已，不能加報，便生善心，欲於佛法出家學道。[47]

此則記載了舍利弗和外道尼揵子論議時以偈頌互相詰難的情形，雙方圍繞「欲是生於思想還是從對起」的論題展開了交鋒，最後尼揵子辯論失敗，故出家學佛。

　　更有甚者，「論」之主體或全部都以偈頌來組織者，像著名的《中論》、《十二門論》、《百論》、《唯識三十論頌》、《大乘二十頌論》等，其例極多，不備舉。

　　除了散文、偈頌外，論議時又多用譬喻和引證。

　　說到譬喻，如《雜阿含經》卷二十提及的「三種譬」[48]、《大般涅槃經》論及的「八種譬喻」（關於這一點，第六章有詳論，可參看），在論議中都有具體的運用。更值得注意的是，印度歷史上還出現過不少著名的譬喻師（也稱譬喻論師、譬喻者），經量部的鳩摩邏多（童受）及其繼承者佛陀提婆（覺天）等，都是代表性的人物，他們造論說喻（包括寓言），影響極大。如什譯《大莊嚴論經》即源於鳩摩邏多所造的《喻鬘論》。

　　至於引證法的使用，則可舉出什譯《大智度論》為代表，它在解釋《大品般若經》時，廣泛徵引了原始佛教、部派佛教以及初期大乘佛教中的《法華》、《華嚴》等經典，甚至有六師外道（如勝論派等）的經典。且所引經典，文體各異，單佛教方面看，就有本生、本事、譬喻、因緣、授記等。其文俱在，亦不備引。

　　最後，從漢譯佛典分析，論議還有伎藝表演的特點。如後秦弗若

---

47 〔日〕大藏經刊行會編：《大正新修大藏經》（臺北市：新文豐出版公司，1996年），卷22，頁114中。

48 〔日〕大藏經刊行會編：《大正新修大藏經》（臺北市：新文豐出版公司，1996年），卷2，頁140下。

多羅譯《十誦律》卷九說南天竺有一論議師：「以銅鍱鍱腹，頭上然火，來入舍衛國。」[49]由此可見，這一位論師善於幻戲表演。而義淨譯《根本說一切有部毗奈耶破僧事》卷八所記舍利弗與外道論議的場景是：

> 時舍利弗即告諸外道：「為我立宗汝破，為汝立宗我破？」外道答曰：「我先立宗。」舍利弗作如是念：「若我先立宗，人亦不能難破，除佛世尊，況赤眼外道。」便作是念，報外道曰：「任汝立宗，我當隨破。」彼赤眼善解方術，即便化作大菴沒羅樹，開花結實。具壽舍利弗為大風雨，摧樹拔根，須臾散滅，時解術者而不能見。外道又化作一蓮花大池，具壽舍利弗化為象子，踐池折花，尋復平地。外道化為七頭龍王，舍利弗化為大金翅鳥，從空飛下食龍而去。外道化為起尸鬼，令前害舍利弗，舍利弗以咒咒之，令鬼卻回損害外道。外道怖急下座，五體投地，禮舍利弗，作如是言：「願救我命！願救我命！」時舍利弗攝咒力已，其鬼即滅。為赤眼外道說法，便發信心，從座而起頂禮雙足，白言：「願聽我善法律中出家，受具足戒，成苾芻性，求為弟子而修梵行。」作是語已，時舍利弗即令剃髮，受具足戒，精勤修習，不久之間證無學果。[50]

案：此處所述內容又見於宋法賢譯《佛說眾許摩訶帝經》卷十二，後者把舍利弗、赤眼外道的鬥法直接譯成「現神通」[51]，它實際上就是

---

49 〔日〕大藏經刊行會編：《大正新修大藏經》（臺北市：新文豐出版公司，1996年），卷23，頁63中-下。

50 〔日〕大藏經刊行會編：《大正新修大藏經》（臺北市：新文豐出版公司，1996年），卷24，頁140中-下。

51 〔日〕大藏經刊行會編：《大正新修大藏經》（臺北市：新文豐出版公司，1996年），卷3，頁968上。

幻戲表演。易言之，論議的形式有時不一定是通過語言，也可以是動作與幻象，此即前面所說的姿態量之一吧。

三　文體功能

論議經作為九部（或十二部經）之一，從漢譯佛典的角度及漢地僧人的理解看，其主要功能有：

一曰解釋與分別。如玄奘譯《阿毗達磨大毗婆沙論》卷二明確指出：「一切阿毗達磨，皆為解釋契經中義，以廣分別諸經義故，乃得名為阿毗達磨。」[52]同人譯《顯揚聖教論》卷六又云：「論議者，謂一切摩怛履迦、阿毗達磨，研究解釋諸經中義，是為論議。」[53]曇無讖譯《大般涅槃經》卷十五則謂：「何等名為優波提舍經？如佛世尊所說諸經，若作議論，分別廣說，辯其相貌，是名優波提舍經。」[54]東晉慧遠《大智度論抄序》又云：

> 又論之為體，位始無方而不可詰，觸類多變而不可窮。或開遠理以發興，或導近習以入深，或闢殊塗於一法而弗雜，或辟百慮於同相而不分。[55]

其中，「觸類多變」講的是解釋與分別時方法的多樣性和複雜性；而

52　〔日〕大藏經刊行會編：《大正新修大藏經》（臺北市：新文豐出版公司，1996年），卷27，頁5中。

53　〔日〕大藏經刊行會編：《大正新修大藏經》（臺北市：新文豐出版公司，1996年），卷31，頁509上。

54　〔日〕大藏經刊行會編：《大正新修大藏經》（臺北市：新文豐出版公司，1996年），卷12，頁452上。

55　〔梁〕僧祐撰，蘇晉仁、蕭鍊子點校：《出三藏記集》（北京市：中華書局，1995年），頁390。

四個「或」字句，則把「論」體之設的目的和功能合而為一，前兩個重在表述解釋、分別之用在於開理和引導，後兩個則重在闡明批判之用（參後文的補充論述）。

　　說到解釋與分別，在漢譯諸「論」中有一個個具體的實例，如《妙法蓮華經優波提舍》解釋的是《法華經》、《無量壽經優波提舍》解釋的是《無量壽經》。當然，「論」在解釋、分別諸「契經」時，正如前揭吉藏《十二門論疏》所言，在文字內容上可以詳細互補。

　　二曰讚頌與批判。對此，道宣法師在《續高僧傳》卷十五曾經總結云：

> 論義之設，其本四焉：或擊揚以明其道，幽旨由斯得開；或影響以扇其風，慧業由斯弘樹；或抱疑以諮明決，斯要正是當機；或矜伐以冒時賢，安詞以拔愚箭。托緣乃四，通在無嫌，必事相陵，還符畜狩。[56]

從形式上看，道宣之語與前引慧遠之語頗為相似，然道宣更重解答論議功用的具體表現：前兩個「或」字句是說論議的讚頌功能，第三個說的是分別功能，最後一個則是批判功能。其中，讚頌功能屬於正面的解說或評論；分別，其實就是第一節中所說的抉擇；批判則為駁論的性質，即對佛教思想的對立面或佛教內部的不正確觀點進行批駁。

第三節　文體影響

　　關於論議經對中國古代文學，特別是講唱與敘事文學的影響，王昆吾、潘承玉等人已有較好的討論。茲再補充幾點如次。

---

56 〔日〕大藏經刊行會編：《大正新修大藏經》（臺北市：新文豐出版公司，1996年），卷50，頁549下。

一　對「論」之文體認識的影響

　　中國思想、學術的形成與發展，與論辯關係甚深，如先秦諸子的百家爭鳴、兩漢儒生的會講、魏晉時期的玄學清談以及南北朝以後的三教論衡，論義（或曰論議、論難、論辯）都起過不可或缺的作用。劉勰在《文心雕龍》中，還對齊梁以前作家所用文體做過較為系統的總結，卷四〈論說第十八〉即云：

> 聖哲彝訓曰經，述經敘理曰論。論者，倫也；倫理無爽，則聖
> 意不墜。昔仲尼微言，門人追記，故仰其經目，稱為論語。蓋
> 群論立名，始於茲矣。自論語已前，經無論字；六韜二論，後
> 人追題乎！詳觀論體，條流多品：陳政，則與議說合契；釋
> 經，則與傳注參體；辨史，則與贊評齊行；銓文，則與敘引共
> 紀。故議者宜言；說者說語；傳者轉師；注者主解；贊者明
> 意；評者平理；序者次事；引者胤辭：八名區分，一揆宗論。
> 論也者，彌綸群言，而研精一理者也。[57]

於此，劉勰對於「論」體的起源、作用，分疏得相當到位。而且，從中可以看出中、印對「論」體性質的認識還比較一致：都著眼於說理，特別是對「經」（聖言）的解說。當然，兩者之間也有差異，如中土之「論」和史的關係更密切，有專門的史論。

　　劉勰對「論」的定義，主要著眼於經、論關係。范文瀾先生指出：

> 凡說解談議訓詁之文，皆得謂之為論；然古惟稱經傳，不曰經

---

57 〔南朝梁〕劉勰著，范文瀾注：《文心雕龍注》（北京市：人民文學出版社，1958
　　年），頁326-327。

論；經論並稱，似受釋藏之影響。《魏書》〈釋老志〉曰：「釋
迦後數百年，有羅漢菩薩相繼著論，贊明經文，以破外道，皆
旁諸藏部大義，假立外問，而以內法釋之。」《隋書》〈經籍
志〉「以佛所說經為三部，又有菩薩及諸深解奧義，贊明佛理
者，名之為論。」[58]

考慮到劉勰與佛教的密切關係，范先生的這種推斷是有理據的。易言
之，佛經傳譯對「論」體名義、內涵的確立也產生了一定的影響。

　　漢譯佛經之「論」部經典，從體制或表現形式看，除了最常見的
問答體外，還有另一種常用的形式——集注體（當然，有時兩種形式
可合而為一）。考其源流，最早出現於南傳巴利文三藏，如律藏是戒
本的注釋，經集是經藏的義釋，本生經是本生偈的注釋。而且，巴厘
佛典對經、律、論三藏的注釋內容，極其完備；漢譯佛典中集注類的
經典則相對欠缺，但總量也不少，如《分別功德論》是對《增一阿含
經》的注釋，《大智度論》是對《大品般若經》的注釋，《大毗婆沙
論》是對迦多衍尼子《阿毗達磨發智論》的注釋，《金剛仙論》注解
的是天親的《金剛般若波羅蜜經論》。其中造論者在撰作過程中，都
彙集了大量的他人的論點。

　　佛教東傳華夏以後，注解經典的風氣也很流行，而且早在三國時
期就產生了「合本子注」體。對此，陳寅恪先生指出：合本是指同本
異譯的綜合對比研究，目的是找出譯文的異同，進而加深對經義的理
解；子注則指僧人對譯經的注解，其文本形式是：大字為正文（經
文，母），夾注為小字（子）。子常取自別本之義同文異者。[59]此種注

---

58 〔南朝梁〕劉勰著，范文瀾注：《文心雕龍注》（北京市：人民文學出版社，1958
　　年），頁329-330。

59 參陳寅恪：〈支愍度學說考〉，《金明館叢稿初編》（北京市：生活·讀書·新知三聯
　　書店，2001年），頁181-185。

解方法，若窮原竟委，則與前面所說印度佛典之「論」部的「集注體」如出一轍，而且目的相同，悉在通釋經義。此外，「合本子注」的體例，對教外創作也產生了一定的影響，如陳寅恪先生所揭示的《洛陽伽藍記》之原作形式。[60]

二　對三教「論議」程式的影響

　　早在佛教傳入之前，論議（或曰論難）便成為中土傳播思想與學術的最常用方法之一。尤其在兩漢儒家的講經活動中，論議（論難）還成了其中必不可少的程式。在講經時，每位主講人（經師）往往就自己擅長的經典進行解說，都講則可隨時向主講人提問、辯論，從而達到明瞭經義的目的。

　　佛教東傳以後，僧人也好用論議，尤其魏晉時期，在玄學風氣的影響下，論辯成了當時社會思想交鋒的最佳形式。這主要表現在兩大方面：一是對教內外的講經說法，二是與其他教派的思想論戰。前者如《高僧傳》卷七說竺道生曾在廬山「昇於法座，神色開朗，德音俊發，論議數番，窮理盡妙，觀聽之眾，莫不悟悅」[61]，又載釋慧嚴的弟子法智「年二十四，住江陵，值雅公講，便論議數番，雅屢通無地。……於是聲布楚郢，譽洽京吳」。[62]後來，道宣《續高僧傳》、贊寧《宋高僧傳》所記善論議的名僧則更多。而且，他們的事蹟多載入《義解（篇）》，可見他們都是精通佛理者。後者如《出三藏記集》卷十四說：

---

60 參陳寅恪：〈讀洛陽伽藍記書後〉，《金明館叢稿二編》（北京市：生活‧讀書‧新知三聯書店，2001年），頁175-181。後來范子燁又有申述，參范子燁：〈《洛陽伽藍記》的文體特徵與中古佛學〉，《文學遺產》1998年第6期（1996年11月），頁21-29。

61 〔梁〕慧皎著，湯用彤校注：《高僧傳》（北京市：中華書局，1992年），頁256。

62 〔梁〕慧皎著，湯用彤校注：《高僧傳》（北京市：中華書局，1992年），頁263。

達多每與什論議，與推服之。聲徹於王，王即請入，集外道論
師共相攻難。言氣始交，外道輕其幼稚，言頗不順。什乘其隙
而挫之，外道折服，愧惋無言。[63]

《高僧傳》卷八載齊京師天保寺釋道盛事云：

後文季於天保設會，令陸修靜與盛議論。盛既理有所長，又詞
氣俊發，嘲謔往還，言無暫擾。靜意不獲申，悤焉而退。[64]

這裡所說的是佛、道之間的論議，它在南北朝隋唐時期十分常見，其
例極多，不備舉。

此外，由於三教思想在中古隋唐時期有過激烈的衝突，因此又產
生了三教論議（論難），即三教論衡。對此，前賢已有討論，故不贅
言。[65]

王昆吾先生歸納唐代論議的表演形式時，別為佛徒論議、儒生論
議、二教論衡、三教論衡等四種形式。並謂：「前兩種是傳統論議的
主要形式，後兩種則是北朝以來新興的形式。」[66]此說極有見地。然
無論哪一種方式，在論議的過程中，首要問題都是豎義，即提出辯論
的主題。如唐道世《法苑珠林》卷九十一引侯君素《旌異記》，謂高
齊時「相州城東彼岸寺鑒禪師講會，各各豎義，大有後生，聰俊難問，

---

63 〔梁〕僧祐撰，蘇晉仁、蕭鍊子點校：《出三藏記集》（北京市：中華書局，1995
　年），頁530。

64 〔梁〕慧皎著，湯用彤校注：《高僧傳》（北京市：中華書局，1992年），頁307-308。

65 參胡小偉：〈三教論衡與唐代俗講〉，收入白化文等編：《周紹良先生欣開九秩慶壽
　文集》（北京市：中華書局，1997年），頁405-422。

66 王昆吾：〈敦煌論議考〉，《從敦煌學到海外漢學》（北京市：商務印書館，2003
　年），頁5。

詞旨鋒起，殊為可觀」[67]，唐法藏《華嚴經傳記》卷三則說釋智儼：

> 雖童稚，杭志彌堅。後依常法師，聽《攝大乘論》，未盈數
> 歲，詞解精微。常因龍象盛集，令其豎義。時有辨法師，玄門
> 準的，欲觀其神器，躬自擊揚，往復徵研，辭理彌王，咸歎其
> 慧悟。[68]

前一材料記載的當是一場大型辯論會，「各各豎義」表明辯論的題目
較多；後一材料則說明立論者不受年齡的限制，只要能精通經論提出
問題即可。

佛教論議中的主題，會隨時代因素、具體場合而變化。《續高僧
傳》卷五即說：

> 自晉宋相承，凡論議者，多高談大語，競相誇罩。及旻為師
> 範，稜落秀上，機變如神，言氣典正，座無洪聲之侶，重又性
> 多謙讓。未常以理勝加人，處眾澄眸如入禪定，其為道俗所推
> 如此。時人稱曰：「折剖盤隱，通古無例。條貫始終，受者易
> 悟。」庶方蕩諸異論，大同正法矣，於是名振日下，聽眾千
> 餘。孜孜善誘，曾無告倦。晉安太守彭城劉業，嘗謂旻曰：
> 「法師經論通博，何以立義多儒？」答曰：「宋世貴道生，開
> 頓悟以通經。齊時重僧柔，影毗曇以講論。貧道謹依經文，文
> 玄則玄，文儒則儒耳。」[69]

---

67 〔日〕大藏經刊行會編：《大正新修大藏經》（臺北市：新文豐出版公司，1996年），
　　卷53，頁956中。
68 〔日〕大藏經刊行會編：《大正新修大藏經》（臺北市：新文豐出版公司，1996年），
　　卷51，頁163下。
69 〔日〕大藏經刊行會編：《大正新修大藏經》（臺北市：新文豐出版公司，1996年），
　　卷50，頁462中。

道宣於此總結了晉宋佛教論議立義多為一般佛理的特點，又特別讚揚了僧旻（467-527）能結合時代思潮及所講經文本身的特點，進而糅合玄、儒來立義的手法。

　　傳統的佛教論議，當是講經程式中的一個有機組成部分，此可用前引《高僧傳》之竺道生、釋法智傳中的材料為例證。當然，漢譯佛典也暗示了這似乎是印度佛教的一個傳統。如《增一阿含經》卷八云：

> 一時佛在釋翅尼拘留園，與大比丘眾五百人俱。爾時國中豪貴諸大釋種五百餘人，欲有所論，集普義講堂。爾時世典婆羅門便往詣彼釋種所，語彼釋種言：「云何諸君，此中頗有沙門、婆羅門及世俗人，能與吾共論議乎？」[70]

雖說漢譯佛典多把進行論議的場所譯作「論場」（見於前引《根本說一切有部毗奈耶》卷九等）或「論處」[71]，然這裡分明指出是在講堂進行論議。講堂者，講經說法之建築也。佛陀在世時，印度已有講堂之設，如《增一阿含經》卷五十載毗舍離有普會講堂，《分別功德經》卷二則說祇洹精舍有七十二座講堂，其他諸如舍衛國鹿母講堂、大林重閣講堂，等等，漢譯諸經名目不一。結合《無量壽經》卷下之「無量壽佛為諸聲聞菩薩大眾頒宣法時，都悉集會七寶講堂，廣宣道教，演暢妙法。莫不歡喜，心解得道」[72]，則知在講堂講經說法是常

---

70 〔日〕大藏經刊行會編：《大正新修大藏經》（臺北市：新文豐出版公司，1996年），卷2，頁585下。

71 如後秦弗若多羅譯：《十誦律》卷9曰：「佛在舍衛國，爾時南天竺有論議師⋯⋯欲入論處。」（〔日〕大藏經刊行會編：《大正新修大藏經》〔臺北市：新文豐出版公司，1996年〕，卷23，頁63中-下）。

72 〔日〕大藏經刊行會編：《大正新修大藏經》（臺北市：新文豐出版公司，1996年），卷12，頁273下。

規，且佛教講經過程中，無論外道抑或教內人士，都可進行詰難。

中土講經中的佛教論議，既有專職的論議人員，如《入唐求法巡禮行記》卷二載唐文宗開成四年（839）十一月十六日圓仁等人聽赤山院講《法華經》時，除了有講經法主聖琳和尚外，「更有論義二人：僧頓證、僧常寂」[73]，可見論議的實施是由專人負責；又有一定的程式，同卷復載「赤山院講經儀式」曰：

> 辰時，打講經鐘，打驚眾鐘訖，良久之會，大眾上堂，方定眾鐘。講師上堂，登高座間，大眾同音稱歎佛名，音曲一依新羅，不似唐音。講師登座訖，稱佛名便停。時有下座一僧作梵，一據唐風。……頌梵唄訖，講師唱經題目，便開題分別三門。釋題目訖，維那師出來，於高座前讀申會興之由，及施主別名，所施物色申訖，便以某狀轉與講師。講師把麈尾，一一申舉施主名，獨自誓願，誓願訖，論義者論端舉問。舉問之間，講師舉座尾，聞問者語。舉問了，便傾麈尾，即還舉之，謝問便答。帖問帖答，與本國同。但難儀式稍別：側手三下後，申解白前，卒爾指申難，聲如大嗔人，盡音呼淨。講師蒙難，但答不返難。論義了，入文讀經。[74]

雖說赤山院因特殊的地理環境，其講經儀和長安地區略有不同（比如唱贊佛名時融入了新羅因素），但基本內容未變。更為重要的是：從圓仁的記載不難發現，「論議」是講經程式中的核心所在，因為它涉及經義的解釋。

---

73 〔日〕圓仁撰，顧承甫、何泉達點校：《入唐求法巡禮行記》（上海市：上海古籍出版社，1986年），頁72。

74 〔日〕圓仁撰，顧承甫、何泉達點校：《入唐求法巡禮行記》（上海市：上海古籍出版社，1986年），頁73。

　　中土佛教論議，與印度一樣，也強調辯才。如《續高僧傳》卷二四：

> 釋慧乘，俗姓劉氏，徐州彭城人也。……爰始具戒，即預陳武帝仁王齋席，對御論義，詞辯絕倫，數千人中，獨回天睠。至四月八日，陳主於莊嚴寺總令義集乘，當時豎「佛果出二諦外」義。有一法師，英俠自居，擅名江左，舊住開泰，後入祇洹。乃問曰：「為佛果出二諦外，二諦出佛果外？」乘質云：「為法師出開泰，為開泰出法師？」彼曰：「如鴛鴦鳥不住清廁。」乘應聲曰：「釋提桓因不與鬼住。」彼曰：「鳩翅羅鳥不棲枯樹。」乘折云：「譬如大海，不宿死尸。」於時爛公處座，歎曰：「辯才無礙，其鋒難當者也。」躬於帝前，賞天柱納袈裟，由是令響通振，鄰國斯傳。[75]

南朝諸帝中，多有崇信佛法者，故常有御設的齋會。這裡所記慧乘與人論辯時，對論題所涉及的佛教義理本身未作直接的辯論，雙方都是通過比喻、舉例的方法，而且語言富於機鋒。

　　由於佛教論議的盛行，還出現了相關總結性的作品（包括批評理論）。隋費長房《歷代三寶紀》卷十二曰：

> 《論場》一部三十一卷。
> 右一部，合三十一卷，大興善寺沙門成都釋僧琨集。琨即周世釋忘名之弟子。俗緣鄭氏，性沉審，善音聲，今為二十五眾教讀經法主，搜括群經，卷部連比，準諸雜論，篇軸參差，引經

---

75 〔日〕大藏經刊行會編：《大正新修大藏經》（臺北市：新文豐出版公司，1996年），卷50，頁633中。

說云：「欲知智者意，廣讀諸異論。」緣是采摭先聖後賢所撰諸論，集為一部，稱曰《論場》。譬世園場，則五果百穀；戲場，則歌舞音聲；戰場，則矛甲兵仗；道場，則旛華寶蓋種種莊嚴。今此《論場》，譬同於彼，無事不有，披袟一閱，覽睹百家，自利利人，物我同益也。[76]

案：關於釋僧琨所撰《論場》之事，又見於唐道世撰《法苑珠林》卷一〇〇。[77]僧琨，是北周名僧釋亡（忘）名的弟子，因其擅長聲樂，故開皇（581-600）年間被敕為讀經法主。他所撰《論場》一書，雖早已不存，然從費長房的記載可推斷：其內容當是涵蓋了歷代經論及賢聖異說，總結了中印論議之法，目的是為眾僧論議提供一份完整可靠的文本，以便臨場參考之用（利他）。另外，從僧琨善於轉讀這一點分析，他於講經活動中當擔任都講之職。前文已言，論議是佛教講經程式中最重要的一環，因此，他撰《論場》，也有「自利」的一面。

唐懷信《釋門自鏡錄》卷上引《道學傳》曰：

又有王斌者，亦少為沙門，言辭清辯，兼好文義。然性用躁誕，多違戒行，體奇性異，為事不倫。……既頻忤僧眾，遂反緇向道，以藻思清新，乃處黃巾之望。邵陵王雅相賞接，號為三教學士。所著《道家靈寶大旨》，總稱四玄八景、三洞九玄等數百卷，多引佛經，故有因緣、法輪、五道、三界、天堂、地獄、餓鬼、宿世十號、十戒、十方、三十三天等，又改六通為六洞，如欝單之國云棄賢世界，亦有大梵觀音、三寶、六

76　〔日〕大藏經刊行會編：《大正新修大藏經》（臺北市：新文豐出版公司，1996年），卷49，頁106中。

77　〔日〕大藏經刊行會編：《大正新修大藏經》（臺北市：新文豐出版公司，1996年），卷53，頁1022下。

情、四等、六度、三業、三災、九十六種、三會、六齋等語。
又撰《五格八〔口〕（病）》，並為論難之法。[78]

王斌，梁代道士。雖說懷信對他由釋入道深表憤恨，然而對他善於論議還是給予了一些肯定。尤可注意者，王斌曾撰過專書來探討論難之法。《道學傳》既說王氏被梁邵陵王蕭綸賞識，有「三教學士」的美譽，則知王斌其人對三教經典都極為熟悉，因此，我們有理由相信：王斌在總結批評論難之法時，定然會對三教論議之異同進行比較。可惜的是，其書不傳。

三　對「論議」伎藝化的影響

前文已經講到印度佛教在論議時可有伎藝表演。這種融論議與伎藝為一體的做法，中土的各種論議都有所繼承。如開元十一年（723）抄出的S.0610a《啟顏錄》「論難」中有云：

> 高祖又嘗作內道場，時有一大法師，先立無一無二、無是無非義。高祖乃令法師昇高座講，還令立其舊義。當時儒生學士、大德名僧，義理百端，無難得者。動筹即請難此僧，必令結舌無語。高祖大悅，即令動筹往難。動筹即於座前褰闊立，問僧曰：「看弟子有幾個腳？」僧曰：「兩腳。」動筹又翹一腳向後，一腳獨立，問僧曰：「更看弟子有幾個腳？」僧曰：「一腳。」動筹云：「向有兩腳，今有一腳，若為得無一無二？」

---

78 〔日〕大藏經刊行會編：《大正新修大藏經》（臺北市：新文豐出版公司，1996年），卷51，頁810上。又，原文「五格八」後疑缺一「病」字。此依高華平先生意見，參氏論〈「四聲之目」的發明時間及創始人再議〉，《文學遺產》2005年第5期（2005年9月），頁29。

　　僧即答云：「若其二是真，不應有一腳，腳既得有一，明二既
　　非真。」動箸即以僧義不窮，無難得之理。

於此，動箸和法師論議時所用的論據，即與前揭《根本說一切有部毗
奈耶》中的「姿態量」相類，也帶有戲劇表演的成分。費長房介紹僧
琨的《論場》時，以「戲場」作比，其實也隱含了相同的意思。

　　不過，中土論議時的伎藝表演，其內容有所變化，更多的是融合
了嘲誚、訛語影帶、戲弄、俗賦韻誦等伎藝。於此，王昆吾先生論之
已詳[79]，不贅引。

　　總之，漢譯佛典中的「論議」經和其他的文體不太一樣，既是動
態的（多用於實際的論辯活動，且可結合伎藝表演），又是靜態的
（形成了不同的文本）。正確理解這一點，可更好地把握「論議」的
文體特徵。

---

79 王昆吾：〈敦煌論議考〉，《從敦煌學到海外漢學》（北京市：商務印書館，2003
　年），頁56-79。

第九章
漢譯佛典之「未曾有」及其影響

　　「未曾有」，無論在九部經或十二部經中，都佔有一席之地。[1]不過從純佛學的角度看，目前的研究，還顯得相對薄弱，只是多在綜論性的佛學著作中偶有涉及，專題性的論文比較少見。[2]倒是從文學角度，或者說從佛教文學的視角進行探討的成果較為豐碩。[3]然而仍有

1　「未曾有」在十二部中最常見的排位是列於第十一，如《中阿含經》卷1（〔日〕大藏經刊行會編：《大正新修大藏經》〔臺北市：新文豐出版公司，1996年〕，卷1，頁421上）、《摩訶般若波羅蜜經》卷1（〔日〕大藏經刊行會編：《大正新修大藏經》〔臺北市：新文豐出版公司，1996年〕，卷8，頁220中）等。當然，也有其他的排列順序：如竺法護譯：《大哀經》（〔日〕大藏經刊行會編：《大正新修大藏經》〔臺北市：新文豐出版公司，1996年〕，卷13，頁443下）卷7列於第九，《長阿含經》（〔日〕大藏經刊行會編：《大正新修大藏經》〔臺北市：新文豐出版公司，1996年〕，卷1，頁74中）卷12列為第十，《增一阿含經》（〔日〕大藏經刊行會編：《大正新修大藏經》〔臺北市：新文豐出版公司，1996年〕，卷2，頁794中）卷46列於第十二。在九部經中，漢傳佛教則有大小乘之別：其中，大乘九部常列之於第九，如《摩訶僧祇律》（〔日〕大藏經刊行會編：《大正新修大藏經》〔臺北市：新文豐出版公司，1996年〕，卷22，頁227中）卷1；小乘九部常列之於第五，如：《法華經》（〔日〕大藏經刊行會編：《大正新修大藏經》〔臺北市：新文豐出版公司，1996年〕，卷9，頁7下）卷1〈方便品〉。

2　如前田惠學：《原始佛教聖典の成立史研究》（東京：山喜房佛書林，1964年），頁432-433；印順法師：《原始佛教聖典之集成》（臺北市：正聞出版社，1988年），頁586-592；郭良鋆：《佛陀和原始佛教思想》（北京市：中國社會科學出版社，1997年），頁177-182。

3　單篇的專題研究，主要有兩個視角：一是對「未曾有經」的單部經典進行討論，如蔡淑慧：《《佛說未曾有因緣經》研究》（臺北市：中國文化大學哲學研究所碩士論文，2003年）；二是從佛教文學（語言）及其影響的角度來談「未曾有經」，尤其是其中神通故事的影響，代表性的論著有：前田惠學：〈神通より来迎ヘインド佛教

些問題尚未解決，故有必要再加檢討。

第一節　含義略釋

　　「未曾有」的梵文是adbhuta-dharma，音譯阿浮陀達磨、阿浮達磨等，意譯又作「希法」、「未曾有經」、「最勝經」等。[4]茲據漢譯佛典及漢地經疏中的介紹，略示其含義如下：

　　1 玄奘譯《阿毗達磨大毗婆沙論》卷一二六云：

　　希法云何？謂諸經中說三寶等甚稀有事。有餘師說：諸弟子等
　　讚歎世尊稀有功德，如舍利子讚歎世尊無上功德，尊者慶喜讚
　　歎世尊甚稀有法。[5]

此處所說，主要著眼點在於佛經敘述的內容，其物件涵蓋了佛、法、僧三寶，但以佛的稀有功德為中心。其中，舍利子、慶喜都是佛陀的十大弟子之一，前者即智慧第一的舍利弗，後者則多聞第一的阿難。《大智度論》卷三十三即曰：

　　文学に見られる天界訪問の二方法〉，《印度學佛教學研究》第7卷1號（1958年12
　　月），頁44-56；長部和雄：〈法道仙人の飛鉢法について〉，《印度學佛教學研究》第
　　17卷第1號（1968年12月），頁106-109；曹仕邦：〈《西遊記》若干情節的本源十一
　　探〉，《中華佛學報》第5期（1992年7月），頁299-318；丁敏：〈佛教經典中神通故事
　　的作用及其語言特色〉，《中國佛教文學的古典與現代：主題與敘事》（長沙市：嶽麓
　　書社，2007年），頁74-100、丁敏：〈漢譯佛典四阿含中神通故事的敘事分析〉，《暨
　　南學報》2007年第2期（2007年3月），頁8-12。特別是丁敏《佛教神通：漢譯佛典神
　　通故事敘事研究》（臺北市：法鼓文化出版社，2007年）一書，是該領域最新的研
　　究成果。但丁敏的系列論著有一特點，即未把神通故事歸入「未曾有經」之列。
4　荻原雲來編纂，辻直四郎監修：《漢譯對照梵和大辭典》（臺北市：新文豐出版公
　　司，2003年），頁31。
5　〔日〕大藏經刊行會編：《大正新修大藏經》（臺北市：新文豐出版公司，1996年），
　　卷27，頁660中。

如佛現種種神力，眾生怪未曾有：所謂佛生時，身放大光明，照三千大千世界及幽暗之處，復照十方無量諸佛三千大千世界。是時於佛母前有清淨好池，以浴菩薩，梵王執蓋，帝釋洗身，二龍吐水。又生時不須扶持而行七步，足跡之處皆有蓮華，而發是言：「我是度一切眾生老病死者。」地大震動，天雨眾花，樹出音聲，作天伎樂。如是等無量稀有事，是名未曾有經。[6]

由此可知，所謂「未曾有經」的核心，可以是敘述佛陀生平行事中的種種神通故事。北本《大般涅槃經》卷十五則舉出了更多的事例，曰：

何等名為未曾有經？如彼菩薩初出生時，無人扶持，即行七步，放大光明，遍觀十方；亦如獼猴，手捧蜜器以獻如來；如白項狗，佛邊聽法；如魔波旬變為青牛，行瓦鉢間，令諸瓦鉢互相橖觸，無所傷損；如佛初生入天廟時，令彼天像起下禮敬。如是等經，名未曾有經。[7]

隋慧遠《大乘義章》卷一〈十二部經義五門分別〉亦有類似的解釋，曰：

第十一者，名阿浮陀達摩，此翻名為未曾有經。青牛行鉢、白狗聽法、諸天身量、大地動等，曠古希奇，名未曾有。說此希

6　〔日〕大藏經刊行會編：《大正新修大藏經》（臺北市：新文豐出版公司，1996年），卷25，頁308上。

7　〔日〕大藏經刊行會編：《大正新修大藏經》（臺北市：新文豐出版公司，1996年），卷12，頁452上。

事，名未曾有經。[8]

2 玄奘譯《顯揚聖教論》卷六：

> 未曾有法者，謂諸經中宣說諸佛及諸弟子、比丘、比丘尼、式
> 叉摩那、沙彌、沙彌尼、鄔波索迦、鄔波私迦等共不共功德，
> 及餘最勝殊特驚異甚深之法，是為未曾有法。[9]

與此相同的說法又見於奘譯《瑜伽師地論》卷二十五，經曰：

> 云何希法？謂於是中宣說諸佛、諸佛弟子、比丘、比丘尼、式
> 叉摩那、勞策男、勞策女、近事男、近事女等，若共不共、勝
> 於其餘、勝諸世間、同意所許，甚奇、稀有、最勝功德。[10]

這兩處引文則清楚地表明瞭「未曾有經」所涉及神奇故事的創造主
體，他們可以是佛，也可以是佛的弟子，甚至是一般的清信之士。其
中，宣說對象的排列，還暗示了一定的時間次序，即最早是佛陀的神
通，然後才是弟子或一般信徒學法之後的神通稀奇之事。

3 鳩摩羅什譯《成實論》卷一〈十二部經品第八〉又謂：

> 阿浮陀達磨者，未曾有經。如說劫盡大變異事，諸天身量，大

8　〔日〕大藏經刊行會編：《大正新修大藏經》（臺北市：新文豐出版公司，1996年），
　　卷44，頁470中。

9　〔日〕大藏經刊行會編：《大正新修大藏經》（臺北市：新文豐出版公司，1996年），
　　卷31，頁509上。

10　〔日〕大藏經刊行會編：《大正新修大藏經》（臺北市：新文豐出版公司，1996年），
　　卷30，頁418下。

地震動。有人不信如是等事，是故說此未曾有經，現業果報諸
法勢力不思議故。[11]

此則解釋了佛說「未曾有經」的緣起，其根本原因或曰目的是在於證
明因果報應靈驗不虛。

　　4 奘譯《阿毗達磨順正理論》卷四十四又說：

言希法者，謂於此中唯說希奇出世間法，由此能正顯三乘稀有
故。有餘師說：辯三寶言，世所罕聞，故名希法。[12]

這段經文分為兩層意思：第一層（前一句）是在確認「未曾有經」的
「出世間法」性質，並指出其作用範圍貫通了三乘（聲聞、緣覺和菩
薩）；第二層（後一句）則轉而討論「出世間法」的內容，與前揭
《阿毗達磨大毗婆沙論》卷一二六的說法比較接近，但更突出世間與
出世間的區別，旨在強調出世間法的神聖性，含有神化佛教經典的
意味。

　　綜上所言，「未曾有經」的含義由來可圖示如下：

1. 從宣說主體言：佛 ⟶ 佛陀弟子 ⟶ 一般信徒
2. 從宣說內容言：佛陀功德（神通故事）⟶ 三寶功德
3. 從經文性質言：以出世間法為主體 ⟶ 引導世間法

---

11 〔日〕大藏經刊行會編：《大正新修大藏經》（臺北市：新文豐出版公司，1996年），
　　卷32，頁245上-中。
12 〔日〕大藏經刊行會編：《大正新修大藏經》（臺北市：新文豐出版公司，1996年），
　　卷29，頁595上。

第二節　文體特點與功能

一　文體特點

　　關於「未曾有法」的內容，郭良鋆先生在檢討巴利文三藏經文文體「九分教」時說是「記述神通的經文」。[13]易言之，「未曾有經」敘事的最大特點在於神通故事。但臺灣學者丁敏一方面認為神通故事屬於十二分教中的阿波陀那（譬喻），基本上是被當成例證來使用；另一方面又說神通故事的語言，從宗教的特質看，它已超出了譬喻是「喻而非真」的特質，帶有幾分真的暗示性，具有「似真非真」朦朧性的語言功效。[14]兩人的觀點，差不多說得上是迴然相異。那麼，事情的真相到底如何？

　　其實，郭先生更強調「未曾有經」的內容特色，丁先生則更突出敘事模式。若能綜而論之，當有助於我們更深入地理解「未曾有經」的文體特點。茲分述如下：

（一）內容特色

　　為了詳細地說明「未曾有經（法）」在內容上的突出特色，我們先舉出具體的經文：

13　郭良鋆：《佛陀和原始佛教思想》（北京市：中國社會科學出版社，1997年），頁10。

14　丁敏：〈佛教經典中神通故事的作用及其語言特色〉，《中國佛教文學的古典與現代：主題與敘事》（長沙市：岳麓書社，2007年，《儒道佛與中國古典文藝美學叢書》），頁94。另外，丁敏：《佛教神通：漢譯佛典神通故事敘事研究》（臺北市：法鼓文化出版社，2007年）則以個案形式，具體分析了幾種敘事模式，如「『神足飛行』的空間敘事」（頁197-235）、「『神足變身』的母題敘事」（頁237-290）、「目連『神足第一』的形象建構：文本多音的敘事分析」（頁369-405）、「『神通』與『幻術』多音複調的敘事」（頁407-433）等。

1 東晉瞿曇僧伽提婆譯《中阿含經》卷八〈未曾有法經〉云：

> 我聞世尊一時在父白淨王家，晝監田作，坐閻浮樹下，離欲、
> 離惡不善之法，有覺有觀，離生喜樂，得初禪成就遊。爾時中
> 後，一切餘樹影皆轉移，唯閻浮樹其影不移，蔭世尊身。於是
> 釋白淨往觀田作，至作人所，問曰：「作人，童子何處？」作
> 人答曰：「天童子今在閻浮樹下。」於是釋白淨往詣閻浮樹，
> 時釋白淨日中後見一切餘樹影皆轉移，唯閻浮樹其影不移，蔭
> 世尊身。便作是念：今此童子甚奇甚特，有大如意足，有大威
> 德，有大福佑，有大威神。所以者何？日中之後，一切餘樹影
> 皆轉移，唯閻浮樹其影不移，蔭童子身。若世尊日中之後，一
> 切餘樹影皆轉移，唯閻浮樹其影不移，蔭世尊身者。我受持是
> 世尊未曾有法。[15]

這裡的《未曾有法經》，主要敘述了佛陀傳記中的神奇事蹟，包括入
胎、降生、出遊、降魔等故事單元。其中，敘述者在講每一單元時，
都會強調它是「未曾有法」，即以前從未發生過的事蹟。尤可注意的
是：每次解釋成因時，都會提到一個相同的關鍵詞——如意足，即五
通或六通之神足通也，也叫如意、如意足通、神境智通或神境智證
通。《大智度論》卷五對此論述甚詳，曰：

> 云何如意？如意有三種：能到，轉變，聖如意。能到有四種：
> 一者身能飛行，如鳥無礙；二者移遠令近，不往而到；三者此
> 沒彼出；四者一念能至。轉變者，大能作小，小能作大；一能

---

15 〔日〕大藏經刊行會編：《大正新修大藏經》（臺北市：新文豐出版公司，1996年），
　　卷1，頁470下-471上。

作多，多能作一。種種諸物，皆能轉變。外道輩轉變，極久不
過七日。諸佛及弟子轉變自在，無有久近。聖如意者，外六塵
中不可愛不淨物，能觀令淨；可愛淨物，能觀令不淨。是聖如
意法，唯佛獨有。[16]

前面所說童子（即為佛陀）能令閻浮樹影不移，此即如意足「能到」
之表現也。當然，童子的這種神通，根源在於他已入初禪。易言之，
神通是禪定之後的功能顯現。對此，《長阿含經》卷三〈遊行經〉有云：

佛告阿難：世有八眾，何謂八？一曰剎利眾，二曰婆羅門眾，
三曰居士眾，四曰沙門眾，五曰四天王眾，六曰忉利天眾，七
曰魔眾，八曰梵天眾。我自憶念：昔者往來與剎利眾，坐起言
語，不可稱數，以精進定力，在所能現。彼有好色，我色勝
彼；彼有妙聲，我聲勝彼。……彼所不能，我亦能說。阿難，
我廣為說法，示教利喜已。即於彼沒，彼不知我是天是人。如
是至梵天眾，往返無數，廣為說法，而莫知我誰？
阿難白佛言：「甚奇，世尊。未曾有也，乃能成就如是。」
佛言：「如是微妙稀有之法，阿難，甚奇，甚特，未曾有也。
唯有如來，能成此法。」[17]

這裡雖未明確提及「神通」一詞，但對照前引《大智度論》，則知佛
陀種種勝於他人的表現，無疑是如意神足通之「聖如意」的運用。它
的產生，同樣源於精進定力，即禪定之力。更可注意者，「未曾有」

16　〔日〕大藏經刊行會編：《大正新修大藏經》（臺北市：新文豐出版公司，1996年），
　　卷25，頁97下-98上。
17　〔日〕大藏經刊行會編：《大正新修大藏經》（臺北市：新文豐出版公司，1996年），
　　卷1，頁16中-下。

的神通功用，是為示教利喜，而不是自我炫耀。另外，本經還暗示了
另一個佛教史實，即原始佛教最看重的是佛陀的神通，認為它高於弟
子的神通。

　　2 東晉佛陀跋陀羅譯《觀佛三昧海經》卷一〈觀相品第三〉云：

> 佛告父王：云何名苦行時白毫毛相？如我逾出宮城已，去伽耶
> 城不遠，詣阿輪陀樹，吉安天子等百千天子，皆作是念：菩薩
> 若於此坐，必須坐具，我今應當獻於天草。即把天草，清淨柔
> 軟，名曰吉祥。菩薩受已，鋪地而坐。是時諸天諦觀菩薩身相
> 可愛，復見白毛圍如三寸，右旋婉轉，有百千色，流入諸
> 相。……有一天子名曰悅意，見地生草，穿菩薩肉，上生至
> 肘，告諸天曰：奇哉男子，苦行乃爾，不食多時，喚聲不聞，
> 草生不覺。即以右手申其白毛，其毛端直，正長一丈四尺五
> 寸，如天白寶，中外俱空，天見毛內有百億光，其光微妙，不
> 可具宣。於其光中，現化菩薩，皆修苦行，如此不異。菩薩不
> 小，毛亦不大，諸天見已，歎未曾有。即放白毛，右旋婉轉，
> 與光明俱還復本處。爾時諸天諦觀白毛，目不暫捨，見白毛中
> 下生五筒，從面門入，流注甘露，滴滴不絕。從舌根上，流入
> 於身，表裡清澈，如琉璃山。百千萬億諸大菩薩，於己身內
> 現。諸天見已，合掌歡喜。前言愚癡，言此大人命不云遠，今
> 見是相，必當成佛，了了無疑。無上慧日，照世不久。[18]

這裡介紹的是如何觀想佛苦行時的白毫相，而悅意天子的親眼所見，
依然為佛的神通變化之一。這種神通變化，給悅意的感受就是「未曾
有」。類似的說法，在漢譯佛典中極為常見，如劉宋功德直譯《菩薩

---

18 〔日〕大藏經刊行會編：《大正新修大藏經》（臺北市：新文豐出版公司，1996年），
　　卷15，頁650中-下。

念佛三昧經》卷一〈不空見本事品第二〉曰:「佛知王子心,渴仰甚殷重,即於焰聚中,奮大神通力。如從三昧起,光明倍明顯。不可思議眾,咸歎未曾有。」[19]北魏吉迦夜、曇曜共譯《雜寶藏經》卷二〈離越被謗緣〉則云:「尊者離越,於其獄中,鬚髮自落,袈裟著身,踴在虛空,作十八變。王見是事,歎未曾有,五體投地。」[20]唐伽梵達摩譯《千手千眼觀世音菩薩廣大無礙大悲心陀羅尼經》又曰:

> 時觀世音菩薩於大會中密放神通,光明照耀十方剎土,及此三千大千世界,皆作金色。天宮龍宮,諸尊神宮,皆悉震動;江河大海,鐵圍山、須彌山、土山、黑山,亦皆大動;日月珠火星宿之光,皆悉不現。於是總持王菩薩見此稀有之相,怪未曾有,即從座起,叉手合掌,以偈問佛:「如此神通之相,是誰所放?」……
>
> 佛告總持王菩薩言:「善男子,汝等當知:今此會中有一菩薩摩訶薩,名曰觀世音自在,從無量劫來,成就大慈大悲,善能修習無量陀羅尼門,為欲安樂諸眾生故,密放如是大神通力。」[21]

「十八變」,即佛、菩薩等所示現的十八種神通變化;「神通力」,即「神通」、「神力」。總之,它們是歎「未曾有」的對象。而且,從上所引經文可知:無論小乘、大乘還是密乘,佛教都相當重視「神通」,並一以貫之地把它視為「未曾有」,即希法。

---

19 〔日〕大藏經刊行會編:《大正新修大藏經》(臺北市:新文豐出版公司,1996年),卷13,頁796下。

20 〔日〕大藏經刊行會編:《大正新修大藏經》(臺北市:新文豐出版公司,1996年),卷4,頁457中。

21 〔日〕大藏經刊行會編:《大正新修大藏經》(臺北市:新文豐出版公司,1996年),卷20,頁106上-中。

　　在漢譯佛經中，與「神通」含義相同或相近，且經常出現的詞是「神變」。如《菩薩念佛三昧經》卷二〈彌勒神通品第四〉云：

> 爾時彌勒菩薩摩訶薩心生念言：是諸聲聞，有大威德無數神通，各各自說大師子吼。我當於此人天、魔、梵、沙門、婆羅門、聲聞、菩薩大眾之前，微現神變。[22]

同經卷一〈不空見本事品第二〉則有偈云：

> 淨心發高歡，欣躍未曾有。奇哉大神通，勢力無倫匹。甚深佛境界，不可得思議。一千諸眾生，見此神變已。於諸法不受，善得心解脫。不空見當知：師子為世間，請佛還起時，一千諸眾生，於彼善逝處，睹佛神變化，其心正趣向，無上菩提道。大悲為世間，廣作利益已。[23]

什譯《妙法蓮華經》卷一又云：

> 爾時彌勒菩薩作是念：今者世尊現神變相，以何因緣而有此瑞？今佛世尊入於三昧，是不可思議現稀有事。當以問誰，誰能答者？復作此念：是文殊師利法王之子，已曾親近供養過去無量諸佛，必應見此稀有之相，我今當問。爾時比丘、比丘尼、優婆塞優婆夷及諸天龍鬼神等咸作此念：是佛光明神通之相，今當問誰？爾時彌勒菩薩欲自決疑，又觀四眾比丘、比丘

22　〔日〕大藏經刊行會編：《大正新修大藏經》（臺北市：新文豐出版公司，1996年），卷13，頁804中。

23　〔日〕大藏經刊行會編：《大正新修大藏經》（臺北市：新文豐出版公司，1996年），卷13，頁798中。

尼、優婆塞，優婆夷及諸天龍鬼神等眾會之心，而問文殊師利
言：以何因緣而有此瑞神通之相，放大光明照於東方萬八千
土，悉見彼佛國界莊嚴。[24]

由此可見，「神變」不但可與「神通」互用，而且經常也是「未曾
有」感歎的對象。另外要補充說明的是：《法華經》所說「稀有事」，
其實就是未曾有事，即希法。

本來，神通、神變對應的梵文不同。神通為abhijñā，其詞根是na
（知）。由這個詞根派生的名詞都與感知或認知有關，abhijñā的通常
意義是「記憶」，然巴利語佛經中已普遍用作「神通」，指的是超常的
或超自然的智能。[25]漢地經疏中則指由禪定而獲得的超自然、無礙自
在、不可思議的力量，也稱神通力、神力、通力，或簡稱「通」。陳
代慧思《諸法無諍三昧法門》卷上：「如來一切智慧及大光明、大神
通力，皆在禪定中得。」[26]隋智者大師《釋禪波羅蜜次第法門》卷一
又謂：「因禪具足力波羅蜜者，一切自在變現，諸神通力皆藉禪
發。」[27]而神通類別，最常見的是五通（有情眾生皆可修得）與六通
（唯有聖人，如佛與大乘菩薩才能修得）。五通指神足通、天眼通、
天耳通、他心通、宿命通，若加上漏盡通則為六通。一般說來，宿命
通、天眼通、漏盡通最為殊勝，叫做三明。此外。六通還有次第之
別，《大智度論》卷二十八即說：

24　〔日〕大藏經刊行會編：《大正新修大藏經》（臺北市：新文豐出版公司，1996年），
　　卷9，頁2中-下。

25　郭良鋆：《佛陀和原始佛教思想》（北京市：中國社會科學出版社，1997年），頁
　　173。

26　〔日〕大藏經刊行會編：《大正新修大藏經》（臺北市：新文豐出版公司，1996年），
　　卷46，頁629上。

27　〔日〕大藏經刊行會編：《大正新修大藏經》（臺北市：新文豐出版公司，1996年），
　　卷46，頁477中。

> 如禪經中說：先得天眼，見眾生而不聞其聲，故求天耳通。既
> 得天眼天耳，見知眾生身形音聲，而不解語言種種憂喜苦樂之
> 辭，故求辭無礙智。但知其辭而不知其心，故求知他心智。知
> 其心已，未知本所從來，故求宿命通。既知所來，欲治其心
> 病，故求漏盡通。得具足五通已，不能變化，故所度未廣，不
> 能降化邪見、大福德人，是故求如意神通。應如是次第，何以
> 故？先求如意神通？答曰：眾生粗者多細者少，是故先以如意
> 神通。如意神通能兼粗細度人多故，是以先說。[28]

由此可知六通的順序由低到高是：

如意神通（神足通）⟶ 天眼通 ⟶ 天耳通 ⟶ 他心通 ⟶ 宿
命通 ⟶ 漏盡通

　　神變的梵文是vikurvaṇa，是指佛、菩薩等為教化眾生而示現的不
可思議之神力（神通力），也叫神變化，簡稱為「神」或「變」。它往
往表現為外在的動作或形狀，有狹義與廣義之分：狹義指六神通中的
第一種，即神足通；廣義則包括身、語、意各方面的神通變現，如
《大寶積經》卷八十六說佛以說法神變（意）、教誡神變（語）、神通
神變（身）等三種神變調伏眾生。[29]漢譯佛典中，更常見的說法是十
八神變（十八變），如《瑜伽師地論》卷三十七《威力品》舉出了振
動、熾然、流布、示現、轉變、往來、卷、舒、眾像入身、同類往
趣、顯、隱、所作自在、制他神通、能施辯才、能施憶念、能施安

---

28 〔日〕大藏經刊行會編：《大正新修大藏經》（臺北市：新文豐出版公司，1996年），
　　卷25，頁264下-265上。
29 〔日〕大藏經刊行會編：《大正新修大藏經》（臺北市：新文豐出版公司，1996年），
　　卷11，頁492下。

樂、放大光明等[30]，且每一變，皆有特定的作用對象。

　　對於神通、神變之別，簡言之，前者多著眼於本體，後者主要著眼於相狀（表現）。然總體說來，都是服務於宣教之用，或者說是說法的方式之一，《長阿含經》卷一即謂提舍比丘等人曾「於大眾中上升虛空，身出水火，現諸神變，而為大眾說微妙法」。[31]而其效果，也是不可思議的，後秦竺佛念譯《菩薩瓔珞經》卷一稱之為「以神變感動十方。」[32]

　　綜上所言，神通或神變敘事是「未曾有經（法）」的主體內容。

　　當然，「未曾有經」還可指特定的佛法。如西晉竺法護譯《佛說四未曾有經》（又作《四未有經》）就敘述了佛陀以轉輪聖王所具有的四種未曾有法，來比喻阿難所具有的四種未曾有法：一者是在比丘眾中說法，二者是在比丘尼眾中說法，三者是在優婆塞眾中說法，四者是在優婆夷眾中說法，且四眾皆得愛樂。[33]再如玄奘譯《天請問經》，則通過天和世尊之間的偈頌問答（天問、佛答），簡明扼要地解釋了一些佛法名相，經文結束時有云：「爾時彼天聞佛世尊說是經已，歡喜踴躍，歎未曾有。頂禮佛足，即於佛前，欻然不現。」[34]此「未曾有」所指對象，就是指佛陀向天所說的法。唐實叉難陀譯《華嚴經》卷五十〈如來出現品〉又說：

30　〔日〕大藏經刊行會編：《大正新修大藏經》（臺北市：新文豐出版公司，1996年），卷30，頁491下。

31　〔日〕大藏經刊行會編：《大正新修大藏經》（臺北市：新文豐出版公司，1996年），卷1，頁9下。

32　〔日〕大藏經刊行會編：《大正新修大藏經》（臺北市：新文豐出版公司，1996年），卷16，頁1中。

33　〔日〕大藏經刊行會編：《大正新修大藏經》（臺北市：新文豐出版公司，1996年），卷2，頁859，中-下。

34　〔日〕大藏經刊行會編：《大正新修大藏經》（臺北市：新文豐出版公司，1996年），卷15，頁125上。

譬如月輪，有四奇特未曾有法。何等為四？一者映蔽一切星宿光明，二者隨逐於時示現虧盈，三者於閻浮提澄淨水中影無不現，四者一切見者皆對目前，而此月輪無有分別，無有戲論。佛子！如來身月亦復如是，有四奇特未曾有法：何等為四？所謂映蔽一切聲聞、獨覺、學無學眾；隨其所宜，示現壽命修短不同，而如來身無有增減；一切世界淨心眾生菩提器中，影無不現；一切眾生有瞻對者，皆謂如來唯現我前，隨其心樂而為說法，隨其地位令得解脫，隨所應化令見佛身，而如來身無有分別。無有戲論，所作利益，皆得究竟。佛子！是為如來身第六相，諸菩薩摩訶薩應如是見。[35]

此則以月輪所具的四種奇特之法來比喻如來身第六相所具的四種稀有之法，目的在於強調如何觀想如來第六身相及其神奇功用。

但是，「未曾有經（法）」，無論指事，還是說法，其突出特色都在於「神變」或「神通」，強調的都是神奇性。

最後，還有一點需要交代，那是佛教對待神通（或神變）的態度。一般說來，神通（變）只是一種方便，而不是修道的終極目的。[36]

（二）敘事模式

說到敘事模式，雖然丁敏先生的論述僅是針對神通故事而作出的歸納，然而考慮到「未曾有經」的內容是以神通（神變）故事（含神奇佛法）為主的特點，所以，她分析出的幾種模式：如「神足飛行」

---

35 〔日〕大藏經刊行會編：《大正新修大藏經》（臺北市：新文豐出版公司，1996年），卷10，頁267上。

36 參陳兵：《佛教禪學與東方文明》（上海市：上海人民出版社，1992年）特別是頁574-577、楊惠南：〈實相與方便──佛教的神通觀〉，收入《論命、靈、科學──宗教、靈異、科學與社會研討會論文集》（臺北市：中研院社會學研究所籌備處，1997年），頁127-145。

的空間敘事、「神足變身」的母題敘事、「神通」與「幻術」的多音複調敘事等，用來概括未曾有經的敘事模式，也無不妥之處。不過，筆者在研讀漢譯佛典的相關文本時，發現「未曾有經」，無論用哪種模式，在結構上都呈現出驚人的同一性，通常可分成三大部分：一是敘述神通（神變）故事或神奇說法的由來或過程；二是對神通（神變）故事或神奇說法的讚歎，最常見的語詞是「歎（怪）未曾有」；三是簡述神通（神變）故事或神奇說法的宗教含蘊。此種模式，簡單表述則為：

多樣化敘事＋程式化感歎＋教義揭示

其中，程式化感歎的位置多不固定，常在故事的中間或結尾處。如東晉佛陀跋陀羅譯《觀佛三昧海經》卷一〈六譬品第一〉云：

如是我聞：一時佛住迦毗羅城尼拘樓陀精舍。爾時釋摩男請佛及僧供養三月，七月十五日僧自恣竟。爾時父王閱頭檀、佛夷母憍曇彌來詣僧房，供養眾僧。禮拜既畢，奉上楊枝及澡豆已，呼阿難言：「吾今欲往至世尊所，為可爾不？」爾時阿難即宣此言，以白世尊。佛告阿難：「父王來者，必問妙法。汝行遍告諸比丘僧，及往林中命摩訶迦葉、舍利弗、目揵連、迦梅延、阿那律等，彌勒菩薩、跋陀婆羅十六賢士，一時來會。」如此音聲，遍至諸方。爾時天主夜叉主、乾闥婆主、阿修羅主、迦樓羅主、緊那羅主、摩睺羅伽主、龍主等及諸眷屬，皆悉已集。爾時父王及釋摩男三億諸釋入佛精舍，當入之時，見佛精舍如頗梨山。為佛作禮，未舉頭頃，即見佛前有大蓮華眾寶所成，於蓮華上有大光台。父王見已，心生歡喜，歎未曾有。是時父王即從坐起，白佛言：「世尊，佛是吾子，吾

是佛父。今我在世，見佛色身，但見其外，不睹其內。悉達在宮，相師皆見三十二相，今者成佛，光明益顯，過逾昔日百千萬倍。佛涅槃後，後世眾生，當云何觀佛身色相，如佛光明常行尺度。惟願天尊，今當為我及後眾生分別解說。」[37]

此處結構，即先敘述佛陀之父朝見佛陀的所見所聞，其中對佛陀瑞相的「歎未曾有」之語，是在故事中間，閱頭檀請佛「分別解說」之後的文字（略而未引）則是佛陀對具體教義的演說與揭示。

同經卷一又載：

如劫初時，火起一劫，雨起一劫，風起一劫，地起一劫，地劫成時。光音諸天，飛行世間，在水澡浴，以澡浴故，四大精氣即入身中，身觸樂故，精流水中。八風吹去，墮淤泥中，自然成卵。經八千歲，其卵乃開，生一女人。其形青黑，猶如淤泥，有九百九十九頭，頭有千眼，九百九十九口，一口四牙。牙上出火，狀如霹靂。二十四手，手中皆捉一切武器。其身高大，如須彌山。入大海中，拍水自樂。有旋嵐風，吹大海水。水精入體，即便懷妊，經八千歲，然後生男。其兒身體高大，四倍倍勝於母。兒有九頭，頭有千眼，口中出火。有九百九十九手、八腳，海中出聲，號毗摩質多羅阿修羅王。此鬼食法，惟啖淤泥及蓮藕根。其兒長大，見於諸天婇女圍繞，即白母言：「人皆伉儷，我何獨無？」其母告曰：「香山有神，名乾闥婆。其神有女，容姿美妙，色踰白玉，身諸毛孔出妙音聲，甚適我意，今為汝娉，適汝願不？」阿修羅言：「善哉善哉，願

---

37 〔日〕大藏經刊行會編：《大正新修大藏經》（臺北市：新文豐出版公司，1996年），卷15，頁645下-645上。

母往求。」爾時其母行詣香山，到香山已，告彼樂神：「我有一子，威力自在，於四天下而無等倫。汝有令女，可適吾子。」其女聞已，願樂隨從適阿修羅。時阿修羅納彼女已，心意泰然，與女成禮。未久之間，即便懷妊，經八千歲，乃生一女。其女儀容，端正挺特，天上天下，無有其比。……阿修羅見，以為瑰異，如月處星，甚為奇特。憍尸迦聞，即遣使下詣阿修羅而求此女。阿修羅言：「汝天福德，汝能令我乘七寶宮，以女妻汝。」帝釋聞此，心生踴躍，即脫寶冠，持用擬海，十善報故，令阿修羅坐勝殿上。時阿修羅踴躍歡喜，以女妻之，帝釋即以六種寶臺而往迎之。於宮闕中，有大蓮華，自然化生八萬四千諸妙寶女，譬如壯士，屈申臂頃，即至帝釋善法堂上。爾時天宮，過逾於前百千萬倍。釋提桓因為其立字，號曰悅意，諸天見之，歎未曾有，視東忘西，視南忘北。三十二輔臣亦見悅意，身心歡喜，乃至毛髮皆生悅樂。帝釋若至歡喜園時，共諸綵女入池遊戲。爾時悅意即生嫉妒，遣五夜叉往白父王：「今此帝釋不復見寵，與諸綵女自共遊戲。」父聞此語，心生瞋恚，即與四兵往攻帝釋。立大海水，踞須彌頂，九百九十九手同時俱作，撼喜見城，搖須彌山。四大海水，一時波動，釋提桓因驚怖惶懼，靡知所趣。時宮有神白天王言：「莫大驚怖，過去佛說般若波羅蜜。王當誦持，鬼兵自碎。」是時帝釋坐善法堂，燒眾名香，發大誓願：「般若波羅蜜是大明咒，是無上咒，無等等咒，審實不虛，我持此法當成佛道，令阿修羅自然退散。」作是語時，於虛空中有四刀輪，帝釋功德故，自然而下。當阿修羅上，時阿修羅耳鼻手足一時盡落，令大海水赤如絳汁。時阿修羅即便驚怖，遁走無處，入藕絲孔，彼以貪欲、瞋恚、愚癡、鬼幻力故，尚能如是。豈況佛法，不可思議。佛告大王：「諸善男子及善女人，繫心思維諸

佛境界，亦能安住諸三昧海。其人功德，不可稱計，譬如諸
佛，等無有異。」[38]

案：此處經文所述故事，情節曲折離奇，故不憚繁引，以饗讀者。而
感歎之語「歎未曾有」，同樣處在神變故事的中間（但有關阿修羅的
神通故事，比之天帝釋故事更加翔實，因為它們廣泛涉及阿修羅出
生、娶妻、生女、嫁女乃至與天帝釋的鬥法經歷）。當敘述完阿修
羅、帝釋天神奇鬥法的故事後，最後講述了佛陀的訓誡，即佛要借這
些神變故事來證明思維諸佛境界（如持誦經典等）所產生的無量功德。

在北魏吉迦夜、曇曜譯《雜寶藏經》卷四〈罽夷羅夫婦自賣設會
現獲報緣〉中，經文講到有一對貧窮夫婦為了解脫現世之窮苦，用賣
身為奴得來的金錢而設齋會：

於是晝夜勤辦會具，到六日頭垂欲作會，值彼國主亦欲作會，
來共諍日。眾僧皆言：「以受窮者，終不得移。」國主聞已，
作是言曰：「彼何小人，敢能與我共諍會日？」即遣人語罽
羅：「汝避我日。」罽羅答言：「實不相避。」如是三反，執辭
如初。王怪所以，自至僧坊，語彼人言：「汝今何以不後日
作，共我諍日？」答言：「唯一日自在，後屬他家，不復得
作。」王即問言：「何以不得？」自賣者言：「自惟先身不作福
業，今日窮苦。今若不作，恐後轉苦，感念此事，唯自賣身，
以貿金錢用作功德，欲斷此苦。至七日後，無財償他，即作奴
婢。今以六日，明日便滿，以是之故，分死諍日。」王聞是
語，深生憐愍，歎未曾有：「汝真解悟貧窮之苦，能以不堅之

---

38 〔日〕大藏經刊行會編：《大正新修大藏經》（臺北市：新文豐出版公司，1996年），
　　卷15，頁646下-647中。

身易於堅身，不堅之財易於堅財，不堅之命易於堅命。」即聽
設會。王以己身並及夫人衣服瓔珞脫與閻羅夫婦，割十聚落，
與作福封。夫能至心修福德者，現得華報，猶尚如是，況其將
來獲果報也。由此觀之，一切世人欲得免苦，當勤修福，何足
縱情懈怠放逸？[39]

這裡的故事主角，不再是佛與菩薩等聖賢形象，已經換成了普通的信
士，然夫婦二人想改變命運的決心和舉動，同樣具有傳奇色彩，所以
國王才感歎「未曾有」。也就是說，神奇故事可以發生在普通的信徒
身上。另外，這裡的程式化感歎，是置於故事的結尾處。至於故事的
寓意（教義揭示），則在倡導勤修功德必有福報。

　　支謙譯《撰集百緣經》卷二〈船師請佛渡水緣〉則云：

佛在舍衛國祇樹給孤獨園，伊羅拔河邊有諸船師，止住河側。
爾時如來將諸比丘詣彼聚落，欲渡於水化諸船師。是諸人等見
佛來至，各懷歡喜，乘船渡水。前禮佛足，白言：「世尊！明
日屈意，乘船渡水。」佛即然可。莊嚴船舫，平治道路，除去
瓦石污穢不淨，豎立幢幡，香水灑地，散眾妙華。莊嚴船舫，
待佛及僧。爾時世尊明日時到，將諸比丘往至河側，乘船渡
水。至彼聚落，敷座而坐。諸船師等察眾坐定，手自斟酌餚膳
飲食，供養訖已，皆於佛前，渴仰聞法。爾時世尊即為如應說
四諦法，心開意解，有得須陀洹者，斯陀含者，阿那含者，乃
至發於無上菩提心者。時諸比丘見是供養，及渡於水，怪未曾
有。前白佛言：「如來先世，宿殖何福，今者乃有如是自然供
養，及以渡水？」爾時世尊告諸比丘：「汝等諦聽，吾當為汝

---

39 〔日〕大藏經刊行會編：《大正新修大藏經》（臺北市：新文豐出版公司，1996年），
　　卷4，頁468下。

分別解說。……」⁴⁰

雖說這裡沒有把佛所說法的具體內容詳加敘述，但諸船師聽聞佛法之後的效果卻十分神奇，因此比丘們才會「怪未曾有」。這裡的感歎，其位置顯然處於神奇說法故事的結尾。接下來是佛陀的解釋，回答了「未曾有」故事的成因。這一部分內容，原經的敘述模式是本生結構，即交代了佛陀的前世事蹟，與純粹的教義揭示稍有不同。

在講述神奇教法的「未曾有經」中，其結構模式裡的程式化感歎，多位於講述結束時，且多帶有總結讚歎的意味。如題為後漢失譯人名的《佛說未曾有經》在佛陀宣講完教法後有云：

> 佛告阿難：「此名未曾有法，是一切清淨妙法方便，我以是故殷勤囑汝，當數數廣為諸天人、阿修羅、龍、夜叉、乾闥婆、伽留羅、緊那羅、摩睺羅伽、人、非人等，分別說之。當作如來善根功德種子，一切眾生聞者，得入如來善根功德。以是因緣故，離諸煩惱，悉皆成佛。」諸比丘聞已，歡喜作禮藥王佛、藥王菩薩、藥上菩薩、最上天王佛。⁴¹

此處「未曾有法」四字，一方面是對其前面所說教法之全部內容的概括（主要講造像、造塔等功德），另一方面也是讚歎所說教法的效用，含有囑咐流通之意。換言之，這一段引文，是總括全經，具有畫龍點睛的意義。再如趙宋時法天所譯《未曾有正法經》卷六在經文結束前亦云：

40　〔日〕大藏經刊行會編：《大正新修大藏經》（臺北市：新文豐出版公司，1996年），卷4，頁208中。

41　〔日〕大藏經刊行會編：《大正新修大藏經》（臺北市：新文豐出版公司，1996年），卷16，頁781下-782上。

　　爾時佛告尊者阿難言：「汝今受持我此正法，於後末世為諸眾生宣佈演說。何以故？此法甚深，昔未曾有。若男子女人受持此法者，彼得離諸疑惑，滅除一切煩惱罪垢，是故汝當紀念受持。」阿難白佛言：「世尊！我以佛神力之所加護，於末世中宣佈此法，令諸眾生皆獲利益。世尊！此經何名？我等云何奉持？」佛告阿難：「是經名為《未曾有正法》，如是受持。」[42]

　　這兩處所說的「未曾有」，皆在強調經法本身的特性，在結構上，同樣是處於講述結束時。

（三）寄生性與獨立性的統一

　　「未曾有」雖然是九部經、十二經中獨立的一類，但從漢譯佛典的實際情況分析，真正以「未曾有」命名的經典，總體數量極少，即使加上那些被集入大經（如阿含類）中的小經，總量還是不多。這中間，主要也是各種「未曾有法」（希法，或曰較為純粹的教義宣暢）。

　　而在敘述神通（神變）之事的「未曾有」經文裡，其神通（神變）故事本身，往往是作為例證來使用的，這點丁敏已有揭示。易言之，這些故事本身的獨立性並不強，我們稱之為「寄生性」。於此，可看兩個完整的例子。如《賢愚經》卷十〈大光明始發無上心品〉曰：

　　如是我聞：一時佛在羅閱祇迦蘭陀竹園。爾時阿難在林樹間，靜坐思維，欻生此念：如來正覺，諸根具足，功德慧明，殊妙難量。世尊先昔，本何因緣，發此大乘無上之心？修習何事，而得如是勝妙之利？作是念已，即從禪起，往詣佛所，頭面作禮，前白佛言：「如諸世尊，於諸世間人天之中，最尊最妙，

功德慧明，巍巍無量。不審世尊，先昔以何因緣發此大乘無上
之心？」

佛告阿難：「汝欲知者，善思念之，吾當為汝具分別說。」阿
難白佛：「諾！當善聽。」

佛告阿難：「過去久遠無量無邊不可思議阿僧祇劫，此閻浮
提，有大國王名摩訶波羅婆修，晉言大光明，主五百小國。爾
時大王與諸群臣，俱出遊獵。王所乘象，欲心熾盛，擔王馳
走，奔逐牸象，漸逼大林，突入樹間。象師白王：捉樹自立，
足得全濟。王用其言，俱共持樹。象去之後，王心大怒，苦責
象師，欲即殺之。由卿調象，不合制度，致使今者幾危吾身。
象師白王：調之如法，但今此象，為欲所惑，欲心難調，非臣
咎也，願見寬恕。卻後三日，象必自還。觀臣試之，萬死不
恨。即便停置，如期三日，象還詣宮。爾時象師，燒七鐵丸，
令色正赤，逼象吞之。象不敢違，吞盡即死，王意開解。及諸
群臣，歎未曾有。復問之曰：『如此欲心，誰能調者？』時有
天神感悟象師，令答王曰：『佛能調之。』王聞是語，便發心
言：『如此膠固，難調伏法，唯佛能除。』即自誓願，願求作
佛，精勤歷劫，未曾休替，至於今日，果獲其報。」

佛告阿難：「欲知爾時大國王者，今我身是。」[43]

這則故事，整體說來，毫無疑問是一則佛本生故事。但是，在敘述佛
陀的前生行事時，卻插入了一則有關象師調伏大象的神奇故事。這則
小故事，起到了承前啟後的作用，它促使國王開悟，從而歸依佛法，
世世修持，終成正果。

---

43 〔日〕大藏經刊行會編：《大正新修大藏經》（臺北市：新文豐出版公司，1996年），
卷4，頁421中-下。

再如蕭齊求那毗地譯《百喻經》卷三〈五百歡喜丸喻〉云：

昔有一婦荒淫無度，欲情既盛，嫉惡其夫，每思方策，規欲殘害，種種設計，不得其便。會值其夫聘使鄰國，婦密為計造毒藥丸，欲用害夫，詐語夫言：「爾今遠使，慮有乏短。今我造作五百歡喜丸，用為資糧以送於爾。爾若出國，至他境界饑困之時，乃可取食。」夫用其言，至他界已，未及食之。於夜暗中，止宿林間，畏懼惡獸，上樹避之。其歡喜丸，忘置樹下。即以其夜值五百偷賊，盜彼國王五百匹馬並及寶物，來止樹下。由其逃突，盡皆饑渴，於其樹下見歡喜丸，諸賊取已，各食一丸，藥毒氣盛，五百群賊一時俱死。時樹上人，至天明已，見此群賊死在樹下，詐以刀箭斫射死屍，收其鞍馬並及財寶，驅向彼國。時彼國王，多將人眾案跡來逐，會於中路，值於彼王。彼王問言：「爾是何人，何處得馬？」其人答言：「我是某國人，而於道路值此群賊，共相斫射五百群賊，今皆一處死在樹下。由是之故，我得此馬及以珍寶，來投王國。若不見信，可遣往看賊之瘡痍殺害處所。」王時即遣親信往看，果如其言。王時欣然，歎未曾有。既還國已，厚加爵賞，大賜珍寶，封以聚落。

彼王舊臣咸生嫉妒，而白王言：「彼是遠人，未可服信，如何卒爾寵遇過厚，至於爵賞逾越舊臣？」遠人聞已，而作是言：「誰有勇健，能共我試？請於平原校其技能。」舊人愕然，無敢敵者。後時彼國大曠野中有惡師子，截道殺人，斷絕王路。……王聞是已，給賜刀杖，尋即遣之。爾時遠人既受敕已，堅強其意，向師子所。師子見之，奮激鳴吼，騰躍而前；遠人驚怖，即便上樹；師子張口，仰頭向樹，其人怖急，失所捉刀，值師子口，師子尋死。爾時遠人歡喜踴躍，來白於王，

王倍寵遇。時彼國人，卒爾敬服，咸皆讚歎。

其婦人歡喜丸者，喻不淨施；王遣使者，喻善知識；至他國者，喻於諸天；殺群賊者，喻得須陀洹，強斷五欲並諸煩惱；遇彼國王者，喻遭值賢聖。……不淨之施，猶尚如此；況復善心歡喜佈施，是故應當於福田所，勤心修施。[44]

本處所引經文，整體言之，是為譬喻文體。然寓體中的兩則故事（歡喜丸毒死五百群賊事及遠人殺死獅子事）都十分神奇，在現實生活中發生的可能性極小，所以國王、國人才驚歎「未曾有」，對其人深表讚歎。當然，譬喻引證神奇故事的目的，是在說明善心佈施的意義。

雖然上引《賢愚經》、《百喻經》中敘述的故事，表面看與神通（神變）故事關係不大，細細分析其實不然。比如，《賢愚經》中促使調象師發聲回答國王者是天神，也就是說天神使用了某種神通；而《百喻經》則在寓意中指出那位丈夫是「善知識」，實即暗示了他因禍得福的根本原因，是現世種了善因，自然會有神力來保護他，所以才會出現種種神奇的巧合故事。不過，正如前引《大智度論》卷三三所言「佛現種種神力，眾生怪未曾有」，漢譯佛典中所敘述的神通故事，最多的還是以佛為中心。

此外，即使是作為寄生性的神通（神奇）故事，從自身結構看，常常也可獨立成篇。對此，丁敏先生已有很好的論述。她指出：

神通故事常是短小集中、有頭有尾、一線到底、無枝無蔓、脈絡清楚。這是因為神通故事主要是宣教時口頭講述，訴諸信徒的聽覺，因此簡單完整的故事類型，容易使聽眾的注意力集中

---

44 〔日〕大藏經刊行會編：《大正新修大藏經》（臺北市：新文豐出版公司，1996年），頁552下-553中。

到主要的人和事上來。[45]

並說神通故事對人物形象的描述，不注重外在面貌的描寫和內在心理的刻畫，而是用誇張鋪排的筆法，從故事的開展和人物的行動來展示人物的神奇性、超人性；類型簡單，然情節內容豐富。[46]凡此論斷，皆與相關漢譯佛典之實際情況吻合。因此，我們把這一特點概括為獨立性。

綜合考量，我們把「未曾有」，特別是其中神通（神變）故事的文體特點，又歸納為寄生性與獨立性的有機統一。

二　文體功能

關於「未曾有」的文體功能，它既有和其他佛經文體相同者，玄奘譯《阿毗達磨大毗婆沙論》卷一指出：「諸佛為饒益他，開示演說十二分教：一契經，二應頌，三記別，四諷頌，五自說，六緣起，七譬喻，八本事，九本生，十方廣，十一希法，十二論議。」[47]此即交代了十二部經的共同點，其實都是用於佛教宣教，闡明各種教理教義。當然，它也有自己的特異之處，茲主要從漢地經疏進行歸納。

1 隋慧遠《大乘義章》卷一「十二部經義五門分別」中云：

第十一者名阿浮陀達摩，此翻名為未曾有經。青牛行鉢、白狗

---

45 丁敏：〈佛教經典中神通故事的作用及其語言特色〉，《中國佛學文學的古典與現代：主題與敘事》（長沙市：岳麓書社，2007年）。
46 丁敏：〈佛教經典中神通故事的作用及其語言特色〉，《中國佛學文學的古典與現代：主題與敘事》（長沙市：岳麓書社，2007年）。
47 〔日〕大藏經刊行會編：《大正新修大藏經》（臺北市：新文豐出版公司，1996年），卷27，頁2上。

聽法、諸天身量、大地動等，曠古希奇，名未曾有。說此希事，名未曾有經。[48]

2 隋智顗所說《妙法蓮華經玄義》卷六云：

未曾有經者，說希奇事，由來未有者。未曾有也，示有大力，有大利益。托未曾有事，以彰所表也。[49]

3 隋唐之際的吉藏在《大乘玄論》卷五中有云：

未曾有、因緣經，此明善惡事一雙：未曾有經為善事，如青牛行鉢、白狗聽經、大地振動。因緣謂起罪本末，隨本末而說名因緣經。[50]

由此我們可以發現「未曾有」的特殊功能是「說」，即敘事（或敘述）。而且，「說」的對象是各種各樣的「希奇事」，這些希奇事，一方面強調了時間的階段性，即從過去到現在的這一段時間內都未曾發生過的事情；另一方面落腳點又在現在，突出的是現在正在發生的神奇之事，讓受眾或聽眾有身臨其境的切身感受。再則，所敘述的事件本身，其宗教的價值判斷與情感判斷，則重在張揚善事，此與因緣經多敘起罪本末形成了鮮明的對比。換言之，「未曾有經」的**文體功能主要在於通過神奇敘事，用以彰顯佛教倫理之善**。此從前引諸「未曾

---

48 〔日〕大藏經刊行會編：《大正新修大藏經》（臺北市：新文豐出版公司，1996年），卷44，頁470中。

49 〔日〕大藏經刊行會編：《大正新修大藏經》（臺北市：新文豐出版公司，1996年），卷33，頁752上-中。

50 〔日〕大藏經刊行會編：《大正新修大藏經》（臺北市：新文豐出版公司，1996年），卷45，頁64下-65上。

有」之具體經文，亦可得到明證。

　　此外，從前引鳩摩羅什譯《成實論》卷一〈十二部經品第八〉可知，佛說「未曾有經」並顯現神通的目的，在於證明因果業報的真實不虛，然而從佛教對待神通（神變）的態度看，則知神通也有侷限性，如神通不敵業力、事相神通不如智慧神通等。[51]由此形成了一種較為特殊的功能，即有的「未曾有經」，還可以通過神奇敘事來反對「神通」（具體事例，詳見第三節）。這種功能，我們稱之為相反相成。

第三節　文體影響

　　說及「未曾有」的影響，我們擬重點談兩個方面：一是敘事模式的影響，二是神通（神變）故事或相關情節的影響。

一　敘事模式的影響

　　我們曾把「未曾有」的敘事模式概述為「多樣化敘事＋程式化感歎＋教義揭示」，它在中土僧傳及多種靈驗小說中，常被使用。如：
1 唐道宣《續高僧傳》卷八〈周蒲州仁壽寺釋僧妙傳〉謂僧妙：

> 後住蒲鄉常念寺，即仁壽寺也，聚徒集業以弘法樹功，擊響周齊，甚高名望。周太祖特加尊敬，大統年時西域獻佛舍利，太祖以妙弘贊著績，遂送令供養。因奉以頂戴，曉夜旋仰，經於一年，忽於中宵放光滿室，螺旋出窗，漸延於外，須臾光照四遠，騰扇其焰，照屬天地。當有見者，謂寺家失火，競來救之。及睹神光，乃從金瓶而出，皆歎未曾有也。妙仰瞻靈相，

---

51 丁敏：〈佛教經典中神通故事的作用及其語言特色〉，《中國佛學文學的古典與現代：主題與敘事》（長沙市：岳麓書社，2007年）。

涕泗交橫，乃燒香跪而啟曰：「法界眾生，已睹聖跡，伏願韜秘靈景，反寂歸空。」於是光還螺旋，捲入瓶內。爾夜州治士女，燒香讚歎之聲聞於數十里。寺有一僧，睡居房內，眾共喚之，惛惛不覺，竟不見光相，未幾，便遘屬疾，咸言宿業所致，遂有感見之差。[52]

案：這裡敘述的主體內容是有關舍利的神變感應故事，其間亦插入了信眾的程式化感歎，即「歎未曾有」一語。接著敘述的是僧妙的燒香啟願，這一部分文字可視作「教義揭示」的變體，同時也是神通感應故事的結束。不過，作者為了說明業報因緣，又附加了某一僧人無緣看見舍利之光而暴卒的情節，通過對比，使得主題更加鮮明突出。

2 唐僧祥《法華傳記》卷五〈宋法華臺沙彌十九〉曰：

宋法華臺者，釋法宗歸心後，開祐昔所住以為精舍，因誦號法華臺也。凡諸州志諷誦者，群集此臺，眾將三千，諷誦成喧雜，大眾評議，分十二時以定眾限，打捷搥為克限。諷誦不絕，其業常存。時一沙彌，從遠方而來，愚戇不識文句，晝夜志諷誦，望入眾限。然天性懶墮，亦不了克限。大眾悲愍愚：「汝以曉更捷搥聲為期，先習諷誦，功方成，堪為眾限。」一夏誦習，才得兩三行，眾人輕慢。所誦甚少，不樂人眾。沙彌悲愁，以曉更鐘聲為期，日日專志。流淚慚先業，欲投身於山崖河淵。即到高崖，放身而投，悶絕。依先業入鑊湯地獄，獄卒以杖打罪人，鐵杖觸鑊緣，響聲似昔捷搥，沙彌憶本志，自能不覺誦《法華》題目。獄中罪人，皆坐蓮華，地獄變作涼池，獄卒歎未曾有。將沙彌奏閻魔王，王言：「沙彌有餘命，

---

52 〔日〕大藏經刊行會編：《大正新修大藏經》（臺北市：新文豐出版公司，1996年），卷50，頁486上-中。

還閻浮提盡其志。」聞是語已，如眠臥而覺，身無損壞。還到
臺說此因緣，眾或信不信。沙彌至心發願：「我冥所見不空，
即業障輕微。一部文義，自然照了。」發願已，行道誦經，一
部文義自然誦通。眾聞所誦，並伏膺。上座沙彌為僧，於諷誦
眾為上首。[53]

本則故事的敘事結構，也可分成三大部分：一是敘述沙彌持誦《法華
經》所產生的神奇功德，即使小沙彌自殺到了地獄之後，其功德也未
消失，甚至使地獄諸受苦眾生一併得到解救；二是程式的感歎，不過
感歎主體換成了獄卒，而非一般情況下的佛教信徒；三是故事的寓
意，這一部分與前一故事一樣，同用發願的形式加以描述，也用了對
比法，然而是故事主人翁自己的縱向對比。因了入地獄這一經歷，使
得小沙彌復活後變得不再愚笨，對《法華》義理霍然開解，並成了上
座僧人。

　　3 唐惠詳撰《弘贊法華傳》卷三則載釋法融之事曰：

後歸丹陽牛頭山幽棲寺，別為小屋，精修故業，遠近學侶翕爾
歸之。乃於巖穀之前，講《法花經》一部。於時正在盛冬，凝
霜被木，乃於講所忽生三莖金色蓮花，眾甚驚異，歎未曾有。
經文既畢，花亦不見。又有一大鹿，常依時聽講，停法之後，
絕跡不來。門人發心，皆以《法花》為正業矣。[54]

本則傳記敘述了法融因講《法華經》之功德而產生的神變故事。其敘

---

53 〔日〕大藏經刊行會編：《大正新修大藏經》（臺北市：新文豐出版公司，1996年），
　　卷51，頁70上-中。
54 〔日〕大藏經刊行會編：《大正新修大藏經》（臺北市：新文豐出版公司，1996年），
　　卷51，頁19上。

述結構與前兩則故事稍有不同：一者敘述相對簡略；二者敘神變感應時用了並列式，即列舉了兩項內容（金色蓮花與大鹿聽經，但第二項中未有感歎之語，然從其性質判別，亦為「未曾有」也）；三者最後一句，實際上是講神通感應故事的效用，它們使得法融的門人都以弘揚《法華》為正業。

不過，中土僧傳或靈驗小說中在敘述感應神通故事時，對佛典「未曾有」之敘事模式既有繼承，也有變異。其中，最大的變化是第三部分，往往不是「教義揭示」，而多是講感通之用，如前引三故事，基本如此。

二　神通（神變）故事或相關情節的影響

本來這一方面的研究成果已相當豐碩，尤其在志怪、傳奇與神魔小說諸領域。不過，可補充的例證還有不少。如：

（一）手指化出異物降伏對手

1《太平廣記》卷二八九〈明思遠〉條引陸長源《辯疑志》云：

> 華山道士明思遠，勤修道籙三十餘年。常教人金水分形之法，並閉氣存思，師事甚眾。永泰中，華州虎暴，思遠告人云：「虎不足畏，但閉氣存思，令十指頭各出一獅子，但使向前，虎即去。」……於谷口行逢虎，其伴驚懼散去，唯思遠端然，閉氣存思，俄然為虎所食。[55]

案：陸氏原著旨在辨析佛道兩教之虛妄不實，然其所謂十指頭化出獅

---

55 〔宋〕李昉等撰：《太平廣記》（北京市：中華書局，1961年），頁2298。

子的情節，實出於佛教之神通。如支謙譯《撰集百緣經》卷六〈佛度水牛生天緣〉云：

> 佛在驕薩羅國，將諸比丘欲詣勒那樹下。至一澤中，有五百水牛，甚大兇惡。復有五百放牛之人遙見佛來，將諸比丘，從此道行，高聲叫喚：「唯願世尊，莫此道行！此牛群中有大惡牛，抵突傷人，難可得過。」⋯⋯惡牛卒來，翹尾低角，刨地吼喚，跳躑直前。爾時如來，於五指端化五師子，在佛左右。四面周匝，有大火坑。時彼水牛，甚大惶怖，四向馳走，無有去處。唯佛足前有少許地，宴然清涼。馳奔趣向，心意泰然，無復怖畏。長跪伏首，舐世尊足。復更仰頭，視佛如來，喜不自勝。爾時世尊知彼惡牛，心已調伏。[56]

兩相比較，從指頭化出獅子以降伏對手的關鍵情節是何其相似。更為重要的是，道士明思遠有此神力的原因是存思，而道教存思和佛教禪定亦有共通之處。本質來講，佛、道神通（神變）都是意念的產物。《長阿含經》卷十三〈阿摩晝經〉即云：

> 彼以定心，清淨無穢，柔濡調伏，住無動地。一心修習神通智證，能種種變化：變化一身為無數身，以無數身還合為一。⋯⋯譬如陶師善調和泥，隨意所造，在作何器，多所饒益；亦如巧匠善能治木，隨意所造，自在能成，多所饒益；又

---

56 〔日〕大藏經刊行會編：《大正新修大藏經》（臺北市：新文豐出版公司，1996年），卷4，頁232上。又，夏廣興在《佛教與隋唐五代小說》（西安市：陝西人民出版社，2004年）中舉出了該故事的多種佛經來源（參頁198-199），惜其未點明佛經故事的神通性質。

如牙師善治象牙，亦如金師善煉真金，隨意所造，多所饒益。[57]

丁敏先生將經文中由定而生的變化分成三類：即一身與多身、身能飛行及以心變物。[58]其中，諸「譬如」句式所講，即屬「以心變物」之神通。當然，《明思遠》的故事結局，由於創作者目的在於破，故形成了反諷的藝術效果。

　　2 《西遊記》第七回〈八卦爐中逃大聖，五行山下定心猿〉敘述如來降伏孫大聖的情形是：

> 好大聖，急縱身又要跳出，被佛祖翻掌一撲，把這猴王推出西天門外，將五指化作金、木、水、火、土五座聯山，喚名五行山，輕輕的把他壓住。[59]

此之神變，亦屬「以心變物」，而其故事淵源亦出佛典。如梁寶唱編《經律異相》卷三十七〈優婆塞為王廚吏被逼殺害而指現師子〉條引《譬喻經》第六卷云：

> 佛泥洹後百年，國王奉事天神，大祠祀用牛、羊、豬、犬、雞等各百頭，皆使廚士殺之。時廚士言：「我受佛戒，不得殺生。」廚監大恚，白王治之。……七日以後，王看是優婆塞身如佛身，驅五百象往蹈殺之。優婆塞如佛法則舉五指，化為五

---

57 〔日〕大藏經刊行會編：《大正新修大藏經》（臺北市：新文豐出版公司，1996年），卷1，頁86上。

58 丁敏：《佛教神通：漢譯佛典神通故事敘事研究》（臺北市：法鼓文化出版社，2007年），頁86。

59 〔明〕吳承恩著，陳先行、包於飛校點：《西遊記》（李卓吾評本）（上海市：上海古籍出版社，1994年），頁86。

山，一山間有一師子出，象見師子惶怖伏地，如佛在時。[60]

不過，《西遊記》在承襲相關故事細節的基礎上，也融入了更多的本土文化，比如「五行」之說。

（二）手指自然流出香水

本故事和前述故事一樣，都源於佛教禪定而生的「以心變物」之神通。如《高僧傳》卷十一〈釋玄高傳〉載北魏釋玄紹：

> 學究諸禪，神力自在。手指出水，供高洗漱，其水香淨，倍異於常。[61]

此則明確指出神通表現的根源是「學究諸禪」。當然，同型故事，漢譯佛典中習見。如「失譯人名今附《東晉錄》」之《菩薩本行經》卷中云：「時婆羅門，舉手五指，水即流出。時舍利弗見其意堅，證現如此，默然而止。」[62]東晉法顯譯《佛說雜藏經》則說目連：「見一神身體極大，有金色手，五指常流甘露，若有行人所須飲食資生之具，盡從指出，恣而與之。」[63]隋闍那崛多等譯《起世經》卷二〈郁單越洲品第二之餘〉覆載：

> 郁單越人住於母胎，唯經七日，至第八日即便產生。其母產

---

60 〔日〕大藏經刊行會編：《大正新修大藏經》（臺北市：新文豐出版公司，1996年），卷53，頁200上。

61 〔梁〕慧皎著，湯用彤校注：《高僧傳》（北京市：中華書局，1992年），頁410。

62 〔日〕大藏經刊行會編：《大正新修大藏經》（臺北市：新文豐出版公司，1996年），卷3，頁116中。

63 〔日〕大藏經刊行會編：《大正新修大藏經》（臺北市：新文豐出版公司，1996年），卷17，頁558下。

訖，隨所生子，若男若女，皆將置於四衢道中，舍之而去。於
彼道上東西南北行人往來，見此男女心生憐念，為養育故，各
以手指內其口中，於彼指端自然流出上妙甘乳，飲彼男女，令
得全活。[64]

香水、甘露、甘乳雖異，然其物理性質相同，皆為流體。

（三）蓮花中化出玉女

《太平廣記》卷二十五「元柳二公」條引《續仙傳》云：

元和初，有元徹、柳實者，居於衡山，二公俱有從父為官浙
右。李庶人連累，各竄於驩、愛州。二公共結行李而往省焉，
至於廉州合浦縣，登舟而欲越海，將抵交趾，艤舟於合浦岸。
夜有村人饗神，簫鼓喧嘩，舟人與二公僕吏齊往看焉。……逡
巡，復有紫雲自海面湧出，漫衍數百步，中有五色大芙蓉，高
百餘丈，葉葉而綻，內有帳幄，若繡綺錯雜，耀奪人眼。又見
虹橋忽展，直抵於島上。俄有雙鬟侍女，捧玉合，持金爐，自
蓮葉而來天尊所，易其殘爐，炷以異香。[65]

此處雖為道教故事，然蓮花中化出玉女（仙女）的情節，若窮原竟
委，竟與佛教神通故事有關。如北魏瞿曇般若流支譯《正法念處經》
卷五十七即云：

爾時天王牟修樓陀復為利益，神通變化，從其胸中示現踊出大

---

64 〔日〕大藏經刊行會編：《大正新修大藏經》（臺北市：新文豐出版公司，1996年），
　　卷1，頁316中-下。
65 〔宋〕李昉等撰：《太平廣記》（北京市：中華書局，1961年），頁166-167。

蓮花池。其可愛樂，其池多有鵝鴨鴛鴦，而為莊嚴，第一清淨
八功德水。其蓮華池有百千億七寶蓮華，以覆其上。其花香
氣，滿百由旬。其蓮華臺，王在其上，種種妙寶莊嚴天冠，種
種光明、種種寶衣，莊嚴其身，種種寶印，莊嚴其臂，種種婇
女而為圍繞，坐師子座。其諸彩女，手執白拂，侍立左右。[66]

前者所說的「芙蓉」，與佛經裡的「蓮華」，名異實同也。而且，不管
仙女也好，還是彩女也罷，她們都是朝奉特定的主尊。兩者的區別，
僅在於道教把故事背景置於海上，佛教則置於天王自身的變異，即蓮
花池、蓮花甚至蓮花中的彩女，都是由天王自身某一特定的部位
（胸）化現出來的。

（四）降生時自然帶有瑞物

　　曹雪芹《紅樓夢》第八回「比通靈金鶯微露意，探寶釵黛玉半含
酸」曾講到賈寶玉出生時口中自然含有一塊通靈寶玉，其實相似的情
節，佛典中亦有所見。如後漢曇果康孟詳譯《中本起經》卷上〈現變
品第二〉云：

　　於時波羅奈城中，有長者名阿具利。有一子，字曰蛇蛇。晉言
　　寶稱。時年二十四，稱生奇妙，有琉璃展，著足而生。父母貴
　　異，字曰寶稱。[67]

這處經文既然出於「現變品」，毫無疑問和神通、神變有著密切的聯

66 〔日〕大藏經刊行會編：《大正新修大藏經》（臺北市：新文豐出版公司，1996年），
　卷17，頁336下。
67 〔日〕大藏經刊行會編：《大正新修大藏經》（臺北市：新文豐出版公司，1996年），
　卷4，頁149上。

繫。不過，《紅樓夢》所說瑞物是中土文化色彩極其濃厚的瑞玉，它是寶玉出生時口含而來；佛經裡則是自然附著於腳而來。但是，故事的核心要素相同，如降生、得名方式以及故事結局（無論寶玉、寶釵，最後都出家了）等。

（五）神通考驗型故事

1 《太平廣記》一一五「普賢社」條引牛肅《紀聞》云：

> 開元初，同州界有數百家，為東西普賢邑社，造普賢菩薩像，而每日設齋。東社邑家青衣，以齋日生子於其齋次，名之曰普賢，年至十八，任為愚豎，廝役之事，蓋所備嘗。後因設齋之日，此豎忽推普賢身像而坐其處。邑老觀者，咸用怒焉，既加詬罵，又苦鞭撻。普賢笑曰：「吾以汝志心，故生此中。汝見真普賢不能加敬，而求此土像何益？」於是忽變其質為普賢菩薩身，身黃金色，乘六牙象，空中飛去，放大光明，天花采雲，五色相映，於是遂滅。邑老方悟賢聖，大用驚慚。其西社為普賢邑齋者，僧徒方集，忽有婦人，懷妊垂產，云：「見欲生子。」因入菩薩堂中，人呵怒之，不可禁止。因產一男子，於座之前，既初產生，甚為污穢，諸人不可，提挈出，深用詬辱。忽失婦人所在，男變為普賢菩薩，光明照燭，相好端麗，其所污穢，皆成香花，於是乘象騰空，稍稍而滅。諸父老自恨愚暗，不識普賢，刺眇其目者十餘人。由是言之，菩薩變觀豈凡人能識。[68]

案：作者在故事結尾所生發的評論，實即點明了故事的淵源所在，即

---

68 〔宋〕李昉等撰：《太平廣記》（北京市：中華書局，1961年），頁800。

出自菩薩的神通示現，小說對普賢菩薩神通示現的敘述，它們可歸入丁敏先生歸納的如意神足中「變化己身成異身」、「變化己身的化身」等類型。[69]不過，世俗之人對於真菩薩，卻不能識別。這種故事的關鍵要素是佛、菩薩等聖者通過神通來展示自我形象，且目的是為了考驗信徒的辨別真假的能力。類似的情況，佛典中習見，如東晉瞿曇僧伽提婆譯《增一阿含經》卷二十載長者跋提之妻和他不信佛法的丈夫之間的對話：

> 「可自護口，勿作是語，言沙門學於幻術，所以然者，此諸沙門有大威神，所以來至長者家者，多所饒益。長者！竟識先前比丘者乎？」
> 長者報曰：「我不識之。」
> 時婦報言：「長者！頗聞迦毗羅衛國斛淨王子名阿那律，當生之時，此地六變震動，繞舍一由旬內，伏藏自出。」
> 長者報言：「我聞有阿那律，然不見之耳。」
> 時婦語長者言：「此豪族之子，舍居家已，出家學道，修於梵行，得阿羅漢道，天眼第一，無有出者。然如來亦說『我弟子中天眼第一，所謂阿那律比丘是』，次第二比丘來入乞者，為識不乎？」
> 長者報言：「我不識之。」[70]

這裡以對話的形式敘述了跋提不識天眼第一的阿那律的前後經過。其實，阿那律已從跋提手中取走了食物，只是跋提自己不知道而已。

69　丁敏：《佛教神通：漢譯佛典神通故事敘事研究》（臺北市：法鼓文化出版社，2007年），頁83-84。

70　〔日〕大藏經刊行會編：《大正新修大藏經》（臺北市：新文豐出版公司，1996年），卷2，頁647中。

2 元劉大彬編《茅山志》卷五載茅盈事曰：

> 時年四十九，君父母尚存，父見怒曰：「為子不孝，不親供
> 養，游走四方，吾當喻汝為不生之子。」欲杖罰之。君長跪謝
> 曰：「盈受命，應當得道，道法遁世，事不兩濟。雖違遠，供
> 養無旦夕之益，能使家門平安，父母老壽，盈已受聖師符籙，
> 見營助者天丁之兵，不可打擊，恐三官考察，非小故也。」父
> 意未釋，亦欲驗君情狀，示眾不惑。於是舉杖向君，杖即摧
> 折，段段飛揚，穿柱陷壁。父悟不凡，乃止。[71]

於此，作者特意用了一「驗」字，表明敘述內容屬於考驗型。其中的
關鍵情節——罰杖摧折事，實和什譯《妙法蓮華經》卷七所云「若復
有人臨當被害，稱觀世音菩薩名者，彼所執刀杖，尋段段壞，而得解
脫」。[72]同一機杼。而且，佛經所講根源，是出於「稱名」所產生的一
種特殊的神通力——念力，這與道教傳記講茅盈出於「天丁之助」，
本質上是一樣的，因為後者也是神通，只不過是道教的神通而已。當
然，易「刀杖」為「杖」，考慮到此時茅盈之父已為老年人，手中持
杖，應更符合現實生活中的情境。

（六）反對賣弄神通之事

《西遊記》第二回〈悟徹菩提妙真理，斷魔歸本合元神〉講到孫
悟空學習神通變化之後，應眾人要求演示了一遍，結果驚動其師而遭
驅逐。其師給出的理由是：

71　《道藏》（北京市：文物出版社，上海市：上海書店，天津市：天津古籍出版社，
　　1988年），冊5，頁576下。
72　〔日〕大藏經刊行會編：《大正新修大藏經》（臺北市：新文豐出版公司，1996年），
　　卷9，頁56下。

518 ❖ 福建師範大學文學院百年學術論叢　　　　　　　　　　　第二輯

> 我問你：弄什麼精神？變什麼松樹？這個工夫，可在人前賣
> 弄？假如你見別人有，不要求他？別人見你有，必然求你。
> 你若畏禍，卻要傳他，若不傳他，必然加害，你之性命又不可
> 保。[73]

這種說教並非空穴來風，而是淵源自有。如佛陀耶舍、竺佛念譯《長
阿含經》卷十六中載堅固長者一再請求佛陀命令諸比丘給那些不信佛
的婆羅門、長者子和居士表現神通，但是：

> 佛告堅固：「我終不教諸比丘為婆羅門、長者、居士而現神足
> 上人法也，我但教弟子於空閒處靜默思道。若有功德，當自覆
> 藏；若有過失，當自發露。」……時堅固長者子白佛言：「我
> 於上人法無有疑也，但此那難陀城國土豐樂，人民熾盛，若於
> 中現神足者，多所饒益，佛及大眾善弘道化。」佛復告堅固：
> 「我終不教比丘為婆羅門、長者子、居士而現神足上人法也，
> 我但教弟子於空閒處靜默思道。若有功德，當自覆藏；若有過
> 失，當自發露。所以者何？有三神足。云何為三？一曰神足，
> 二曰觀察他心，三曰教誡。云何為神足？長者子！比丘習無量
> 神足，能以一身變成無數，以無數身還合為一。……於虛空中
> 結加趺坐，猶如飛鳥，出入大地，猶如在水。……若有得信長
> 者、居士見此比丘現無量神足，立至梵天，當復詣餘未得信長
> 者、居士所，而告之言：『我見比丘現無量神足，立至梵
> 天。』彼長者、居士未得信者，語得信者言：『我聞有瞿羅
> 咒，能現如是無量神變，乃至立至梵天。』」佛復告長者子堅

---

73 〔明〕吳承恩著，陳先行、包於飛校點：《西遊記》（李卓吾評本）（上海市：上海
古籍出版社，1994年），頁23。

固：「彼不信者，有如此言，豈非毀謗言耶？」堅固白佛言：「此實是毀謗言也。」

佛言：「我以是故，不勑諸比丘現神變化，但教弟子於空閒處靜默思道。」[74]

佛陀之所以不提倡神通，原因是怕引起信徒的誤解，把它們和外道咒術混為一談，乃至對正法生出毀謗，產生惡果。另外，即使在三種神通中，佛陀也更重視教誡神通，因為後者是依佛陀的訓示（教法）修行，最終證入涅槃境界。

---

74 〔日〕大藏經刊行會編：《大正新修大藏經》（臺北市：新文豐出版公司，1996年），卷1，頁101中-下。

第十章
漢譯佛典之「授記」及其影響

　　「授記」與「未曾有」一樣，都同時出現於九分教和十二分教。[1] 易言之，無論原始佛教，還是後來的大乘佛教，「授記」皆是不可或缺的經典種類之一。目前的研究，主要是從經典演變史的角度揭示「授記」的歷史淵源和含義變遷[2]，宗教文體學方面的系統論著，則尚未出現。本章的主要目的，就是想在揭示「授記經」文體特色的基礎上，再論及它對中國古代宗教文學的影響。

第一節　含義簡介

　　「授記」對應的梵文名詞是vyākaraṇa（巴利語veyyakaraṇa），漢語音譯「毗耶佉梨那」、「弊迦蘭陀」、「和伽羅那」或「和羅那」，意

1　授記，或作受記、記等，其在九分教與十二分教中的位次，最常見的都是列在第三位。如東晉佛陀跋陀羅、法顯譯：《摩訶僧祇律》卷1所說九部法是修多羅、祇夜、授記、伽陀、憂陀那、如是語、本生、方廣、未曾有經（〔日〕大藏經刊行會編：《大正新修大藏經》〔臺北市：新文豐出版公司，1996年〕，卷22，頁227中），鳩摩羅什譯：《摩訶般若波羅蜜經》卷一所說十二部經是修多羅、祇夜、受記經、伽陀、憂陀那、因緣經、阿波陀那、如是語經、本生經、方廣經、未曾有經、論議經（〔日〕大藏經刊行會編：《大正新修大藏經》〔臺北市：新文豐出版公司，1996年〕，卷8，頁220中）。參前田惠學：《原始佛教聖典の成立史研究》（東京：山喜房佛書林，1964年），頁305-306。

2　這方面的代表性論著有前田惠學：《原始佛教聖典の成立史研究》（東京：山喜房佛書林，1964年），特別是頁282-307；印順：《原始佛教聖典之集成》（臺北市：正聞出版社，1988年），特別是頁539-548。

譯則作「授決」、「受決」、「受記」、「記別」、「記莂」、「記說」、「解說」、「記」等。其動詞形式為vyā-kṛ，變形則有vyā-karoti、vyā-kurute，意思為「說明」、「分別」、「解答」、「闡釋」、「預言」等。[3]

　　從經典的成立及其發展史而言，日本學者前田惠學指出，「記說」可分成三類，即：「問答體」、「廣分別體」和「授記」[4]，並討論了巴利語vyākaroti、veyyakaraṇa的實際應用，從而推斷出「記說」的原始意義是「問答體」。[5]不過，印順法師對此一方面表示了懷疑，他認為「是否先是問答而後其他，那是很難說的」[6]；另一方面又說：

> 歸納古代的傳說為三類，當然是對的。然依古代的傳說，應分為二類：從一般的形式而稱為「記說」的，是問答與分別，這是一般的。從內容而以「所證與所生」為「記說」，這是特殊的（為後代所特別重視的）。我們應該承認：vyākaroti, vyākaraṇa，原為世間固有的詞語，本通於分別、解說、解答，而不只是「解答」的。從契經看來，問答與分別的特性，是存在的。然分別體，多數依問而作分別，可說是廣義的問答體。而問答中，也有分別的成分，稱為「分別記」。問答與分別，起初都比較簡略，互相關涉，這應該是學界所能同意的事實。其後，有廣問答，廣分別。如約問答與分別說，這也是「記說」的一類，如《中部》的《滿月大經》；《長部》的《梵網經》、《帝釋所問經》。但由於問答分別的廣長，別立為《方

3　Sir Monier Monier Williams: *A Sanskrit-English Dictionary*. (Motilal Banaridss Publishers PVT. LTD. Delhi, 1990) p. 1035.

4　前田惠學：《原始佛教聖典の成立史研究》（東京：山喜房佛書林，1964年），頁282-284。

5　前田惠學：《原始佛教聖典の成立史研究》（東京：山喜房佛書林，1964年），頁305-306。

6　印順：《原始佛教聖典之集成》（臺北市：正聞出版社，1988年），頁520。

廣》（廣說），那是多少遲一些的事。[7]

印順法師並從「記說」的次第，列表如次：

記說 ⎰ 形式（一般的）　問答與分別 ⎰ 廣分別
　　 ⎱ 內容（特殊的）　所證與所生[8]　⎱ 廣問答

對此，郭良鋆先生也有類似看法，她主張：

> 「九分教」中的「解說」（veyyakarana）一類，在「十二分教」
> 中是指「受記」（vyakarana）一類，即佛陀對弟子未來果們的
> 預言。「十二分教」中的「方廣」（Vaipulya）是指佛陀所說方
> 廣正大的經文。而「九分教」中巴利文Vedalla一詞的詞義不明，
> 我們在前面只是姑且譯作「方廣」，並按照德國學者 M. 溫特
> 尼茨的說法，釋為教問答體經文。[9]

　　綜合諸家研究成果，則知「記說」在原始佛教、大乘佛教中的含
義不同。其中，原始佛教中它涵蓋的內容更加複雜多變，既指問答體
的經文解說，又指預言；到了大乘佛教，則專指預言。易言之，若把
前者稱作廣義上的「授記」，後者則為狹義「授記」。另外，前者之中
的「問答體」一類，從形式上看，則同於「方廣」；到了大乘佛教時
期，它便和大乘經典之「方廣經」合為一體了。

7　印順：《原始佛教聖典之集成》（臺北市：正聞出版社，1988年），頁524-525。

8　印順：《原始佛教聖典之集成》（臺北市：正聞出版社，1988年），頁525。

9　郭良鋆：《佛陀和原始佛教思想》（北京市：中國社會科學出版社，1997年），頁
　　11。

第二節　文體特點與功能

一　文體特點

關於「授記」的文體特點，我們重點談兩個方面：一曰內容，二曰敘事。先講第一點。

（一）內容特色

為了較詳細解說「授記」的內容特色，故有必要先列舉一些漢譯佛典或漢地經疏中的重要論點（或論斷）：

1 鳩摩羅什譯《成實論》卷一〈十二部經品第八〉云：

> 和伽羅那者，諸解義經名和伽羅耶。若有經無答無解，如四無礙等經，名修多羅。有問答經，名和伽羅那。如說四種人，有從冥入冥，從冥入明，從明入冥，從明入明。從冥入冥者，如貧賤人造三惡業墮惡道等，如是等經名和伽羅那。[10]

「和伽那羅」，即「授記」梵文的音譯。這裡用對比法揭示了「授記」和「修多羅」（契經）的異同：前者是無答無解，內容多是佛陀的直接教示，其權威性、神聖性毋庸懷疑，故無須弟子們來提問；後者則是弟子們有疑問後佛陀給出的解答，而且內容多涉及業報輪迴，尤其是惡有惡報問題。

2 玄奘譯《阿毗達磨順正理論》卷四十四云：

---

10 〔日〕大藏經刊行會編：《大正新修大藏經》（臺北市：新文豐出版公司，1996年），卷32，頁244下-245上。

言記別者，謂隨余問酬答辯析，如波羅衍拏等中辯，或諸所有辯曾當現真實義言，皆名記別，有說是佛諸了義經。[11]

類似的記載還有玄奘譯《瑜伽師地論》卷二十五，經云：

或復宣說未了義經，是名應頌。云何記別？謂於是中，記別弟子命過已後當生等事；或復宣說已了義經，是名記別。[12]

同經卷八十一又云：

應頌者，謂長行後宣說伽他，又略標所說不了義經。記別者，謂廣分別略所標義，及記命過弟子生處。[13]

於此，同樣是用對比法（比較的是「應頌」和「記別」）來對「授記」時問答的內容作定性說明，指明「記別」所說內容是「了義經」，應頌（祇夜）則為「不（未）了義經」。[14]正如印順法師分析經

11　〔日〕大藏經刊行會編：《大正新修大藏經》（臺北市：新文豐出版公司，1996年），卷29，頁595上。

12　〔日〕大藏經刊行會編：《大正新修大藏經》（臺北市：新文豐出版公司，1996年），卷30，頁418下。

13　〔日〕大藏經刊行會編：《大正新修大藏經》（臺北市：新文豐出版公司，1996年），卷30，頁753上。

14　「了義」（梵語nitartha），指能直接顯示諸法教義之經，反之則為不了義（neyartha）。但對於了義、不了義，印度各佛教派別理解不盡一致：如大眾部以世尊所說皆是「了義」，而外道所說才是「不了義」；說一切有部則認為如來所說經典中也有密語等「不了義」，故不應依「不了義經」，而專依「了義經」。《成實論》卷二〈四法品〉又說「了義經者，即第三依，謂依於義不依語。若此語義入修多羅中，不違法相，隨順比尼，是則依止」（〔日〕大藏經刊行會編：《大正新修大藏經》〔臺北市：新文豐出版公司，1996年〕，卷32，頁250中），這裡是說如來宣示的全部經典都依於義，都是了義經；但聽眾若執著於語言文字而不能依其意蘊，則成了不了義經。

典成立史時指出的那樣，其根本原因在於：

> 祇夜，沿用為偈頌的通稱。偈頌每為文句音韻所限，又多象
> 徵、感興的成分。法義含渾，如專憑偈頌，是難以明確理解法
> 義的。「祇夜」，無論是《義品》、《波羅延》、《優陀那》、《相應
> 部》的《有偈品》，都是不了義經所攝，這是說一切有部
> （Sarvastivadin）所傳的古義。[15]

換言之，根本佛教（或部派佛教）中的「記別」，其主要內容之一就
是針對含義過於簡明深奧之偈頌所做的闡釋與解答。[16]

　　3 曇無讖譯《大般涅槃經》卷十五云：

> 何等名為授記經？如有經律，如來說時為諸大人受佛記別：
> 「汝阿逸多，未來有王名曰蠰佉，當於是世而成佛道，號曰彌
> 勒。」是名授記經。[17]

因此這裡的「了」與「不了」，牽涉的是眾生根機的利鈍問題。《大方等大集經》卷
二十九又說：「云何依了義經不依不了義經？不了義經者，分別修道；了義經者，
不分別果。不了義經者，所作行業信有果報；了義經者，盡諸煩惱。不了義經者，
訶諸煩惱；了義經者，讚白淨法。不了義經者，說生死苦惱；了義經者，生死涅槃
一相無二。不了義經者，讚說種種莊嚴文字；了義經者，說甚深經難持難了。不了
義經者，多為眾生說罪福相，令聞法者心生欣感；了義經者，凡所演說必令聽者心
得調伏」（〔日〕大藏經刊行會編：《大正新修大藏經》〔臺北市：新文豐出版公司，
1996年〕，卷13，頁205中），此則從大小乘之分、權實之別等多個方面進行判斷，
指出聲聞小乘法、方便法為「不了義經」，菩薩大乘法、真實法是「了義經」。

15 印順：《原始佛教聖典之集成》（臺北市：正聞出版社，1988年），頁521。

16 但是在大乘經典中，又有把「記別」歸入「不了義經」者，如《瑜伽師地論》卷64
曰：「不了義教者，謂契經、應誦、記別等世尊略說，其義未了，應當更釋。」
（〔日〕大藏經刊行會編：《大正新修大藏經》〔臺北市：新文豐出版公司，1996年〕，
卷30，頁654中）

17 〔日〕大藏經刊行會編：《大正新修大藏經》（臺北市：新文豐出版公司，1996年），
卷12，頁451下。

這裡則從另一角度來說明「授記」的內容特色，它與前引《瑜伽師地論》所載「記別」的第二項內容完全相同，都是指佛陀對弟子們在未來世修行果位的預言。當然，隨著佛教的發展，授記的對象也不斷擴大，智者大師所說《妙法蓮華經玄義》卷一即謂：

> 復次一一教中，各各有十二部經，亦用悉檀起之。若十因緣法所成眾生，樂聞正因緣世界事。……或直記眾生未來事，乃至記鴿雀成佛等，是名和伽羅那。[18]

同經卷六又說：

> 授記等經所表之法，不可但以言說，要寄事方乃得顯。如授記經從事為名，止明行因得果道理，理托事彰，事以言辨。如《法華》中與聲聞授記，彰一切皆當得成佛，寄授記以彰所顯，故名授記經。[19]

本來，按照小乘佛教的教義，聲聞乘修行的最高果位也就是阿羅漢（因為它們只承認一個佛，那就是釋迦牟尼）。但是，到了大乘佛教時期，無論聲聞、緣覺，甚至是一切有情眾生，都本具佛性，都可能成佛。所以，智者大師才會解釋說「乃至記鴿雀成佛」云云。

　　至於授記方式，則依其經典所敘內容性質是「解釋、問答」或「預言」之不同而有所變化。如玄奘譯《阿毗達磨大毗婆沙論》卷一二六曰：

---

18 〔日〕大藏經刊行會編：《大正新修大藏經》（臺北市：新文豐出版公司，1996年），卷33，頁688中。

19 〔日〕大藏經刊行會編：《大正新修大藏經》（臺北市：新文豐出版公司，1996年），卷33，頁752上。

記說云何？謂諸經中諸弟子問如來記說，或如來問弟子記說，
或弟子問弟子記說，化諸天等問記亦然，若諸經中四種問記；
若記所證所生處等。[20]

這裡實涵蓋了「授記經」最重要的兩項內容。其中，關於問答解釋
者，既可從問、答主體進行劃分，他們或是佛、弟子，甚至是諸天等
一切有情眾生；也可從問答的方式分，具體說來，就是玄奘譯《阿毗
達磨俱舍論》卷十九提出的四種問記。經曰：

且問四者：一應一向記，二應分別記，三應反詰記，四應舍置
記。此四如次：如有問者問死生、勝我、一異等；記有四者，
謂答四問：若作是問：「一切有情皆當死不？」應一向記「一
切有情皆定當死」；若作是問：「一切死者皆當生不？」應分別
記「有煩惱者當生非餘」；若作是問：「人為勝劣？」應反詰記
「為何所方？若言方天應記人劣；若言方下應記人勝」；若作
是問：「蘊與有情為一為異？」應舍置記：「有情無實故一異性
不成，如石女兒白黑等性。」……一向記者，若有問言：「世
尊是如來應正等覺耶？所說法要是善說耶？諸弟子眾行妙行
耶？色乃至識皆無常耶？苦乃至道善施設耶？」應一向記契實
義故；分別記者，若有直心請言：「願尊為我說法！」應為分
別：「法有眾多：謂去來今，欲說何者？若言為我說過去法，
應復分別過去法中亦有眾多色乃至識。……」反詰記者，若有
諂心請言：「願尊為我說法！」應反詰彼：「法有眾多，欲說何
者？不應分別。」乃至令彼默然而住……舍置記者，若有問

---

20 〔日〕大藏經刊行會編：《大正新修大藏經》（臺北市：新文豐出版公司，1996年），
　　卷27，頁659下-660上。

言：「世為有邊為無邊等？」此應舍置，不應為說。[21]

由此可知，對於所提之問題，給予肯定回答，是為一向記；依據不同的情況，給予或肯定或否定的回答，是為分別記；用反詰（反問）方式給予回答，是為反詰記；而根本就不用回答者，則為舍置記。此四種問記，實包含了高超的辯論技巧。它們可對應我們在第八章所引《大智度論》卷三十五所說的四種論點的設置方式，即必定論、分別論、反問論和置論[22]，其實也和論題本身的性質有關。

　　而關於預言的內容，印順法師指出《阿毗達磨大毗婆沙論》主要講了兩大方面：「『所證』是三乘聖者的證得，預流及阿羅漢果證的『記說』；『所生處』的『記說』，與《瑜伽論》的記別未來生處相同。」[23]對此，什譯《大智度論》卷三十三亦云：

> 眾生九道中受記，所謂三乘道、六趣道。此人經爾所阿僧祇劫當作佛，若記爾所歲當作佛，記聲聞人今世後世得道，記辟支佛但後世得道；記餘六道，亦皆後世受報。[24]

「三乘道」，指聲聞、緣覺與菩薩乘，它們重在果位之區別，屬「所證」；「六趣道」（六趣、六道），指有情眾生依其所造之業而輪迴的世界，包括地獄、餓鬼、畜生、阿修羅、人和天。其中，前三者稱三惡道，後三者叫三善道，然皆屬「所生」。

---

21 〔日〕大藏經刊行會編：《大正新修大藏經》（臺北市：新文豐出版公司，1996年），卷29，頁103上-下。

22 〔日〕大藏經刊行會編：《大正新修大藏經》（臺北市：新文豐出版公司，1996年），卷25，頁321中-下。

23 印順：《原始佛教聖典之集成》（臺北市：正聞出版社，1988年），頁524。

24 〔日〕大藏經刊行會編：《大正新修大藏經》（臺北市：新文豐出版公司，1996年），卷25，頁306下。

　　當然，在漢譯大乘佛典中，並非「預言」類的「授記經」都會同時涉及「所證」與「所生」兩大內容。有的經典專門講「所證」，尤其是佛對菩薩的「記說」，如前引《大般涅槃經》卷十五，就是明證。

　　綜上所述，「授記經」在內容上有兩大突出特色：一以解釋經義為主，二以「預言」為主。然從前揭智者大師之《妙法蓮華經玄義》可知，漢地佛教所理解的「授記」內容，主要是第二項，產生重大影響的也是後者，故下面就以「預言」為主，對「授記」在敘事方面的特色加以分析。

（二）敘事特色

　　關於授記經的敘事特色，可從不同的角度進行闡釋。

　　首先，無論印度佛教還是中國佛教，都十分重視教派的區別。如智者大師《妙法蓮華經玄義》卷六即云：

> 授記者，果為心期，名記聖言，說與名授。授記有二種：若與諸菩薩授佛記，是大乘中授記。若記近因近果，是小乘中記也。[25]

這可以說是最簡明的論述之一，因為它只從大小乘的角度進行區別。當然，由於印度密教曾在唐代盛行，故其相關的授記法也傳入中土。善無畏、一行共譯《大日經》卷一就指出密教授記有二種，曰無餘記及有餘記。[26]其中，無餘記為完全授記，肯定被授記者在將來定會成佛；有餘記則是先行預示的不完全授記，說的是被授記者在未來定會滅罪。

25　〔日〕大藏經刊行會編：《大正新修大藏經》（臺北市：新文豐出版公司，1996年），卷33，頁752中。

26　〔日〕大藏經刊行會編：《大正新修大藏經》（臺北市：新文豐出版公司，1996年），卷18，頁5下。

　　其次是類型學的討論。若依據不同的標準，可有不同的結論：如印順法師主要從授記對象出發，分成「自記說」和「為他記說」兩大類，並且指出「為他記說」又有四種情況：即「法的記說」、「證得的記說」、「業報的記說」和「未來與過去佛的記說」。[27]隋吉藏在《法華義疏》卷八則從來意門、釋名門、能受人門、所授人門、階位門、料簡門及同異門共七個層面[28]，最為全面地分析了「授記」（預言）的敘事特點（包括敘事主體、敘述對象、敘事時間及敘事中的因果關係等）。茲結合相關經論及其注疏講記，再申述如下：

　　1 從預言是否實現的角度（即事件是否完成）看，有「已得記」和「未得記」

　　什譯《大智度論》卷七十六有云：

　　　　有人言有二種阿鞞跋致：一者已得記，二者未得記。[29]

案：阿鞞跋致，梵文avinivartanīya、avaivartika或avi-vartika的音譯，也作「阿毗跋致」或「阿惟越致」，意譯「不退轉」，是指一種修行果位，說的是在佛道修行過程中既得功德不退失的階段或狀態。一般說來，小乘多以預流果為不退轉，大乘或以初住（初地）或八地等為不退轉。

　　2 從預言對象的根機看，分速記與遠記

　　北涼曇無讖譯《大般涅槃經》卷十〈如來性品〉即云：

---

27 印順：《原始佛教聖典之集成》（臺北市：正聞出版社，1988年），頁528-533。

28 〔日〕大藏經刊行會編：《大正新修大藏經》（臺北市：新文豐出版公司，1996年），卷34，頁565中。

29 〔日〕大藏經刊行會編：《大正新修大藏經》（臺北市：新文豐出版公司，1996年），卷25，頁597上。

佛言：善男子！或有聲聞、緣覺、菩薩作誓願言「我當久久護持正法，然後乃成無上佛道」，以發速願，故與速記。復次，善男子！譬如商人有無價寶詣市賣之，愚人見之不識，輕笑。寶主唱言：「我此寶珠，價直無數。」聞已復笑，各各相謂：「此非真寶，是頗梨珠。」善男子！聲聞緣覺亦復如是，若聞速記，則便懈怠輕笑薄賤，如彼愚人不識真寶。……當知是等即是破戒。自言已得過人之法，以是義故隨發速願故與速記。護正法者，為授遠記。[30]

對此，吉藏大師解釋說：

如《涅槃經》明應與遲記者授之以遲，其人聞速得佛心生輕慢，故授以遲記。若言「佛道難得，久受勤苦，然後成佛，心即退失」，為此人故授以速記。又善根熟者，授之以速記；善根未熟者，授之遲記。又樂久處生死化物者，授之以遲；厭惡生死欲早成佛者，授之以速。[31]

吉藏所說的「遲（記）」、「速」，就是《涅槃經》所講的「遠記」與「速記」，其區以別之的原因在於眾生根機利鈍及對生死的態度不一。遲、速之分，表明佛教在弘教時同樣重視因材施教。

　　3 從預言之「人」、「時」差別判之，則有六種授記說

　　唐波羅頗蜜多羅譯《大乘莊嚴經論》卷十二有云：

30　〔日〕大藏經刊行會編：《大正新修大藏經》（臺北市：新文豐出版公司，1996年），卷12，頁423中。

31　〔日〕大藏經刊行會編：《大正新修大藏經》（臺北市：新文豐出版公司，1996年），卷34，頁566上-中。

> 授記有二種：一人差別，二時差別。人差別授記有四種：一未
> 發心授記，謂性位；二已發心授記；三現前授記；四不現前授
> 記。時差別授記有二種：一有數時授記，二無數時授記。[32]

其中，「人差別」中的「人」，包含兩層意思：一是指被授記者（受記
者），依據他們發菩提心的狀態可分成兩種：授記時間在發心之前
者，叫做「未發心授記」；反之，則叫「已發心授記」。二是指授記
者，即預言的發出者。從這一點講，也分成兩種：現前授記和不現前
授記。前者是說授記者出現在受記者面前，後者則相反。[33]另外，時
差別中的「有數時授記」，是指受記者的成佛時間有定數，「無數時授
記」則無定數。

　　4 從受記者／旁觀者的認知情況看，有覺知、不覺知之別

　　姚秦竺佛念譯《菩薩瓔珞經》卷九即說：

> 如來至真等正覺在大眾中授菩薩決，有覺知者、不覺知者。有
> 八因緣，云何為八？善男子善女人得如來，決當成無上平等正
> 覺，一切眾人無能知者，是謂「如來授眾生決，己身自覺，餘
> 人不知」。復次明觀，若有善男子善女人在大眾中為如來所見
> 授決，餘人盡見，己不覺知，是謂「如來授眾生決餘人盡見，
> 己不覺知」。復次明觀菩薩摩訶薩，若有善男子善女人為諸佛
> 世尊所見授決，汝當成佛其號如是，己知受決，餘人亦見，是
> 謂「如來授眾生決，己自覺知，餘人亦見」。復次明觀菩薩摩

---

32 〔日〕大藏經刊行會編：《大正新修大藏經》（臺北市：新文豐出版公司，1996年），
　　卷31，頁652上。
33 現前授記、不現前授記，在《大智度論》卷七十六中，都被歸到了「得授記」之
　　列，參〔日〕大藏經刊行會編：《大正新修大藏經》（臺北市：新文豐出版公司，1996
　　年），卷25，頁597上。

訶薩，若有善男子善女人在大眾中為如來所見授決，自不覺知，餘人亦不知，是謂「如來授眾生決，自不覺知，餘人亦不知」。佛復告明觀菩薩：若有善男子善女人在大眾中受如來決，然此受決之人，乃在未行，不近如來，近如來者自謂受我決，是謂「如來授眾生決，遠者覺知，近者不覺」。復次明觀菩薩摩訶薩，若有善男子善女人，在大眾中為如來所見授決，近如來者便自覺知今日如來而授我決，遠如來者復自稱說「如來今日授我等決」，然此眾生未應受決，是謂「如來授眾生決，近者覺知，遠者不覺」。佛復告明觀菩薩摩訶薩，若有善男子善女人，為諸佛世尊所見授決，當成佛時其號如是，近者不覺，遠亦不知，是謂「如來授眾生決，遠近眾生皆不覺知」。佛復告明觀菩薩，若有善男子善女人在大眾中為如來所見授決，近者亦覺，遠者亦知，餘人不見，是謂「如來八因緣法，授眾生決，近者亦覺，遠者亦知，餘人不見」。[34]

此處敘述，一方面說明授記過程有濃厚的宗教神秘性，另一方面說明授、受之間的感應性，甚至連旁觀者也有一定的感應與認知。總之，有情眾生都有成佛的可能性，但要把它轉化為現實性，則取決於各種條件。

　　5 從自知受記看，有十種受記

　　晉譯《華嚴經》卷三十七即云：

菩薩摩訶薩有十種自知受記法，令彼菩薩自知受記。何等為十？所謂一向發菩提心菩薩受記，不厭菩薩行菩薩受記，於一

---

34 〔日〕大藏經刊行會編：《大正新修大藏經》（臺北市：新文豐出版公司，1996年），卷16，頁81中-下。

切劫修諸苦行菩薩受記，隨順一切佛法菩薩受記，於一切如來
所說決定信向菩薩受記，具足修習一切善根菩薩受記，令一切
眾生安住菩提菩薩受記，於一切善知識和合隨順菩薩受記，於
一切善知識生如來想菩薩受記，守護菩提本願菩薩受記。佛
子！是為菩薩摩訶薩十種自知受記法，令彼菩薩自知受記。[35]

這裡則從大乘菩薩行的角度，指出修行者如果按照前述十種要求修
行，就一定會被授記，且自知受記。易言之，經文是用授記成佛的目
標來給修行者指明方向。

　　6　從預言者的身分看，主要有佛與菩薩的不同

　　如吉藏《法華義疏》卷八「能授記人門」中即以《妙法蓮華經》
為例，指出《法華經》：

授記人有二：一者佛授記，二常不輕菩薩授記。此二不同者，
佛具授通、別兩記。言別記者，如來具三達智，知此人未來成
佛久近，故與其劫數之記，如授三根人記等，故名別記。言通
記者，如〈法師品〉云「聞法華經一念隨喜，皆與授記」，而
不說其劫數久近，以去佛道長遠義，故但與通記。常不輕菩薩
跡居因位，三達未圓，故但得與通記，不得授別記也。[36]

從吉藏的解釋中，則知除了預言者身分有別外，預言實現的時間，也
有定數和不定數之分，別記、通記分別同於前揭《大乘莊嚴經論》之
「有數時授記」、「無數時授記」。再則，佛的授記包括了通、別二

35　〔日〕大藏經刊行會編：《大正新修大藏經》（臺北市：新文豐出版公司，1996年），
　　卷9，頁633下。
36　〔日〕大藏經刊行會編：《大正新修大藏經》（臺北市：新文豐出版公司，1996年），
　　卷34，頁566上。

記，而菩薩多是對有情眾生授通記。復次，哪些菩薩可以授記，諸經說法不一，如晉譯《華嚴經》卷三十九云：

> 菩薩摩訶薩有十種授記，何等為十？所謂專求解脫菩薩授記，諦滿諦辯菩薩善根菩薩授記，廣行菩薩無量諸行菩薩授記，現前菩薩授記，秘密菩薩授記，因自心得菩提菩薩授記，得法忍菩薩授記，教化成熟眾生菩薩授記，究竟一切劫菩薩授記，一切菩薩自在修行菩薩授記。佛子！是為菩薩摩訶薩十種授記。若菩薩摩訶薩安住此法，則於一切佛所而得授記。[37]

當然，漢譯佛典在述及授記類別時，也存在標準、名稱等不統一的情況。如鳩摩羅什譯《首楞嚴三昧經》卷下所說的「有未發心而與授記，有適發心而與授記，有密授記，有得無生法忍現前授記」[38]，這與隋達磨笈多譯《菩提資糧論》卷三之「未發菩提心授記、共發菩提心授記、隱覆授記、現前授記」[39]含義相同。再如唐達磨流支譯《寶雨經》卷六之「現前授記、不現前授記、秘密記」三種記說中[40]，「現前授記、不現前授記」在《大智度論》卷七十六中被歸為「得授記兩種」[41]，秘密記則與《首楞嚴三昧經》之「密授記」、《菩提資糧論》之「隱覆授記」毫無二致。

---

37 〔日〕大藏經刊行會編：《大正新修大藏經》（臺北市：新文豐出版公司，1996年），卷9，頁646下。

38 〔日〕大藏經刊行會編：《大正新修大藏經》（臺北市：新文豐出版公司，1996年），卷15，頁638下。

39 〔日〕大藏經刊行會編：《大正新修大藏經》（臺北市：新文豐出版公司，1996年），卷32，頁528中。

40 〔日〕大藏經刊行會編：《大正新修大藏經》（臺北市：新文豐出版公司，1996年），卷16，頁307上。

41 〔日〕大藏經刊行會編：《大正新修大藏經》（臺北市：新文豐出版公司，1996年），卷25，頁597上。

此外，我們還要講一下佛教「授記」和「懸記」（讖記）的異同。雖說兩者都是預言未來之事，但內容有別：前者重在敘述有情眾生在將來成佛或所受善惡果報之事，更強調個體；後者並非完全陳述善惡果報，常常會涉及社會事件的發生，更重視社會性（或群體性），比如西晉竺法護譯《琉璃王經》對迦毗羅國滅亡的預言，再如失譯人名的《佛說法滅盡經》、玄奘譯《佛臨涅槃記法住經》對佛滅後佛法變遷的預言，等等，不一而足。

第三是敘事要素的構成。對此，《大乘莊嚴經論》卷十二分析說：

> 問：云何同一體？
> 答：不見諸佛、諸菩薩與自己身而有差別，何以故？同一如故。偈曰：
> 剎土及名號，時節與劫名，眷屬並法住，記復有六種。
> 釋曰：復有此六種授記：一者於如是剎土，二者有如是名號，三者經如是時節，四者有如是劫名，五者得如是眷屬，六者如是時節正法住世已，說諸佛授記。[42]

這裡的「六種授記」，實可從兩個層面加以理解：一者從宗教意義來說是講授記時必備的六種條件；二者從敘事角度說，則指構成授記（預言）主體內容的六種要素，如《中阿含經》卷十三《說本經》敘述佛給彌勒授記時：

> 佛告諸比丘：未來久遠人壽八萬歲時，當有佛名彌勒如來、無所著、等正覺、明行成為、善逝、世間解、無上士、道法御、天人師，號佛、眾佑，猶如我今已成如來、無所著、等正覺、

---

42 〔日〕大藏經刊行會編：《大正新修大藏經》（臺北市：新文豐出版公司，1996年），卷31，頁652中。

明行成為、善逝、世間解、無上士、道法御、天人師，號佛、
眾佑。彼於此世，天及魔、梵、沙門、梵志，從人至天，自知
自覺，自作證成就遊，猶如我今於此世，天及魔、梵、沙門、
梵志，從人至天，自知自覺，自作證成就遊。彼當說法，初
妙、中妙、竟亦妙，有義有文，具足清淨，顯現梵行，猶如我
今說法、初妙、中妙、竟亦妙，有義有文，具足清淨，顯現梵
行。彼當廣演流布梵行，大會無量，從人至天，善發顯現，猶
如我今廣演流布梵行，大會無量，從人至天，善發顯現。彼當
有無量百千比丘眾，猶如我今無量百千比丘眾……。[43]

這裡，釋迦牟尼佛對彌勒菩薩的授記表述，其實是把他自己的特點全
部移植於未來佛，此正體現了授記者與受記者之間的同一性。茲結合
其他譯經，列表說明**彌勒受記六種要素**：

於如是剎土	娑婆世界（即閻浮世界）
有如是名號	彌勒如來……佛、眾佑
經如是時節	未來久遠人壽八萬歲時[44]
有如是劫名	三十劫，賢劫[45]

43　〔日〕大藏經刊行會編：《大正新修大藏經》（臺北市：新文豐出版公司，1996年），
　　卷1，頁510中-下。

44　關於彌勒成佛所經歷的時間，諸經說法不一。如：《菩薩處胎經》卷2說是「五十六
　　億七千萬歲」（參〔日〕大藏經刊行會編：《大正新修大藏經》〔臺北市：新文豐出版
　　公司，1996年〕，卷12，頁1025下），《佛說觀彌勒菩薩上生兜率天經》是「五十六億
　　萬歲」（參〔日〕大藏經刊行會編：《大正新修大藏經》〔臺北市：新文豐出版公司，
　　1996年〕，卷14，頁420上），《大毗婆沙論》卷135是「經五十七俱胝六十百千歲，慈
　　氏如來應正等覺出現世時」（參〔日〕大藏經刊行會編：《大正新修大藏經》〔臺北
　　市：新文豐出版公司，1996年〕，卷27，頁698中）。

45　《增一阿含經》卷11〈善知識品〉載世尊告諸比丘云：「彌勒菩薩經三十劫應當作
　　佛，至真、等正覺。」（〔日〕大藏經刊行會編：《大正新修大藏經》〔臺北市：新文
　　豐出版公司，1996年〕，卷2，頁600上）《彌勒菩薩所問經》則載釋迦牟尼語阿難

| 得如是眷屬 | 無量百千比丘眾 |
| 如是時節，正法住世 | 壽八萬四千歲[46] |

再如什譯《妙法蓮華經》卷三《授記品》[47]所述大迦葉授記六要素則為：

於如是剎土	未來世
有如是名號	光明如來
經如是時節	佛壽十二小劫，正法、像法住世各二十小劫
有如是劫名	大莊嚴劫
得如是眷屬	菩薩無量千億，聲聞眾無數及護法魔王、魔民等
如是時節，正法住世	正法住世二十小劫

第四是文本結構。一般說來，其最基本的結構組織是四個敘事單元，即：「佛現神通（變）+弟子發問+佛以預言進行回答+與會信眾的感應。」如什譯《大智度論》卷三十三有云：

云：「彌勒發意先我之前四十二劫，我於其後乃發道意，於此賢劫以大精進，超越九劫，得無上正真之道，成最正覺。」（〔日〕大藏經刊行會編：《大正新修大藏經》〔臺北市：新文豐出版公司，1996年〕，卷12，頁188中）《大悲經》卷3〈禮拜品〉又云：「如此劫中當有千佛出興於世，以是因緣，遂名此劫，號之為賢。阿難，我滅度後，此賢劫中，當有九百九十六佛出興於世，拘留孫如來為首，我為第四，次後彌勒當補我處，乃至最後盧遮如來。」（〔日〕大藏經刊行會編：《大正新修大藏經》〔臺北市：新文豐出版公司，1996年〕，卷12，頁958上）據此，則知彌勒佛所經劫數為三十劫，而成佛時間與釋迦牟尼一樣，都在現在賢劫。

46 《菩薩處胎經》卷2載釋迦牟尼有語云「汝彌勒從頂生，如我壽百歲，彌勒壽八萬四千歲。我國土土，汝國土金；我國土苦，汝國土樂」（〔日〕大藏經刊行會編：《大正新修大藏經》〔臺北市：新文豐出版公司，1996年〕，卷12，頁1025下），則知彌勒住世是八萬四千歲。

47 〔日〕大藏經刊行會編：《大正新修大藏經》（臺北市：新文豐出版公司，1996年），卷9，頁20中-下。

諸佛法：欲與眾生受記，先皆微笑，無量種光從四牙中出，所
謂青、黃、赤、白、縹、紫等。從上二牙出者，光照三惡道。
從其光明演無量法，說一切作法無常、一切法無我、安隱涅
槃。眾生得遇斯光，聞說法者，身心安樂，得生人中天上，從
是因緣，皆得畢苦。從下二牙出者，上照人天，乃至有頂禪。
若聾盲瘖啞狂病，皆得除癒。六欲天人及阿修羅，受五欲樂，
遇佛光明聞說法聲，皆厭患欲樂，身心安隱。色界諸天，受禪
定樂時，遇佛光明聞說法聲，亦生厭患來詣佛所。此諸光明復
至十方，遍照六道，作佛事已，還繞身七匝。若記地獄，光從
足下入；　若記畜生，光從蹲入；若記餓鬼，光從髀入；若記
人道，光從齊入；若記天道，光從胸入；若記聲聞，光從口
入；若記辟支佛，光從眉間相入；若記得佛，光從頂入。若欲
受記，先現此相；然後阿難等諸弟子發問。[48]

這裡即詳細地交代了佛對不同眾生授記時的神通表現，不過總體特點
都是先以放光來作為徵兆；其次是阿難等弟子向佛詢問緣由。雖然
《大智度論》未交代第三、第四兩項，卻可從其他授記經中得到補
證。如支謙譯《撰集百緣經》卷一〈菩薩授記品〉之〈滿賢婆羅門遙
請佛緣〉曰：

---

48 〔日〕大藏經刊行會編：《大正新修大藏經》（臺北市：新文豐出版公司，1996年），
卷25，頁306下-307上。又，義淨譯《根本說一切有部毗奈耶破僧事》（北京市：九
洲圖書，1998年）卷十八也有授記時佛放光明的說法，為資比較，逐錄經文如下，
曰：「若說當來之事，光從前入；若說地獄事，其光從足下入；欲說畜生之事，光
從腳跟後入；若說餓鬼之事，光從腳指中入；若說人間生事，光從腳脛中入；若說
轉輪王者，光從左手中滅；若說大轉輪王者，光來至右手中滅；若說天上之事，光
於臍中滅；若說聲聞緣覺之事，光從於臂中滅；若說辟支佛法，其光從眉間入；若
說授記無上正真等正覺法，其光從頂入等。」（〔日〕大藏經刊行會編：《大正新修
大藏經》〔臺北市：新文豐出版公司，1996年〕，卷24，頁191中）

佛告阿難：「南方有國名曰金地，彼有長者字曰滿賢，遙請於我及比丘僧，吾當往彼受其供養。汝等各自皆乘神通，往受彼請。」時諸比丘受佛敕已，乘虛往彼。去祠不遠，佛以神力隱千比丘，唯現單己，執持應器，至滿賢所。爾時長者聞佛來至，將五百徒眾各各齎持百味飲食，奉迎如來，見佛世尊三十二相、八十種好，光明暉曜如百千日，安詳雅步，威儀可觀。前禮佛足：「善來世尊！慈哀憐愍，今見納受我等施食。」

佛告長者：「設欲施者，投此鉢中。」及五百徒眾所齎飲食，各各手自投佛鉢中，不能使滿。奇哉世尊！有是神力，心即調伏。千比丘僧，鉢亦皆滿，忽然現前，繞佛世尊。時彼長者歎未曾有，即便以身五體投地，發大誓願：「持此施食善根功德，未來世中，盲冥眾生為作眼目，無歸依者為作歸依，無救護者為作救護，未解脫者為作解脫，未安隱者為作安隱，未涅槃者令入涅槃！」

發是願已，佛便微笑，從其面門出五色光，遍照世界，作種種色，繞佛三匝，還從頂入。

爾時阿難前白佛言：「如來尊重，不妄有笑。有何因緣，今者微笑？唯願世尊敷演解說！」

佛告阿難：「汝今頗見富那長者供養我不？」阿難白言：「唯然已見。」

「於未來世過三阿僧祇劫，具菩薩行，修大悲心，滿足六波羅蜜，當得成佛，號曰滿賢，過度眾生不可限量，是故笑耳。」

佛說是滿賢緣時，有得須陀洹者，斯陀含者，阿那含者，阿羅漢者，有發辟支佛心者，有發無上菩提心者。[49]

---

49 〔日〕大藏經刊行會編：《大正新修大藏經》（臺北市：新文豐出版公司，1996年），卷4，頁203上-中。

雖然本則故事可歸入「因緣授記」，但主體部分仍然是「授記」。有趣的是：佛正式「授記」之前的內容（引文第一、二自然段），交代的是「授記」的起因（即佛與弟子現神通接受滿賢等五百徒眾施食事），這一部分也是神通故事（長者由於親眼看見佛及其弟子特別是佛的神通，故而才「歎未曾有」。「未曾有」的故事本質，即為神通敘事）。而「授記」部分，完全由四個單元構成：一者如《大智度論》所言，是佛放五色光明（神通的表現之一）；二者是弟子阿難發問；三者是佛的回答，回答的中心內容是佛對富那長者未來成佛的預言；四者是與會信眾的感應，具體表現在所得的各種果位（即引文的最後一自然段）。

　　第五是預敘的方法。「授記」中的預言，從使用的敘事方法看，主要是預敘。所謂預敘，是「指事先講述或提及以後事件的一切敘述活動」。[50]有趣的是，古人於此亦有所覺察和歸納。隋慧遠《大乘義章》卷一即云：

> 約時別者：十二部本生本事唯說過去，授記一門唯說未來，方廣一部所說之理，不屬三世。[51]

吉藏《法華義疏》卷八則云：

> 釋名門者，授者云與也，記者云決也，亦云莂也。所言決者，於九道內分決此人必當成佛，故云決也。莂義亦然。懸說未來

---

50 〔法〕熱拉爾・熱奈特著，王文融譯：《敘事話語・新敘事話語》（北京市：中國社會科學出版社，1990年），頁17。
51 〔日〕大藏經刊行會編：《大正新修大藏經》（臺北市：新文豐出版公司，1996年），卷44，頁470下。

事以授前人，故名授記。[52]

慧遠對比本生、本事、授記三類佛經故事所發生的時間後，闡明了授記的特點是「唯說未來」；吉藏之「懸說以授前人」的論述，則和前引當代敘事學對「預敘」的定義基本一致。北宋知禮《觀音義疏記》卷三又說：

> 轉一實諦即華嚴部，頓說圓教。既兼別教，故云無量。彼經預敘一代始終，故立譬云：「猶如日出，先照高山，次照幽谷，後照平地。」今家義開平地為三，對於涅槃五種牛味。[53]

南宋宗曉編《四明尊者教行錄》卷四又載知禮云：

> 臺教有曰「若到方等，必到法華」者，蓋受彈之後次第證入也。而彼經謂「二乘入一乘」者，一者，此經方等部中預敘法華當來所證耳。[54]

這兩處說的是中國佛教在判教時對印度原典所證果位的預敘。這種「預敘」，實即授記經敘事時的順序。南宋志磐《佛祖統紀》卷八記敘知禮生平行事時又說：

> 淨覺，時尚無恙，見之曰：「四明之說，其遂行乎？」自師時在

52 〔日〕大藏經刊行會編：《大正新修大藏經》（臺北市：新文豐出版公司，1996年），卷34，頁565下。

53 〔日〕大藏經刊行會編：《大正新修大藏經》（臺北市：新文豐出版公司，1996年），卷34，頁952中。

54 〔日〕大藏經刊行會編：《大正新修大藏經》（臺北市：新文豐出版公司，1996年），卷46，頁890下。

疾，以下一節並預敘後事。天聖元年，仁宗初元。撰《光明玄續
遺記》成，試開幛四十二章，答泰禪師十問。……三年，先是
天禧初詔天下立放生池，師欲廣揚聖化，每於佛生日集眾作
法，縱魚鳥為放生之業。是年郡以事聞，敕樞密劉筠撰文以示
後人。太守曾會立碑於寺，見《教行錄》。嘗一夕夢伽藍神曰：
「翌日相公至。」已而曾公領其子公亮入寺。師以夢告母，夫
人謝曰：「後貴，無敢相忘。」下二句，預敘後事。今《教行錄》有
曾府舍莊田帖。及公亮入相，乃買田辟屋，歲度其徒。[55]

志磐夾注中兩處提及的「預敘後事」，從敘事方法講，都是指把後來
發生的事情提前講述；從宣教目的看，則是為了表現知禮預知未來的
神通。

　　若按照當代敘事學的觀點，預敘可分成兩類四種：從預敘事件資
訊的明晦（或曰明晰）程度，它可分成明言（顯性）預敘和暗示（隱
性）預敘；從預敘的事件和第一敘事時間的關係，則分為內預敘和外
預敘：事件發生在第一敘事時間以內的為內預敘，其重要功能之一就
是用來填補未來敘事中出現的省略或空白，因為預敘中已作了清楚的
交代，那麼在後文中就可以省略或一筆帶過；發生在第一敘事時間以
外的為外預敘，它通常用來報告某一延伸到第一敘事時間之外的情節
線索的最終結局，或交代某一人物在第一敘事時間之外的最終下場。[56]
在這四種形式裡頭，漢譯授記經最常見的是顯性預敘和內預敘。前者

55 〔日〕大藏經刊行會編：《大正新修大藏經》（臺北市：新文豐出版公司，1996年），卷49，頁193中-下。
56 參見：〔荷〕米克‧巴爾著，譚君強譯：《敘述學：敘事理論導論》（北京市：中國社會科學出版社，1995年），頁71-74；羅鋼：《敘事學導論》（昆明市：雲南人民出版社，1999年），頁141-143、趙炎秋〈論《紅樓夢》中的預敘——兼論預敘與預言的區別〉，《中國文學研究》2003年第1期（2003年1月），頁12-14。

如支謙譯《撰集百緣經》卷一〈貧人須摩持縷施佛緣〉載佛所說之偈云：

> 汝今值我故，歸誠發信施，未來當成佛，號名曰十絚。名聞遍
> 十方，度脫不可量。[57]

這則故事講述的是貧人須摩在持縷佈施於佛之後，佛陀對他進行授記。而此後的敘述，恰恰印證了授記的無比正確，因為須摩在後來果然成佛，且號為「十絚」。後者如吉迦夜、曇曜譯《賢愚經》卷三〈貧女難陀品〉曰：

> 於時世尊即授其記：「汝於來世二阿僧祇百劫之中，當得作
> 佛，名曰燈光，十號具足。」於是難陀得記歡喜，長跪白佛，
> 求索出家。[58]

顯而易見，難陀被授記的時間與事件都發生在第一敘事時間內（並且，難陀因授記而發心出家），故屬內預敘。

當然，其他的預敘形式也時有所見。如隋闍那崛多譯《佛本行集經》卷二十〈觀諸異道品〉云：

> 爾時菩薩割髻之處，其後起塔，名割髻塔。菩薩身著袈裟之
> 處，後起塔，稱受袈裟塔。車匿乾陟，辭別回還向宮之處，後
> 起塔，名車匿乾陟回還之塔。菩薩行路，諦視徐行，有人借

57　〔日〕大藏經刊行會編：《大正新修大藏經》（臺北市：新文豐出版公司，1996年），
　　卷4，頁205中。

58　〔日〕大藏經刊行會編：《大正新修大藏經》（臺北市：新文豐出版公司，1996年），
　　卷4，頁371上。

問，默然不答。彼等人民，各相語言：「此仙人者，必釋種子。」因此得名釋迦牟尼。[59]

案：起塔紀念佛陀的各種勝跡，是出現在佛涅槃之後的事情，它們顯然不是發生在第一敘事時間內，故它們是外預敘。劉宋求那跋陀羅譯《過去現在因果經》卷一在講述普光如來給善慧仙人的授記故事中，則先敘述了善慧仙人的五個夢，經曰：

爾時善慧仙人，在於山中得五奇特夢：一者夢臥大海，二者夢枕須彌，三者夢海中一切眾生入其身內，四者夢手執日，五者夢手執月。得此夢已，即大驚悟。心自念言：「我今此夢，非為小緣，當以問誰？宜入城內，問諸智者。」[60]

對於這五個夢，後來普光如來在善慧仙人買花供佛之後給出了解釋：

夢臥大海者，汝身即時在於生死大海之中；夢枕須彌者，出於生死得般涅槃相；夢大海中一切眾生入身內者，當於生死大海為諸眾生作歸依處；夢手執日者，智慧光明普照法界；夢手執月者，以方便智入於生死，以清涼法化導眾生，令離惱熱。此夢因緣，是汝將來成佛之相。[61]

這五個事先預敘的夢，其主要作用在於暗示善慧將來成佛之事，故而

---

59 〔日〕大藏經刊行會編：《大正新修大藏經》（臺北市：新文豐出版公司，1996年），卷3，頁745上。

60 〔日〕大藏經刊行會編：《大正新修大藏經》（臺北市：新文豐出版公司，1996年），卷3，頁621中-下。

61 〔日〕大藏經刊行會編：《大正新修大藏經》（臺北市：新文豐出版公司，1996年），卷3，頁623上。

當為隱性預敘。另外，需要指出的是：善慧仙人的這五個夢，在整個授記故事中共出現了三次（除了前面所講的兩次外，還有一次[62]），從使用頻度看，似可歸為「重複預敘」。[63]

雖然預敘在授記經之預言故事中極其常用，但需要補充說明的有兩點：

一是預敘經常和倒敘、插敘、補敘，特別是倒敘糅合使用，形成了敘事中的「無時性」，即故事發生的具體時間很難確定。[64]這種情況也較常見，仍以《過去現在因果經》卷一為例略作介紹。經中講述菩薩乘六牙白象入胎並降生之後，接著說道：

> 爾時兜率天宮有一天子，作是念言：「菩薩已生白淨王宮，我亦當復下生人間。菩薩成佛，我得在先為其眷屬，供養聽法。」作此念已，即便下生王舍城中明月種姓、旃陀羅叉多王家。復有天子生舍衛國王家，復有天子生偷羅厥叉國王家……有如是等諸天子眾，其數凡有九十九億，下生人間。又從他化自在天乃至四天王所下生者，不可稱計。復有色界天王與其眷屬，亦皆下生，而作仙人。菩薩在胎，行住坐臥，無所妨礙，又不令母有諸苦患，菩薩晨朝於母胎中為色界諸天說種種法。至日中時，為欲界諸天亦說諸法。於日晡時，又復為諸鬼神說法。於夜三時，亦復如是，成熟利益無量眾生。菩薩在胎，夫人彩女有來禮拜而供養者；或復有來作是願言「當令得成轉輪聖王」，菩薩聞已，心不喜樂；或復有來作是願言「當令得成

---

62 另一次見〔日〕大藏經刊行會編：《大正新修大藏經》（臺北市：新文豐出版公司，1996年），卷3，頁622頁，下。

63 關於「重複預敘」的含義，可參見：〔荷〕米克‧巴爾著，譚君強譯：《敘述學：敘事理論導論》，頁73，羅鋼：《敘事學導論》（昆明市：雲南人民出版社，1999年），頁143。

64 羅鋼：《敘事學導論》（昆明市：雲南人民出版社，1999年），頁144。

一切種智」，菩薩聞已，心大歡喜。菩薩處胎，垂滿十月，身諸支節及以相好，皆悉具足，亦使其母諸根寂定。[65]

本來諸天子下降之時，菩薩並未成佛，因此兜率天子所說的「菩薩成佛」一句，只能理解成他對菩薩未來成佛的預言。兜率天等天子下生並供養聽法之事，從故事發生的時間看，應在菩薩降生之前。然經文卻把它們放在菩薩降生之後敘述，這些內容毫無疑問是倒敘。而菩薩處胎為諸天子說法乃至受彩女供養及其母諸根安定事，則屬補敘。由此可知，此段經文的敘事方式，實際上包括了在倒敘中的預敘（如兜率天子所說「菩薩成佛」事）以及在預敘中的倒敘（如兜率天等天子下生並供養聽法事），時間倒錯極其複雜。

　　二是授記故事的時間概念，並不是純粹的將來時，而是過去將來時。因為從受眾的角度看，佛典敘述的各種事情都早完成，於此，授記經也不例外。因此，即使其中講到將來，也只是過去時的將來。

二　文體功能

　　依據前面對「授記」兩大內容的分析與介紹，我們可知不同類型的「授記」，其文體功能也截然不同。玄奘譯《大乘阿毗達磨雜集論》（簡稱《雜集論》）卷十一即云：「記別者，謂於是處聖弟子等謝往過去，記別德失生處差別。又了義經說名記別，記別開示深密意故。」[66]由此推知，解說了義經經義的授記，其功能重在揭示諸佛言說所包蘊的深刻含義，我們簡稱之為「開示」功能。至於其成因，唐達摩流支譯《寶雨經》卷六有曰：

65　〔日〕大藏經刊行會編：《大正新修大藏經》（臺北市：新文豐出版公司，1996年），卷3，頁624下。

66　〔日〕大藏經刊行會編：《大正新修大藏經》（臺北市：新文豐出版公司，1996年），卷31，頁743下。

> 云何菩薩深信如來語業秘密？謂諸菩薩聞於如來為諸有情現前
> 授記、不現前授記、秘密記已，菩薩如是思維：如來言音，終
> 無虛誑，得無誤失，由此因緣語得真實。何以故？由如來永斷
> 一切遇（愚）患故，永斷一切諸塵垢故，永斷一切諸熱惱故，
> 永無一切諸煩惱故，能得自在，皎潔澄清，無諸穢濁。[67]

雖說如來授記時的原因是一種真實和神聖的存在，但既然作為一種秘密，那就需要加以合理的解釋與說明，以使被授記者深生敬信，據之修持，最後達到涅槃境界。

在《雜集論》中，「授記」的另一主要內容是有關佛對諸弟子所生、所證（未來果位）的預言。其實隨著佛教的不斷發展，授記的對象也不斷擴大。後秦竺佛念譯《出曜經》卷六云：

> 三者記：諸四部眾、七佛、七世族姓出生，及大般泥洹；復十
> 六倮形梵志十四人取般泥洹，二人不取，彌勒阿耆是也。[68]

「記」者，「授記」也。此處的授記對象，除了諸佛及其四部（比丘、比丘尼、優婆塞、優婆夷）弟子外，甚至還包括了外道。

無論「授記」中被預言的對象是誰，其內容都是以敘事為中心。因此，這一類的經典，必然會帶有敘事文體的功能。概括起來，重要的有五項：

一曰預示：所謂預示，是指用十分明確的語言對受記者將來的所行所證等結果提前講述，如前舉顯性預敘的授記經即為此例。其他類似的例子極多，不備舉。

---

67 〔日〕大藏經刊行會編：《大正新修大藏經》（臺北市：新文豐出版公司，1996年），卷16，頁307上。

68 〔日〕大藏經刊行會編：《大正新修大藏經》（臺北市：新文豐出版公司，1996年），卷4，頁643中。

　　二曰警示：警示也是預示的一種，不過相對而言，它除了對受記者有明確的告示外，還包含有警告的意味，即先把事件的惡果加以預告，以求引起受記者的警惕。比如支謙譯《佛說長者音悅經》載佛對音悅說：

　　　　財有五危，世人不知，慳吝貪惜，不能減割以周窮乏，壽終神逝，棄財世間。汝今能爾，必獲影報，所生之處，福自歸身。長者白佛：「何等五危？」佛即報言：「一者大火燒之不覺，二者大水漂沒無常，三者縣官奪取無道，四者惡子用度無限，五者盜賊所見劫奪。五事一至，不可抑制。譬如有人違犯王法，閉在牢獄，應當誅戮，財物沒入其官，豈復能卻之乎？」[69]

這裡佛說財有五危時，本是對音悅長者一種預先的警示，然而音悅長者未加留意，所以後來這五種危害基本上應驗了。[70]不過，該佛經中的預言，主旨在於說明宿命論及人生的無常。

　　三曰暗示：暗示主要屬於隱性預敘，它最常用的方法是以夢境來表現，如前引《過去現在因果經》卷一所說的五個夢。他例極多，亦不備舉。

　　四曰讚頌：讚頌在授記經中，主要表現於兩個層面：一是對授記者如諸佛、菩薩等聖賢的讚頌，讚頌的是他們的神通。這點前面講文本結構時已有所論述，故不重複；二是對受記者的讚頌，並藉此以激勵受記者的正念與正行。如唐般若譯《佛說造塔延命功德經》先敘述

69　〔日〕大藏經刊行會編：《大正新修大藏經》（臺北市：新文豐出版公司，1996年），卷14，頁808中-下。

70　〔日〕大藏經刊行會編：《大正新修大藏經》（臺北市：新文豐出版公司，1996年），卷14，頁809上。

了波斯匿王被相師占為「卻後七日，必當壽盡」，故他向佛尋求解救之法，佛便講述了一個因緣授記故事，曰：

> 乃往古昔有一小兒，此地牧牛，有諸相師來共占相，謂言：「此牧牛兒，卻後七日，必當壽盡。」是牧牛兒又於異時，與諸小兒聚沙為戲，中有小兒摧沙為堆，言：「作佛塔，高一磔手，或二或三，至四磔手。」時此小兒戲聚沙塔高一磔手，卻後更延七年壽命。於聚沙時，有辟支佛持鉢而行，時諸小兒以嬉戲心，將沙奉施，言：「我施糗。」時辟支佛引鉢受之，以神通力沙變成糗。時諸小兒見此因緣，皆悉獲得清淨信心。時辟支佛與諸小兒悉授記莂，作如是言：「汝諸童子所造之塔高一磔手者，於未來世作鐵輪王，王一天下；二磔手者作銅輪王，王二天下；三磔手者作銀輪王，王三天下；四磔手者作金輪王，王四天下。」時諸小兒以嬉戲心造如是塔，感如是果，何況大王，發至誠心？[71]

於此，就因緣授記故事本身看，辟支佛的授記有讚頌牧牛小兒的用意；另外，釋迦牟尼佛講述因緣授記，既是對波斯匿王的激勵，也是對他未來果報的授記，「何況大王，發至誠心」一句，即暗示了這些含義。

五曰映襯：本來授記中的預敘事先揭破了故事的結局，故事的進程對讀者來說已毫無懸念。但是我們卻發現，有時授記中所預言的結果並未出現，而且結局恰恰相反，我們把這種預敘功能稱為「映襯」。如支謙譯《佛說黑氏梵志經》云香山有一梵志叫迦羅，他得備四禪，具足五通，但是閻羅王對他預言說：

71　〔日〕大藏經刊行會編：《大正新修大藏經》（臺北市：新文豐出版公司，1996年），卷19，頁726中。

事當歸實，不可虛言。仁今說經便辭利口，義理甚妙，猶如蓮
華，若明月珠，而命欲盡，餘有七日，恐忽然過就於後世，是
以悲泣不能自勝。又仁命過，墮地獄中，在我部界。今自相
歸，一心受法。及當取卿，拷掠五毒，熟思維此，遂用增懷，
不可為喻。

梵志愕然：心中沈吟，報閻羅王曰：「吾獲四禪成五神通，獨
步四域，超升梵天，不以為礙，既無罪釁，何因當墮地獄閻
界？」閻王曰：「仁臨壽終時，當值惡對，起瞋恚恨，意欲有
所害，失本行義，故趣閻界。」[72]

本來按照授記經的一般模式，此後當詳細敘述迦羅梵志墮入閻羅
界並接受懲罰的全過程，然而經文的敘述卻大相逕庭，轉而講述的是
迦羅梵志如何在香山善神的提醒下向佛求教，乃至最後成為沙門的事
情。對這一轉變的過程，最後閻羅王的回答是：

「仁賴餘福，得遇佛時，應病授法，滅淫怒癡，神通悉備，內
外無疑。設不爾者，如鼠遭狸；如稻得災，為罪所牽；如魚鉤
餌，墮地獄中，無有出期。今已永脫，相代歡喜。」[73]

如此看來，當初閻羅王的預言，只是一種惡報的警示。但由於迦
羅梵志自身的努力，結局則轉向積極的方向（善報），因此形成了鮮
明的對比。當然，閻羅王的授記，本意是要宣揚惡有惡報之真實不
虛，結果卻轉向了善有善報，要之，強調的都是因果報應的思想。對

---

72 〔日〕大藏經刊行會編：《大正新修大藏經》（臺北市：新文豐出版公司，1996年），
　　卷14，頁967上-中。

73 〔日〕大藏經刊行會編：《大正新修大藏經》（臺北市：新文豐出版公司，1996年），
　　卷14，頁967下。

此，北魏菩提流支譯《勝思維梵天所問經》卷三明確指出：「隨業受報而得受記。」[74]智者大師所說《妙法蓮華經玄義》卷六亦云：「授記經從事為名，止明行因得果道理，理托事彰，事以言辨。」[75]慧遠《大乘義章》卷一則謂授記：「行因得果，目之為記。」[76]同樣表現了授記經在思想主題上的這一特色。或者可以毫不誇張地說，前述五種功能歸結起來，其實都是為宣揚自作自受的業報思想服務。易言之，無論哪種功能，目的指向皆是業報一詞。

第三節　文體影響

關於授記經的文體影響，我們擬從內容與形式兩個方面略加分疏。

一　內容影響

佛典中的授記經典，從本質上講是一種宗教預言。而在中國古代傳統文化中，自古以來天人感應、讖緯等思想的影響十分巨大，這就造就了中國敘事文學與西方敘事文學迥異的一個傳統，楊義先生指出：「預敘也就不是其弱項而是其強項」，並說「帶預言性質的預敘，在殷墟甲骨卜辭已經有了最初的形態」。[77]其後《左傳》、《史記》等史傳文學中的預敘，更是成了一種最常見的敘事手法。[78]此後，在小

---

74 〔日〕大藏經刊行會編：《大正新修大藏經》（臺北市：新文豐出版公司，1996年），卷15，頁77中。

75 〔日〕大藏經刊行會編：《大正新修大藏經》（臺北市：新文豐出版公司，1996年），卷33，頁752上。

76 〔日〕大藏經刊行會編：《大正新修大藏經》（臺北市：新文豐出版公司，1996年），卷44，頁470上。

77 楊義：《中國敘事學》（北京市：人民出版社，1997年），頁152。

78 關於這方面的研究，可參劉希慶：〈論《左傳》中的預敘〉，《廣西師範大學學報》

說、戲劇、詩歌等多種文體尤其是小說中，預敘藝術極其發達，其表現方式也多種多樣，有詩讖、童謠、占卜、相術、解夢等等。[79]而授記經的翻譯與傳播，更加速了預敘手法在宗教作品中的運用，具體說來，最重要的有兩個方面：一是佛教偽經中出現了一些重要的授記經，二是對道經的撰作有所影響。

（一）偽經之授記經舉隅

　　關於這點，僅以《閻羅王授記經》為例略加分析。

　　案：本經的版本極其複雜，傳世本中有漢、回鶻、西夏等語種之不同，東傳日本後，甚至以它為基礎還撰出了「偽經的偽經」——《地藏菩薩發心因緣十王經》（簡稱《地藏十王經》）。[80]在今存最早的敦煌寫本中，不但寫卷數量眾多、形式多樣（有純文字、圖文合一本、節鈔經偈本等），題名也富於變化：最長的是S.5544b的《佛說閻羅王授記令四眾逆修生七齋功德往生淨土經》，其他則有《佛說閻羅王授記令四眾逆修生七齋往生淨土經》（S.3147）、《佛說閻羅王四眾預修生七往生淨土經》（P.3761）、《佛說閻羅王授記勸修生七齋功德經》（S.4890）、《佛說閻羅王授記經》（散0535、散1215等）、《佛說閻羅王經》（S.4805）、《閻羅王授記經》（S.2815）、《閻羅王經》（Дх.931）、《佛說十王經》（P.2870）等十多種。其中，有的寫卷首、尾題名不一，如S.2489首題是《佛說閻羅王授記四眾逆修生七齋功德

　2001年第3期（2001年8月），頁49-53、劉衛華：〈《史記》中的預敘及其敘事效果〉，《渭南師範學院學報》2004年第1期（2004年1月），頁7-10等。

79 關於中國古典小說預敘發達的文化成因，可參陳才訓、時世平：〈古典小說預敘發達的文化解讀〉，《西華師範大學學報》2006年第2期（2006年3月），頁26-30。

80 《地藏菩薩發心因緣十王經》一卷，題為「成都府慈恩寺僧藏川述」，現收於《卍續藏經》第一五〇冊。日本學者景耀在《考信錄》卷四中指出：它係日本平安末期或鎌倉初期由日人根據《預修十王生七經》而偽撰（參慈怡主編：《佛光大辭典》〔北京市：書目文獻出版社，1989年〕，頁2322）。

經》，尾題則作「《閻羅王經》一卷」；P.2003首題為《佛說閻羅王授記四眾預修生七往生淨土經》，尾題則作「《佛說十王經》一卷」，總之是首繁尾簡。張總先生考察諸寫本之後，歸納說：「無論圖、寫本，此經正式名稱是《閻羅王授記經》，《佛說十王經》只是圖本的一種簡稱。因而探討此經時，名稱仍以《閻羅王授記經》為宜。」[81]

但無論哪一種形式，諸敦煌寫本中《閻羅王授記經》之經文性質，都應當歸屬於「授記經」。S.5544b寫卷之題記即云：

> 奉為老耕牛一頭，敬寫《金剛經》一卷、《受記》一卷，願此牛身領受功德，往生淨土，再莫受畜生身，六曹地府分明分付，莫令更有讎訟。辛未年正月。

參照前揭S.5544b之首題，則其所謂「受記」就是指《閻羅王授記經》。而且，諸寫本題名中亦多含有「授記」二字。凡此，皆足以說明這一判斷的正確性。另外，若結合S.3147之題記「界比丘道真受持」（案：「界」指的是三界寺，據此則知該寫卷為五代時期敦煌高僧道真所持用）等，可以想見是經在唐五代宋初時的盛行實況。

張總先生曾指出各本產生的先後次序是：《閻羅王授記》→《佛說十王》→《地藏十王經》。[82]此說極有見地，茲僅以S.3147、P.2003開頭與結尾的部分，列表對比如下：

81 張總：〈《閻羅王授記經》綴補研考〉，載季羨林等主編：《敦煌吐魯番研究》（北京市：北京大學出版社，2001年），卷5，頁81-116。特別是頁82。

82 張總：〈《閻羅王授記經》綴補研考〉，載季羨林等主編：《敦煌吐魯番研究》（北京市：北京大學出版社，2001年），卷5，頁83。

寫卷　　　　區別項	S.3147	P.2003
首題前的內容	無	有說法圖一幅，首題前有文字曰：「謹啟諷《閻羅王預修生七往生淨土經》，誓勸有緣以五會啟經，入贊念阿彌陀佛。成都府大聖慈寺藏川述。」
首題	佛說閻羅王授記令四眾逆修生七齋往生淨土經	佛說閻羅王授記四眾預修生七往生淨土經。
題下之讚	無	讚曰：如來臨般涅槃時，廣召天龍及地祇。因為琰魔王授記，乃傳生七預修儀。
序分	如是我聞：一時佛在鳩尸那城阿維跋提河邊娑羅雙樹間，臨般涅槃時，普集大眾及諸菩薩摩訶薩，諸天龍王、天主帝釋、四大天王、閻羅天子、太山府君、司命司錄、五道大神、地獄官典、悉來聚集，禮敬世尊，合掌而立。	如是我聞：一時佛在鳩尸那城阿維跋提河邊娑羅雙樹間，臨般涅槃時，舉身放光，普照大眾及諸菩薩摩訶薩，天龍神王、天主帝釋、四大天王、大梵天王、阿修羅王、諸大國王、閻羅天子、太山府君、司命司錄、五道大神、地獄官典、悉來聚集，禮敬世尊，合掌而立。讚曰：時佛舒光滿大千，普臻龍鬼會人天。釋梵諸天冥密眾，咸來稽首世尊前。
正宗分（佛授記）	爾時佛告大眾：閻羅天子於未來世，當得作佛，名曰普賢王如來，國土嚴淨，百寶莊嚴，國名華	佛告諸大眾：閻羅天子於未來世，當得作佛，名曰普賢王如來，十號具足，國土嚴淨，百寶莊嚴，國名華

區別項 ＼ 寫卷	S.3147	P.2003
	嚴，菩薩充滿。	嚴，菩薩充滿。 讚曰：世尊此日記閻羅，不久當來證佛陀。莊嚴寶國常清淨，菩薩修行眾甚多。
正宗分 （阿難問其因緣）	無相關文字	爾時阿難白佛言：世尊，閻羅天子以何因緣，處斷冥間？復於此會，便得授於當來果記？
正宗分 （佛的回答）	多生習善，為犯戒故，退落琰魔天中，作大魔王，管攝諸鬼，科斷閻浮提內十惡五逆，一切罪人，繫到六牢，日夜受苦，輪轉其中，隨業報身，定生注死。	佛言：彼於冥途為諸王者，有二因緣：一是住不可思議解脫不動菩薩，為欲攝化極苦眾生，示現作彼琰魔王等；二為多生習善，為犯戒故，退落琰魔天中⋯⋯定注生死。今此琰魔天子因緣以熟，是故我記來世尊國，證大菩提，汝等人天，應不疑惑。 讚曰：（略）

案：表中加著重號的部分，是表示二者相異之處。雖然以後的經文，二者詳略互異，文字各有優劣，但就上表所列內容看來，P.2003寫卷總體上更像授記經，因為它在文本結構上至少包括了授記經的三個組成部分（只缺少第四部分「與會信眾的感應」）：一是「佛現神通（變）」，二是「佛的預言」，三是「弟子發問」（此與漢譯授記經結構組合稍別，因為其第二、第三的次序與後者剛好相反）。

　　既然P.2003寫卷一開始就以小字夾注形式標出「成都府大聖慈寺藏川述」，則知該卷經文部分的增刪改動當出於藏川之手。而且，有

些文字的增改，更合情理（如「十號具足」以及阿難的發問等），使得經文更像漢譯的授記經。相反，S.3147寫卷，由於缺少了這些文字，顯得文理難通，如「菩薩充滿」與「多生習善」之間（若不是書手漏寫），前後根本連接不起來。至於增加的贊與圖，則似與方便經文的講唱有關。

　　雖說我們現在尚不能完全考定藏川撰述《十王經》的時代，但可以肯定的是藏川在撰述《十王經》時，當有所依傍，它就是以S.3147為代表的《閻羅王授記經》。[83]易言之，藏川所述的《十王經》也是「偽經的偽經」，祇不過是它形式上比《閻羅王授記經》更像真經罷了[84]。

（二）道典之「授記」

　　中古時期是道典大量產生的時代，因了佛、道論爭的影響，無論正一派、靈寶派，還是上清派，都出現了不少包容佛教思想的經典，其中靈寶類經道經尤為突出。如：

　　1　敦煌本P.2450《太上元陽經》卷四有云：

　　（前略）

　　1. 爾時會中有一真士，厥年十二，姓尹

　　2. 名林，字妙香，上白師尊曰：「如我大眾，得未曾

　　3. 見，今歡娛喜樂，長跪端心，觀師尊所說，善辭

　　4. 巧妙，善喻方便，能放一光明，普照一切，令

　　5. 其會中蒙得開明。所為因緣照明，元陽上品，

　　6. 仙聖大品，天人之界，其土清淨，得未曾有，故

---

83 關於這方面的考證，因非本文主旨，故此處不詳述，筆者擬另撰專文來探討。

84 又，關於《閻羅王授記經》所受本土文化思想之影響，可參蕭登福：《道佛十王地獄說》（臺北市：新文豐出版公司，1996年），筆者不復贅論。

7. 使百千萬歲中眾生，永安大福。」條林法靜真

8. 人曰：「吾師說元陽上品以來，曾經六十小劫，

9. 不起於座，今欲攝應歸本，正月七日，當還天

10. 宮，慶集天人。汝等若有一人、二人，乃至十人，於

11. 我去後，能宣傳妙法，勸化眾生，皆當往生元

12. 陽品中，莫得懈惓。六十小劫，天人並位，齊心

13. 受記。」乃告諸大士等得條林法靜真人言：

14. 「今當慶會天人。其人去後，妙元林與光妙林，

15. 應達五通，廣智神仙，巧利經記，當得淨惠，開

16. 悟眾生，號曰淨惠度真人。」授記已，便於壬辰

17. 年正月七日，忽然去矣。

案：敦煌本《太上元陽經》（簡稱《元陽經》），即今《正統道藏》所收《太上靈寶元陽妙經》。其撰出的確即時間不詳，然道宣《廣弘明集》卷八引北周釋道安〈二教論〉：「《黃庭》《元陽》，采撮《法華》以道換佛。」[85]則知《元陽經》當出於南北朝前期，且受佛典影響較深。就此處所引P.2450之內容而言，它見於《道藏》本卷四的《問行品》，但文字稍有不同。[86]不過，二者都兩次說到了授記（「受」、「授」，意同），而授記時的表徵，與佛典一樣，都是「放光」。更為有趣的是「六十小劫」、「正月七日」等時間詞的重複使用，則意在印證授記的真實可信。

　　2 《太平御覽》卷六七九〈傳授下〉則引《太上真經》曰：

---

85 〔日〕大藏經刊行會編：《大正新修大藏經》（臺北市：新文豐出版公司，1996年），卷52，頁141中。

86 《道藏》（北京市：文物出版社，上海市：上海書店，天津市：天津古籍出版社，1988年），冊5，頁941。

太上曰：「成道歸本，混同無初，出三界外，濟九天中，接生與善，授記德人。」[87]

這裡則點明了道教授記時對受記者的要求是道德高尚。

3 元武當道士所撰《玄天上帝啟聖錄》卷一「武當發願」條曰：

南陽武當山真武初學業，遇豐乾大天帝君，賜劍名曰北方黑袞角斷魔雄劍。……真武往問老君曰：「蒙囑付於武當山，若能降伏世間一切妖魔了，當即與授記，成其正真之道。臣今降水火妖精，歸於足下，但係種種群魔皆以潛伏，告師授記。」老君曰：「汝來授記，還修得甚果？」老君以一手指天，一手指地：「乃天地尚存，人間妖魔，何得潛伏？候取得閻羅王同來，方可授記。閻羅王若來見吾，即是無地獄人也。無善無惡，無天無地，得同汝一處授記，乃為無上正真道果。汝且更修其果，為眾生斷除邪道，增益功行。」真武從此復降武當山，寄凡修行一十二年。[88]

真武大帝原以為自己消滅了人間妖魔鬼怪之後，便能得到太上老君的授記，但太上老君要求他滅盡天地間一切惡行，方給授記。真武大帝不得不再降武當山，修行十二年。此處的「授記」，與前揭佛典中的「證果」，其義一也。它同樣是一盞明燈，指引著修行者前行的方向；又同是一股無比強大的動力，激發出修行者的宗教熱情。

---

87 〔宋〕李昉等撰：《太平御覽》（北京市：中華書局，1960年），頁3029。

88 《道藏》（北京市：文物出版社，上海市：上海書店，天津市：天津古籍出版社，1988年），冊19，頁578下。

二　形式影響

有關漢譯授記經在形式方面的影響，亦重點談兩個層面，即：

（一）文本結構

無論是佛、道敘事作品，只要其內容涉及預言者，在文本結構上多與授記經相同或相似。佛教方面如北宋贊寧《大宋高僧傳》卷二十一〈唐五臺山竹林寺法照傳〉云：

> 大曆二年，棲止衡州雲峰寺，勤修不懈。於僧堂內粥鉢中，忽睹五彩祥雲，雲內現山寺。寺之東北五十里已來有山，山下有澗，澗北有石門，入可五里有寺，金牓題云「大聖竹林寺」。雖目擊分明，而心懷隕獲。他日齋時還於鉢中五色雲內現其五臺諸寺，盡是金地，無有山林穢惡，純是池臺樓觀眾寶莊嚴，文殊一萬聖眾而處其中，又現諸佛淨國。食畢方滅，心疑未決。歸院問僧，還有曾遊五臺山已否？時有嘉延臺暉二師言曾到，言與鉢內所見一皆符合，然尚未得臺山消息。
> 暨四年夏，於衡州湖東寺內有高樓臺，九旬起五會念佛道場。六月二日未時，遙見祥雲彌覆臺寺，雲中有諸樓閣，閣中有數梵僧，各長丈許，執錫行道。衡州舉郭咸見彌陀佛與文殊普賢一萬菩薩俱在此會，其身高大，見之者皆深泣血設禮，至酉方滅。照其日晚於道場外遇一老人，告照云：「師先發願往金色世界，奉覲大聖，今何不去？」照怪而答曰：「時難路艱，何可往也？」老人言：「但亟去，道路固無留難。」言訖不見。照驚入道場，重發誠願：「夏滿約往前，任是火聚冰河，終無退衄。」至八月十三日，於南嶽與同志數人惠然肯來，果無沮

礙。則五年四月五日到五臺縣，遙見佛光寺南數道白光。六日到佛光寺，果如鉢中所見，略無差脫。其夜四更，見一道光從北山下來射照，照忙入堂內，乃問眾云：「此何祥也？吉凶焉在？」有僧答言：「此大聖不思議光，常答有緣。」照聞已，即具威儀，尋光至寺東北五十里間果有山。山下有澗，澗北有一石門，見二青衣，可年八、九歲，顏貌端正，立於門首，一稱善財，二曰難陀。相見歡喜，問訊設禮，引照入門，向北行五里已來，見一金門樓。漸至門所，乃是一寺，寺前有大金牓，題曰「大聖竹林寺」，一如鉢中所見者。方圓可二十里，一百二十院皆有寶塔莊嚴，其地純是黃金，流渠花樹，充滿其中。照入寺至講堂中，見文殊在西，普賢在東，各據師子之座，說法之音，歷歷可聽。文殊左右菩薩萬餘，普賢亦無數菩薩圍繞。照至二賢前，作禮問言：「末代凡夫，去聖時遙，知識轉劣，垢障尤深。佛性無由顯現，佛法浩瀚，未審修行於何法門，最為其要？唯願大聖，斷我疑網。」文殊報言：「汝今念佛，今正是時。諸修行門，無過念佛，供養三寶，福慧雙修，此之二門，最為徑要。所以者何？我於過去劫中因觀佛故，因念佛故，因供養故，今得一切種智，是故一切諸法般若波羅蜜甚深禪定，乃至諸佛，皆從念佛而生。故知念佛，諸法之王，汝當常念無上法王，令無休息。」照又問：「當云何念？」文殊言：「此世界西有阿彌陀佛，彼佛願力不可思議，汝當繼念，令無間斷，命終之後，決定往生永不退轉。」說是語已，時二大聖各舒金手，摩照頂，為授記別：「汝已念佛，故不久證無上正等菩提。若善男女等願疾成佛者，無過念佛，則能速證無上菩提。」語已，時二大聖互說伽陀。照聞已，歡喜踴躍，疑網悉除。……於時徒眾誠心瞻仰……同發勝心，共期佛意。[89]

---

89 〔宋〕贊寧著，范祥雍點校：《宋高僧傳》（北京市：中華書局，1987年），頁538-541。

案：這裡敘述的是法照於大曆二年（767）至六年間往五臺山巡禮求法的事蹟，基本上可當作一則授記故事來解讀，作者且多處運用了預敘的筆法：如第一段中所謂鉢中諸事，既是內預敘（相對於第一段而言），又是重複預敘（相對於第二段而言）；第二段所說彌陀佛及文殊普賢等現身於衡州法會事，則是隱性預敘，暗示了法照以後在五臺山所拜謁的對象。

　　本則授記故事的主體是第二段，其結構則與前揭授記經一樣，都可以分成四個部分：一是文殊、普賢等大聖現神通事（具體表現是「白光」）[90]，二是法照發問，三是文殊以預言形式進行答覆，並與普賢菩薩一起給法照和尚授記，四是信眾的感應（即「於時徒眾」等句）。

　　另外，文殊、普賢給法照授記時是「舒金色臂摩頂」，這也有經典依據。唐佛陀波利譯《尊勝陀羅尼經》即云：「爾時世尊舒金色臂，摩善住天子頂，而為說法，授菩提記。」[91]《大宋高僧傳》卷二十九《慧日傳》又載淨土宗僧人慧日在北印度健陀羅國禮謁觀音像時，絕食七日，夜半時分，見觀音：

> 空中現紫金色相，長一丈餘，坐寶蓮華，垂右手，摩日頂曰：「汝欲傳法，自利利他，西方淨土極樂世界彌陀佛國，勸令念佛誦經，回願往生。到彼國已，見佛及我，得大利益。汝自當知淨土法門，勝過諸行。」[92]

---

90 漢譯佛典中常把見佛光明作為授記的條件之一，如〔劉宋〕沮渠京聲譯：《佛說觀彌勒菩薩上生兜率天經》有云：「佛告優波離：汝今諦聽！是彌勒菩薩於未來世當為眾生作大歸依處，若有歸依彌勒菩薩者，當知是人於無上道得不退轉。彌勒菩薩成多陀阿伽度阿羅訶三藐三佛陀時，如此行人，見佛光明，即得授記。」〔日〕大藏經刊行會編：《大正新修大藏經》〔臺北市：新文豐出版公司，1996年〕，卷14，頁420中）

91 〔日〕大藏經刊行會編：《大正新修大藏經》（臺北市：新文豐出版公司，1996年），卷19，頁352上。

92 〔宋〕贊寧著，范祥雍點校：《宋高僧傳》（北京市：中華書局，1987年），頁722。

慧日（680-748）亦唐代淨土宗高僧之一，他受具足戒後因遇到了義淨法師，故而產生了去印度巡禮如來遺跡的弘願。傳中所記，也是一則授記故事，考慮到慧日（盛唐）的時代早於法照（中唐），則法照被文殊、普賢菩薩授記之說，極可能模仿慧日故事而來。或者說，二者都是對相關佛典之內容的移植。[93]

至於道教方面，前舉P.2450《太上元陽經》卷四之經文已是很好的例證，故不再贅舉。

（二）與道經「記傳」文體之異同

P.2861＋P.2256宋文明《通門論》是一份有關道典十二部文體分類的重要文書[94]，其中涉及「記傳」時有云：

（前略）

1. 第十部記傳一條有
2. 二義：一者論其根源，二者述其階次。論其源
3. 根（根源）者，故記者紀也，紀綱其事，令不絕也。此記
4. 則有進（講）述過去之事，亦有豫記未來之事也。
5. 傳者轉也，轉相繼續也。凡聖神之體有二事：
6. 一者自然，二者學問也。《太（大）洞經》云：得《大洞經》者，
7. 從死得生，得道得仙，從仙得真，得為上法

---

93 道教對佛教的摩頂授記之說也有借用，如《修真十書》卷13引〔元〕蕭廷芝《金丹大成集》曰：「問：玄關一竅，正在何處？答曰：在人之首，功夫容易，下手的難尋。若不遇真師摩頂授記，皆妄為矣。」（《道藏》〔北京市：文物出版社，上海市：上海書店，天津市：天津古籍出版社，1988年〕，冊5，頁461下）
94 關於這份文書在道經文體分類上的重要意義，可參拙文〈從敦煌本〈通門論〉看道經文體分類的文化淵源及其影響——兼論佛經文體和道經文體的關係〉，《普門學報》2008年第1期（2008年1月），頁55-110。

8. 黃老君也。如四十九真、二十四帝、百八道君、

9. 天尊上聖，亦有自然妙炁，變化所作，亦有修

10. 習後學所成，自然後學，合為一也。二者述階

11. 次，此次千流萬品，不可悉論。略言大乘，數有

12. 三：上品曰聖，中品曰真，下品曰仙也。聖復有

13. 三，真品復有三，仙品復有三，合為九品。（後略）

若把宋文明對道典「記傳」的定義與佛教相關文體進行對比，我們可有兩個重要的發現：一是宋氏所說的「記傳」，文體特點亦在敘事，但事件的發生時間則涵蓋過去與未來，即相當於佛典中的本生、本事和授記。易言之，道教「記傳」比佛典「授記」範圍更廣；二是對未來之「豫記」，內容亦重在突出修行果位（道教謂之「階次」）。要之，宋氏在分析道典「記傳」文體特徵時，當是以佛典「授記」為參照。

第十一章
佛教儀式中的文體應用

　　儀式是宗教的核心要素之一，佛教於此也不例外。但是，在佛學研究中，人們更為關注教義教理、思想史與教派史等方面的研究，對儀式的研究目前尚未全面展開，在漢傳佛教領域更是如此。[1]而對佛教儀式文學的研究，則更不成系統。[2]本章的目的，恰恰在於想初步

1　關於這方面的研究，目前的成果主要集中體現於懺悔儀，如Kuo Li-ying（郭麗英）
　　Confessino et contrition dans le bouddhisme chinois du Ve au Xe siecle（五至十世紀中
　　國佛教的懺儀與布薩）（Paris: Ecole francaise d'Extreme-Orient, 1994），釋大睿：《天
　　臺懺法之研究》（臺北市：法鼓文化事業公司，2000年），汪娟：《敦煌禮懺文研究》
　　（臺北市：法鼓文化事業公司，1998年）、汪娟：《唐宋古逸佛教懺儀研究》（臺北市：
　　文津出版社，2008年），聖凱法師：《中國佛教懺法研究》（北京市：宗教文化出版
　　社，2004年），楊明芬：《唐代西方淨土禮懺法研究》（北京市：民族出版社，2007年），
　　劉亞明：《中國漢傳佛教懺悔思想研究》（成都市：四川大學博士論文，2005年）等。
2　關於這方面的成果主要集中於願文、齋文，尤其是敦煌願文與齋文的研究。願文方
　　面如：郭麗英：〈敦煌本《東都發願文》考略〉，載謝和耐等著，耿昇譯：《法國學
　　者敦煌學論文選萃》（北京市：中華書局，1993年），頁105-119；黃徵、吳偉：〈敦
　　煌願文集〉（長沙市：嶽麓書社，1995年），黃徵：〈敦煌願文考論〉，《敦煌語文叢
　　說》（臺北市：新文豐出版公司，1997年），頁579-597；饒宗頤：〈談佛教的發願
　　文〉，《敦煌吐魯番研究》（北京市：北京大學出版社，1999年），卷4，頁477-488；
　　陳曉紅：〈試論敦煌佛教願文的類型〉，《敦煌學輯刊》2004年第1期（2004年3月），
　　頁92-102；楊富學：〈敦煌吐魯番出土回鶻文佛教願文研究〉，《敦煌研究》2006年第
　　2期（2006年3月），頁49-54；黃維忠：〈8-9世紀藏文發願文研究〉（北京市：民族出
　　版社，2007年）；齋文方面則有郝春文：〈敦煌寫本齋文及其樣式的分類與定名〉，
　　《北京師範學院學報》1990年第3期（1990年8月），頁91-97轉頁20；梅弘理：〈根據
　　P.2547號寫本對〈齋琬文〉的復原和斷代〉，《敦煌研究》1990年第2期（1990年5
　　月），頁50-55轉頁39；王書慶：〈敦煌文獻中的〈齋琬文〉〉，《敦煌研究》1997年第1
　　期（1997年2月），頁141-147；宋家鈺：〈佛教齋文源流與敦煌本〈齋文〉和復原〉，

勾勒出佛教儀式文學的特點，尤其是文體應用上的特點，以便為今後
的深入研究作些理論準備。

第一節　佛教儀式文學的淵源與特點

顧名思義，佛教儀式文學是指在各種佛教儀式中使用的文學作
品。但若要知悉其文化淵源和特點，則需先了解什麼是佛教儀式，其
類別如何？

一　佛教儀式及其類別

(一)「儀式」含義及其同義、近義詞略析

「儀式」無論在漢譯佛典還是漢地經疏中，都是一個常用詞。請
看以下例證：

　　1　什譯《法華經》卷一《方便品》云：

《中國史研究》1999年第2期（1999年5月），頁70-83；湛如：〈論敦煌齋文與佛教行
事〉，《敦煌學輯刊》1997年第1期（1997年3月），頁66-78；王三慶：〈敦煌文獻〈諸
雜齋文〉一本研究〉，《敦煌學》第24輯（2003年6月），頁1-28。然統觀這些論著，
重點在於討論齋文、願文的佛教性，而非文學性。真正自覺地從文學角度探討的論
著不多，較重要的有澤田瑞穗：〈支那佛教唱導文學生成の生成〉，連載於《智山學
報》新第13卷（1939年12月），頁94-128、澤田瑞穗：〈支那佛教唱導文學生成の生
成〉（續），《智山學報》新第14卷（1940年12月），頁65-98，陳洪：〈佛教八關齋與
中古小說〉，《江海學刊》1999年第4期（1999年4月），頁159-163；汪娟：〈佛教懺法
對靈驗故事的運用〉，收入《冉雲華先生八秩華誕壽慶論文集》（臺北市：法光出版
社，2003年），頁185-222；張承東：〈試論敦煌齋文的駢文特色〉，《敦煌學輯刊》
2003年第1期（2003年3月），頁92-102；荒見泰史：〈敦煌本「莊嚴文」初探──唐
代佛教儀式上的表白對敦煌變文的影響〉，《文獻》2008年第2期（2008年5月），頁
42-52。

菩薩聞是法，疑網皆已除。千二百羅漢，悉亦當作佛，如三世諸佛，說法之儀式。[3]

2　〔唐〕遁倫集撰《瑜伽論記》十九引圓測之語曰：

法者是學法，隨法行者，是學之儀式。[4]

3　〔宋〕志磐《佛祖統紀》卷三則曰：

化儀四教，是如來化物之儀式，故喻如藥方。[5]

4　〔北魏〕慧覺等譯《賢愚經》卷五《沙彌守戒自殺品》謂沙門四好好惡難明時云：

或有比丘，外行粗疏，不順儀式。[6]

5　〔唐〕不空譯《供養十二大威德天報恩品》則說：

為富用毗沙門，為貴更用梵天。其供養具，各儲一器，香水、塗香……臘燭等，插盛一器而供養之。燒香普薰，清淨如法。

3　〔日〕大藏經刊行會編：《大正新修大藏經》（臺北市：新文豐出版公司，1996年），卷9，頁10上。

4　〔日〕大藏經刊行會編：《大正新修大藏經》（臺北市：新文豐出版公司，1996年），卷9，卷42，頁529上。

5　〔日〕大藏經刊行會編：《大正新修大藏經》（臺北市：新文豐出版公司，1996年），卷9，卷49，頁148中。

6　〔日〕大藏經刊行會編：《大正新修大藏經》（臺北市：新文豐出版公司，1996年），卷9，卷4，頁380中。

供養儀式，各別印明。[7]

6〔北宋〕法賢譯《佛說護國經》又說：

是時長者速出本舍，往大樹下。既到彼已，實見護國在彼欲食，即告之曰：「我子護國，舍離本家，客游於外，如是經歷，復至聚落，不入本舍，是義云何？」時彼護國即答父言：「我沙門法，儀式如是。[8]」

從這些引文可知，總體說來，「儀式」一詞，可從兩大層面加以解釋：一指佛教的根本法則、規範及其所蘊含的基本精神，這是比較抽象的說法（我們可稱之為「體」），如例一至例三，都未點明「儀式」的具體所指；二指具體的程式，它們往往是各種佛教行事的依據，是較為具象的用法（可稱為「相」），如例四至例六，皆與具體的行儀相聯繫：如對僧尼日常生活細節中言行舉止的要求，或某一法事的具體事項之類。當然，抽象（體）與具象（相）之間，並非毫無關係，它們實際上是互為依存的。如遁倫《瑜伽論記》卷十九對前引圓測之語的闡釋是：

解中分三：初解三業，二解正思，三解正修。初正答佛世尊制身語意者，即律儀戒：開身語意者，即攝善攝生二聚之戒；無倒遠離者，離過即律儀戒；無倒修證者，即後二聚戒也。[9]

<hr/>

7〔日〕大藏經刊行會編：《大正新修大藏經》（臺北市：新文豐出版公司，1996年），卷9，卷21，頁385上。

8〔日〕大藏經刊行會編：《大正新修大藏經》（臺北市：新文豐出版公司，1996年），卷1，頁873上。

9〔日〕大藏經刊行會編：《大正新修大藏經》（臺北市：新文豐出版公司，1996年），卷42，頁529上。

此即把圓測所說的抽象精神，具體表述為三項可供參照執行的行儀準
則（如律儀等）。

　　不過，在「體」、「相」之中，僧尼可以各有側重。如道世《法苑
珠林》卷七四引《寶梁經》云於佛法中出家者的情況是：

> 或有乞食，或有樂住山林，或有樂近聚落清淨持戒，或有能離
> 四軛，或有勤修多聞，或有辯說諸法，或有善持戒律，或有善
> 持毗尼儀式，或有游諸城邑聚落為人說法。有如是等諸比丘
> 僧、營事比丘，善取如是諸人心相。[10]

「毗尼」與「戒律」，意義本同，但《寶梁經》把「善持毗尼儀式」、
「善持戒律」並列，實有深意在焉，前者是說善於總體把握戒律之根
本精神者（戒之「體」），後者則指嚴於遵守具體律儀（戒之「相」）
者。

　　「儀式」一詞，特別是指具體的行儀法則時，常簡稱為「某某
儀」。如藏經中所收隋智顗撰《法華三昧懺儀》，唐湛然撰《法華三昧
行事運想補助儀》，北宋知禮集《金光明最勝懺儀》，遵式集《請觀世
音菩薩消伏毒害陀羅尼三昧儀》、《熾盛光道場念誦儀》、《往生淨土懺
願儀》等，皆和具體的佛教行事規範有關。

　　另外，內典中與「儀式」含義相同或相近的語詞較多，比較常見
的是「威儀」、「行儀」、「行事」、「儀軌」、「儀法」等。

　　其中，「威儀」專指出家眾在言行舉止方面所表現出來的特有儀
容，它們往往使世俗之人一見就能生起崇仰畏敬之心，比如劉宋求那
跋摩譯《菩薩善戒經》卷五所要求的「四威儀」是：

10　〔日〕大藏經刊行會編：《大正新修大藏經》（臺北市：新文豐出版公司，1996年），
　　卷53，頁844中。

　　一者行，二者住，三者坐，四者臥。菩薩若行，若坐，晝夜常
　　調惡業之心，忍行坐苦，非時不臥，非時不住。所住內外，若
　　床若地，若草若葉，於是四處，常念供養佛法僧寶，讚歎經
　　法，受持禁戒，持無上法廣為人說，正思維義如法而住。[11]

雖然佛教一般認為戒律重、威儀輕，但從修持的實際情況看，大部分
的戒條都屬於威儀之列，比方說二五○戒中，實際上只有四重禁（殺
生、偷盜、邪淫、妄語）是「戒分」，其餘的悉為威儀分。易言之，
「威儀」是僧尼在嚴守律儀時自然形成之佛教氣質的外在表現。

　　「行儀」，常指僧尼的行為規範，即比丘、比丘尼等出家四眾在
日常生活中必須遵守的規矩禮儀，如「過中不食」之類。「行事」則
有兩種用法：一指按照一定程式而舉辦的佛教法會（簡稱佛會、佛
事、法事等）；二指執行特定任務的佛事人員（也叫「知事」）。唐人
道宣《四分律刪繁補闕行事鈔》（簡稱《行事鈔》）之「行事」，即涵
蓋了這兩方面的內容，而道宣是書，唐釋愛同《彌沙塞羯磨本》「初
度沙彌法」之夾注中則稱之為《儀式鈔》[12]，準此，「行事」、「儀
式」，其義一也。

　　「儀軌」，則多用於密教（密宗），主要含義也是兩種：一是梵文
kalpa或vidhi的意譯，又譯作「秘密儀軌」、「密軌」、「供養法」等，
它專指密教法事中的法則，如畫像、念誦、供養等方面的具體程式；
二者相當於梵文kalpasūtra，則指記載密教實修法的典籍，它們有的譯
出於梵文原典，有的則是中土人士的新撰，有的出於藏譯本。這三種
典籍，在《大正藏》中都可找到各自的例證，依次可分別舉出唐不空

11　〔日〕大藏經刊行會編：《大正新修大藏經》（臺北市：新文豐出版公司，1996年），
　　卷30，頁986上-中。
12　〔日〕大藏經刊行會編：《大正新修大藏經》（臺北市：新文豐出版公司，1996年），
　　卷22，頁216下。

譯《藥師如來念誦儀軌》、唐一行撰《藥師琉璃光如來消災除難念誦儀軌》、清工布查布譯《佛說造像量度經解》等為代表。

「儀法」一詞，從漢譯佛典的用例看，當與「威儀」相當，如劉宋求那跋摩譯《菩薩內藏經》之「見佛威神儀法如是，便稍入佛道中轉導之，皆隨其意教度脫之」。[13]但更值得注意的是什譯《大智度論》卷四有句云：「如比丘尼得無量律儀，故應次比丘後、在沙彌前，佛以儀法不便，故在沙彌後」[14]，此在釋愛同《彌沙塞羯磨本》「尼眾授戒法」條之夾注中則引作：「《智度論》云：尼得無量律儀，故應次比丘後，佛以儀式不便，故在沙彌後。」[15]此表明儀法又與儀式同義。

有鑑於此，在以後的行文中，我們對「威儀」、「行儀」、「行事」、「儀軌」、「儀法」等語彙一般都作同義詞看待。而且，它們經常可以被「儀式」一詞涵蓋或代替。[16]

（二）佛教儀式之類別

佛教儀式的類型之別，根據不同的分類標準，可有不同的分類結果。如：

1 按佛教派別分

漢傳佛教派別多以經典開宗立派，如天臺宗的經典依據是《法華經》，華嚴宗是《華嚴經》，淨土宗是《無量壽經》、《觀無量壽經》、《阿彌陀經》，律宗是《四分律》，密宗則是《大日經》、《金剛頂經》

---

13 〔日〕大藏經刊行會編：《大正新修大藏經》（臺北市：新文豐出版公司，1996年），卷24，頁1033上。

14 〔日〕大藏經刊行會編：《大正新修大藏經》（臺北市：新文豐出版公司，1996年），卷25，頁85上。

15 〔日〕大藏經刊行會編：《大正新修大藏經》（臺北市：新文豐出版公司，1996年），卷22，頁218中。

16 參釋慧舟等編述：《佛教儀式須知》（上海市：上海佛學書局，1992年）。

和《蘇悉地經》，故而各教派都以本宗的基本經典為基礎，並融匯其他相關經典，建構了各具特色的儀軌：比如天臺宗有《法華三昧懺儀》、《方等三昧行法》、《請觀音懺法》、《金光明懺法》等，華嚴宗有《圓覺經道場修證儀》、《華嚴經海印道場懺儀》、《華嚴清涼國師禮讚文》等，淨土宗有《轉經行道願往生淨土法事讚》、《淨土五會念佛略法事儀讚》、《往生淨土懺願儀》、《禮念彌陀道場懺法》等，密宗方面的儀軌則最多，稱得上是不可勝數，且多與民俗禮儀相結合，如《梁皇懺》、《瑜伽焰口施食儀》、《蘭盆獻供儀》、《藥師三昧行法》、《讚禮地藏菩薩懺願儀》、《法界聖凡水陸勝會修齋儀軌》等。此外，佔據唐宋以後中國佛教史主流地位的禪宗，雖說它宣導不立文字，直指本心，見性成佛，但它並不反佛教儀規，甚至還制定過不少頗具中國佛教特色的清規，如唐釋懷海《古清規》（已佚）、宋釋宗賾《禪苑清規》以及元釋德輝《百丈清規》。另外，唐宋佛教的禪淨合流以及三教合一的思想趨勢，對佛教儀式的發展都產生了深遠的影響，各種儀式之間常常互通互融，互為借用。

2 按受眾分

佛教儀式，又有受眾之別。如有的只針對出家眾，如布薩、自恣、結界等儀；有的則主要面對在家眾，如律儀之中的授五戒儀、授菩薩戒行法等，有的則是僧俗二眾都共同遵守的儀式，如懺悔、回向、發願儀等。特別是各種法會，如講經會、造像、無遮大會等，則由僧俗共同參與並完成。

3 按用途分

中國的佛教儀式，具有極強的實用性：有的和百姓日常宗教生活緊密相連，無論生老病死、祈福禳災，都可用到相應的儀式儀軌，如超度亡靈時多用盂蘭盆會、水陸儀、焰口施食儀等，祛病除災時多用

藥師懺之類；有的則與國家軍政大事相聯繫，比如盛行於唐五代的毗沙門儀軌等。另據《法苑珠林》卷一〇〇載，大唐西京延興寺沙門釋玄琬（562-636）撰有《十種讀經儀》一卷、《無盡藏儀》一卷、《禮佛儀式》一卷[17]，西京西明寺沙門釋道世（？-683）則撰有《受戒儀式》四卷、《禮佛儀式》二卷[18]，凡此，顧名思義，都是以用途命名的佛教儀式。

4 按儀式之紀念性分

　　中國佛教中有名目繁多的法會，它們多為供佛施僧或講經說法而舉行，而且一般是群體性的集會（大會），其來源常往往與諸佛聖賢的紀念日有關。譬如與釋迦牟尼佛相聯繫的有佛誕日（二月初八或四月初八）之浴佛會、行像會以及涅槃會（二月十五日）、臘八會（十二月初八，佛成道日）等。其他如彌勒菩薩聖誕會（正月初一），觀音菩的薩聖誕會（二月十九日）、成道會（六月十九日）以及出家紀念會（九月十九日），普賢菩薩的聖誕會（二月二十一日）、文殊菩薩的聖誕會（四月初四）、地藏菩薩的聖誕會（七月三十日）、藥師佛的聖誕會（九月三十日）、阿彌陀佛的聖誕會（十一月十七日）等。

5 按組織者的身分分

　　佛教儀式，特別是齋會類法事的舉辦，可有不同的組織者，簡單地說，就是有公、私之別。筆者在研習敦煌佛教齋儀文書時，曾分之為國家齋會、社邑齋會以及家庭齋會三大類。其中，國家齋會由朝廷舉辦，多用於軍政大事或重要的節慶，舉辦地點在宮中或官寺；社邑

17　〔日〕大藏經刊行會編：《大正新修大藏經》（臺北市：新文豐出版公司，1996年），卷53，頁1023中。

18　〔日〕大藏經刊行會編：《大正新修大藏經》（臺北市：新文豐出版公司，1996年），卷53，頁1023下。

齋會是由邑會（或社）組織的民間齋會，它以佛教信仰為紐帶，目的多在經濟互助；家庭齋會則是私人因特定目的而設，多和個體生活需要有關，也體現了中國文化對家族、家庭的重視。[19]

當然，佛教行儀也還有其他的分類方法，比如依舉辦的時間，有早、午、晚之別。但無論如何劃分，其本質屬性都絲毫未變：從思想方面看，仍然是佛教理念與信仰的載體；從內容程式看，則是指導佛教各種具體活動的規範文本。

此外，從今存藏經所載佛教儀式之實際內容看，數量最多的是密教儀軌、律儀以及各種法事儀軌。如果說法事儀軌（或法會）更強調群體性的話，律儀則相對突出個體性，因為它主要針對的是具體的人（僧尼或一般信徒）。

二　佛教儀式文學之淵源

中土佛教儀式文學之淵源主要有二：一是外來淵源，二是本土淵源。

（一）外來淵源

對於這一點，古人早就有所覺察。如贊寧《大宋僧史略》卷上「受齋懺法」條云：

> 自佛法東傳，事多草昧，故《高僧傳》曰：「設復齋懺，同於祠祀。」魏晉之世，僧皆布草而食，起坐威儀，唱導開化，略無規矩。至東晉，有偽秦國道安法師，慧解生知，始尋究經律，作赴請僧跋讚禮念佛等儀式。凡有三例：一曰行香定座是

---

19 拙撰：《敦煌佛教音樂文學研究》（福州市：福建人民出版社，2007年），頁705-707。

也……。[20]

於此，贊寧明確指出東晉道安所制定的「贊禮念佛」等儀式是「尋究經律」而成，即他是以翻譯的外來佛典（包括譯自印度的原典或從中亞語言轉譯者）為依據，從而撰制出多種佛教儀軌。《高僧傳》卷五詳細則云道安：

> 既德為物宗，學兼三藏，所制僧尼軌範、佛法憲章，條為三例：一曰行香定座上講經上講之法，二曰常日六時行道飲食唱時法，三曰布薩差使悔過等法，天下寺舍，遂則而從之。[21]

由此則知道安所制儀式，曾風行天下，產生過深遠的影響。另外，《出三藏記集》卷八所收道安法師〈摩訶鉢羅若波羅蜜經抄序〉中，則提供了一則佛教禮拜儀式的實例，曰：

> 南摸一切佛，過去、未來、現在佛，如諸法明。天竺禮般若辭也。明，智也。外國禮有四種：一闍耶，二波羅南，三婆南，四南摸。南摸，屈體也，跪也。此四拜，拜佛、外道、國主、父母通拜耳。禮父母云南摸薩迦。薩迦，供養也。[22]

此間夾注之文字，一則表明了如何按印度佛教行儀之要求轉化為中土適用的文本，二則廣泛交代了「外國禮儀」的種類，三則具體闡釋了「南摸」（梵文nāmas、巴利語nāmo之音譯）的含義。

---

20 〔日〕大藏經刊行會編：《大正新修大藏經》（臺北市：新文豐出版公司，1996年），卷54，頁238下。

21 〔梁〕慧皎著，湯用彤校注：《高僧傳》（北京市：中華書局，1992年），頁183。

22 〔梁〕僧祐撰，蘇晉仁、蕭鍊子點校：《出三藏記集》（北京市：中華書局，1995年），頁291。

再如僧祐《法苑雜集原始目錄》中載有多種佛教行儀之實用文書目錄,且大都標明了其經典依據。如其《法寶集》下卷第三有云:

《為亡人設福咒願文》第二十一。出《僧祇律》。

《生子設福咒願文》第二十二。出《僧祇律》。

《作新舍咒願文》第二十三。出《僧祇律》。

《遠行設福咒願文》第二十四。出《僧祇律》。

《取婦設福咒願文》第二十五。出《僧祇律》。

《菩薩發願》第二十六。出《菩薩本業經》。

《無常咒願》第二十七。出《中本起》。[23]

這裡正文所記都是佛教儀式文學的名目,夾注則揭櫫了其文學來源,它們皆出自漢譯佛典。如「僧祇律」是指東晉佛陀跋陀羅、法顯共譯之《摩訶僧祇律》,該律卷三十四《明威儀法之一》即載有為亡人施福應作如是咒願:

一切眾生類,有命皆歸死。隨彼善惡行,自受其果報。行惡入地獄,為善者生天。若能修行道,漏盡得泥洹。[24]

其他四種咒願文,悉見於同卷,且都為五言詩偈。文繁,不備引。

在具體的儀式中,有的僧人還會完全使用經典之譯出語。《出三藏記集》卷五《小乘迷學竺法度造異儀記第五》即云:

---

23 〔梁〕僧祐撰,蘇晉仁、蕭鍊子點校:《出三藏記集》(北京市:中華書局,1995年),頁481。

24 〔日〕大藏經刊行會編:《大正新修大藏經》(臺北市:新文豐出版公司,1996年),卷22,頁500中。

> 元嘉中，外國商人竺婆勒久停廣州，每往來求利。於南康郡生
> 兒，仍名南康，長易字金伽。後得入道，為曇摩耶舍弟子，改
> 名法度。其人貌雖外國，實生漢土，天竺科軌非其所諳。但性
> 存矯異，欲以攝物，故執學小乘，云無十方佛，唯禮釋迦而
> 已，大乘經典不聽讀誦。……布薩悔過，但伏地相向，而不胡
> 跪。法度善閑漢言，至授戒先作胡語，不令漢知。[25]

雖然僧祐因自己信仰大乘而對竺法度專宗小乘之舉深表不滿，但我們
可從中發現這樣一個事實，即竺法度在授戒時之所以用胡語（梵
語），目的是想保留印度律典的神聖性和權威性。

（二）本土淵源

　　本來佛教東傳華夏之初，主要依附於道教與方術，其儀式則多比
附中土儒道兩家固有的禮儀程式，《高僧傳》卷二《曇柯迦羅傳》即
指出漢末魏初的佛教行儀是「設復齋懺，事法祠祀」。[26]到東晉時，雖
說有道安法師依據翻譯佛典制定了一些常用的佛事儀軌，然其後的發
展，佛教儀式始終未能擺脫本土文化的影響，甚至還主動地吸納本土
禮儀，如敦煌遺書P.4638說應管內外釋門都僧統兼佛法主賜紫沙門龍
訓等人曾於端午節向節度使行禮：「雖慚貢獻，聊表釋儀。」譚蟬雪
指出：「佛教本無端午之說，都僧統卻把端午獻物列為釋儀，反映了
佛教的漢化和世俗化。」[27]此論良是。

　　其實，佛教的中國化，很大程度上是儀式的中國化，如儒道兩家
中各種表現家族倫理、天人感應、祖先崇拜以及皇權崇拜等思想的禮

---

25 〔梁〕僧祐撰，蘇晉仁、蕭鍊子點校：《出三藏記集》（北京市：中華書局，1995
　　年），頁232。

26 〔梁〕慧皎著，湯用彤校注：《高僧傳》（北京市：中華書局，1992年），頁13。

27 譚蟬雪：《盛世遺風：敦煌的民俗》（蘭州市：甘肅教育出版社，2007年），頁49。

儀都深深地融入了佛教行事中，並且由此產生了一些中國佛教特有的禮儀，比如《續高僧傳》卷二十一指出釋曇瑗曾撰有《僧家書儀》四卷，別行於世。[28]

另外，從各種僧傳僧史中可以發現，多數佛教儀式的製作者（或實施者）皆具有良好的本土文化素養。比如確立中國唱導制度的慧遠法師是「博綜六經，尤善《莊》、《老》」[29]，以唱導名世的釋智凱則是：

> 專習子史、今古集傳，有關意抱，輒條疏之，隨有福會，因而標擬。至於唱導將半，更有緣來，即為敘引，冥符眾望。隋末唐初，嘉猷漸著。每有殷會，無不仰推，廣誦多能，罕有其類。[30]

無論六經也好，子史也罷，它們都是中國傳統文化的基本載體，僧人熟習並用之於佛教法事，這顯然證明本土文化對佛教儀式文學的孳乳之用，是不可或缺的。

更值得注意的是：雖然自東晉以後佛教因獨立性增強而一直對道教加以猛烈抨擊，但事實上，在民間信仰的層面，二者的互通與融合從來就沒有中止過，特別是唐宋以後，儀式上趨同的態勢更加明顯。南宋釋宗曉《樂邦文類》卷二引北宋釋贊寧〈結社法集文〉即曰：

> 晉宋間有廬山慧遠法師，化行潯陽，高士逸人，輻湊於東林，皆願結香火。時雷次宗、宗炳、張詮、劉遺民、周續之等共結白蓮華社，立彌陀像，求願往生贍養國，謂之蓮社。社之名，

---

28 〔日〕大藏經刊行會編：《大正新修大藏經》（臺北市：新文豐出版公司，1996年），卷50，頁609中。

29 〔梁〕慧皎著，湯用彤校注：《高僧傳》（北京市：中華書局，1992年），頁211頁。

30 〔日〕大藏經刊行會編：《大正新修大藏經》（臺北市：新文豐出版公司，1996年），卷50，頁705上-中。

始於此也。齊竟陵文宣王，募僧俗，行淨住法，亦淨住社也。
梁僧祐曾撰《法社建功德邑會文》，歷代以來咸就僧寺為法會
社也。社之法，以眾輕成一重，濟事成功，莫近於社。今之供
社，共作福田，修約嚴明，愈於公法。行人互相徹勵，勤於修
行，則社有生養之功大矣。近聞周鄭之地，邑社多結，守庚申
會，初集鳴鐃鈸，唱佛歌讚，眾人念佛行道，一夕不睡，以避
三彭奏上帝，免注罪奪算也。然此實道家之法，往往有無知釋
子入會，圖謀小利，曾不尋其根本，誤行邪法，深可痛哉。[31]

作為正統佛教代表人士的贊寧，顯然對民間佛教結社行儀融合道教庚
申會儀式的做法深表反對和譴責，但現實情況是兩教儀軌混同的情況
比比皆是。對於這一點，倒是道教方面看得比較開，如元衛琪注《玉
清無極總真文昌大洞仙經》卷二即謂：

帝君為主，每歲各師生辰，諸山釋子大作聖會，廣化香火，慶
贊稱賀，官員士庶，欽仰者比比焉。故凡二教經儀，多釋道混
融互用。[32]

衛琪所說的「二教經儀」，其實就是指佛、道兩教的儀式、儀軌。

當然，就佛教儀式文學的兩種文化淵源而言，應當是並行不悖、
共榮共存的狀態。如《續高僧傳》卷三十說初唐著名的唱導僧釋寶
岩是：

---

31 〔日〕大藏經刊行會編：《大正新修大藏經》（臺北市：新文豐出版公司，1996年），
　　卷47，頁177中。

32 《道藏》（北京市：文物出版社，上海市：上海書店，天津市：天津古籍出版社，
　　1988年），冊2，頁608上。

情存道俗，時共目之說法師也。與講經論，名同事異。論師所
設，務存章句，消判生滅，起結詞義。岩之制用，隨狀立儀，
所有控引，多取《雜藏》、《百譬》、《異相》、《聯璧》，觀公導
文，王孺懺法，梁高、沈約、徐庾晉宋等數十家。[33]

這裡所述寶岩和尚的佛教講唱，其特點在於能「隨狀立儀」，即根據
聽眾的需求採取不同的行儀與文本。其依據有二：一是漢譯佛典（如
《雜寶藏經》、《百喻經》等）或中土人士依據漢譯佛典編撰的佛教類
書（如《經律異相》、《法寶聯璧》等），二是中土佛教人士撰作的中
國化的佛教儀軌（如釋真觀的導文、王僧孺的懺儀、梁武帝及沈約等
人的懺悔文之類）。

三　佛教儀式文學的特點

　　談及佛教儀式文學的特點，筆者歸納為五點，即：

（一）實用性

　　實用性是佛教儀式文學的第一要義，不同的儀式，因主題、宗旨
之異，故而在文字表述及文學形式上都會有一定的差異。而且，因了
主題與目的的不同，儀式文學的名稱也迥然有別，如懺悔文多用於懺
悔儀式，願文用於發願儀式，回向文用於回向儀式，啟請文用於啟請
儀，齋文用於齋會行儀，導文用於唱導法會，轉經文用於轉經會，受
戒文用於授戒儀，羯磨文用於羯磨儀，行像文用於行像儀，敦煌所出
的《二月八日文》用於佛誕會，諸如此類，不一而足。另外，即使從

33　〔日〕大藏經刊行會編：《大正新修大藏經》（臺北市：新文豐出版公司，1996年），
　　卷50，頁705中。

漢譯佛典之相關要求看，儀式文學都服務於教義宣暢，什譯《妙法蓮華經》卷二〈譬喻品〉即云：

> 爾時佛告舍利弗：我先不言諸佛世尊以種種因緣譬喻言辭方便
> 說法，皆為阿耨多羅三藐三菩提耶？是諸所說，皆為化菩薩
> 故。然舍利弗，今當復以譬喻更明此義，諸有智者，以譬喻得
> 解。[34]

由此可知，佛陀方便說法的終極目標就是讓信眾能聽得明白，因此他才提倡隨機應變來達成實用，比如有的人喜歡譬喻，佛陀就用譬喻來說法。

在各教派的儀式文學中，實用性最強的是密宗，其特點是追求現世利益和宣導肉身成佛。密宗最重儀軌，而且名目繁多，但總括說來，不出語密、身密和意密三個方面，具體則表現為設壇、供養、誦咒與灌頂等，並且每項行事的規定都極其嚴格，是由阿闍梨（導師）秘密傳授。

為了更好地說明儀式文學的實用性，現引唐寶思維譯《佛說浴像功德經》中的相關經文如次，經中載佛語：

> 我今為汝說浴像法，諸供養中最為殊勝。善男子，若欲沐像，
> 應以牛頭栴檀、紫檀、多摩羅香、甘松、芎藭、白檀、郁金、
> 龍腦、沈香、麝香、丁香，以如是等種種妙香，隨所得者，以
> 為湯水置淨器中。先作方壇，敷妙床座，於上置佛，以諸香水
> 次第浴之。用諸香水周遍訖已，復以淨水於上淋洗其浴像者，

---

34 〔日〕大藏經刊行會編：《大正新修大藏經》（臺北市：新文豐出版公司，1996年），卷9，頁12中。

> 各取少許洗像之水，置自頭上。燒種種香，以為供養。初於像
> 上下水之時，應誦以偈：「我今灌沐諸如來，淨智功德莊嚴
> 聚。五濁眾生令離垢，願證如來淨法身。」燒香之時，當誦斯
> 偈：「戒定慧解知見香，遍十方剎常芬馥。願此香煙亦如是，
> 回作自他五種身。」³⁵

顯而易見，經中出現的兩首七言四句偈，當是配合浴佛法會之浴像與
燒香之具體動作而使用。其中的〈浴佛偈〉，後來還用於中土的浴佛
儀式，常由維那高聲舉唱³⁶。

（二）程式性

　　程式性是和實用性緊密相連的一個特點。其第一要義是說：佛教
儀式中的文學作品，使用時往往要按照一定的程式，或者說什麼場合
用何種作品及由誰表演都有嚴格的規定。如道宣《續高僧傳》卷二十
八〈益州招提寺釋慧恭傳〉載有慧恭誦《觀世音經》的場景：

> 乃於庭前結壇，壇中安高座，繞壇數匝，頂禮昇高座，遠不得
> 已，於是下據胡床坐聽，恭始發聲唱經題，異香氛氳，遍滿房
> 宇。及入文，天上作樂，雨四種花。樂則寥亮振空，花則雰霏
> 滿地。經訖下座，自為解座梵訖，花樂方歇。³⁷

本來，傳中說慧恭的同學慧遠認為慧恭三十多年只誦得《觀世音經》

35　〔日〕大藏經刊行會編：《大正新修大藏經》（臺北市：新文豐出版公司，1996年），
　　卷16，頁799中。
36　《敕修百丈清規》卷2「佛降誕條」（〔日〕大藏經刊行會編：《大正新修大藏經》
　　〔臺北市：新文豐出版公司，1996年〕，卷48，頁1116上）。
37　〔日〕大藏經刊行會編：《大正新修大藏經》（臺北市：新文豐出版公司，1996年），
　　卷50，頁687上。

一部小經，很看不起對方，於是要求與對方斷交，但慧恭堅持自己先
誦經一遍，無奈之下慧遠只好答應。然而，慧恭的誦經儀式莊嚴有
序，使得慧遠不由自主地生起恭敬心。更為重要的是：傳中提供了一
套經師（都講）誦經的程式，即：

結壇─→ 安座─→ 升座─→ 唱經題─→ 誦經正文─→ 解座。

當中，慧恭使用了兩種文本：一是《觀世音經》，二是《解座梵》（惜
道宣未錄出後者）。若在一般的誦經法會上，解座梵本由梵唄師吟
唱，但這裡的執事者只有慧恭一人（聽眾亦一人），所以，慧恭只好
一身而兼二職了，既誦經，又吟偈（解座梵亦讚唄之一，從文體看，
是為偈頌）。

　　再如道世《法苑珠林》卷三十三載有洗浴眾僧儀，其中「歎請」
之後的程序是：

　　　歎請既周，大眾和合，讚唄持香，依次行道。
　　　頌曰：
　　　三寶冥興，四生標式。慈蔭十方，恩流萬德。
　　　智抱八藏，化周百億。酬恩義重，斯由福力。
　　　彩畫雕形，傳經建福。舟濟橋樑，興齋沐浴。
　　　不顧身命，精誠何抑。盛哉勝業，功成難測。[38]

於此，眾僧在恭請諸尊神降臨洗浴道場之後，接著是眾僧邊行香邊唱
讚唄而行道。所唱讚詞即「三寶冥興」等四言偈，表現形式則是合唱。

---

38 〔日〕大藏經刊行會編：《大正新修大藏經》（臺北市：新文豐出版公司，1996年），
　　卷53，頁545上。

　　程式性的第二層含義是說：相關的應用文本一旦確定，便會有較長的使用週期。如《法苑珠林》卷四十二說西晉闕公則的弟子衛士度：「善有文辭，作《八關懺文》，晉末齋者尚用之。」[39]再如《續高僧傳》卷二載隋釋彥琮是：

> 與陸彥師、薛道衡、劉善經、孫萬壽等一代文宗著《內典文會集》。又為諸沙門撰《唱導法》，皆改正舊體，繁簡相半，即現傳習祖而行之。[40]

　　唱導乃印度固有的宣教方式之一，佛教傳入東土後，東晉慧遠法師對它進行過第一次改革，確立了首度唱導師的制度，規範了唱導的主要內容。然行之已久，必然會產生一些弊端，故到了隋代，隨著南北佛教文化的交流與融合，彥琮又進行了第二次改革，其制定的具體程式，到唐代依然沿用，在敦煌遺書中，還有不少實用文本，疑即與此有關。[41]

　　程式性的第三層含義則指相關的文本往往有穩定的組織結構，寫法較為固定，是典型的應用性文體。比如敦煌文獻佛教齋文的組織結構，或由五部分構成，即：（1）頌揚佛的功德法力，稱「號頭」；（2）說明齋會事由，讚歎被追福、祈福者或齋主、施主的美德，稱「歎德」；（3）敘述設齋的緣由與目的，稱「齋意」；（4）描繪齋會的盛況，稱「道場」；（5）表達對佛的種種祈求，稱「莊嚴」。[42]或由歎

39　〔日〕大藏經刊行會編：《大正新修大藏經》（臺北市：新文豐出版公司，1996年），卷53，頁616中。

40　〔日〕大藏經刊行會編：《大正新修大藏經》（臺北市：新文豐出版公司，1996年），卷50，頁436下。

41　關於唱導的淵源流變，可參拙撰：《變文講唱與華梵宗教藝術》（上海市：上海三聯書店，2002年），頁37-58。

42　參郝春文：〈關於敦煌寫本齋文的幾個問題〉，《首都師範大學學報》1996年第2期（1996年5月），頁64-71。

德、齋意、道場、莊嚴四段內容構成。[43]總之，組織結構是超級的穩定。如S.2832曰：

1. 夫歡齋分為段：爰夫金烏旦上，逼夕暮而藏
2. 輝；玉兔霄明，臨曙光而匿曜。春秋互立，冬夏遞遷。觀陰
3. 陽，上（尚）有施謝之期；況人倫，豈免去留者。則今晨允公
4. 所陳意者何？奉為考妣大祥之所設也。惟靈天資沖
5. 邈，秀氣英靈，禮讓謙和，忠孝俱備者[44]。已上歡德。為巨椿
6. 比壽，龜鶴齊年；何期皇天罔佑，掩降斯禍！日居月諸（儲），
7. 大祥俄居，公乃奉為先賢之則，終服三年，素衣霸（罷）於
8. 今晨，淡服仍於旬日。爰於此晨崇齋奉福。齋意。
9. 是日也，嚴清甲弟（第），素幕橫舒；像瞻金容，延僧
10.白足；經開貝葉，梵奏魚山；珍饍俱陳，爐香芬馥。道場。
11.如上功德，奉用莊嚴亡靈，願騰神妙境，生上品之蓮
12.台；寶殿樓前，聞真淨之正法。莊嚴。

案：這是一篇為先亡父母大祥設齋所寫的佛教齋文範本，包括四個段落：其中，「歡德」表達了兒女對父母恩德的稱頌；「齋意」表達的是設齋目的；「道場」描摹的是齋會場景，特別是「經開貝葉，梵奏魚山」一句，表明其間亦有轉經、梵唄之舉，兩者皆與音樂關係密切；莊嚴於此，等同於發願。

　　「號頭」，簡稱為「號」，亦見於敦煌佛教齋文範本中，如S.0343抄有〈亡僧號〉，B.8454抄有〈號〉、〈歡僧號〉，S.2832抄有〈患號

---

43 宋家鈺：〈佛教齋文源流與敦煌本〈齋文〉書的復原〉，載宋家鈺、劉忠編：《英國收藏敦煌漢藏文獻研究》（北京市：中國社會科學出版社，2000年），頁300。
44 「者」原抄在「已上歡德」之後，此據文意將它前置。

頭〉，S.4624抄有〈月號〉，等等，不一而足。號頭是齋文開篇的段落，其本身就是程式化的文字，所以性質相同的齋會，常常使用同一號頭。像P.3825《亡男》正文前即小字注曰：「號頭同前」。S.0343V〈亡兄弟文〉開頭亦曰：「號同前」。

（三）表演性

佛教儀式之文學作品，雖以宣揚教義教理為中心，但為了更好地吸引信眾，或者增加說服力，常常也會具有很強的表演性，在敬神的同時也有娛人功能，特別在音樂文學作品中，這個特點最為突出。[45]唐釋神清《北山錄》卷六即明確指出：「鐘梵講誦，頗娛其意。」[46]《續高僧傳》卷十四又說唐初淨土高僧釋神素：

> 以貞觀十七年二月二十三日卒於棲岩，春秋七十二。自一生行業，屬想西方，於臨終日，普召門人大眾，爰逮家臣，與之別已。自加結坐，正威容已，令讀《觀經》兩遍，一心靜聽。自稱：「南無阿彌陀佛！」如是五六，又令一人唱，餘人和。迄於中夜，端坐儼然，不覺久逝。[47]

由此看來，神素是在參與大眾的共同表演（共修法會）中得到往生的。

（四）綜合性

綜合性主要有兩種含義：一是指儀式文學作品在具體表演時，可

---

45 具體可參拙著：《變文講唱與華梵宗教藝術》（上海市：上海三聯書店，2002年），頁131-134。

46 〔日〕大藏經刊行會編：《大正新修大藏經》（臺北市：新文豐出版公司，1996年），卷52，頁610下。

47 〔日〕大藏經刊行會編：《大正新修大藏經》（臺北市：新文豐出版公司，1996年），卷50，頁530中。

與其他藝術形式相配合，從而形成豐富多彩的藝術效果。比如俗講、變文的演出過程，就常常融合了音樂、美術與戲劇等藝術門類，此已為讀者所熟知，故筆者不復舉例。二是指多數儀式文學作品的表演，都是多種職事人員共同完成的。例如，講經文主要是法師、都講、梵唄師等人協同表演；傳戒儀中的各式作品，則有戒子、得戒和尚、羯磨師、教授師、戒師等人協作完成。

（五）世俗性

佛教的中國化，其實在很大程度上是佛教的世俗化。因此，佛教儀式文學作品自然就染上了世俗性特徵，這主要表現在兩個方面：一是經常使用俗語俗詞，二是不斷融合世俗的文體形式。關於前者，語言學方面的研究成果極多，故我們不再舉出具體的例子。後者如《宋高僧傳》謂淨土高僧少康：

> 所述偈讚，皆附會鄭衛之聲，變體而作，非哀非樂，不怨不怒，得處中曲韻。譬猶善醫以餳蜜塗逆口之藥，誘嬰兒之入口耳。苟非大權入假，何能運此方便度無極者乎。[48]

本來佛教儀式莊嚴肅穆，但少康在淨土法事中所用的偈讚，卻是附會鄭衛俗樂而成，它們顯然具有極強的世俗性。不過，贊寧對此，還是找出理論依據，那就是佛教的善權方便說。當然，教內對於這種做法，有人還是不以為然。如元普度編《廬山蓮宗寶鑑》卷六「淨業道場」條曰：

> 今嗟末代有等癡人，不究自心，不知佛理，執著外境為實，一

---

48 〔宋〕贊寧著，范祥雍點校：《宋高僧傳》（北京市：中華書局，1987年），頁632。

向著相修行。這邊做幾會道場，那裡點幾斤香燭，某處化多少人，懺戒幾時，點若干個化緣。我是張導師傳宗，他是李師長徒弟，彼是普字號，伊是覺字宗。不思根本自何來，名競枝條無是處。更又胡言漢語，動輒是此非他，妄解佛經，密傳偽教。打口鼓子，弄葛藤頭，爭我爭人論高論下。漏逗不少，出醜甚多，不知羞恥故如斯，豈識慚惶？胡恁麼將淨土一實之道，變雜劇場？把彌陀萬德之名，做山歌唱？失卻祖師正眼，鈍置蓮宗教門，達人暗地悲傷。識者觀時驚愕，更有敲鐃打鈸念真言，攪僧門之應副，咒水書符談禍福，狀師巫之所為，差遣諸天追亡攝崇，喝罵三寶，救病驅邪，百樣蹊蹺，萬般姹異。腳波波與他人作奴僕，忙急急不顧命趁門徒。讀誦時十錯九訛，禮念時七囉八咟，展開經打瞌睡，收起經說家私，聚頭磕腦弄精魂，作隊成群幹打哄。不思因果，不顧罪愆，借佛祖廣大法門，受人天禮拜供養。美則固美，善則未善。[49]

於此，普度評論的也是淨土宗僧人的所作所為，但普度對其中的儀式表演如同雜劇場，唱念佛號似山歌等世俗手法的融入以及把佛教儀式混同道教、巫術的舉措，則持嚴厲的批判態度，認為形式雖美，內容卻不善，即遠離了佛教倫理的本懷。

第二節　佛教儀式文學之應用文體舉隅

佛教儀式之應用文體，名目繁多，然得名時有一大特點，即往往與儀式本身相聯繫，或者說是因實以標名。如懺悔文得名於懺悔儀式，講經文得名於講經儀式，齋文得名於齋會行儀，發願文得名於發

---

49 〔日〕大藏經刊行會編：《大正新修大藏經》（臺北市：新文豐出版公司，1996年），卷47，頁334中。

願行儀，唱導文得名於唱導法會，行像文得名行像儀式，等等。另外，各種應用文體還多有簡稱，比如懺悔文多稱懺文、唱導文多稱導文，發願文可稱願文。茲簡介三種常見的應用文體如次：

一　齋文

佛教齋文之得名，當是出於各種具體的齋事活動。湛如法師在研究敦煌的齋文時曾經指出：

> 為了申明齋主齋會的需要，便有了齋文。換言之，齋文就是齋會之前所宣讀的特定格式的文疏，俗稱齋條。不同性質的齋會，決定了齋文的內容。齋文的產生與齋會的出現是同步的，同時也隨著齋會的發展而日趨規範化。[50]

由於湛如法師是從宗教生活的實踐出發，並結合漢地佛教發展的史實，故而結論足資參考。比如對在家弟子而言，最為常見的齋會活動是八關齋，它也叫八關齋戒、八戒齋、八支齋、八分齋等。按照印度佛教的說法，其中的「八戒」，是佛陀為在家弟子制定的暫時出家的八種戒條，它們要求受戒者須一日一夜離開家庭，赴僧團居住，並學習出家人的生活。具體說來，這八種戒條是：不殺生，不偷盜，不淫，不妄語，不飲酒，不以華鬘裝飾自身、不歌舞觀聽，不坐臥高廣大床，不非時食。而施行的時間，則在每月六齋日，即初八、十四、十五、二十三、二十九及三十日（如遇農曆月小，後兩天可改作二十八與二十九日）。支謙譯《齋經》即云：「佛法齋者，道弟子月六齋之

---

50 湛如：《敦煌佛教律儀制度研究》（北京市：中華書局，2003年），頁318。

日受八戒。」[51]此處所說「佛法齋」，實為八關齋。更值得注意的是：支謙譯《撰集百緣經》卷六〈二梵志共受齋緣〉中記載了一則龍王想受八關齋的故事。經中載龍王對國王家看守果園者說，要求後者轉告國王：

> 「我及王，昔佛在世，本是親友，俱作梵志，共受八齋，各求所願。汝戒完具，得作國王。吾戒不全，生在龍中。我今還欲奉修齋法，求捨此身。願語汝王：為我求索八關齋文，送來與我，若其相違，吾覆汝國，用作大海。」……
> 王聞是已，甚用不樂。所以然者，當爾之時，乃至無有佛法之名，況復八關齋文叵復得耶？若其不獲，恐見危害。思念此理，無由可辦。時彼國王有一大臣，最所敬重，而告之言：「龍神從我求索八關齋文，仰卿得之，當用持與。」大臣答曰：「今世無法，云何可得？」王復告言：「汝若不獲見送與者，吾必殺卿。」大臣聞已，卻退至家，顏色異常，甚用愁惱。時臣有父，年在耆舊，每從外來，見子顏色，改易異常。尋即問言：「汝有何事，顏色乃爾？」於時大臣即向父說委曲情理，父答子曰：「吾家堂柱，我見有光，汝為施伐，試破共看，儻有異物？」於是大臣隨其父教，尋為施伐，取破看之，得經二卷：一是《十二因緣》，二是《八關齋文》。大臣得已，甚用歡喜，著金案上，奉獻與王。王得之已，喜不自勝，送與龍王。龍王得已，甚用歡喜，齎持珍寶，贈遺與王，各還所止，共五百龍子勤加奉修八關齋法。其後命終，生忉利天，來供養我。[52]

51　〔日〕大藏經刊行會編：《大正新修大藏經》（臺北市：新文豐出版公司，1996年），卷1，頁911上。

52　〔日〕大藏經刊行會編：《大正新修大藏經》（臺北市：新文豐出版公司，1996年），

同則故事又見於《賢愚經》卷一〈二梵志受齋品〉[53]，內容完全相同，僅是文字稍有差別：如前者的十二因緣，後者作十二因緣經。後來，唐代道世在《法苑珠林》卷九十一也輯入這則故事[54]，可見該故事在佛典中較為流行。從故事中，我們可以發現：早在印度、西域給信徒授八關齋戒時，其程式是一樣的，即都要誦經說戒（經本如《十二因緣經》之類），具體進程則依《八關齋文》。易言之，《八關齋文》是作為八關齋戒程式的指導文本，或曰實用文書，很可能早在三國時期就傳入了中土。嗣後，東晉支遁的《八關齋詩》及《序》則清楚地表明了該齋會曾經得以落實的情況[55]，到了梁簡文帝時，蕭綱還制定了八關齋的齋法行儀要求[56]，使之具有更強的可操作性。

敦煌文書中保存的大量齋會文書，總體上可分成兩大類：即齋文範本和應用齋文。齋文範本的組織結構，正如前引S.2832所言，一般都是四大段；後者雖說有不同的表現形態，如社邑齋文、願齋文、無遮大會齋文、追福齋文和功德文書，但其文本結構與齋文範本的結構一致，皆由四部分構成。如湛如法師比較S.4976、P.3128、P.3545等《社邑齋文》後，明確指出社邑類齋文的四個部分是：一、讚歎佛德；二、設齋事由；三、頌揚齋主；四、齋意回向。[57]

為了讓讀者更好地理解應用性齋文，茲先迻錄P.2226v3之《社文》（原題）：

卷4，頁233中-下。

53 〔日〕大藏經刊行會編：《大正新修大藏經》（臺北市：新文豐出版公司，1996年），卷4，頁353下-354上。

54 〔日〕大藏經刊行會編：《大正新修大藏經》（臺北市：新文豐出版公司，1996年），卷53，頁957中-958上。

55 〔日〕大藏經刊行會編：《大正新修大藏經》（臺北市：新文豐出版公司，1996年），卷52，頁350上-中。

56 〔日〕大藏經刊行會編：《大正新修大藏經》（臺北市：新文豐出版公司，1996年），卷52，頁324下。

57 湛如：《敦煌佛教律儀制度研究》（北京市：中華書局，2003年），頁318-320。

1. 夫西方有聖號釋迦，為金輪滴（嫡）孫，淨飯王子。應
2. 蓮花劫，續息千苗；影是（見）三才（千），心明四智。摩弓（魔宮）
3. 振動，擊法鼓而消形；獨（毒）龍隱潛，睹慈光
4. 而變質。梵王持蓋，帝釋嚴花；下三道三[58]之實
5. 階，開九重之底（帝）網。高懸法鏡，廣照蒼生，惟
6. 我大師威神者也。然今此會所申意者，
7. 奉為三長議（義）之嘉會也。惟合邑人等，氣稟山
8. 河，量懷海嶽，璞玉藏得（德），金石在心，秉禮義以
9. 立身，首（守）忠孝以成性。故能結以（異）宗兄第（弟），為
10. 出世親鄰；憑淨戒而洗滌眾愆，歸法門而日
11. 新之（諸）善。冀福資於家國，永息災殃。每至
12. 三長，或（式）陳清供。以茲設齋功德，回向福因，
13. 先用莊嚴合邑人等：惟願身如玉樹，恒淨恒
14. 明；體若金剛，常堅常固。今世後世，莫絕善
15. 根；此生他生，道涯（芽）轉盛。又持是福，即用莊嚴
16. 施主合門居眷等：惟三〔口〕（寶）覆護，眾善莊嚴；
17. 災障不侵，功德圓滿。然後散占（沾）法戒（界），佈施
18. 蒼生；賴此勝因，齊燈（登）佛果。磨（摩）訶般若，利樂無
19. 邊；大眾乾成（虔誠），一切普誦。

案：此篇雖題為《社文》，然其性質實同於社邑齋文，其結構也是四大部分，即：一、讚歎佛德，二、設齋事由，三、頌揚齋主，四、發願回向。[59]而且，從「每至三長，式陳清供」可知，這是社邑在三長

---

58 「三」，衍字，可刪。
59 湛如：《敦煌佛教律儀制度研究》（北京市：中華書局，2003年），頁329-330。

齋月進行的例行齋文。所謂三長月，也叫做三齋月、善月、神變月
等，指在農曆正月、五月和九月等三個月的長期間持齋。李唐之時，
此齋法極為盛行，齋期間一般國不行刑，不殺畜類，稱之為斷屠月、
斷月。S.6537v《十五人結社社條》即云：「三長之日，合意同歡，稅
聚頭面淨油，供養僧佛，後乃眾社請齋。」可知敦煌地區也遵守三長
齋法。

　　齋文最重要的用途在於說明設齋目的和表明齋會性質。它只是正
式齋會行事中宣讀的文本之一，並不能代表齋事的全過程。對此，我
們可舉出二個例證：（1）《高僧傳》卷十二載劉宋京師竹林寺釋慧益
在大明七年（463）四月自焚後，孝武帝劉駿：「為設會度人，令齋主
唱白，具序徵祥。燒身之處，謂藥王寺，以擬本事也。」[60]這裡齋主
唱白的內容，其實就是對設齋由來的說明，至於度人的具體進程，當
不屬於齋文的範疇。（2）日僧圓仁《入唐求法巡禮行記》卷一記開成
三年（838）十一月二十四日云：

　　堂頭設齋，眾僧六十有餘，幻群法師作齋歎文、食儀式。眾僧
　　共入堂裏，次第列坐。有人行水。施主僧等於堂前立。眾僧之
　　中有一僧打槌，更有一僧作梵，梵頌云：「云何於此經，究竟
　　到彼岸，願佛開微密，廣為眾生說。」音韻絕妙。作梵之間，
　　有人分經。梵音之後，眾共念經，各二枚許。……其作齋晉人
　　之法師，先眾起立，到佛左邊，向南而立。行香畢，先歎佛，
　　與本國咒願初歎佛之文不殊矣。歎佛之後，即披檀越先請設齋
　　狀，次讀齋歎之文。讀齋文了，唱念「釋迦牟尼佛」……。[61]

60　〔梁〕慧皎著，湯用彤校注：《高僧傳》（北京市：中華書局，1992年），頁453。
61　〔日〕釋圓仁原著，小野勝年校注，白化文等修訂校注：《入唐求法巡禮行記》（石
　　家莊市：花山文藝出版社，1992年），頁70-71。

圓仁於此，則詳細記載了堂頭設會齋僧的過程。其中，他指出最重要的內容有二：一是食儀（齋食程式），二是齋歎文。而「齋歎文」，從上下文語境並結合前引S. 2832之歎齋分段看，它就是指「齋文」，並且和食儀式一樣，皆由幻群法師宣讀與主持。另外，法師宣讀齋文僅是全部行儀活動的一項內容而已。

二　懺悔文

「懺悔」對應的梵文有二：一曰 ksama，音譯「懺摩」，「悔」則屬意譯，故懺悔是梵漢並舉之詞；二曰 deśanā，音譯「提舍那」，說罪或陳說罪狀之義。漢譯佛典中，它最早而且也是最集中使用於律部。據目前的研究，懺悔一詞最早出現於前秦建元十九年（383）竺佛念譯《鼻奈耶》卷八、卷九，而使用該詞最多的則是《四分律》，共有三四〇次。與之同義的詞，則有「悔過」、「懺謝」、「懺摩」、「悔罪」等。[62]其中，最常用的依然是「懺悔」。

懺悔在佛教修持中具有十分重要的意義，因為它是滅罪的根本方法，具有無量無邊之功德。北涼曇無讖譯《大般涅槃經》卷二十九即云：「王若懺悔懷慚愧者，罪即除滅，清淨如本。」[63]意思是說如果能懺悔，不但能滅罪，而且能使清淨的佛性返本還原。隋瞿曇法智譯《佛為首迦長者說業報差別經》亦云：「若人造重罪，作已深自責，懺悔更不造，能拔根本業。」[64]唐般若譯《大乘本生心地觀經》卷三則用比喻、排比等辭格敘說了懺悔的多種功能，曰：

62　聖凱法師：《中國佛教懺法研究》（北京市：宗教文化出版社，2004年），頁11-28。

63　〔日〕大藏經刊行會編：《大正新修大藏經》（臺北市：新文豐出版公司，1996年），卷12，頁477下。

64　〔日〕大藏經刊行會編：《大正新修大藏經》（臺北市：新文豐出版公司，1996年），卷1，頁893下。

> 若能如法懺悔者，所有煩惱悉皆除，猶如劫火壞世間，燒盡須
> 彌並巨海。懺悔能燒煩惱薪，懺悔能往生天路；懺悔能得四禪
> 樂，懺悔雨寶摩尼珠；懺悔能延金剛壽，懺悔能入常樂宮；懺
> 悔能出三界獄，懺悔能開菩提華；懺悔見佛大圓鏡，懺悔能至
> 於寶所。[65]

當然，「如法懺悔」是前提。所謂「如法」，按照我們的理解，就是一定要嚴格遵循懺悔的程式，不能違背相關經典的宗旨。

懺悔的形式則比較靈活多樣，修行者既可隨時隨地進行自我懺悔，也可參加定期的集體懺悔，比如每半個月舉行的布薩會，還有每年安居後舉行的自恣活動等。就漢傳佛教而言，不同教派所實行的懺法不盡相同：例如律宗多依道宣《四分律羯磨疏》卷一分為兩大類，曰制教懺、化教懺。[66]天臺懺法極其豐富，如智顗《摩訶止觀》卷二分為事懺、理懺，前者說的是通過禮拜、讚歎、誦經等行儀來懺悔，後者則指觀想實相之理以達滅罪的懺悔方法；《法華三昧懺儀》又特重六根懺，即懺悔眼、耳、鼻、舌、身、意等六根所生的罪障；《釋禪波羅蜜次第法門》卷二則又有「三懺」說，即作法懺（依律懺悔）、觀相懺（觀想佛相來懺悔）與觀無生懺悔（觀實相之理而懺悔），其中前兩種相當於事懺，後一種則屬理懺。

但無論哪種懺法，在具體實施時都常常要用到懺悔文。懺悔文的撰作，主要有兩種方式：一是摘錄經文，特別是經中要偈而成；二是根據具體的懺悔事由，然後結合相關經典之文句，或引用，或改編而成。前者最著名的是從四十《華嚴》之〈普賢行願品〉摘錄的四句偈

65　〔日〕大藏經刊行會編：《大正新修大藏經》（臺北市：新文豐出版公司，1996年），卷3，頁303下。

66　制教儀僅用於出家眾違犯戒律時的懺悔，可細分成三種：一是對四人以上僧眾的懺悔，叫罪法懺；二是對首懺，是對師家一人的懺悔；三是心念懺，是對本尊的懺悔。化教儀則通於僧俗二眾的懺悔。

「我昔所造諸惡業，皆由無始貪嗔癡，從身語意之所生，一切我今皆懺悔」[67]，它幾乎通用於所有的懺悔場合。後者則是我們重點分析的對象，《廣弘明集》卷二十八〈悔罪篇〉即輯有南朝梁陳時期的多篇懺文，如梁武帝〈摩訶般若懺文〉、簡文帝〈六根懺文〉、沈約〈懺悔文〉、江總〈群臣請隋陳武帝懺文〉、陳宣帝〈勝天王般若懺文〉等。日本學者鹽入良道先生認為這些禮懺文可以看作講經等法會的開場白，其間並沒有寫出具體的儀軌形式，應是通用於各處所行法會的文疏。修懺的目的則在於除障、去病、祈禱護念國土、廣增福田等現世利益上，這符合中國人的要求，從而將現實安穩、遠離諸觀與懺悔滅罪結合起來。[68]其論甚是。值得注意的是：道宣把〈摩訶般若懺文〉至〈無礙會捨身懺文〉等十一篇合題為〈梁陳皇帝依經悔過文〉，這表明他們的撰作特點是相同的。更為有趣的是，它們的行文方式、組織結構也基本一致。茲先迻錄陳文帝〈金光明懺文〉於此：

> 菩薩戒弟子皇帝稽首和南十方諸佛！無量尊法！一切賢聖！尋夫靈鷲山間，自有常住之相；白鶴林應，本無變易之法。故知真解脫者，誰辨去來；實智慧者，非有生滅。而顛倒迷愚，不曉三點之理；無明覆蔽，空有八十之疑。於是四佛世尊百千菩薩，俱會信相之室，顯說釋迦之壽，明稱歎之妙偈，出懺悔之法音。是曰法王微妙第一，以種智為根本；以功德為莊嚴，能照諸天宮殿，能與眾生快樂，能銷變異惡星，能除穀貴饑饉，能遣怖畏，能滅憂惱，能卻怨敵，能愈疾病。如法修行，功德已甚。

---

67 〔日〕大藏經刊行會編：《大正新修大藏經》（臺北市：新文豐出版公司，1996年），卷10，頁847上。
68 鹽入良道：〈中国佛教儀礼における懺悔の受容過程〉，《印度學佛教學研究》第11卷第2號（1963年3月），頁353-358。

　　弟子以茲寡昧纂承洪業，常恐王領之宜，不符政論；禦世之
　　道，有乖天律；庶績未康，黎民弗又。方願歸依三寶，憑藉冥
　　空，護念眾生，扶助國土。
　　今謹於某處建若干僧如干日金光明懺，見前大眾：至心敬禮釋
　　迦如來！四佛世尊！《金光明經》信相菩薩！願諸菩薩久住世
　　間！諸天善神不離土境，方便利益，增廣福田！映慈悲雲，開
　　智慧日，作眼目道，為衣止所，成就菩提之道場，安住不動之
　　境國！稽首敬禮常住三寶！[69]

金光明懺的依據是北京曇無讖譯《金光明經》卷一〈懺悔品〉[70]，如
「信相菩薩」在原經中是向佛懺悔者，陳文帝隱隱以其自比。而懺文
中「能照諸天宮殿」等等說法，實即對經文所說信相菩薩懺悔後無量
功德的概述。

　　據《高僧傳》卷十一記載，早在北魏太武帝時期，釋玄高（402-
444）就曾教太子拓跋晃作金光明齋，七日懇懺。[71]可見，以《金光明
經》為齋懺的做法，起源於北朝。流入南朝後，陳隋之時的智顗將其
完善，並形成完整的懺儀。

　　陳文帝的這篇懺文，從結構上看可分成四部分：第一段旨在標明
懺者的身分及其對三寶的禮拜（三寶其實又是懺悔的見證者）；第二
段重在讚歎金光明懺的功德，與前述佛教齋文之「歎德」相似；第三
段是點明設懺的緣由與目的，則類似齋文中的齋意；最後一段是大眾
發願，其實與齋文之莊嚴部分相當。

69　〔日〕大藏經刊行會編：《大正新修大藏經》（臺北市：新文豐出版公司，1996年），
　　卷52，頁333中-下。
70　〔日〕大藏經刊行會編：《大正新修大藏經》（臺北市：新文豐出版公司，1996年），
　　卷16，頁336中-339上。
71　〔梁〕慧皎著，湯用彤校注：《高僧傳》（北京市：中華書局，1992年），頁411。

　　道世《法苑珠林》卷八十六也專設了〈懺悔篇〉，其〈洗懺部〉中還引用了隋代曇遷（542-607）〈十惡懺文〉以及靈裕（518-605）〈總懺十惡偈文〉。後者雖純為偈頌體，然其主體結構與曇遷懺文相同，故不贅引。茲以前者為例，略加分析。文曰：

> 弟子某甲，普為一切法界眾生髮露無始已來所作罪業：或殺害君親及真人羅漢，兵戈征討，鋒刃殺戮，遊獵禽獸，網捕蟲魚，或經作惡王，刑罰差濫，乃至含靈，稟性蠢動，凡諸生類，殘害殺傷，及猛獸鷙鳥，遞相啖食；或盜佛物、法物、僧物及他財寶，居官因事，納貨受財；或非己室家外行淫穢，莫簡親屬，不避僧尼，橫起愛憎，妄相妒忌……凡此所陳十種惡業，自作教他，見作隨喜，從無始已來定有斯罪，以罪因緣，能令眾生墮於地獄、畜生、餓鬼。……
>
> 無始已來十不善業，皆從煩惱邪見而生，今依佛性正見力故，髮露懺悔，皆得除滅。譬如明珠投之濁水，以珠威德，水即澄清。佛性威德，亦復如是，投諸眾生，四重五逆，煩惱濁水皆即澄清。
>
> 弟子某甲及一切法界眾生，自從今身乃至成佛，願更不造此等諸罪。歸命敬禮常住三寶！
>
> 懺悔已訖，次禮懺功德，發願說偈云：「願於未來世，見無量壽佛。無邊功德身，我及餘信者。既見彼佛已，願得離垢眼。成無上菩提，普及於含識。」[72]

曇遷的這篇懺文，從形式上看，與陳文帝的懺文相比有所不同，主要在懺悔動作完成之後又增加了一次發願，它實際是回向，且使用的文

---

72 〔日〕大藏經刊行會編：《大正新修大藏經》（臺北市：新文豐出版公司，1996年），卷53，頁918中-下。

體是偈頌；從結構上看，曇遷懺文省略了第一部分，特別是禮拜三寶的文字，而其餘三部分的順序也有所調整，如把設懺事由置於贊懺功德之前。另外，從寫作手法看，曇遷重點描寫了十種惡業的種種表現及其產生的惡果，故而突出了懺悔的必要性和緊迫性。

此外，道世在《懺悔篇》中又有《儀式部》，他根據漢譯佛典介紹了一般的懺悔程式。曰：

> 此之一門，行者欲懺，要對三寶勝緣境前，偏袒露膊，脫去巾履。女人不勞袒臂，具服威儀。合掌恭敬請一大德耆年宿邁自心敬者，先當奉請十方三寶以為良緣。故人述偈云：「歸命十方一切佛，頂禮無邊淨覺海。亦禮妙法不思議，真如自性清淨藏。住於極愛一子地，得道得果諸聖人。我以身口清淨意，咸各歸命稽首禮。」然後請懺悔主，云：「大德一心念：我弟子某甲，今請大德為懺悔阿闍梨，願大德為我作懺悔阿闍梨，我依大德故得懺悔慈愍故。」一遍亦得，三遍彌善。[73]

由此則知：（一）正式懺悔前的重要一步是請德高望重的大德和尚來「奉請十方三寶」降臨道場。陳文帝直接把奉請三寶的內容寫入懺文，可能是與他的至尊身分有關，即他可以自己來奉請三寶。（二）懺悔文的宣讀是在懺悔阿闍梨（懺悔儀之主持人）被恭請入場之後。（三）宣讀懺文的人往往是設懺者自己。這點可從《高僧傳》卷十三《宋靈味寺釋曇宗傳》中得到些許間接的證明，傳謂曇宗：

73　〔日〕大藏經刊行會編：《大正新修大藏經》（臺北市：新文豐出版公司，1996年），卷53，頁917上。又，文中的「懺悔主」，是指修懺者在懺悔時恭請的主尊。如《法華三昧懺儀》在「一心敬禮普賢菩薩摩訶薩」句後有夾注云：「三唱，此菩薩是法華懺悔主。行者當自作心，的對此菩薩胡跪，說罪懺悔並發願等。」〔日〕大藏經刊行會編：《大正新修大藏經》〔臺北市：新文豐出版公司，1996年〕，卷46，頁952上）

嘗為孝武唱導，行菩薩五法禮竟，帝乃笑謂宗曰：「朕有何
罪，而為懺悔？」宗曰：「昔虞舜至聖，猶云予違爾弼。湯武
亦云萬姓有罪，在予一人。聖王引咎，蓋以軌世。陛下德邁往
代，齊聖虞殷，履道思沖，寧得獨異？」帝大悅。[74]

這則記載一是說明懺悔是許多佛教法會活動所共有的一個儀式；二則
說明懺悔有時僅僅是一個程式，並不一定代表法會的舉辦者真的違犯
了多少戒律；三則表明曇宗作為唱導師，他才是懺悔行儀中的懺悔阿
闍梨，孝武帝「大悅」，則證明他不但接受了曇宗的建議，而且極可
能是親自宣讀了相關懺文。

　　總之，懺悔文的結構，與齋文大致相同，都呈現出程式化的特
點；在功能方面，它同樣不能代替整個的懺悔行儀，也只是行儀活動
中必備的文本之一。如《法華三昧懺悔儀》〈明三七日行法前方便第
二〉注云：「亦須誦下諸《懺悔文》，悉令通利」[75]，其「《懺悔文》」，
實指「第七明懺悔六根及勸請隨喜回向發願方法」中所載的六根懺文
（包括眼、耳、鼻、舌、身、意等六篇懺文）。[76]

三　願文

　　願文是佛教應用文體中的重要一類，但對它的含義，學術界至今
也未取得一致看法。茲舉三種常用辭典的解釋如次：
　　1　丁福保編《佛學大辭典》謂之「為法事時述施主願意之表白

---

74 〔梁〕慧皎著，湯用彤校注：《高僧傳》（北京市：中華書局，1992年），頁513。

75 〔日〕大藏經刊行會編：《大正新修大藏經》（臺北市：新文豐出版公司，1996年），
　　卷46，頁949下。

76 〔日〕大藏經刊行會編：《大正新修大藏經》（臺北市：新文豐出版公司，1996年），
　　卷46，頁952中-953中。

文也」。[77]

2　慈怡主編《佛光大辭典》曰：

修善作福之際，告白發願意趣之文辭。又作祈願文、發願文。如於建寺塔、造經像、設齋、修法等之時，記述施主發願之文。此風起源甚早，我國南北朝時之小銅像，其光背或台座等，有為死亡之親族追薦功德而刻之造像記，即屬願文之一種。《廣弘明集》中收錄之願文頗多，如《千僧會願文》（沈約）、《周經藏願文》（王褒）、《北齊遼陽山寺願文》（盧思道）等。又若於結願之日唱誦願文，則稱為結願文；願文如以偈文簡述者，稱為咒願文。[78]

3　吳汝鈞《佛教大辭典》又曰：

①寫上佛、菩薩本願的文字。例如《無量壽經》中闡述阿彌陀佛的四十八願的文字。②又稱願書、願狀、祈願文、發願文。這是法會中的表白文，寫上施主的種種意願，即是說，記載著施主造寺、造像、寫經、設齋、修法等所意願的旨趣、目的。③對佛立願時的祈願文，記載著啟請的旨趣。[79]

其中，第一種解釋最簡潔；第二種解釋最複雜，在定義之後又分別從歷史淵源、應用場合、體制等方面舉出了願文的類別；而第三種釋義最有層次：第一小點說的是願文的經典表現與來源，第二、第三兩小點則分別舉出願文在佛教行事活動中的具體應用。

---

77 丁福保編：《佛學大辭典》（上海市：上海書店，1991年），頁2865。
78 慈怡主編：《佛光大辭典》（北京市：書目文獻出版社，1989年），頁6728。
79 吳汝鈞：《佛教大辭典》（北京市：商務印書館，1994年），頁552。

　　從上引定義可知，願文的稱名雖然複雜，但其得名實與具體的行儀如發願、誓願、祝願、祈願有關，而最根本的要素就是「願」。

　　「願」之對應的梵文最常見的是pranidhāna（其中，詞根是dha，表示「放置」義；首碼有二：pra是前、進義，ni是近，尾碼為na，故本義為：把心放在目的物之前），但漢譯時又作所願、志願、思願、誓願、本願、正願、勝願、作願、發願、弘願等。[80]

　　「願」的種類極多，漢譯佛典說法不一：如玄奘譯《瑜伽師地論》卷四十五先舉出發心願、受生願、所行願、正願、大願五種，然後再把正願分成總、別二種，大願分成供養願、受持正法願、攝法上首願、增長眾生心行願、教化眾生願、知世界願、淨佛國土願、同心同行願、三業不盡願、成菩提願十種。再如《成唯識論》卷九則提出二種願，即求菩提願、利樂他願。另外，佛與菩薩都有自己的願，例如曹魏康僧鎧譯《無量壽經》卷上載有阿彌陀佛「四十八願」，北涼曇無讖譯《悲華經》卷六、卷七說釋尊在因位為寶海梵志時曾於寶藏佛前發起五百大願，玄奘譯《藥師琉璃光如來本願功德經》又有藥師佛之「十二大願」，地藏菩薩則有「眾生度盡，方證菩提；地獄未空，誓不成佛」的誓願。無論何種願，一旦被修行者立下並付諸行動，就會形成一種特殊的力量，即願力，它像明燈一樣，照耀著行者前進的方向。對此，什譯《大智度論》卷七有一比喻十分形象，云：「獨行功德不能成故，要須願力。譬如牛力雖能挽車，要須御者，能有所至；淨世界願，亦復如是，福德如牛，願如御者。」[81]

　　中土願文的創作，在南北朝時就相當流行。據《出三藏記集》卷

80 荻原雲來編纂，辻直四郎監修：《漢譯對照梵和大辭典》（臺北市：新文豐出版公司，2003年），頁826。

81 〔日〕大藏經刊行會編：《大正新修大藏經》（臺北市：新文豐出版公司，1996年），卷25，頁108中。又，陸游〈遠遊〉詩云：「壯年不作故山歸，老去方知浪走非。掛日片帆吳赤壁，嘶風疋馬蜀青衣。交遊雖廣知心少，香火徒勤願力微。堪笑只今成底事，青燈無恙且相依。」由此可知，對於願力，連世俗之人也有所相信。

十二，劉宋周顒有《宋明皇帝初造龍華誓願文》[82]，南齊竟陵王蕭子良有《發願疏》一卷、《拜揚州刺史發願》一卷[83]，蕭子良的世子蕭昭冑則有《千佛願文》、《捨身弘誓》。[84]不過，這些願文都已散佚不存。好在敦煌佛教文獻中發現了大量的願文，它們極有助於我們對願文文本結構的分析。

前文已言，佛道兩教行儀混同是一大特點。筆者在研究敦煌道教願文時曾歸納出道教願文的組織結構有兩種模式：一曰簡單型，二曰複雜型[85]。其實這也基本適用於佛教願文。

簡單型願文的特點是內容簡潔，它常以誓願的具體內容為中心，直接標明發願的人物、時間、地點、目的，特別是誓願條目，一般不涉及具體的行儀程式。比如P.3183《天臺智者大師發願文》（首題如是）云：

1. 弟子某甲今日
2. 以此讀經念佛種種功德，回施四恩三有、法界眾
3. 生，回向無上菩提、真如法界。願共法界諸眾生
4. 等臨命終時，七日已前預知時至，心不顛倒，心不
5. 錯亂，心不失念，身心無諸痛苦，身心快樂，如入
6. 禪定；遇善知識，教稱十念，聖眾現前，乘佛願
7. 力，上品往生阿彌陀佛國土；到彼國已，獲六神

82　〔梁〕僧祐撰，蘇晉仁、蕭鍊子點校：《出三藏記集》（北京市：中華書局，1995年），頁486。

83　〔梁〕僧祐撰，蘇晉仁、蕭鍊子點校：《出三藏記集》（北京市：中華書局，1995年），頁451。

84　〔梁〕僧祐撰，蘇晉仁、蕭鍊子點校：《出三藏記集》（北京市：中華書局，1995年），頁455。又，僧祐在《巴陵雜集目錄》中則分別稱之為〈造千佛願〉、〈捨身序並願〉（北京市：中華書局，1995年），頁455-456，由此可知「願文」亦可簡稱「願」。

85　參拙撰：《敦煌道教文學研究》（成都市：巴蜀書社，2009年），頁198。

8. 通，遊歷十方，奉事諸佛，常聞大乘無上

9. 微妙正法，修行普賢無量行！願福惠資

10. 糧，悉得圓滿，速證菩提！法界怨親，同斯

11. 願海。《摩訶般若波羅密》！大王夫人。

從「某甲」一詞可知，這是智者大師所作的一篇有關讀經念佛之功德回向發願的範文，它可以用於任何相同的場合。所以，最後一行「大王夫人」之小字夾注，表明它是用於特定的人物，黃徵、吳偉認為「大王」當指曹議金。[86]易言之，是文從隋代誕生之後，一直到五代，只要是讀經念佛的場合都可用之，只是發願的時候，將發願者的姓名進行置換而已。從文本結構看，願文首先簡單交代了發願者、發願的時間、緣由，然後相對詳細地敘述了三大願（著重號所標的前兩個「願」，是動詞，賓主後的文字即是具體的誓願內容；第三個「願」，似可看成是對前兩項願的綜合，有重複或加重的修辭效果），最後則是說明念誦的具體經典是《摩訶般若波羅蜜經》，而誦經法會的施主是「大王夫人」。

再如王褒《周經藏願文》曰：

> 年月日，某和南云云。蓋聞九河疏跡，策緼靈丘；四徹中繩，書藏群玉。亦有青丘紫府三皇刻石之文，綠檢黃繩六甲靈飛之字，豈若如來秘藏？譬彼明珠，諸佛所師，同夫淨鏡。鹿苑四諦之法，尼園八犍之文，香山巨力豈云能負？以歲在昭陽，龍集天井，奉為云云。奉造一切經藏：始乎生滅之教，訖於泥洹之說，論議稀有，短偈長行。青首銀函，玄文玉匣，淩陽餌藥，止觀仙字，關尹望氣，裁受玄言，未有龍樹利根；看題不

---

86 黃徵、吳偉：《敦煌願文集》（長沙市：嶽麓書社，1995年），頁292。

遍，斯陀淺行，同座未聞；盡天竺之音，窮貝多之葉；灰分八國，文徒闕賓；石盡六銖，書還大海。仰願過去神靈，乘茲道力，得無生忍，具足威儀！又願國祚遐長，臣民休慶，四方內附，萬福現前！六趣怨親，同登正覺！[87]

據《佛祖統紀》卷三十八云：

> 保定三年，詔曰：歲在昭陽，三陽孟春。龍集天並，龍集者，東方蒼龍為歲首也。天並，歲在申也。當令所司奉造一切經藏，始乎生滅之教，訖於泥洹之說。云云。[88]

則知王褒是文作於北周武帝保定三年（563）。

　　王褒的這篇願文與前引智者大師主要有三處不同：一是它兩次使用了省略語「云云」，其中第一次省略的是造一切經法會開始之前的讚歎語[89]，因為這是程式化的禮拜用語，對法事主持人而言，當爛熟於胸，故王褒認為沒有必要寫出。第二次則可能是對皇帝令造一切經的讚歎，此亦可由法事主持人臨場發揮，故同樣可以省略；二是用

87　〔日〕大藏經刊行會編：《大正新修大藏經》（臺北市：新文豐出版公司，1996年），卷52，頁257中。
88　〔日〕大藏經刊行會編：《大正新修大藏經》（臺北市：新文豐出版公司，1996年），卷49，頁358上。但引文中的「天並」，當據王褒文，作「天井」。天井，井宿也。
89　和南，梵文為vandana，意譯「敬禮」、「度我」。據《四分律行事鈔》卷下之「四分至上座前，脫革屣，偏袒右肩，合掌，手執兩足，云我和南而作禮也」（〔日〕大藏經刊行會編：《大正新修大藏經》〔臺北市：新文豐出版公司，1996年〕，卷40，頁133中）、〈往生禮讚〉之「奉持佛教，和南一切賢聖」（〔日〕大藏經刊行會編：《大正新修大藏經》〔臺北市：新文豐出版公司，1996年〕，卷47，頁440下）及《翻譯名義集》卷四之「槃那寐名出聲論，或名槃談，訛云和南，皆翻我禮，或云那謨悉羯羅，此云禮拜」（〔日〕大藏經刊行會編：《大正新修大藏經》〔臺北市：新文豐出版公司，1996年〕，卷54，頁1124下），則知「和南」之後引導的是具體的禮拜動作。

佛、道對比的方法，讚頌了佛教經典的偉大；三是「願」本身的內容相對簡短，但宗旨仍未脫離發願。

　　簡單型的願文，有時甚至也可不用「願」字，如梁簡文帝《千佛願文》：

> 蓋聞九土區分，四民殊俗，昏波易染，慧業難基。故法身寂鏡，有照斯感，滌無明於欲海，度蒼生於寶船。或輕慈導舍，薄笑牽悲，曲豔口宣，斜光頂入。自鹿樹表光，金河匿曜，故像法眾生，希向有形，雖千聖異跡，一智同塗。弟子某甲久沒迷波，長流苦沫，不生意樹，未啟心燈，而善生一念，敬造千佛。雖復無上無為，極相難辯；非空非有，妙智誰觀？而紺發日光，蓮眸月面，庶可長表誠敬，永寄心期。[90]

於此，蕭綱只是詳細交代了發願造千佛的原因，而對願的具體內容則說得相當模糊。當然，這種情況十分少見。

　　至於複雜型的願文，它的特點不單是內容相對豐富，而且經常配合著具體的行儀。如出《文殊大集會經・息災品》的〈大聖妙吉祥菩薩說除災教令法輪〉云：

> 又書滅句，即是十二緣滅：
> 無明滅則行滅，行滅則識滅，識滅則名色滅，名色滅則六入滅，六入滅則觸滅，觸滅則受滅，受滅則愛滅，愛滅則取滅，取滅則有滅，有滅則生滅，生滅則老死憂悲苦惱滅。右於輪外一百八蓮華葉上，各梵書一𑖁阿字，令周遍。每持誦時，應發

---

90 〔日〕大藏經刊行會編：《大正新修大藏經》（臺北市：新文豐出版公司，1996年），卷52，頁210上。

願啟白眾聖，手捧香爐，至誠處恭長跪，向佛作如是言：此誓願文，須道場主每日三時，自入啟願，念誦人亦須自誦令熟，常須發此誓語。弟子某甲，俗人稱姓名，若僧云比丘某甲，若大臣官長云某官姓名，若國王云某國號主姓名。我今歸命佛法僧寶海會聖眾，仰啟清淨法身遍照如來，普告十方三世一切諸佛大菩薩眾，一切賢聖聲聞緣覺，五通神仙九執大天，十二宮主二十八宿，眾聖靈祇，四大明王，護世八天並諸眷屬，土地山川護法善神，業道冥官，本命星主。我今遇此災難變，所求之願。一一具言之。某事相陵，遊空大天，願順佛教敕，受我迎請，悉來赴會。向此單誠，發歡喜心，為我某甲除滅如是急厄災難。我承大聖攝護慈力，遇聞此教，拔濟我等及一切有情輪迴苦業。唯願九執天神，依佛教輪，變災為福，施我無畏，令安樂住，當來共結菩提眷屬，永舍愛憎，互相饒益，願施無畏，令我吉祥！已上願文，每常須勤誦，一日三時啟願，勿絕也。[91]

這裡記載的是密教儀軌中書寫「十二因緣」時的發願程式，不但在持誦願文之前有各種禮儀要求，即使願文本身也標明了注意事項，如在不同的場合要用不同的稱呼之類，而且特別強調了「所求之願」要「一一具言之」，即不能有絲毫的遺漏。

當然，複雜型的願文，有時從文字表述上看，其實也有很簡潔的。這主要是用了偈頌體，並且配合的行儀也相對簡單。如元釋智慧譯〈聖者文殊師利發菩提心願文〉曰：

敬禮一切諸佛菩薩！

---

91 〔日〕大藏經刊行會編：《大正新修大藏經》（臺北市：新文豐出版公司，1996年），卷19，頁347上-中。

救護一切面前住，究竟發於菩提心，一切有情作利益，輪迴有
情至彼岸。

癡心瞋心本自性，慳貪貢高本自性，始從今日至菩提，未證中
間不復造。

惡業貪瞋皆舍離，制學依行恒歡喜，隨喜正覺解所行，自己恒
時所修善。

不取菩提之正路，若一有情未出離，住於暗劫恒化利，無量不
思議劫中，

願常恒遊佛淨土。某甲執名所作罪，十方界中普皆聞，自己身
語之惡業，

於一切處恒清淨。意中惡業亦清淨，無邊惡業不復造。聖者文
殊師利往昔為啞馬國王時，於雷音王佛處，發此菩提心願文。[92]

這篇願文，由夾注可知發願者是文殊師利，發願時間是文殊師利為啞
馬國王時，地點在雷音王佛所。

　　從以上介紹可知：簡單型和複雜願文，其主體結構基本相同。而
且，若把複雜型願文中和具體行儀動作相配的內容刪去，就變成了簡
單型願文。

　　最後要說的是：佛教的應用文體，除了前面所列的三類之外，其
實還有很多，但大多都有相同的特點，即程式化。而且由於佛教行儀
的互融互通，應用文體互為混合的情況也較為常見。如《高僧傳》卷
十三載宋靈味寺釋曇光事蹟云：

　　宋衡陽文王義季鎮荊州，求覓意理沙門，共談佛法，聲境推

---

92 〔日〕大藏經刊行會編：《大正新修大藏經》（臺北市：新文豐出版公司，1996年），
　　卷20，頁940上。

　　光，以當鴻任。光固辭，王自詣房敦請，遂從命焉，給車服人
　　力，月供一萬。每設齋會，無有導師。王謂光曰：「獎導群
　　生，唯德之本。上人何得為辭，願必自力。」光乃回心習唱，
　　製造懺文。每執爐處眾，輒道俗傾仰。[93]

從慧皎的記錄推斷，釋曇光是以唱導聞名於當世，在其主持的齋會唱
導中，導文與懺文可能混為一體。

　　再如《續高僧傳》卷六載梁武帝為楊都建初寺釋明徹：

　　於寺為設三百僧會，令徹懺悔。自運神筆，制懺願文。事竟，
　　遂卒寺房，即普通三年十二月七日也。[94]

此所謂懺願文，則是把懺文和願文融為一體，似如前引曇遷的懺文一
樣，在懺悔後附有發願程式。

第三節　佛教儀式性文體與漢譯佛典之關係

　　我們在第一節討論佛教儀式文學之兩種淵源時，曾指出有外來淵
源與本土淵源之別。但就儀式性文體的形成動因而言，外來因素則似
佔主導之用。其中，漢譯佛典的仲介之用又尤為突出，這主要表現在
儀式性經典的範本性質。當然，中土的儀式性文體在繼承模仿的同時
也有自己的發展，或曰形成了創新性特色。

93　〔梁〕慧皎著，湯用彤校注：《高僧傳》（北京市：中華書局，1992年），頁514。
94　〔日〕大藏經刊行會編：《大正新修大藏經》（臺北市：新文豐出版公司，1996年），
　　卷50，頁473下。

一　漢譯儀式性佛典的範本性質

說漢譯儀式性佛典具有範本性質，至少可從兩方面理解：一者漢譯經典中的各種儀軌可以直接使用於各自相應的場合，如藏經中所收晉譯〈沙彌尼離戒文〉[95]、梁譯〈菩薩五法懺悔文〉[96]，以及前引元釋智慧譯《聖者文殊師利發菩提心願文》等，可分別用於授沙彌尼戒、懺悔和發願等。二者漢譯佛典為中土佛教儀式文體的生成提供了基型。具體說來，主要有三種表現形式：

一曰摘抄。　這主要指從某種單一性佛典中摘抄相關內容（或經文），從而形成一種實用的新文本。相對於原經，新文本在內容上更加精簡。比如《出三藏記集》卷四指出：「《菩薩佈施懺悔法》一卷，抄《決定毗尼經》。」[97]《決定毗尼經》，也叫《佛說決定毗尼經》，西晉竺法護譯出。《菩薩佈施懺悔法》，顧名思義，即抄了原經中關於菩薩佈施懺悔的內容。

二曰匯抄。　匯抄是指從不同的經典中，把主題相同或相近的經文抄撮成實用的儀軌。如：

1　《續高僧傳》卷二十一云：

> 武帝又以律部繁廣，臨事難究，聽覽餘隙，遍尋戒檢，附世結文，撰為一十四卷，號曰《出要律儀》。以少許之詞，網羅眾

---

95 〔日〕大藏經刊行會編：《大正新修大藏經》（臺北市：新文豐出版公司，1996年），卷24，頁938中-939下。

96 〔日〕大藏經刊行會編：《大正新修大藏經》（臺北市：新文豐出版公司，1996年），卷24，頁1121中-1122上。

97 〔梁〕僧祐撰，蘇晉仁、蕭鍊子點校：《出三藏記集》（北京市：中華書局，1995年），頁132。

部，通下樑境，並依詳用。[98]

不過，《大唐內典錄》卷十卻說梁楊都莊嚴寺沙門釋寶唱奉敕撰「《出要律儀》二十卷」。[99]暫且不論道宣的兩種記載何者為是，《出要律儀》是從漢譯諸律典匯抄要點而成則無疑義。

　　2　道世《法苑珠林》卷十六〈彌勒部〉中有〈讚歎部〉，該部彙集了多種讚佛偈。其中，最具特色的是歎彌勒諸偈，如玄奘法師所譯《讚彌勒四禮文》只保存於此，曰：

> 至心歸命禮當來彌勒佛！
> 諸佛同證無為體，真如理實本無緣。為誘諸天現兜率，其猶幻士出眾形。
> 元無人馬迷將有，達者知幻未曾然。佛身本淨皆如是，愚夫不了謂同凡。
> 知佛無來見真佛，於茲必得永長歡。故我頂禮彌勒佛，唯願慈尊度有情。
> 願共諸眾生上生兜率天，奉見彌勒佛！……[100]

全經共分四組，每組結構完全一樣，都是在七言偈開頭附加「至心歸命……」，結束處附加「願共……」，這兩句既是程式性的套語，也引導了信眾要做的具體的禮拜動作。

98　〔日〕大藏經刊行會編：《大正新修大藏經》（臺北市：新文豐出版公司，1996年），卷50，頁607上。

99　〔日〕大藏經刊行會編：《大正新修大藏經》（臺北市：新文豐出版公司，1996年），卷55，頁331中。

100　〔日〕大藏經刊行會編：《大正新修大藏經》（臺北市：新文豐出版公司，1996年），卷53，頁403下-404上。

3　慧琳《新集浴像儀軌》則曰：

> 眾既集已，共請明法阿闍梨，或舉眾中最尊上座，為眾稱誦《浴
> 像經》中《啟白發願大乘妙偈》，句句眾人普皆隨誦，偈曰：
> 我今灌沐諸如來，淨智功德莊嚴聚。願彼五濁群生類，速證如
> 來淨法身。
> 戒定慧解知見香，遍十方剎常芬馥。願彼香煙亦如是，無量無
> 邊作佛事。
> 亦願三途苦輪息，普令除熱得清涼。皆發無上菩提心，亦出愛
> 河登彼岸。
> ……
> 又令誦讚，人人手執香爐，高聲誦《浴像妙讚》。讚曰：其文
> 廣，不能具載。並誦五讚。文多，故不載。各各虔跪，一偈一
> 禮……[101]

本儀軌既言「新集」，毫無疑問不是慧琳的創制，而是他彙集相關漢
譯佛典之偈讚、密咒等而成。雖說原文內容豐富，但我們只引其偈贊
部分也足以說明問題。比如「我今灌沐」等三首七言偈，慧琳交代它
們摘自《浴像經》，實即見於義淨譯《浴佛功德經》[102]；而《浴像妙
讚》、《五讚》，從夾注可知，它們亦當摘錄相關經典之偈頌而成。更
為重要的是「一偈一禮」，表明偈頌引導的就是具體的禮拜動作。

　　三曰改編。這是指以漢譯佛典為藍本，對相關內容進行重新編
排，從而形成新的應用文體。如慧皎《高僧傳》卷一〈康僧會傳〉中

---

101 〔日〕大藏經刊行會編：《大正新修大藏經》（臺北市：新文豐出版公司，1996年），
　　卷21，頁488下-489中。
102 〔日〕大藏經刊行會編：《大正新修大藏經》（臺北市：新文豐出版公司，1996年），
　　卷16，頁800下。

說吳主孫皓曾用穢汁灌佛遭到報應時，孫皓便令：

> 彩女即迎像置殿上，香湯洗數十過，燒香懺悔，皓叩頭於枕，
> 自陳罪狀，有頃痛間，遣使至寺問訊道人，請會說法，會即隨
> 入。皓具問罪福之由，會為敷析，辭甚精要。皓先有才解，欣
> 然大悅，因求看沙門戒。會以戒文禁秘，不可輕宣，乃取本業
> 百三十五願，分作二百五十事，行住坐臥，皆願眾生。皓見慈
> 願廣普，益增善意，即就會受五戒。[103]

這裡記載的則是康僧會把佛典中的相關願文改作戒文的情況。

再如《出三藏記集》卷十二云：

> 〈齋主讚歎緣記〉第八出《十誦律》，〈八關齋緣記〉第九出《八
> 關齋經》，〈月六齋緣記〉第十出《大智度論》，〈八王日齋緣記〉
> 第十一出《淨度三昧經》，〈歲三長齋緣記〉第十二出《正齋經》，
> 〈菩薩六法行緣記〉第十三出《菩薩受齋經》，〈菩薩齋法緣記〉
> 第十四出《菩薩受齋經》，〈三七忌日緣記〉第十五出《普廣經》，
> 〈法社建功德邑記〉第十六出《法社經》，〈盂蘭盆緣記〉第十
> 七出《目連問經》，〈放生緣記〉第十八出《雜阿含》第四卷，〈救生
> 命緣記〉第十九出《金光明經》，〈施曠野鬼食緣記〉第二十出
> 《大涅槃經》，〈鬼子母緣記〉第二十一出《鬼子母經》。[104]

雖說這些緣記（或記）的正文早已散佚不存，但從夾注我們可以推
斷，它們顯然是依據相關漢譯佛典而撰成的應用性文體。比如，〈救

---

103 〔梁〕慧皎著，湯用彤校注：《高僧傳》（北京市：中華書局，1992年），頁17-18。
104 〔梁〕僧祐撰，蘇晉仁、蕭鍊子點校：《出三藏記集》（北京市：中華書局，1995
　　年），頁479-480。

生命緣記〉，當是根據《金光明經》卷四〈流水長者品〉而來。[105]經謂佛在過去世曾為流水長者時，見池水乾涸，有成千上萬的魚將要死亡，流水長者便請求國王用二十頭大象運水救之，施與食物，且為魚解說大乘經典，諸魚因此得生忉利天。此經對中土的影響，除了為金光明懺法提供經典依據外，還有促成了放生法會的施行。

　　以上所述三種形式，按照我們的理解，都可歸到依經制儀的範疇。或者說，中土佛教的儀式性文體，是範本的範本（範本的次生本），因為相關的漢譯佛典自身是最為規範的應用性文體。

二　中土佛教儀式性文體的創新性

　　關於中土佛教儀式性文體的創新性，亦可從兩大方面進行分疏：一者即便是中印共有的文體，傳入中土之後也會有所革新，甚至隨著時代的變化而有多次創新。比如唱導體制及唱導文，就歷經東晉慧遠與隋代彥琮的兩次改革以及隋唐時期的經導合流等變化。[106]又如讚唄東傳之後，到了唐宋之際，因受中土音樂的薰染，故而帶上了鮮明的世俗情調，於此贊寧有云：

> 所言唄匿者是梵音，如此方歌謳之調歟？且梵音急疾而言則表詮也。分曉舒徐引曳，則唄匿也。或曰：「此只合是西域僧傳授，何以陳思王與齊太宰撿經示沙門耶？」通曰：「此二王先已熟天竺曲韻，故聞山響及經偈，乃有傳授之說也。今之歌贊，附麗淫哇之曲，惉懘之音，加釀瑰辭，包藏密咒，敷為梵

---

105 〔日〕大藏經刊行會編：《大正新修大藏經》（臺北市：新文豐出版公司，1996年），卷16，頁352中-353下。

106 拙撰《變文講唱與華梵宗教藝術》（上海市：上海三聯書店，2002年），頁37-58。

奏，此實新聲也。」¹⁰⁷

贊寧所說的梵唄衍為新聲的史實，其實揭示了梵唄文體性質的根本變化。

二者則指佛教儀式性文體對中土固有文體的融匯或借用。關於這一點，第一節說佛道行儀混同時實已有所論列。茲再補充兩例：

1　《圓悟佛果禪師語錄》卷八載佛果禪師示眾時有語云：

> 「當軒有路，直下坦平，慣戰作家，便請單刀直入，有麼有麼？」良久云：「諸人既是藏鋒，山僧不免作一場獨弄雜劇去也，未怎麼前是第二頭，正怎麼時是第三首，餉間怎麼去，只是隨波逐浪。如今且向隨波逐浪處，與諸人商量，還蓋覆得麼？」¹⁰⁸

佛果禪師，即北宋臨濟宗楊岐派高僧克勤（1063-1135），他上堂時既然以「雜劇」作喻，則表明「雜劇」這種文體與上堂儀式產生了某種關聯。¹⁰⁹

2　《瑜伽集要焰口施食儀》中載有〈三歸依贊〉三首，分別表達的是歸依佛、法、僧的願望。三首體制完全一樣，如第一首曰：

> 志心信禮佛陀耶兩足尊，三覺圓，萬德具，天人調御師，哞吽！凡聖大慈父。從真界，騰應質，悲化普。豎窮三際時，橫

107　〔宋〕贊寧著，范祥雍點校：《宋高僧傳》（北京市：中華書局，1987年），頁647。

108　〔日〕大藏經刊行會編：《大正新修大藏經》（臺北市：新文豐出版公司，1996年），卷47，頁750中。

109　康保成先生曾對「雜劇」表白與佛教「表白」之關係進行探討，見康保成：《中國古代戲劇形態與佛教》（上海市：東方出版中心，2004年），頁184-197。

遍十方處。震法雷，鳴法鼓，廣演權實教，啞吽！大開方便
路。若歸依，能消滅地獄苦。[110]

三首雖是聯章體，但每首獨立看則用的是某種詞調，更有趣的是在固
定的位置，還配有和聲詞。和聲詞本身是梵咒，這就體現了瑜伽焰口
儀的密教性質。

---

110 〔日〕大藏經刊行會編：《大正新修大藏經》（臺北市：新文豐出版公司，1996年），
　　卷21，頁484上。

簡短的結論

　　談及佛經翻譯文學對中國古代文學所產生的巨大影響，無論給予多高的評價，我們認為都不過分。但是，過往的研究，大家討論的重點多集中在文學題材、故事類型、情節關係、人物形象、語言辭彙、創作思想等方面。易言之，研究者更關注的是佛教影響中國古代文學之內容的層面，而有關佛教與中國古代文體之關係，特別是針對漢譯佛典自身的文體學研究，相對說來涉及者不多，成果亦缺乏系統性。[1]筆者所做的努力，正是想彌補這一缺憾。現在前面數章介紹與分析的基礎上，把有關漢譯佛典文體及其影響之比較明確的結論歸結如下。

　　其一，漢譯佛典自身的文體分類，無論九分教、十二分教，都有其生成的歷史背景，體現了顯著的時代特點。但由於漢傳佛教是大乘佛教，所以我們的討論，主要是針對十二部經而展開的。當然，這也是漢地佛教經疏的傳統，比如隋慧遠《大乘義章》卷一、智者《妙法蓮華經玄義》卷六等論及佛經文體時都如此。更值得注意的是：這種十二部經的分法，對道教經典文體的分類也有所影響。另外，多數佛經文體（特別是敘事類文體，如本生、本事、因緣、譬喻、未曾有、授記等）定型之後，也非一成不變，而是經常和其他的文體交融互

1　〔清〕劉熙載云：「文章蹊徑好尚，自《莊》、《列》出而一變，佛書入中國又一變。」（《藝概》，上海市：上海古籍出版社，1978年，頁9）其所謂「文章蹊徑好尚」，實際上隱含了文體學的意義。易言之，古人也發現了漢譯佛典對中國古代文體所產生的影響，只是欠詳細的舉證分析而已。

用，職是之故，佛典文體產生了一種特殊的現象，我們把它稱為「文體的叢生性」，即多種文體混合為一，如前面章節中所論述的因緣授記、比喻因緣、比喻本生等。與此同時，佛典文體還有一大特點，那就是變易性。例如某一同型故事在甲經是本生，到了乙經是譬喻，而在丙經則是因緣，等等。或者說在甲經是詩歌體，到了乙經則變成了散文體。復次，就單部佛經而言，也很少見到純用一種文體者，更多的是使用多種文體來組織文本，表現思想理念。換言之，對於同一佛經而言，有時文體功能的區別度不是很明顯。

其二，佛教經典影響中土文學的途徑，最重要的有兩條：一曰佛經翻譯，二曰教義宣暢。前者的功能在於提供了可靠的經典文本，使教內外的讀者與受眾全面了解教義、教理、儀軌等內容的可能性隨時都可以轉化為客觀的現實；至於後者，佛教一直都十分重視教義與教理的弘揚，經常採取各種生動有效的弘法形式，以便吸引更多的信眾。而教義宣暢，又表現於兩個層面：一是儀式性，二是文學藝術性。

眾所周知：中國佛教的各宗各派，都極其重視各種儀式的運用，而且儀式本身常常就是佛教理念的具象化。中土佛教的儀式，種類繁多，受眾不一：有的僅針對出家僧眾的，比如自恣、結夏、上堂、灌頂等；有的主要面對的是在家信眾，如唱導、俗講等；更多的則是僧、俗二眾皆可參加的各種法會，如八關齋會、盂蘭盆會、焰口施食儀、放生會等。但無論哪一種行儀，一般都有佛教文學的具體運用，如導文、齋文、願文、懺文、啟請文、轉經文、回向文等，而各種文學作品常常又和音樂、美術、戲曲、舞蹈等藝術相結合。因此，佛教文體還表現出綜合性的特色。

其三，漢譯佛典文體影響中土文學的表現方式主要有三：一是有的文體得名直接源於佛經翻譯，如偈、絕句、散文等；有的是生成過程得益於佛教宣暢的文體，如導文、散花詞等；三是在外來佛教文化與本土文化共同作用下產生的新文體，如中古以後產生或成熟的多種

文體，例如志怪、傳奇、變文、話本、戲劇等。[2]

　　其四，佛典翻譯文體的形成，尤其是翻譯風格的形成，也受到中土文化，特別是審美趣味的制約或反影響。而佛教儀軌中應用文體的發展，更是隨著佛教中國化進程的加快，不斷地融匯吸收本土文學中的新文體或世俗文體，比如曲子詞、雜劇、山歌之類。

2　參見拙著：〈佛教與中國古代文體關係研究略談〉，《福建師範大學學報》2007年第6期（2007年11月），頁166-169。

主要參考文獻

一　中文

（一）原始文獻與原典

〔清〕阮元校刻　《十三經注疏》　上海市　上海古籍出版社　1997 年

〔日〕大藏經刊行會編　《大正新修大藏經》　臺北市　新文豐出版
　　　　　　　　　　　公司　1996 年

藏經書院　《新編卍續藏經》　臺北市　新文豐出版公司　1993 年

《道藏》　北京市　文物出版社　上海市　上海書店　天津市　天津
　　　　　古籍出版社　1988 年

《二十二子》　上海市　上海古籍出版社　1986 年

〔漢〕司馬遷　《史記》　北京市　中華書局　1959 年

〔漢〕班　固　《漢書》　北京市　中華書局　1962 年

〔宋〕范　曄　《後漢書》　北京市　中華書局　1965 年

〔晉〕陳　壽　《三國志》　長沙市　嶽麓書社　1990 年

〔唐〕房玄齡　《晉書》　北京市　中華書局　1974 年

〔梁〕沈　約　《宋書》　北京市　中華書局　1974 年

〔梁〕蕭子顯　《南齊書》　北京市　中華書局　1975 年

〔唐〕姚思廉　《梁書》　北京市　中華書局　1973 年

〔唐〕姚思廉　《陳書》　北京市　中華書局　1974 年

〔北齊〕魏收　《魏書》　北京市　中華書局　1974 年

〔唐〕李百藥　《北齊書》　北京市　中華書局　1972 年

〔唐〕令狐德棻　《周書》　北京市　中華書局　1971 年

〔唐〕魏　徵　《隋書》　北京市　中華書局　1973 年

〔唐〕李延壽　《南史》　北京市　中華書局　1975 年

〔唐〕李延壽　《北史》　北京市　中華書局　1974 年

〔後晉〕劉　昫　《舊唐書》　北京市　中華書局　1975 年

〔宋〕歐陽修　《新唐書》　北京市　中華書局　1975 年

〔宋〕薛居正　《舊五代史》　北京市　中華書局　1976 年

〔宋〕歐陽修　《新五代史》　北京市　中華書局　1974 年

〔唐〕杜　佑　《通典》　北京市　中華書局　1988 年

〔唐〕李林甫等撰　陳仲夫點校　《唐六典》　北京市　中華書局
　　　　　1992 年

〔宋〕王　溥　《唐會要》　上海市　上海古籍出版社　1991 年

〔宋〕司馬光　《資治通鑒》　上海市　上海古籍出版社　1987 年

〔宋〕鄭　樵　《通志》　北京市　中華書局　1987 年

〔元〕馬端臨　《文獻通考》　北京市　中華書局　1987 年

〔東晉〕釋法顯撰　章巽校注　《法顯傳校注》　北京市　中華書局
　　　　　2008 年

〔梁〕僧祐撰　蘇晉仁、蕭鍊子點校　《出三藏記集》　北京市　中
　　　　　華書局　1995 年

〔梁〕慧皎撰　湯用彤校注　《高僧傳》　北京市　中華書局 1992 年

〔宋〕贊寧撰　范祥雍點校　《宋高僧傳》　北京市　中華書局
　　　　　1987 年

〔唐〕玄奘、辯機原著　季羨林等校注　《《大唐西域記》校注》
　　　　　北京市　中華書局　1985 年

〔唐〕義淨原著　王邦維校注　《《南海寄歸內法傳》校注》　北京
　　　　　市　中華書局　1995 年

〔日〕圓仁撰　顧承甫、何泉達點校　《入唐求法巡禮行記》　上海
　　　　　市　上海古籍出版社　1986 年

〔日〕釋圓仁原著　小野勝年校注　白化文等修訂校注　《入唐求法
　　　　巡禮行記》　石家莊　花山文藝出版社　1992 年
〔日〕圓珍撰　白化文、李鼎霞校注　《《行曆鈔》校注》　石家莊
　　　　河北教育出版社　2004 年
〔唐〕歐陽詢等撰　《藝文類聚》　上海市　上海古籍出版社　1999 年
〔唐〕徐　堅　《初學記》　北京市　中華書局　1962 年
〔宋〕李昉等撰　《太平御覽》　北京市　中華書局　1960 年
〔宋〕李昉等撰　《太平廣記》　北京市　中華書局　1961 年
〔清〕彭定求等編　《全唐詩》　上海市　上海古籍出版社　1986 年
〔清〕董誥等編　《全唐文》　上海市　上海古籍出版社　1990 年
〔清〕嚴可均輯　《全上古三代秦漢三國六朝文》　北京市　商務印
　　　　書館　1999 年
逯欽立輯　《先秦漢魏晉南北朝詩》　北京市　中華書局　1983 年
國家圖書館善本金石組編　《先秦秦漢魏晉南北朝石刻文獻全編》
　　　　北京市　北京圖書館出版社　2003 年
黃徵、吳偉編校　《敦煌願文集》　長沙市　嶽麓書社　1995 年

（二）專著（按作者姓氏音序排列）

曹仕邦　《中國佛教譯經史論集》　臺北市　東初出版社　1990 年
陳福康　《中國譯學理論史稿》　上海市　上海外語教育出版社
　　　　2000 年
陳　洪　《佛教與中古小說》　上海市　學林出版社　2007 年
陳　洪　《佛教與中國古典文學》　天津市　天津人民出版社　1999 年
陳蒲清　《中國古代寓言史》　長沙市　湖南教育出版社　1983 年
陳寅恪　《金明館叢稿初編》　北京市　生活・讀書・新知三聯書店
　　　　2001 年
陳寅恪　《金明館叢稿二編》　北京市　生活・讀書・新知三聯書店
　　　　2001 年

陳允吉、胡中行主編　《佛經文學粹編》　上海市　上海古籍出版社
　　　　1999 年

陳允吉主編　《佛經文學研究論集》　上海市　復旦大學出版社
　　　　2004 年

陳允吉　《古典文學佛教溯源十論》　上海市　復旦大學出版社
　　　　2002 年

丁　敏　《佛教譬喻文學研究》　臺北市　東初出版社　1996 年

丁　敏　《佛教神通：漢譯佛典神通故事敘事研究》　臺北市　法鼓
　　　　文化事業股份有限公司　2007 年

丁　敏　《中國佛教文學的古典與現代：主題與敘事》　長沙市　嶽
　　　　麓書社　2007 年

馮廣藝　《漢語比喻研究史》　武漢市　湖北教育出版社　2002 年

郭良鋆、黃寶生　《佛本生故事選》　北京市　人民文學出版社
　　　　2001 年

郭良鋆　《佛陀和原始佛教思想》　北京市　中國社會科學出版社
　　　　1997 年

郭英德　《中國古代文體學論稿》　北京市　北京大學出版社 2005 年

侯傳文　《佛經的文學性解讀》　北京市　中華書局　2002 年

胡　適　《白話文學史》　上海市　上海古籍出版社　1999 年

黃寶生　《印度古典詩學》　北京市　北京大學出版社　1999 年

黃忠廉　《變譯理論研究》　北京市　中國對外翻譯出版公司 2002 年

黃忠廉　《翻譯變體研究》　北京市　中國對外翻譯出版公司 1999 年

季羨林　《比較文學與民間文學》　北京市　北京大學出版社 1991 年

季羨林主編　《印度古代文學史》　北京市　北京大學出版社 1991 年

〔日〕加地哲定著　劉衛星譯　《中國佛教文學》　北京市　今日中
　　　　國出版社　1990 年

簡豐祺　《古梵語佛教咒語全集》　臺北市　佛陀教育基金會 2007 年

蔣述卓　《佛教與中國文藝美學》　廣州市　廣東高等教育出版社
　　　　1992 年

蔣述卓　《佛經傳譯與中古文學思潮》　南昌市　江西人民出版社
　　　　1990 年

金克木　《梵語文學史》　北京市　人民文學出版社　1980 年

康保成　《中國古代戲劇形態與佛教》　上海市　東方出版中心
　　　　2004 年

李　河　《巴別塔的重建與解構——解釋學視野中的翻譯問題》　昆
　　　　明市　雲南大學出版社　2005 年

李小榮　《變文講唱與華梵宗教藝術》　上海市　上海三聯書店
　　　　2002 年

李小榮　《敦煌道教文學研究》　成都市　巴蜀書社　2009 年

李小榮　《敦煌佛教音樂文學研究》　福州市　福建人民出版社
　　　　2007 年

〔以色列〕里蒙‧凱南著　姚錦清等譯　《敘事虛構作品》　北京市
　　　　生活‧讀書‧新知三聯書店　1989 年

梁　工　《聖經敘事藝術研究》　北京市　商務印書館　2005 年

梁麗玲　《《賢愚經》研究》　臺北市　法鼓文化事業公司　2002 年

梁麗玲　《《雜寶藏經》及其故事研究》　臺北市　法鼓文化事業公
　　　　司　1998 年

梁啟超　《中國佛教研究史》　上海市　上海三聯書店　1988 年

林仁昱　《敦煌佛教歌曲之研究》　高雄市　佛光山文教基金會
　　　　2003 年

劉安武　《印度文學和中國文學比較研究》　北京市　中國國際廣播
　　　　出版社　2005 年

劉守華　《比較故事學》　上海市　上海文藝出版社　1995 年

劉守華　《比較故事學論考》　哈爾濱市　黑龍江人民出版社　2003 年

劉亞丁　《佛教靈驗記研究——以晉唐為中心》　成都市　巴蜀書社　2006 年

羅　鋼　《敘事學導論》　昆明市　雲南人民出版社　1994 年

羅爭鳴　《杜光庭道教小說研究》　成都市　巴蜀書社　2005 年

梅維恒著　王邦維、榮新江、錢文忠譯　《繪畫與表演》　北京市　北京燕山出版社　2000 年

孟昭毅、李載道主編　《中國翻譯文學史》　北京市　北京大學出版社　2005 年

〔荷〕米克·巴爾著　譚君強譯　《敘述學：敘事理論導論》　北京市　中國社會科學出版社　1995 年

〔加〕卜正民著　張華譯　《為權力祈禱：佛教與晚明中國士紳社會的形成》　南京市　江蘇人民出版社　2005 年

錢鍾書　《管錐編》　北京市　中華書局　1986 年

錢鍾書　《七綴集》　上海市　上海古籍出版社　1994 年

饒宗頤　《梵學集》　上海市　上海古籍出版社　1993 年

任繼愈主編　《中國佛教史》（第一卷）　北京市　中國社會科學出版社　1981 年

〔日〕山田龍城著　許洋主譯　《梵語佛典導論》　臺北市　華宇出版社　1989 年

聖　凱　《中國佛教懺法研究》　北京市　宗教文化出版社　2004 年

石昌渝　《中國小說源流論》　北京市　生活·讀書·新知三聯書店　1994 年

釋大睿　《天臺懺法之研究》　臺北市　法鼓文化事業股份有限公司　2000 年

釋依淳　《本生經的起源及其開展》　高雄市　佛光出版社　1987 年

宋家鈺、劉忠編　《英國收藏敦煌漢藏文獻研究》　北京市　中國社會科學出版社　2000 年

孫昌武　《佛教與中國文學》　上海市　上海人民出版社　1988 年

孫昌武　《漢譯佛典翻譯文學選》　天津市　南開大學出版社 2005 年

孫昌武　《唐代文學與佛教》　西安市　陝西人民出版社　1985 年

〔美〕太史文著　侯旭東譯　《幽靈的節日：中國中世紀的信仰與生
　　　　活》　杭州市　浙江人民出版社　1999 年

湯用彤　《漢魏兩晉南北朝佛教史》　北京市　北京大學出版社
　　　　1997 年

湯用彤　《隋唐佛教史稿》　南京市　江蘇教育出版社　2007 年

汪　娟　《敦煌禮懺文研究》　臺北市　法鼓文化事業股份有限公司
　　　　1998 年

汪　娟　《唐宋古逸佛教懺儀研究》　臺北市　文津出版社　2008 年

王宏印　《中國傳統譯論經典詮釋》　武漢市　湖北教育出版社
　　　　2003 年

王昆吾　《從敦煌學到海外漢學》　北京市　商務印書館　2003 年

王　立　《佛經文學與古代小說母題比較研究》　北京市　崑崙出版
　　　　社　2006 年

王晴慧　《六朝漢譯佛典偈頌與詩歌之研究》　臺北市　花木蘭文化
　　　　出版社　2006 年

王文顏　《佛典重譯經研究與考錄》　臺北市　文史哲出版社 1993 年

王文顏　《佛典漢譯之研究》　臺北市　天華出版事業股份有限公司
　　　　1984 年

王向遠　《翻譯文學導論》　北京市　北京師範大學出版社　2004 年

王曉平　《佛典‧志怪‧物語》　南昌市　江西人民出版社　1990 年

王志遠　《中國佛教表現藝術》　北京市　中國社會科學出版社
　　　　2006 年

吳承學　《中國古代文體形態研究》　廣州市　中山大學出版社
　　　　2000 年

吳海勇　《中古漢譯佛經敘事文學研究》　北京市　學苑出版社
　　　　2004 年

夏廣興　《佛教與隋唐五代小說》　西安市　陝西人民出版社 2004 年

蕭登福　《道佛十王地獄說》　臺北市　新文豐出版股份有限公司
　　　　1996 年

〔日〕小野玄妙著　楊白衣譯　《佛教經典總論》　臺北市　新文豐
　　　　出版股份有限公司　1983 年

〔荷〕許里和著　李四龍、裴勇等譯　《佛教征服中國》　南京市
　　　　江蘇人民出版社　2003 年

薛克翹　《中印文學比較研究》　北京市　崑崙出版社　2003 年

楊富學　《印度宗教文化與回鶻民間文學》　北京市　民族出版社
　　　　2007 年

楊明芬　《唐代西方淨土禮懺法研究》　北京市　民族出版社 2007 年

印　順　《初期大乘佛教之起源與開展》　臺北市　正聞出版社
　　　　1989 年

印　順　《說一切有部為主的論書與論師之研究》　臺北市　正聞出
　　　　版社　1989 年

印　順　《原始佛教聖典之集成》　臺北市　正聞出版社　1988 年

郁龍餘等著　《中國印度詩學比較》　北京市　崑崙出版社　2006 年

俞佳樂　《翻譯的社會性研究》　上海市　上海譯文出版社　2006 年

湛　如　《敦煌佛教律儀制度研究》　北京市　中華書局　2003 年

周一良著　錢文忠譯　《唐代密宗》　上海市　上海遠東出版社
　　　　1996 年

朱慶之　《佛典與中古漢語辭彙研究》　臺北市　文津出版社 1992 年

二　外文專著

（一）日文（按出版時間之先後）

小野玄妙　《佛教文學概論》　東京　甲子社書房　1925 年

山崎宏　《支那中世紀佛教の展開》　東京　清水書店　1942 年

望月信亨　《佛教經典成立史論》　京都　法藏館　1948 年

深浦正文　《新稿佛教文學物語》　京都　永田文昌堂　1952 年

干潟龍祥　《本生經類の思想史的研究》　東京　東洋文庫 1954 年

前田惠學　《原始佛教聖典の成立史研究》　東京　山喜房佛書林 1964 年

平等通昭　《印度佛教文學の研究》（1-3 卷）　橫濱市　印度學研究所　1969-1983 年

深浦正文　《佛教文學概論》　京都　永田文昌堂　1970 年

宇井伯壽　《譯經史研究》　東京　岩波書店　1971 年

伊藤唯真　《佛教と民俗宗教：日本佛教民俗論》　東京　國書刊行會　1984 年。

荻原雲來編纂　辻直四郎博士監修　《漢譯對照梵和大辭典》　臺北市　新文豐出版股份有限公司　2003 年

麥穀邦夫編　《三教交涉論叢》　京都　京都大學人文科學研究所　2005 年

（二）英文（按出版時間之先後）

Arthur F. Wright: *Buddhism in Chinese History*, Palo Alto: Stanford University Press, 1959.

Kenneth Ch'en: *Buddhism in China: A Historical Survey*, Princeton:

Princeton University Press, 1964.

Samuel Beal: *Buddhist Literature in China*, Delhi, 1988.

Victor H. Mair: *T'ang Transformation Texts*, Published by the Council on East Asian Studies, Harvard University Press, 1989.

Sir Monier Monier-Williams: *A Sanskrit-English Dictionary*, Motilal Banarsidass Publishers PVT. LTD., Delhi, pp. 1241-1242, 1990.

（三）法文

Kuo Li-ying: *Confessino et contrition dans le bouddhisme chinois du Ve au Xe siècle*, Paris: Ecole francaise d'Extrême-Orient, 1994.

三　學位論文（按答辯時間之先後）

傅世怡　《《法苑珠林》六道篇感應緣研究》　臺北市　臺灣師範大學國文研究所博士論文　1987 年

張瑞芬　《佛教因緣文學與中國古典小說》　臺北市　東吳大學中國文學研究所博士論文　1994 年

蔡淑慧　《《佛說未曾有因緣經》研究》　臺北市　中國文化大學哲學研究所碩士論文　2003 年

劉雯鵑　《歷代筆記小說中因果報應故事研究》　臺北市　中國文化大學國文系博士學位論文　2003 年

孫尚勇　《佛教經典詩學研究》　成都市　四川大學中國語言文學博士後出站報告　2005 年

粘凱蒂　《魏晉南北朝時期佛教傳播活動之研究》　桃園縣　中央大學中國文學研究所碩士論文　2005 年

蔡佳玲　《漢地佛經翻譯論述的建構及其轉型》　桃園縣　中央大學中國文學研究所碩士論文　2007 年

再版後記

　　這本小書的基礎是我二〇〇六至二〇〇九年承擔的教育部人文社會科學規劃基金項目和福建省社科規劃基金項目的研究成果，意在對漢譯佛典之「十二部經」這一自成體係的佛經文體分類進行全面檢討，它重點分析了在中國文學史上產生過較大影響的偈頌、本生、譬喻、因緣、論議、未曾有、授記等經的文體性質、功能和影響。課題結項後，承蒙上海古籍出版社關照，納入《文史哲研究叢刊》於二〇一〇年予以刊行，今年又授權萬卷樓圖書股份有限公司在臺出版，在此，謹致深切謝忱。

　　此書繁體字版，內容上未做任何修改，僅對個別文字有所校正。出版過程中，萬卷樓諸位編輯極其認真負責，匡我不逮之處甚多，真有舊貌換新顏之歎。因此，對諸位的辛勤付出，亦深表感謝。當然，也希望拙著在臺刊行，能得到相關專家的不吝賜教，共同推進佛經文學與宗教文體學之研究。果如是，三生之幸焉！

李小榮（夢桃）

二〇一五年八月識於福州倉山深柳堂

作者簡介

李小榮

　　一九六九年生。先後獲得文學碩博士學位（南開大學一九九六年，復旦大學一九九九年），並從事過兩站博士後研究工作（浙江大學二〇〇一年，福建師範大學二〇〇五年）。現任福建師範大學文學院教授，兼任中國古代文學、中國古典文獻學專業博士生導師，主要學術領域為宗教文學、佛教文獻與敦煌學，業已發表學術論文一百餘篇，出版《敦煌密教文獻論稿》、《敦煌佛教音樂文學研究》、《敦煌道教文學研究》、《敦煌變文》等專著十二部。論著曾獲第二屆中國出版政府獎（圖書獎）「提名獎」、教育部高校社會科學優秀成果「成果普及獎」、福建省社會科學優秀成果一、二、三等獎。

本書簡介

　　漢譯佛典之十二部經（十二分教），其實是一種自成體系的佛經文體分類。本書以此為基點，在比較系統地梳理佛典漢譯理論的基礎上，對在中國文學史上產生過較大影響的偈頌、本生、譬喻、因緣、論議、未曾有、授記諸經之文體性質、功能作了較為全面的探討，進而又以個案形式檢討了它們對中國各體文學的具體影響。此外，作者還特別關注佛教儀式中的應用文體，極大地拓展了佛教文學的研究視閾。全書內容翔實，例證較為豐富，對古代文學、中印比較文學和宗教文體學的研究，悉有較大的參考價值。

福建師範大學文學院百年學術論叢・第二輯 1702B01

漢譯佛典文體及其影響研究

作　　者　李小榮

總 策 畫　鄭家建　李建華

發 行 人　林慶彰

總 經 理　梁錦興

總 編 輯　張晏瑞

編 輯 所　萬卷樓圖書股份有限公司

　　　　　臺北市羅斯福路二段 41 號 6 樓之 3

　　　　　電話 (02)23216565

　　　　　傳真 (02)23218698

發　　行　萬卷樓圖書股份有限公司

　　　　　臺北市羅斯福路二段 41 號 6 樓之 3

　　　　　電話 (02)23216565

　　　　　傳真 (02)23218698

　　　　　電郵 SERVICE@WANJUAN.COM.TW

香港經銷　香港聯合書刊物流有限公司

　　　　　電話 (852)21502100

　　　　　傳真 (852)23560735

ISBN 978-986-478-185-0

2018 年 9 月再版

2015 年 12 月初版

定價：新臺幣 900 元

如何購買本書：

1. 劃撥購書，請透過以下郵政劃撥帳號：

　　帳號：15624015

　　戶名：萬卷樓圖書股份有限公司

2. 轉帳購書，請透過以下帳戶

　　合作金庫銀行　古亭分行

　　戶名：萬卷樓圖書股份有限公司

　　帳號：0877717092596

3. 網路購書，請透過萬卷樓網站

　　網址　WWW.WANJUAN.COM.TW

大量購書，請直接聯繫我們，將有專人為您服務。客服：(02)23216565 分機 610

如有缺頁、破損或裝訂錯誤，請寄回更換

國家圖書館出版品預行編目資料

漢譯佛典文體及其影響研究 / 李小榮著.

-- 再版.-- 臺北市：萬卷樓, 2018.09

面；公分. --（福建師範大學文學院百年學術論叢・第二輯・第 1 冊）

ISBN 978-986-478-185-0（平裝）

1.佛經　2.佛教文學　3.文學評論

820.8　　　　　　　　　　　　107014273